郭庆 著

脚印
Jiaoyin

春风文艺出版社
·沈阳·

图书在版编目（CIP）数据

　　脚印/郭庆著．—沈阳：春风文艺出版社，2025.3
　　ISBN 978-7-5313-6668-3

　　Ⅰ．①脚… Ⅱ．①郭… Ⅲ．①长篇小说—中国—当代 Ⅳ．①I247.5

　　中国国家版本馆CIP数据核字（2024）第053431号

春风文艺出版社出版发行

沈阳市和平区十一纬路25号　邮编：110003

辽宁新华印务有限公司印刷

责任编辑：姚宏越　平青立	责任校对：于文慧
封面设计：杜　江	幅面尺寸：170mm × 240mm
字　　数：454千字	印　　张：23
版　　次：2025年3月第1版	印　　次：2025年3月第1次
书　　号：ISBN 978-7-5313-6668-3	
定　　价：68.00元	

版权专有　侵权必究　举报电话：024-23284292
如有质量问题，请拨打电话：024-23284384

人言落日是天涯,

望极天涯不见家。

————摘自宋代诗人李觏的《乡思》

第一章

已近中午，太阳反而不再光亮。阴郁沉晦的天空，那只孤独的苍鹰又飞来了。再看天时，飘飘洒洒的雪花，弥漫了整个天空、原野和那条狭长的山沟……

某军区独立坦克团卫生队仅有的那辆救护车，就在这时驶进了狭长的山沟。空荡荡的营房中走出四五个人，他们是坦克团一连在家留守的全部人员。为首的是炊事班长老崔，笑着对走下车来的卫生队长问道："哪阵风把你吹来了，是不是想喝酒啦？"卫生队长摇了摇头没有说话，拧着把手打开了救护车的后门，两名卫生员跳上车后抬下一副担架。从轮廓上看，躺在担架上的那人身材瘦小，一件满是冰雪和冻土的军大衣几乎盖住了他的全身，头上破碎的黑色坦克帽从军大衣上方的一角斜出，已脱离了帽体的耳机，一摆一摆地悠荡在担架的边缘。卫生队长颤抖着嘴唇说："他是……孙连长。"

霎时间，几个人全都愣住了。死一般的寂静延续了片刻，站在老崔身后的刘天刚猛地扒开人群，两步跨到担架边上蹲了下来。他用手轻轻地按在军大衣上，似乎是要摸摸孙连长的心脏是否还在跳动。当意识到这个动作完全多余时，他缓缓揭开了军大衣，面目全非的孙连长即刻映入他的眼帘。他大喊一声"孙连长"后，扑在担架上放声大哭。

出师未捷身先死，长使英雄泪满襟。人群中传出更加痛彻心扉的哭声……

昨天晚饭后，从团部开会回来还没有吃饭的孙连长，没有走进食堂却站在了连部前面的篮球场上。一声哨响之后，全连官兵列队站在了他的面前。"同志们，"孙连长说，"一小撮外来侵略者已潜入大青山一带，从现在起全团进入一级战备状态,一旦接到战斗警报,我连要以最快的速度整装出发。各位切记,我坦克一连是全团的尖刀连,第一刀刺透敌人心脏的必是我一连。老崔——"队伍中的老崔晃了晃像个扁铲般的大脑袋,双脚一磕响亮地应道:"到!"孙连长说:"你听好,炊事班全体和两个病号,还有刘天刚在家留守,由你负责。听清楚没有?""听清楚了!"

下半夜三点钟,三发信号弹拖着猩红的尾巴刺破了夜空。仅半个小时,全团八十辆59式坦克已集结在蜿蜒不绝的公路上。这个被称为"苍鹰行动"的出征,遵循了兵机要诀——以快为破、以速为神的主旨。

此时,站在001号车上的杜团长通过无线电台发出作战命令:"各营各连,我们现在所处的位置距离沙河镇一百六十公里,全团必须在早上六点钟之前到达那里,然后再向大青山挺进。这次夜行军实行全程灯火管制,使用红外线夜视仪驾驶。"之后杜团长又单独呼叫101号车。对方即刻应道:"报告团长,我是101号车,一连连长孙竟男听到,请指示。"杜团长说:"孙竟男,你是全团头车,时间和速度由你掌握。我知道冰雪路会造成履带附着力严重不足的状况,你既要注意安全又要保证速度,确保六点之前到达沙河镇,不得有误!"孙竟男答道:"是!"就在那一刻,全团八十辆坦克同时发出震耳欲聋、鸟惊兽骇的轰鸣声。

这是1976年奇冷无比的一个寒夜,塞北的气温已接近零下四十摄氏度。

早上5点45分,晨曦的微光已将沙河镇房屋和街道的轮廓渐渐显现。素以木材之乡著称的沙河镇盛产各种木材,多年来形成了木材集散地。几十里几百里外的老百姓日日夜夜云集此地,购置自己所需的木材。这时,镇里的马路上有了行人和载着木料的马车、拖拉机及汽车。久积于马路上的冰雪被南来北往的车辆无数次碾轧后,如光可鉴人的镜面。

101号车这时已到达该镇的入口处,车速随之减慢,但巨大的轰鸣声还是致使马路上的马车普遍受到惊吓,所有驾车人都紧紧勒住马的缰绳躲在路边。唯有一辆满载木料的马车突然跑到了路中央,显然是驾车人的体力和能量难以控制住受到惊吓而变得狂躁的马。那驾车人是一位老汉和一位姑娘。老汉五十多岁,一瘸一拐地在马车的内侧死死地拽着缰绳;姑娘二十岁出头,扎着两个小羊角辫,肉嘟嘟的脸蛋憋得通红,在马车的外侧以双手揽住剧烈抖动的车辕。那匹剽悍强壮的枣红马,哐的一声跌倒在路中央。两条蜷曲的前腿用力捣着路面,一扑一扑地想站起来,但是马蹄每一次在镜子一般路面上的用力,都造成它更重一次的跌倒,直到它气喘吁吁地站不起来了。

这时,101号坦克与他们仅有二十米左右的距离,孙连长急令刹车。驾驶员郝援朝大喊："刹不住了。"孙连长从炮塔里探出多半个身子看清了前方的地形后命令道："向右转，往路边的那个坑里冲！"但见101号驶到距马车仅有几米远的地方后，车头一转，向路边的坑里冲去。一声巨响后，冻土卷着冰雪形成的巨大尘烟从坑底冲天而起，坦克已没了踪影。这显然是建筑工地取土后形成的一个大坑，坑口面积有十多平方米，坑底至坑口的垂直高度也有三米以上。

路中央抬车辕的一男一女，眼看着那庞然大物贴在他们身边义无反顾地驶出公路，冲进了坑里。他们弃了倒地的枣红马和马车，姑娘搀扶着一瘸一拐的老汉向那个大坑奔去。二人来到坑口的边上，尘烟渐次消散，落入坑底的坦克已显现。重达三十六吨的车身形成侧翻，炮塔戳在沟壁上，右侧履带深深地陷入坑底的冻土之中，左侧履带已从传动轮上脱落，外油箱破败变形，一缕一缕的柴油从油箱的裂缝处淌出，空气中弥漫着浓烈的柴油气味。

这时，从驾驶门、炮塔门和二炮手门陆陆续续爬出三个人。站在坑上的姑娘认识其中的两位，一位是驾驶员郝援朝，另一位是炮长章诗逸。姑娘用两手捂着嘴问道："郝哥——章哥——你们怎么样？"郝援朝坐在地上撑着腰板久久没有站起来，章诗逸捂着臀部勉强站了起来，二人显然在坦克冲进坑里产生的剧烈颠簸中都不同程度地受了伤。郝援朝刚才驾车往坑里冲去的一瞬间，认出了搂着马车车辕的这位姑娘叫毛小毛，是敖村村民，那位老汉是她的父亲毛老汉。郝援朝和章诗逸向毛小毛摆摆手，以示他们尚算安全，可以自理。他们已无心与她搭话，急切的眼神表明他们正在寻找孙连长。

在坑的一角，他俩找到了已被甩出车外躺在冻土和冰雪之中的孙连长。二人跪在地上用力扒开覆盖在他身上的冻土和冰雪。但见他的鼻骨塌陷，一只眼珠凸出青紫色的眼眶，嘴角挂着脱落的牙齿，七窍淌着血迹，头上的坦克帽破碎不堪。在孙连长头部一侧的土地上，散落着断开而变形的履带，上面凝结着殷红的血迹。一切表明，他在甩到车外落地后，被断开而飞起的履带击中了头部。

全团其他79辆坦克经过一段缓行之后，排列有序地停在路边。身材矮小的杜团长此时已站在坑口的上方，虎着脸问："谁是驾驶员？"坐在坑底的郝援朝一手捂着腰，一手扶着坑边勉强站了起来。瘦高的身材不住地打晃，但还是双脚一磕，仰起脸敬礼道："报告团长，是我，101号车驾驶员郝援朝。""郝——援——朝，"杜团长骂道，"奶奶的，你又不是半拉瓜，全团唯一的一级驾驶员。你眼睛瞪稀啦？这么宽的路往坑里开！"

一旁的毛小毛抹着眼泪说："他们是为了躲我的马车才冲进坑里的。孙连长都出现意外了，郝哥和章哥也都受伤了。"杜团长回头瞪了她一眼问道："你怎么也在这里？"显然，杜团长也认识毛小毛。她低着头答道："昨晚我和爸爸就来到沙河镇了，装了些木材一大早就往家赶，结果……"说着说着，她捂着脸呜呜地哭了。

卫生队长和两名卫生员早已下到坑底，将孙连长抬到一个稍微平整的地方躺下，而后把他的棉军装及内衣全部扒开。三个人轮番用力按压胸脯，为他做人工呼吸，可是一切都无济于事了，他的心脏早已停止了跳动。卫生队长向坑上的杜团长摇了摇头，并请示是否将孙连长的遗体送回后方。浑身抽搐的杜团长抹着眼泪命令道："孙竟男的遗体……用救护车暂时送回一连，待苍鹰行动结束后再送到县殡仪馆。还有……"他指着坑底的郝援朝和章诗逸对卫生队长说，"你安排人，把这两个伤员送医院去。"

之后，杜团长返回001号车。在他的指挥下，七十九辆坦克向大青山驶去……其实这个"苍鹰行动"的出征，只是为了适应严寒条件下作战而进行的一次野营拉练。

孙连长的遗体送回一连后，最终也没有送到殡仪馆去。战士们说，就让连长躺在他热爱的一连土地上吧，这里也是个大冰柜，我们想再多陪陪他。冰雪之中的山坡下，一个草棚遮住了雪也挡住了风，一件军大衣覆盖在孙连长的身上。战士们为他轮流站岗，为他二十四小时执枪守灵！

孙连长的追悼会于第三天举行，没去殡仪馆，也没安排在团部，就在坦克一连举行。这是坦克一连全体官兵的共同心声：孙竟男无论生死，都是我们坦克一连的连长。我们就在这条山沟为他送行！

追悼会的会场设在一连连部前面的篮球场上，两根木杆搭起一个架子，作为会场的前壁。架子正中的上方挂着"沉痛悼念孙竟男同志"的横幅，两侧的挽联是章诗逸的手笔。挽联的措辞，指导员特意派人去医院交给章诗逸完成。章诗逸坐在病床上捂着受伤的臀部想了许久后对来人说："就用'镜'和'兰'作'竟男'的谐音吧。"挽联的上联"镜破不改光"，下联"兰灭不改香"。前壁下方正中的位置摆着一个长桌，桌上立着镶在黑色镜框中的孙竟男遗像。他的遗体卧于松枝柏叶之中，覆盖在他遗体上的那面鲜红党旗，蒙住了他那张因受伤而变形的脸。

雪后初霁的太阳悬在天空，那光芒显得有些孤寂，更有些冷漠。

这时，会场内已走进络绎不绝悼念的人，人们胸前戴着小白花，左臂挽着黑纱。面对会场右侧的前排，肃立着坦克团各级领导以及一连的全体官兵，一律左手托帽，头部低垂，唯有住院的郝援朝和章诗逸未能到场。后排肃立的则是当地公社及敖村的领导干部，还有毛小毛和父亲毛老汉，以及部分村民。会场左侧是逝者的亲属，只有两位女人，一位是孙竟男的母亲，另一位则是与孙竟男相恋了三年之久的未婚妻。她原本计划春暖花开时来队与孙竟男成婚，然而此行，却是与未婚夫的诀别了。

孙连长母亲与儿子的身材一样，十分瘦小，身子板却挺得很直。老太太身上穿着农村人那种黑色的棉袄，棉裤的裤脚打着结，花白稀疏的头发已盖不住头顶，那双深沉哀婉的眼睛，似乎深蕴着一段凄苦难言的故事。她像一尊蜡像，没有任何表情也没有一滴眼泪，与身边垂泪不止的未婚儿媳妇形成了鲜明的反差。

哽咽着的杜团长为孙竟男致过悼词，右排的人们成排成队地向逝者三鞠躬后，便与逝者亲属握手。老太太的手机械地从抬起的那一刻起就再也没有放下，任人们伸来的手与自己毫无知觉的手依次相握。追悼会结束后，孙连长的遗体被抬上灵车。他的未婚妻随着秩序井然的悼念人群，上了去火葬场送葬的车队。老太太自是没有去，按照习俗，白发人送黑发人是不去那个地方的。

她独自一人站在那片空地上，一动不动地遥望着天空上那只孤独的苍鹰。那苍鹰在一圈一圈地盘旋和俯冲，不断地发出凄婉的悲鸣，似乎也在表达着对孙连长的痛悼之情。留家做饭未去给孙连长送葬的老崔，这时拿着一件军大衣披在老太太身上，一个一个纽扣系紧后问道："大娘，要不我领你四处走走？"老太太点点头。他们沿着一排排营房、坦克车库和椭圆形的训练场一路走来，不觉间走进了胡杨林里。老太太停了脚步，自言自语："竟男的骨灰，一半我带回家，另一半……就葬在这里吧。"

回到连队，老崔安排老太太休息后，急忙向指导员做了汇报。指导员不敢怠慢，即刻打电话向杜团长报告了老太太的想法。杜团长指示："尊重老太太的意愿，我要亲自为孙竟男同志扶灵下葬。"

三天后，杜团长双手捧着装有孙竟男一半骨灰的骨灰盒，将他安葬在了胡杨林里的一块空地上。一块青石墓碑立于其中，碑上镌刻着七个血红的大字——"孙竟男烈士之墓"，之下便是逝者的生卒日期。

望着墓碑，老太太捂着脸失声痛哭，这是她为儿子奔丧以来的第一次落泪。所有在场的人都想上前劝阻，劝她节哀顺变。但孙连长的未婚妻摆摆手，示意让老太太痛痛快快地哭一回吧。可她哭了一会儿后，就擦干了眼角和面颊上的所有眼泪。杜团长走上前去说："大娘，当年您给我们送来了您的好儿子，今天，您又给我们留下了一位好军人。我代表坦克团全体官兵向您致敬！"说完，双脚一磕给老太太敬了一个极为标准和庄重的军礼。

老太太摇了摇头，却问："你既是一团之长，不会不知道竟男还有一个爹吧。你们为什么不通知他爹一声？"此前，在孙竟男的丧事安排上，杜团长可谓亲力亲为，几乎过问了每一个细节。组织股长详细查阅了孙竟男的档案后，向他报告了孙竟男的老家在山东省沂蒙山区，直系亲属只有老母亲一人，这与他平时对孙竟男个人情况的掌握和了解极为吻合。

杜团长挠着头，十分诚恳地说："大娘，也许我们工作不细，请您告诉我，孙竟男的父亲在什么地方？我现在就安排人去接他。"老太太的态度有所缓和："也许你真的不知道竟男的爹是谁，算我冤枉你了。你刚才说派人去接他，就怕那人去了连他的家门都进不去。"杜团长挺直胸脯说："我亲自去。"老太太说："你去也一样！"杜团长真的不知道该说什么了。

一阵冷场之后，老太太说："团长同志，其实你用不着给我又打立正又敬礼的，我就是个农村老太婆，思想没那么进步也没那么无私。我把竟男的一半骨灰葬在这里，只是留给他爹的，因为他爹也是部队上的人。"杜团长问道："竟男父亲是哪个部队的？"老太太说："我说不清番号，但我知道这支队伍在东北的铁园市。"杜团长又问："竟男父亲在部队做什么工作？"

老太太嘘了一口气说："军长。""军长？"杜团长心里重复了一遍，已惊得瞠目结舌了。当兵这些年，他从未听说过军长的夫人还是个农妇。他怀疑老太太许是哀伤过度，词不达意了，但还是耐着性子小心翼翼地问："大娘，敢问军长大名？"

"他也没有小名啊。他叫孙——殿——堂！"

第二章

  1969年入冬之后，军区开始了"山、散、洞"的战略转移。只半个月的时间，原本驻守在城市的野战部队便神不知鬼不觉地散于大山沟壑之中了。
  在一个月黑风高的夜晚，独立坦克团经过一段风驰电掣的夜行军后，由原来的驻地来到了一百多公里以外的默川县安营扎寨。团部安置在公社所在地，各营各连则分布于若干个山沟之中。坦克一连进入的这条山沟纵深几百米，宽度也有百米之余。沟两侧横亘着起伏不定的山坡，沟口掩映在一片灰黄的胡杨林和一片墨绿的红松林之中，不远处便是敖村。
  一年后，原本杳无人烟的山沟里建起了营房、坦克车库和偌大的训练场地。即便如此，沟外公路上川流不息的车辆和来来往往的行人，仍然难以发现那沟里深藏的部队和坦克。官兵们这时才开始赞叹部队测绘部门对这条沟的精准选择。与此同时，当地老百姓还为这条沟起了一个名字——"老阴沟"。
  部队刚进入老阴沟时，孙连长还是排长，几年间由排长、副连长升到如今的连长。都说新官上任三把火，孙连长还没想好那两把火怎么烧，但是第一把火是定了，不是烧而是灭。于是找来本连最有文化的两个人章诗逸和郝援朝商量。孙连长开门见山地说："自我连进驻这条沟后，老百姓就管这条沟叫老阴沟了，此名寓意不好，所谓阴沟儿里翻船。我们重新给这条沟起个名吧，你俩谁先说？"
  郝援朝看着窗外天空中盘旋的那只苍鹰说："连长，我先说，要不叫老鹰沟怎样？"孙连长眼睛一亮，赞道："好名，大有一石双鸟的作用。既把老阴沟的叫法灭掉了，又能说明这沟里的每一名官兵都有着雄鹰一般的勇敢和坚毅，是这个意思吧？"郝援朝点点头笑了。
  晚点名时，孙连长向全连郑重宣布："从今天起，我们所在的这条沟就叫老鹰沟了。"并安排可算得上半个木匠的刘天刚，次日做个牌子立在沟口，写上大字"老鹰沟"。

第二天上午，章诗逸在刘天刚做好的木牌子上，用一破抹布蘸着墨汁写上了"老鹰沟"三个大字。刘天刚扛着牌子拎着铁锹来到沟口立好牌子后，便见两只山雀在他头顶的树上唧唧啾啾地欢叫追逐，那欢快的蹦跳和动听的啼鸣声让他心旷神怡，陶醉其中了。

突然间，近在咫尺的红松林里传来女子的呼救声，刘天刚拎起铁锹寻着声音向林子里奔去。近时，但见一名男子提着裤子从林子里慌慌张张地窜了出去。在一棵树下的落叶和草丛中，一位姑娘仓促地坐了起来，两个小羊角辫完全散开，扎辫子的皮筋还挂在发梢上。她的上衣已被挣开，她用被挣开上衣的下摆捂着下身。刘天刚心里一颤，我这叫干的什么事哟，是不是冲散了一对正在销魂的野鸳鸯？但又一细想，从那男子猥琐鄙夷的背影看，更像是淫欲之下的欲行不轨。他拎着铁锹向那男子追去，那人的影子却早已被风吹走了。

他悻悻地返回林子，心里又是一颤。姑娘本以为他走远了，正跪在地上急促而零乱地整理衣服。刘天刚急忙转过身，快步走出了林子……

姑娘是敖村的村民。这日午后本想到松林里捡些松塔，回家破壳后取出松子用以充饥。没想到刚刚走进林子，就被那个素昧平生的壮年男子裹挟于树下了……如果不是这名解放军战士及时赶到，她就被那个衣冠禽兽糟蹋了。她此时已穿好衣服，扎好小辫，拍打掉身上所有的草叶尘土。但见那位魁伟宽肩的战士扛着铁锹走进老鹰沟，走进坦克一连的营房了……

这天午睡起来，刘天刚才走出宿舍，便听见通信员小王大声呼喊："咱连的老母猪跑了！咱连的老母猪跑了！"他三步并作两步奔过去问道："跑哪儿去啦？"小王说："敖村。"刘天刚撩开双腿就向敖村追去，边跑边回过头对小王说："你跟孙连长报告一声，就说我去追猪了！"

他穿过松树林便来到了敖村，一眼便看到那头雪白的老母猪，正在一片菜地里大快朵颐地啃着一棵大白菜。这头巴克夏老母猪是坦克一连进驻沟里后，当时还是排长的孙连长从公社抱回来的。后来这猪通过配种就一窝接一窝地生下了无数头猪崽，猪崽长大长肥了就上了官兵的餐桌。在孙连长的心目中，这头巴克夏猪是个功臣，他曾经不无感慨地多次说："坦克一连四十五人，'老巴'就是第四十六！"

刘天刚飞快地跑向老巴，便见菜地那头有位姑娘也向这边走来。他撵着老巴，就看清了已来到面前的姑娘正是松树林里自己救下的那位。心里一紧，红着脸说："老巴没规矩，跑到你的地里偷吃白菜了。""老八？"姑娘眼着嘻笑了，"你家的猪还有排行，它后面是不是还有老九哇？"他顺口应道："我排行老九。"姑娘笑弯了腰，指指老母猪又指指他，抹着笑出的眼泪问："它是老八……你是老九？"他急忙打着手势解释道："我是说我在我们连年龄上排行老九，可不是跟老巴论，跟它论我也是猪了。"接着，他话锋一转问道，"你叫什么名字？"姑娘说："我叫毛小毛。"刘天刚迅即从衣兜掏出一元钱纸币塞进她的手中说："毛小毛同志，解放军不拿群众一针一线，这是老巴的饭钱。"说完，就撵着老巴回老鹰沟了。

　　第二天晚饭后，孙连长刚刚走出食堂，对面走来一位眉清目秀的姑娘。她确定孙连长的上衣是四个兜后说道："军官同志，我想找一下九哥。""九哥，"孙连长问，"你说的九哥叫什么名字？"姑娘摇了摇头。孙连长又问："你找他什么事？"姑娘说："一件小事。"孙连长异常敏感地打量了她几眼后便对身边的通信员小王说："喊刘天刚过来。"因为他听说过全连有过年龄的排序，刘天刚排在第九位。

　　正在吃晚饭的刘天刚听小王说连长找他，扔下筷子就急匆匆地跑了过来，一眼便看到连长身边站着的那位姑娘，心里突突地跳个不停。孙连长从姑娘的眼神中确认刘天刚就是她要找的人后，便盯着刘天刚问："你介绍一下吧，这位姑娘是谁？"刘天刚双脚一磕答道："报告连长，她叫毛小毛，家在敖村。""说说看，"孙连长又问，"你们之间发生了什么？"

　　不等刘天刚开口，毛小毛抢先说道："报告……连长，九哥，不，是天刚哥……救过我。"之后就将那天松树林里刘天刚救下她的经过说了一遍。孙连长点点头问："那你是来感谢刘天刚的？"毛小毛摇摇头说："不，我来找他算账！"刘天刚只觉得脑袋嗡的一声骤响，身体晃了两下就有些站不住了……然而，毛小毛从衣兜里掏出一元钱递给孙连长说："那天，你们的老巴啃了我家几棵白菜，啃了就啃了呗，要不也烂在地里了。天刚哥……赔了我钱，闹得我好几天睡不好觉，这钱我必须还他。"孙连长接过那钱顺手递给了刘天刚，继而对毛小毛说："刘天刚做得没错，不过这钱不该他拿，该我拿。"说完就从衣兜里掏出一元钱纸币递向毛小毛。毛小毛向后躲着，将双手摆在半空说："不不，你们谁的钱我也不能要。"说完，扭头就跑。孙连长将钱往刘天刚手里一塞说："你还愣着干什么？快去追！"

　　毛小毛回头看见刘天刚追来，就跑得更快了。跑到松林边时，她终因体力不支，双手掐着纤细的腰，大口喘着气再也跑不动了。从后边追上来的刘天刚扶住她有些摇晃的身体后，就想将连长的一元钱塞到她的手心里。她扬起手说："如果你非要把这钱给我,我就收了……之后你回你的一连,我回我的敖村。从此,我们谁也不认识谁!"刘天刚问:"照这么说,我不给你钱,我们今后还认识?"毛小毛笑了:"不仅认识,你还是我的天刚哥。""行。"刘天刚一挥手说,"反正我也是出来了,连长的钱也被我贪污了,我们……到林子里歇一会儿?"毛小毛欣然一笑,便随着刘天刚一同走进了松树林里。

　　刘天刚搬来一块平整光滑的石头扶毛小毛坐下后,自己便坐在了她的对面,随手将满是汗水的军帽摘下来放在一块干净的地方。几分钟后,毛小毛缓了过来,那张脸已恢复到之前的红润白皙,眼睛也清澈若水了。她看着那军帽笑了笑问:"我戴一下可以吗?"刘天刚说:"全是汗,不嫌埋汰你就戴。"她拿起军帽并没有急于戴,却抚摸着军帽上的红五星说:"其实我爸也是当兵的,当年是大青山抗日游击队的排长,后来腿负伤就回家了。"刘天刚笑道:"照这么说,你是当兵的后代,你有戴军帽的资格。"毛小毛异常兴奋:"真的,我还能算当兵的后代?"

　　正此时,杜团长也来到松林边。吃过晚饭的他,在团部的院里走了一圈后,心想多日没下连队了,就坐了车往一连来。来到松林边时,他就觉得肚子憋了一泡尿,喊司机停下车便走进林子。一棵树下,他解开裤子就哗哗地尿了起来,尿完后系好裤带,却听见林子里传来一男一女说话的声音。好奇和兴趣的双重驱使下,他寻着声音走近时就掩在一棵树下看去,但见一名战士与一位姑娘席地而坐。喜在眉梢的姑娘戴着那名军人的军帽,正美滋滋地用手捋着帽檐下的黑发对战士说:"我的这个脑袋还配得上这顶军帽吧?"军人说:"配,配极了。我给你照张相。"说着,两只手的拇指和食指交叠出一个照相机的形状,瞄准姑娘,嘴里发出咔嚓一声响。之后,二人就笑了起来。

　　杜团长此时已威而不怒地站到了他们面前:"这林子大了,真是什么鸟都有哟。"刘天刚一回头,但见双手剪在背后的杜团长正匸斜着眼看着自己,就腾地站起,趔趄中不忘将姑娘头上的军帽摘下后慌乱地戴在了自己头上,而后双脚一磕,敬了一个军礼。杜团长冷着脸问:"是一连的吧?"礼毕后的刘天刚答道:"报告团长,一连坦克驾驶员刘天刚。"杜团长转过身问毛小毛:"你呢?"她低头答道:"我叫毛小毛,敖村村民。"候在车旁的司机听到林子里杜团长说话的声音,就走进了林子。杜团长看了他一眼说:"你去一连把孙连长接来。"

　　司机走后,杜团长的问话依然不露锋芒:"你们俩刚才在做什么?"二人面面相觑没有回答。杜团长又问:"是不是不好回答?那好,刘天刚我再问你一个问题,军人身上的军装是用来做什么的?"刘天刚答道:"军人身上的军装是军人的标志!""没错,"杜团长用手指撩起他军装的下摆继续说,"其实它就是一层绿布,与普通的绿布没有什么两样。但是一颗红星头上戴,革命的红旗挂两边,才是这层绿布的价值所在,才使得我们这些人成为中国老百姓心中最可爱的人,是不是这样?""是!"杜团长再问:"明白战士不准在驻地搞对象吧?""明白。""战士不准在驻地搞对象是部队一条铁的纪律,"杜团长说,"这其中的道理有理论上的高谈阔论。但通俗地讲,我认为它是约束军人维护自己尊严的体现。不能因为披上绿布戴上红领章红帽徽成为最可爱的人了,就可以见花掂花,见草惹草,是这个意思吧?"刘天刚点了点头。

　　林子外,孙连长已走下杜团长的车疾步走进林子。他向杜团长敬了一个军礼后,杜团长摆摆手让他站在一边,眼光却转向毛小毛说:"姑娘,这里没你的事了。你走吧。"毛小毛红着脸转过身走了几步后又返了回来,咬着嘴唇欲言又止。杜团长说:"有什么话你尽管讲。"毛小毛松开的嘴唇便显现出了红里透白的牙痕:"我不是花也不是草,我是有血有肉的人……团长同志,如果刘天刚脱下军装,我是不是可以找他了?"杜团长笑了:"这个问题你不该问我,该问刘天刚,他是不是愿意为你脱下军装?"毛小毛充满期待的眼光看着刘天刚,他却没有说话。杜团长问:"毛小毛,刘天刚没有态度,你还坚持自己的意见?""坚持!"杜团长叹了一口气举起右手说:"我这只手只拿枪杀敌,决不棒打鸳鸯。但是你的态度如此坚定,我就成全你了。我批准刘天刚脱下军装,立即退伍!"说完后,手一甩径直走出林子。孙连长一路跟在其后。

　　杜团长拉开车门坐进车里,眼睛瞪着车外的孙连长,刚才一直压抑的怒火终于爆发了:"孙竟男,这就是你的兵。把自己的军帽戴在姑娘的头上了,我再晚来一会儿,他身上的军衣都得扒下来给人家穿。听好,你明天就扒担刘天刚的军装!"孙连长紧紧抓住车门把手,对坐在车里的杜团长苦苦哀求:"团长……这件事情事出有因,听我给您解释两分钟。待我说完,您怎么处理刘天刚,怎么处理我都行。"之后,便将刘天刚解救毛小毛于松树林中的义举,以及追猪、还钱的事一一说过。

　　盛怒中的杜团长听完后怒气也就减了一半,语气也平缓了许多:"看来刘天刚能博得毛小毛的芳心,是因为他英雄救美了,他做得非常好,值得表扬。但这不能成为战士不可在驻地搞对象的例外,我的主意没变,刘天刚必须立即退伍!"孙连长仍然不离不弃地央求道:"刘天刚被单独退伍了,档案里就留下了触犯部队纪律的一笔,他的一生就永远有了这个污点。团长,您看能不能这样,等到部队大批退伍的时候,再让刘天刚脱下军装?"杜团长说:"不答应你,这车门的把手也就被你拽掉了。好吧,刘天刚就等着大批退伍时办手续,但是从现在起,他必须离开连队的战斗序列。"孙连长的手松开车门把手,啪地敬了一个军礼说:

"是。刘天刚从现在起不是坦克驾驶员了,明天就去炊事班报到!"

杜团长的车飞驰而去了,孙连长也闷着头向老鹰沟走去。林子里的刘天刚和毛小毛听到了孙连长和杜团长的全部对话,怔怔地看着对方发愣。刘天刚忽然将军帽狠狠地摔在地上说:"不如刚才,团长就把我的军装扒掉了!"

刘天刚去炊事班报到的那天,老崔正舞着大铲站在灶台前炒菜。他把大铲交给另外一位炊事员后,就领着刘天刚来到宿舍。他看着刘天刚有些灰黄而失落的脸色说:"你的事连长都跟我说了。你到兄弟我这儿,权且把这里当避难所。炊事班就这些活儿,你挑一样。"刘天刚说:"听你分配,我什么活儿都能干。"老崔笑了笑问:"你怕不怕丢人?"刘天刚说:"丢脸的事我都干了,还怕丢人?"老崔拍拍他的肩膀说:"去喂猪吧,你追猪追到了毛小毛,却把自己追到炊事班来了。我为了说明我是个军人子弟,却一拳给自己打到炊事班来了。不过……你比我值!"

老崔和刘天刚原本都在二排的105车,老崔任炮长,刘天刚任驾驶员。老崔已成为全团名噪一时的优秀炮长时,刘天刚才入伍。老崔发现这个高高大大、敦厚朴实不大爱讲话的新兵蛋子非常爱写信,一有空就把褥子捆起来,将信纸铺在坚硬的床板上,坐个小板凳就着床板专心致志地写起来,深以为这小子肚里有些墨水。后来,身为党小组组长的老崔,接到了他一份接一份的思想汇报。老崔这才发现,这小子其实没念过几天书,错别字像满地爬来的蚂蚁,字体歪七扭八的像长了一山的歪脖子树。再后来老崔就更加纳闷了,全连的人都在议论刘天刚是个没爹没妈的孤儿,那么他的信又是写给谁呢?

这天上午,一场绵绵细雨过后,天边拱起一道斑斓的彩虹,山沟里的山花极尽妖娆。坦克一连的十辆坦克驶出老鹰沟奔向大青山,在那里要进行为期一天的半年训练考核。身为炮长的老崔本也该去参加考核,但他的射击水平非同凡响,曾在全团炮长射击的比赛中获得了第一名,属于免考人物,便被孙连长安排在家负责留守工作。

下午,沿沟走来一位四十多岁的农妇,个头儿不高,脸色黑里透红,脖子上围着一条白手巾。老崔做了自我介绍并接待了她。这位妇女说她姓田,是刘天刚的干妈,随后从衣兜里掏出一个信封。她从信封中捏出一片满是字迹的信纸说:"崔同志你看,这是天刚写给我的信,他说他入党了,我特意从黑龙江克山县的老家来看看他。"老崔拿过那信纸一看,确实是刘天刚的笔体,而且信封上的地址与他每次写下的一模一样。老崔说:"田妈,我和刘天刚同车,我是炮长,他是驾驶员,我俩好得像亲哥们儿一样。"随后热情地挽着她一同来到宿舍。田妈进屋后就坐到大通铺靠墙角的那个位置上,老崔笑道:"田妈,您正好坐在天刚的床铺上了。"田妈点点头说:"他的气味我闻出来了。"说完之后,她就用那条白手巾拭着眼角涌出的泪水,谈起了刘天刚……

刘天刚三岁时,一对从东北铁园市来的中年夫妇将他送给了田妈,告诉她这孩子的亲生父母,是解放军驻扎在东北铁园市野战医院的一对军医夫妻。抗美援朝战争爆发后,军医夫妻二人同时跨过鸭绿江赴朝作战,将只有一岁多的孩子托付给了这对当时还没有自己孩子的年轻夫妇。一年多之后,这对夫妇也有了自己的孩子,决意从铁园回到千里之外的黑龙江老家。途经克山县时正是天色渐亮的早晨,疲惫不堪的他们敲响了田妈的家门,走进屋后,就将军医的孩子留在田妈家了,说好日后再来接孩子,然而他们这一去就再也没有回来。无奈的田妈,只好将这孩子收下了。她按照自己丈夫的刘姓,以及这孩子是天刚亮时来到她家的,便给孩子起下了"刘天刚"的名字。刘天刚长大成人后,田妈送他当了兵……

田妈抹着眼泪最后说:"崔同志,我一生没有儿女,但我收养过很多像天刚一样在战争中与父母失散的孩子,他们都像我的亲生儿女一样。但天刚命最苦,至今也没找到他的父母,而别的孩子都找到他们的归宿了。我只希望天刚能在部队提干,成为一名解放军的军官,这才是他的归宿啊!"说完之后,就抹着眼泪默默地走了。老崔百般挽留,也没拦住她离去的脚步。

黄昏,训练考核归来的坦克一连车队全部回到老鹰沟。刘天刚才走下车来就被老崔拉着去了一个僻静处,而后老崔便将田妈来到老鹰沟以及田妈告诉他的一切说给了刘天刚,随后往他胸口搋了一拳说:"天刚,虽然你打小就与赴朝作战的爹妈失散了,但你不失军人子弟的身份,你至少还有找他们的机会。而我的那个爹,永远也不需要找了,他死了,死在战场上了……但是天刚你记住,谁敢说我不是军人子弟,我就打掉他的大牙!"就是这句话,为老崔酿下了大祸……

这年冬季三九的第一天,章诗逸的媳妇来队探亲了。晚间,寒风凛冽,大雪纷飞,那雪花被风搅得七零八碎,肆虐于整个老鹰沟的每一寸土地。老崔、郝援朝、刘天刚、赵克几个老兵来看望章诗逸的媳妇……

章诗逸的媳妇叫袁雪梅,二人的家同在山西晋中。章诗逸的家在县城,父亲是一名军人——县人武部政委。而袁雪梅的家则在农村,父亲也是一名军人,但她生下来就没见过自己的军人父亲。她和母亲在没有男人的家中相伴相守,日子过得清苦拮据。

　　章诗逸与袁雪梅从小学到中学都是同校同级同班的同学，又是同庚。天资聪颖的章诗逸，考试成绩历来一骑绝尘，深得袁雪梅的仰慕和青睐。可是就在他们考上高中的那一年，章诗逸家遇不测，父亲去世了。其父参加解放战争史上最为惨烈的战役之一孟良崮战役时，被敌人的炮弹炸掉了整个脾和一个肾，自此以后一直在沉疴痼疾之中煎熬。最终，其父终在十多年后的这个深秋溘然长逝，悲痛欲绝的母亲也随他而去了，只留下独子章诗逸。

　　人武部新政委到任后，不仅接替了老政委——章诗逸父亲的职位，同时也搬进了他原有的住房。这天，搬出家的章诗逸，背着一个大大的行囊，孑然一身地刚刚走出人武部家属大院时，便看见已迎在大门外的袁雪梅……

　　袁雪梅的容颜虽不特别出众，个头儿不高，皮肤也不白，但椭圆形的脸蛋上有两个深深的酒窝，一笑便绽放出花一般的笑靥。她的笑声爽朗飘逸，且人群中的第一声笑总是她的。其才气虽不能与章诗逸相媲美，但也是冰雪聪明、蕙心兰质。

　　她将孤身一人的章诗逸接到自己农村的家里。自己搬进母亲的房间，腾出另一个房间由章诗逸居住。

　　一年以后，章诗逸却当兵走了……那天，他拿着入伍通知书回来后，就将袁雪梅叫到自己的房间里，附在她的耳畔悄声说："在我搬出人武部大院后，也许人武部领导觉得亏欠我的父亲和我。在我全然不知的情况下，他们给我办妥了当兵的所有手续。这也该是我最好的出路了。"没想到袁雪梅捂着脸失声痛哭："尽管你没爸了，可你爸的战友和同事还想着你……我也有个当兵的爸，可我那个爸有什么用？我到处找他都找不到啊……"

　　就在新兵集结出发的头天晚上，袁雪梅抱着自己的被褥来到了章诗逸住的房间，红着脸小声说："诗逸啊，虽然我没有钱摆下酒席祝贺你当兵了，但我愿以自己最纯净的灵魂和肉体为你饯行！"就这样，章诗逸与袁雪梅结合了。那天夜里，二人慌乱地脱尽衣服钻进被窝后，章诗逸将袁雪梅搂进怀中满怀深情地说："我将用我的一生，帮你找到你的军人父亲……"

　　临时来队探亲的家属宿舍紧挨着食堂，屋里不仅有火炉，还有热气腾腾的火炕，暖暖的小屋营造着夫妻久分两地乍然相聚的温馨和热度。几位老兵将嘴里的哈气吹在手心走进屋时，桌上摆着一瓶山西汾酒和四盘小菜。那四盘小菜是一盘煮花生米，一盘生拌大白菜，一盘袁雪梅从家乡带来的牛肉干，一盘由食堂大缸里捞出的还带着冰碴的萝卜条咸菜。

章诗逸给大家斟满酒后,笑容可掬地举起酒杯说道:"今天恰逢周末,本该喝个一醉方休,但是连队有纪律不让喝酒。熄灯号吹响之前,咱们结束战斗。"一瓶汾酒很快被喝得见了底,老崔从怀里摸出一瓶酒蹾在桌上说:"诗逸就拿出一瓶酒糊弄咱哥儿几个,属实太抠,从现在起喝我的。弟兄们,为雪梅的到来再走一个。"袁雪梅论酒量可谓巾帼不让须眉,不亚于在座的任何一位男同胞,未及各位举杯,她一仰脖早已将一杯酒喝尽了……

因为是个民办教师,袁雪梅便有了借着寒暑两假来部队探亲的机会。在与章诗逸度过的美妙绝伦同衾共枕的短暂时光中,也与一连的老兵们混得熟了。然而,她比一连老兵混得更熟的却是坦克团的政治处主任……

章诗逸的文才在他入伍后就显现出来了,第二年便被借调到军区政治部。一年的笔墨春秋中,他极不适应,决意回到坦克团。团政治处主任亲迎他的回归,有意将他招至自己麾下提任宣传干事。他暂且回到一连后,只待提干命令了,并及时将这一大好消息写信告诉了袁雪梅。遗憾的是,袁雪梅却久久没有回信。

夏天,袁雪梅借着暑期放假来部队探亲了。但她并没有走进老鹰沟,却风尘仆仆地走进了团政治处主任的办公室……

当她报了自己姓名也报了与章诗逸的配偶关系后,主任问道:"你……是来打听章诗逸同志提干的事?"袁雪梅掩着嘴笑了:"那我就直说了吧,诗逸能不能脱掉军装退伍?"主任大惊:"我当了这些年兵,可是头一次碰到有人千里迢迢而来,找我谈她的男人不提干而是退伍的事。听说过那句话吧,男人不当兵后悔一辈子,当了兵可是光荣一辈子哟。"袁雪梅点点头表示赞同,可是一张嘴却是另一番论调:"我承认当兵的人是光荣的,包括他们的后代也是光荣的。因为我父亲就是当兵的,他光荣我也跟着光荣。可是我自打生下来就没见过他,这种光荣的代价……"

主任摇了摇头打断了她的话:"我想问问,你为什么至今没见过你当兵的父亲?按照你的年龄算,你父亲应该参加过解放战争,你们父女该是那时失散的吧?"袁雪梅说:"没错,他是参加过解放战争。但打完仗新中国成立了,他却不回家了。""那你想过没有?"主任问,"你父亲在外边也许有新家啦?"袁雪梅说:"没有,他现在仍然是孤零零的一个人。主任啊,就不说这个啦。反正诗逸当兵三年了,服兵役的时间也要到期了,更何况他文气有余,武气不足。你就让他退伍回家跟我一起去找我的父亲吧。"主任扼腕抵掌地叹道:"咱坦克团不乏舞枪弄炮的武士,就缺舞文弄墨的笔杆子哟……章诗逸提干的事宜暂缓,这样你该满意了吧?"

莫可奈何的袁雪梅无言以对。从那年起,袁雪梅每逢来队探亲,都首先去主任那里打探章诗逸能否退伍的消息,答复如前——暂缓,这在一连已是个公开的秘密。结果几年过去了,主任已换了两茬,章诗逸去留的问题仍在"暂缓"中徘徊……

老崔这时举起酒杯说:"雪梅,我单敬你一杯,我听说过你找政治处主任的事,也明白你拽诗逸回家的目的是找你父亲。大哥绝不能袖手旁观,看看我能帮你做点儿什么?"袁雪梅说:"酒干了我告诉你。"二人举杯将酒喝尽。"心意我领了,"袁雪梅说,"但你帮不上我。"老崔问:"为什么?"袁雪梅笑了笑说:"因为你只能看到军人子弟荣耀的一面,不知道他们的苦衷。说白了,我是军人子弟,你不是。"老崔拍着桌子说:"谁说我不是军人子弟?"

"我就说你不是军人子弟。"一旁的赵克盯着他说,"咱俩同村光屁股一块儿长大的,我还不知道你。"老崔沉着脸问:"赵克,我爸是四野的你知道吧?解放长春时他牺牲了,你也不会不知道吧?"赵克点点头说:"我知道,全村人都知道。但你爸去世后你妈改嫁了,把你送给了你叔,是你叔把你养大的,你一直管你叔叫'爸'。你的这个'爸'是军人吗?不是,是个农民。"老崔捋起袖子使劲攥紧拳头,指着胳膊上暴起的血管说:"我的血管里淌着我爸的血。以血缘论,我就是军人子弟!"赵克撇着嘴说:"你非要弄个军人子弟当当,不就是想证明你生下来是个英雄而不是狗熊!"说完后,他拍着桌子哈哈大笑。

这时,章诗逸看看腕子上的手表说:"就要吹熄灯号了,咱们到此为止。雪梅,你来收杯吧。"袁雪梅举起酒杯说:"这第一杯敬所有人,干了。"大家一饮而尽。袁雪梅又倒下一杯酒说:"这第二杯专敬军人子弟。"章诗逸、郝援朝举起了杯子。郝援朝是军人子弟是众所周知的,一个真正从部队大院走出来的军人子弟。这之后,刘天刚也举起杯子。他的养母田妈来队之事经老崔在连里讲过后,所有人无一不认定他正在找的军人父母足以说明他是军人子弟。再之后,老崔也举起了杯子。赵克不屑地说:"老崔,你也算军人子弟?别拉大旗作虎皮了!"郝援朝摆了一下手说:"我认为老崔是军人子弟,来,干了。"除了赵克外,大家将酒喝尽。一个结局难称完美的酒席就这样结束了。

大家各自散去时,老崔紧紧跟在赵克身后。至一暗处,他喊住赵克问道:"你刚才说的不是酒话吧?"赵克喷着满嘴的酒气说:"我一人就能喝下两瓶酒,如果刚才这点儿酒我就说酒话,那我就不是赵克了。""那好赵克"老崔说,"你把酒桌上的话再重复一遍。"赵克大笑:"我看你是喝多了。如果你真没听清我刚才的话,那我就再重复一遍,你非要弄个军人子弟当当……"没等他说完,老崔猛的一拳挥去,重重地打在赵克嚅动不已的大厚嘴唇上。毫无防备的赵克"嗷"的一声捂着嘴蹲在地上了,地面刺眼的白雪中冒起热气,那是他从嘴里吐出的两颗血牙。作为一名优秀的炮长,在靶场上弹无虚发的他,挥出的拳头也准确无误,其战果就是赵克还蹲在那里满地找牙。

老崔被叫到连部。指导员看着他还未松开的拳头问:"你打人啦?"老崔说:"打了。"指导员又问:"你为什么打人?"老崔气哼哼地说:"一根筷子挑不起锅盖。"指导员冷冷一笑:"你明天去炊事班报到吧,那儿有的是筷子和锅盖。"

其时,孙连长回老家探亲了。归来后听指导员说,老崔打了赵克并已调其去炊事班的处理决定时,虽有不同意见但没说话,心里着实为老崔惋惜……

第三章

  老崔被下放到炊事班，不过是退伍回家的过渡。然而半年后的退役工作开始后，却出现了令人意想不到的结果。炊事班时任班长突然提出了退伍申请，其态度不容置疑。
  可只有四个人的炊事班不能两人同时退伍，老班长走了，老崔侥幸被留了下来。接下来的问题是谁来接替老班长的工作。孙连长力挺老崔，老崔又侥幸当上了炊事班长。
  老崔当上炊事班长后，将孙连长对自己的信任转化到对官兵的极尽服务中去了。哪个头疼牙疼肚子疼了，他会把面条里卧着两个荷包蛋的病号饭亲自送到那人的床前。哪个生日到来的喜庆之时，他又会将一碗香喷喷的长寿面送到餐桌上为其庆生。做这一切时，没有干部战士之分，也没有新兵老兵之别，老崔都是嘻嘻哈哈地在意又在情中进行。但是每一个经历过的人，无一不铭记着老崔对自己的格外关照、格外亲近和格外呵护。

  "松树林事件"之后，毛小毛开始反省自己的轻率无知了。如果自己当时能够退而避之，即使刘天刚脱下军装她也要跟他的话，刘天刚绝不会被杜团长逐出战斗序列，由一名风光的坦克驾驶员沦为一名火头军了。她深感自己对不起刘天刚，也就更加思念他了。这天早上起床后，毛小毛对着镜子梳理一番，便对父亲说："爸，我到东边的山坡搂干柴去了。"毛老汉说："吃了早饭再去。"她一扬手说："不吃了，晚了就看不到日出了。"她出了院子佯装往东边去，拐了一个弯后便向西边的老鹰沟走去。
  一连正在出早操，齐刷刷的跑步声节奏分明、雄壮有力。她渴望从中看到刘天刚高大魁梧的身影，但事实证明，他已无缘这个战斗序列的一切活动了。

正在此时，一名战士挑着两个泔水桶向猪圈走去，桶里油乎乎的泔水不时洒在他的大头鞋上，油湿了整个鞋面。她看清了那名战士就是刘天刚时，心里悲凉不已，这就是她心中那个日出的全部景象。刘天刚进得猪圈，刚把泔水桶放在地上，已从他身后走来的毛小毛就拎起泔水桶哟哟地唤着老巴，之后便将泔水哗哗地倒进食槽里。怔愣中的刘天刚正想说什么，出操的队伍却散了。蜂拥而至的战士们将二人团团围住，嬉笑中有人一声叹息："一朵鲜花插到猪粪上了！"孙连长挥着手让大家散去，然后拐个弯，独自回连部了。

经历了第一次帮刘天刚喂老巴后，毛小毛初时忐忑羞怯的感觉已经渐渐消散。但她心里不无遗憾，自己与刘天刚连一句话也没说上啊。

几天后的这个早上，她再次来到一连走近猪圈时，老巴拱着食槽吧唧吧唧地吃着它的早餐。显然，刘天刚已喂完老巴了。怎么办？她决定到炊事班去见刘天刚，哪怕与他说上一句话也心满意足了。这时她才发现，战士们都在洗衣晒被，才想起这天是周日。

她从一名战士的嘴中得知炊事班宿舍的具体位置后，便前去敲响了炊事班的门。她怀着有些惶然的心境走了进去，但见刘天刚与一个大扁脑袋的战士盘腿坐在大通铺上玩憋死牛，一旁围观的人闹闹哄哄地出谋划策喧嚣不止。那个大扁脑袋正在抓耳挠腮举棋不定之时，一抬头看见了毛小毛，便扬起手哗啦啦地将棋子抹得四处飞溅。刘天刚无奈地拍着床铺说："老崔，你又玩儿赖了！"却见老崔冲大家使个眼色，笑眯眯地蹭下床来穿好鞋就往外走，大家心领神会地一哄而散了。

屋里只剩了刘天刚和毛小毛。刘天刚匆忙下地憨声憨气地问："你……又来帮我喂老巴啦？"毛小毛抿嘴一笑，反问："你们这屋是猪圈哪？"刘天刚挠着头也笑了："你还真说对了，连长从来就说我们炊事班是个猪圈，他都懒得来。"

毛小毛再不说话，将床铺上散发着油烟味道的围裙、衣服，以及床单等物统统扔进地上的洗衣盆里，之后坐在小板凳上捋起袖子就搓洗起来。刘天刚也不闲着，拎起水桶去厨房接满水回来后，却见毛小毛将两只湿漉漉沾满肥皂沫的手，举在了他的面前。他即刻就明白了，这是让自己帮她把逐渐下滑的袖口向上捋起。他的手刚刚触碰到毛小毛细嫩而富有弹性的小臂时，一种前所未有的异样感觉让他感到酥麻……他终于将她那袖子捋到再也捋不上去的位置时，鼻尖上已沁出了细微的汗珠。

不一会儿，毛小毛已将所洗之物洗得洁净如初了，刘天刚端起盆里洗完的衣物出了门，将它们逐一晾晒在门前的晾衣绳上。

刘天刚回到屋里，倒了一杯白开水递给毛小毛说："歇歇吧。"毛小毛喝了口水说："是得歇歇了，我感觉比打扫猪圈还费劲。"刘天刚笑道："我刚才不是说了嘛，这就是个猪圈，整也白搭，连里的卫生流动红旗永远对这里说'不'。"毛小毛摇摇头执拗地说："我偏要让那个什么流动红旗，在这里飘一回。"

这之后，毛小毛每个周日都来到炊事班，一对雪白的手臂交替挥舞，浆洗缝补，扫地擦窗，无所不能。前两次，老崔见她来了就率一干人一闪而去。这个周日，毛小毛刚刚走进屋里，老崔却站在门外挡住了所有人离去的脚步，瞪着眼睛说："咱们一开始躲出去是为了给他俩倒地方，结果人家没拥抱，也没亲嘴，反而给咱们洗衣服洗臭袜子，人家是咱们的保姆吗？谁再走就是个猪！"老崔深知在他煮沸的炊事班这锅水中，室内卫生是最大的短板，决意借着毛小毛到来的"东风"让炊事班的卫生得到彻底改观。自此以后，每个周日就是炊事班的卫生清扫日了。

这天，孙连长无意间走进炊事班，揉着眼睛问老崔："我是不是走错地方啦？"老崔笑着说："连长，你真走错地方了，你本来要去猪圈视察，但这不是。"孙连长在屋内踱了一圈后点着头说："这还像个人住的地方。"晚点名时，孙连长意外地宣布："本周的卫生流动红旗，挂在炊事班的墙上！"从此，这间屋把着红旗不放，占着山头不让了。

"苍鹰行动"前的那场大雪是冬天到来的第一场雪。战士们的心，从那时起便随着飘忽不定的雪花浮动起来。大家对这场雪格外敏感，格外关注，也格外不安，俗称"以雪为令"的一年一度的退役工作就此拉开了序幕。舆论倾向表明，过去排在退伍对象第一位的老崔，位置有所后移，被刘天刚取而代之；之后便是老崔，再之后就是章诗逸了。经过这些年暂缓提干的煎熬，章诗逸已是身心疲惫，无数次提交的退伍申请看来今年该有结果了。除此之外还有谁？众说纷纭中难卜难测。

老崔面对自己一直处于退伍边缘的境地，早已磨炼得心静如水襟怀坦荡了。他现在真正上心的事只在刘天刚身上，觉得这个正在寻找战争中失散父母的军人子弟，让部队开了有点儿冤。一段英雄救美促成的情缘本该值得赞扬，却触犯了战士不准在当地找对象的纪律。让刘天刚与毛小毛如愿成婚，才算还他一个公平、公道！

这天，老崔将这个想法透露给刘天刚时，刘天刚惊得跳了起来："战士不准在驻地搞对象我反倒要结婚了，这不是给杜团长上眼药吗？"老崔早已料到他有这等顾虑，稳稳地说："你早上退伍，晚上就滚蛋啦？得办好多事情呢，办完你就不是兵了,我给你张罗给你操办。他团长就是天王老子也管不着这一段了。此事成与不成全在你了,你马上去见毛小毛。"

刘天刚灰着脸说:"连长跟我交代过,不许单独去见毛小毛。这可咋整?"老崔用手指点着他的头说:"你就长了个猪脑袋。风把猪圈门吹开了,老巴跑了,你去追猪了,没找毛小毛!"刘天刚狠狠拍了一下脑袋说:"二虎吧唧的,连个猪脑袋都不如。"说完后,他就拎起铁锹走进猪圈,铲粪、洗食槽,把个猪圈打扫得干干净净,然后将圈门一开就回了炊事班。不一会儿,通信员小王急匆匆跑来喊道:"不好了天刚,老巴跑了。"早有准备的刘天刚一步蹿了出去,边跑边回头对小王说:"你麻溜儿报告连长,刘天刚去追老巴了。"

中午吃饭的时候,刘天刚赶着老巴回来了,也带回了毛小毛的意见。他附在老崔的耳边说:"毛小毛嘎巴溜丢脆地同意了,但她说必须让我跟她爸唠扯唠扯。因为她爸是个抗战老兵,日本投降那年,她爸腿负伤后就荣退回老家了。十年后毛小毛才出生,她妈却因难产去世了,是她爸辛辛苦苦把她拉扯大的。"老崔手一劈说:"你现在就去见毛老汉。"刘天刚问:"不会再去撵老巴吧?"老崔笑了:"你终于不是猪脑袋了。放心走吧,连长问起时,我就说明天吃饺子,让你买酱油买醋买大蒜去了。"刘天刚起身要走,却被老崔拦住了,他从手腕上摘下那块发黄的旧手表戴在刘天刚的手腕上说:"戴上它,去晃晃那个毛老汉。你可别戴瞎了,它叫山度士!"

老崔的家乡在河北省正定县的崔家楼子村。

这块表是老崔的父亲在战场上缴获的战利品,还没来得及上缴就牺牲了。后来部队几经辗转将老崔父亲的遗物交给了老崔的母亲,同时也破例地将这块本该归公的手表送给了她。她发现她这个儿子自出生后就又哭又闹地一刻也不消停,应该是在胎里就知道他爹死了,他是哭他爹的哟。没有办法,她就拿出这块山度士手表放到儿子的手中任他玩耍。这孩子像是得到了一个宝贝一般地再也不哭了,躺在床上仰着脸玩个不停。就是夜里睡着了,也保持着那个仰脸玩手表的姿势。日复一日,竟然睡出了个没有后脑勺的大扁头!

全村人都知道,这个大扁头虽然脑瓜灵光,可在村里却是个有名的淘气包,没有谁能管得了他。母亲改嫁前将儿子送给他叔叔时,一并将手表交给对方后,她抹着眼泪说:"这孩子长大后,你就把这块表给他戴上。还有,劳你把这孩子带大后就给他送部队去,让部队管着他。也说不准他是块石头还是块金子……"

太阳就要落山时,刘天刚哼着小曲回来了。老崔捂着耳朵走过来说:"别哼了,真是男愁唱女愁浪,老太太发愁瞎嘟哝。你这是高兴还是愁哇?"刘天刚把老崔捂耳朵的手挪开后已是大喜过望了:"考核顺利过关。毛老汉说了,过些日子他去沙河镇拉木料,打几件像样的家具做毛小毛的嫁妆。"

一切就绪后,老崔便来到连部,向孙连长汇报了准备安排刘天刚与毛小毛结婚的想法。孙连长听后沉吟了片刻却说:"你去二排,代理几天排长吧。"老崔笑着问:"连长,你是不是可怜我?眼瞅着我要退伍了,还不忘让我再过一把官瘾?"孙连长说:"二排长又有病住院了,你先去二排顶一顶,炊事班这边的工作你也干着。等二排长出院了,你再回炊事班。"老崔摇着头说:"我不去!我这不就是头猪嘛,临了临了要挨宰了,还跑到别的槽子里抢食吃。"孙连长眼睛一瞪,凛然正气地说:"老崔,服从命令是军人的天职,你要站好最后一班岗!"老崔挺起胸脯说:"是!"

过了一会儿,老崔问:"连长,我刚才说的那事是否可办?"孙连长说:"你光说让天刚和小毛结婚,新房怎么解决?"老崔晃起大扁头说:"新房嘛,暂设在炊事班。至于炊事班的我和几个弟兄,就先委屈一下住库房。等他们结完婚过两天走了,我们再搬回去。"孙连长问:"婚后,刘天刚带毛小毛去什么地方?""东北的铁园市。"孙连长再问:"他去铁园做什么?""去找他战争中失散的父母。"老崔说,"因为他的养母田妈跟我说过,他失散的军人父母是铁园驻军野战医院的军医。"孙连长浑身一颤:"铁园我去过。我也是为了去找……我从未见过面的父亲啊!"

老崔静等着他的下文。孙连长却戛然而止了,之后便转入了正题:"关于刘天刚的婚事,除了你说的以外,我再强调三点。一、必须在宣布刘天刚退伍后他们才可以办喜事,这是原则问题。二、准备工作不可声张,内紧外松。三、我封你个官,婚典筹备委员会主任。"老崔一笑问道:"这官有多大?"孙连长反问:"你想把这个官做到多大?"老崔摇摇头说:"我不敢想。"孙连长一挥手说:"就一连而言,这个官是一人之下,众人之上!"

这天晚上点名时,孙连长郑重宣布:"从明天起,老崔同志代理二排排长。希望老崔同志尽快进入角色,站好最后一班岗!"大家并不惊讶也不感到意外,几年来,老崔已是第三次代理二排长了。

刘天刚与毛小毛婚礼的筹备工作真正提上日程的重要标志,首先是从炊事班宿舍的装修开始的。历经多年的红砖地面在人们的脚底下磨得凸凹不平,确无修复价值,全部起掉后铺了新砖。大通铺用若干块木板进行了加固,一摇三摆的那张桌子经过修理后已经四平八稳了;桌面上罩上了淡色的桌布,桌布的中央绣着一对鸳鸯。桌子上暖壶的壶壁,也是两只鸳鸯呢喃。脸盆的盆底,更是一对鸳鸯在涟漪清浅中嬉戏欢愉。正面墙上醒目的位置挂上了椭圆形的镜子，镜子的两边飘着柔和的红绸带。藕荷色的窗帘分别垂在窗的两侧，似乎等待着夜幕降临时展开双翅庇护一对新人。这些物品，都是刘天刚偷偷跑到公社的小卖铺买来的。

整座屋子散发出清新舒朗的气息时，随礼的人就一拨一拨地来了。老崔问："这礼随得是不是早了点儿？"有人指着那面卫生流动红旗说，连长的礼都到了，我们得跟上连长的步伐呀。

一排送来了锅碗瓢勺，还有两个精致的瓷碗。二排送来了脸盆、牙膏、香皂、毛巾，另有一盒专送新娘的雪花膏。紧随其后的三排送来了床单、枕巾等床上用品……

为进一步推动婚礼筹备工作的深入开展，老崔在这天下午召开了婚筹委员会会议，专门研究婚礼举办的具体事宜。筹委会成员有郝援朝、章诗逸和通信员小王。老崔言简意赅地按照每个人的特长将工作分配得职责分明恰到好处——郝援朝负责迎娶新娘的车队，不管采取什么办法，必须借来嘎嘎新的自行车六辆，"飞鸽""永久""红旗"均可，其他牌子的一律不要。文牍书稿、请柬对联、领导讲话、会场布置等，由章诗逸完成。迎来送往、座席安排、繁文缛礼之类的事情由小王负责。至于酒席宴会中所需的禽鱼肉蛋、蔬菜水果、糖酒烟茶均由老崔操办。老崔最后问："每人负责的工作都清楚了吧？"大家说："清楚了。"会议没用五分钟就结束了。

第三天夜里，天空亮了一下，三颗信号弹腾空而起，八十辆坦克出动，代号为"苍鹰行动"的"战斗"打响了。谁也没有想到，它的结束也让坦克一连为刘天刚和毛小毛婚典所付出的所有热情、心血以至期待，付之东流了……

孙连长牺牲以后，一连官兵对孙连长的悲切缅怀与对继任连长的期待扮望同时显现出来了。

十二年前，孙竟男从山东老家入伍来到了坦克团。经过一个月的新兵连集训后，老连队的连长、指导员齐聚新兵连挑选兵员。最先被挑走的当上了坦克驾驶员，之后是炮长，最后是二炮手，二炮手是为炮长装炮弹的，没有任何技术含量。那年招来的新兵有几十人之多，选到最后就剩下孙竟男一人了。他已经二十一岁，没有任何一支连队愿意要他，无奈中军务股强行将他塞给坦克一连当了二炮手。

当时的一连连长看过他的体检表后一声叹息，九十五斤的体重比炮弹重量多点儿有限，炮弹可以跟他称兄道弟了，于是就想把他分配给炊事班。炊事班长说：他来了能干啥？就是把他宰了，连骨头带肉还不够全连吃两顿的。连长只好让他在二炮手的位置上先将就干着，只要他能找到炮膛把炮弹塞进去就是了。

事实证明，这个瘦小干瘪的山东青年有着常人没有的能量和坚韧，不是能用体重、肌肉和骨骼来解释的。一定时间内反把炮弹举过头顶的次数无人与他比肩，将炮弹装进炮筒的速度在全团考核中独占鳌头。当同年入伍的战友开始重新审视他的时候，早已完成了重新审视这一步的连长已让他当上了炮长。这以后他不声不响地当上了车长、排长、副连长以至连长……

孙连长牺牲两周后，团政治处安排组织干事毕云涛来考核新连长的人选了。

一连继任连长的考核工作其实并不难，顺理成章地将副连长扶正就是了。可这位副连长的媳妇半年前与他闹离婚，闹得他魂不守舍、精神萎靡，面对副晋正的机遇毫无热情、毫无知觉也毫无想法。毕干事向团政治处主任做了汇报，主任说那就从排级干部中选。毕干事再次来到一连，就是要从三名排长中遴选出一名连长。他红色塑料皮的小本一经打开，就记录下了与每名官兵谈话的内容。谈话都是一对一进行的，三人素质的基本面与已成为人们心目中参照物的孙连长一经比照，即刻显现了相去甚远的差距。

一排长军龄已十五年了，还在排干的位置上晃荡，显然提任连长的价值不大。二排长身体一直不好，一年四分之一的时间都在住院。"苍鹰行动"之前特意出院参加完"战斗"之后，又去住院了。三排长年轻，当兵第三年就提了排长，但他刚愎自用、年轻气盛，常与战士发生争执，这种状态在排干的位置上多磨炼一段时间不是坏事。

于是有人提出了老崔。毕干事摇着头说："不行，老崔不是排干，而且我听说他就要退伍了。"为慎重起见，他又分别找了老兵章诗逸和郝援朝单独谈话，相谈甚欢中两名老兵力荐老崔，观点如出一辙：老崔不是排干不假，但是他三次代理二排长工作，他就要退伍了也不假，但是他有着站好最后一班岗的责任心，一天也没放松过。这之后，毕干事又找了众多的人单独谈老崔。大家众口一词地说，讲真话、接地气、通人性是老崔的最大特点，与孙连长有着相似之处。

毕干事带着大家的意见回到团部向主任做了汇报。主任拿不定主意，向杜团长和政委专题请示。杜团长说："我知道老崔这人，此人工作尽职尽责，从不敷衍了事，将来必成大器。"政委补充道："不拘一格降人才！"

毕干事再次出现在一连时，是陪着政治处主任和一营教导员而来的。由教导员主持召开了排以上干部会议。会上，主任当场宣布团党委的决定：任命老崔为坦克一连连长。

主任单独与老崔谈过话后，老崔回到炊事班寝室将门关紧，手中捧着那块山度士手表放声大哭："爸，我从来没过面的爸呀……儿子当上连长了……"他更想起了孙连长，想起自己自下放到炊事班成为火头军后，孙连长看他的眼神依旧温和，依旧有着外人难以觉察的期待。每年连里确定退伍名单时，孙连长都把老崔从名单中划掉了，平静的语气中没有丝毫商量的余地："再留老崔一年吧。"就在这次退役工作开始之前，孙连长却任命他为二排代理排长。也因此，筑就了他迈向连长官阶不可或缺的台阶。

　　老崔走出炊事班时，所有人都看到他脸上仍然残留着没有擦净的泪痕。泪痕，成为老崔履新一连连长时留给全连官兵永不磨灭的印记。通信员小王来到炊事班要把老崔的行李搬到连部时，老崔断然拒绝了："我原本考虑回家种地的，当连长我还没准备好。"其实他真的无法马上住进孙连长曾经住过的连部。那种斯人已逝、睹物思人、音容宛在的感觉让他难以承受。

　　由于一位重量级人物的出现，他才不得不住进连部，因为他必须以坦克一连连长的身份接待这位人物……

第四章

这天，孙殿堂军长来到老鹰沟，来看他牺牲的亲生儿子孙竟男。

当杜团长听到孙竟男母亲说她儿子的父亲孙殿堂是军长时，心里着实吃惊不小，半信半疑中不敢大意，随之向上级领导机关汇报。之后得到证实，孙殿堂确为驻扎在东北铁园市H野战军的军长。

一连新任连长老崔和指导员早已候在胡杨林外，阳光从密密匝匝的枝叶间投进林子时，两辆疾驶而来的吉普车拖着冰雪和尘土混合而成的烟带停在了林子的边上。杜团长和政委从前车走下来时，后车也走下二人。头前是一位中等身材、鼻梁高耸的军人，不显赳赳武夫之威，却有着温文尔雅的大学教授一般的风范。从帽子上的红五星和衣领上的红领章以及他那沉稳镇定的神态和眉宇间不凡的气度，完全可以认定他就是孙殿堂军长了。紧随其后，形影不离的是他的贴身警卫，年轻精悍，身材挺拔。老崔和指导员向孙军长行军礼致敬，孙军长谦和地与二人握过手后就径直向林中走去。

在孙竟男的墓碑前，一行人站住了。孙军长脱下军帽托于左掌之中，其他人也脱帽致哀。青色的墓碑泛着冷寂的寒光，墓碑中央"孙竟男烈士之墓"七个大字，似血流如注后形成的干涸和凝滞。墓碑的最下方是逝者的生卒时间，已被地面的枯草败叶半掩半遮。崔连长及时将碑前的杂物清理干净，碑上逝者的生日卒日完全清晰地显现出来了。孙军长悲怆的目光，一直停留在那生日和卒日上。

一连连部窗前是孙竟男生前用过的办公桌，桌上摆放着他的遗物。他母亲及未婚妻带走了他平时常用的物品，以及他与家人来往的信件等，余下的都留给他的父亲了。在孙军长到来之前，崔连长对孙竟男的遗物进行了精心的整理归类，所有物品摆放得整整齐齐，一尘不染。

孙军长走进一连连部后便来到桌前,随手拿起一支英雄牌金笔。他拧开笔帽,看着墨迹斑斑中已经磨秃了的笔尖时,眼睛噙满了泪花。他的目光再次回到桌上时,就盯住了一个笔记本下露出一半的二寸黑白照片。他伸出手,小心翼翼地将那张照片从笔记本下抽了出来。

这张照片是儿子孙竟男十九岁那年从老家来找他,临走时照下的。照片的背景是他的家,一栋朴实无华的平房。照片上只有两个人,右边那人是军长本人,身着军装,头戴大盖帽,肩膀上扛着两杠四星的大校军衔,那时他还是师长。左边则是他的儿子孙竟男,个头儿比他矮,肤色也比他黑,一套肥大的旧军装穿在身上并不合身,却反衬出了他当兵的坚定信念。

他看完了照片的正面,无意间又翻到照片的背面,一行小字映入他的眼帘——"我也是军人子弟"。字迹虽然有些模糊了,但他还是辨认出了那是儿子的字体。看着照片的正面他还能强忍住内心的哀思,但是照片背面那行蝇头小字"我也是军人子弟",却深深地刺痛了他的心。一位军长,最终留给亲生儿子心中的遗憾竟然是这样一句话。他的嘴唇无法控制地颤抖着,一滴一滴的眼泪夺眶而出……

孙军长出生在山东沂蒙山区的一个小村落中。在他三岁时,父母就因一场瘟疫双双离开人世,是姐姐将他带大的。勤劳朴实、从未念过书的父母,在他呱呱坠地的第一声啼哭中听出了一种"嘎味",便给他起名"孙嘎子"。

孙嘎子自小聪慧好学,姐姐含辛茹苦供他上学,他六岁念私塾,十三岁进入镇里的高级小学念书,三年后考入县中学。开学第一天,教国文的林老师站在讲台上看完花名册后问道:"哪位同学叫孙嘎子?"他红着脸站了起来。林老师说:"学校是读书育人的殿堂,你今后就叫孙殿堂吧。"他鞠了一躬,深深地感谢林老师为他起了这个如此大气的名字。

这天的国文课,林老师走上讲台面色凝重地打开书本,念起了法国作家阿尔丰斯·都德的作品《最后一课》。念完之后,他一字一句地说:"同学们,国破山河碎,学校再不可能称为殿堂了。这也是我,给大家上的最后一节课。"说完,这位深受学生爱戴的老师黯然神伤地推门走了。

从此以后,林老师便从公众的视野之中消失了。原来林老师自九一八事变后,就只身一人来到东北,先是参加了义勇军,后来又加入东北抗联,并成为一名共产党员了。在这里,他随抗日的队伍与日寇战斗在白山黑水之间。1937年卢沟桥事变后,按照组织的安排,林老师又返回山东老家了。他的公开身份是中学教师,隐蔽的身份则是抗日救亡宣传队的队长。之后不久,孙殿堂便被林老师吸收，为宣传队队员，并且他即将成为林老师的女婿了。

第二年春天，林老师领着孙殿堂来到几十里外他乡下的老家，见到了他的女儿——红豆。林老师问道："孙殿堂，你读过唐代诗人王维的《相思》吧？"他点点头轻声诵道："红豆生南国，春来发几枝。愿君多采撷，此物最相思。"这年冬天，孙殿堂将身材矮小、目光如炬的红豆娶回了家。

两年后的一天夜里，小两口吹灭油灯钻进了温暖的被窝。红豆握住孙殿堂的手轻抚自己微隆的小肚子笑着小声说："我……有了。"他惊喜万状地搂紧了红豆："咱们给未来的孩子起个名吧。要是男孩儿就叫'竟男'，好男儿，事竟成……"未及他说完，房门被捣得震天响。门开了，他在学校的拜把子兄弟万老大和韩小六泪流满面地撞进门，带来了一个噩耗：林老师和他的夫人被日本人杀害了。红豆顿时哭得死去活来。

这之后，三兄弟迅速查清了林老师及夫人被杀害的来龙去脉，是学校的佟校长向日本人告密说林老师是一名共产党员。第二天夜里，三兄弟在佟校长的家门口堵住了他，一顿乱刀将其捅死。之后，他们就消失在夜色之中了……

他们跑后就参加了八路军。孙殿堂随着这支部队在晋冀鲁豫地区与日寇搏杀。日本人投降那年，这个山东汉子已晋升为营长了。这之后，部队又奔赴东北战场与国民党军队殊死而战。围长春，打沈阳，一路鏖战一路凯歌，东北解放前他由营长晋升为团长，而且还是先锋团团长，而万老大和韩小六相继在战场上牺牲了。

抗战胜利的前一年，组织安排孙殿堂去抗大山东分校学习。学习结束后他借机回了一趟老家，没想到他的家乡残垣断壁中阒无一人。当他得知这里曾遭到日本人的"大扫荡"时，抱着院子里仅剩的一口大缸痛哭不止，预感到红豆和从未见过面的儿子竟男将再也找不到了。

回到部队后，他如实向领导检讨了自己擅自回老家的经过，静等着领导的严厉批评。没想到那位领导说："我之所以选择那个地方让你去学习，就是因为那里离你家近，想着给你个回家的机会。家人怎么样？"他失落地说："村子没有了，媳妇和孩子也没了踪影。"领导说："那我就给你介绍个对象吧。她是战地文工团的报幕员，名字叫苏含涵。可谓军中一朵花呀。"他又摇头又摆手地坚决不同意。他坚信自己能够找到红豆和儿子，于是多方打探他们的消息。然而两年过去了，仍是音讯全无。他感觉红豆和儿子，在日本人发动的"大扫荡"中早已遇难了。万般无奈之下，他最终接受了领导的安排，与苏含涵结为了伉俪。

新中国成立若干年后，他突然接到了红豆的来信。信中写了他们分别后的点点滴滴，并说明那年鬼子"扫荡"之前村子就得到了消息，全村人连夜迁到百里之外的地方而幸免于难。她知道他来找过她，也知道他有了新家，更知道他所在的部队就在东北的铁园市。信中最后写道："从嫁给你那天起，我就抱定'一与之齐，终身不改'的信念了……我只希望，我们的儿子竟男能够成为象你一样的军人……"

孙竟男坐了两天两夜的火车，从老家来到铁园市时天已黑了。按照母亲告诉的地址，他找到了师部大院，一位战士领着他来到父亲的家。孙殿堂迎在门口，突地抱住他，泪流满面。从未见过面的父子俩，激动地颤抖着，所有的问候和思念都在其中了。

平静之后，他就随着父亲走进家来，父亲指着坐在沙发上的苏含涵介绍道："竟男，叫苏阿姨。"孙竟男礼貌而敬重地问候："苏阿姨好。"苏含涵欠起身点了点头。晚饭后，孙竟男就在门口旁的一个房间里住下了。第二天早上，他起床时发现父亲已做好早饭，父子俩一同吃了饭，父亲就夹着公文包急匆匆地上班去了。临走时父亲说："竟男，你苏阿姨最近身体不好，可能起来得晚，饭菜凉了你给她热一下。"

父亲走后，孙竟男便在屋里转悠起来。这是一栋独立的四室一厅的平房，父亲和苏阿姨住在最里边的卧室。与其紧挨着的另一间卧室摆着两张单人床，这是父亲和苏阿姨两个儿子的房间，兄弟二人都在省城的军人子弟学校念书。由于实行部队式封闭管理的住校制，他们只有在寒暑两假才能回家。吃早饭时，父亲特意提到了他们："竟男哪，他们是你的两个弟弟，大弟叫孙光辉，二弟叫孙光明。他们都在读小学。"再往外来是书房、客厅、厨房和卫生间。他住的那间靠大门的房间只有七八平方米，像是一个小库房。因为他的到来，里面临时摆了一张单人床，屋里原有的杂物都堆在墙的一角。

看过这一切后，孙竟男有了一个新奇的发现，屋内所有的家具——桌椅板凳、沙发、书柜、床，以及其他物品统一的位置上，都有一个铁制的菱形标牌："营房专用"。看来这些物品，都是部队供应的。

九点钟，苏阿姨起床了，她穿着淡色的睡衣洗漱完后便来到厨房。孙竟男将馒头、稀粥和小菜摆到桌上，苏含涵只吃了半个馒头，喝了一碗粥就下桌了。一连两天，苏含涵并未和他说过一句话。他发现苏阿姨的身体确实孱弱，午饭后就用一个小砂锅在厨房熬中药。很快，他就掌握了药材的配伍和火候，主动为她熬药，之后便端着药碗格外谨慎地送到她的床头。但是久服中药的苏阿姨仍未习惯那药味，每次服药皱眉捏鼻，总是一副痛苦之状，他心里不由得生出一丝他自己也说不清的怜惜之情。

第三天，苏阿姨喝下一碗由他熬好的中药后开口说话了："竟男哪，你爸跟我说了，说你这次来是想当兵。你爸正在想办法，尽量把事情办得别有什么影响才好。"孙竟男终于将三天来悬着的心放下了，脱口说道："苏阿姨，我看您吃药很难受，要不用老母鸡的汤熬药？"她眉毛一挑说道："当然好啦，可部队不供应老母鸡。""部队有老母鸡，我都看见了。"苏阿姨笑了："部队养老母鸡不成养鸡场啦？好啦，不说这事了。"他洗完苏阿姨的药碗后就出了门，看见那群鸡依然在不远处蹦跳欢愉，心想：苏阿姨一定是搪塞自己，部队连家具都供应，还能不供应鸡吗？

第二天下午太阳就要落山时，孙竟男怀里揣着一根细绳，又从厨房抓了一把米，便溜出家门。但见那群鸡在一片草地上啄食。他选了一块离它们不远的空地，没有杂草没有落叶，嘴里吆喝两声后，一扬手就将米粒纷纷扬扬地撒在地上，鸡们扇着翅膀引颈而至。凭着农村人对鸡本性的深刻了解和有效的捕捉方法，他敏捷地用双手掐住一只花母鸡的翅膀抱起就跑。边跑边想，我不过是替父亲来取一只供应的鸡而已。到了家走进厨房，他用细绳绑了花母鸡的双腿，又在它面前撒了一把米，那鸡趴在地上啄米，不再叫唤。苏阿姨躺在卧室床上听音乐，根本没有听到厨房里的动静。

此刻传来急促的敲门声，来人是个四十多岁的男子，头发蓬乱，一身破旧的军装打着补丁。孙竟男开了门打量着来人问："你找谁？"那人说："找你。"孙竟男又问："找我什么事？"那人瞪着眼睛说："你偷我鸡了！"孙竟男的语气有些慌乱："这鸡……不都是部队养的吗？"那人啐了一口说："这鸡都是我养的！"

这时，苏含涵从卧室走了出来，见到那人惊异地问："这不是魏木匠吗，我家里的家具好像没报修吧？"魏木匠指着孙竟男问道："首长夫人，这小子是不是您雇来干活的？他偷我鸡了！"苏含涵的脸立时沉了下来："先别管他是什么人，咱先搞清他是不是偷了你的鸡。"随后转过身问孙竟男："你偷鸡啦？"孙竟男的头垂在胸前，传递出默认的信号。苏含涵又问："鸡在哪里？"孙竟男打开了厨房的门……

正此时，孙殿堂下班走进家门，见此情景先跟魏木匠点点头打过招呼，然后盯着苏含涵问："怎么回事？"苏含涵愠怒未消地说："问你儿子吧。"此时的魏木匠指着孙竟男问："孙师长……他是您儿子？"孙殿堂点点头。魏木匠语无伦次地说："噢噢……早知这样，我就抱只老母鸡过来了……"孙殿堂看着厨房中的花母鸡问："老魏，是我儿子抱了你的鸡？"魏木匠涎下笑来："没有没有，是我的鸡自己跑来的。"孙殿堂说："那就物归原主，你把它抱走吧。"魏木匠向后退着摆起手："不啦不啦首长，它跑来就是孝敬您的，您就把它炖着吃了。这鸡肥着哩。"孙殿堂冷着脸喝道:"老魏,我命令你赶紧把鸡抱走!"多年在部队大院维修木器家具的魏木匠第一次看到孙师长如此威严,知趣地抱着母鸡走了。

魏木匠走后,苏含涵捂着脸呜呜地哭了:"殿堂啊,这就是你的儿子,是来当兵的还是来偷鸡的?"孙殿堂耐心地哄劝着她,直到她的哭声渐息后,一把拽着孙竟男走进了自己的书房。孙竟男心里惶惶地将事情的原委讲了一遍。孙殿堂叹了口气说:"儿子呀,这就是你的不对了。我理解你要改善与苏阿姨关系的想法,但是不能这样做。退一万步讲,鸡是部队的,但部队不是爸爸的。包括当兵,不要以为爸爸是部队的一个官,儿子就一定可以当兵。"孙竟男的心彻底凉了,抹着眼泪回到了自己的小屋里……

第二天是周日,一大早师政委郝忠玉来到孙殿堂的家,一进门就大声问道:"老孙呢,听说你儿子偷鸡啦?"孙殿堂和苏含涵急忙迎了出来,递烟沏茶,三人坐了下来。郝忠玉看着孙殿堂继续问:"哪个孩子偷鸡了,是老大孙光辉还是老二孙光明?"孙殿堂摇摇头说:"都不是,是另一个。""另一个?"郝忠玉挤着眼睛笑了,"含涵哪,老孙有另一个儿子,那就是他有另一个家了。"孙殿堂撇着嘴反唇相讥:"你没有?老家那个!"郝忠玉捂着嘴小声问:"老家的儿子来啦?"孙殿堂冲厨房喊道:"竟男,你出来,郝伯伯来看你了。"正在厨房做早饭的孙竟男听见父亲喊便走了过来,见到沙发上坐着的伯伯肩牌也是两杠四星的,他鞠下一躬说:"伯伯好。"郝忠玉问:"怎么,抱人家鸡啦?"孙竟男难为情地低着头刚要说话,郝忠玉摆摆手:"别说了。男孩子嘛,在外边闯点儿祸算不了什么。我儿子念小学三年级的时候就拎个气枪把邻居家的鸡打死了。我抽了他一顿皮鞭,他哭了一气,我骂了他一场,他就乖了一阵,男孩子不都是这样长大的嘛。忙去吧孩子。"孙竟男又回了厨房。

看着孙竟男离去的背影,孙殿堂将儿子偷鸡的事说了,并表示已无法安排他当兵了,准备明天就让他返回老家。郝忠玉叹道:"也不知我农村老家的那个儿子,是不是也在找我?……好嘞,我回家吃早饭去。等太阳出来了我再来,给你们父子俩照个相,留个纪念吧。"

太阳普照大地之时,郝忠玉背着相机来了。孙殿堂已穿好军装,扎上了武装带。孙竟男穿上了父亲的一套旧军装,二人并排站在一起时,只听郝忠玉手中的相机咔嚓一声响,一张完美的父子照就完成了。下午,郝忠玉送来了洗好的照片。孙殿堂将一张照片送给了儿子,另一张自己留了下来。但是之后漫长的岁月里,留在他手中的那张照片不翼而飞了。不知是苏含涵将那张照片处理掉了,还是几经搬家弄丢了。

晚上,孙殿堂拉着孙竟男走进书房,从抽屉里拿出一支英雄牌金笔说:"儿子，爸爸没能送你一杆枪，就送你一支笔吧。这是爸爸当年去南京军事学院学习时用过的笔，你用它给爸爸……写信。"孙竟男点点头收下了父亲的英雄牌金笔后问："爸，走前我想问您一个问题……我是不是军人子弟？"孙殿堂没有回答，只拍了拍他的肩膀。

　　孙竟男回到老家后，就将那张父子照摊在了母亲的面前。红豆明白，儿子此次寻父当兵已经没有结果了。她抚摸着照片上昔日丈夫的脸颊淌下了眼泪："殿堂啊，你还是原来的那个样子。只要你能给竟男留下一张照片，就算儿子没有白去找你一回……至于竟男能不能当上兵，那都是次要的呀……"孙竟男抱住母亲放声大哭："娘，我找爹的目的就是要当兵。他不留我，那我就自己报名参军。我让他看看，没有他，儿子能不能当上兵，能不能成为一个不给他丢脸的好兵！"第二年，他走上了自己报名参军的路，直到第三年才如愿以偿地穿上了军装。当兵后的每一天，他都想用那支英雄牌金笔给父亲写信，告诉他自己当上兵了。不知为什么，他只在那张照片的背面写下了七个字——"我也是军人子弟"……

　　孙军长一直默默地淌着泪看那照片，周围的人都静静地站在两边。他终于止住泪水，用手帕将脸上的泪水擦净后，又恢复了以往的镇定和沉稳。他拿起桌子上的那支钢笔递给崔连长说："你代我将这支英雄金笔埋在竟男的身边吧，因为他称得上英雄！另外……他是我农村老家的儿子，他离我，离他妈妈，都太远了。他会给他妈妈写信的，告诉他妈妈我来看他了。这张照片我留下了。"说完，就将那张满是泪渍的照片擦了又擦后揣进衣兜里。崔连长此时已完全明白孙连长曾经说过，他到铁园寻父的根本原因了……

　　崔连长收下那笔，按照事先的计划立正说道："军长同志，本连安排孙连长生前同车的驾驶员和炮长向您简要介绍一下他牺牲的经过，您看可以吗？"孙军长点点头。

　　一直候在门外的郝援朝和章诗逸一同走进屋来。他们才出院不久，脸色苍白，身上散发着来苏水的气味。郝援朝胸椎十二椎骨骨折做了手术，是一位资深老军医执刀，结果完美；章诗逸坐骨骨折，经过保守治疗也已痊愈。他们双脚一磕，向孙军长立正敬礼。那一瞬间，孙军长和郝援朝都愣住了。孙军长指着郝援朝问："这不是援朝吗？"郝援朝敬礼的右手没有来得及放下就应道："孙叔，是我，郝援朝。"孙军长拉过高出自己半头的郝援朝向大家介绍道："援朝的父亲叫郝忠玉，我俩是山东临沂老乡，同时他也是我最敬重的战友和搭档。我当团长时他是团政委，我当师长时他是师政委，我们在一起工作二十多年了。他现在是H军副军长。"说完，便从衣兜里掏出他与儿子孙竟男的合影照继续说："这张照片，就是他爸给我和竟男照的。"

所有人眼睛都睁大了，从杜团长到政委，从崔连长到指导员，以至日日夜夜都与郝援朝黏在一起的章诗逸，没有一个人知道他的父亲是副军长。孙军长看着大家惊异的表情说："看来是我把援朝的秘密暴露了……好啦，不说这事了。崔连长，看看他俩谁介绍一下竟男牺牲的经过？"崔连长指指郝援朝，郝援朝便将那次演习中为保护老百姓的生命安全，孙连长急令坦克冲下公路，而最终献出了自己年轻生命的经过说了一遍。孙军长的眼睛又湿润了："在那个危及老百姓生命安全的关键时刻，竟男的选择是对的，其实援朝你还有那位同志，"他指指章诗逸继续说，"你们也是将生死置之度外了。"崔连长介绍道："这位同志叫章诗逸，是该车炮长。援朝和诗逸都受了伤，医生建议，他们不宜再留在部队了。"

孙军长点了点头，从衣兜里掏出他与儿子孙竟男的合影照，指着照片后面的那行小字——"我也是军人子弟"问："你们说，竟男是不是军人子弟？"大家异口同声地说："是！"孙军长摆摆手："你们说的都不是真话。如果不是我来了，没有人会相信他是军人子弟。其实他这句话不是写给任何人的，是写给我的。他十九岁那年来找我想当兵，我没接纳他。如果我留下了他，他就是个军人子弟了，也不会永远躺在这条沟里了……当然，我也不会到这条沟来看他了。"

说完后，他摸起衣兜找钢笔，崔连长及时将那支英雄金笔递了过去。他接过那支笔，将照片背面"我也是军人子弟"的"也"字狠狠地划掉，那行字就变成"我是军人子弟"了。他对着照片说："儿子，自你离开铁园后爸爸就一直找你，没想到你还是靠着自己当上了兵。你是为了保护老百姓的生命安全而付出了自己的生命，爸爸来了……爸爸找你十多年了，目的就是想告诉你，你是军人子弟，一个真正的军人子弟，因为你没有第二个爸！"他将那支英雄金笔还给崔连长时，已是涕泗交流了。

在场的人无不饮泣。孙军长很快擦净泪水后问道："我们这些人中，除了援朝外，谁还是军人子弟？"章诗逸举起了手。孙军长听过他父亲的际遇后点点头说："你是一个没有得到更多父爱的军人子弟。"章诗逸指指崔连长说：'军长，他也是军人子弟。"崔连长低着头不好意思地说："因为有人说我不是军人子弟，我把那个人的牙打掉了。"之后便将自己的军人父亲，牺牲在与国民党作战的战场上的经历说了。孙军长用力劈了一掌说："如果谁现在说竟男不是军人子弟，我也会打掉他的牙！你不仅是军人子弟，还是烈士子弟，比战争中与亲人失散的军人子弟们还不幸。他们还有机会找，你连找的机会都没有了。"崔连长终于从军长的口中听到与自己一致的观点，感到十分振奋，便提起了刘天刚，也谈起了袁雪梅……

孙军长待他讲完后问道："崔连长，你说他们是不是军人子弟？"崔连长说："我认为袁雪梅和刘天刚也是军人子弟！""讲得对，"孙军长说，"过去我们只看到现实中谁的父辈是军人，认为谁是从部队大院走出来的谁就是军人子弟。难道竟男、袁雪梅、刘天刚不是军人子弟？他们一直寻找战争中失散的父母，其实不是在找自己的来路，找血脉的传承，更是找英雄的足迹！天地英雄气，千秋尚凛然。我看好这些人了，他们比从部队大院走出的军人子弟更憎恶战争，更珍惜和平，更渴望有一个完整的家，一个完整的国！"大家鼓起了掌。

孙军长看了一眼腕子上的手表起身说道："我今晚就返回铁园了，去参加一个大型的军事演习。临走时，我还想再看一眼竟男，跟他告个别。"杜团长即刻说道："军长，我这就去安排车。"说完，便走了出去，大家也跟着走出连部。

孙军长把郝援朝拉到身边拍了一下他的腰问："这里怎么样？"郝援朝说："不敢吃力，一用劲就疼。"孙军长叹了一口气说："那就退伍回家吧。光听你爸说你当兵了，他却把你送到这条沟里来了。你和不事张扬的竟男又碰在了一起，自然是这么多年谁也不知道你们的父亲是一对有过命交情的战友。好啦，不说这些了，你跟你爸还有什么话要说，我替你带回去。"郝援朝说："退伍之后，我想领着刘天刚去铁园寻找他抗美援朝战争中失散的父母。孙叔，您跟我爸说一声，看能不能在招待所安排个房间让他暂住一段时间？"孙军长说："不劳你爸了，回去后我跟后勤部黄家蝶部长说一声就是了。"

这时，两辆吉普车已停在连部门前。孙军长和贴身警卫上了一辆车，杜团长和政委上了另一辆车。但见崔连长已将坦克一连全体官兵集合完毕。两辆吉普车在前面缓缓行驶，一连的队伍一路小跑紧随其后。

不一会儿，那片可以在零下四十摄氏度的严寒中笑傲黄沙、独对苍天的胡杨林展现在他们的面前了。那林中不乏枯死但依然挺立的胡杨树，僵直枯萎的枝丫直指苍穹，地上有死去多年而倒下的树干，它们在不屈不挠中不朽不腐。生而不死千年，死而不倒千年，倒而不朽千年，这就是伟大的胡杨！谁也解释不清楚，为什么算不上极寒天气的敖村竟也长出了成片的胡杨林。有人说孙竟男的母亲红豆极具眼力，将儿子葬在了这里。还有人说，这片胡杨林就是为孙竟男而生长出来的呀！

胡杨林里，一连官兵列队站在孙竟男的墓碑前，两名战士挥锹将那支英雄金笔埋于碑下之时，全体官兵唰地举起右手，向着孙竟男的墓碑敬礼，向着"交柯接叶万灵藏，掀天踔地纷低昂"的胡杨林敬礼。崔连长走到孙军长面前敬礼说道："军长同志，请您放心，走吧。孙竟男连长不仅是您的儿子，也是中国人民解放军的儿子。他是坦克一连的光荣和骄傲，从今往后，凡是离开一连的官兵都要向他祭奠告别。凡是参军入伍的新兵,都要在他面前宣誓,以他为楷模。这是坦克一连的规矩,从此以后,永远不变!"孙军长眼含热泪地握住他的手说:"谢谢你了,老崔同志。"

春节过后,退役工作正式启动了。一连原本人心浮动的局面,在章诗逸、郝援朝,以及刘天刚等几名老兵的名字尘埃落定于退伍名单上后,即刻平静下来了。接下来的事,崔连长已经想定,那就是由他发起和筹备的刘天刚与毛小毛的婚礼,必须由他取消。理由很简单,孙连长刚刚牺牲,尸骨未寒,百日未出,紧接着就热热闹闹地办起了刘天刚与小毛的婚事,红白相冲是绝对不可以的!

在这之后,崔连长专门找刘天刚单独谈了一次话:"老弟,你与毛小毛结婚的事必须取消。你现在最主要的事是退伍后的去向问题。你田妈来老鹰沟时告诉过我,你失散的军人父母就在铁园。"刘天刚点点头,从衣兜里摸出一页纸递给崔连长。崔连长展开那页纸一看,只两个字——"铁园"。刘天刚说:"连长,这页纸是田妈寄给我的……"未及他说完,崔连长笑了:"明白了,我保证让你退伍后去铁园,去找你失散的军人父母!"

第二天,崔连长给田妈打了电话,道明了安排刘天刚退伍后去铁园的想法。田妈激动地只说了一句话:"老崔同志,谢谢你了。"下午,田妈便从当地民政局开出证明,证明刘天刚在黑龙江克山县无亲人,他的父母在铁园市,他退伍后要到铁园市去投靠他们。由于刘天刚就要离开老鹰沟了,田妈便将那份证明材料直接寄给了铁园市民政局退伍军人安置办。一切安排妥当后,崔连长将刘天刚叫到连部郑重而严肃地命令道:"你去铁园有了工作后,马上回来娶毛小毛,把她带到铁园去!"刘天刚脚跟一磕,敬礼说:"是!"

与此同时,崔连长找郝援朝也单独谈了一次话,将刘天刚去铁园寻找抗美援朝失散父母的具体事宜托付给了他。郝援朝说:"连长,我叫郝援朝,是抗美援朝第二年出生的。天刚去铁园找他抗美援朝失散的父母,这是我俩的缘分。我将竭尽全力帮助天刚找到他的父母!"

这之后,郝援朝和章诗逸也筹划着他们二人退役后的未来。在孙军长道出郝援朝的父亲郝忠玉是副军长的秘密后,章诗逸随即写信告诉了袁雪梅。袁雪梅很快回信说,她就是想找郝忠玉,因为只有他才知道她爸的下落。万没想到郝忠玉就是与他们近在咫尺的郝援朝的父亲,还是副军长,真是无巧不成书啊。

郝援朝听完章诗逸说过的这一切后开心地笑道:"这下好了,咱哥儿几个退伍后都去铁园。你马上给雪梅写信让她来,我们一起走出老鹰沟直奔铁园。"章诗逸摇摇头说:"不行,你让我和雪梅去铁园喝西北风吗?我和雪梅都坚信高考总有一天要恢复，雪梅铁了心要考铁园师范学院。我复员回老家先谋份工作，之后就陪着她拼尽全力考上铁园师范学院。我们一边上学一边找雪梅父亲，这叫曲线寻父。援朝，我希望你也考上铁园师院，我们在那里会师。"郝援朝摇摇头说："我可没你俩的实力，你俩是'文革'前的老高二，我才念到初二。"章诗逸说："就凭你能把这条山沟改成老鹰沟了，我相信你一定能考上！"郝援朝问："哥们儿，你和袁雪梅为啥非要考铁园师院，而且还拉上我也去考？"章诗逸挥着手激动地说："只要我们三人同时考上了，雪梅自然会告诉你的！"

退伍老兵启程回家的那天，新兵已来到连队。章诗逸、郝援朝、刘天刚以及另外几个退役老兵一同来到孙连长的墓前献上松枝柏叶，一身翠绿、点无红迹的他们一起敬礼向孙连长告别。他们离开后，崔连长便领着新兵来到墓前。他激昂地举起右手时，新兵也跟着他举起了右手。在崔连长的领读下，新兵宣读向烈士孙竟男连长学习的誓言。那是男人们的声音，铿锵有力，雄浑磅礴，响彻云天，一个新的轮回就这样开始了。

由老崔定下的这个规矩，直到他离开老鹰沟另就新职时，也没忘记向孙连长祭奠告别。

十多年后，老崔成为迄今为止，第一位肩膀上扛着少将军衔、走出老鹰沟的将军！

此为后话。

第五章

　　郝援朝领着刘天刚坐了两天一夜的火车来到铁园市时，正是阳春三月的一个午后。

　　这是一座山水之城。绕城而过的大良河河面上，还漂浮着零乱不堪的冰块。与大良河结伴的便是岗岭相连、绵亘无际的山脉，它们将铁园市紧紧环抱其中。山的阳刚与水的柔媚，交相辉映出了这座城市刚柔并济的独特韵味。然而这座城市的名气和价值并非全在于此，奇崛的莽莽峻岭之中裸露着巨量的铁矿石，炼成生铁后被称为"人参铁"而享誉全国。同时，这片土地之下还埋藏着黑色的煤炭。钢铁冶炼业辅之煤炭采掘业，让这座城市成为资源性的工业重镇，因而得名"铁园"。

　　二人下了火车，又坐了半个多小时的公交车，便来到城市的东南边。这里有一座无峰无岭、顶平如砥的大山，恰如一只从天而降的神龙巨爪，因此被人们称作"龙爪山"。

　　龙爪山下坐落着两座大学校。面对龙爪山东面的大学校，围墙卬立，壁垒森严，是H军军部，被称作毛泽东思想大学校。隔路相望的西面大院，平坦开阔，鸟语花香，泉水叮咚，活力四射，是铁园师范学院，正规的全日制本科大学。两个大院截然相反的氛围，却融合着军民间的深情厚谊。

　　H军军部大院的门岗硕大威严，两名持枪卫兵相对而立。郝援朝与他们耳语了几句后，便领着刘天刚走进院来。大门正中几十米处是一座四层的办公大楼，大楼左侧是大操场，各种军训器材立于操场四周。他们沿着办公楼边上的一条水泥路向纵深走去，尽头是六栋被称为"将军楼"的单体别墅。刘天刚恍然大悟："援朝，这是到你家了。"郝援朝没有说话，领着刘天刚径直走到第二排的第一栋小楼时，拍着院门的锁头说："你这个不识相的铁将军，又把我拒之门外了。"二人将背包扔在地上坐了下来，刘天刚看着郝援朝问："是不是找不到回家的感觉啦？"

郝援朝低着头没有回答。是呀，出了门哪儿都是家，回了家却找不到家的感觉，不过是从一个兵营走进另一个兵营，从一支部队走进另一支部队了。这是一个军人世家，四口人皆为军人，父母是战争年代走过来的老军人，他和妹妹郝和平则是和平年代的年轻军人。尽管他现在已不是军人了，但骨子里军人世家的底蕴依然存在。他当兵时探了三次亲，两次铁将军把门。第三次回来就直接去了军招所，一觉睡到天黑才回家，父母从不细察，觉得你本该就是天黑才回来的。就像这次退伍回家，父母完全知道他这个时间到家，却又是铁将军迎候他。军武之风，淡化了家中的所有琐碎之事。他笑着站起来说："我真没有找到回家的感觉。走，去招待所。"

招待所的全称是军人招待所，是H军接待外来人员办事和本部军人家属探亲所用。楼体在军部的院内，大门面向市井，便于住在军招所的客人来去方便，同时又避免客人直接进入戒备森严的军营之中。它的楼体造型有些冗繁古怪，是一个大大的"工"字造型，两道"横"长约百米，一道"竖"也有三四十米的长度，形成了前后两栋楼间的走廊和通道，因此被市民称为"工字楼"。

工字楼始建于20世纪30年代，是日本大财阀成立日伪合办的煤铁股份公司的办公大楼。新中国成立后，这栋楼回到祖国和人民的手中，成为H军招待所。多少年过去了，工字楼以它独特的建造风格，以及部队通向外界不可或缺的渠道和窗口，在铁园市已成为具有历史意义的地标性建筑，便也注定了这里的故事延绵不绝……

郝援朝领着刘天刚走进工字楼接待大厅时，但见身兼招待所所长的胡管理员正领着大家打扫卫生。肩膀上扛着片片灰痕，头发上缀着缕缕灰尘，一副身先士卒忙忙乎乎的样子。当他猛然间看见背着背包，着一身军装没有领章帽徽的郝援朝和刘天刚时，先是一愣，随后拍着身上的尘灰走过来问郝援朝："回来啦？"郝援朝笑笑说："彻底回来了。"胡管把他拉到一边小声再问："那人就是来铁园找父母的刘天刚？"郝援朝点点头。胡管说："按照黄部长的指示，刘天刚的房间我已安排好了。"胡管领着两人上了二楼，径直走进最里边的一个房间。房间不大不小，方方正正，窗下一张桌子和一把椅子，两张部队通用的单人木床摆放在相对的两面墙边。

胡管离去后，郝援朝和刘天刚坐在床边休息。未及半个小时，便见矮小的后勤部黄家蝶部长笑呵呵地走了进来，二人匆忙站起。黄部长踮起脚，朝着郝援朝的胸脯上就是一掌，操着四川话问道："娃子哟，是不是当兵当腻啦？"郝援朝捂胸笑道："黄伯，您不是说人生就是折腾嘛，不折腾几个来回，岂叫人生？"黄部长转过脸看着刘天刚说："你该折腾，不折腾就找不到爹妈，找不到爹妈你就永远稳当不下来。你叫刘天刚？"刘天刚脚跟一磕，敬了个军礼说："报告首长，我是刘天刚。"

三人坐定后，黄部长细细打量起刘天刚——脸盘周正，鼻梁挺立，浓密的眉毛下一双不大不小的眼睛，那其中不乏质朴无邪的味道。他心里叹惜着刘天刚来铁园寻父母的同时，也喜欢上这个憨厚的小伙子了。他从衣兜里掏出一包烟和一盒火柴，两个手指刚刚捏出一支烟，刘天刚便接过他手中的火柴，啪的一声擦着了。黄部长抽着烟说："看来你俩都不怕折腾，那我就折腾你们一天。从现在起你们去食堂帮厨做饭，明晚结束。有啥子问题没有？"刘天刚挺起胸脯说："没问题，首长。我当过火头军，别说一天就是一年也没问题，反正我现在也没工作。"黄部长点点头，又看着郝援朝问："你呢？"郝援朝顽皮一笑："遵命。"黄部长眯着眼睛说："你这个遵命可不是遵我的命，是遵你爸的命哟。我脑瓜皮可没那么硬，敢折腾郝副军长的公子？我再多说一句话，你爸就要走马上任当军长了。"郝援朝一惊，问道："那孙军长，孙叔呢？"黄部长说："进京。"郝援朝点着头说："明白了。我爸是新官上任三把火，有意用铁将军挡住了我进家的大门，然后呢，我只有来招待所帮厨。"黄部长沉了脸："你发啥子牢骚嘛，羊只有被狼撵着跑 才健康。"郝援朝叹道："老郝同志就是一只狼！"

黄部长吸尽一支烟后说："你俩现在就找胡管报到去吧。至于让你二位帮厨的原因我简单说两句。前些日子，总参在本地区举行了一个大型军演，咱H军大获全胜，受到了总参的通报表扬。军领导决定，除了召开庆功大会外还要搞个会餐。招待所人手有限，郝副军长说援朝才退伍也没啥事，就让他去帮个忙吧。按理说你俩都不是部队的人了，不该用你们，但领导有话我也就照办了。"刘天刚说声"是"，就站了起来。黄部长却对郝援朝说："你爸一会儿来见一位部队家属，你在这等着跟他打个照面吧。""还是饶了我吧，黄伯，狼吃羊！"郝援朝冲黄部长做了个鬼脸，一转身，拉着刘天刚就向食堂跑去了⋯⋯

孙殿堂军长来去匆匆地只在老鹰沟待了半天，急忙赶回铁园所参加军演，就是这个规模宏大的诸兵种合同军事演习。演习抽调了东北地区最精良的坦克、高炮、通信、舟桥、防化等兵种参加，由总参直接组织和导演。H军是红方的主战部队，B军是蓝方的主战部队。结果红方打得蓝方溃不成军。总参见微知著，认为H军一切从实战出发的治军方略值得深刻剖析和总结。于是向全军通报表扬了H军，并将其树立为"一切从实战出发"的先进单位，号召全军各部队向H军学习。指挥若定、组织有方的郝忠玉副军长也受到了总参的嘉奖。外部声名鹊起的同时，军领导考虑内部也应庆贺一番。多年不打仗的部队能够在一次大型军演中获得如此高的荣誉，犹如当年在战场上大获全胜一般，必须开会，必须欢庆，也必须把酒言欢！

除了先进单位在庆功大会上做经验介绍外，还有两名在演习中荣立三等功的先进个人，军司令部作战参谋陆成林和步兵师连长王常生的先进事迹也要在会上宣传。为了不落俗套，丰富人物事迹，于是想到了请他们的家人讲讲立功者的"来处"。陆成林没有结婚，请来了他的父亲。王长生之妻工作繁忙，一日不得消停，最终没有请到。

郝副军长决意会前要单独见一见陆成林的父亲，一来以示军领导对立功者家属的重视，二来也有自己的小算盘。他心目中的陆成林是个精明干练、言辞不多、勤奋励志的小伙子。而且，陆成林正在跟自己也在H军当兵的女儿郝和平谈恋爱。二人在军演之前，又一同考取了部队的外语学院，志趣相投的理想就更加夯实了他们的感情基础。他很想知道这个未来的亲家是个什么样子的人，私下里也与他谈谈儿女情长的琐碎话题。

这时，面色赤红、身材不高、步履稳健的郝副军长已走进招待所，黄部长和胡管一同迎了出来。黄部长向食堂方向努了努嘴，那意思是郝援朝已去食堂帮厨了。郝副军长点了点头便同胡管一同上了三楼，走进陆成林父亲所住的房间后，胡管退去。

房间里床上坐着的那个人，眼睛望着窗外抽烟。自卷的纸烟在手里捏得扁扁的，满屋子充斥着辛辣刺鼻的旱烟味。郝副军长走到床边时，那人显然听到了有人走进屋里，已转过头来。他五十多岁，脸色灰黄而无光泽，右眼完全塌陷在眼窝之中了，布满褶皱而毫无弹性的眼皮纠合在了一起。郝副军长指着他的右眼问："老同志，你的眼睛……"那人掐了一下眼皮说："瞎了，让小鬼子的炮弹皮把眼珠子炸飞了。"郝副军长试探着进一步问道："你……是陆二柱？"那人扑腾一声站了起来，直愣愣地看着郝副军长反问："你……"郝副军长往他胸口猛地捣了一拳说："老表，我是郝忠玉哟……"

抗日战争全面爆发后的第二年，郝忠玉从农村老家跑出来参加了八路军。这一天，从河南伏牛山下一个小山村来的陆二柱也加入了这支队伍，他们分在了同一个连队同一个班。同年同月同日入伍的机缘巧合，使得他们的关系甚为密切，二人无话不说。两年后，郝忠玉当上了连长，陆二柱仍是一名机枪手。一次战斗中，陆二柱手中的机枪火舌喷涌，一发发冒着火星子的子弹扫向鬼子阵地时，他自己也成了被攻击的目标。敌人的火炮瞄准了他，一块溅起的炮弹皮揳进了他的右眼，眼珠子被炸飞了。

右眼失明后，他就无法再当机枪手了，于是萌生了回家的想法。部队从山东转战到伏牛山一带时的一天夜里，他躺在床上辗转反侧难以入睡。他想起了几十里外的家，他的媳妇，还有他当兵以后媳妇生下的娃，有消息传来是个女孩儿。半夜时分，他穿好衣服走出屋外，坐在一块石头上闷闷地抽烟。一支烟没有抽完，他的决心已定，回家！他转身向房后的小路快速走去，一个身影突然挡住了他的去路。来人是郝忠玉，他此时正在查岗，便堵住了疾步而去的陆二柱。

夜深人静中，郝忠玉压低嗓音问："二柱子，你这是要去哪里？"陆二柱毫不隐讳地答道："回家！"郝忠玉冷着脸又问："不怕马王三只眼，就怕人怀两条心。你想当逃兵啦？"陆二柱指着自己那只瞎眼说："少给俺扣大帽子，俺要想当逃兵早逃了，还等瞎了一只眼再逃？俺现在没了右眼也打不了枪，不回家，待在部队还能干啥？"郝忠玉说："不用你打枪，你就背着杆枪给我当通信员。"陆二柱嘴一撇："背着杆枪？还不如说俺背着个烧火棍。你还是让俺走吧，媳妇生的娃俺还没见过，回家看闺女去！"郝忠玉冷笑一声说："我也有媳妇，我的媳妇也生娃了，我也没见过。咱们都走吧，让这队伍散了得了。"陆二柱推开他说："咱俩不一样，你眼瞎了吗？别挡道，闪开！"

郝忠玉霍地从腰间抽出一把尖刀横在他面前说："二柱子，你也没缺胳膊少腿的，轻伤不下火线！"陆二柱看着月光下那把寒光凛凛的尖刀语气就缓和下来了："郝忠玉，不，郝连长，你忘了你前两天说过的话啦？你说俺生了个闺女，你恰恰生了个小子，咱俩就认个娃娃亲吧。俺今天就提前管你叫声亲家，看在咱俩同年同月同日当兵的分上，也看在你儿子和俺闺女的分上，你就让俺走吧。有一天俺会把闺女送到你郝家的。"郝忠玉只觉得手里的刀一点儿一点儿地松了下来，陆二柱一个箭步就钻进了一望无际的青纱帐里……

两位三十多年未曾见面的昔日战友，万万没想到在这个场合碰上了。一位是副军长，一位是农民，云泥之别的身份丝毫不影响他们的亲近，二人早已热烈地拥抱在了一起。双方都能感觉到对方的血液在奔突，筋骨在抖动，呼吸在加速。

第二天下午，H军的庆功大会正式举行。大会的会场庄重肃穆，主席台上矗立着国旗和军旗，两侧的对联异常醒目，上联"流血流汗，血汗流，练出真本事"；下联"打枪打炮，枪炮打，坚决打胜仗"；横批"一切从实战出发"。孙军长主持会议，罗政委宣布了先进单位和标兵个人，郝副军长极其生动地讲述了军演的整个过程。之后，先进单位的代表介绍了他们的经验和事迹。

大会最后一项是立功者家属陆二柱讲话。他走上主席台，看着台下身着绿军装的人群，一度紧张的内心反倒淡定下来了，心想：不过是面对一片绿油油的农田而已。刚才在后台时，政治部一位年轻军官跟他做了约定。军官会随时上台给他倒水，借此给他做及时的提醒或必要的引导。他对着麦克风吹了一口气，会场上传来嗡的一声响，便觉得身上的脉络和神经即刻活跃起来了，也找到了讲话的感觉。

"同志们，俺叫陆二柱，是生产队喂马的马夫，陆成林是俺儿子。其实俺也当过兵，1938年入伍，与你们的副军长郝忠玉同年同月同日参加了八路军。后来俺的右眼被小鬼子炸飞了……"他说着就用手拽了拽塌陷下去的右眼皮，然而台下的官兵由于距离远，无法看清他的右眼究竟是怎样一种状态。他接着说："俺右眼瞎了以后打不了枪了，就想回家。忠玉拿刀逼着不让俺走，可俺还是走了。村里人都知道俺是从部队开小差回来的，后来连个伤残军人都没评上。俺那时听了忠玉的话不走就好了，现在也能熬个独眼龙的师长团长干干，你们见了俺也得打立正，也得敬军礼……"这时，年轻军官走上台来给他倒水，捂着嘴小声提醒道："老同志，跑题了。闲言少叙，只讲陆成林。"他瞪着眼说："老子不开小差回家哪有他陆成林？往下听。"

他喝下一口水再讲时就进入了主题："成林这个龟儿子，从小长到大，俺就没看出他是个当兵的料。他娘临生他的时候还在地里干活，干着干着他就要掉下来了。他娘就急忙往家跑，刚跑到地头，就在路边的一片野菊花里生下了他。他娘抱起他的第一句话就说：'他爹哟，俺给你生了一个带把的娃。'咱农村人都是心尖往下长，一辈望着一辈盼儿能有出息。结果这小子长大了偏偏喜欢上了花，说什么他想学园艺。俺说不行，你去当兵，不当兵老子就打断你的腿！他说爹呀，为什么非要我当兵？俺说因为你爹就是个老兵。就这样他当了兵提了干，这回还立了什么功。他在部队干得人模狗样的还像那么回事，就是因为俺手里的鞭子一直抽打着他，他是一天也不敢松套哟……"

陆二柱讲到这里时，台下已是掌声雷动了。他得意地摆摆手，就往台下走。年轻军官急忙走上台来拦住他。他摇着头说："别倒水了，俺讲完了。"军官说："我不给你倒水，想请你再提点儿希望。""再提点儿希望？那就提点儿。"说着他又返了回来，把嘴贴向麦克风说："成林，爹就对你提一点希望。不管你今后干出多大成就，当了多大的官，一定常回老家看看。没有你爹的开小差，哪有你这个龟儿子！"台下静得一点儿响声都没有，他愣了一会儿又继续说，"看来是还等俺提希望，那俺就再提一条，是提给大领导的。俺和台下的什么军长、师长的大领导们的年龄都差不多，当兵的时间也不分前后。大家一天天都见老了，忘性也大了，可忘了谁都行，就是不能忘记老家，那里是你们的根哟……不对喽不对喽，这回可是真的跑题了……"他走下主席台时，整个会场仍是鸦雀无声。

罗政委走上主席台对会议做了精辟的总结，尤其赞扬了陆二柱发自肺腑的讲演。之后，便借着这个大会传达了一项上级的任命——接中央军委命令：孙殿堂同志进京任职，由正军级晋升为副兵团级。郝忠玉同志提任H军军长。会场沉寂了片刻之后，便以雷鸣般的掌声为庆功大会画上了圆满的句号。

散会之后，黄部长先一步来到招待所食堂。他深知，这个庆功大会的会餐无疑也是孙军长最后一次与大家吃饭了，必然会引发就餐者为孙军长热情饯行。孙军长在H军工作和生活二十多年了，不为孙军长饯行，他这个管吃喝拉撒睡的后勤部部长首先就心里过意不去。

他走进食堂时，餐桌已摆上了酒瓶和杯箸碗碟，几名炊事员闲坐在食堂的一角。显然，会餐的饭菜已准备就绪，就等着领导和宾客到来了。郝援朝这时跑过来问道："黄伯，您有事？"黄部长说："我怎么没看到刘天刚？"郝援朝向厨房指了一下。

黄部长走进厨房时，但见刘天刚正在闷头拖地，原本湿漉漉的地面已无水迹。大家休息之时，刘天刚还在主动干活的举动让黄部长暗自赞叹。待刘天刚拖完地后，他从背后拍了一下他的肩膀。刘天刚回头一看是黄部长，慌忙敬了个军礼，然后就憨笑地站在那里。黄部长眯着眼睛问："你给我详细讲一下抗美援朝中你与父母失散的情况。还有，你为啥子非要跑到铁园来找他们？"刘天刚便将田妈讲给老崔的那些话说了一遍，之后，从衣兜里掏出一页纸递给黄部长。黄部长打开一看上面只有两个字——"铁园"。刘天刚说："这两个字是我养母田妈写给我的，她确定我的父母就在铁园。抗美援朝期间，他俩是铁园驻军野战医院的军医。"黄部长叹道："也难为你田妈了，她也是从别人手里接过的你，无法获得你父母的第一手资料哇。不过还好，她能给你指明来铁园的路就足够了。只可惜铁园的那个野战医院早就不存在了，我也难以给你提供什么有价值的线索，也没啥子办法帮你了。"刘天刚摆摆手说："首长不急，我慢慢找……"

这时，食堂里已陆陆续续走进来用餐的各级军官，大家说笑着不免称呼对方的职务，全都是什么什么"长"，不是团长、师长，就是处长、部长。不一会儿，几名更高职务的军官也走进来了，走在第一位的大家都叫他孙军长。刘天刚心想，这位就是孙竟男连长的父亲。第二位是罗政委。第三位便是郝军长，显然，他是郝援朝的父亲，已由副军长擢升为军长了。父子俩的身材截然相反，郝军长的个子矮胖，而郝援朝瘦高，二人的长相却有着很多相似之处，一样的小眼睛，一样稀疏的头发，一样的红光满面。

招待所食堂有大、小餐厅之分。大餐厅为军机关干部平时就餐的场所，小餐厅则为包间，专为首长就餐和招待客人所用。此时大餐厅摆了八桌，小餐厅摆了一桌。来到大餐厅的都是师团级干部，罗政委和其他几位副军级领导也来到了大餐厅。而孙军长则拉着郝军长和他的夫人梅子琳去了小餐厅。梅子琳是H军医院院长，团职干部，本该去大餐厅的。孙军长解释说，被请到小餐厅的，都是这次军演的立功者和他们的家属。郝军长受到了总参的嘉奖，是功臣。梅子琳是以郝军长家属的身份，被孙军长请到小餐厅的。

三人走进小餐厅时，但见一头乌发、中等身材的陆成林独自坐在桌子的一角。军演的立功者没有出现在大会主席台上而出现在此处，这不奇怪，因为他没有登台讲话的任务，与领导就餐却是必须到场的。见首长到来，他局促不安地站了起来。郝军长问："怎么就一人来了，你爸呢？"陆成林低着头说："他回老家了。他说他的讲话是洗脸盆里扎猛子——不知深浅，竟给首长们提上希望了。会后就坐火车回家了。"孙军长叹道："这位老同志想哪儿去了，什么叫不知深浅。我看他讲得挺好，给我们上了一课。"郝军长却冷着脸问："陆参谋，我事先可是给你交代过，晚上要跟你爸好好喝两杯，怎么这样简单的任务你都完成不了？"陆成林懊丧地说："我留他了，也说明了您的意思，可他还是走了……还说不让我告诉您。"

正在这时，郝和平进屋后便附在孙军长耳边笑道："孙叔好，祝您高升。"同时又冲着桌子对面偷看她的陆成林会心一笑，而后落落大方地坐在母亲梅子琳身边。梅子琳瞪她一眼说："走错地方了吧？"郝和平一副惊讶之状，看着父亲问："爸，我走错地方了吗？"郝军长笑而不答。孙军长却微笑着说："我的和平鸽呀，你终于飞来了，落在了你该落的地方。理由有三：一、你是郝军长的女儿，是本次军演大功臣的家属；二、你和陆成林同时考上了军江外语学院。借着这个机会，也算是对你俩的欢送；这第三嘛，只可意会，不可言传。"郝和平冲着母亲得意一笑。显然，她的到来完全驱散了刚才沉闷的气氛，丰盛的菜肴也随之上桌了。

孙军长这时举起杯子说道："这杯酒敬在座的各位。我儿子竟男牺牲后我的情绪一直很低落，军演的事情几乎全靠忠玉同志了。他比我搞得好，让我们H军成了全军的标杆，同时也涌现了陆成林和王常生两位立功者。本想这个晚上和大家一起吃顿饭，王常生的爱人因工作的原因没来参加大会，会后军里特批他回家探亲，下午他就走了。只可惜陆成林的父亲陆二柱也走了，怨我工作不细，责任在我。不说别的啦，共饮。"大家举杯将酒喝下，唯独梅子琳只抿了一小口。

孙军长说："子琳，我知道你不能喝酒，这杯酒让和平跟成林替你喝了吧。"郝和平早已听出孙军长话里的味道了，站起身来说："孙叔，还是让我替我妈献一把青春吧。"说完一鼓作气地将那杯酒喝尽，放下子杯时她已是龇牙咧嘴且满脸涨红了。孙军长扑哧一声笑了："像个兵！"郝和平索性说道："各位前辈慢用，我和成林到大餐厅热闹去了。"说完后冲陆成林使个眼色,二人便匆匆离去了。

梅子琳看着二人离去的背影叹了口气说:"老郝哇,和平跟陆成林什么时候处上对象的?我怎么一点儿也不知道哇。真是世人皆已知,家母却不晓。"未及郝军长说话,孙军长却笑着打起圆场:"我知道子琳给子女找对象定下的标准是门当户对,陆成林难入你的法眼。但他的父亲陆二柱也是个抗战老兵,负伤以后回到了老家。不管他回家的方式对与不对,毕竟本人是个伤残军人,陆成林也称得上一名军人子弟了。从这个角度论,你们两家也算门当户对了。"

这时,从大餐厅陆陆续续走来仨一群俩一伙的军官,他们举着酒杯向升职进京的孙军长敬酒,也向就地擢升的郝军长推杯。一时间,小餐厅人声鼎沸。黄部长走来敬酒时看到此种情景后,便生了担忧。这酒再敬下去恐怕要误事。须臾,他改变了主意,决定扼制住这个势头。他回到大餐厅后瞪着眼睛大喊:"这是干啥子嘛!从现在起,谁都不许再去小餐厅敬酒了。谁要想去,先过来跟我干三杯!"

黄部长酒量奇大,一个人能喝下两瓶白酒,而且喝完后说话不走板,走路不歪斜,唱起四川老家的山歌字正腔圆。他十七岁那年就加入了红军,人称"红小鬼",走过长征路。平日里就连军长、政委也让他三分,刚才的一声喊,他是对着八张桌子上的所有人——军、师、团三级领导悉数在场,就连罗政委也坐在那里。他只是个正师级干部而已,但嘴里吐出的吐沫星子就像一道令行禁止的命令,众人喏喏中没人再敢去小餐厅了。但同时,也没人敢向他敬酒了。他喜欢喝酒时始于即兴、终于尽兴的热闹场面。显然,他的酒没喝好。

酒宴散席后,所有领导都离去了。唯独黄部长没走,招着手叫来胡管问:"我这酒没喝好,你看咋子办?"胡管说:"好办哪首长,炊事班这些人都没吃饭也没喝酒。我这就放一桌,大家陪您喝酒,让您尽兴。"黄部长说:"两桌。你们那桌吃饱喝好为止。我那桌放在小餐厅,让郝援朝和刘天刚陪我。人家是外人,我代表后勤部好好犒劳犒劳他俩。"

胡管亲自为小餐厅上了菜,摆了两瓶酒,又为三只杯子斟满酒,然后就悄然离去了。三只杯子已是酒满欲滴,在灯光下静静地闪烁。黄部长举起杯子只说了一个"干"字,三只杯子便撞在了一起。黄部长连着说了三个"干"字,三杯酒已是酒尽杯空了。这时他的目光已投向刘天刚,那目光似山涧里的一泓清泉,也似森林里的一缕气韵。黄部长一字一字地说:"天刚,做我的干儿子吧。"刘天刚顿时愣住了,一双眼睛一动不动地看着黄部长。他万没想到寻父寻母来到铁园的第二天,这样一位老首长,一位老红军,一位霸气十足的部队高干,竟然认自己为他的干儿子了。

他双膝一软,扑通一声跪在黄部长面前失声喊道:"爸……"

第六章

　　中断了十一年的高考制度终于在1977年的冬季恢复了。十一年间，从当年老三届的高中生到当年还在小学课堂上学着四则运算的小学生，都有了高考的资格。没有人统计过这些有着高考资格的年轻人的总数是多少，但是五百七十万人在次年的春天走进了高考的考场，只有二十七万人考上了大学，录取比例为一比二十一。

　　1978年初春的这一天，一场大雪悄无声息地从天而降。那雪花在天空中像是各自纷飞，又像是结伴起舞，飞出迥异的轨迹，也舞出优雅的身姿。之后，它们就飘走了，飘到了阳光与梦的交汇处，然后就再也找不到它们的踪影了。

　　铁园师范学院的校园内，呈现一派欢欣鼓舞的景象。图书馆大楼正面墙体上镶嵌的八个大字——"学高为师，身正为范"，庄重肃穆且金光灿灿。从早上起，便有报到的新生陆陆续续地走进校园。他们身上带的物品几乎是同一种内容和同一种模式，肩膀上背着被褥行李，被面的色彩图案五花八门。一只手提着一个鼓鼓囊囊的帆布提包，另一只手拎着一个线绳网兜，网兜里是脸盆、牙具、手巾等洗漱用品，装着一个油污污饭盒的也不在少数。

　　尽管雪已停了，太阳一动不动地悬在天空，但空气中依然充满了寒意。宽阔的操场上已经聚集了众多报到的新生，没有因为彼此并不认识的陌生感，而阻止住他们在侃侃而谈中接纳着对方的热度。

　　这时，郝援朝也走进了校园，身着绿色的军装，肩上斜挎一个发了白的军用挎包。他的脸色比当兵时红润了许多，身体也比以前胖了一圈，不大的眼睛放射出精神抖擞渴望未来的光芒。他刚刚走进学院大门时，就被门卫室的老李头拦住了，问他找谁。他说，我谁也不找，是报到的新生。老李头的眼睛在他脸上睃了三圈后依然不信，他只好亮出了铁园师范学院的录取通知书。他清楚这完全是因为自己肩上没有行李，手中也没有提包。老李头也全然不知他的家就在学院斜对面的H军军部大院，离这里只有不到五分钟的路程。老李头甩了一下头，做出了放行的示意，他才稳稳地走进了校园。

这个校园他再熟悉不过了，小时候常跑来玩。尽管屡遭学院工作人员的驱赶，但这丝毫不影响他在"你来我走，你走我来"的较量中，欢愉嬉耍在足球场和篮球场上。眼下的大操场还是那时的老样子，两个足球大门像两只空洞的大眼睛遥相对望。操场旁边的八个篮球场分为两排，每排四个，斑驳陆离的篮球架依然如故，篮筐光秃秃的还是没有篮网，像一张张没有牙的大嘴。

他看着刚刚报到的莘莘学子，别是一番滋味在心头。在他刚刚知道人生需要有理想有抱负的时候，就定下此生必须读一回大学的目标。而如今时过境迁，"文革"后能考上这所大学的人已是寥若晨星了。但不管怎么说，他已实现了此生念一回大学的抱负和理想，而且还是他喜欢的，可以在浩瀚的文字海洋中遨游的中文专业。更重要的是，他也顺利地完成了与章诗逸在铁园师院会师的约定。他不怀疑章诗逸的实力足以考上这所大学，却对袁雪梅生了一丝隐忧。

他终于在三号楼一楼的一个教室里找到了中文系的报到处。接待他的是一位女教师，身材妙曼，容长的脸上五官搭配得不偏不倚，那双浓眉大眼更是锦上添花。如果不是可以有让人变得稳重老成的教师身份加持，他想，这位女教师的年龄未必比自己大。

女老师看过他的录取通知书后，翻开一个写着很多名字的大本子，纤嫩的手指在本子上一行一行地划着找过后，一脸郑重地说："郝援朝同学，你被分配到了中文系77级1班。"他点了点头。女老师把大本子合上后微笑着说："做个自我介绍吧，我叫柳春月。很巧，我是中文1班的辅导员，主讲外国文学。"他胸脯一挺礼貌地说："柳老师好。"柳老师却问："你叫什么名字？"郝援朝"哧"的一声笑了："你刚才不是已经叫过我的名字了吗？我叫郝援朝。""郝——援——朝，"柳老师拍着额头也笑了，"我们认识……"

军招所帮厨的第二天，郝援朝就从市民政局拿到了工作安置的手续。工作单位堪称一流，市电子局机关。

报到那天，办公室主任接待了他。主任将桌子上的一大堆避孕套推到他面前说："这就是你的工作了。"他倒吸一口凉气："计划……生育员？主任，我还没结婚呢。"主任"哟哟"了两声后说："什么结不结婚的，计划生育是全民的事。你只要用眼睛盯住已婚女人的肚子就行了。"

在之后的日子里，郝援朝便把他那很少有过的犀利而挑剔的眼光，每时每刻都投放到已婚女人的腰间和肚子上。好在她们原本的小蛮腰、水蛇腰、蛤蟆肚等，在相当长的时间内无甚变化。他真心感谢她们，也更加感谢主任了，因为这一切为他赢得了千金都难买到的高考复习时间。

半年后的一天，奉主任之命，郝援朝代表电子局参加市里举办的计划生育员培训班的学习。那天是讨论会，物资局的计生员兴致盎然地给大家讲了一个不雅的笑话。

听笑话的人笑得前仰后合，然而很多女计生员却站起来抗议。郝援朝猛然想起，那些人中最先站起的就是眼前的这位柳老师了……

郝援朝笑了笑说："是呀柳老师，我们在计生干部学习班上见过，当时我们都是计生员。"柳老师却摇摇头说："但这不是我真正认识你的原因。后来听人们讲，全市计生队伍中有一位军长的儿子，名字叫郝援朝。我那时就记住你这个响亮的名字了。"这时又有新生报到，趁柳老师接待他们的当儿，郝援朝告辞而去了。

郝援朝走至大操场时，便见一位女人领着一个七八岁的男孩儿向三号楼走来，心里不免叹道：多么划时代的大学生啊，竟带着孩子来上大学了。女人背着一个很大的行李包，一肩高一肩低地向前走着，嘴里哈着气，头发被风吹得一飘一飘。近时，他心里一惊，扬起手冲那女人喊道："袁雪梅！"便跑了几步站到她的面前。

袁雪梅听到有人喊她，只顾侧歪着膀子往下卸行李，脸已憋得通红。郝援朝帮她将行李放到地上后，袁雪梅才看清了眼前的郝援朝。她惊异地问："你考上啦？"郝援朝点着头反问："你呢？"袁雪梅抹着汗涔涔的脸同样点了点头。显然，他们的心情都处在极度的亢奋和激越之中，已顾不上任何的寒暄和客套了。郝援朝这时指着袁雪梅身边的孩子问道："他是小迷糊吧？"袁雪梅笑着将小迷糊拉到他面前说："叫郝叔。""郝叔——"小迷糊的口音中夹杂着山西老陈醋的味道。

袁雪梅最后到坦克一连探亲的那个秋天，是带着小迷糊来到老鹰沟的。中午在食堂吃饭时，饥肠辘辘的小迷糊端起饭碗刚扒拉了两口，突然将饭碗蹾在桌上问："妈，我刚才洗手没有？"袁雪梅笑着说："养成饭前洗手是个好习惯，但是你洗没洗，妈可不帮你记着这个事。""没洗。"他说着就噔噔地跑去洗手了。饭吃到一半时，他又蹾下饭碗伸出两只手问："妈，我刚才洗手没有？"袁雪梅极有耐心地将刚才的回答又重复了一遍，如此三次，他的那碗饭才吃完。吃完饭他刚走出食堂，老崔追出来笑着问："孩子，你刚才吃饭没有？"他摸摸肚皮又看看手说："刚才光顾洗手了，可能没吃。"老崔说："傻小子，没吃就快来吃呀。"于是他又扒拉了一碗饭。这之后，他在坦克一连就有了"小迷糊"的绰号。小迷糊虽然在吃饭和洗手的问题上犯迷糊，但古诗背得一字不差，可以倒背如流地背出几十首。同志们都说，是章诗逸和袁雪梅的遗传基因使这孩子天赋异禀。

郝援朝这时背起袁雪梅的行李就往三号楼走，袁雪梅和小迷糊跟在他的身后。走了一段路，郝援朝突然停下脚步回头看着袁雪梅问："怎么没看见章诗逸？"小迷糊扬起手说："我爸没考上。"郝援朝肩上的行李啪的一声就落到地上了，表情木然地看着袁雪梅。袁雪梅一巴掌掴在小迷糊的后背上说："谁说你爸没考上，哪儿都有你。"小迷糊梗着脖子说："他们单位不让他来，就等于也没考上。"袁雪梅从衣兜里掏出章诗逸的录取通知书说："这是什么？你爸要考不上，全天下的人都考不上了。"

章诗逸的高考成绩，达到了北京大学的录取分数线，是全县的文科状元。但他所在的单位县话剧团并不甘心放走这样一位编剧、一位才子和台柱子。他的案头上放着一摞厚厚的稿纸，那是他为迎接新中国成立三十周年而创作的一部话剧。素材来自抗战期间，讲的是太行山军民同仇敌忾与日本侵略者英勇作战的故事。

剧本的前半部，一经团长过目后，便层层推高地辗转于文化局局长、县委宣传部部长，以至县委副书记的逐一审查之中。在领导交口称誉拍手叫好之时，他即高考中榜了。"千里马常有，而伯乐不常有"，县领导却挡住了章诗逸这匹千里马奋起将去的蹄脚……

袁雪梅讲到最后忧惧不安地说："诗逸怕是来不了铁园啦。"郝援朝叹道："看来诗逸真是个难得的人才。当兵，部队留他提干；回地方，县里留他写剧本。"袁雪梅摇摇头说："他是人才不假，却把我坑苦了，我们又得过四年牛郎织女的两地生活。更何况，他本是答应一同来铁园找我爸的，这下彻底泡汤了。""我有一种感觉，"郝援朝说，"是诗逸的高考成绩太过优异，致使他的思想有了变化。时运造人也误人！"袁雪梅低头搓着衣角没有说话。她的内心早已陷入一种极度的矛盾之中，章诗逸高考成为全县的状元后，她兴奋得三天晚上没有睡好觉，后来听说县里不放他走后心里就没底了。普天之下的诸多夫妻，不是男人出息了便夫贵妻荣、比翼双飞了，再不就是男人出息了便夫贵妻衰、劳燕分飞了。这是一把永不卷刃的双刃剑。

郝援朝这时劈了一掌说："不行，必须把诗逸拽来。你既能把他从部队拽回家，也该把他从家乡拽到铁园来。"袁雪梅摇着头说："部队要给他提干时我就误他一回了。考上大学了县里留他，就是看上他将来能提个什么话剧团团长，甚至宣传部部长的，我还能再误他一回？"郝援朝狠狠地说："误他八回也得误。当初他说的考铁园师院是为了找你爸的，并且也让我考。你考上了，我考上了，他却不来了。因为他发现自己的志愿报低了，他有考上北大的水平，也有被县里留下当官的机遇，看不上这小小的铁园师范学院，也看不上你我，更忘了他的老丈人至今没找到这回事了。"袁雪梅看着远方的龙爪山无奈地说："是山就得高，是水就得流。走吧，陪我报到去，不说这个啦。"

他们来到三号楼报到时，柳老师正与别人说话。她接过袁雪梅递来的录取通知书看过后，便把那个大本子扔给了已经相识的郝援朝。那意思再明白不过，我在忙，你帮她找吧。在中文系1班的名单中，他们找到了袁雪梅的名字，在她的名字之下，竟然是章诗逸……

一场声势浩大的开学典礼之后，铁园师院即刻平静下来，与之前报到时喧嚣不止的景象形成了鲜明的反差。这批大学生绝对是中国大学校园里走来的最特别的那么一群人。他们过早地步入社会而中断了本该属于学习的时光后，就更加珍惜在校园中的每一寸光阴了。

各系各班的第一节课都是辅导员亮相并与各位学生相互认识。柳春月走上讲台时，就觉得有些心跳。她是这所大学的工农兵学员，三年前毕业留校，在中文系任教，教过古代汉语、文艺理论等课目。那时的工农兵学员急切地问："柳老师，就来点实的吧，怎样才能写出好的文章？"她迅即就想到了一句古训——"读书破万卷，下笔如有神。"之后说，写作其实很简单，只要有一个屋一张桌一把椅一支笔一摞纸就足够了。其实她也从来没有发表过一篇文章。后来学院要配备一名专职计划生育员时，柳老师表示出了极大的兴趣，随之告别讲坛而成为计划生育员了。但是最终，她还是品尝到了一名未婚女性从事这项工作的不便和辛涩，以及为此而荒废了传道、授业、解惑的教学事业。高考制度恢复后，她向学院提出重返一线从事教学工作的请求。原本的工农兵学员加上通过高考而来的本科生，使得学生的数量陡增，也使一线教学人员明显不足。她的请求获得了学院同意，不仅接手了外国文学这一课目，还兼职辅导员的工作。

柳老师打开花名册后，便一个接一个地喊着每一名学生的名字。这些接近自己年龄的面孔，让她心里惶然。她只有三年工农兵学员的大专学历，何以满足这些即将读完四年本科的大学生对知识的如饥似渴？

当她喊到一名女生的名字时，这名女生突然站了起来。她凝聚目光审视这名难得比自己年轻的女生时，心里就泛出一缕轻松和欣慰，微笑着说："这位同学，只喊'到'就行了，不必站起来。"那女生没坐，提醒道："柳老师，我的名字叫单（shàn）晓慧，不念单（dān）晓慧。"柳老师的脸瞬间红了："我的错，我的错，那个字确实是个多音字。"好在同学们并不在意，没有嘘声也没有笑声，好像觉得这样一个小小的失误，不足以衡量一位老师的教学水平，抑或，他们并没有把她当成什么老师，不过是他们中的一员，一个姐姐或者一个妹妹而已。想到这里，她的心情反倒放松下来，再不刻意以一个高高在上的老师身份面对他们了。

花名册上最后一个名字是章诗逸，柳老师连着喊了三遍，台下无人应答。她捋着额前秀美的刘海儿说："我看过章诗逸同学的个人档案，论年龄我该管他叫哥哥了。他是我们中文系这届学生高考分数最高的一位，达到了北京大学的录取分数线，然而到现在还没露出庐山真面目。各位同学，你们中谁认识章诗逸？"她看见一名岁数较大的女生微红着脸举起了手。柳老师说："我记住尔的名字了，你叫袁雪梅。下午最后一节自习课，你到我办公室来。"

袁雪梅下午按时来到中文教研室。柳老师热情地拉过椅子让她坐下后说："知道我为什么记住了你的名字？因为简历表标明，你的家庭出身是革命军人。"袁雪梅点点头，说明了她和章诗逸的夫妻关系，而且从小学、初中以至高中都是同班同学。惊异中的柳老师问："那你该知道章诗逸至今没来报到的原因吧？"袁雪梅便将县里不放章诗逸走的原因说了一遍。过了一会儿，柳老师又问："照这么说，章诗逸就不打算念这个大学啦？"袁雪梅说："其实他最该念这个大学，反倒是我念不念无所谓。我有个想法不知当说不当说？"柳老师点了点头。袁雪梅说："我想与章诗逸对换一下，他来念书我回家……"

就在章诗逸退伍的前一年，县话剧团在全县范围内招聘编剧。经过笔试和面试后，袁雪梅脱颖而出被选中了。她的命运就此发生了根本性的变化，由领工分的民办教师，成为一名按月领工资的国家干部了。

章诗逸退伍后一时没有安排工作，袁雪梅就拿着他在部队发表过的诸多文章，向话剧团团长推荐自己的丈夫来话剧团工作，也任编剧。团长认真看过那些文章后大加赞赏，决定接纳章诗逸任编剧。但最后说，我很欣赏你举贤不避亲的想法，但话剧团的编剧岗位就一人，他要是来了你就得走。袁雪梅坚定地说："我愿意给他让地方！"

章诗逸接替了她的工作后，即刻以独树一帜的写作风格被所有的领导及同事认可。工作旁落的她虽然出现了短暂的惶惑和空虚，但很快又被丈夫崭露头角的才华所笼罩，继而内心的惶惑和空虚完全变成一种夫贵妻荣的欣慰和自豪了。就如风可以把树上的叶子吹落，但叶子依然愿意依偎在树下，仰望着树的高大伟岸，想着自己也曾经在空中舞过一回，就再也不遗憾自己将被沤成泥土了，而且心甘情愿地用那泥土养育出更加高大和更加伟岸的树。

当袁雪梅收拾完东西，准备回到农村继续当民办教师时，正好收发室的老收发员要退休了，于是团长就让她接替了收发员的工作……

愁眉紧锁的袁雪梅继续说："我之前就是话剧团的编剧，虽说没有诗逸的文笔好，但也能拿得起这个工作，也可以把他那个剧本凑合着写下去。柳老师你也知道，我是带着儿子来上学的。我回去既可补了诗逸的缺，仍当编剧，还可以照顾儿子，这该是两全其美了吧？"

柳老师摇摇头笑了："这可算不上两全其美，你不怕才华横溢的章诗逸独自来上学后另有新欢？"袁雪梅不以为然地说："他当了好多年兵，我们一直分居两地。他要寻欢也早寻了，他不是那种人。""部队比不得大学。"柳老师说，"部队里是清一色的男人，大学可是美女如云哪。青春年少的女孩子就喜欢中文系有才华的男性。我那届的工农兵学员中，就有一名二十多岁的女生最后与一位四十多岁有家室的男老师恋上了。风流才子知多少，夫贵妻荣有几人？"袁雪梅忧心忡忡地问道："那男老师最后……""离了！"柳老师说，"同理。如果章诗逸不来上学，你就不怕后院起火？假如他在县里提个一官半职的，或者说，他再努力一年，明年考上什么北大、清华的，你敢断定他能不弃你而去吗？我知道，你所说的与章诗逸对换的话是气话。你不仅不能换他，他也必须来上学。你们两口子过去是老三届的中学同学，如今又是大学新四届的同窗，我相信整个中国难有几对夫妇像你们这么优秀的。你们一家三口该念大学的念大学，该念小学的念小学，相互间也有个照应。更重要的是，章诗逸每时每刻都在你的眼皮底下了。"

袁雪梅问："可……县里不愿放他怎么办哪？"柳老师摇摇头说："我总感觉这个问题出在了章诗逸本身。你最清楚，恢复高考的首届考生，几乎都有工作了。不经过工作单位的政审和同意，他们不可能走进考场。就如章诗逸，只要话剧团同意他考大学，而且他考上了，话剧团就没有任何办法阻止他走进大学的校门，否则，我怎么知道章诗逸的高考成绩？花名册上怎么会出现他的名字？"

看着低头不语的袁雪梅，柳老师的语气中已有了老师该有的威严："如果章诗逸一个月内还不来报到，校方将取消他的录取资格。我相信今后任何一所大学，都不会录取他了！"

这天夜里，袁雪梅辗转反侧，怎么也睡不着，便打着手电筒，在被窝里给章诗逸写了一封极其简短的信："你若不来，这个大学我不念了，父亲也不找了。

我带着小迷糊回到你的身边，让你老婆孩子热炕头，伴你终生！"第二天一早，她将那封信投进了马路边的绿色邮箱里……

半个月后的一天下午，学院的门卫室走进一名男子。这男子背着一个已经发白的军用背包，横平竖直的背包带将背包绑扎得方方正正。两只手分别拎着装了牙膏、手巾等生活用品的网兜，及一个硕大的帆布提包。

来者走进门卫室后，说明自己是本院的新生就要进校园。老李头一伸手将他拦住后问道："你说你是本院新生，有没有录取通知书？"来者说："有。在我媳妇手里。""你媳妇是干什么的？""本院学生。"老李头霍地站起来瞪着他大声问："你把话说准成点儿，是媳妇还是对象？"来者说："媳妇和对象都分不清，那我就该退回小学念书去了。"

老李头喷着满嘴的吐沫星子说："老子从有这所大学起就在这上班了，只听说学生中有搞对象的，第一次听说还有媳妇的。好吧，拿结婚证来。"来者无奈地摇了摇头："老同志，你这可是成心刁难人了，结婚证又不是钱包，还能天天揣身上吗？""瞅你这个穷酸样，我估摸你连个钱包也没有。"老李头问，'你媳妇叫什么名字？"来者哑巴着嘴刚要说，老李头摆了摆手："别说了，全院几千名学生，你随便编个名我也不知道。你该哪儿玩就去哪儿玩吧，别在这儿影响我工作。"来者说："你没有权力撵我走，我就是这个学院的新生！"老李头两手一摊："你看，你说你是本院新生却拿不出录取通知书，你说你媳妇是这个学院的学生又拿不出结婚证。你还跟我扯什么哩格儿楞！"来者猛地将军用背包往桌子上一掼说："你不让我进校园我就不进了，晚上跟你做伴住这儿了！"老李头拍着桌子喝道："臭小子，你要臭无赖是不是？我收拾不了你，有人能收拾你！"说完就抄起电话拨通了保卫处。

不一会儿，一高一矮两个穿着制服的保卫人员跑了过来，不由分说，连推带搡地将来者逐出传达室，又将桌上的军用背包和网兜及提包一起扔到门外去了。这时保卫处顾处长也来了，摆着手阻止住了两位工作人员的进一步行动。

来者已气得脸色煞白，浑身颤抖着对顾处长说："看得出来你是位领导。我有个请求，我要见院长！"一旁的高个子保卫人员啐了一口说："院长是你想见就见的吗？"矮个子又加了一句："也不撒泡尿照照你那张脸。"顾处长笑呵呵地对来者开起了玩笑："你不用找院长，说不定有一天你就是院长了。到那时，我这两个兵都得卷铺盖卷回家了。"内心一直波澜不惊的顾处长早已对来者有了初步的判断，如果来者是寻衅滋事之人，怎能背着军用背包，拎着网兜和提包到此惹事？更何况此人一身文绉绉之气，绝非闲云野鹤之辈，也非马路上的小混混儿。他一招手，领着来者和老李头一同走进门卫室。

经过与老李头和来者的对话后，顾处长已将事情的来龙去脉梳理得一清二楚了。他首先批评了来者要住在传达室的举动，传达室是工作的地方，不是外人入住的招待所。来者"嗯"了一声，以示认错。之后他又点拨了老李头，既然来者敢说是咱院的新生，你该打个电话问学生处。老李头点着头，也承认自己的情绪有些失控。顾处长最后对来者说："我不问你是不是我校的新生，也不问你媳妇叫什么名字。我只问你一句话，你媳妇在哪个系哪个班级？我把她的班主任找来，你们之间对话好不好？"来者说："我媳妇是中文系77级1班的。"顾处长转过头对老李头说："你马上给柳春月老师打个电话，叫她过来一下。"

柳老师走进传达室后，顾处长便将事情的原委做了简要的介绍，之后说："你们谈吧，我只是个听众。"柳老师看着来者首先做了自我介绍后问道："你叫什么名字？"来者平静地说："我叫章诗逸。"柳老师突地怔住了。在她的想象中，章诗逸的相貌应该像他的名字一样，典雅俊秀，如诗如画，可是眼前的这个人与她的想象有着太大的差别：个子矮小，面容憔悴，身上的黑棉袄异常陈旧，脚上的棉鞋布满了尘灰。从鞋帮和鞋底处裂开一条长长的口子，露出了花白的棉花，佐证着两名保卫人员耀眼的战果。

柳老师缓了一口气问道："章诗逸，你的高考成绩是多少分？"他不假思索地说出了具体分数，与她掌握的分毫不差。柳老师又问："你知道这个分数能考上什么大学吗？"他摇摇头说："我不关心这个。"柳老师继续问："如比之高的分数为什么偏偏来铁园师院念书？""我可以不回答吗？"柳老师说："我希望你回答。"他笑了笑说："因为我爱人袁雪梅坚决要考铁园师院，所以我的高考志愿就一个——铁园师范学院！"柳老师不再追问，冲顾处长点点头说："他是章诗逸了，我班的新生。他的高考成绩达到了北京大学的录取分数线，章诗逸这个名字在常院长那里可是早就挂号了。"顾处长惊得瞠目结舌，庆幸自己冷静的判断和妥善的处置，将这起争端压了下去，否则惊动了识才为上的常怀礼院长，这乱子可就闹大了。

柳老师领着章诗逸走时，顾处长安排两位保卫人员将扔到屋外的所有物品拿进屋来，并安排他们去送章诗逸。章诗逸摆着手坚决不允，只对顾处长说了声"谢谢"，然后两只手熟练地钩起军用背包往肩上一背，拎着网兜和提包跟在柳老师的身后，昂首挺胸，神情淡定地走进了校园。

他们首先来到男生宿舍楼，安排了章诗逸的宿舍和床位后，柳老师便领着他来到了中文77级1班的教室外。她看了一下手表，还有五分钟就要下课了，便轻轻将门推开一条缝，向正在讲课的老师招了招手。那老师来到门口，柳老师说明了自己要占用最后五分钟时间，向全班同学介绍一位迟来报到的新生，自是受到了那位老师的友善配合。

柳老师与章诗逸走上讲台时，却见袁雪梅忽地站了起来，桌椅发出碰撞的响声。大家都在诧异这位一向稳重的大姐为何失态和莽撞时，她又坐了下来。这时郝援朝已喜形于色地冲着章诗逸悄悄地竖起了大拇指。柳老师将刚刚坐下的袁雪梅叫了起来："你该站在我的位置上，给同学们介绍一下这位才来报到的新生。"重新站起的袁雪梅红着脸不住地摆手。已退下讲台的柳老师说："我是想介绍了，但没你更有资格。"

袁雪梅无奈，走上讲台时就捂着嘴笑了："这个丑八怪叫章诗逸，是我那口子……一定把大家吓着了吧。"

第七章

　　章诗逸迟来的入学，让袁雪梅悬着的心终于落地了，他们一家三口如愿以偿地在铁园会齐。郝援朝帮忙办理了小迷糊的小学入学手续。这所小学就在铁园师院附近，是师院的附属小学，也是省级重点小学。这个以大学校园为中心，大人念大学、小孩念小学的读书之家，成为铁园师院的一道风景线。

　　师院附小离师院只有一路之隔。在章诗逸未到来的那些日子里，一日三餐母子俩都在食堂就餐。食堂的大师父对他二人格外关照，每餐都往袁雪梅的饭盒里多添一板饭和一勺菜，也就够母子二人一顿的饭量了。

　　袁雪梅和小迷糊同住在女寝室，也同样受到同寝室女生们对母子二人的理解和同情。大家选择了一个位置最好的上下铺床位，安排母子二人住在下铺。晚上睡觉时，袁雪梅就用两把椅子挡在床沿边上，多少连接和扩展了床的宽度。她就这样一半床一半椅、一半睡一半醒地凑合到天亮。

　　熄灯之后，女生白天不宜谈论的话题，这个时候却是毫无顾忌、畅所欲言了。有人痛经喊肚子痛的，便有人劝赶紧去看医生。也有人嘻嘻一笑："用不着哇，和男朋友上了床，病就不治自愈了，不信你问袁大姐。"袁雪梅咂着嘴发出嘘声，意思是小迷糊还没睡着呢。又有人自怨自艾地说，托生成一个女人真是倒霉，每个月都"倒霉"一次！有人说才不倒霉呢，就是有了这一抹红才孕育出了整个人类。莫急，等你有了爱你的男人，他巴不得为你洗净一切，不信你问袁大姐。袁雪梅发出更大的嘘声。一夜一夜地就这样过去了，女生们没有因为小迷糊的到来而感到不便，反倒觉得因为有了他的存在，才有了撩拨袁雪梅的兴趣。

　　章诗逸的到来，让袁雪梅终于摆脱了夜夜受审的无奈和尴尬。未及她开口，章诗逸早已拉着小迷糊的手去他的寝室了。男寝室依然没有空床，章诗逸就把寝室里的几张书桌拼在一起放在靠窗户不碍事的地方，小迷糊当晚就睡在窗下的书桌上了。第二天一早，小迷糊不断地咳嗽打喷嚏流鼻涕，受凉感冒以至发烧了。章诗逸在所难免地受到了袁雪梅的责问："孩子我带了七年没病没灾的，放你手里一夜就烧成这样。你就不能让他和你睡在一张床上，我不都是这样一夜一夜熬过来的吗？你来了和不来有什么两样？不来还好，我们什么事也没有。你来了，儿子反而病倒了。"

说完，袁雪梅就领着小迷糊又回女寝室了，甘愿夜夜去受同伴们"不信你问袁大姐"的审问。她已想好了统一答案："女人没有一个是被男人疼死的，都是被他们祸害死的！"

这天是周日，刘天刚在军招所小餐厅设宴为章诗逸一家三口及三战友在铁园会齐祝贺。章诗逸和郝援朝到了，遗憾的是袁雪梅和小迷糊却没来。小迷糊高烧不止，已近四十摄氏度，袁雪梅自是昼夜照料，喂水喂药，掖被拭汗，极尽一个母亲的职责。

刘天刚能豪壮地在军招所首长常用的小餐厅设宴请客，完全缘于他极大地获得了胡管对他的认可和接纳。自那次会餐帮厨后，他就一直在厨房帮厨了。他的眼神和双手告诉大家，他已是军招所的一员，军招所也是他的家了。

这日晚饭后，胡管走进刘天刚的房间，见他正在写信，便问："给情人写情书？"刘天刚不大自然地点了点头，他确实在给毛小毛写信。胡管一笑："远水解不了近渴。你就把你的情人接来住吧，两个单人床并在一起就是一套双人床，够你们翻云覆雨的了。"刘天刚摇着头说："我写信的这个人是我的对象，不是情人。""你真笨。"胡管说，"对象就是情人，情人就是对象。"刘天刚脸红了："可我与她……还没结婚呢，被人知道我们住一起了，那可是生活作风问题。再说了，我在这儿白住白吃就够说的了，可别再添个白住白吃的人了。"胡管捏着小拇指说："瞧你那点儿本事吧……好好好，咱们不说这事了，就说你白住白吃的问题。至于你的宿费，黄部长有话，记在他的账上了，你白住就白住吧。关于你白吃的问题，真要算起来的话是我欠你。你干一天的活，还顶不上三顿饭钱？"刘天刚说："那是我该干的。我成天待着什么也不干，不成住旅店的人了？"胡管笑了："我这是旅店倒也好了，你干活我开支。可我这是军招所，它是部队体制，一个萝卜一个坑，即便我想给你开支也没地方出钱。这样吧，今后有亲戚朋友需要招待的，你就领他们到小餐厅热闹热闹。钱不用你掏，就算我给你开支了。"

餐桌的那一头，郝援朝和章诗逸热烈地说着什么。餐桌的这一头，刘天刚已写好了本次聚餐的菜谱。他兴致勃勃地将菜谱从桌子的这一头推到那一头让郝援朝过目。郝援朝拿起那页纸，只见那上面歪歪扭扭地写着"居参8个菜：1. 炸瞎人；2. 算台炒由鱼；3. 朱踢；4. 血里红顿豆付；5. 旁谢；6. 生拌损片；7. 将鸡瓜；8. 顿爸鱼。"郝援朝看完后笑得不能自已，随后便将那菜谱扔给了章诗逸。章诗逸接过一看，拍着桌子笑岔了气，差点儿跌倒在桌子底下去……

黄部长这时推门走了进来，他是刘天刚请来的特邀嘉宾。原本周日这天，他想陪着夫人沈非烟去逛商店。可是周六晚上刘天刚特意跑到他家，请他明天参加个饭局，并说明了这个饭局举办的主旨。黄部长听完后，对来到铁园上学的章诗逸一家三口人颇感兴趣，眯着眼睛说："我去我去。我要好好跟这个章诗逸喝两杯！"于是便把第二天陪夫人逛商店的计划取消了。

这时，刘天刚拉过章诗逸，将他介绍给了黄部长。黄部长握着章诗逸的手问："媳妇和孩子啥子原因没来？"章诗逸说明了他们没来的原因。黄部长显得有些遗憾，他走出门外重新确认了一下这个小餐厅后，再次回到屋里时就更加遗憾了，看着刘天刚说："干儿子呀，你请一回客怎么就安排在这个餐厅啦？不行，换个房间！"刘天刚堆下笑来说："我们几个小的能在这个小餐厅闹乎闹乎就很有面子了，不计较的。"黄部长叹了一口气说："你哪里晓得，这间屋子可是有故事哟。"

刘天刚这时拿过菜单请干爸再点两个菜。黄部长拿过菜单一看，脸就沉下来了："我说干儿子哟，啥子叫'顿爸鱼'？你是要把干爸当鲅鱼炖啦？"屋子里的笑声差点儿把房盖揭了。一切平静后，黄部长又点了两道菜，一道是尖椒炒肉，另一道是水煮花生米。刘天刚又请干爸点酒，黄部长不假思索地点了本地的溪水大曲。

酒菜上齐后，刘天刚的开场白只四个字："今天高兴。"之后大家开始喝酒吃菜。共尽一杯酒后，黄部长看着郝援朝问："臭娃子，你该晓得这个小餐厅的故事哟？"郝援朝摇了摇头。黄部长进一步提示道："你十几岁时，你爸那时还是政治部主任。他请过一位客人，你们全家都参加了。后来那客人喝醉了，晚上就睡在这个小餐厅了。"郝援朝一拍脑袋，忽地想起来了，因为父亲带全家在招待所吃饭，仅此一次……

那是1963年夏季，正值学校放暑假。还在小学念书的郝援朝与妹妹郝和平，各自与自己的小伙伴在军部大院玩了一下午后，如归巢的鸟儿般回到家中，准备吃晚饭。母亲梅子琳看着两个泥猴般的孩子说："赶紧去卫生间把你们的小黑脸和泥爪子洗干净，一会儿爸妈带你们去招待所请一位客人吃饭。"说完，便将一套童装的海军服裤衩背心和一套粉红色的裙子分别扔在儿子和女儿的床上。兄妹俩听说全家人去招待所吃饭甚是高兴，匆忙洗净手脸换好衣服。母亲问："你们的红领巾呢？都给我戴上。"二人手忙脚乱地戴上红领巾后，母亲蹲下来帮他们将一长一短垂下的巾带调整到合理的比例后才算满意。

郝援朝这时眨着眼睛问："妈，为什么去招待所请客人吃饭，在家请不更方便吗？"母亲说："爸爸妈妈上了一天的班，没有时间做饭了，所以就到招待所办了这个饭局。""妈！"郝援朝继续问，"我怎么感觉我们不是去吃饭，好像是去参加一个活动？"母亲说："今天你爸请的这位客人，是你爸从前的老部下，也是你爸最好的老战友。你长大以后就知道了，所以请客吃饭都不是吃吃喝喝那么简单，也算一个活动吧。"郝援朝这时才发现，妈妈也换上了那套平时很少上身的紧身旗袍，显得年轻了许多。不甘寂寞的郝和平也将自己心中的问题送给了母亲："妈，爸爸的战友是个什么样的人哪？"母亲郑重地说："是一位部队的记者。"

这时候，父亲从书房走了过来，脸上泛着神采奕奕的红光，一件浅黄色的柞蚕丝短袖衫飘飘悠悠，下身是淡灰色的制服裤子，脚上一双黑色的圆口布鞋。父亲拉过援朝，母亲拉过和平，一家四口人穿过军部大院，走出大门，沿着马路走进了招待所食堂。

他们走进食堂从右边数第三个小餐厅时，一位身穿军装早已候在屋内的客人，三步并作两步来到一身便装的父亲面前，啪地敬了一个军礼。而后，两人就紧紧地拥抱在一起了。

客人身材瘦高，明显的水蛇腰致使他的身体并不挺拔，嘴巴光溜溜的没有一根胡须，鼻梁上架着一副黑色玳瑁架的眼镜，文人墨客该有的风范和特质一览无余。父亲随后将客人介绍给母亲说："这是袁大记者。"母亲笑道："我们认识。"袁记者紧紧握住母亲的手说："是呀嫂子，我们确实认识。"之后，父亲又将袁记者介绍给两个孩子，兄妹俩异口同声地喊道："袁叔好。"袁记者微笑着分别用双手亲昵地捧过他们的脸蛋后对父亲说："我多羡慕首长啊，孩子都长这么大了。"

落座后，父亲给袁记者斟满酒，自己也斟满酒，二人就不紧不慢地喝起来。他们似乎在谈工作也似乎在叙旧情，没有高谈阔论也不慷慨激昂。母亲在一旁照顾着两个孩子吃饭，也时常侧过头去倾听他们的谈话。

袁记者此行来到铁园，是一次例行的下基层部队采访。时任军政治部主任的父亲在袁记者采访结束后，自费在招待所设宴为他饯行，自是带了全家人同桌共饮。足以显示他与袁记者生死与共的关系。

一杯酒喝尽，袁记者反客为主地给两个空杯斟满酒，举起杯子说：'首长，我敬您一杯。"父亲笑着举杯相迎中问："你……行吗？"这句话似乎触及了袁记者的软肋。他端杯的手不住地颤抖，鼓着眼镜后边有些变形的眼睛问："首长，我什么不行？"父亲拍着额头后悔不迭，以往依仗自己过人的酒量常对敬酒者说的这句调侃，此时用在袁记者身上确实有些不合时宜了，急忙改口说："我刚才说的是反话。你行，来，我们干一杯。"

二人将酒喝下，袁记者又给父亲斟下一杯酒后，将自己的杯子也倒满了。他两眼直勾勾地看着父亲再次举起了酒杯，这回倒是父亲显得犹豫不决，眼光游移了。袁记者什么也没说，一仰脖将酒干了。父亲也将酒干了。当袁记者正欲往两只杯子里再斟酒时，父亲摁住他的手说："小袁，你先吃口菜。时间有的是，咱们慢慢喝好不好？"袁记者摇着头说："首长，我此生从不敢奢望放纵地与您醉一回。今天您给我个面子，让我醉一回？"父亲说："好，我们醉一回。但我们……慢慢喝慢慢醉怎么样？"袁记者："不行。我也是个男人，也能大块吃肉大碗喝酒。"说完他将父亲的手挪开，将两个杯子再次斟满了酒。他举起杯子时眼睛湿润了，说道："首长，恕小袁有所不敬了。"说完就将酒又干了，父亲再陪下一杯。

父亲深知袁记者不胜酒力，喝到这个程度已到了极限。但见袁记者刚才涨红的脸已变白了，眼泪顺着眼镜的底框一滴一滴地淌了下来。他用手指刮着脸颊的泪水说："首长，您也知道，战争判了我个'宫刑'，让我人不人鬼不鬼地活到了今天。可很多人非但不理解和同情我，还在背后取笑我……"他索性将满是泪花的眼镜摔在桌子上，捂着脸伤心地哭了。

父亲拿起他的眼镜，从衣兜里掏出手帕擦净了镜片上的泪痕，给他戴上眼镜后劝道："小袁，今天的酒桌上，一个外人没有。你有什么跟别人说不了的话，就借着酒劲把它一起倒出来。"袁记者哽噎着说："首长，在外人看来我个记者多风光，南来北往地到处采访，没有去不了的地方，也没有见不了的人……可谁又知道，我唯一去不了的地方和见不了的人，就是我的老家和我的媳妇，还有我的女儿啊……"一旁的父亲眼圈红了，母亲低着头抹眼泪，他们已找不出任何语言来安慰他了。但见袁记者瘫软如泥般趴在桌子上，嘴里咕噜咕噜的像是在说着什么，又像是在倒着心里的晦气……

父亲架起大醉中的袁记者，母亲和两个孩子在一旁帮忙，终于将他搀扶到靠墙边的长条沙发上躺了下来。刚刚躺下，他的头一歪，身体哆嗦了几下，一泡尿就热气腾腾地从下身涌了出来。母亲挥挥手，将郝和平撵到别的屋去了。她完全知道袁记者难于启齿的隐疾，小声对父亲说："他的下身不宜受凉，也不宜受潮。"当兵后一直从医的她，早已习惯而从容地面对男人的羞处了。

她利索地扒掉袁记者的外裤和内裤，用一条湿毛巾一点儿一点儿地拭净他的大腿及根部。郝援朝第一次看到一个大男人的根部竟然是那样的丑陋不堪，皱巴巴地缩成一团，只剩下一层皮了。已近午夜时分，母亲领着两个孩子回家后，找出父亲的内裤及一条毛巾被，让郝援朝回到招待所送给父亲。父亲翻着袁记者的身子给他换了内裤，又在他身下垫了毛巾被。一切就绪后，郝援朝捏着鼻子将袁记者换下的衣服拿回家送给母亲洗。父亲却坐在小餐厅的椅子上，照料着躺在沙发上不断呕吐、不断说胡话的袁记者，一直到天亮……

郝援朝断断续续讲完十多年前招待所小餐厅的那段往事后，大家慨叹不已，心绪不宁。章诗逸却看着郝援朝急切地问："再往下讲啊，袁记者后来怎么样啦？"郝援朝摇摇头说："那我就不知道了。"章诗逸又问："之前呢，是谁给袁记者做了'宫刑'？"郝援朝摇着头仍表示不知道。

黄部长举起酒杯说："喝下这杯酒，我给大家往下讲。"章诗逸没等大家举起杯子，早已将杯中的酒干了，一反常态地显现出洗耳恭听和心无旁骛的专注。黄部长说："没想到小章还是个急性子哟，有关袁记者遭受'宫刑'的事，待我慢慢道来。"说完，就掏出一支烟点着了。那一缕缕青烟绕梁三匝，袅袅盘旋，便缭绕和盘旋出舟山战役的战火和硝烟了……

国民党军队尽失南京、上海后，被迫无奈地撤到了兵家必争之地——舟山。海陆空三军精锐部队在此屯兵，大有与解放军背水一战的架势。解放军第三野战军的三个军承担了攻岛任务，郝忠玉那时是一名团长。1949年7月份以后，三个军先后占领了大榭、金塘、桃花等岛屿，打开了舟山的外围屏障，攻打主岛定海已是顺理成章之事了。

袁记者1946年春天入伍。那时的他身材高挑，面容俊朗，一对眼睛微凸，也许是因为小时候看书太多患了近视，这本是卒伍之人的最大缺憾。但从他入伍的第一天起，郝团长便从他的缺憾中发现了他的文才，将他留在了自己身边当通信员。部队开拔到舟山外围的那天，他写的一篇《不登舟山，誓死不归》的文章登载在有关战报上，署名"晓袁"。之后那篇文章又改印成传单，随风飘到了敌人的阵地上，起到了对敌开展政治攻势的巨大作用。郝团长即刻将他提拔为该团的宣传干事。

在解放军强大的军事震慑和政治攻势下，1950年5月间，国民党军队已深感大势已去，弃舟山而逃往台湾了。解放军随即提前渡海攻岛。

这一天，郝团长根据本团从村民那里筹集到的木船数量，安排糟兵强将开始登船，机关和后勤人员一律留守后方。袁干事胸脯一挺，满脸涨红地站在郝团长面前请求参战。郝团长推开他说："一边儿去。你是机关人员，留在后方。"袁干事扑通一声跪在郝团长面前喊道："不登舟山，誓死不归！"郝团长突然想起他发表在报纸上的那篇文章，也就心软了。他转过身冲船上的人吼道："谁是最后一个上船的，给我下来！"船上的战士没有谁承认自己是最后一个登上船的，结果一位瘦小的战士被众人推了下去。那战士栽入沙滩里挤眉弄眼的还没抹净满脸的沙子时，袁干事一个箭步早已跳进船舱里了。

木船大队以摧枯拉朽之势，登上了舟山主岛定海。袁干事异常兴奋，第一个跳下船后就向岛上冲去。不料，就听咣一声，一团火球在他身下爆响。他踉跄地向前跑出去几步后，便一头栽在血泊之中了。

袁干事踩响了敌人撤退时丢下的一颗地雷，完全是因为他高度近视的眼睛，没有看到裸露在地面的那个爆炸物。他痛苦地蜷曲在地上，全身痉挛，双手捂着流血不止的小腹，已经昏厥过去了。大家忙乱地将他抬到担架上，急速奔向敌军空着的一个碉堡，卫生队已在这里搭建起临时手术台。医生从他的大腿处取出大小不一的数块弹片。一块尖利的弹片切掉了他的半截阴茎，破碎的睾丸淌着鲜血，白色的汁液沾满了腹部和大腿。止血、敷药、手术等一系列紧急处置后，袁干事才渐渐苏醒过来。他看着自己光溜溜的下身，以及围在他下身忙碌的女卫生兵们，羞红着脸有气无力地问："你们……劁猪呢？"在那些女卫生兵中，就有梅子琳。

手术完毕后，一条小船将袁干事送回后方。那天，郝团长来看望他。他正躺在床上看书，见团长来了便歪着身子要坐起来。郝团长帮他倚在床头后坐在他的身边问："还疼吗？"他摇摇头说："说不疼是假的，但这疼得也真不是个地方，捂也不是喊也不是。"郝团长轻抚着他的肚子说："那些弹片没飞到你这里边就算万幸了，否则想捂想喊的机会你都没了。"他点点头笑了："所以说，当男人挺好哇，不是那宝贝护着，一肚子的下水早被捣零碎了。你们这时候说不定正忙着给我开追悼会呢。"郝团长不无惋惜地问："本来没安排你上岛，这回后悔了吧？""不后悔。"袁干事说，"我爹从来就不让我当兵。他说'你生来就是个读书的料，你可以出去读书，爹供你。'我说我就想参加解放军！他咬着牙骂我：你真是没两个蛋坠着就上天了，有一天你落个鸡飞蛋打就该后悔了。我说，我走了当兵的路永远也不后悔。有一天没蛋坠着了可能进步更快，真的就上天了。"

袁干事伤愈归队后，自是受到了郝团长的特别关照，不出操，不参加军事训练，从而获得了更多的读书和写作的时间。以"晓袁"为笔名的文章接连在军内各大报刊上发表，不久，他便被全军一家驻北京的著名报社招至麾下，真的由地下飞到天上了！

进京后的袁干事变成袁记者了。他经常深入全军各部队采访，接受着各级官员敬重有加的接待，已完全沉醉于天下都在自己笔下的春风得意之中了。

这时便有不明就里的人开始给他介绍对象，他瞬间就陷入无以言表的难堪之中了。

他想起了老家的媳妇，也想起了他当兵以后出生而从没见过面的女儿小雪。对于妻女，他一直情真意切地思念着她们，即使拖着残缺的下体进京后，也曾一度想把她们接到京城来。可是失了男人本色的他，最后还是放弃了这个念头。他觉得自己无颜面对深爱的媳妇，不知如何化解今后二人每夜空对明月砍难眠的尴尬。他更不想让女儿知道，她父亲残得连根都没有了。

这之后，给他提亲的人更多了。他的刻意回避，反倒激发了提亲者的更大热情。这一天，记者部办公室内一改往日寂静沉稳的气氛。报社内部几位一直热心于给袁记者提亲的人，一同走进了记者部。面对他们期待的目光，袁记者低着头，一只脚在地上蹭来蹭去。毕竟他肚子里盛满了墨水，很快就找到了谢绝的理由："吾已许国，再难许卿！"

恰恰这个时候，报社社长从记者部门前路过，听到袁记者说出的这八个字后，推开门走了进去。那几位提亲者忽然看见社长来了，都匆匆忙忙地离去了。社长冲袁记者招了一下手，袁记者便跟在他的身后来到了他的办公室。

二人落座后，社长递给袁记者一杯热茶问："你所说的'吾已许国，再难许卿'这八个字是什么意思？"袁记者沉吟片刻后说："社长，这八个字的意思你一定知道。"社长点着头问："你是不是有媳妇了？"袁记者低着头没有回答。社长叹了一口气说道："你是不是借这八个字在搪塞我？"

袁记者摇着头说："我怎敢搪塞社长啊！""好吧，"社长说，"你既然没搪塞我，我也不搪塞你了，那我就给你介绍一位'卿'吧。这位姑娘二十多岁，是部队医院的一名军医，长得算不上美艳，但也眉清目秀，端庄大方哟。"

几天后的一个周日，袁记者被人推着去了报社的大会议室。会议室坐满了人，有本单位的，也有很多他不认识的外来客人，大家的脸上洋溢着灿烂的笑容。会场的正面墙上贴着一个大大的红色"囍"字，会议室四周摆满了鲜花。这时候，他看见女军医也被人簇拥着走进了会议室。当他们站在一起时，社长来到他们身边，笑容可掬地为他们证了婚，并预祝他们早生贵子……

新婚之夜，袁记者讲述了自己在舟山战役中挂彩的整个经过，以及难于启齿的隐疾。女军医听完后叹息不止，眼角溢出了羞涩的泪水。这个无性婚姻只维持了一夜后，二人便于第二天上午办理了离婚手续……

这短暂而荒诞的婚姻失败的根本原因，在这之后不长的时间内真相大白。袁记者……竟然是一个无根的男人哪！

黄部长讲到最后说："有关袁记者的故事，都是援朝的父亲郝军长昨天两句今天三句讲给我的，我不过照葫芦画瓢把它们串到一起了。每当我走进这个小餐厅时，心里就发酸。"大家都觉得今天这个酒会倒像一个让人唏嘘不已、心痛骨寒的故事会，一桌子的菜都剩在那里了，酒也只喝了一瓶。刘天刚开始张罗大家喝酒吃菜，有人举起了杯子，有人拿起了筷子，总算有了不温不火的气氛。

章诗逸既没举杯，也没动筷，两只眼睛直愣愣地看着黄部长问："黄伯伯，您说的那位袁记者叫什么名字？"黄部长拍着脑袋想了一会儿说："郝军长告诉过我的，噢，想起来了。他叫……袁冰。"章诗逸再问："袁冰的女儿叫小雪，这应该是小名，大名是不是叫——"黄部长没等他说完就摆摆手打断了他的话："这个，郝军长没跟我说过。"章诗逸悲怆地说："小雪……应该就是袁雪梅。袁记者袁冰……是她正在找的父亲，我的岳丈啊。"

一桌子人，包括黄部长在内，全都怔在那里了……

第八章

　　时间回到那年袁冰醉卧军招所的第二天，郝忠玉和梅子琳去火车站为他送行。袁冰一握住郝忠玉的手脸就红了："首长，昨晚实在不好意思。"郝忠玉用力跺了一下自己的右脚说："我这里面有一块弹片，走起路来歪歪扭扭的也够丑的。但我们丑得坦荡，丑得自豪！"袁冰挺起腰板说："首长，虽然我现在撒尿都得像女人一样蹲着，但我的灵魂永远站着！"郝忠玉叹道："小袁，我永远都敬佩你站着的灵魂。但你也该抽空回老家看看媳妇，还有你从未见过面的女儿小雪。"袁冰脸上挂着惨淡的笑："不回去了，永远也不回去了。我不想让别人知道我们一家三口，除了两个女的外，还多了一个不男不女的人。"说完之后，他就大踏步地上了火车。郝忠玉追着开动的火车大声喊道："小袁，来信哪。"

　　半个月后，袁冰给郝忠玉邮来一个白藤摇椅，与摇椅配套的还有一个能晃动的脚凳。郝忠玉深知袁冰的用意，这是为了让他回家休息时，坐在这椅上的同时，将那只伤脚垫在脚凳上，以保证那脚的血脉畅通。他把那摇椅摆在家中书房的一角，将过去放在那里小憩或躺着看书的行军床撤掉并送进了小库房。

　　在这之后三年多的时间里，是袁冰与郝忠玉书信往来最为频繁的阶段，每个月往来的信件有三四封之多。郝忠玉多次写信邀请袁冰再来铁园，袁冰回信开起了玩笑："首长，我不想在您面前再尿裤子了，也不想让嫂子给我洗裤头了。"那场政治运动到来后，袁冰就再没来信。郝忠玉连着给他写了数封信，全部如泥牛入海一般。此后，他们彻底失去联系了……

　　那天，军演庆功晚宴结束后，新任军长郝忠玉疲惫不堪地回到家中。他将那双坚挺而毫无弹性的三接头皮鞋脱掉后，便慵懒地躺在摇椅上。他又想起了袁冰，更想起了脚里的弹片。那块冷硬的弹片已长进他的筋骨之中，却绽放出了他与梅子琳的姻缘之花……

1948年9月间,华东野战军攻下国民党固若金汤的济南城后,老百姓拥挤在路边欢迎解放军的到来。一位身材不高、眉清目秀的十五六岁的小姑娘,看样子像是一名中学生,在欢迎的队伍中格外显眼。队伍走出城区进入乡间小路时,小姑娘紧紧跟在队伍后面,表示了跟定队伍立志参军的决心。当时刚刚提任团长的郝忠玉,经不住小姑娘的缠磨,就将她留在了团卫生队。

她,就是梅子琳,出生在济南趵突泉边一个殷实的医师世家。

11月间,淮海战役打响了。这天,郝团长挥舞着盒子炮,率领全团直捣敌军老巢。不想跑着跑着,神差鬼使中他一回头,便一个跟头栽倒在沙土瓦砾之中了。跟在他身后的卫生员梅子琳紧跑几步,将他扶起时,但见他后背的背包被敌军阵地上飞来的流弹击中,背包冒起了青烟。她迅即将那背包从他身上拿了下来,一双裹在背包里的"千层底"布鞋的鞋面已被烧尽,厚厚的鞋底中却夹杂着几块弹片。显然,是这双布鞋的鞋底,挡住了足以让他毙命的弹片。然而,郝团长右脚的脚踝,还是被同时飞来的流弹击中了。

梅子琳搀扶着他来到一个土包后面坐了下来。坐在那里的郝团长龇牙咧嘴地脱掉了猩红黏稠的血鞋,之后便从衣兜里摸出一个深褐色的小布包。他从布包中捏出一撮土面儿,使劲摁在了伤口上。梅子琳涨红了脸惊呼:"团长,你这是干什么?""上药!"梅子琳一扬手将他手中的土打掉了:"如果土能当药,我还背个药箱干什么?谁有伤流血了,我就从地上抓把土给他治伤得了呗。"郝团长揉着被她打得发麻的手刚想发作,却发现她那双熠熠闪动的眼睛中充满了柔情。

这时候,梅子琳蹲了下来,迅速用酒精棉球将他脚上的土一点儿一点儿擦去。他疼得满脸冒汗,她却像没看见一般,直到把那些土清理干净后,又进行了止血、消炎、打绷带等一系列的处置。终于停下来时,梅子琳严肃地说:"团长同志,你不许挪动一步,等着去后方治疗。"他一把将她推开后吼道:"你个小丫头片子还说了算啦?走开!"说着背起那个残缺不全的背包,舞着盒子炮,一瘸一拐地带领全团将士又向前冲去……

战斗结束的那天晚上,困乏至极的郝团长脱掉衣服就上了床,可是翻来覆去怎么也睡不着。他又想起了梅子琳那双执拗而柔情似水的眼睛……便起身叫来那时还是他通信员的袁冰,叫梅子琳立即过来。

梅子琳走进帐篷后,郝团长蹬了蹬那只伤脚说:"这脚该换药了。"梅子琳摇摇头:"不用换了。""为什么?"梅子琳说:"我已经跟医院联系好了,你明天回后方动手术把弹片取出来。""那你说,拿掉这弹片几天能好?""至少一周的时间。"郝团长摇着头果断地说:"不行。我是一团之长,军中不可一日无帅。脚里那弹片就让它好好睡里边吧,等把老蒋彻底打败后再把它喊醒。""团长,你可要知道,"梅子琳说,"脚是人的第二心脏,脚踝是双脚血液流通的重要关口,影响着全身的气血流通。你必须马上手术。"郝团长摸着心口窝说:"什么,人有两个心脏?我就知道脚不是心,它离心远着呢。你要不愿意给我换药我自己换。"之后,便拿出那个深褐色小布包在梅子琳的眼前摇晃,并继续说:"实话告诉你,这里边的土可不是一般的土,它是我家乡的土。我闹肚子喝了它就不闹了,哪儿流血化脓了抹上它就没事了。"梅子琳不屑地说:"家乡的土也是土,不是药!"郝团长点点头:"你说得没错,家乡的土确实是土。但有一句话你可别忘了,一方水土养一方人,那土对于我来说就是灵丹妙药!"梅子琳一把抢过他手里的布包就笑了:"既是灵丹妙药,作为卫生员的我,有责任和义务替你保管。"郝团长伸出手想去抢,可那手却停在了半空,叹道:"行行行,那你就替我保管吧。"

梅子琳将布包放进自己的药箱后说:"团长啊,我发现了你的一个问题,总结起来就一个字——土!"郝团长点点头:"你算说对了,其实我就是个土老帽。以后你就叫我'老土'吧。"梅子琳说:"我不敢,你是团长。"郝团长脸一沉:"在你面前,我不是团长,就是个老土了。就如你在我面前不是梅子琳,而是梅子了。"梅子琳搓着军装的下摆小声说:"团长,你好自私,把人家的名字弄丢了一个字呀。"郝团长哈哈大笑:"我就是要把你的名字弄丢一个字嘛。你马上帮我查一下字典,是不是有个成语叫作——望……梅……止渴?"

郝团长脚踝的那块弹片直到两年后打下舟山群岛时,梅子琳才强拉着他去后方医院做手术。可是为时晚矣,那弹片已经长进他的骨头里了。

二人刚刚回到岛上,就被热情的人们簇拥着来到国民党军队曾经用作指挥部的工事里。他们站在屋子中央时,已被人们团团围住。但见眉开眼笑的师长走到他们面前,右手拉住郝团长的手,左手拉住梅子琳的手,然后将两只手高高地举起后扯大嗓门喊道:"我代表组织宣布,郝忠玉和梅子琳结婚了……奶奶个熊的,昨天这个老土还望'梅'止渴呢,今天晚上他就把'梅子'吃到嘴里了!"那夜,"老土"和"梅子"就住在这个工事之中了。这个弹痕累累,墙上挂满了灰尘的新婚洞房,让他们永志不忘,刻骨铭心……

孙殿堂与郝忠玉交接完工作后,当天晚上就赴京任职了。第二天,郝忠玉搬进了军长办公室,当即给秘书安排了一项任务,要他给自己的办公室订下全军大大小小的各类报刊。他希望能在这些报刊中看到"晓袁"的文章,这样他就可以找到袁冰的踪迹了。

这天早上，郝军长走进办公室时竟然发现，屋里窗台上及各个角落摆满了花草。空气中弥漫着花草的气息和芳香，也渗透着一花一世界、一叶一菩提的幽幽意境。案头右角摆放着一盆兰花，叶片青绿，垂弯而下，茎上已有点点花星悄然绽放。门角处的花架上，则是一个盆景。根植于花盆中的那树，苍劲古朴，老干虬枝，似松似柏又似杉榆，树下有小桥流水，青石苔藓，一派云蒸霞蔚的美好景象。郝军长喜花是人所共知的，他的办公室从来都摆满了花，虽然极为普通并不名贵，但五颜六色的也是青翠欲滴。似乎这位侠骨柔肠的老将军，在大半辈子的金戈铁甲、戎马倥偬中已进入咏花草以明志、歌花草以抒怀的心境了。

这时，郝和平和陆成林一前一后走了进来。办公室的花草是他们摆下的，其种类也是他们精心挑选的，他们是以这种方式来向父亲（未来岳父）告别的。明天，他们就要去军江外语学院报到了。

郝军长摆摆手让二人坐下后问道："你们为什么送我这些花？"郝和平甩着小辫说："为了美好。"郝军长叹道："古人言，'诸侯执薰，大夫执兰。'我一介武夫怕是受用不起。"继而转过头问陆成林："你呢？"陆成林犹豫片刻后说："军长，那次庆功会我爸在台上讲话后，我才知道他在战场上开了小差。我为父亲感到遗憾和难过，但又感谢您……如果不是您让他走了，这个世界也就没有我了。所以我就想在我与和平向您告别之际，为您献上一屋子的花。"郝军长呵呵一笑："照这么说，我要是和你爸一样也从部队跑回家了，今天也就没有和平了。所以正是由于你爸的跑和我的不跑，才有了今天的你们。好吧，这一屋子的花我收下了。"

这时，秘书敲门进来送文件和报纸，郝和平和陆成林就此告辞。郝军长却发现在文件和报纸的上面放着一份加急电报，显然是秘书特意将那电报放在最显眼的位置上了。他急忙拿起电报一看，只八个字——"你父年事已高，速回。"落款是"霍本君"。霍本君是郝军长家乡的人武部部长，当地人。新中国成立以来的三十年间，他们一直有书信往来。家乡以及郝军长家中的情况，都是霍本君通过信件适时地告诉他的。不得不说，霍本君是郝军长连接家乡及家中不可或缺的一条纽带。

晚上回到家，他将电报拿给梅子琳看过后，便通过电话向军区领导请了假。第二天一早，他没带警卫，也没带随从人员，只身一人登上了回老家的火车……

他回到家乡的那天，天上淅淅沥沥地下起了小雨，那雨细碎飘洒，如织如缕。大地似乎漂浮在无尽的水色之中，也似乎可以随雨荡走。

他的家乡在山东省沂蒙山区，是一个只有百十户人家的小村落，叫作郝庄。一条名为小燕河的河流从村里曲曲折折地流过，古往今来没有淹死过一个人，却养育出了这片土地上祖祖辈辈的人们。

从临沂下了火车又坐了一段大客车，他便踏上了这块生他养他，永远不需要想起但永远也不会忘记的土地。大客车呼啸而去后，他却突然惶惑和迷惘起来。走时，他才十九岁，是一个十里八乡对其知之甚少的娃子。如今，却是众星捧月的军长了。就在下火车的那一刻，他悄无声息地将经年累月不离身的军装叠好放进了提包，穿着一套便装踏上了家乡的土地。他在努力还原着原本的他，可原本的家乡还有原本的他吗？

密匝匝的雨丝由天至地，交错掉落中丝毫没有停歇下来的意思。他踟蹰了片刻后，却一步一步地向他家的相反方向走去。他看到了那道曾经的土围子，现在却只剩了一道隐约可见的土埂。他站在这道已称不上土围子的土埂面前时，久久地望着对面的于石沟村……

关于土围子的传说，他自小就听得很多。有人说郝庄的祖先那年平定乱匪有功，皇上君临此地后，下令为郝庄筑下一墙，以为丰碑。也有人说，很早以前，于石沟杳无人烟，为防狼袭狗掠，郝家的先人立墙为隔。总之，这道土围子的出现，隔住了两村的来往也隔出了世代冤仇。于是在隔不住的空旷地域上，因为一点儿小事，双方经常大打出手。只要"战火"一起，两个村寨的男女老少一起上阵，场面可谓惊心动魄、血雨腥风。打来打去，打过了几十年的时光，双方伤亡人员不计其数。两村寨的人们其实早已厌倦了这种只要抡起拳头，就没有赢家的群殴苦打。到了郝忠玉这一代，"战火"不再燃起，但是沉积在多少代人心中的仇瘤恨疾，并不会因时光的推移而云消雾散。

这是抗日战争全面爆发后的一个蓼红苇白的秋天。这天午后，郝忠玉的堂弟郝石头，赶着自家羊群去土围子周边的草地里放喂。当贪婪的羊群从土围子的一个缺口处发现对面的草更加青绿、更加柔嫩时，便一只接一只地越过土围子跑到于石沟的地界上了。此时于石沟的村民于生，吹着口哨挥着鞭子也在放羊。两群羊交集在一起"咩咩"叫着相互示好时，于生和郝石头却扭打在一起了。身高马大、臂膀浑圆的于生此时已将瘦小单薄的郝石头摁在身下暴打不止，最终将郝石头的鼻梁打骨折了。当郝石头捂着断裂的鼻骨，满脸淌血踉跄地回到郝庄时，正好碰上郝忠玉。郝忠玉听过堂弟的哭诉后立时攥紧了拳头，只说了一句话："哥给你报仇！"

于生的上辈及上几辈的祖先，都是在于、郝两村相斗中生冷不忌、死活不怕的亡命之徒，因此在于石沟有了一呼百应的领袖地位。于生继承了上辈祖先好斗的秉性，虽然再没有与郝庄群殴群斗的场面了，但是丝毫没有减弱他逞强好胜的狂妄。

吃罢晚饭，郝忠玉从屋里翻出一把砍柴刀就要出门，却被新婚不到一年的媳妇张萌紧紧抱住后问道："忠玉，天就黑了，你不会是去砍柴吧？"郝忠玉气哼哼地说："我去剜了于生的鼻子！"张萌双手一松跪在了地上，押出脖子说："先把我的脑袋砍掉你再去吧。"趁郝忠玉犹豫之际，她一把将他手中的砍刀夺下搂定在怀里。郝忠玉也不纠缠破门而去，路上，他捡了一根胳膊粗细的木棒，飞也似的向土围子跑去。

天完全黑下来时，他已潜伏在土围子的边上了。他知道于生每天晚上都会来到这里巡查一番。不一会儿，于生的身影像幽灵一般出现了。他翻过土围子，突地站在了高出他半头的于生面前，一棒子将其打翻在地。倒在地上的于生拼命呼喊："救命，救命啊！"郝忠玉手中的棒子再次向于生的脸部砸去时，便觉身后一人死死地抱住了他的后腰和双臂。他从那力度和传来的体味已判定这是张萌了。张萌失声哭喊："别打了，别打了……再打就出人命了！"这时，于石沟那边已听到了于生的呼救声，从从火把顿时燃起，一干人向土围子跑来。张萌夺下郝忠玉的棒子扔掉后，拉着他拼命向家的方向跑去。

老爹已候在家中。他从私塾回来后，听儿媳张萌说忠玉去找于生报仇了，沉着嗓子说了声"不好"，然后让张萌赶紧去土围子追回郝忠玉。郝忠玉和张萌仓皇进家后，燃红了半边天的火把群已进了郝庄。老爹关紧了院门引二人走进自己的屋里后咬牙切齿地说："你小子不是爱打抱不平吗？投八路，打小鬼子去！"这时举着火把的众人已逼到门外。老爹指指后墙的墙角处，郝忠玉一个箭步蹿上了墙头……

郝忠玉在土围子前只站了五分钟，三十九年前的那一幕一幕就像昨天才发生的事，在脑海中快速地闪过。雨小了，他反身向郝庄走去。将军赶路不追小兔，但这还是将军的脚步吗？

当他走进家中的院落时雨就停下来了，只有屋檐处滴下的水珠时不时地随风飘洒在墙面上。那墙面像一张憔悴沧桑的脸，默默无声地暗自垂泪。院子里原有的两间土屋旁，沿墙向西又垒起一厢，并没有遮住那道墙的墙头。那夜他飞身一跃就蹿上了墙头，之后在夜空中向广袤无垠的大地一跳，也就完成了他人生命运的重大转折……

他向老爹的屋子走去，随风摇曳的门扇内已传来啜泣不绝的哭声。屋里显然有人听到了他的脚步声，一人抹着眼泪倚门而望。他看着那人，大喊一声"姐"后，就扑了过去，他们紧紧抱在了一起。他感觉姐姐流下的眼泪一滴一滴地落进了自己的衣领中，也落进了自己的心里。母亲早年亡故，是爹，还有这个大他六岁的姐姐，竟如母亲般地将他拉扯大。姐姐搂着他的肩头哽咽着说："忠玉呀，爹一直喊着你的名字……可你还是来晚了，他走了。"姐夫这时也出得屋来，他是郝庄的一个老实巴交的农民，当年跟姐姐结婚时，身体强壮得像一头公牛，如今腰已佝偻，脸色蜡黄，整个人已是老朽不堪了。

他和姐姐、姐夫一同走进屋时，大人和孩子都围在老人灵床前饮泣抹泪。姐姐站在门口轻唤一声："张萌，忠玉回来了。"所有人都顾不上抹去眼泪，扭过头惊异地看着他。

而他，只认得张萌，那个十六岁就嫁给了他的结发妻子。那种无计可回避的赧颜让他的眼光闪烁不定，游离惶然。张萌还是那张沉静的脸，往日的容颜已褪去光泽，布满了深褐色的斑迹。这一切都印证着他跃墙而去后的三十九年间，这位原本的媳妇，之后姻缘不再的单身农妇，为他的老爹服侍尽孝所付出的代价。三十九年糅尽了她的青春、她的中年以及已步入的老年，糅尽了她的心血、苦难和煎熬，最后让他的老父亲无病无恙地度过了八十四载后寿终正寝了。他们间没有问候也没有说话，短暂的目光交流后，张萌轻轻一闪，众人学着她的动作向后退去，为他闪开一条道。

他走到蒙着黄布的灵床前跪了下来，向着老爹的遗体叩过三个响头之后仍是久跪不起，任泪水静静流淌。老爹是村里的私塾先生，受到全体村人的尊重和爱戴，乡人们都管他叫"郝先生"。他五岁时老爹就教他读《弟子规》《三字经》等，教他悬腕运笔写书法。幼承庭训让他自小就获得了良好的教育，写得一手好字。老爹在这屋里对他讲的最后一句话，已成了诀别赠言："你小子不是爱打抱不平吗？投八路，打小鬼子去！"他打人出逃的动机，因为爹的这一句话，完全转化为他走向抗日战场后冲锋陷阵、勇猛杀敌，最原始而又最纯正的动力来源。

这时候，一群孩子向他靠拢过来。一个十六七岁，蟹青色脑壳上留着锅盖式的发型，眼睛忽闪，耳郭分明的孩子，怯怯地走到他的面前拉住了他的手。郝忠玉顺着孩子向上提拉的力量站了起来。而后，那孩子像完成了某项任务一般，极快地向一对中年男女身边跑去，其他孩子也随他跑去，一窝蜂似的围在中年男女的左右。他略略一数，共是七个孩子，五男二女，最小的是个女孩儿，只有五六岁，最大的就是那个蟹青色脑壳的男孩。血缘关系使然，让他的判断准确无误，那个中年男子就是他与张萌的合璧之作，从未谋面的亲生儿子。那沉静不乱的眼神像张萌，矮小的身材和赤红放光的脸膛像自己。他的心里早已算过，他该出生在他跃上墙头呼啸而去后的第二年，今年已是三十八岁了。

他一步一步向他走去，猛然间一把将他搂于怀中，喊过一声'荣君'后已是潸然泪下了。这孩子还在张萌肚里时,他们就给这孩子起好了名字,不论生男生女都叫"荣君",愿其一生荣耀得像君子一般。郝荣君喊过"爹"后,指指身边的那位中年妇女。那女人一脸温和,一对慈善的眸子。她羞涩而又不很习惯地叫了他一声"爹"后,就默默抹起了眼泪。他早已看出她是自己的儿媳妇了,走过去轻声问道:"你叫什么名字?"那女人低着头说:"我叫李金环。"他拍拍她的肩膀说:"你跟着我们郝家受苦了。"这句话在他心里已经孕育很多年了,本是要说给张萌的,不知为什么此刻却送给了儿媳。七个孩子此时也觉得对他该有所称呼了,一起喊道:"爷爷——"然后就呼噜噜地将他围住,五男二女都是他的孙子孙女。他挨个问过他们的名字,只记住了那个蟹青脑壳叫郝运峰,是他的大孙子。

晚饭后,他走进张萌的房间。那是他二人三十九年前曾经的新房,如今已大相径庭了。那个他们当年同衾共枕的床没有了,靠墙搭了个大通铺,显然是孙子孙女与她同住在一起。

他们相对而坐地沉默了很久,最后还是他先开口说话了:"这么些年,辛苦你了。"张萌轻轻摇了摇头,没有说话。又是沉默,沉默到时间就像静止了一般。他点了一支烟,心情渐渐平静下来,似乎已领悟到了在爱恨情仇的樊篱中,张萌的沉默才是对他的最好回答。他原本想说的话此时已无法说出来了,便转了个话题说道:"我想去见见于生。"张萌问:"你见他做什么?"他挺着胸脯说:"我见他不为别的,就是趁我现在身体还行,让于生狠狠在我后背抡上一棒子,我俩就谁也不欠谁的了。"张萌冷冷地笑了一下说:"他不敢,你是军长了。""正因为我是军长了,这一棒子对他对我,才更有分量。"张萌说:"莫不如一棒子把你打死了才更有分量。可是他做不到,连于石沟村都走不出来了……"

张萌也是于石沟人,她与郝忠玉的联姻,其实只是为了给她爹冀恕前愆……

她爹那辈人,正是于石沟人与郝庄人酣战不止的年代。那一日,两村的男人和女人又在土围子之外的空地上大打出手,张萌的父亲失手打死了郝忠玉的母亲。悔恨不已的他回到家后,指着媳妇怀里抱着的女婴说:"等这个女孩长大了,就送给郝先生做儿媳妇吧,我知道他有个两岁的儿子。还有,咱这孩子从此以后不姓于就姓张了……叫张萌吧,算我这张皮下总算萌发了点儿良心。"就这样,张萌长到十六岁时,脸上蒙了一块红布,被人用轿子抬到了郝先生家,嫁给了他的儿子郝忠玉。

当郝忠玉知道了自己的婚姻,是以失去了母亲而交换来一个媳妇后,自是难以唤起一直对他唯唯诺诺、俯首帖耳的张萌的爱和欢心。直到那天夜里,他抡起棒子想打碎于生鼻子的时候，张萌果断地抱住了他，他才发现，她也有思想、有立场、有见识。如果不是她的存在，以及她就是于石沟人的话，他的老爹，他的家，可能就会在他跃墙而去之后毁于一旦。走向抗日战场的日日夜夜里，他没有时间再去想她。与梅子琳新婚的那天夜里，一声深深的叹息，算是他与张萌的最后告别了……

这时郝运峰跑进屋来说："奶，霍大爷来了。"霍大爷就是人武部部长霍本君。他代表人武部去老人的灵堂献了花圈后，便来到张萌的房间。张萌和郝忠玉同时站了起来，不等她介绍，郝忠玉和霍本君的两只手已紧紧握在一起了。看着张萌惊异的眼光，霍部长说："我与郝军长通信多年了，但我们却是第一次见面。"

霍部长坐下后就告诉张萌明早他还会来的，老人明天火化的事也已跟殡仪馆联系完了。张萌连声说："谢谢。"霍部长这时转过头看着郝军长诚恳地说："首长，自您离开家乡后，这次回来是第一次踏上故土。县委和县政府的领导有一个心愿，想请您在办完老父亲的丧事后在县里多住几日，他们陪您到处走走，看看咱家乡的变化。"郝军长婉言谢绝了。霍部长又说："还有一件小事您千万别拒绝。县史志办的同志跟我讲，您可是咱县的一个重要人物。首长，您丧事办完后，他们想采访您一下，就两个小时。"郝军长仍然婉言谢绝了。霍部长无奈地摊开两手说："那史志办的同志今后可要跑到铁园采访您去了。您可要接待他们，并给他们提供所需要的所有文字资料哇。"郝军长说："我保证热情接待，他们需要什么我就提供什么。老乡见老乡，两眼泪汪汪嘛。"霍部长这时看着张萌说："我想和首长谈点儿私事，不知方便不？"张萌起身说道："你们谈，我到隔壁去。"

张萌走后，二人谈了很久。天全黑下来时，霍部长告辞而去。郝忠玉送走他后对张萌说："今夜我给爹守灵，你和孩子们都早点儿休息吧。"说完，便走进老爹的灵堂。灵堂里香火幽然，烛光摇曳。他给老爹奉上一炷香后，不禁想起霍部长刚才谈到的于生……

三十九年前的那天夜里，于生捂着腰领人追到郝忠玉的家后，却见张萌迎在门口。张萌镇定地说："忠玉投八路去了，有什么事就冲我来吧。"于生摇摇头说："我不冲你来，你是咱于石沟的人，我只找郝忠玉。他跑得了和尚跑不了庙，我就不信他永远不回家了。有一天他回来，我挑了他的筋，让他永远也跑不成。"说完便领着那些人悻悻地走了。几年过去了，郝忠玉非但没有回来，却有消息传来，他在八路军的部队里当上了"官"。

于生听到这个消息时，已无暇顾及关于郝忠玉的传闻了，因为和山里土匪发生的一场纠葛和冲突，已让他自身难保，疲于奔命了。本村一位面容姣好的姑娘被土匪抢去做了压寨夫人，引起了全村人的愤怒。一天晚上，他领着十数人劫住了两个下山打野食的土匪，一个被打死，另一个逃回山里。得知是于生领人打死了自己的弟兄，寨主下令追杀于生到天涯，活要见人死要见尸。于生获此消息后，匆忙领着新婚不久的媳妇逃到一百里地外的亲戚家里。未及气喘匀了，便发现土匪已循迹追来。正此时，听说投了八路的郝忠玉当了"官"，心生一念，我何不去投八路？八路军不也杀打家劫舍的土匪嘛。

于生挥泪告别了媳妇，一口气跑出去几十里地后在一个山坳里找到了一支八路军的队伍。他饿得连站起来的力气都没有了，爬到帐篷边上就晕厥过去了。醒来后，他已躺在帐篷里，军人给他送来两个馍一碗菜。他狼吞虎咽地吃了下去，瘪下的肚皮又浑圆如初了。一个被大家称作连长的人，给他包了两个大饼子就打发他走。他猛地站起来瞪着眼睛说："你打发要饭的呢，我是来投八路的。"连长问："你是不是饿成这个样了，才想起投八路？"他不服地说："我饿成这个样是因为土匪要杀我，我要剿匪！"连长嘿嘿一笑："匪过如梳，兵过如篦。我们的队伍是杀日本鬼子的，不是剿匪的。"他跺着脚说："鬼子比土匪还坏，我跟定你们了！"这位连长就是霍本君。

第二天部队出发了，天生好斗的于生很快就适应了部队非走即打、非打即走的规律。他握着手里的长枪渴望着一场战斗一场拼杀。第一次伏击鬼子的战斗中，于生就表现出了他的勇猛机智。他躲在一个土包的后面，让两个晕头转向的鬼子吃了两粒枪子儿。一个撅着滚圆的屁股趴在土塄子上，另一个仰着猪脸倒在臭水沟里，一起大口大口地从嘴里喷着污浊的血水，一命呜呼了。

新中国成立前夕，于生接替霍本君当上连长，霍本君则提任营长。在一次与国民党军队的交战中，于生不幸被敌军的炮弹炸飞了一条腿。与此同时，飞起的弹皮也嵌进了霍本君的左肋，亏得抢救及时，取出三根肋骨后保住了性命。

新中国成立后，于生作为伤残军人荣退回乡，山里的土匪早已被解放军剿尽，土匪头子也被镇压枪决。媳妇抱着只剩了一条腿的于生号啕大哭，战场上下来的他再不是从前的于生了。他豪横地说："别哭了。你该知道你现在是谁啦？是解放军荣退军人的媳妇儿！"夫妻俩从此互敬互爱、勤勉持家。一年后，生下一个男孩儿，又过了两年，生下一个女孩儿。与此同时，有伤在身的霍本君也受到组织的关照，回家乡在人武部任职。

两个患难之交的战友，一见面就端起大碗纵情喝酒，高谈阔论中谈起战场，谈起往事，谈起于生被炸飞的腿，也谈起霍本君被拿掉的三根肋骨，还谈起了郝忠玉……这之后，二人四处打听同乡的郝忠玉，才得悉他已身为铁园驻军的师政委了。自此，霍本君受于生之托，开始了与郝忠玉近三十年的书信往来……

一宿未睡的郝忠玉一大早就听到了汽车的鸣笛声。霍部长从一辆军用吉普车下来走进院里，同时还带来一辆中巴。不多时，一辆围着黑幔的灵车也停在了院外。家人将老人的遗体抬上灵车，之后大家都上了中巴，霍部长拉着郝忠玉上了他的吉普车，三辆车一路颠簸地向殡仪馆驶去。路过于石沟村时，郝忠三看着窗外说："老霍呀，待老爹入土为安后，麻烦你领我去见见于生。"霍部长叹道："首长，县领导您不见，史志办的同志您也不见，偏要去见一个瘸子。这事传出去，县领导该怎么想？我倒觉得您这次来，不见他为好。假如有缘，你们早晚会见面的。没缘，见了面也徒生不快。"两小时后，老人的遗体已变成一堆骨灰了，放在骨灰盒里暂存于殡仪馆。

晚上，郝忠玉再次走进张萌的房间。二人又是默默无语地坐了很长时间后，郝忠玉才开口说道："我有一个想法和你商量。我……想带大孙子郝运峰去铁园。"

"这事你不该跟我商量，该去问他爹。"

"我已跟荣君说过了，他没意见。"

"荣君没意见，我也没意见。但是你这次来不能带他走。"

"为什么？"

"假如你不是为爹而来的，你能专门来接他？你是可怜我和荣君还是可怜这些孩子？我们全家从老到小还能吃上饭，也能活下去。"

"我不是那个意思，我只是想把运峰带到城里去当兵。"

"'带'？当年，你怎么不把你儿子郝荣君带到城里去当兵！"

郝忠玉低下头，无言以对了。

"放心吧，荣君不会去找你，永远都不会去找你了。"张萌说，"还是让运峰去找你吧。"

"好的……让运峰去找我。"

"我让运峰去找你，可不是为了让他当兵。我们家有你这样一个兵就够了。运峰当上了兵，也许再也不会回老家了，就像你走了以后再不认我一样……这样吧，待运峰长到十八岁懂事了，再去找你。"

话都说到这个份上了，郝忠玉自然也就没有什么好说的了。他起身走出房间后，张萌看到他坐过的床上有一个鼓鼓囊囊的信封。打开一看竟是一沓厚厚的钞票，也不知是多少，便急忙追了出去。

但见郝忠玉跌倒在门外的台阶处，痛苦地用手捂着右脚的脚踝。张萌慌忙将他扶起后问道："你的脚……"站起后的郝忠玉使劲蹬了蹬那脚说："这里边有一块弹片，再加上部队发的皮鞋太硬，可是硬碰硬啊……还有，这布鞋救过我的命。家里还有没有你以前给我做的千层底布鞋？我想带一双走。"张萌说："我头一次听说一双鞋能救人的一条命。家里都没你的影子了，怎么还会有你的鞋子？"郝忠玉失望地摇了摇头。张萌说："这样吧，我给你再做一双千层底布鞋。待运峰去找你时，我让他给你带去。"她将那个装着钱的信封递给他继续说："我知道你官大钱也多，但是我不需要你的施舍。"郝忠玉苦涩一笑："留下吧，你若不要，就算作运峰去找我的路费。"

第二天，是老爹入土为安的下葬仪式。太阳刚刚冒头，一行送葬的队伍已走在灰白的天空之下了。郝忠玉捧着老爹的遗像走在队伍的最前头，郝忠玉的姐姐捧着老爹的骨灰走在第二位，之后依次为张萌、郝荣君夫妇、七个孙子孙女、郝忠玉的姐夫等等。

三十九年来，郝忠玉走在队伍的最前头已成习惯，习惯于这样一种义不容辞的责任，这样一种勇往直前的担当。宰相起于州郡，猛将发于卒伍。他由最初领着几个人、几十个人，以至成百个人的一个班一个排一个连，直到领着成千上万人的一个营一个团一个师，由一个战场奔赴另一个战场，从一个胜利走向另一个胜利。走在队伍最前头的那种气吞山河的豪横，让他变得更加骁勇善战。而今天，他走在这个可称为"一将功成与家隔"的家族最前边时，又是怎样一种感受？

老人的骨灰安葬于墓中，一家人默立致哀。随后，郝忠玉打开手中的酒瓶，向墓地洒酒祭祀。

愁肠已断无由醉，酒未到，先成泪……

第九章

　　郝军长从老家回来的当天晚上，郝援朝来到父亲的书房，说起了那日在小餐厅聚餐的事情。父亲眯着眼睛躺在摇椅上，听着听着就像是睡着了。没有说出下文的郝援朝理解父亲的舟车劳顿，便轻轻起身准备离去。父亲却睁开眼睛摆着手让他坐下，示意他继续往下讲。

　　郝援朝坐下后俯在父亲身边小声说："爸，袁冰叔叔的女儿来铁园了。她想通过你找到她的爸爸。"父亲忽地坐起来问："你说什么？"郝援朝扶着他躺下后，就将袁雪梅一家三口来铁园上学的事说了一遍。父亲又坐了起来，指着衣架说："把军装递过来，我去见他们。"郝援朝没有去拿军装，劝道："爸，你和袁雪梅其实一样，都不知道她的父亲如今在什么地方。你去见她说什么？"父亲叹道："是呀，十多年来我没有一天不在找袁冰，可到现在一丝一毫的线索都没有哇。"

　　"爸，这样，"郝援朝再次扶着父亲躺下后说，"我跟雪梅如实说明这个情况，等袁叔多会儿有消息了，你再见她也不迟。我呢，现在也帮不上她什么忙，只好给她当个后勤部长吧。"父亲问："什么意思？"郝援朝起身去小库房将行军床拿到父亲面前说："她现在急需这个，直到现在母子俩还挤在一张床上睡呢。"父亲点点头说："家里的东西只要她需要，你就只管送去。一个男孩子总住在女寝室也不方便，不行你就把她儿子接咱家来住吧。"

　　郝援朝点了点头刚要走，却被父亲叫住了。他猛地坐起来挥着手说："你告诉小雪，我郝忠玉如果找不到她父亲袁冰，就辞去军长职务，回家种地去！"

　　第二天晚饭后，郝援朝从家里扛着行军床来到袁雪梅住的寝室。同寝室其他女生见状，便领着小迷糊到外边玩去了。郝援朝将行军床靠在墙边放好后对袁雪梅说："如果小迷糊还睡不安稳，我就把这小子领我家去住。"袁雪梅摆了一下手:"打住。小迷糊去坦克一连的食堂都犯迷糊,去你家,楼上楼下七屋八屋的,岂不连北都找不着了,就别让他去给我丢脸了。"郝援朝点点头:"也好,两年以后小迷糊长大了,再住在女寝室不方便时,你就把他交给我。我倒要看看这小子换个地方犯不犯迷糊。"说完后,起身要走。袁雪梅一把拉住他说:"先别走,我有话问你。"

郝援朝重新坐下后,袁雪梅问:"援朝,你比我强,你还见过我爸。他长得什么样儿?"显然,她已从章诗逸那里得知了军招所小餐厅的故事。郝援朝说:"我是见过袁叔,可那毕竟是十多年前的事了。我只记得袁叔瘦高瘦高的,戴个眼镜,十足的记者风范。"袁雪梅已是泪眼婆娑了,哽咽着说:"自小到大,我做梦都想找到我那个孤独的爸爸呀……"

"妈,我爸呢?"——袁雪梅自打懂事后,就提出了一个让母亲难以作答的问题。母亲说:"你爸是个军人,在外地执行任务呢。"上了小学,袁雪梅又提出同样的问题。母亲的答复一如从前。当她成为一名中学生时,就再也不满足于母亲那种单调而乏味的答复了。有一天,她直截了当地问:"妈,你总说我爸在外地执行任务。这些年你一直重复着这句话,是不是我根本就没有这个爸呀?"母亲叹了一口气说:"傻丫头,没有你爸哪有你?你也长大了,妈就实话告诉你吧。你爸叫袁冰,是部队的记者,住在北京。"

她不再追问母亲有关爸爸的消息了。她坚信,只要爸爸孤身一人,就会想着这个家,不是爸爸回归,就是她们娘儿俩进京。这之后,反倒是母亲常常谈起父亲了。有一天,母亲像是自言自语又像是对她说:"你爸在战场上负伤了,伤得很重,现在很痛苦。"她悚然一惊问道:"爸爸伤哪儿了?"母亲揉着眼睛没有回答。但是,她还是通过母亲的只言片语,获悉了父亲在北京的工作单位和地址。

初中二年级的那个暑假,她假称与同学外出旅游去玩,跟母亲说了一声后,便只身登上了去北京的火车……

这里显然是部队的报社,大门有士兵站岗。她理理头发向大门走去,士兵拦下她问:"你找谁?"她扬起头说:"袁冰。"士兵引着她走进大门一侧的值班室。一位军官接待了她,问道:"你找袁冰什么事?""我是袁冰的女儿!"军官摇了摇头:"袁冰不可能有女儿。""袁冰为什么不可能有女儿?"军官说:"他有病。""你才有病呢!"军官被她一激,反倒冷静下来了,低头思忖了片刻问:"你……是袁冰老家的孩子?"袁雪梅点点头。军官说:"看来你真的没见过你爸,他真的有病。"袁雪梅说:"我知道他在战场上负伤了,不是病。"军官叹道:"你有所不知,你爸不愿意提及他的伤,只说自己病了。""好吧,就按您的说法,"袁雪梅问,"那我爸……病在哪儿啊?"军官的表情极为难堪,却转了个话题问道:"你叫什么名字?""我叫袁雪梅。"军官说:"雪梅同学,你来得不巧,你爸到东北的铁园下部队采访去了。"她低了头看着脚上的黄胶鞋发怔。进京前,她跟同学借了一双部队的黄胶鞋,自觉至少可以穿着它迈起学校军训时学到的军人步伐,一步一步地来到父亲的面前。可是现在……

她看着军官问:"我爸什么时候才能回北京啊?"军官说:"那可没准,十天八天是他,一个月两个月的也是他。""怎么办,我等还是不等啦?"军官说:"我劝你别等了,他去完铁园可能还要去别的地方。这样吧,我给你写下报社的地址,你可以给你爸写信。"袁雪梅说:"我人都到这儿了,还要他的什么地址。再说了,我妈给他写过信了,他没回……我爸,是不是在外边有女人啦?"军官说:"不会的。叔可以向你保证,你爸外边没有女人。雪梅同学,你等一会儿,我去拿样东西送给你。"

不到五分钟的时间,军官返了回来,手里捧着一套半旧的黄军装送给她说:"配上你那双军用胶鞋就完整了。"她接过军装,一遍一遍地轻抚着,最后索性把那军装捂在脸上失声痛哭。一旁的军官抬起头看着顶棚,似乎想止住夺眶而出的眼泪,但是他的眼角还是被泪水润湿了。

许久,军官说:"雪梅同学,你就用军装把眼泪擦掉吧,它能凝固和化解所有的眼泪。"她点点头,用军装拭净脸上的泪水后,脸上露出了梨花带雨的潮红:"叔哇,谢谢您了。"军官说:"我的一套旧军装,还是男式的,不知穿在你身上合不合身。""是军装穿在我身上就合身,因为我爸爸是解放军。""是呀,你爸是解放军,你是解放军的后代。但是,叔该向你道歉。你大老远来的,叔却没有办法找到你爸。"她摇了摇头:"不怨叔,寒假我再来。"军官说:"寒假不要来,以后也别来了。你爸一年到头在外边跑,我们也难得见上他几次面。"袁雪梅向军官深深地鞠了一个躬后,抹着眼泪走了。

暑假过后的开学那天,袁雪梅穿着那套有些肥大的黄军装来上学了,所有人都认为她找到父亲了。班主任老师甚至恳求:"雪梅同学,如果你爸有一天回来了,第一件事就是把他请到学校来,给全校师生讲一堂关于革命传统的教育课。这不是我的意思,是学校领导的意见。"她的内心有了些许的慰藉,不管怎么说,就连学校领导,也对她革命军人的出身首肯心折了。

三年之后,袁雪梅已是高中二年级的学生了。暑假之时,她再次来到京城,来到父亲工作的报社。

卫兵引领着她走进值班室。三年前接待过她的那位军官见到她时一惊:"雪梅同学,你又来找你爸了?"袁雪梅答道:"是呀叔叔。"军官说:"你上次来时我告诉过你,你爸一年到头在外边跑,我们也难得见上几次面……"袁雪梅摆摆手打断了他的话:"就算我爸一年到头在外边跑,但总有回到报社的时候哇。"军官摇了摇头说:"你爸……真的不可能再回到报社了。""为什么?"袁雪梅问。军官犹豫再三才说:"有人向上级组织打小报告,说你爸是位太监,却骗取了一位女军官的爱情……你爸现在已被下放到南方的一个部队农场,劳动改造去了。"袁雪梅抹着眼泪问:"叔哇,您不是说我爸外边没有女人吗?"军官说:"你爸和那位女军官纯是一场误会,很快就分手了。"袁雪梅又问:"那我爸劳动改造的那个农场在什么地方?我去找他!"军官说:"你爸劳动改造的那个农场,连我们报社领导都不知道。你只有换一种方式去找他了。"袁雪梅急得跺起了脚:"好叔叔,快说呀,什么方式?"军官说:"你可以想办法找到铁园H军的首长郝忠玉。我知道你爸曾经是他的通信员,他们关系好得像一个人似的,一直有书信往来,也许他知道你爸的情况。"

　　当天晚上,袁雪梅买了去铁园的火车票。于第二天上午来到H军军部大院的门前,直言不讳地说要见郝忠玉首长。门岗卫兵听说她要通过郝忠玉找她的父亲,立刻变了脸:"你当我们首长是你爸的秘书哇!"随后将她撵走了。铁园一遭,袁雪梅虽然受到了H军军部的驱赶,但是它对面的铁园师范学院,却深深地印刻在她的脑海之中了……

　　回到家的这天晚饭后,她与母亲又谈起了父亲。她单刀直入地问:"妈,听人说我爸是太监?"母亲大惊失色,手中的水杯差点儿脱手而落。母亲反问:"这话你是从哪里听来的?"她说:"先别管从哪儿听来的,我爸是不是不能称为一个完整的男人啦?"母亲没有回答,想再一次敷衍过去。但是,想想女儿竟能说出自己的爸爸是太监。不为别的,就为袁冰正名,她也该说话了。"小雪,"母亲说,"是战争'阉割'了你爸呀……"

　　袁雪梅听完母亲讲了战场上父亲负伤的经过后,抱着她恸哭不止:"我爸冤死了……我非要找到他不可!"母亲表情木然地说:"别找了,你爸不想见我们,我们就是找到天边也没有用。"她抹去眼泪问:"妈,你想不想见到我爸?"母亲低着头没有回答。她紧紧握住母亲的手说:"其实你最想见到我爸,我爸也最想见到我们。我们一家三口人无法相聚,就是被我爸的那个伤隔住了。那个为祖国解放而负的伤,非但没有成为他的荣耀,反倒成了他的耻辱,让他不敢见人,连我们母女也不见。他不愿见我们,我也不直接找他了。妈,我想考大学!"母亲错愕不已地问:"小雪,这年头天底下还有摆书桌的地方吗?"她摇摇头说:"天底下没有摆书桌的地方,也就没有摆饭桌的地方了。我相信大学的大门总有一天会打开的,高考制度也总有一天要恢复的,那时我就考铁园师范学院。"母亲捂着头说:"我越听越糊涂了,考大学和找你爸是两回事哟。""是两回事,也是一回事!"她说。

郝援朝默默站起来劈了一掌说:"姐,我今天终于明白你为什么非要考铁园师范学院了。诗逸跟我说过,只要我们在铁园师院会合,你就会告诉我的。"袁雪梅叹道:"是呀,那时我就一个信念,只要我考上了与H军大院只有一路之隔的铁园师范学院,就花费四年时间里的每一天,候在军部大院的门前去堵郝军长。我相信总有一天能堵住他的。现在看来不用了,因为你是郝忠玉军长的儿子!"

郝援朝激动地说:"姐……"袁雪梅打断他的话说:"不,叫嫂子。"郝援朝舒了一口气:"从诗逸论,我是该问你叫嫂子。但是从我爸与你爸爸,从我二人论,我就叫你姐了行不行?"袁雪梅点点头。"姐,"郝援朝说,"我的亲姐呀。我爸说了,如果不找到你爸袁冰,他就辞去军长职务,回家种地去!"

第一学期即将结束时,铁园师院领导决意对学生会进行改组。原有的学生会从主席到委员,全部是工农兵学员。高考制度恢复后经过严格考试而来的新生,难以对原有的学生会做到心服口服。对学生会改组的动力,完全是基于这样一种背景提到日程上来的,当然最要紧的是新主席的人选问题。经过学生处一番精心考察和优中选优后,基本圈定在章诗逸身上。

章诗逸的人气完全来自他的才气。斐然出众的高考成绩可以佐证,夫妻共跃龙门同赴一所院校的双星闪耀更让人们叹服不已。意见反馈上来后,赞同的占绝大多数,但也有少数不同意见——晚来报到足以说明章诗逸的恃才傲物,意马心猿。还有人说,两口子在一个班级成天出双入对,不利于学生会的工作。学校做出了迅速反应,调袁雪梅至中文3班,3班一名女生调至中文1班。至于晚报到一事,不足以上升到章诗逸的品行问题。

期末考试前,章诗逸顺利当选为新一届学生会主席。院方选择这个时间改组学生会,意图很明显。新主席在这个暑假不能按期回家了,需要留校一段时间接受做一个合格学生会主席的短暂培训,以便于下学期一开学,改组后的学生会即可顺利开展工作。学生处责成曾经当过学生会主席的柳老师为培训老师,这完全得益于她的实践经验和垂范于先的工作业绩。

由3班调来与袁雪梅互换的女生也很快到位了。

柳老师领着她走上讲台后向全班做了介绍:"我班用女生中学习最好的袁雪梅换回一位同学,她是原3班的于小萱同学。"如此简单和惜字如金的介绍,像是走了一个不得不走的过场。给人的感觉是中文1班为中文3班做出了一个巨大的牺牲，用一只金凤凰换来了一只麻雀。教室里响起稀稀落落的掌声。站在讲台上的于小萱中等身材，一套碎花雪纺的连衣裙勾勒出她亭亭玉立的体形，椭圆形的脸盘清隽舒朗，不大的眼睛里蕴含着月光一般的柔媚和皎洁。此时的她，嘴角轻轻吹起一口气，将散落在脸上的柔丝细发吹得一飘一飘。之后，她向大家鞠了一躬。

柳老师指指袁雪梅原来的座位，于小萱低着头向那里走去。这是一个适中的位置，离讲台不远不近。中间过道的另一端则是郝援朝的座位。当于小萱轻风一般擦身而过后，郝援朝才意识到袁雪梅走了，有关她找父亲的话题还未说尽，他们就分隔两班了。

于小萱坐到袁雪梅原来的座位后，教室里安静下来。她默默拿出书包中的教材和笔记本放入课桌内，像是自己性格的本能体现，也像是面对陌生环境的暗自适应。郝援朝不免看了过道对面的于小萱一眼，却发现与她同桌的单晓慧把自己的课本摆过了两个课桌的中线位置。后桌男生二毛子为了扩大自己的地盘，将课桌向前推进了许多。袁雪梅在时，他们是绝对不会这么做的。

开学之初，在柳老师的提议下，郝援朝担任了中文1班班长兼团支部书记。也许多半是因为他最先报到，且二人又有过计生工作的交集，这才促成了柳老师对他的委以重任。课间休息时他与章诗逸一商量，决定在下午的自习课后开个班会。

下午最后一节自习课的下课铃声响起时，郝援朝走上讲台。在此之前，于小萱已被请出教室去走廊做短暂的回避。郝援朝的目光在教室里扫视了一圈后说道："开个五分钟的班会。请大家顺着我的手势看，看看我们是怎样为3班新来的学生提供学习环境和待遇的。"前排扭过头，后排站了起来，两旁的侧目而视，所有目光都集中到于小萱的座位上了。

单晓慧的教科书和笔记本，毫无顾忌地越过了两个并在一起的课桌之间的中线，有一巴掌的宽度挤占了本属于小萱的桌面。后桌二毛子的课桌，任性而为地向前推进了两巴掌的距离，压缩着本属于小萱的空间。众目睽睽之下，单晓慧和二毛子羞愧难当地重新调整了自己书本和课桌的位置。于小萱重新走进教室时，班会已经结束了。她坐到座位后，忽地感觉到了自己本该有的空间以及自己本该有的尊严都失而复得了。她的脸微微一红，看了郝援朝一眼……

期末考试的成绩公布后，刚刚来到1班的于小萱令人刮目相看，各科成绩加权平均后高居全班第一，也是整个中文系第一。章诗逸只能屈居第二。很少夸人的他喟叹不已："同学们，于小萱哪里是一只麻雀，她才是金凤凰。我们中文77

级1班捡了个大便宜哟！"

暑假来了。第一次放假与第一次入学的热闹场面如出一辙，所不同的是，入学是欢愉中饱含着踏上新征程的豪迈和激情，放假却是欢愉中夹杂着短暂分离的依依惜别。同学们操着天南地北的口音挥手告别，好像这一别多么日久天长，又多么海角天涯。

柳老师今天装扮一新。乌黑的头发以半圆的塑料发卡别住，粉红色的发卡越过头顶压住柔发别在耳后，额头的细发，已被精心梳理成丝缕分明的刘海儿，鸭蛋青颜色的连衣裙，在习习的夏风中飘动，益发勾勒出她那丰满的身材。此时她站在学院大门口向每一位离校的本班学生挥手告别。这学期她被学院评为优秀辅导员，获此殊荣，她深知离不开这些学生的支持和配合。她的目光流溢出对每位学生的感激之情，言语中向他们送去深切的问候："祝各位假期愉快，下学期再见。"

这时候，章诗逸和袁雪梅拉着二人之间的小迷糊走了过来。柳老师送给小迷糊一包水果糖说："假期回来给姨作一首诗。"小迷糊接过水果糖，扬起手说："诗我早就作好了。"柳老师微笑着说："作好了就快念嘛。"小迷糊清清嗓子念道："放假回家娘有气，一家三口少诗逸。听说我爹当主席，娘先高兴后哭泣。"袁雪梅狠狠地朝着他后背捅了一掌说："这孩子不是胡说八道嘛，你娘多会儿生气，多会儿哭泣啦？"小迷糊梗着脖子嚷了起来："你和我爸昨天晚上吵架了，后来你就揉眼睛了，不信问我爸。"章诗逸笑了笑说："你妈揉眼睛是因为眼睛进不得沙子，小孩子家不懂别瞎说。"

柳老师却没了笑容，对袁雪梅说："要不让诗逸现在就跟你回家：学院这头我为他请个假，就说你家里有事。"袁雪梅摆了摆手："你别在乎小迷糊信口开河的打油诗，诗逸能当上学生会主席我高兴。柳老师你千万别多想，那样我倒受不了了。"

两天后，校园完全沉寂下来了。只有办公楼还有少许人进出，教学楼和学生宿舍楼已空无一人。

这天下午，柳老师和章诗逸同时来到中文77级1班教室，其他教室的两扇门间都贴上了封条。章诗逸从寝室捧来一个暖壶、两个茶杯及一包茶叶，落座后，他沏了一杯茶放在柳老师面前。柳老师可能是因为之前受到小迷糊打油诗的影响，坐在那里怔怔地看着窗外。章诗逸打开笔记本，手握钢笔一派洗耳恭听之态。许久，柳老师的目光才移回教室，看着章诗逸问："假期留你，雪梅有想法啦？"章诗逸挺了挺胸脯说："将在外，君命有所不受。"柳老师说："好吧，我们开始。从哪儿说起呢？"章诗逸提醒道："主席。"柳老师一愣："什么主席？"章诗逸说："学生会主席呀。"柳老师拍了拍额头，却弄乱了刘海儿："章主席我问你，你在家是不是怕老婆？"章诗逸拍拍笔记本说："老师，跑题了。"随后两人都笑了。笑声中，柳老师已言归正传，开始讲她当学生会主席的经验了。"什么经验哪，"柳老师说，"不过是一段经历而已吧……"

　　柳老师当年被选为铁园师院的学生会主席，现在想来，自己都觉得可笑。那场政治运动来临后，学校原有的制度和秩序早已被颠覆，学生会自然也不复存在了。到了后期，学校有了学生会，却是由毛泽东思想宣传队演变而成的。她刚入学时，正赶上全省大专院校的文艺会演即将举行，全院上下倾尽全力为之准备。

　　柳老师的嗓子空灵通透，在农村插队时已得到了充分展示。一曲《红灯记》中李铁梅的《都有一颗红亮的心》，唱得情真意切、韵味十足，后来她成了公社毛泽东思想宣传队的台柱子。来到学院后，她时常去大礼堂看宣传队的彩排，也随着乐章不由自主地小声哼哼几声，不想却被学院某位领导听到了，让她到台上比试一下。她刚一亮嗓，就惊艳了全场，即刻被领导急招入队。全省会演中，她获得了个人表演一等奖，铁园师院也获得了团体总分第二名。后来她接任了宣传队队长的职位，再后来，这个职位就演变成学生会主席了……

　　柳老师最后说道："综上所述，我能当上学生会主席不过是凭着一副好嗓子而已，或者说是一个机遇而已吧，仅供参考而已吧。"这时候，却见章诗逸以手掩笑地合上了笔记本。柳老师问："我刚才讲的你都记下啦？"章诗逸说："记下了。"柳老师又问："记本上了还是记心里啦？"章诗逸说："本上心里都记下了。""记心里的我看不见，本上的我看看。"柳老师说着就拿过桌上章诗逸的笔记本，打开一看只有三个字——"而已吧"。

　　柳老师绯红着脸站起来说："章诗逸，这个假期你就别回家了。"说完，便往外走。章诗逸拦住她说："本子上虽然只三个字，但是所有内容我都记心里了，不信我背给你听……我当年被选为铁园师院学生会主席，现在想来，自己都觉得可笑……"柳老师摆着手让他停下，心里的气已消了一半，叹道："章诗逸呀章诗逸，你的优点是聪明，你的缺点是太聪明了。"章诗逸摇着头说："我不聪明。但我明白一个道理，偌大的世界就是靠有作为的人创造了无数个'而已吧'，才让这个世界变得精彩无比而又妙不可言。"柳老师站了起来："好啦好啦，别给我戴高帽了。我走了。"章诗逸急忙拦住她说："老师，你迟走一步。你的头发乱了……该整理一下。"

　　柳老师拉过椅子坐了下来，从随身的手包里拿出一个花边小圆镜照在额间，之后用纤细的手指将刘海儿捋出优美的弯度后问："这样可以了吧？"章诗逸说："现在看来，那几根乱了的头发不整理也无所谓。清水出芙蓉，天然去雕饰。"柳老师摆摆手说："你什么时候学得这么会奉承人啦？我走了以后你把教室打扫一下，明天照常。"

　　章诗逸将教室收拾干净，拎着暖壶正欲走时，却发现柳老师的花边小圆镜遗失在桌子上了。他拿起小圆镜，却见镜框背面镶嵌着一张黑白照片。照片上一个扎着羊角辫的小女孩儿，年龄八九岁，绷不住的笑露出了小豁牙，一副怡然自得的神情。在她身后坐着一位军官，浓眉大眼，直鼻阔口，三十多岁，身上的军装笔挺威武。女孩儿站在军官叉开的两腿之间，军官的两只大手从后面伸过来搂在女孩儿的腰间。二人的长相和神态极其相似，显然这是一张绝妙而值得珍藏的"父女照"。

　　第二天上午，柳老师与章诗逸几乎同一时间走进教室。二人坐下后，柳老师就翻起手包找东西。章诗逸将小圆镜递过去说："是找它吧？你昨天落在桌子上了。"柳老师接过小镜子照了一下自己的脸，之后又翻过小镜看了看背面，便将它放进手包里了。章诗逸说："老师，没想到你父亲也是一名军人。"柳老师叹道："是呀，我父亲是名军人。但是父亲与我拍下这张父女照后，我们就再也没有见过面了。"章诗逸浑身一颤，心想这张"父女照"除了它的纪念意义之外，似乎还蕴含着父亲对女儿难以言表的隐情，于是问道："但求其中故事……"柳老师摇了摇头说："没有故事。"之后几天，他们再未谈及此事。

　　突然有一天，柳老师问："章诗逸，你留校几天啦？""五天了。"柳老师说："回家吧，雪梅该是等你等着急了。"章诗逸默默地点了点头。

　　柳老师送章诗逸来到火车站。火车开动了，章诗逸从车窗里向柳老师挥手道别。

　　他又想起了那个花边小圆镜……

第十章

暑假过去了，学生陆续返校，校园里又热闹起来。

一个寂静的角落里，于小萱面带微笑地递给郝援朝一个信封。这颇为神秘而温情的一刻终是被人看到了，很快传到了袁雪梅的耳朵里。放学时，袁雪梅堵住了疾步回家的郝援朝。她盯住郝援朝的目光，已流露出本大姐对此信有着奇文共欣赏的兴趣。由于郝援朝的家与学院只有一路之隔，再加上学生宿舍的床位十分紧张，开学之初，他被特批为该校唯一的走读生。

袁雪梅将郝援朝拉到一个僻静处，一只手伸到他的面前，显然是在讨要于小萱送给他的那封信。郝援朝本能地将手护在装信的衣兜上。袁雪梅忽地打掉他护信的手，已将那信抢到自己手里。她看着信封眼睛就睁大了，一副惊异之状。郝援朝就势将信抢了回来，一看也愣住了，信封上的大字却是"郝忠玉同志亲启"。郝援朝从于小萱手中接到那信时，只觉心跳加快，血灌周身，在一种慌乱而不知所措中匆匆离去。整整一天的时间里，他都没有找到看信甚至看一眼信封的机会。

袁雪梅这时问："小萱认识你爸？"郝援朝摇摇头，心里也是不甚了了。什么来头哇，一个文静而柔顺的小女生竟给自己身为军长的父亲写信？想到这里，他的心反倒放松下来了。他举起那个信封问："我的姐，这封信咱是给它拆开还是不拆？"袁雪梅摆着手说："军长亲启的信别说我没资格拆，估计你也没那胆量。"郝援朝摇摇头说："我有胆量，万一小萱给我爸写情书呢，这可是个重大问题。"袁雪梅自是不怕乱子大，一把抢过信封作势就要拆开。郝援朝赔着笑告饶："姐！姐……我只是开个玩笑而已。我要真给老爷子的信拆了，他能扒我的皮放我的血。信还我吧。"郝援朝顺手抢回信就要走，袁雪梅拦住说："怎么个情况，明天一早向我汇报。"郝援朝一笑:"遵命!"

第二天早饭后,袁雪梅候在学院的大门外。但见郝援朝一路走来已是喜形于色了,未及袁雪梅开口,他附在她的耳边小声说:"告诉你个好消息。"袁雪梅问:"真是小萱给军长写情书啦?"郝援朝的脸沉了下来:"那叫什么好消息,她要是给我写情书了才称得上好消息。"袁雪梅笑道:"那就是说,小萱给你写情书啦!"郝援朝摇摇头说:"都不是。这个好消息远比那封信要大得多得多。我爸……找到袁冰叔叔了!"

郝军长从儿子郝援朝口中得知袁雪梅一家三口为找袁冰而来到铁园上学的事后,深感责任重大。他异常清楚,如果他不上心去找袁冰,这个世界上除了袁冰的家人外,再不会有人关心他的命运和下落了。

几日后,他去北京开会,各大军区首长及部分野战军的军长齐聚北京。会议期间,他利用晚间休息的时间去各个房间谈袁冰,谈他的遭遇,谈他的不幸。最终,昆明军区的一位领导说,在云南边境的一个部队农场里好像有一个叫袁冰的人。在郝军长的一再恳求下,那位领导通过电话做了进一步落实,此人正是郝军长要找的袁冰。

当年,袁冰被遣送去劳动改造并反省自己问题的地方,正是这个部队农场。在这里,他不仅看不到报纸听不到广播,更不被允许与外界书信往来。

会议结束后,郝军长没有马上返回铁园,而是走进了昔日军长孙殿堂的家中。他悲愤不平地将袁冰的现状讲过后说:"我敢拿脑袋担保,如果袁冰与那位女军官的结合,是因为他欺骗了对方,我甘愿辞去军长职务,陪他一起去劳动改造!"孙殿堂拉着他坐下后劝道:"忠玉同志息怒,这件事我一定会调查清楚。你回铁园听信儿就是了。"郝忠玉返回铁园后不久,孙殿堂来电话告知他:袁冰同志的冤案澄清了。而且,他原来工作的报社愿意接纳他,他可以重操旧业,仍然做一名军人记者……

袁雪梅不顾马路上人来人往,喜极而泣地一把抱住郝援朝说:"我的好弟弟呀……姐终于等到这一天了……"郝援朝拍着她的肩膀说:"姐,我爸就一个愿望,如果有一天袁叔回北京了,你务必去把他接到铁园来。我爸还想和他喝两盅!"袁雪梅抹着眼泪说:"姐一定做到,咱姐弟俩陪着二老一醉方休……可姐还有一事问你,小萱给你爸的那封信究竟是怎么回事?"一脸茫然的郝援朝叹道:"姐,小弟跟你一样,丈二和尚摸不着头脑哇!"

午饭时,坐在一张桌上的郝援朝小声对于小萱说:"吃完饭我找你有个小事。"于小萱莞尔一笑："是信的事？"郝援朝点点头。

饭毕，二人便一前一后走出食堂。他们沿着食堂侧门的甬道径直走出校园。初秋的太阳在天宇碧澄中散发着诱人的光芒，遍地的花朵在秋色中尽显其美。龙爪山涌出的山泉，在沿山而下的脉动中汇集成潺湲不绝的一条小河，投向了玎玲奔鸣的大良河。小河之上，是一座古朴典雅的石拱小桥。越过小桥后，他们走进了一片古木参天的树林里。

二人依在一棵双臂合抱之粗的树下，郝援朝拿出那个尚未启封的信封说："小萱，这信还给你吧。信封上的收信人是谁你就直接送给谁去。"于小萱没有接信，笑着说："信封上的那个人官太大了，重兵把守的军营，连一只猫都进不去。没办法，只好拜托你了。""我不给你当邮递员。"郝援朝说，"但我可以领你进去。"于小萱低着头小声说："可……我怕见那个人。"郝援朝纠正道："别老那个人那个人的，他是我爸！"于小萱更加较真地说："我就是怕见你爸。""我爸不是老虎，不吃人也不咬人。你连见都没见过他，就口口声声地怕见他。我问你，你怎么知道郝忠玉是我爸的？"于小萱说："我来到中文1班的第一天，柳老师就向我介绍了你这个班长，说你爸叫郝忠玉，是个军长。我立时就觉得太凑巧了。""凑巧什么？"于小萱嘻嘻一笑："因为呀，我们是老乡……"

于小萱出生在郝忠玉老家的那个县，也是喝着小燕河的水长大的。几年前新来的县委书记上任后，便对这个钟灵毓秀、历史悠久，且具神秘色彩的小县产生了浓厚的兴趣。在与人们的闲聊中，他得知战国时期的思想家荀子曾在这个县两任县令，在这里讲学终老，带出了韩非和李斯两位卓尔不群的学生。生而四目的仓颉，相传也曾在这个县城长期仰观奎星圆曲之势，俯察龟文鸟羽山川，创造了中国文字。国民党统治时期，共产党组织农民运动各种历史事件，让这位书记的内心感到震撼。但遗憾的是，这段历史在口口相传中却没有任何文字记载。于是在他的动议下，县里成立了史志办，决意修出一部内容翔实的县史。县委宣传部一位副部长调离原职任史志办主任，一位干事也从宣传部随之调来。之后又从基层单位的层层考核和筛选中选中了于小萱。于小萱原是公社的一名文书，由此一跃而成为县史志办的工作人员了。

主任笔墨深厚，但年迈体弱，腿脚已不灵便，只在办公室坐镇，拈笔弄墨，编纂修书。于小萱和那位干事跋山涉水，奔波四方，遍访群贤，一条粗犷的史料线条已渐渐形成。蕴含在其中的历史变革、风云人物、山川河流、疆域划分、官职变动等内容也已廓清。主任捧着那些淳朴而不事雕琢的原始资料和素材，甚为满意和高兴。正此时，高考制度恢复了。于小萱为之一振，就有了走进高考考场的冲动,不想一举中第。主任表现出了宽容大将风度,送别于小萱时说:"小萱哪,去学吧。学好了再回来,县委和县政府机关没一个大学本科学历的人哪。"

于小萱还在3班时就接到了主任的来信,要她放假回家时一定去史志办见他。他已列出一份外调铁园驻军郝忠玉军长的提纲。只要想办法将这份提纲送到郝军长手中,郝军长就会按照提纲的内容提供自己的生平和战绩,因为那年他回老家时答应过人武部霍部长了。于小萱放假回家后,首先去了主任办公室。主任交给她信封上写着"郝忠玉同志亲启"的外调提纲后一再叮嘱:"小萱哪,郝忠玉可是咱县志中一位重量级人物,等着他下笔成文呢。"

开学的那天,她将这封外调信在校园里交给了郝援朝。她正待说明信的内容时,郝援朝却魂不守舍地匆匆离去了……

郝援朝听完后一声长叹:"小老乡啊,我可为这封信背了一个天大的黑锅。"于小萱不解地问:"援朝,这封信将让你爸彪炳史册,名垂千古,你怎会为它背了黑锅?"郝援朝笑道:"所有人都说我收到了一封……情书。"于小萱低了头,脸上泛起红晕。郝援朝又说:"小萱,这封信我还没送给我爸。什么时候送,就看你了。""看我什么呀?""你必须真的给我写封信。"于小萱摇了摇头。"也罢。"郝援朝叹道,"那就让这封信躺在我兜里,成为一页废纸!"于小萱吹着脸上飘落的柔发,扬起一对细长的手臂乖顺地说:"本女生投降。我给你写……写一封感谢信。感谢郝援朝同学伸张正义,拨乱反正,为我获得了本该属于我和我的课桌及座椅的空间。"郝援朝一挥手说:"我不看,你把它张贴到学院的宣传橱窗上去。我要的是只属于我一人看的信。"于小萱问:"这封信是写老乡见老乡两眼泪汪汪呢,还是写老乡见老乡心里亮堂堂?"郝援朝说:"都不是,是老乡见老乡心里暖洋洋。算了,你别揣着明白装糊涂了,你知道该写什么。"于小萱东张西望地看到了桥下的那条小河,抿嘴一笑:"我给你写首诗吧。备纸研墨。"

郝援朝急忙掏出钢笔,又从衣兜里摸出一张皱了的白纸递过去。于小萱躲在树后,只两分钟就写完了。郝援朝展开那纸念道:"子惠思我,褰裳涉溱。子不我思,岂无他人?"他念罢后抖着纸仰天大笑:"小萱哪小萱,我接受我接受。我们马上去河边,你站在河这边,我站在河那边,你看我能不能提着衣服蹚过河去见你!"他们果然来到了小河边。郝援朝越桥而过站到河那边,随后脱去衣衫和鞋子就要蹚水过河。河这边的于小萱看着手表大喊:"援朝,上课时间到了。"她跨过桥来紧紧挽住郝援朝的手,一路小跑奔向校园……

两天以后,还是在于小萱送信给郝援朝的那个地方,郝援朝回赠了于小萱一封信。她万未想到她要的东西这么快就来了。郝援朝笑着小声说:"我爸所有的材料都在这里边了。老爷子说了，他要见你。"于小萱的脸红了，再次重申："我怕见你爸。"诸多好奇的人，无一不认为那是两情相悦中，郝援朝来而有往地回赠给于小萱一封情书。

章诗逸就任学生会主席后，那种"天将降大任于是人也"的精神风貌即刻就焕发出来了。新学年开学伊始，他召开了新一届学生会全委会，声清气朗地阐述了本年度学生会工作的宏观要旨。号召全院学生从我做起，从现在做起，树立起新时期大学生的良好形象，立志成为祖国建设的栋梁之材等等。这之后，他带领学生会的各位委员利用周日的时间打扫卫生，各班也闻风而动。校园里悄然发生着变化，大门口那个宣传橱窗的内容也不像从前那样老生常谈了。有报纸重要文章的剪辑，学院工作的大政方针，也有好人好事的报道，还有学生有感而发的抒情文章、书法、美术作品等，不一而足。

校园里的变化有目共睹，章诗逸的变化自然也逃不过大家的眼睛。这一日，大家惊异地发现，章诗逸原本茂密油黑的头发被全部剃掉了，光秃秃的脑袋在阳光的照耀下锃光瓦亮。各种议论纷至沓来——有人奚落，这是装灯；有人称赞，这是削发明志；还有人叹道：学院的课程满足不了他求知的欲望，没有办法，只好以自虐为乐了。

袁雪梅见到他这副德行，不屑地问："你弄成这样，究竟是为了什么？"章诗逸答道："为了表达我找到你爸的决心。不找到你爸，我这个脑袋就永远光着！"袁雪梅忽然蹲在地上，咧着嘴干呕不止。章诗逸弯下腰，拍着她的后背问："我不过剃了个光头，就让你恶心到这般模样了？"袁雪梅晃了晃手说："不不，不是那个意思，我可能有了……"

柳老师第一眼看到光头的章诗逸后嗔道："你的长相够说的了，还要进一步显示男人的长相与他的才华成反比吗？"章诗逸笑了："知道人生最美好的形象是什么吗？女人发秀，男人秃顶。"柳老师嘴一撇说："美你的好去吧。"说完，手一甩就走了。

冬天来了，章诗逸的光头依然锃光瓦亮，任谁劝也不戴帽子。元旦到来的这个晚上，中文系举办了迎新年联欢晚会。章诗逸和柳老师共同演唱了一首歌。

演唱结束后，章诗逸刚刚走下台来，就觉得背后有人拍了他一下，回头一看是郝援朝。郝援朝以手掩嘴，小声说："刚才我爸的秘书来了。他让我告诉你和袁雪梅，说袁冰叔叔坚决不回北京，就留在昆明军区了。"章诗逸握住郝援朝的手说："这消息对我太重要了。我得马上去告诉雪梅，她在寝室，我走了。"说完，就三步并作两步快速走出会场。

女生宿舍楼漆黑一片,唯独袁雪梅住的那个寝室还亮着灯。章诗逸上了二楼推开门时,但见小迷糊窝在行军床上睡着了。袁雪梅轻抚着肚子,在缓缓踱步。见章诗逸进来,她瞥了他一眼问:"你和柳老师的那个节目演得很过瘾吧?"章诗逸拍着光亮的脑袋说:"应景,应景,纯属应景。雪梅,刚才援朝跟我说,咱爸不回北京,就留在昆明军区了。我是特意来告诉你的。"袁雪梅却异常沉静:"我早就料到爸爸再也不会回到那个让他伤心的北京了。"

这时,校园外的马路上传来了鞭炮声,二踢脚蹿入繁星满天的夜空后争相炸裂,已分不清哪个是天上的星星,哪个是二踢脚炸出的火星了。袁雪梅看看表兴奋地说:"零点了,新的一年到来了。诗逸,为了庆祝我们终于有了爸爸的消息,咱俩跳一曲华尔兹吧。"章诗逸摆着手说:"我不会。""不会我带你。"袁雪梅说着,已将自己软绵绵的身体投进丈夫的怀中,嘴里一边哼着圆舞曲,一边"咚恰恰,咚恰恰"地打着拍子。尽管章诗逸在笨拙的脚步中不断踩到袁雪梅的脚面,但袁雪梅仍耐心而兴趣不减地带着他。二人在狭小的空间里一圈一圈地翩翩起舞,不尽协调,但很开心。章诗逸最终还是在跟跄磕绊中重重地踩在了袁雪梅的脚尖上。袁雪梅"哟"了一声,疼得直咧嘴,但仍挪动着那只疼痛难挨的脚继续跳。章诗逸搂在袁雪梅后腰的手用了相反的力,舞步停了下来。

二人坐下后,章诗逸用手轻抚着袁雪梅微微隆起的肚子说:"这肚里的孩子怕是难跟我们去找他姥爷了。"袁雪梅当然明白他话里的意思。学校容得了她带着一个孩子来上学,还能容下她再生下一个?大学不是哺乳室也不是托儿所。退一万步讲,学校有容下这一切的菩萨心肠,还能对计划生育的政策置若罔闻?

暑假返校的两个月后,袁雪梅突然发现自己不来月经了,深知自己已有身孕。于是千方百计地将这一切掩盖下来,包括自己的丈夫。到目前为止,除了章诗逸外,还没有谁发现她暗结珠胎的秘密,就连终日与她在一起的室友,也没有从她身上发现任何蛛丝马迹。但是,冬天可以借着肥大而厚实的棉衣将逐渐隆起的肚子捂住,夏天呢,一层薄布即便能捂住肌肤还能捂住肚子?三四个月的显怀可以撒谎说吃胖了,七八个月呢,还能腆着肚子挤在狭小的桌椅之间若无其事地听课?对今后事态的发展,她心里比谁都清楚,但她还是决心将这个孩子生下来。既然这孩子来到她肚里后姥爷就有音讯了,那么这孩子注定就是为姥爷而来的呀!

她看着章诗逸说:"就是付出再大的代价,我也要留住这孩子!"章诗逸深知妻子执拗而倔强的性格,主意一定,八头老牛也拽不回来,只好依顺地说:"那好,过几天就要放寒假了。期末考试一结束,咱们就奔昆明找爸爸去。"袁雪梅点点头说:"这话才像我肚子里孩子的父亲该说的。但是,我觉得我们去昆明的决定，应该通过援朝告诉郝军长一声。"

郝援朝将他们的决定转告给父亲后，父亲在屋里踱起了步，良久才说："你袁叔不回北京留在昆明军区的想法，我早就知道了。我给他去了信，请他来H军政治部任职副主任。我在信中告诉他，因为找他，女儿小雪和他的女婿双双考上了铁园师范学院，他的外孙子也随他们来铁园上小学了。可是他回信说，他不想改变自己的决定，就留在昆明军区了……至于小雪两口子去昆明找袁冰的打算，我理解。但是西南边疆有战事，昆明军区是主战部队，这个情况你要跟他俩说一声。"

郝援朝点点头刚要走，却被父亲喊住了。父亲说："你跟小雪讲，她父亲就在昆明军区S军。如果遇到什么麻烦，你就让她说，我郝忠玉是她的姨父！"

第十一章

寒假第一天，章诗逸和袁雪梅就领着小迷糊急匆匆地走了。他们首先回了老家，将小迷糊交给他姥姥后，就直奔昆明。

在昆明东郊，他们找到了S军军部。它的外观与铁园H军军部几近相同，同样的高墙，同样的门岗。但这里的门岗已由通常的两名士兵增为四名，而且荷枪实弹全副武装。

二人向门岗卫兵说明来意后，卫兵坚决地把他们挡在了门外。正值一名肩挎手枪的军官巡逻至此，袁雪梅跨上一步说明自己是袁冰的女儿，乞求与父亲一见。军官扫了她一眼后，转身就要走。大战在即，显然他对从各地纷纷而来以父母儿女、兄弟姐妹、亲戚朋友等身份探访参战官兵的请求，已经司空见惯，应接不暇了。袁雪梅挡住他的去路做了妥协，只问袁冰现在何处。军官说："袁冰已去麻栗坡了。"袁雪梅问："麻栗坡在什么地方？"军官一字一顿地说："中——越——边——境！"

次日，他们来到了麻栗坡。除了漫山遍野的麻栗树随风荡漾外，就是马路上迤逦前行、接连不断的军车。山坡和原野的草丛中，依稀可见披在掩网下的加农炮、榴弹炮和火箭炮，以及坦克和装甲车。偶尔有一队军人从路上急匆匆走来，他们凑上去想要搭话。队伍中有人劝道："请你们抓紧时间离开这里。"他们这时才注意到，街头巷尾、乡间小路再不见寻常百姓的身影。那种一触即发的大战氛围，已经达到了令人窒息的程度。当过兵的章诗逸毕竟熟悉部队，深知岳父已列入参战部队了。住了一夜，他们又返回了昆明。

S军军部门前，那个挎着手枪的军官仍在巡逻。二人走到他面前时，袁雪梅刚要说话，却已是泣不成声，瘫软在章诗逸的怀里。章诗逸抱住袁雪梅后说：

"军官同志，我知道袁冰已进入参战部队了，这就意味着战前他不可能与我们见面了。但是战斗结束后，我们还是想尽快见到他。然而我和我爱人都在东北铁园上大学，没有办法直接与他联系。我当过兵，知道部队之间有专线电话，战后请你与铁园H军军长郝忠玉通个电话。他可以帮助我们尽快联系上袁冰。"军官听后愣了一下，说了声"稍等"，就返回了大院。不一会儿他出来了，说H军军长确为郝忠玉，到时他会通过部队专线与郝军长联系，之后问道："你二人与郝军长什么关系？"章诗逸指着怀里仍然饮泣不止的袁雪梅说："郝军长是我爱人的姨父。"

军官对二人已是刮目相看了，爽快地说："你们只管放心，战后第一时间，我会立马给郝军长打电话！"

袁冰被下放的那个部队农场，隶属于昆明军区，在云南省的东南角上，离麻栗坡不远。在这里，袁冰每天不是下地干活，就是上山采果，烧火做饭，放牛放羊，有活就干。几年下来，脸晒黑了，手掌磨出了茧子，身体也壮实了。这种天高地远、与世隔绝、看不上报纸也没有书信往来的劳动改造，已让他渐渐适应了。忽然有一天，上级领导到农场向他宣布了一项关于他的决定：恢复党籍，恢复团职待遇，回京继续当记者。当领导问他对组织的安排有何想法时，他苦笑着说："这些年我最大的想法，就是什么想法也没有了。我不会再回到北京，只想留在这里了。"

三个月后的一天傍晚，袁冰刚刚从地里干活回来，未及站稳，一辆小轿车停在了他的面前，车上走下一位五十多岁的军官。袁冰定睛一看，来者是S军王政委。当记者时他曾多次到S军采访，为该军写过很多漂亮而有分量的文章。王政委极为赏识他的文笔及才华，加之他们的思维、观念以及对世事的看法颇为一致，便结下了深厚的感情。

二人坐定后，王政委说明了来意，请他出任S军政治部宣传处处长。袁冰摇摇头说："我不去，军人不打仗就不叫军人。和平年代容不下我的肉身，农村老家也放不下我的灵魂。我只想在这深山老林中了此残生，别无他求。"王政委指着他的鼻子说："袁冰，我听门岗值班军官跟我讲，你的女儿和女婿到昆明找过你。你若这么了此一生，对得起他们吗？"袁冰低着头没有说话。王政委站起身来在地上转了一圈后，停在袁冰面前继续说："这样吧，你去我那里后，我马上安排人接你女儿和女婿来S军。你们见过面后，你再走马上任当你的处长……"

袁冰也站了起来，摆摆手打断了他的话："王政委，我知道我女儿、女婿还有外孙子就在东北的铁园市念书。他们选择去铁园念书，就是想找到我的老领导,现任H军军长的郝忠玉。而后通过郝军长再找到我……不瞒你说,郝军长早就写信让我去H军任政治部副主任了。但是,我给他回信说,我不想去铁园。"王政委缓了一口气问:"为什么?"袁冰说:"太平自是军人定,不见军人享太平。只有战场才能容得下我的肉身,硝烟才能擎得住我的灵魂。H军无仗可打,所以我不去铁园。"王政委哈哈大笑:"袁冰啊袁冰,你算说对了,H军确实无仗可打,因为它在东北。而我们S军却要参加西南边疆的自卫还击战,而且还是这个还击战的主战部队。啥也别说了,你马上跟我走!"

袁冰没动身,说道:"王政委,我有三个条件,你若应了,我二话不说就跟你走。""一、我不当处长,只当干事。你也知道,我是宣传干事和记者出身,从来没管过人,不想管人也管不好人。二、如果战争打响了,宣传干事我也不干了,只当一名战地记者。三、我留在S军就是为了打这个自卫还击战,战后我就投奔郝军长去了。不是因为他让我当什么政治部副主任,而是为了我从此以后就在铁园与女儿、女婿,还有外孙子团聚了,同时把我农村的媳妇也接到铁园去。你应了这些条件,我今晚就给郝军长写信,告诉他,我就留在昆明军区S军了。""好。"王政委点点头说,"我答应你的所有条件,只当干事,不当处长。战争打响了,你就是战地记者。战后……我亲自送你去铁园安家落户!"

袁冰来到S军的这年年底,昆明军区突然进入一级战备状态,之后各部队陆续向边境集结。西南边陲七百多公里的边防线上迅速集结了解放军的众多兵力,一场惩治那个忘恩负义国家的战争就此拉开了序幕。

S军举行了声势浩大的战前动员会。袁冰发现自己未被通知开会,心里不免失落。会后找到王政委时已是牢骚满腹了:"政委,咱们事先可是有约,战争打响了我就是战地记者。你说话不算数!"王政委说:"我们确实有约,而且上级也同意了让你当战地记者,但是考虑你岁数大了,身体还有伤,就别去了吧。这是个什么仗你也许还不太清楚,我们怎么打过去的就怎么再返回来,有多少次进攻就有多少次撤退。老袁哪,咱们都打过仗,撤退是个什么滋味你应该知道。"袁冰点点头说:"我确实知道,撤退是一种最困难的战争,这是德国著名军事理论家克劳塞维茨说的。难道这种最困难的战争不需要总结吗?难道你答应我的事就这么爽约啦?如果你不同意我上战场,我现在就回农场了。"说完之后,起身就要走。王政委一把拉住他沉着脸说:"你是逼我就范哟。好好好,我应了你。但是我先给你立好规矩,部队进攻时你随我在指挥部待着。撤退时相对安全,你可以随部队行动,收集些素材,便于你写出一篇有价值的文章。记住,战后你就去铁园安家了,保护好自己不是你个人的事,是你们全家的事,听明白没有?""明白!"

严冬过后初春的一个拂晓，解放军数十万发炮弹铺天盖地向那个国家抛去，敌军阵地火海一片，几近丧失抵御能力。攻克敌方前线最重要的据点后，解放军没有乘胜进一步扩大战果，而是开始了归师勿掩，穷寇莫追的大踏步后撤行动……

袁雪梅和章诗逸从昆明回到家后的整个寒假期间，始终关注着自卫还击战的进程。战争打响后，他们每天都通过报纸和收音机了解战争的动态。新学期回到学校，他们早上起床的第一件事，就是各自在寝室里守在收音机旁听早间新闻。3月中旬这天，他们听到战争结束的消息后，之前紧张担忧的心情即刻荡涤一尽，深知战后与父亲相见的日子就要到来了。

职业军人身份使然，郝军长对这场战争更加关心。这位一军之长虽未参战，但获得的军事情报依然比普通人要多得多。他早已知道这场战争结束了，下意识地想到了身在S军的袁冰。

这天傍晚，办公楼里的人都已下班了，郝军长仍在自己的办公室批阅处理案头上的文件。这时桌上的红色电话响了。他拿起听筒后，对方自报是S军司令部作战参谋，说有一个不幸的消息要向首长报告，之后久久没有说话。郝军长早已沉不住气了，站起来大声问："快说，什么不幸消息？"对方断断续续地说："袁冰……同志……牺牲了。"

郝军长一下子瘫在座椅上，数秒钟后，又忽地站起来问："奶奶的，这仗早打完了，怎么现在才说袁冰牺牲了，这消息准确不？"对方说：战后就发现袁冰同志失踪了，昨天才在敌国境内的一个小村庄里找到了他和另外四名同志的遗体。郝军长缓了一口气说："你给我描述一下袁冰同志……牺牲的经过。"对方说，我们已整理出一份文字材料，随后传真过去。"还有，"郝军长问，"有关战场上他的手稿，文字材料有没有？"对方说：有。有一份他的遗书和一份没写完的战地报道。"我要遗书原件，"郝军长说，"你们尽快给我发过来。"

放下电话，郝军长已是老泪纵横了。他想着攻打舟山时袁冰的请缨，想着他栽在血泊中的抽搐，想着他面对失根后的豁达，想着他酒桌上的痛哭，也想到了他这次能走上战场，一定又是主动请战。郝军长更想到了自己又该怎样将这个噩耗告诉袁冰的女儿以及女婿……

第二天上午，郝军长收到了S军发来的传真。其中描述了袁冰牺牲的经过——我军攻克敌人最重要的据点后，军委下令撤退并申明，这是一场自卫还击战。在S军撤退的队伍中，有人看到了袁冰。由于他年龄大体弱且身体有伤，与其他四名伤员掉队了。晚间，他们来到一个靠近大山的小村庄，村里的人早已跑光。那几天霏霏春雨绵延不绝，阴冷潮湿中大家想生火取暖，不承想柴草太潮无法点着。有人发现院子里有一枚废弃的炮弹，便将弹头拆开，倒出炮筒里的发射药，欲引火烧柴。

袁冰竭力反对并制止，他认为这是撤退中的一种麻痹思想，是大忌，会引来敌人的反扑。但还是有人将火引着了，骤然而起的火苗蹿上屋顶，房子顷刻间陷入火海之中。大火被潜伏在山里的敌人发现后，一发发如火舌一般的子弹向村里疯狂扫来。袁冰将一名瘦小的战士挡在身躯之下，自己却身中数弹壮烈牺牲了。那名被袁冰救下的战士返回指挥部后，立即向领导报告了此事，领导急返安排兵力沿途返回那个村庄。几天后，找到了袁冰及其他四名战士的遗体……

又过了两天，袁冰的遗书原件，通过部队的加急邮件送到了郝军长手中。

那是袁冰写下的一首诗："寄意寒星天不察，我以我血荐大地。麻栗坡下落冰日，征人有梦归故里。"

这天下午，郝军长让郝援朝找来了袁雪梅和章诗逸。办公室里，他神情凝重而又悲戚地将袁冰的遗书交给了袁雪梅。袁雪梅捧着那份遗书，两只手颤抖不止，大颗的眼泪夺眶而出。郝军长哽咽着说："小雪呀，伯伯知道，二十多年来你一直走在寻父的路上。其实你寻的不仅仅是你的父亲，更是寻一位军人在保卫一寸山河中洒下的那一寸鲜血，是寻那面用鲜血染红的旗帜……为了寻找这一切，你的励志成就了一个传奇。你考上了大学，你爱人也同你一起考上了大学，甚至带着孩子也来铁园上学了。你渴望在铁园获得你父亲的消息，更渴望你的父亲能看到你，以及你爱人的成就……其实，你的父亲还活着，只要我们还记着，袁冰就活着，像袁冰一样死去的烈士都活着！孩子，回家吧。袁冰同志的遗骨，三天后就到家了。"

袁雪梅一遍一遍地看着父亲的遗书，痛不欲生地哭着对那页遗书说："爸爸呀，我从懂事的那天起，就开始找您……北京找、铁园找、昆明找、麻栗坡找。白天找、梦里找……你明明知道我们一家三口都在铁园了，可您还是越走越远，最终把自己送给了战场……您是不是认为军人战死为吉利，病死为不祥啊？"未及说完，她突然倒地晕死过去。郝援朝急忙抱住她大喊："姐，姐……"章诗逸也忙乱于手足无措中。郝军长马上抄起电话叫来了医护人员。一番抢救后，她才慢慢苏醒过来。

袁雪梅和章诗逸回到家乡的那天，乌云笼罩了整个天空，一辆军用吉普车开进了村子。车后是缓步走来的县委书记、县长，以及一眼望不到尽头的送葬队伍。车上走下来一名战士，那战士将覆盖着党旗的黑色骨灰盒，双手捧着送到了袁雪梅母亲的面前。

她摆着手不接，却突然用两手死死抓住那名战士的衣领。问："你告诉我，是谁批准袁冰上的战场……难道这个人，不知道袁冰有伤吗……"袁雪梅泪流满面地抱住了母亲，想阻止住她已失去理智的举动。她用力推开女儿，再次疯了一般抓住那名战士的衣领哭道："三十年了，我苦苦等了三十年了……你们没给我送来一个喘气的活人……却送来了一堆骨头渣子。"战士垂泪而立，任老太太疯狂地宣泄。待老太太再也没有力气宣泄的时候，他"扑通"一声跪倒在地上，痛哭流涕地向老人家磕了三个头。

他，就是被袁冰救下的那名战士！

袁雪梅代替母亲接过那名战士手中的骨灰盒，骨灰盒上父亲的遗像在向她微笑。她抱着那个黑色的盒子放声大哭："爸，我从未见过面的爸爸呀……我从走出家门找您的那天起，就想着有一天……拉着您的手回来见妈妈。可没想到，您竟然是以这样一种形式回家了。"她的眼泪顺着脸颊淌下，一滴一滴地落入泥土之中了。

袁冰的骨灰葬在了村西的山坡下，已经泛青的草丛中立起一块青色的石碑，石碑的上方刻着一枚红色的五角星，石碑中央的八个大字如干涸的血块——"袁冰烈士，永垂不朽"。石碑背面是他七言诗的最后两句——

麻栗坡下落冰日，
征人有梦归故里。

袁雪梅的母亲没有参加下葬仪式，只如一尊泥塑，远远地看着丈夫葬于故土之下了。第三天夜里，她睡下后再也没有醒来。她干枯的右手，死死地攥着那页已被战火烧得残缺不全的遗书。大家费了很大劲，也没将遗书完整地拿出来，最后将它与她的遗体一起火化了。她的骨灰连同那份已成灰烬的遗书，一同葬在了袁冰的身边。

袁冰的丧事全部办完后，章诗逸对袁雪梅说："爸爸这样也就可以安息了。肚子里的孩子，打掉吧。"袁雪梅猛地一掌将他打了一个趔趄，大哭着问："这孩子，连知道姥爷怎么死的权利……都被你剥夺了？"

不久后，孩子出生了，是个男孩儿，取名章显。章诗逸解释说："愿这孩子，将来能彰显他生命的本色……"

第十二章

刘天刚在军招所长久住下后，便也与这里的所有人混得熟了。人们喜欢他的勤快能干，也喜欢他的质朴憨厚。然而，他喜欢这里远比大家喜欢他更加热烈而执着。

他已把他住的那个房间当成自己的家了。他从花卉市场买来一盆君子兰，一盆茉莉花，一盆文竹，还有一盆绿萝，将它们摆在窗台上，整个房间立时生机勃勃，花香四溢。他还买来一套景德镇的陶瓷茶具，两包上好的茶叶，以及一盒中华烟，期待着每一位哥们儿来他"家"品茗抽烟，侃大山，扯闲篇。

这，小餐厅招待完两桌客人后，那个矮胖的大厨拉着他让他陪自己喝两杯。刘天刚说："陪你喝酒行，但酒后你陪我喝茶。"大厨爽快地答应了。酒毕，刘天刚拉着大厨来到他的房间。他沏下两杯只有半杯的茶水，一杯递给大厨，另一杯留给自己。他举起茶杯就像举起酒杯一样地向大厨敬茶："满杯酒，半杯茶，留下一半唠家常。"大厨呷下一口茶笑眯眯地说："好，今天就唠家常。你……想不想听，黄部长为啥认你当他的干儿子？"刘天刚一拍桌子笑了："我就是想听这段！"

那大厨五十多岁，当年工字楼还在日本人手中时，他被日本人抓了劳工，在工字楼专门为他们做饭，烹饪手艺历练得堪称一流。铁园解放后，工字楼划归H军，后改为军招所，他便被留在食堂，成为H军不穿军装的长期聘用人员。他对工字楼的历史，以及黄部长的隐私，甚至比本军的军官们知道得还要多……

黄家蝶部长的原名叫黄狗子。农村人给儿子起下的"狗"哇，"马"呀，"牛"哇等粗俗名字的用意再直白不过，愿他们像牲畜一样皮实健康，只需几把草就可以活下去。

黄狗子十七岁那年，一队红军队伍从他的家乡四川芦山一带经过，村里的人都跑出来看热闹。父亲拉着骨瘦如柴的他，也随在人群之中。那些穿着青灰色军服打着绑腿的年轻战士一路向前，后背插着大片刀，赳赳威武之势让黄狗子看得羡慕不已。父亲早已看出了他的心思，便拦住一名背着手枪的军官说："我这娃就要饿死了，你就把他领走吧。"那军官踢了黄狗子一脚问："你怕不怕死？"他说："我不怕死，不然在家饿也饿死了。"这之后，黄狗子就成为一名红军战士了。他随着这支部队，不停地翻山越岭，不停地涉水过潭，不停地长途跋涉，不停地与围追堵截的国民党军队战斗。一路下来，他跟随部队走完了长征路……

抗日战争全面爆发后，红军的主力部队改编为八路军。几支部队整合后成立了一个爆破连，黄狗子被抽调而去。爆破连连长姓齐，脸黑得像煤球，落上去八只苍蝇都看不着。几次训练下来，他发现黄狗子一拉起炸药包的雷管手就哆嗦不止，心里不悦，坚决要把这个狗子退回去。黄狗子嘻嘻一笑："齐连长，收了我吧。我会用牙咬。"

两年后，黄狗子脸贴着炸药包，牙咬着雷管，炸掉了敌人不少的碉堡工事。一次又一次的成功爆破之后，黄狗子有了"爆破大王"的美誉，提了排长。一年后，齐连长在一次战斗中牺牲了，黄狗子临危受命当上了连长。他带领爆破连在战场上所向披靡，声名大振。上级部门在他的连队召开现场会，让他介绍经验。他顽皮地笑了笑说："我有个毬经验哩，不过把炸药包当作姑娘的脸了，只有贴上姑娘的脸才能亲到她的嘴。这就是我的经验，你们谁敢？"

解放战争时期，这支部队编入第四野战军，打到了铁园市。黄狗子这时已是营长，黄营长了。

1948年秋天的铁园格外美丽，层林尽染的枫叶红透了大地也红遍了龙爪山，似乎预示着红旗将飘扬在铁园的龙爪山上。铁园驻军的解放军部队已发出全歼敌军、解放铁园全境的总动员令。

10月的一天夜里，战斗打响了。解放军以风卷残云、势如破竹的攻势将国民党军队打得四处逃窜、溃不成军。一小撮残敌最后龟缩在龙爪山山脚处，一个坚若磐石的碉堡里，碉堡中突然喷出的疯狂火舌，让只顾勇猛冲锋毫无防备的战士一排排倒下。已是怒火中烧、两眼喷血的黄营长让人给他送来了炸药包。他选好地形向碉堡匍匐前进，敌军丝毫没有发现他的到来。他把炸药包定位在碉堡的火舌之下，用两片厚厚的嘴唇咬破雷管的一瞬间，抱紧身体向一旁的沟里急速滚去。骤起的火海吞噬了碉堡，负隅顽抗的残敌在火海中烧焦。

黄营长安然无恙地站了起来，落满黑灰的脸上绽放出傲岸狷介的大笑。他被战士们抱起抛向了天空。战后，黄营长越过副团长，直接提任为团长。庆功会上，已成为团长的黄狗子喝了二斤烈性白酒，睡了一夜又一天，第二天晚上醒来后却去了窑子铺。

　　铁园西北的老城区有一条街叫作"窑街"，"窑街"得名于这条街聚集了形形色色的窑子铺。这里红火的皮肉生意，彰显着人性贪欲的无穷"魅力"。门前霓虹灯旋转，墙面粉饰考究的那栋小楼，进出的男人大腹便便，油头粉面，服装笔挺，皮鞋锃亮。窑姐儿自是花容月貌，青春年少。门脸不大、灯光不亮的两栋平房，显然适合消费能力一般的嫖客。窑姐儿虽有姿色，但已不年轻了。昏暗灯光下类似于车马店的几间小屋，有着"半掩门"或"租大炕"的"雅号"。来来往往的男人只消两张油饼或三个馒头，便可换取一场风流，一场销魂，一场胡乱的发泄。以身相许的窑姐儿年龄已大，自是谈不上什么姿色了。

　　夜色中，黄团长已经走进窑街，但他并非独自前往，而是带了一队荷枪实弹的士兵。他们的身影并不逍遥也不放荡，而是极其隐蔽、悄无声息。当他们如天降神兵般突现在小楼、平房和昏暗的小屋，突现在赤身裸体的男男女女面前时，这里炸窝了。平静下来后，老鸨、嫖客和窑姐分三个地方被看管起来。因为他接到了上级的命令，必须捣毁窑街的所有窑子铺。没费一枪一弹，那些人就举手投降了，个个面如土色，羞愧难当。老鸨被监禁了，嫖客被处罚了，窑姐受到一番重新做人、靠劳动自食其力的教育后被全部遣散。随着全国各地的窑子铺被捣毁，妓院及窑子铺在中国的国土上彻底绝迹！

　　但是，有一名窑姐没走，她找到黄团长后开口就说："我想参加解放军。"黄团长看了她一眼，但见这位姑娘二十岁左右，柳眉杏眼，薄唇圆耳，乌发如瀑。黄团长冷冷地说道："你不适合当兵。"窑姐的眼睛突然睁大了，一种奇异的感觉让她自己都感到惊讶。她发现眼前的军官极似自己的父亲——浮肿的脸，眯着的眼，还有那个像是被抽了条的矮小身材，特别是当年她被父亲当作童养媳卖掉，她淌着眼泪抓住门框执意不去时，父亲冷漠的语调和神态与这位军官别无二致。她捂着脸呜呜地哭了，断断续续地讲了自己是如何沦落到窑子铺的……

　　窑姐原名沈小花，因为家境贫寒，十三岁那年被卖到五十里地外一个殷实的家庭做童养媳。没想到三年以后，夫家那位未来的丈夫一场暴病死了。未来的公婆再不像以前那样待她了，甚至将她视为一种累赘。十六岁那年她离开了那个家，但没有回到父母身边。她觉得回去了只能让父母颜面全无，自己带给他们的更是一种负担。于是她只身一人来到铁园市谋生，却被人哄骗着走进了窑街，走进了窑子铺。老鸨见她天生丽质，便给她起了一个动听而美妙的名字——"沈非烟"。她一直没有放弃逃出这个淫窝的想法，但老鸨认为她是一株难得的摇钱树，早已安排人昼夜监视着她……

她泪水涟涟地讲到最后说:"解放军同志,是你们救了我,让我从此有了自由……可我却没脸回到老家见父母了。父亲要是知道我当了窑姐,他会打死我的……家爹呀,你就收了我当兵吧……"黄团长一惊,问道:"你叫我啥子?"沈非烟低着头说:"你长得……像我的家爹。"黄团长点燃一支烟说:"我讲过,你不适合当兵。愿意的话……就跟我走吧。"

黄团长把沈非烟带回部队后,及时向领导做了汇报,特意说明了她的不幸身世。领导说:黄狗子哟黄狗子,你无论走到哪里总有意外的收获。因为愿意与炸药包亲嘴,竟然成了战斗英雄。让你去捣毁窑子铺,你却领回个窑姐。他摇着头说:"首长,沈非烟现在不是窑姐,她从良了。"领导说:你把沈非烟带到部队来,让她睡哪儿?干脆你娶了她吧,只是你娶了她怕是名声不好。他拍着腰里的手枪响亮地问:"首长你说,我们手里的枪是不是解放穷人用的?"领导点点头。他又问:"沈非烟是不是穷人?是不是让老鸨逼良为娼的?"领导又点点头。他梗着脖子说:"我又没娶地主资本家的女儿,只是娶了一个农民的闺女,一个被人骗到窑子铺的从良窑姐,有什么名声不好的?"

在全国解放的喜庆日子里,黄团长在工字楼举办了与比他小十多岁的沈非烟的婚礼。

婚后甜蜜的日子里,沈非烟仍然对他一声一声地叫着"家爹"。黄团长不耐烦地说:"我不是你爹。我有名字,叫黄狗子。"沈非烟笑弯了腰:"堂堂一个团长叫黄狗子,我叫不出口。"黄团长叹道:"我是该有个官名了。"沈非烟想了片刻说:"要不将'家爹'改一个字,叫家蝶如何?"他问:"什么蝶?""当然是蝴蝶的蝶啦。""不行,这是个女人的名字。"沈非烟莞尔一笑:"我愿做一朵为你绽放的花儿,花蕊中的蜜,只供你这只蝴蝶采。"他朗声大笑:"算毬了,老子以后就叫黄——家——蝶!"

婚后三年,沈非烟的肚子丝毫没有隆起的迹象,这让黄家蝶的心里忐忑不已。这天,他换了套便装领着沈非烟去看中医。那大夫把过沈非烟的脉后,便让她到另一个房间回避。大夫问:"先生,您夫人从前是做什么工作的?"他直言不讳地说:"窑姐。"大夫叹道:"贵夫人冲任不调。"黄家蝶问:"啥子意思?"大夫说:"她入了窑子铺后,被老鸨偷偷下了终生不孕的绝育药。也就是说,贵夫人永远不可能怀孕了。"黄家蝶失望地摇了摇头,领着沈非烟回家了。

第二年春天,市中心医院的一名护士抱着一个刚刚出生一个月便被母亲遗弃的女婴,送给了黄家蝶和沈非烟,两口子给这孩子取名"黄圆圆"。黄圆圆一天天长大后,黄家蝶更急切地想抱个男婴,可是一直未能如愿。这之后黄家蝶的思路开始转变，莫不如从黄圆圆的同学中找一个没有父亲的孩子认作自己的干儿子？然而依旧未能如愿……多少年来，他一直没有放弃收养一个男孩子的想法。正在这时，寻找军人父母的刘天刚来到了他的面前……那天庆功会的晚宴后，他认下了刘天刚做自己的干儿子。他扶起跪在自己面前的刘天刚说："干儿子呀，你多会儿找到自己的爹妈了，我就把你还给他们……"

大厨讲到最后问："天刚，你知不知道你现在住的房间，三十多年前住过谁？"刘天刚摇了摇头。大厨说："这间屋子，当年可是黄部长与沈非烟结婚时的洞房啊！"说完后，他拍拍屁股走了。

刘天刚却怔在那里了。他这时才明白，黄部长认下自己做干儿子的真实原因，以及自己现在住的这个房间，曾经是干爸温馨而浪漫的洞房。在这之后每每再走进这间屋时，他便有了一种甜蜜的感觉，甚至想，我真是傻透腔了。当初胡管提议让自己接对象来军招所同住这个房间时，为什么就没有应承下来？单纯得像白痴一般，以生活作风为由回绝了人家的一番好意。如果早点儿知道这个房间是干爸的新婚洞房，说不定这里，已经是他和毛小毛的洞房了……

孙军长赴京任职后，他的那栋小楼便空了下来。按照相应的待遇，几名军职领导早已住进了小楼，分配的指向便圈定在三名司令部、政治部、后勤部领导的身上了。新上任的郝忠玉军长果断拍板，将孙军长住过的小楼分给了后勤部部长黄家蝶。理由很简单，黄部长是H军唯一的老红军，当年的"红小鬼"也该享受军职领导的待遇了。

黄家蝶的家当很快被警卫连的战士搬进了那栋小楼里，余下的细活，他找来了干儿子刘天刚帮忙。

周日这天，刘天刚走进黄部长家时，才真正领教了人们常说的"将军楼"是个什么样子。进屋后便是一个很大的客厅，一大两小相对而放的黑反沙发中间摆着一个茶几，上面放着一个方方正正的红灯牌收音机。客厅的隔壁是书房，一张很大的双屉书桌，还有两个书柜。最里面是一间随意休息的卧室。一侧是个小餐厅，摆着一张餐桌和几把椅子。顺楼梯上到二楼后，是一个长长的走廊，走廊一侧是三个并排的房间，有主卧、次卧，还有一个起居室，走廊的尽头是卫生间，一个能躺下一个人的白瓷浴盆已不那么洁白了。

沈非烟穿着睡衣从楼上慵懒地走下来后，算是见过丈夫的干儿子，之后又回到楼上休息了。刘天刚看过所有房间后，对于该干的活，心里已经有数了。他脱掉上衣捋起袖子，该爬高的地方爬高，该钻到桌子底下就钻进去。两天以后所有的房间都变了样，客厅窗明几净，厨房、卫生间洁白如雪，各种家具摆放齐整，纤尘不染。

　　黄部长看在眼中喜在心里，亲自下厨炒了四个菜。父子二人刚刚举起酒杯，黄圆圆回来了。黄部长招着手让黄圆圆坐下后已是满脸笑意了："女儿啊，你来得正好，我给你俩介绍一下。"他首先介绍了黄圆圆，本军医院的一名护士。紧接着又介绍了刘天刚，一个来到铁园寻找抗美援朝期间失散父母的退伍兵。之后问道："圆圆，爸爸认天刚为干儿子了，你没啥子意见吧？"黄圆圆两手一合笑道："爸呀，我怎么能有意见呢？你朝思暮想地想有个儿子，这回有了，可喜可贺。"黄部长努着嘴说："那你就陪我们喝一杯？"黄圆圆顺手拉过椅子坐下后说："我正好没吃午饭，就蹭一顿吧。"刘天刚迅即拿来碗筷摆在黄圆圆面前，之后又拿来一只酒杯，将酒斟满。

　　黄圆圆举起酒杯嘻嘻一笑："这杯酒敬你们父子二人，愿你们情深意笃，父寿子孝。"三人举杯喝下。黄部长给黄圆圆和刘天刚又斟下一杯酒后说："你俩干一杯吧。"刘天刚有些紧张，手碰歪了杯子，酒就溢出来了。黄圆圆拿起酒瓶将他杯里的酒补满后举起杯子说："本人1953年生，属蛇的。你呢？"刘天刚说："我属龙，1952年生。"黄圆圆说："看来我该问你叫哥了。哥呀，你今后真的找不到父母的话，这儿就是你的家了。"刘天刚点着头，才正眼看了对面的黄圆圆——圆的脸、圆的眼、圆的唇、圆的耳，露出的小臂都圆得玲珑剔透。刘天刚心想，难怪她不叫别的名而叫圆圆呢。

　　黄圆圆喝了两杯酒吃完饭后，就端着锅里特意留出的饭菜，上楼送给母亲沈非烟去了。楼下的餐厅里，黄部长与刘天刚不紧不慢地喝酒吃菜。三杯酒下肚，黄部长问道："干儿子呀，工作的事着急了吧？"刘天刚摆摆手说："不急的，干爸，援朝帮我安排了……"

　　郝援朝和刘天刚在军招所帮厨后的第二天，郝援朝就领着他去民政局下属的退伍军人安置办报到。接待他们的是一位四十岁左右的女同志，说话间，她很快对二人的材料进行了审核及甄别。郝援朝的手续正常，分到了市电子局。刘天刚的手续却遇到了麻烦，那女同志招招手将他叫到面前说："你当兵所在地民政局邮来的材料表明，你是从黑龙江省克山县入伍的。退伍后来到铁园异地安置的理由是，你父母在铁园市，你是来投靠他们的。这样的话，你必须出示你父母的户口本和工作单位的证明。"刘天刚一听就懵了。一旁的郝援朝连忙解释说："刚才来得急，忘带户口本了。"女同志盯着刘天刚问："那你父母叫什么名字，在哪个单位上班？"刘天刚的额头渗出丝丝冷汗，自是无言以对了。郝援朝应道："他父母的工作单位变动了，回家问清了我们再来。"说着，拉起刘天刚就往外走。背后传来女同志饶有兴味的送别声："父母的名字也变动了不是，也需要回家问清吗？"

几日后，郝援朝找到了他的中学同学，民政局的一位处长。处长约了退伍军人安置办主任，在一个晚上同赴郝援朝的宴请。郝援朝身边坐着刘天刚，四个人开怀畅饮。席间，郝援朝毫不隐讳地将刘天刚是自己战友，来铁园为找他抗美援朝战争中失散父母的目的如实道来。

安置办主任耐心地听完后说道："刘天刚的情况，下边的同志跟我介绍过了。但介绍的与你所说的不太一致，下边的同志说刘天刚来铁园是投靠父母的，你说他是来找父母的。这'投'和'找'可是两个概念。'投'，我们可以接收，但要出具父母的户籍资料。若是'找'，可就彻底没戏了，不管你找谁，国家没这项政策。但考虑刘天刚来铁园找抗美援朝战争中失散父母的具体情况，以及铁园市离中朝边境并不远，形成了他找父亲的有利条件，我们就作为一个特例，按本地入伍的退伍军人收了他，农村户口变为城镇户口，户口就落在铁园市。至于工作嘛，我的能力有限，安排在街道的五七工厂，毕竟那些工人不受劳动局指标的限制。处长您看，我这么安排如何？"处长微笑着点点头。刘天刚悬着的心终于落地了，站起来双脚一磕，向主任和处长分别敬了一个军礼，而后豪壮地一口气喝下五杯白酒。回到招待所后，人事不省地睡了一天一夜。

一直关心干儿子工作安排的黄部长，几天后将郝援朝找到自己家问情况。听说刘天刚的工作被安排到五七工厂了，扬起手就冲郝援朝掴了一掌："臭娃子，那种街道的五七工厂还叫工厂？放个屁就能给它崩倒。"郝援朝双手一摊："我是虱子长疥疮——就这么点脓（能）水了。"黄部长使劲拽了拽自己浮肿且没有多少弹性的脸说："为了干儿子的工作，我就舍一回老脸吧。"

之后，他找了拖拉机厂的马厂长，说明了自己的干儿子刘天刚——部队退伍的坦克驾驶员，来铁园找他抗美援朝期间失散的军人父母的情况，希望马厂长能收下他的这个干儿子。马厂长说："老首长，我就喜欢当过兵的人，尤其喜欢当过坦克驾驶员的兵，开坦克和拖拉机可是大同小异呀，我同意收下他了。但是劳动局必须批给我指标，而且这个指标是戴'笼头'的，就是你干儿子。我听说您跟劳动局局长关系不错，您去找找他？"黄部长点点头说："嗯嗯……我和他是湖北老乡。"第二天，黄部长来到了劳动局局长的办公室，一番寒暄后，便说明此行之目的。劳动局长二话没说，就将非刘天刚莫属的指标批给了拖拉机厂。

黄部长和刘天刚边喝边唠，不觉间已喝下两瓶酒了。当刘天刚听说自己的工作，因为干爸的帮忙已由街道五七工厂变为拖拉机厂了，兴奋得已是满脸涨红。他努力平复着激动不已的心情，顺手就要打开第三瓶酒，黄部长却按住他的手说："儿啊，不喝了……爸困了……"刘天刚突然想起别人讲过干爸喝酒的规律：一人喝酒像喝药，两人喝酒好睡觉，一桌人喝酒永不醉。

  他搀起干爸走进一楼用于临时休息的卧室，扶着他躺在床上，拉过被子盖在了他的身上。黄部长撩开被头呜噜呜噜地说："明天……你就去拖拉机厂报到吧。我跟马厂长说好了……"刘天刚心里一松，也栽倒在床上了。

  父子俩鼾声大作，一觉睡到第二天太阳出来的时候……

第十三章

　　下午，刘天刚才真正感觉到肚里的酒已消失殆尽，完全可以神清气爽地去见马厂长了，便急急忙忙去拖拉机厂报到。

　　马厂长在自己的办公室单独接待了他。刘天刚一进门便双脚有力地一磕，向马厂长敬了一个军礼。马厂长摆摆手说："知道你小子当过兵，手放下吧。"

　　退伍来到铁园后，刘天刚敬军礼的次数，比在部队更加频繁也更加庄重了。刚到铁园时，无论男女老少、长幼尊卑，只要相逢，他都会热情而诚挚地去打招呼去握手。后来发现，有些人对他的招呼并无回应，倒也罢了，可伸出去的那只大手，许多人都不情愿与他相握，那手怎么伸出去又怎么缩回来的感觉，不比被人抽了两个嘴巴子更好受。后来他悟出，礼数的套路不在于亲昵如蜜、勾肩搭背，而在于不远不近若即若离中给予对方充分的尊重和亲近，便改为以军礼示人了。也许人的一生中，没有几个人真正接受过别人敬献自己的军礼。于是刘天刚那傻乎乎的军礼，瞬间就破解了他与人初次见面时的所有难题和尴尬。

　　身材魁梧，方脸厚耳，声如洪钟的马厂长，却对他的军礼不屑一顾，这让他感到有些不知所措。临来时，干爸黄部长跟他说，军后勤部与拖拉机厂是军民共建单位，部队烧柴油的汽车都在拖拉机厂保养和维修，而拖拉机厂的民兵训练则由部队承担。马厂长显然不适合撅着屁股匍匐在地上打半自动步枪，黄部长就拉着他到僻静处去打手枪。二人间常搞些射击比赛，马厂长自是甘拜下风。军地双方互通有无、真诚合作的关系极为融洽和密切，黄部长与马厂长的感情更是与日俱增，成为无话不说的好朋友了。

　　厂机关是一栋平房，但见门外不断有人路过。有些人假借工作为由，穿梭于厂长办公室门口时，便抻脖探头地往门缝里瞅，无非是想搞清新入厂的刘天刚究竟什么来头，又是个什么鸟？这个厂子的经济效益和职工待遇声名远扬，誉满全城。别的不说，就说住房——其他厂子尚在发愁现有住房难以满足已婚男职工的需求时，这个厂子已开始分给非双职工为本厂，且男方无房的本厂已婚的女职工了。成为拖拉机厂的一名职工，几乎成了铁园市绝大多数年轻人的梦想。

马厂长指指沙发，刘天刚坐了下来。马厂长问："听黄部长说，你到铁园来是为了找抗美援朝中失散的军人父母？"刘天刚点点头。马厂长继续说："给我开小车的张安东也一直在找他的军人父母，他们也是在抗美援朝战争中失散的。还真巧了，我们一个小小的拖拉机厂，竟有两个人都在找抗美援朝战争中失散的父母。"刘天刚愣了一下，没有说话。

"工作的事，你有什么想法？"马厂长问。刘天刚站起身来敬礼道："厂长，我没有想法，听您安排。"马厂长摆摆手说："此礼我领了。那你就先下车间锻炼一段时间吧，熟悉熟悉厂子的情况。以后嘛，你的工作可能还要调整。"随后抄起电话找来了劳资科长。劳资科长进屋后，马厂长指着刘天刚说："把他分配给初装车间钳工工段。你去把车间张主任找来，我亲自给他交代一下。"劳资科长说，张主任这两天家里有事没来上班。马厂长拍着脑袋说："噢，对对，这事我知道，那你把瘦狗找来吧。"

瘦狗不是狗，是人，是钳工工段的工段长。但是"瘦狗"这绰号之所以被叫响，以至他的本名几乎被人们所遗忘，完全是因为马厂长在一次全厂职工大会上的讲话……

两年前夏季的一个午后，全厂召开半年总结大会。仿佛生来就该当领导的马厂长往台上一站，那魁伟的身板就散发出巨大的气场，覆盖了台上也覆盖了整个会场。刹那，乱哄哄的会场已是井然有序、鸦雀无声了。

马厂长对上半年的生产做了全面的总结，又对下半年的生产做了详细的安排后，语速就放缓了，讲了几天前发生的一件事。一名长得极为漂亮、身材修长的女职工，因为去食堂打饭时，炊事员少给了一勺菜就记恨在心。吃完饭，她将那名五十多岁的女炊事员叫到食堂后面，抡圆了巴掌将那名跟她母亲一般年龄的炊事员打得鼻口蹿血，跌倒在地。围观的人很多，却无人敢拦。

只有一名男职工走上前去劝道："姐哟，不就是一勺菜嘛，小弟以后打的菜给你一半。"说着便将女炊事员扶起，又冲那名漂亮的女职工晃了晃手中的饭盒。那女职工一挥手打掉他的饭盒斥道："你的饭盒只能装狗食，我嫌它臭！"男职工捡起饭盒后说："姐哟，你嘴干净点儿，谁说我的饭盒只能装狗食啦？"女职工越发恶语相加："说别人能对得起你？你就是条缺爹少妈的狗，愿意叫唤就回家自己叫去!"但见被激怒的男职工疯了一般冲上前去,一只手猛地从她衣领处掏进她的胸里,三下五除二将她的乳罩拽了出来,严严实实地塞进了她的嘴里,未塞进去的乳罩肩,垂在了她的嘴角处……

马厂长最后说:"我要表扬这名男职工路见不平的义举,也要批评他行为不当的过失。希望这名职工从中吸取经验教训,成为新时代的一名好工人。他的名字叫……"马厂长龇牙咧嘴,挠头不已,继而又说:"他的名字叫……'显然,他一时想不起这名职工的名字了。会场一片寂静,都期待着那位义举与过失并存的男职工之名尽快从马厂长的嘴中说出来。马厂长再也承受不住这种寂静给他带来的巨大压力了,拍着桌子大声说:"他的名字叫……瘦狗!"

会后,那名女职工的大名很快被大家捕捉到了,她叫甄美丽。然而她漂亮的脸蛋和美妙的名字,却对她的所作所为截然相反,没有人同情她。尽管人们对瘦狗的评价尽管褒贬不一,但一多半的人向他伸出了大拇指。可瘦狗还是觉得这次大会之后,他的损失远远大于甄美丽,她至少还保留着那个光鲜亮丽的名字甄美丽,而他却变成一条十足的瘦狗了,不光是厂长忘了他的本名,自此之后,大家都记不起他的本名了,甚至就连他本人对自己的本名也感到陌生了。有一天,厂子播音室的大喇叭喊瘦狗的本名说门卫室有人找,喊了半天,他竟然毫无反应。播音员只好大声喊道:"瘦狗同志,门卫室有人找你!"但见瘦狗像狗一般,呼啦啦地从初装车间跑了出来……

三天后的这个下午,瘦狗走进了马厂长的办公室。看着他气哼哼的样子,马厂长已明白他此行之目的了,诚恳而懊悔地说:"我的讲话害你丢了名字,影响已无法挽回。这样吧,你以后可以不叫我马厂长,叫老马。你是狗我是马,都不是人类了。咱俩是不是就算扯平了?"瘦狗心中的闷气顿时化为乌有,大笑着说:"马厂长……老马……你叫老马?哈哈哈,老马呀老马,我是不是可以不分有人无人、人多人少,任何场合都管你叫老马?"马厂长点点头郑重地说:"你可以在任何场合都叫我老马,就像大会上我叫你'瘦狗'一样。"

瘦狗"咣咣"敲了两下门,就走进了马厂长的办公室。一事能狂便少年的气度,显现得淋漓尽致。

他长了一副比实际年龄还要年轻的娃娃脸,身材又瘦又高,走起路来有些晃也有些飘。那种晃和飘的状态,完全起伏摇摆于两个肩膀之间。

瘦狗站定后大声问道:"老马,你找我什么事?"马厂长指着刘天刚说:"他是新报到的职工,名字叫刘天刚。工作嘛,暂时先去初装车间的钳工工段吧。"瘦狗斜着眼看了刘天刚一眼就伸出了手,两人的手握在一起时瘦狗说:"你什么来头哥们儿知道。你当过兵，到铁园来干什么哥们儿也知道。喝酒咋样？"刘天刚点点头说："能对付两杯。""那好。"瘦狗说，"晚上有人请你喝酒。老马，给我撑个面子，陪我们弄两杯？主陪靠威望，你是主陪！"马厂长摇着头笑了："我当不了你的主陪。晚上可别喝大了，影响了第二天的工作我可是不答应的。"瘦狗拍着干瘪的胸脯说："放心吧，老马。狗的本性是平时叫得欢，关键时刻最忠实也最听话。"

瘦狗领着刘天刚来到钳工工段与大家见过面后，也就到下班的时间了。之后，二人一同去了厂子对面的一家饭店。走进包间时，刘天刚愣住了，黄圆圆一身便装坐在屋里。显然，这酒席是她安排的。

就在今天早上，瘦狗刚刚走进车间，就接到了昔日同窗黄圆圆的电话，说她的哥哥刘天刚下午要去拖拉机厂报到。晚上必须找个饭店安排一下，三人热热闹闹地喝一顿，庆祝哥哥有了工作。论酒量，圆圆只能喝二两。但与瘦狗对杯，常有"貂裘换酒也称豪"的气度，有时也能与他推杯换盏，不相上下。

这时，酒菜上齐了。瘦狗让黄圆圆做开场白，黄圆圆示意他来。瘦狗也不推让，挺起干瘪的胸脯说："壶里乾坤大，杯中日月长。为了天刚走进拖拉机厂，开喝！"顿然间，三只酒杯已是杯清见底了。黄圆圆给三个空杯斟满酒后，爽快地举起第二杯酒说道："敬两位哥哥一杯。我觉得咱仨人的命运特别相似，刚哥和我长这么大，就没见过亲生父母，狗哥也一样，长这么大没见过他爸。中国近十亿人，咱们仨人能坐到一起就是缘分了。为了缘分，再干一杯。"三人又一饮而尽。刘天刚起身倒酒，边倒边看着瘦狗问："师父，你真的自小到大没见过父亲？"瘦狗沉着脸没有说话。一旁的黄圆圆说："他父亲也是名军人。"刘天刚小心翼翼地问："师父，你爸在……？"瘦狗摇摇头没有说话，猛地抓起一杯酒像喝白水一般喝了下去……

黄圆圆和瘦狗是小学同学，不仅是同班，还是同桌。瘦狗比黄圆圆大三岁，他晚了两年上学，而黄圆圆却早了一年。按照瘦狗的说法，这就是老天冥冥之中特意做了安排，让他们必须相逢相识于偌大的世界之中。他晚就学两年是放缓了脚步等圆圆，而圆圆早入学一年是为了加快步伐去追他。于是二人成了可以相互替写作业的同学，也成了无话不谈、肝胆相照的朋友了。

那是刚上小学五年级的第一个学期，语文老师上课时布置了一篇作文《我的家庭》。没想到瘦狗将那篇作文写得情真意切，一气呵成。再上课时，老师就把他那篇作文当范文在班里念了。念完之后，老师把他叫起来问道："你这篇作文写得非常好，把你与母亲相依为命的感情写到了极致。但是……为什么整篇作文没写你爸?"他低着头说:"我没爸。"老师又问:"你爸呢?"他没回答,"扑通"一声就坐下了,之后偷偷抹起了眼泪。

这一感情的骤变谁也没有注意,唯独同桌的黄圆圆看在眼里。她从未见他掉过一滴眼泪,即便被人打了也是宁折不弯。然而他此时哭得是那样的痛苦和悲楚。就在那一刻,她想起了爸爸曾经交给她的一项任务,就是从她的同学中选一个没有爸爸的男孩子做他的干儿子。回家后,她就跟爸爸说起了瘦狗,也说到了他的那篇作文以及他的哭。黄部长叹了口气说:"这娃子的哭都是因为没有爸呀。这样吧圆圆,你明天放学后把他领咱家来,如果他没有爸,我就做他干爸!"

第二天,黄圆圆领着瘦狗来到家中。黄部长笑眯眯地拉着他坐到沙发上后问:"娃子,你没有爸吗?"他说:"也算有,也算没有。"黄部长给他递过一杯水又问:"啥子叫也算有也算没有?"他低着头说:"有。但我从来没见过他。"黄部长再问:"说说看,你爸是干啥子的?""听我妈说,我爸是个当兵的。"黄部长眼睛一亮,饶有兴趣地继续问:"那就是说,过去打仗时,你爸跟家里失去联系了,现在还没找着?"他点了点头。

过了一会儿,黄部长又问:"娃子,你今年多大啦?""十四岁。"黄部长心里盘算了一下后再问:"那就是说,你们娘儿俩和你爸失去联系的时间,应该是在全国即将解放的那段时间。你知道你爸现在在哪个省哪个市哪个区域吗,有没有个大致的方位?"他犹豫了再三才说:"我爸没在哪个省也没在哪个市……他在台湾。""在台湾?"黄部长突地站了起来:"照这么说,你爸是个当兵的不假,但是个国民党兵。是新中国成立前夕随国民党军队逃到台湾的一名军人?"他看着伯伯突变的脸色,心里就打起了小鼓,真的不知道该如何回答他的问话了。

在他童年之时,每当大陆对台湾的大小金门岛进行炮击时,母亲总是趴在收音机旁从头至尾地听完,那表情异常复杂也异常焦虑。他多次问过其中原因,母亲总是摇头不语。终有一天,母亲被他追问得实在没有办法了,眼睛暗了一下说:"其实你爸……也在台湾挨大陆打过去的炮弹哪。"他惊讶地问:"我爸在台湾?他在那儿做什么……"母亲以手帕捂着嘴剧烈地咳嗽起来,没有回答他的问题。他看见母亲的手帕上,浸渍着斑斑血迹……

这时,黄部长冲黄圆圆使个眼色。之后,黄圆圆打开大门,瘦狗就跟在她的身后灰溜溜地走了。

多少年后,黄部长由喜转惊的眼光,以及自己即将成为他的干儿子,继而又被逐出大门的巨大反差,在瘦狗心里留下了挥之不去的阴影。直到母亲去世前,他才真正明白了父亲在台湾的真实身份……

瘦狗这时拿过酒杯又要喝酒,却发现杯子空了,顺势抓起酒瓶就要往嘴里灌。刘天刚握住他的手说:"师父师父,你要喝酒我给你倒杯里,我陪你喝。"瘦狗不耐烦地说:"倒,快倒,喝完这杯酒我给你们讲我那个爹。你们不就想知道他是干什么的吗,刚才我不想说,现在想说了。就凭黄部长把我当成国民党的狗崽子,我也该说话了。倒酒哇,你还愣着干什么?"

瘦狗与刘天刚喝下一杯酒后,大颗的眼泪如黄豆粒般滚落下来,随后谈起了他的母亲……

很多年前冬天的一个傍晚,面色苍白的母亲下班后刚一走进家门,就跌倒了。儿子慌忙将她扶到床上躺下,但见母亲大口大口地吐着鲜血,儿子用脸盆接住母亲口中吐出的翻着气泡的血汁,将近一碗时,母亲连吐血的气力都没有了。她睁着一双毫无生气的眼睛说:"儿啊……妈这病都是想你爸,为他担惊受怕得下的呀。妈可能要不行了……妈走前告诉你一句话……你爸不是国民党,他是……共产党员。"说完后,她就一口一口地捯着气闭上了眼睛。儿子抱着母亲大哭:"妈妈,你不能走……你走了我怎么办哪?妈,妈,你醒醒……醒醒啊……"过了一会儿,母亲缓缓睁开双眼,用一缕破布抹净嘴角的血汁竟然坐了起来,一种生命回归的奇迹骤然而现。她拉着儿子的手,断断续续地谈起了她的丈夫,她的家……

她的丈夫叫杨天陆,于抗日战争的最后一年参加了八路军。解放战争中,按照组织的安排,他潜入国民党军队中成了一名地下工作者。1949年春天的一天夜里,穿着一身便装的杨天陆回家了。她又惊又喜地扑进他的怀里问:"你终于脱掉军装回来了。看来祖国真的要解放了,这以后你就不走了吧?"杨天陆紧紧搂住她,贴在她的耳畔小声说:"我还得走。今夜我穿着便装回家,为的是不暴露我真实的身份。现在我只想跟你告个别,还想在大陆留下个我们的后代……三天后,我将随国民党撤离大陆的部队去台湾了,继续我的地下工作,这是上级的命令。今后我们将天各一方,再难见面,也不能相聚了。"

第三天夜里,杨天陆依依不舍地走了。临走时,杨天陆深情地吻着她的额头,泪流满面地说:"我违反组织纪律了。把上不告父母,中不告配偶,下不告儿女,只有自己知道的秘密全都告诉你了……我对你只有一个要求——今后就是刀架在脖子上也不许告诉任何人这个秘密,包括我与你生下的后代……"

儿子静静地听着母亲的每一句话,杨天陆是他的父亲,他是杨天陆的儿子。他觉得母亲还有更多的话要说,因为她已经恢复了以往的神态,可是他并不知道这是母亲临终的回光返照。她的眼光已如渐熄的油灯一般暗淡下去,说话的声音越来越小了："儿啊……妈就像你爸一样，也违反组织纪律了，将你爸的真实身份告诉你了。儿啊记住，你不要把妈告诉你的话说给任何人。还有，妈最终的愿望是将来和你爸葬在一起。你把妈的骨灰埋得浅一点儿，到时候不用费力就把妈挖出来了……好啦，妈累了。"母亲说完后，嘴里吐出一口黑色的血汁就咽气了。

瘦狗抹净脸上的眼泪问："圆圆，天刚，哥今天终于把憋了十多年的话说出来了，是不是也违反组织纪律啦？"见二人没有回答，他苦笑着说，"我知道你们没法表态，因为你们是共产党员，可我不是。我到今天写了三十份入党申请书了，都没人回应。"停了停，他指着拖拉机厂的方向继续说，"实不相瞒，我死去的妈叫方欣，生前也是一名共产党员。她的骨灰我根本就没埋，就锁在我的工具箱里。明天早晨一上班，我就打开工具箱向她忏悔，我把父亲的真实身份告诉了两名共产党员。我相信妈妈会原谅我的。"

说完后，他抓过酒杯又要喝。刘天刚拦住他劝道："师父，别喝了。"他推开刘天刚的手说："凭什么不喝，我今天非要喝个一醉方休！"说完，一仰脖又将一杯酒干了。刘天刚紧紧握住他的手说："师父，你是军人子弟！"瘦狗的脸由红变白，甩开刘天刚的手用力拍着桌子说："军人子弟？我这样的军人子弟谁愿意当？谁愿意当，我跟他换！哪怕我是个沿街要饭的乞丐也认了。只要有爹有娘就行，只要能当着所有人的面说我爹是干什么的就行！"说完之后抓起空酒杯猛力掷在地上，嘭的一声响，酒杯的玻璃碎片飞溅而起。刘天刚俯下身来及时将地上的玻璃碎片收拾干净后，倒下一杯茶水送到他面前说："师父，你冷静冷静，喝杯茶吧。"瘦狗一扬手将茶水倒掉后吼道："换酒！"刘天刚只好将那杯子又倒满了酒。瘦狗咕咚一声又将酒干了。

他指着刘天刚说："不错，你是个军人子弟。不也成天忙着找爹找妈，摇尾乞怜，跟我一个狗样！我们这种军人子弟到底有什么？不是无父就是无母，再不就是父母全无，浑身上下就剩下军人子弟这张皮了。"他转过脸看着黄圆圆继续说，"不错，你才是个像模像样的军人子弟，在部队大院长大，有家回，有人等，有饭吃。活该像我和天刚这样的军人子弟们倒霉，个个都是'人言落日是天涯，望极天涯不见家'的流浪狗！"

他说着说着又抹起了眼泪。黄圆圆扔给他一方透着香气的手帕说："你还是个爷们儿不？把眼泪擦了。"瘦狗擦着眼泪却破涕为笑了："只可惜我妈讲我爸的故事太晚了，她要是早点儿告诉我，我爸是个打进国民党内部的共产党情报人员，说不定我早就是黄家蝶的干儿子了。那我们今天坐在一起的意义可就不一样了，我们共同的父亲叫黄家蝶，我们是不同姓的兄妹三人。不过这也知足了，我

脚印

113

今天终于混进军人子弟的队伍里了。为了我也是个军人子弟，再走一个！"

他有些抖动的手刚拿起酒杯，杯子却没拿稳掉在桌面上，杯中的酒全部洒光。黄圆圆叹了口气说："都这德行了还喝，喝死了没人埋你。"瘦狗瞪着眼睛说："喝，必须喝……酒有凌云志，喝死算烈士。谁不喝谁是小狗。"他将自己的杯子再次倒满酒后，一仰脖又干了。他撂下酒杯就再也不说话了，歪着头靠在椅子上，两只胳膊无力地垂了下来，像一捆散开的玉米秸。

黄圆圆去柜台结了账，刘天刚背着瘦狗走了出来。他们从饭店后边的二马路径直走了三分钟拐了个弯，就来到一栋破旧的住宅楼里。上了四楼，黄圆圆摸遍瘦狗的衣兜掏出钥匙打开了房门，这便是瘦狗的家了。这房是瘦狗母亲的，她去世后，瘦狗独自一人住在这里。只有两室的房子中，一室为客厅，一室为卧室。客厅摆着一张饭桌，一张书桌和几把椅子。除此之外还有一个硕大的书柜，上面分门别类地摆满了各种书籍。书本中夹着的不同标签显示，此书柜绝非摆设，看来里面的每一本书瘦狗都读过了。卧室有一张双人床和一个破旧的衣柜。

刘天刚背着瘦狗走进卧室，将他轻轻放到床上，为他脱掉鞋子和外衣，而后盖上被子。瘦狗这时醒来了，迷瞪着眼睛对刘天刚说："走吧走吧，你送圆圆到家……她也喝多了。"刘天刚和黄圆圆刚走到门口，瘦狗晃了晃手又说，"天刚，明天的班儿可别误了点……"

二人下得楼来走出去不远，一阵晚风飒飒袭来，黄圆圆的脚步已是踉跄摇摆了。刘天刚顺势将她扶住，黄圆圆便也软软地倒在他的怀中。他忽地感到有些紧张，又有些酥软。黄圆圆在他怀中挣了一下说："哥呀……我们走吧。"刘天刚看着延伸而去的路灯问："回医院？"黄圆圆说："晚上没有我的班。""那我送你回家？"黄圆圆摇着头说："不了，爸妈这时都睡下了。他们最看不得我醉酒……去招待所吧。"

他们来到了军招所。刘天刚扶着黄圆圆坐在前厅的沙发上起身要走，黄圆圆低着头一把抓住他的手问："干什么去？"刘天刚说："我去找胡管，给你安排个房间。"黄圆圆摆了摆手："没必要惊动他，我……去你房间吧。"

刘天刚挽着她走进房间，打亮了灯。黄圆圆说："我知道这房间有两张床，你睡你的床，我睡另一张。"刘天刚慌了，也不知她说的是真话还是酒话。"我住这儿不为别的，"黄圆圆说，"因为这间屋曾是爸妈新婚的洞房……哥呀，铺床，妹要睡觉了。"刘天刚心想这妹子也真的豪放不羁，只有恭敬不如从命了。他便将另一张床上叠得方方正正的被子打开铺好，之后又从自己的提包里找出一块崭新而洁白的手巾，铺在枕头上当枕巾。

刘天刚闭了灯，二人各自睡去，一夜无话。

第二天一早，刘天刚醒来时，但见秀逸丰姿的黄圆圆侧身向墙还在熟睡。裹在被子之中的整个身体犹如一幅优美的画卷——平整的肩部之下是跌入谷底的细腰，之后如峰峦一般的臀部，再之后便是河流一般漫漫延长的两条腿，不禁多看了两眼。

他终于稳住神后，便拎着暖壶去水房打水，却碰见了胡管。胡管把他拉到一边小声问："听说昨晚黄部长的千金来招待所了，你们睡一块儿啦？"刘天刚盯着他反问："啥叫睡一块儿啦？就好像我俩睡一张床上了。跟你讲，我俩是兄妹，一人睡一张床。"胡管点着头笑道："是兄妹。因为你们共同的父亲是黄部长，可你姓刘，你妹姓黄。"刘天刚沉着脸已是凛然正色了："胡管，你可真是胡管事了。这事一旦传出去，坏了我的名声是小，坏了圆圆的名声就等于坏了黄部长的名声。"胡管顿时忙乱起来，一会儿正正军帽，一会儿又抓抓军装，清了清嗓子说："天刚，我吃豹子胆了敢传这事？可招待所不止我一人知道，我能管住自己的嘴，还能割掉别人的舌头？""此话到此为止。"刘天刚摆摆手转了话题，"有件事麻烦你一下，早餐给我备两份。"胡管一拍大腿说："备八份都行啊，昨晚的事我什么都不知道！"

刘天刚左手拎着暖壶右手拎着两份早餐回屋时，黄圆圆已起床了。他们吃完早餐后，黄圆圆撂下饭碗说："昨晚的觉睡得挺香，麻烦你了。"说完后一笑，就去上班了。

刘天刚走进拖拉机厂组装车间钳工工段时，大家都在忙着换劳动服，做着干活之前的准备工作。却见瘦狗早已换好了劳动服，从更衣柜里捧出一个绿色的铁皮工具箱，然后眯着双眼，翕动的嘴像是对着那个工具箱默默地说着什么。刘天刚忽然想起头天晚上瘦狗在酒桌上说的话……显然，这个工具箱里放着他母亲的骨灰。他正在向母亲忏悔道歉，求母亲原谅他将父亲的真实身份告诉了两名共产党的事情。刘天刚自是不敢惊扰他，随着一群工人干活去了。

半年后的一天，刘天刚意外地接到了厂办的通知，送他去学开车。临走时，瘦狗拉着他的手说："老弟呀，老马原本就打算让你在我这儿暂时过渡一下，然后你就去给他开小车。你终于熬出头了，哥祝贺你！"刘天刚后退一步，"啪"的一声敬了一个军礼说："师父，我刘天刚无论走到哪儿，都是你的徒弟。"

为期三个月的驾驶培训，刘天刚只用了一个月的时间，就通过了各项考试而顺利地毕业了。对于有着坦克驾驶技术的他来说，除了汽车是方向盘，坦克是操纵杆这点不同外，其他都一样。他很快就品尝到了轻松活泛转动方向盘的乐趣和愉悦。当别的学员在模拟倒车入库的训练，将两边立竿撞得七倒八歪时，他的车在纹丝不动的立杆中如浮龙一般游弋穿梭。当其他车在马路上左摇右摆地画龙时，他的车早已如出膛的子弹呼啸而去了。一个月后，教官拍着他的肩膀伸出了大拇指。他被特批提前毕业，拿到了驾照。

回到厂子，他就彻底离开初装车间钳工工段到厂办报到，成为马厂长的专职司机了。而之前给马厂长开小车的张安东被下放到初装车间钳工工段，二人来了个对换。

这天晚饭后，黄部长迈着平稳而悠闲的四方步来到军招所。他没有什么特别的事，只想到这里走走逛逛，消化消化食儿。刚走进前厅，就见几位女服务员在走廊拖地，他没见过她们，也许她们是新来的。当然，她们也不认识他。几个人边拖地边唠嗑儿，一名年龄稍大的服务员颇为神秘地说："有个新闻你们听说了没有？军部一位首长的女儿，好像叫黄圆圆，跟总住在招待所那个姓刘的男人睡一块儿了。"另外几人嘻嘻哈哈笑着回应道："这叫什么新闻哪，都多半年了，早就是旧闻了……"黄部长一听心里就炸了，周身的血忽地向头上涌去。他停下脚步想问个究竟，可又一转念，将军有气不冲小卒发泄！

他压抑着内心的不安和气恼去了胡管办公室，却发现锁着门，便一个电话打到胡管家里。正在吃晚饭的胡管接到电话后，扔下筷子一路小跑地来到招待所。黄部长见到他后劈头就问："老胡，我听到个议论，说圆圆有一天晚上来招待所住啦？"胡管的头摇得如拨浪鼓一般："有这事吗？我没听说。"黄部长冷着脸说："一楼收拾卫生的那几个是你的人吧？我来了两分钟就听说了，你还弄个没听说。耳朵塞驴毛啦？"胡管方寸大乱，正军帽、抓军服、挤眼睛、挖耳朵、之后就一五一十地将那天晚上的事说了。黄部长一听此事属实，心就更乱了，挥了一下手说："没你事了，该干啥子就干啥子去吧。"

他从军招所出来后，径直走进了军医院。正在值夜班的黄圆圆急忙迎上来问："爸，哪儿不舒服啦？"黄部长闷声闷气地说："心不舒服。"黄圆圆将他领到处置室后说："爸，你坐下，我给你量量血压。""不用量，我血压不高。"黄圆圆又说："那你躺下，我给你做个心电图吧。""不用，我心率正常。你跟爸说几句真话，爸的心就舒服了。"黄圆圆笑道："女儿从来不跟爸爸说假话，你让我说什么真话？"黄部长便把刚才从军招所听来的话说了一遍。黄圆圆毫不在意地说："爸呀，那天刘天刚去拖拉机厂报到，晚上我请他还有瘦狗吃了一顿。喝多了，怕回家影响你和妈休息，就去天刚的房间睡了一夜，别的事什么也没有。"

黄部长这时已从刚才险些被女儿绯闻击倒的状态下，振作起来了。觉得女儿的不拘小节，正好在误打误撞中合了他与沈非烟的心愿，其实，老两口正在谋划着圆圆与刘天刚的婚事。他起身走了。黄圆圆追到门口向已走出很远的父亲喊道:"爸,你的心舒服了没有哇?"黄部长没有回头,背影中只见他右手摆在半空中,畅快而悠长地答道:"舒——服——了——"

黄部长重新回到军招所,上到二楼敲响了刘天刚房间的门。刘天刚开门一看是干爸来了,亲切而兴奋地喊了一声"爸"后,就请黄部长进了屋。黄部长坐下后,毫不隐讳地将自己和沈非烟准备让他与黄圆圆成婚的意愿说过。刘天刚低着头说:"爸,我有……对象了。"

黄部长一拍桌子瞪起了眼睛:"你既是有对象了,为啥子还和圆圆主一起?晓得不,这个房间曾经是我和你沈阿姨的洞房……你俩入洞房了!"

第十四章

　　半年前的一个傍晚，黄部长下班回家后刚刚走进客厅，门岗值班室打来电话。说是一位女同志要见首长，他同意了。

　　不一会儿，一位四十多岁的女人走进屋来，看着黄部长亲切地说："老首长，我来拜访您了。您还记得我吗？"黄部长盯住来者看了又看，最终还是摇了摇头。来者说："老首长，我在市中心医院工作。我提一件事，您一定会想起我的。抗美援朝结束的那年，是我抱着圆圆……把她送到您手中的呀。"黄部长突地站了起来："你是宋护士长……宋好？"来者紧紧握住黄部长的手说："是呀，我是宋好。"正在厨房做饭的沈非烟，听到他们的对话，也急忙来到了客厅……

　　当年决定要抱养一个孩子时，黄部长还是H军第一步兵师的副师长。经人介绍，他认识了市中心医院妇产科护士长宋好，并表达了想抱养个孩子的意愿。那时的宋好才二十多岁，体态轻盈，热情好客。当她见到一身戎装的黄副师长时，脸微微一红说："首长，其实我爸跟您一样，也是一名军人。"黄副师长笑着问："娃子，你爸在哪支部队？"宋好摇了摇头说："我不知道他在哪支部队，但我知道他曾经是一名团长……"

　　宋好的父亲叫宋日华。1935年10月份，历经一年多长征的红军来到陕北后，宋日华便告别了宋好的母亲和四岁的宋好，来到陕北加入了红军的队伍。新中国成立后，宋日华已是解放军的一名团长了。宋好的母亲就领着已长大成人的宋好去陕北等地找他，然而他早已随着部队调往南方了……

　　宋好讲完这段往事后，很快转入主题问道："首长，您对抱养的孩子有什么想法和要求？"黄副师长毫不隐讳地说："我想抱个男娃。因为我娘只生下我这么个儿子，我成了老黄家的单传喽。"宋好说："首长啊，每个抱养孩子的人都想要个男孩子，这得碰。"黄副师长摆了摆手说："算咧算咧，碰上啥子算啥子吧。女娃我也要。"

1953年秋季的一天，一位皮肤白皙，头发淡黄，清澈微蓝的眼睛深凹于眉骨之下，很有些西方女人相貌特质的年轻产妇，在市中心医院产下一个女婴。

几天后的一个下午，正值宋好给她送药，也刚好赶上病房中只她一位患者。那女人抱着怀里的女婴压低声音说："宋护士长，我怀里这孩子是你接生的。我就信得着你了，你给这孩子找个人家吧。"宋好看过她床头上的卡片——姓名：杨梦洁。年龄：十八岁。之后便回到护士办公室，再次返回病房时，她手里拿着婴儿的出生表及相关资料。那出生表上清晰地反映出女婴的身体状况，体重、胸围、头围、心率、肌张力、呼吸等都很正常。她叹了一口气问："这孩子身体非常健康，何况你才十八岁，怎么忍心将这孩子送人？"杨梦洁没有说话。宋好又问："这孩子……有没有父亲？"杨梦洁一字一字地说："这孩子的父亲是名铁路工人。"显然，她对这个问题有些抵触。"噢……"宋好已意识到了自己的冒昧，缓声问道："那么你们夫妇……想把这孩子送个什么人家？"杨梦洁抹着眼角溢出的眼泪说："只要家庭成分好，穷得揭不开锅盖都行。谁收下这孩子，我将随孩子付给对方抚养费。"

宋好看着啜泣不止的杨梦洁久久没有说话。多年妇产科工作的经验告诉她，但凡当妈的将自己掉下来的那块肉拱手送给他人，原因大致有三：一、无力抚养；二、孩子有病；三、孩子是野路子来的，也就是说，孩子是个私生子。

经过内心的一番权衡后，她将黄家蝶领养孩子的意愿告诉对方："有这样一位参加过长征的部队老首长黄家蝶，现任H军某师副师长……"未及她说完，激动不已的杨梦洁说："太好了……你告诉黄副师长，孩子的抚养费我一并送给他。"宋好不卑不亢地说："至于人家要不要孩子的抚养费，我可以征求他的意见。"杨梦洁点着头说："行，行。但这孩子，我想等她满月了再给你抱来如何？"宋好沉吟片刻说："好的。但你不能抱到医院来，得送我家去。"随之道明了她家的具体地址。第二天，杨梦洁便抱着孩子出院了。

一个月后的一天，杨梦洁来到宋好家，将包得严严实实的女婴交给了宋好，襁褓中还裹了一摞钱币。之后，她就抹着眼泪默默地走了。杨梦洁走后，宋好便抱着女婴来到部队大院，走进了黄家蝶的家。黄家蝶和沈非烟自是喜不自禁，轮番抱着孩子贴脸逗弄。

一番热闹之后，宋好说："老首长，孩子的母亲还给您送了一笔抚养费。"说着便把那钱从孩子的襁褓中拿了出来。黄家蝶冷着脸说："这是干的啥子事，把老子当保姆了?"宋好心领神会地将钱收回,微笑着问:"老首长,孩子的名字起好了?"黄家蝶朗声说道:"一年前就起好了。如果是个男孩就叫黄圆满,我老黄家终于有延续香火的了,非常圆满;如果是个女孩就叫黄圆圆,也算圆了我有后的梦。这孩子就叫黄圆圆了。"宋好笑道:"好名字。黄圆圆从此以后就是军人子弟了。"黄家蝶点着头说:"没错,她爹是个老红军。但是,这以后你该去找你的父亲才对劲哟,因为你才是真正的军人子弟嘛。"宋好收了笑,已是潸然泪下了:"不,我的父亲不用找了,永远也不用找了。他走了。前两天,父亲所在部队的领导来铁园看望我的母亲,将三枚军功章交给母亲后说,这是宋日华团长在战争年代中获得的。他在战场上冲锋陷阵、杀敌无数,然而自己已是伤痕累累了。新中国成立后,组织多次安排他住院疗伤,他都拒绝了。最后,他倒在了工作岗位上……母亲接过那三枚军功章哭得叩心泣血,半月后,她也走了。"

黄家蝶叹了一口气说:"小宋啊,你的父母太不幸了。"继而转了个话题问道,"圆圆的母亲是干啥子的?居然拿着钱让别人替她养孩子。"宋好抹净眼泪怅惘地说:"老首长啊,我和您一样,到现在也没解开这个谜呀。"第二天,宋好将钱还给了杨梦洁,并说明黄副师长已给孩子起好了名字,叫黄圆圆。杨梦洁点头笑了:"怎么这样巧哇,我原本也想给这孩子起下圆圆的名字,因为她长了个圆嘟嘟的脸。"

杨梦洁的身份之谜,在之后的二十多年间,宋好依然没有解开。她们同在一座城市,却是咫尺天涯。从那天之后,她们谁也没有联系过谁,更无来往。如今的宋好,已由昔日的妇产科护士长,晋升为全市最大医院的护理部主任了……

就在宋好来到黄部长家前的头天下午,她接到市外事办的一个电话,请她下班后去太河酒楼,说是一名德国人设宴请她,并说明了酒楼的包间号。她心里一惊:自己不过是一家医院的护理部主任而已,一个老外不远万里来到铁园专门宴请她,何故之有?

下班后,她对着镜子梳理一番,便坐公交车来到太河酒楼。走进包房时,但见屋内只有两个人,一名中国人和一名德国人。她报了自己的姓名和身份后,二人同时站了起来。那名中国人便是给她打电话的市外事办工作人员,德语翻译。那名德国人,显然就是今晚宴会的主人了。站在那里的他高大挺拔,如桅如杆,身着一套浅色西装,一条精美的天蓝色领带点缀出这名三十多岁男人的精明和干练。翻译介绍了这名德国人的姓名和职业——约瑟夫·施密特,一名律师,曾在德国驻华某机构工作多年,汉语娴熟流畅。

果不其然,开席后约瑟夫就操着汉语频频举杯向宋好敬酒,之后二人就直接交谈起来，一旁的翻译倒像个摆设了。寒暄和客套之后，约瑟夫直言不讳地谈到了杨梦洁女士。宋好早已对这个名字陌生了，而今夜，这位极不寻常女人罩在脸上二十多年的面纱，该是被揭开的时候了。一段横跨中德两国的爱情故事，从约瑟夫的嘴中娓娓道来……

20世纪30年代，当时的中华民国政府在德国军事顾问的指导下创建了一支部队，名为"德械师"。来华人员中有一名年轻的德国军官叫菲舍尔，他与铁园的一位姑娘在不期而遇中共沐爱河，最终偷吃禁果，那姑娘生下一个女孩，这孩子便是中西合璧的杨梦洁。

1941年苏德大战爆发后，德国军人全部撤出中国而奔赴苏德战场。菲舍尔偷偷将那位姑娘带往德国，却不便将幼小的杨梦洁一同带走，只好将她托付给铁园的一位老大妈抚养。

他们本想抗战结束后再来领女儿赴德，不承想这之后，国民党发动了内战。新中国成立后，抚养杨梦洁的老大妈已经过世。他们费尽周折才在1953年春天联系上女儿杨梦洁，她在铁园市一家银行工作，一年前已与一名铁路工人结婚了。他们为她申请赴德认母的相关手续，但严格的政审锁死了杨梦洁赴德的脚步。组织认定她的德国父亲是一名与日军勾结的侵略者。就在这年秋天，杨梦洁生下一个女婴，为保全女儿不受牵连，她便通过宋好将女儿送给了黄家蝶，这便是黄圆圆。

菲舍尔祖上家业丰厚，战争结束后退役回到家乡波恩，正式与杨梦洁的母亲成婚。之后他们分得了一份家产：一个五星级酒店及若干家公司。20世纪70年代末期，菲舍尔患病离世。夫人悲痛欲绝，也就更加思念还在中国的女儿杨梦洁，希望在有生之年见到她。这时中国对出国的限制不再那么严格，杨梦洁的出身问题也不再成为出国的障碍，她如愿以偿地来到了德国波恩。

母亲在波恩市郊那套豪华的别墅见到了杨梦洁。当她听说她的外孙女已送了人，以及在铁路系统工作的女婿在一起事故去世之后，抱着杨梦洁哭得撕心裂肺，肝肠寸断。不久后，母亲因过度哀伤驾鹤西去了。夫妇俩膝下再无儿女，杨梦洁顺理成章地继承了父母在波恩留下的巨额遗产。如今的杨梦洁，像当年她的母亲盼她去德国一样，期盼着女儿黄圆圆赴德与她团聚……

约瑟夫的故事讲完后，宋好已完全明白了他此行之目的。他是杨梦洁的私人律师，来铁园对宋好进行游说，希望促成黄圆圆赴德与母相聚。她更清楚，自己已卷入这个母女相认相聚的旋涡中了，难以规避和推诿其中的任何责任和义务。她看着约瑟夫问："您有没有直接与黄圆圆见面的安排？"约瑟夫微笑着说："是呀，我有这个想法。但我还是希望你首先与黄圆圆的养父母见面，说明杨梦洁女士的意愿。"晚宴结束后,约瑟夫紧紧握住宋好的手说:"我明天一早要去北京见个老朋友,之后就返回德国了。我期待着再次与你在铁园见面……"

宋好说明了她来拜访老首长的目的后,沈非烟捂着眼睛悲悲切切地哭了。黄部长拍着额头说:"圆圆对这个部队大院,感情太深了。"宋好安慰道:"老首长啊,我理解你和沈阿姨对圆圆的难以割舍之情。但是要解决这个问题的根本不在我们,而是圆圆本人。"黄部长点了点头。宋好凑到黄部长跟前继续说:"不知道圆圆现在是不是有对象了?假如有,就抓紧时间结婚。除了部队大院和你们能拴住她的心外,更能拴住女人心的是她自己的那个小家。"黄部长眼睛一亮却又暗了下来,嘘出一口气说:"你说得没错,但是圆圆哪有啥子对象哟!"宋好惊异地问:"凭圆圆的条件,追她的人不得架鞭子赶?"沈非烟这时已不再哭了,抹净眼泪也加入他们的讨论中了:"追她?谁敢哪。圆圆为了我们老两口将来有人照顾,只招婿不外嫁。"宋好叹道:"那就按圆圆的想法办,招一个就招一个呗。为了留住她,招和嫁的效果是一样的。"沈非烟摇着头说:"光说招,这不跟招个儿子一样啦?"黄部长突然朗声大笑:"有了有了,招我的干儿子刘——天——刚……为我老黄家的上门女婿!"

就这样,黄部长巧妙而机敏地借着黄圆圆醉卧刘天刚房间的契机,正式向二人坦露了促成他们婚姻的决心。并且,他和沈非烟还认真查阅了日历,选定了一个月后举办婚礼的良辰吉日。

可万未想到,约瑟夫返回德国仅半个月后,再次来到铁园,并在一家宾馆住了下来。第二天上午,他便打电话约宋好在宾馆见面。宋好接到电话后心里一沉,心想这老外工作效率也是蛮高,无奈之下去了宾馆。她走进他的房间,约瑟夫礼貌地与她握手寒暄后,开门见山地提出要见黄圆圆。宋好委婉地说:"约瑟夫先生,你上次来让我先与圆圆的养父母沟通,可你这次来却要直接见圆圆。这是不是太突然了?我需要与两位老人商量。"说完之后便匆匆离去了。

她出了宾馆就直奔军部大院,来到黄部长的家,连约瑟夫刚才送给她的一个装在信封里的礼物都忘了拿。黄部长听完宋好所说的事由后,像指挥着一场战斗般地说:"圆圆的婚礼必须赶在与好色夫……"宋好"哟"了一声,笑着打断了他的话:"老首长啊,那老外叫约瑟夫。"黄部长摇摇头说:"我就叫他好色夫了。圆圆的婚礼必须赶在她与好色夫见面前举办,两天后正好是周日,就那天办酒席!"这个已顾不上原定的良辰吉日,没有任何前奏也没有任何准备的婚礼,就这样匆匆忙忙地举办了。

婚宴就设在黄部长的家中,餐厅、客厅和走廊里共摆了五桌。黄部长没有通知部队大院的任何一个人,只通知了宋好和马厂长。其余来宾都是冲黄圆圆和刘天刚而来的。刘天刚在铁园没有亲属也没有同学,昔日战友郝援朝、章诗逸是必到之客,此外还有拖拉机厂的瘦狗及几位工友。袁雪梅本也该来的,因在老家处理父母的后事不在铁园而未到场。其他几桌都是黄圆圆的同学、朋友和战友。郝和平和陆成林也来了,这是大家没有想到的。二人已从军江外语学院毕业,去陆成林老家完婚后,带着新婚燕尔的欢欣和喜悦刚刚回到军部大院,就被黄圆圆拽来参加她与刘天刚的婚礼了。

婚礼由瘦狗主持。他今天特意穿了一套笔挺的西装,衬衫雪白,领苇红艳。来宾到齐后,瘦狗走到一处可以面对餐厅、客厅和走廊的位置站定,左右两边是新娘黄圆圆和新郎刘天刚。他向大家深深地鞠了一躬说:"女士们,先生们,各位来宾,上午好。在这金秋九月,艳阳高照的良辰吉日,我荣幸地宣布:黄圆圆小姐和刘天刚先生的新婚庆典隆重举行!"

在大家热烈的掌声中,瘦狗打着手势对身边的黄圆圆说:"请向前一步,让来宾们认识一下。"素面朝天的黄圆圆上身穿一件粉红色的短袖衫,下身是翠绿色的军裤,大大方方地向前迈出一步。瘦狗笑道:"秋日无春花,有花不敢开,月儿羞答答,躲在云里笑。新娘的姿色虽不敢说羞花闭月和沉鱼落雁,但也称得上艳若桃李,俏丽迷人。愿二人的婚姻如黄圆圆的名字一样,圆圆满满,日久天长!"接下来,刘天刚也被瘦狗以同样的方法请出。他身着一套崭新的蓝色劳动服,左胸的兜盖上印着红色小字"铁园市拖拉机厂"。他有力地向前迈出一步后,旋转着身体和头部向各桌敬了一个军礼。瘦狗说:"就这个军礼,看得出新郎官是个当过兵扛过枪的军人,是个站如松、坐如钟、行如风、卧如弓的高大魁伟,英俊潇洒,敢于担当的男子汉。愿他们的新婚之夜如刘天刚的名字一般,天刚刚亮,就播下了幸福的种子。祝他们早生贵子!"

瘦狗讲话之后,各桌在欢声笑语中觥筹交错,推杯换盏。新郎新娘在相拥相依中开始挨桌敬酒敬烟。来到都是刘天刚朋友的这张桌时,大家举杯将喜酒喝下。新郎新娘开始依次敬烟。章诗逸接过喜烟吸了一口就抱怨起来:"三天为礼,两天为叫,当天为提溜。天刚,洞房花烛夜可谓人生一大快事。是何道理不早点儿告诉哥们儿?"刘天刚憨厚地赔下笑来:"我是有错就改,挨打立正,下回一定注意!"章诗逸指着他大笑:"结婚这事还有下回?"有人喊道:'天刚下回跟谁呀?"刘天刚脸红得像猴屁股一般,偷看了黄圆圆一眼,却没忘给郝援朝点烟。

郝援朝"噗"地一口将刘天刚手中点燃的火柴吹灭了问:"在座的各位,你们是不是也是才被提溜来的?"桌上其他的几位都是刘天刚的工友,齐应:"是!"郝援朝又问:"刚才诗逸的话在不在理?"大家又应:"在理。"郝援朝再问:"这喜烟咱抽还是不抽了？"大家说："不抽了。"郝援朝摇摇头说："还得抽，喜酒治牙疼，喜烟治鼻炎。实在讲，这个婚礼来得确实突然了些。但我明白他们的意思，他俩是想给我们一个惊喜！"黄圆圆满不在乎地问："你想让我们给大家来个什么惊喜？"郝援朝说："你把喜烟给我点上，我告诉你。"黄圆圆毕恭毕敬给他点着了喜烟，他吸下一口大笑着说："你和天刚上演个亲嘴吧。"大家哄的一声闹将起来，大喊："亲一个，亲一个！"其他桌的人闻声都纷纷拥了过来，将这张桌围得水泄不通。

　　人群中的刘天刚满脸通红，不知所措。黄圆圆却对郝和平镇定地说："你找个苹果来，再拴根绳。"郝和平自是明白她的意思，将找来的苹果在把上拴了根细绳，然后拎起来悬在二人相对的脸中央。黄圆圆本想以这种方式象征性地敷衍一下了事，却不想自己给自己下了套。她的后腰已被瘦狗顶住，没有退路了。刘天刚也同样被郝援朝推着往前来。眼瞅着两个人的脸就要贴到一起了，无奈中只好以戏咬苹果相隔。那苹果在他们的嘴边旋转蹦跳，最终谁也没有咬住借以相隔的苹果，却将自己的嘴咬进对方的嘴里了……

　　婚宴已接近尾声，来宾开始陆陆续续地起身告辞，黄圆圆和刘天刚去送他们。瘦狗走到门口时，黄部长将他拦住了，拉着他的手来到书房关上门，后悔不迭地说："伯伯很多年前冤枉你了。你不是国民党的后代，是共产党的儿子，是一个真正的军人子弟。今天天刚和圆圆成亲了，从此以后，你就做我的干儿子咋样？"瘦狗摇摇头没有说话，推开门走了。黄部长叹了口气，回了客厅。

　　客厅中除了黄部长和沈非烟外，就剩下宋好和马厂长了。马厂长这时从衣兜里掏出一页纸，递给了黄部长。黄部长展开一看，是一纸房屋入住证，上面盖着"铁园市拖拉机厂"的大红印章，住房人的姓名是刘天刚。马厂长解释说："今天是天刚的大喜日子，也是老首长您的大喜日子。我呢，代表拖拉机厂送给天刚一个大礼，一套两居室的房子。"黄部长一摆手说："老马哟，你安排天刚给你开小车，就给足我的面子了。更何况……天刚有房子了，就住我这儿。我和老伴儿昨天就从楼上搬下来了，我们老两口住楼下，他们小两口住楼上。楼上大大小小的三个房间足够他们住了。所以说，你给天刚的房子，心意我领了，那房子还是分给更需要的人吧。"

　　马厂长笑了笑说："我知道老首长不缺房子也不缺钱，唯一缺的是天伦之乐。这回天伦之乐也不缺了，女儿有了夫家，过去的干儿子又多了个身份，还是姑爷了，可以说是亲上加亲。但是天刚除了这一切外，还是拖拉机厂的一名职工，也享受这个厂子的福利待遇。本厂所有已婚男职工都有资格分得一套住房。何况，我给他的那套房子是一楼，谁都不愿意要。谁都不愿意要的房子分给了厂长的司机，谁还有什么可说的吗？老首长啊，咱们都是过来人了，儿女成天在眼前晃咱高兴，可他们成家了就是另一回事了。不有那么句话嘛，婆婆不是妈，娘家不是家。他俩两头住着不挺好嘛，你烦他们了或者他们烦你了，他们就走了，去住那个两室房子。你想见他们了或者他们想见你了，他们就回来住你这。哈咔哈……房子就留着吧，我走了。"

黄部长送走马厂长后，回到客厅关紧了门，黄部长夫妻和宋好开始研究黄圆圆与约瑟夫见面的事宜。宋好忧心忡忡地说："我怕圆圆拒绝与约瑟夫见面。"沈非烟顺势说道："就是嘛，不见才好，见面说什么？再说了，这事上天冈知道了也不好。"黄部长摇摇头说："古人讲，两国交兵，不斩来使。好色夫是代表圆圆的亲生母亲来的，是个使者，是个不远万里来到中国的德国使者。圆圆不仅要见，还要热情接待。若冷了人家，人家即便当面不说圆圆长了个冷肠子，连亲娘都不认了，背后也会说咱中国就是个冰窖，养了一群冷血动物，这可牵扯到国际影响哟。灯不挑不亮，话不说不透。小宋啊，你明天在好色夫住的酒店摆一桌，啥子事就在酒桌上谈。吃饭的钱我拿！"

婚后的第二天中午，一身便装的黄圆圆和宋好在约瑟夫下榻的酒店置办了一桌酒席，约瑟夫应邀而至。他见到黄圆圆时，像得宠于一位公主般喜形于色，双手恭敬地送上自己的名片后，空着的手便停在了胸前，意思是可否回赠一张名片，黄圆圆一摆手说："我是军人，没有名片！"

三人坐定后，宋好举起杯中的红酒说："欢迎约瑟夫先生再次光临，共饮。"饮毕，约瑟夫拿出一个颜色暗淡、十分老旧的毛笔盒摆在桌上说："黄小姐，这个毛笔盒是送给你的。"宋好笑了一下纠正道："圆圆已有先生了，你该称呼她女士。"约瑟夫点着头礼貌地说："对不起，黄女士见谅。"

黄圆圆瞥了一眼那个毛笔盒说："你这个老外，送什么礼不好？偏偏送支毛笔。中国人从头上剪几根头发扎起来，也比你们德国的毛笔好。"约瑟夫一脸认真地说："请黄女士打开盒子看看。"黄圆圆打开了盒子，那支毛笔完全显现出来了——紫檀木笔杆纯正光润，端头系着红丝带，下端笔杆与笔毫连接处以灰黄色的牛角镶嵌。材料可谓上乘，做工也十分精细，只是感觉因长期搁置未用，更像是一件收藏品。黄圆圆略略看过后说："这种笔，中国遍地都是。尔要喜欢毛笔，我送你一支安徽宣州的徽笔。它是唐代明文规定的青毫六两、紫毫二两的贡品。"约瑟夫摇摇头说："我不懂毛笔，但我知道毛笔的好坏全在笔毫上。"说着，他的手指指向了笔毫。黄圆圆轻蔑地看着那撮有些发黄而又细嫩的笔毫问："莫非这笔毫还能是湖羊肚子上的毛？江南石上老兔背上的毛？黄鼠狼尾巴上和老鼠鬓角上的毛？"约瑟夫摇摇头说："你说的那些毛都不如这支笔上的毛珍贵。它是你的……胎毛！"

黄圆圆霍地站起来问:"约……先生,它是我的什么?"约瑟夫沉稳地重复道:"你的胎毛。"浑身颤抖的黄圆圆几乎站不住了,一手按在桌子上,一手扶着椅子的后背继续问:"我的……怎么会在你手里?"约瑟夫说:"你的亲生母亲杨梦洁女士,托我带给你的。"黄圆圆瘫在了椅子上,一只手握住笔杆,另一只手将那缕笔毫轻拂在自己的脸上,脸上泛起雾一般的轻柔和水一般的润泽。她深知那缕胎毛不仅是自己的,更是母亲杨梦洁的。它是在杨梦洁的肚子里生长出来的,永远带着她的体温和先天的灵气,千年不腐,千年不蛀。也永远承载着母亲对女儿不尽的期许和祝福,天荒地老,亘古不变。

同样惊讶的宋好,轻轻从黄圆圆手中拿过那支胎毛笔,细细看过后说:"圆圆,怪不得你母亲杨梦洁当年决定将你送给黄部长时,非要等到你满月。她把你抱给我时,你头上秃得一根头发都没有哇……"

民间有一个古老的传说,说很久很久以前,一个穷学生赴京赶考。临考时才发现自己没带毛笔,又没钱买,想起临行时母亲送给他一缕柔软的头发,便把这缕头发扎起来做成毛笔走进了考场,竟然考中了状元。载誉而归的儿子回到家后告诉母亲他考中了状元,母亲抹着喜悦的眼泪说:"儿子,那缕头发是你的胎毛哇。"自此以后胎毛笔叫响,被称之为"状元笔"。

唐朝鼎盛时期,胎毛笔甚为流行。唐朝齐卫的《送胎发寄仁公诗》中写道:"内为胎发外秋毫,绿衣新裁管束牢。"这个美好的传说,从那时起就开始在社会上流传。世世代代的人们和千千万万的家庭,都会在婴儿满月时剪下胎毛制成毛笔,之后在孩子成年时作为大礼送给孩子,以期他们能借着胎毛笔所寄托的美好期许,学业有成,荣耀一生。

女儿满月的那天,杨梦洁躲在家里给哭闹不止的女儿剃尽了胎毛,以示女儿的命运转机将从"头"开始。一切做完后,她将女儿交给了宋好……女儿的一缕胎毛在她的手里攥了三天三夜后,随她南下安徽,在那里被做成了这支胎毛笔。自此,这支毛笔便融入她的生命之中了。笔中尽管寄托着她对女儿不尽的祝福和诸多的期许,但这一切全加在一起,也不如它的另外一个作用,它可以佐证她们的母女关系!

从第一眼看见约瑟夫时,黄圆圆心里就生出对这个说客的厌恶之感,对他始终采取着回避和不屑的态度。可现在,她的内心已发生了始料不及的变化。当她从约瑟夫手中接过那支胎毛笔时,先是感到惶然、惊愕,以至震撼,后来便感受到这支胎毛笔的重若千钧。那其中凝结着不能割舍的母女深情。顷刻间,她感到约瑟夫值得信赖甚至已亲如兄长了。在这张桌上，她以成家为借口而拒绝去德国认亲的底气荡然无存。酒宴结束时，黄圆圆将胎毛笔还给约瑟夫说："这支笔你没有资格给我，让杨梦洁亲手送我。"约瑟夫幡然醒悟，接过胎毛笔笑了："圆圆，我只好将这支胎毛笔带回德国啦，让你母亲亲自送给你吧。"

黄圆圆回到家后，便将胎毛笔的故事讲给了养父养母。黄家蝶叹了口气说："这才是亲娘哟。"沈非烟抹着眼泪问："圆圆，你跟爸妈讲这个故事，是不是要去德国了？"未及黄圆圆回答，黄家蝶说："明知故问。你就说圆圆去德国，你同意还是不同意？""我不同意！"沈非烟。黄家蝶的态度却发生了根本性的转变，胎毛笔的故事深深地打动了他，面对那支母女连心的胎毛笔，自己无论如何说不出那个"不"字。他瞪了沈非烟一眼说："你就是眼皮子太浅。你肚子里掉下的肉若是一辈子见不着，能不能睡好觉？死了以后能不能闭上眼？"其实他心里有数，黄圆圆走了还能不回来吗？鸽子能飞出千里之外，但终究还是要回窝的，因为磁场的回波在它的脑子里发生着作用。而部队大院就是圆圆心中的磁场，刘天刚则是磁场的回波，一定会把她吸引回来的。沈非烟看看圆圆又看看黄家蝶，不无担忧地问："就算是我们同意了，天刚能同意吗？"黄家蝶又瞪了她一眼："小两口有小两口说话的地方，你真是咸吃萝卜淡操心！"

这天，刘天刚开车拉马厂长去了趟省城，回到家已是晚上十点多钟了，老两口已熄灯就寝。他踮起脚上了楼，圆圆也已睡去。他轻手轻脚地走进屋后，便将靠在墙角的行军床打开，铺好被褥，脱掉外衣钻进了被窝。结婚以后，正赶上厂子急需出厂一批拖拉机支援三线建设。马厂长整日早出晚归，他主动放弃了婚假，一直陪在马厂长身边，时常很晚才回家。多数时间他回到家时，圆圆就如今天一样已闭灯入睡了。

婚礼那晚，人都散去后，忙活了一天的老两口就早早在楼下休息了。小两口上楼入了洞房。黄圆圆宽衣解带上床后，就躺在床的一侧，随后挪动着身体拍拍身边的位置，示意刘天刚也该上床睡觉了。万未料到，刘天刚竟然对黄圆圆的提示毫无反应。黄圆圆问："不满意今天的婚礼？"刘天刚摇摇头说："没有，今天的婚礼办得挺好。""那你在想什么？"刘天刚挠着头说："不知为啥，我现在一想起招待所的那天晚上，躺在各自的床上……"黄圆圆打断了他的话，冷笑着说："好吧，就按你说的办。隔壁屋有个行军床，你搬过来就是了。"刘天刚真的就去隔壁搬来个行军床，靠墙边支起来，铺好被褥，脱掉衣服，钻进被窝后就闭了灯。黑暗中的刘天刚怎么也睡不着。酒桌上郝援朝和章诗逸对他的调侃，与其说是为了烘托婚礼的气氛，倒不如说是对他的拷问。你心里有鬼才会鬼迷心窍，才会弃毛小毛而娶了黄圆圆，变黄家蝶的干儿子为黄家蝶的乘龙快婿了。其实他感到极其委屈,委屈得八张嘴也说不清了。

这个婚礼,他也不过比他二人早知道一天而已。干爸找他谈话的态度自信而镇定,更有些抱怨:"你和圆圆在招待所的一夜整个大院都传开了,你俩就将错就错地把婚结了吧,看看那些乌鸦嘴还说什么!"他将此话学给黄圆圆时,她一摆手说:"父亲有令照办就是了。"刘天刚对这桩有些行政命令似的婚姻,自是有想法。但又隐约感到圆圆完全知晓此桩婚姻的来龙去脉,只有自己被蒙在鼓里了。这个洞房花烛夜,他已完全丧失了激情,以至于也就更加觉得对不起千里之外一封接一封来信的毛小毛了,那信里还谈到了老崔,老崔已是坦克团后勤处处长了。婚后的每日每夜,他与黄圆圆就如军招所那夜分床而卧度过的,别说没有春宵一刻值千金的同床共枕,就连隔床说话的时候也没有了。

今夜,开了一天车的刘天刚倒头就睡着了。半夜时分,朦胧中听见黄圆圆说:"天刚,我有几句话想跟你说。"他才意识到这不是幻觉,转过脸应道:"圆圆,你有什么话就尽管说吧。"黄圆圆说:"明天我就要去德国见我的亲生母亲了……"刘天刚扑棱一声坐了起来,然后就打亮了灯。黄圆圆沉静地说:"把灯闭了,我们还是黑着灯说话吧。"刘天刚闭了灯后问道:"圆圆,没想到你也在找你的亲妈?"黄圆圆说:"不是我在找人家,而是人家在找我。为了见我这个亲妈,H军特意向军区打了报告。军区领导开会研究后,作为特例批准了我这次出国探亲。"停了停,她又征询般地问:"我可能要走一段时间。你是我丈夫,总得告诉你一声。你没意见吧?"刘天刚说:"没有。""那好。"黄圆圆说,"你在家给爸妈照顾好,睡吧。"

第二天一早,黄圆圆告别了养父母及刘天刚,便向宾馆奔去。宋好早已来到宾馆,候在宾馆前厅的约瑟夫走过来与她握手的同时,拿出一个信封递过去说:"我们在宾馆单独见面的那天,你走得急忘拿了。这是杨梦洁女士送给你的礼物,回到家再拆开看吧。"

这时,黄圆圆也来到了宾馆。宋好与黄圆圆以及约瑟夫依依不舍地握手告别。

当天晚上,黄圆圆和约瑟夫坐火车来到北京。二人走进首都机场后,一架波音737飞机腾空而起,横跨亚欧大陆,飞向德国……

宋好晚上回到家,拆开约瑟夫送她的那个信封一看,里面装的竟是两万美元。

第十五章

这个暑假之后，恢复高考后的首届大学生已进入第二个学年了。

近半年来，章诗逸独自一人的身影已被大家所习惯。那个三口之家手拉着手有说有笑地走进或走出校园的场景，再也不见了。然而今天，人们突然发现章诗逸不再形只影单，身边又有了相随的人。那位睽违半年之久的袁雪梅，又重归校园了。

袁雪梅齐耳的短发修剪得依然齐整，原本红润的脸上生出一片一片白褐色蝴蝶斑，一对胀满而下坠的乳房，在紧裹着的衬衣之中依稀可辨。同学们都知道了她家的不幸，问候中没有人去触及她心中的痛楚，只以顽皮聪慧的小迷糊作为问候的谈资。袁雪梅豁达地笑道："那傻小子的命本不该在城里，回乡下读他的小学去了。"

第二天，袁雪梅被学生处赵处长找去谈话。她热情地评价了袁雪梅的变化："胖了。"袁雪梅幽默地答道："家乡的水甜，猴子都能喂成猪。"赵处长拉过椅子让袁雪梅坐下后问："父母的后事都处理完了？"袁雪梅点点头。赵处长又问："章诗逸替你请了两个月的假，可是半年过去了你才返校，家里还出现什么情况啦？"袁雪梅说："没有。"赵处长叹道："学生休学不能超过两个月，这是院里的规定。可你半年了才返校，按规定你该被劝退了。考虑到你家里的实际情况，学院领导网开一面给你一个补考的机会。在家自学二年级的课程没有？"袁雪梅点了点头。赵处长说："事后中文教研室将给你出一套题。考过你就升上二年级，考不过你只有回家一条路了。"袁雪梅两手一合说："谢谢赵处长，按院里规定办。""雪梅同学，"赵处长最后说，"我真心希望你考试过关，最终拿到大学本科的文凭。"

休学的这半年，袁雪梅是以给父亲袁冰乃至母亲办理丧事的机会，有意拖延了假期而完成了对章显最关键的哺乳期。当她怀上章显时，他的姥爷就有消息了，当姥爷牺牲了，章显就出生了。若不是他的姥爷战死在战场上，她没有任何机会和理由请假休学，只能与章诗逸一样上课下课，写作业考试。不出多长时间，她那腆起的肚子就会昭然于天下，父亲背上了难于启齿的伤病后就置家庭于不顾，甚至连媳妇以至女儿都不见了。到头来却用战场上的牺牲，间接换来了外孙子章显的到来，换来了这个家族的血脉传承和生命的延长。

在家休学的那段时间，袁雪梅除了照料章显外，就开始自学落下的课程了。她并不知道将来学院还会考自己，只是出于一种好学的本能。然而正是这种本能，成就了她自己。她的补考顺利通过了。

当袁雪梅挺着胸脯，迈着稳健的脚步走进中文77级3班教室时，信心随之大增。她计算着自己上学的成本也憧憬着美好的未来，四年的大学学业她只用三年半就完成了，另半年生下养下了章显。谁说鱼和熊掌不可兼得？学业不荒，儿子问世，就是一个无懈可击的佐证。然而正当她春风得意踌躇满志之时，家乡的一封来信如一把利剑，彻底斩断了她迈向锦绣前程的双脚……

信是她家乡那个县的计生办寄来的，直接寄给了学生处。信只一页纸，也只表述了一个内容：你校学生袁雪梅最近在家乡生下一个孩子，查为二胎，暴露出贵校对计划生育工作管理的疏漏。望贵校警钟长鸣，不能把学校当作计生工作的死角，更望贵校对当事人严惩不贷！云云。

赵处长看完信后，顿觉脑袋如炸裂开一般。原本她对袁雪梅和章诗逸出于同情和怜惜，没有追究二人超假的过失，而他们却在超过的假期中掩人耳目地超生了一个孩子。一种被人欺骗被人愚弄的感觉让她恼羞成怒！她忽地想到袁雪梅体态的变化，纯系一个孕妇该有的形象，确信那信绝对没有不实之词。

她拿着信，来到常院长的办公室。常院长看完信后撑霆裂月地吼道："开除，二人都开除！"赵处长这时倒对章诗逸生了恻隐之心，毕竟他接任学生会主席一职后尽职尽责，工作别开生面，为她减轻了不少负担。于是小声提醒道："院长，章诗逸同学是学生会主席，工作一直……"常院长一挥手打断了她的话："学生会主席才更应该带头搞好计生工作！"赵处长点点头便想离去，常院长却喊住了她，情绪已趋平复地说："这件事还得按照组织原则办。至于如何处理，你首先与他们二人的辅导员共同研究一下，再综合学生处的意见上报院里。一切本着严加保密、速战速决的原则。明白我的意思吧？"赵处长说："明白。"

赵处长走出常院长办公室，就将中文77级1班辅导员柳老师和3班辅导员李老师叫到学生处。三人坐定后，她不做任何铺垫，直奔主题就将那信念了一遍，两位老师惊得都吐出了舌头。专职做过计生工作的柳老师深知此事的严重后果，极为不安地问道："院里什么意见？"赵处长说："二人都开除！"柳老师再问："您找我和李老师来，就是为了告诉我们，袁雪梅和章诗逸都被学院开除啦？"赵处长摇摇头说："这只是院里的初步想法而不是最后决定。找你二位来，就是想听听你们的意见。柳老师你先说。"

柳老师淡淡一笑："章诗逸是我现在的学生，袁雪梅是我曾经的学生。他们在为人和学业堪称这届学生中的佼佼者，我不希望他们出了问题就一棒子将他们打死。赵处长，这两口子带着一个孩子来到铁园是为了什么？绝不是因为我们铁园师院有多好，而是他们想通过到此读书找到郝援朝的父亲郝军长，然后再通过郝军长找到雪梅的父亲袁冰。如果不是为了这个，就凭章诗逸的高考成绩，打死他也不会来这儿的！可是他们最后得到了什么？除了雪梅父亲为国捐躯的一堆骨灰，再就是被我们开除的处分。"说到这里，她已是泣不成声了。

赵处长安慰道："柳老师，我知道袁雪梅和章诗逸来铁园师院读书很不容易。他们一边读书，一边又找雪梅的父亲袁冰，但这不能成为他们违反计划生育规定而不被开除的理由。你若有其他建议，可以说出来。"

柳老师抹去眼泪，看着窗外的大树说："我们的谈话把树上的鸟都惊飞了，树上没有鸟也就没有了风景。给校园留些风景吧，别把树上最美的鸟枪杀了。我同意给他们处分，任何处分都行，就是不能开除。我说完了。"

赵处长看着李老师问："你呢？也说一说。"李老师也是位女同志，是个五十多岁的老教师了。她说："我完全同意柳老师的意见。"赵处长叹道："其实，我何尝不同情他俩呢。你们想过没有，如果二人不被开除只挨了个处分，那常院长可就倒霉了，上级领导会追究他敷衍了事走过场的态度。单位一把手是计划生育的第一责任人，对本单位超生者没有手下留情之说，除了开除还是开除。我们总该为院长着想，为铁园师院着想啊。你俩好好开动开动脑筋，既把院长择出去，也不把章、袁二人的前途全毁了。办法总比困难多。"

柳老师低着头想了一会儿问道："赵处长，要不开一个留一个？"赵处长说："我明白你的意思，你是说开除袁雪梅留下章诗逸。但是没有章诗逸，袁雪梅能生出孩子吗？"柳老师显然是被问住了。

然而柳老师的想法却触发了李老师的灵感，她将这个思路做了进一步的开拓："此事就得按柳老师的意见舍卒保车了，袁雪梅肯定是保不住了。但是想保住章诗逸，让他本人跟院方都没责任，只有一个办法，就是章、袁二人离婚！"

赵处长问："李老师，你早上吃的是剩饭吧？"李老师说："是剩饭，昨晚剩的包子和稀饭。""怨不得呢。"赵处长说，"人只有吃了剩饭才有馊点子。不过你这点子也太馋了，听说过那句话吧——宁拆十座庙，不破一桩婚。"李老师说："你听我把话说完。我的意思是，这件事就得雪梅一人扛了。但是，雪梅跟章诗逸不是真离而是假离。两年以后，这件事风平浪静了，章诗逸也该毕业了，回家跟雪梅把婚一复不就结了嘛。"

赵处长的手指头一下一下敲着桌子说："苦肉计——不知道章诗逸和袁雪梅是不是一个愿打，一个愿挨，柳老师，你跟袁雪梅谈谈？"柳老师摇摇头提醒道："袁雪梅现在不是77级1班的学生了。""那李老师你谈？你是袁雪梅现在的辅导员。"李老师说："我人微言轻，说话没力度。还是处长谈吧。"赵处长叹了一口气说："看来谁都不愿意当得罪人的角儿。好吧，你们装药我放炮。看看这件事的细节上，还有什么需要完善的？"

李老师说："二人离婚的时间必须放在孩子出生之前，而不是现在。那么这孩子的出生可就是截然不同的两种结果了，一种结果是袁与章的，另一种结果是袁与另一个男人的。假如属于后者，纯系袁雪梅生活不检点，生下个只有妈妈没有爸爸的孩子。"赵处长笑了："李老师呀，你这辈子是不是剩饭吃多啦？你的馊点子不是论个儿，而是论串儿！"

柳老师紧接着说："对雪梅的处理我倒有不同想法。如果以超生的问题将其开除了，无异于打了学院自己的脸，说明学院不过是个灭火队而已。我建议应以袁雪梅休学超假为名处理，别那么狠狠地叫开除，叫劝退。"赵处长点点头说："小柳哇小柳，你这回总算说到点子上了。但是我们现在研究的是袁雪梅超生的问题，而不是她的超假。能否以超假处理，就得看院领导的最终决定了。"

真是三个女人一台戏，只一会儿工夫，就叽叽喳喳地把个超生问题说得面目全非了。赵处长最后说："两位老师，你们都可以当处长了。上有政策下有对策，比我玩得好。记住，出了这个门，谁也不许再提这件事了。"

第二天，袁雪梅被叫到赵处长办公室，三个人坐在她的对面。赵处长开门见山地将那信念了一遍。但见袁雪梅低着头用手搓着衣襟上的纽扣，神情惶然地问："学院……如何处理这件事？"赵处长说："你和章诗逸有可能都被开除！"袁雪梅捂着脸哭了，边哭边说："是我……把诗逸坑了。这事跟诗逸一点儿关系也没有哇，我和他回家办完父母的丧事后，他就劝我把孩子打掉……"她握住赵处长的手，双腿一屈跪在了她的面前继续说："赵处长，该杀该剐该处分该开除就冲我来吧。你们不该开除诗逸，他真的冤枉啊！"三人一起拉胳膊抱腰地把袁雪梅从地上拉了起来。

袁雪梅重新坐到椅子上后，就将眼泪全部擦掉了："三位姐妹，我也不叫你们处长、老师了。看在我是你们学生的分上，放诗逸一马吧。诗逸不像我，他脸皮薄。你们上午宣布给他开除了,他下午就能爬到龙爪山上跳下去……我刚才的一跪,就是为了不让他去跳山崖而重新站起来呀!"赵处长说:"雪梅同学,其实我们的想法和你是一致的,不妨大家都说说,有什么法子保住章诗逸。"于是三人你一言我一语地就把话题归到离婚的事上了。袁雪梅只说了一个字:"离!"赵处长说:"只是个假离……"袁雪梅脖子一梗:"真离也无所谓。我和诗逸的离婚协议必须放在一年以前,最终表明我肚子里的孩子不是他的才好。"赵处长感慨地说:"雪梅同学,真的难为你了。"

袁雪梅强撑着笑,摇了摇头说:"我有什么可难为的?虽然我倒在求学的路上,但我又赢在寻父的路上了。我儿子章显从今以后再也不用藏着掖着了,回家后的第一件事,我就大大方方地抱着章显去他姥爷的坟头,拜谒那座青灰色的墓碑。去看碑上,他姥爷用生命和鲜血写下的那十四个字……'麻栗坡下落冰日,征人有梦归故里'……"没等说完,她捶着胸脯放声大哭。

第二天,袁雪梅找到了章诗逸,将超生章显已败露的事情说完后,便将自己写好的离婚协议摊在了他面前。章诗逸摇着头说:"不离。我们一起回老家吧。只要有你,我可以什么都不要了!"袁雪梅说:"你傻呀,为了章显,把我一人搭进去就够了。把字签了!"章诗逸看着落款的时间段仍然没签。袁雪梅说:"为什么放在那个时间,你懂!"之后,就拽着章诗逸去街道办理了离婚手续。

一周后,学院大门前张贴出一纸公告,是对袁雪梅的处理决定。院方既没用"开除"也没用"劝退",而是用了"勒令退学"的字样,完全避开超生之事而采纳了柳老师的建议:因袁雪梅同学请假休学,超过了学院规定的期限,改予勒令退学。

袁雪梅即刻成为恢复高考后,首批大学生中唯一受到如此重罚的反面典型而被全院师生所关注和议论。她走在路上,走进食堂,走到任何一个角落,都会有人对她指指点点,窃语声声。越是这个时候,她越发挺直了腰板从他们身边泰然自若地走过,原本的超生被超假所掩盖和替代,这足以让她宽慰了。为了处理自己父母的丧事而超假,这个超假比起超生有什么可丢人的?章诗逸也因此置身其外,毛发无损地平稳上岸了。

对袁雪梅的处理决定刚刚张榜公布的第二天,一则爆炸性新闻在校园内迅速传播,即刻引起轩然大波,章诗逸与袁雪梅离婚了!

那些熟悉袁雪梅的同学不约而同地围住她询问这则消息的真伪,以及是谁先提出离婚的。袁雪梅落落大方地答道:"此事属实。离婚是我提出的。"有人问:"你为什么提出与章诗逸离婚?"袁雪梅说:"有什么为什么吗?正如我们当初结婚一样,没有什么为什么。自古表白多白表,向来姻缘少原因。什么都不为才是最好的婚姻，也是最好的离婚，更是最好的人生。"又有人问："你就这样如一缕轻风般地从铁园师院飘走了，甘心吗？""甘心。"她说，"多数情况下，我们只知道风的虚无，可风的真实却是它刮过后留下的风景，即使一地鸡毛也是风景！"还有人问："今后生活无书，你是不是会觉得很忧伤？"袁雪梅笑道："有一句话说得好：清风无尘好读书。我找父亲的路上，心里早已落满了脚印和尘灰，根本没有摆书的地方，更没有忧伤的空间了。""大姐，"又有人问，"你听到过那句话吧？天不怕地不怕，就怕流氓有文化。"袁雪梅一挥手斥道："屁话，章诗逸不是流氓！好了，'记者招待会'到此结束。"

　　袁雪梅离校那天，众多同学聚集到学院大门为她送行。其中有她同系同班认识和熟悉的同学，也有外系外班她所不认识的同学。大家的目光中流溢出对她被学院勒令退学以及她与章诗逸离婚的同情，也流露出对她今后生活的担忧，丝毫看不到人们对这个身背学院"极刑"的老大姐不屑和轻蔑的眼光。

　　神寒形销的袁雪梅看到柳老师站在远远的一棵小树下，就走了过去。她握住柳老师的手小声说："谢谢您了，我知道由超生变为超假一事是您提出来的。它远比我与诗逸离婚更能解脱诗逸，同时也保住了我的颜面。"柳老师抹着涌出的眼泪，摇了摇头没有说话。

　　之后，她又走进门卫室，微笑着与老李头握手告别。章诗逸入学时曾与他有过纠葛，邀千人之欢，不如解一人之怨。她想临走时代表章诗逸实现与老李头相逢一笑泯恩仇的和解及释怀。没想到老李头呸了一口说："仗义每多屠狗辈，负心多是读书人！"在她转过身离开校园的一瞬间，已是泪流满面了。

　　火车站。她见到了来车站为她送行的章诗逸，还有郝援朝和刘天刚，突然间又看到了郝援朝身后的于小萱。她拉着于小萱的手问："你怎么也来啦？"于小萱抹着眼角的泪水说："援朝把你的不幸都跟我说了……"袁雪梅苦苦一笑："谁让姐有军人子弟的称号呢。比起我爸，我算幸运多了。小萱哪，把眼泪擦了吧，我不想别人提起我就剩眼泪了。"之后，她又走去与刘天刚握着手问："婚后幸福吧？"刘天刚面无表情，没有回答。

　　袁雪梅也不再问，却说："天刚啊，嫂子这一路到铁园寻父就算结束了……这两年的大学生活中其实我没学到什么，只悟明白了人生之路这个不得不悟的问题。我认为，人的一生要走过六条路：求学的路、求职的路、求偶的路、求官的路、求财的路和求名的路。而在我的脚下，在你刘天刚的脚下，在所有与前辈失散以后，人们的脚下，却多出了一条必须踏上去的路——寻找战争中失散父母的路。我把它称为'第七条路'。弟呀，第七条路的路基，就是昔日战场上的每一粒子弹，每一发炮弹，每一滴鲜血和每一具尸体筑就的。这一程路的每一个脚印，都印证着寻亲者的坚定和执着，凄楚和辛酸哪！"

这时火车减着速停在了站台上。章诗逸依依不舍地握住了袁雪梅的手。她看着他低垂的头和负疚的眼神欲言又止，之后拍拍他的肩膀什么也没说，快步走上车去。她倚在车窗时眼里已噙满了泪花，满怀深情地向大家挥手告别："姐终于踏上回家的路了。可姐却感到，它比走在第七条路上还落寞，还孤独哇……"

这之后校园里掀起的一股热潮，将袁雪梅被逐出校门以及章诗逸与袁雪梅离婚引发的风波渐渐地驱散了。

10月16日是铁园师院建院二十周年纪念日，学院领导决定将已形成惯例在9月份召开的秋季运动会放在这一天举行。

学院专门成立建院二十周年暨秋运会的筹备领导小组，由一名副院长任组长，若干名处室的领导为成员，学生处赵处长为秘书长。

这天，筹备领导小组召开第一次会议，副院长传达院党委的决定，号召全院师生把这次大会开成一个团结的大会、胜利的大会。章诗逸以学生会主席的身份列席会议。

原本空旷的大操场，因为各班争先抢地盘以操练队伍而变得寸土寸金了，形成了那段课余时间中操场上的主流态势。各班喊出的口号，声音高亢激昂，内容却不尽相同。有喊"文安天下，武定江山，德才兼备，文武双全"的，也有喊"凤舞九天，龙盘大地，为梦飞翔，誓夺桂冠"的。中文77级1班的口号是："群贤毕至，文争武战，独领风骚，唯我一班。"

操练休息的时候，柳老师将章诗逸叫到面前说："你编的口号挺好，但是文无第一，武无第二。我不担心咱班能拿到文明班级的荣誉，只是竞赛成绩令人担忧，独领不了风骚。"章诗逸笑了笑说："我也担心这个问题，但口号还得这么喊。"柳老师掰着手指头说："班里能拿到奖牌的就那么几个人，单晓慧、二毛子、王强和郝援朝。援朝虽然腰有伤，但从这几天预练的效果看，他的投掷成绩足可进前三。除此之外，还有谁啦？可是援朝还请假了……"

郝援朝确实请假了，而且等于是提前就把这个假期预约下了……

西南边疆自卫还击战之后，郝军长向军区递交了请辞报告——原因有二：一是脚伤频频发作，身体不适，难继大任；二是年龄偏大，已逾六十，实不适应部队现代化建设的要求，情愿让位于年轻人。请领导批准。

军区司令员接到他的请辞报告后，火速表示要接见他。郝军长匆忙赶到省城，走进司令员办公室后，就将右腿的裤腿使劲捋了起来。陈旧性的脚伤已蔓到整个小腿，脚踝至膝盖部位完全肿胀起来了，里面像汪着一包水。二人坐定后，司令员说："从战场上走下来的人哪个不是遍体鳞伤，疤痕累累。老郝哇，伤疤是勋章，挂彩越多，勋章也就挂得越多了。我的屁股让鬼子炸掉了一半，拉屎蹲着也不是坐着也不是，就是找不着平衡。你既是脚伤不断发作，那就送你去北京三〇一医院治疗一段时间。"

郝军长说："首长，你也知道，我一辈子没住过院。让我住院就等于把我投进了大牢。"司令员叹了三口气指着他的脑袋说："你就是这里出了问题，缺少继续革命的思想。孙中山先生说过：革命尚未成功，同志仍须努力。你既然不想努力了，我也不留你了。说吧，退下去之后准备去什么地方？"郝军长呵呵一笑："回老家去微山湖钓鱼。"司令员操着浓重的湖南方言嗔道："你以为你是姜子牙？还玩起了钓鱼。告诉你老郝，你生是部队的人，死是部队的鬼。东北就这么几个好地方，想去哪儿颐养天年？我给你安排。"郝军长不以为然地说："埋骨何须桑梓地，哪儿的黄土不埋人？""好吧，"司令员说，"我就给你做主了。去金海市吧，那是个海滨城市。"

半年后，军委批准了郝忠玉的请辞报告，也同意他推荐的本军四十五岁的参谋长接任了他的军长职务。

那天下班后，他有了如释重负的轻松，便给家里打了个电话。接电话的是刚刚放学回到家的郝援朝，郝忠玉说："儿子，你马上到我办公室来一趟。"不一会儿，郝援朝走进了父亲的办公室。但见他那硕大的办公桌上摆放着文房四宝——安徽泾县宣纸、浙江吴兴紫毫湖毛笔、广东肇庆端砚，以及光泽如漆的徽墨。父亲说："铺纸研墨，爸爸要写几个字了。"郝援朝丝毫不敢怠慢，深知父亲书法自成一体，但平日公务冗繁，很少动笔。但见父亲运气凝神，悬腕运笔，挥毫泼墨中一蹴而就——"看庭前花开花落，宠辱不惊；望天上云卷云舒，去留无意。"字体雄奇野逸，苍润博大。父亲放下笔后笑着问："爸爸这几个字写得还可以吧？"郝援朝侧头看着那几个字说："有怀素大草的遗风，但老爸此时写这几个字有何用意？""儿子呀，"父亲说，"从今天起，爸爸再不是军长，是一个地地道道的退休老头了。"

父子俩这时并排坐在了沙发上。父亲缓缓吸着手中的烟说："爸爸妈妈去金海的时间定在10月中旬。和平离家远，就不让她回来了，你送爸爸妈妈去金海。"郝援朝点点头说："那是当然。"停了停，父亲又说："爸爸这些日子就要忙些交接的事情了，慎终如始才算本分。你那里有一件事给爸爸落实一下。就是你的那个送外调材料的同学，她该是咱们老家那里的人。过去我说要见她，你一直没领来，现在我就要离开铁园了，总该见见这个小老乡哟。"郝援朝一笑："遵命。到时她喊你爸，你一定要……应着。"郝忠玉一巴掌搧在他的后背上嗔道："臭小子，我只见老乡，还没急到你给我领来个儿媳妇的份上。"

周日的早饭后，于小萱刚刚走出食堂，就被候在门外的郝援朝一把拉住，往校园外走。于小萱憋红了脸挣着手说："援朝，你这是干什么呀，也不怕被人看见。"郝援朝松开了她的手说："怕人看见，你就乖乖跟我走，我领你去个地方。"他们一前一后出了校门，穿过一条街后，就走进了H军军部大院。来到郝援朝家的那栋小楼门前时，一直跟在他身后的于小萱停了脚步，绯红着脸说："援朝，这是到你家了。我以前跟你说过，我怕见你爸，因为你爸的官太大啦。"郝援朝再次拉住她的手说："我爸不是军长啦，只是个地地道道的退休老头。"迈进家门的那一刻，二人拉着的手分开了。

郝忠玉和梅子琳已迎在客厅。郝援朝一副得意之状，指着于小萱介绍道："老爸老妈，我奉命将咱们的小老乡请来了。我向你们隆重介绍，她是我的同班同学于小萱，是个才女。"于小萱两手交叠在小腹处鞠躬致礼："叔叔阿姨好。"

四人坐下后，郝援朝沏下一杯茶放在于小萱面前。于小萱含羞的眼睛看着杯中的茶叶和澄黄的茶水，便有了对郝援朝一盏清茗酬知音的感激。她第一次走进这么大的房间，房间虽大但朴实无华，如杯里的茶水一般并不绚丽也不光艳。她第一次见到被家乡人引为骄傲奉为英雄的郝忠玉军长。军长并不高大魁伟，也不孔武剽悍，像一杯茶一般平静而又温和。

郝忠玉看着面前模样可爱气质文静的于小萱，自是几分悦意。一种姑娘不是因为美丽而可爱，而是因为可爱而美丽的感慨在心里升腾，暗叹儿子的眼力不俗，便微笑着问："小老乡哟，你交给叔叔的任务完成得怎样？"于小萱深知他所说的任务就是她托郝援朝送给他的那份县里要的外调材料，抿嘴一笑说："县里领导很感谢您对家乡工作的支持，要我谢您。""那你怎么没谢我呢？"郝忠玉问，"这都是一年前的事了，是忘了，还是因为学习忙？"于小萱红着脸又摇头又摆手地说："不，不，都不是。学习再忙，我也该来感谢叔叔……我是托援朝谢您的。"郝忠玉摇了摇头："援朝可没代你谢我。据他说，你怕见我？"于小萱的脸更加红了，低着头一副难言之状。梅子琳冲郝忠玉摆摆手说："老二哇，别再逗人家孩子了，说点儿正经事吧。"

"好。"郝忠玉说，"听你阿姨的，咱们说正经事。小萱，我问你，你既是姓于，该是于石沟村的人吧？"于小萱说："是呀。"郝忠玉又问："你们于石沟村的人都听说过我？"于小萱说："都听说过。岁数大的人都见过您。""家里现在都有什么人哪？"于小萱答道："父母，还有个哥哥。""你父母，也认识我？""我爸，对您很熟……总讲你们之间发生过的故事。"郝忠玉的情绪一下子高涨起来了：

"你告诉叔叔,你爸叫什么名字?"于小萱低着头,嘴角轻轻吹出的一缕气息拂乱了脸上落下的柔发:"叔叔,我说了我爸的名字,您千万……别生气呀。""哎,这叫什么话嘛,"郝忠玉摇摇头说,"叔叔现在最没工夫做的事就是生气了。""我爸……叫……叫于生。"郝忠玉霍地站起来问:"你再说一遍,你爸叫……什么?"

"于生……"于小萱低着头又重复了一遍。"孩子,"郝忠玉惊诧不已中语气已变得温和而亲近了,"叔叔不生气,叔叔……就想见到你爸呀。"

这天夜里,老两口早早上床睡了,床头柜上台灯的光线淡若清流。梅子琳附在郝忠玉的耳边说:"老土哇,我们这是什么命啊,女儿嫁了个马夫的儿子,儿子又要娶下个瘸子的女儿。"郝忠玉笑道:"若无相欠,怎能相聚?"

郝忠玉一家按期到达了金海市。一切安顿好的第二天,郝援朝就要返回铁园上学去了。郝忠玉拉着他的手语重心长地说:"你回到铁园后,就将家里的钥匙马上交给军里。黄部长在招待所给你安排了一个房间,待你今后有了房子再还给军里……还有,爸爸的长孙郝运峰有可能来铁园了。一旦有信,你马上给金海这边打电话!"

第十六章

　　郝忠玉那年回老家要带走的大孙子郝运峰如今已十八岁了。方方正正的脸盘上闪烁着一双不大但很活泛的眼睛，蟹青色的脑壳已被茂密油黑的头发全部覆盖，笑起来时，嘴里的两个小虎牙洁白如玉。他的身体长成了爷爷的样子，轻捷骁勇，浑身充满了力量，注定了他奔跑的速度和耐力犹如猎豹一般。

　　初中毕业后因家境不好，他回到村子里拜表哥长锁为师，学习木匠手艺。长锁的木匠手艺是他爹传给他的，老爹去世后长锁就撑起了门户，背着木匠工具到城里走街串巷地干活。郝运峰就随在他的身边当小工，两年下来也出了徒。后来长锁南下广州闯荡，郝运峰没有随他而去，就在县城的建筑工地打工，也挣得一份可以糊口的工钱。春秋两季的农忙时节，他就回到家里抢农活。

　　这个已近草木黄落、蛰虫咸附的秋季，玉米获得了大丰收，掰下来的玉米穗如山似崮般堆满了家里的场院。郝运峰便整日蹲在场院里与几个弟弟搓玉米粒，眼瞅着玉米粒装了一麻袋又一麻袋，所有的农活已干出了头，心里暗自高兴。

　　这日午后，他趴在父亲郝荣君的耳边小声问："爹，我可以走了吧？"正在搓玉米粒的郝荣君头也没抬地反问："去哪儿？"郝运峰说："去找爷爷呀。奶奶说，我十八岁就可以去找他了。"郝荣君说："问你奶奶去，她同意你就走。"他说完后顺手选了三穗颗粒饱满、澄黄如金的玉米递给郝运峰说："上次你爷爷回家时，说要拿几穗玉米带回东北去，但走得急没拿。这次你给你爷爷带去吧，算作我送他的一份礼物。"

　　郝运峰走进奶奶房间时，但见桌子上放着两个木楦，上面套着鞋底和鞋帮，一个小盆里装满了小米熬下的糊糊，上面漂着焦黄的米油。郝运峰进门说完了去找爷爷的想法后，奶奶一边往鞋帮上涂抹着米油一边问："你真的要去找爷爷啦?"郝运峰捧着三穗玉米说:"奶,你看,这是爹拿给我的,是他送给我爷爷的礼物。"

奶奶点点头说:"我给你爷爷也备了一份礼物。你爷爷的右脚有伤,那年他回家时就问奶奶要布鞋穿。奶奶正在给他做千层底布鞋呢。奶奶做的千层底布鞋,在战场上可是救过你爷爷的命哟。"郝运峰说:"奶,这鞋子好珍贵呀,我一定亲手给爷爷穿上这鞋。"奶奶摆了摆手却说:"明儿个奶奶去县城找你霍大爷,让他给你爷爷去封信,告诉他,你去铁园找爷爷了,过几天你再走吧。"郝运峰摇了摇头:"奶呀,你就别让我再等了。你给我爷爷部队的番号,我自己去找。你不是跟爷爷说好了嘛,让我长到十八岁时就去找他。"奶奶的眼睛湿润了:"其实奶奶,很想跟你一起去找你爷爷,可是奶奶知道,那条路很窄,没有奶奶落脚的地方啊⋯⋯"

第三天下午,奶奶将那双还没有干透的布鞋和三穗玉米分别包好,同时又将郝忠玉那年回家时留下的那个装有钱的信封,放进一个邮递员用于送报纸和信件的旧挎包里。那挎包是一名邮递员早些年送给她的,可是她从来没有用过。奶奶将那个印有"中国邮政"的绿色挎包递给郝运峰说:"这回你就给奶奶当个邮差吧,把奶奶做的布鞋和你爹拿的三穗玉米,一并送给你爷爷。"郝运峰点点头说:"奶,你放心,我一定当个好邮差。"他接过那挎包,翻出装着钱的信封还给了奶奶。奶奶摆着手说:"这是你爷爷留给你的,那里边有二百元钱。你爷爷说,这些钱是你去找他的路费。还有,信封你也拿着,那上边有你爷爷部队的番号。"郝运峰从信封里拿出那钱,点出一百元钱还给奶奶说:"奶呀,孙儿路上有一百块钱就够了,进了城我还会挣钱的。"说完后将挎包往肩头上一挎,飞身一跃,就跳上了墙头。那个位置靠近墙角,正好是郝忠玉当年逾墙而去的立足之地。

奶奶顿然间觉得,孙子跃上墙头的那动作和气势,与当年他爷爷郝忠玉一样轻松而又敏捷。她以手加额看着墙头上的郝运峰说:"敞着的门不走,非要学你爷爷像狗一样跳墙头。"郝运峰蹲了下来说:"奶,你看你看,这墙头上还有爷爷当年的脚印呢。你好好保重,孙儿在城里挣了钱一定回来看你。"说完后就要跃墙而去。奶奶喊住了他,从院子里的自留地里抓了几把松软的黄土,然后用一块布扎紧,一扬手扔给墙头上的郝运峰说:"你把这包土也带给爷爷吧。他喜欢家乡的土。"当年,她也像今天这样,就在郝忠玉跃上墙头的那一刻,也顺便扔给了他一包土。

郝运峰接下那包土放进挎包时,奶奶抹起了眼泪:"运峰啊,见了爷爷的夫人叫奶奶,别忘了问奶奶好,听下没有?"郝运峰摇摇头说:"你不是奶奶吗?"奶奶说:"那你就叫她二奶。"郝运峰点点头。奶奶又说:"爷爷要是安排你当兵,一定不要去。不然你会像他一样，再也不回老家来看我了。听见没有？""听见了。""还有，你会木匠手艺，就让爷爷给你安排个木匠的工作吧，听见没有？""听见了呀，我的好奶奶。"奶奶最后摆摆手说："你走吧，找到爷爷就把奶奶做的布鞋亲手给他穿上。"郝运峰的声音有些沙哑了："奶呀，孙儿不给爷爷穿上你做的布鞋，就不回来见你了。"说完，飞身一跃就不见踪影了。

郝运峰在村口的公路边上等来一辆大客车。天刚刚黑下来的时候，大客车就到了临沂火车站。他在路边的小饭店吃了一碗面条后，去售票窗口买了火车票，之后就登上了开往铁园市的火车。

又一个暮色四合、华灯初上的傍晚，火车停在了铁园火车站。郝运峰压抑着来到铁园市的兴奋，在车水马龙、熙熙攘攘的广场上拿出爷爷装钱的那个信封，指着信封上的部队番号逢人便问它的具体位置，得到的答复仅仅是一个他还未辨清的东南方向而已。正此时，几辆军用卡车停在广场上，一队刚刚下了火车的军人向深绿色的大卡车列队跑去。他眼前一亮，凑到车前，向一名年轻的二兵说了爷爷部队的番号，并说明自己要去那里。那士兵踢了一脚卡车轮胎，不屑地看了他一眼什么也没说。但其中的含义再清楚不过了——你有跟上它的本事，它就能带你去！几辆军车这时排成一队，向大马路驶去。

"追！"郝运峰心里大喊一声，撩开大步向车队追去。由于市区内十字路口的红绿灯频繁转换，车队且走且停，他还真跟上了。转眼间，他随车队已跑出五六里路了。这时车队已驶出市区，红绿灯也没有那么多了，车速也随之加快。他拼命追着已是力不从心，车队在他的眼前渐渐模糊起来，最后一路绝尘地不见踪影了。他不敢怠慢也不敢松懈，依旧朝着车队消失的方向追去。不知跑了多长时间，在路的一侧，亮着双闪应急灯的车队，驶进了一个戒备森严的军营里。郝运峰抹着额头上淌下的大颗汗珠兴奋不已，看来，爷爷就在这个偌大的部队大院之中了！

他并没急于走进军营，而是步履平稳地来到马路对面的一家烟店买下一条香烟，这便是除了奶奶和父亲送给爷爷的礼物外，他又以自己的名义送给爷爷的另一件礼物。走出商店，轻柔的晚风徐徐拂来，他站在风中将身上的汗全部吹尽，便精神抖擞而又信心满满地向军营的大门走去。

把守大门的卫兵迎了过来，他报了爷爷郝忠玉军长的大名。不敢怠慢的卫兵迅即走进值班室，身后跟来了一名挎着手枪的军官。那军官的口音南腔北调的，说不上什么地方人，但是声调高亢有力："小同志，你找郝军长什么事？"郝运峰挺起胸脯说："我是郝忠玉的孙子。"军官心里陡然一惊，这一惊完全来自对方敢于直呼郝军长大名的底气。他用审慎而挑剔的眼光由上至下地认真打量完郝运峰后说:"据我所知,郝军长没有孙子。"郝运峰应道:"我是他农村老家的孙子。"军官伸出手问:"你有什么证据,证明你是郝军长农村老家的孙子?"他将那个装着钱的信封递了过去。军官翻看着信封说:"小兄弟,你自己看看,这里边只有钱,别的什么也没有。钱不能证明你是郝军长的孙子,你有没有他给你写的信?"他摇着头说:"没有。可信封上有部队的番号,这算证明吧?"军官笑了:"这个信封本部队的每一名官兵都可以拥有。遗憾的是上面一个字也没有,哪怕那上面郝军长签了自己的名字我都能认出来,一个没有任何字迹的信封什么都说明不了。"

郝运峰继续争辩道:"信封里的钱是爷爷给我的,他让我拿这钱来找他。"军官已是不耐烦了:"我刚才不是已经跟你说过了嘛,钱不能证明你是郝军长的孙子。信封里的钱你可以装进去,别人也可以装进去。"郝运峰气得跳了起来:"我就是郝忠玉的孙子,这是谁也否认不了的!"军官冷冷一笑:"告诉你小兄弟,没有证据证明你是郝军长的孙子,我不能放你进去!"他向卫兵使个眼色,双手向背后一剪,就走回营房了。

两名卫兵肩并肩地走了过来,威严的语气中透着不可违背的意思:"这里是军事要地,请你马上离开。"郝运峰梗着脖子说:"我不走!"一名卫兵将枪横在手里说:"你再不离开,就是妨碍军务了。"郝运峰把两个手腕一并说:"把我铐起来吧,让我爷爷来领我。"

军官这时从营房中又踅了回来,拦住卫兵后盯着郝运峰说:"实话跟你说了吧,郝军长现在已不在这个大院了,也不在铁园了。你连这个都不知道,说明你根本就不是他的孙子,是个地地道道的冒牌货。从现在起,请你马上离开这里。"郝运峰一听,心里就恓惶起来了,怯怯地问:"那郝忠玉,郝军长……去哪儿了?"军官说:"这是军事机密,你无权过问。请你马上离开这里,三分钟之后你要再不走,可真的就是妨碍军务了。"说着,他举起手腕看着手表。郝运峰已完全丧失了与军官对峙的底气,从军官的语气和眼神中,他确信爷爷真的不在这个营房,也不在这座城市了。如果自己再继续争辩下去,大有可能被他们扣上妨碍军务的罪名。他狠狠瞪了那军官一眼后,心有不甘地悻悻而去了。

他走出去不远,便见马路斜对面也有个很大的院子。院门大开,人来人往,与那个深不可测、壁垒森严的部队大院简直是天壤之别。大门被绚丽多彩的灯光所包装,右侧门柱挂着白底黑字的大牌子——铁园师范学院,这显然是一所大学。他混在一群学生中走进了校园。学生往楼群走去时,他却拐了个弯来到一处偌大的空旷之地,定睛一看,竟然是一个大操场。他闷闷不乐地登上了雨篷下的主席台,这里无疑是个遮风避雨的好去处。他已困乏至极,取下肩头的挎包当枕头，懒懒地躺在一排椅子上，不一会儿就睡着了……

晨曦微拂于整个大操场时，大操场便打着哈欠醒来了。400米跑道以雪白的线条画就，四周的看台上，一水儿的红绸黄字横幅，标明了不同系不同班级的名称。主席台上方的大字端庄气派——"铁园师范学院庆祝建院二十周年暨秋季运动会"。两侧垂下对联，上联"忆往昔，峥嵘岁月二十载"，下联"展未来，风物长宜放眼量"。主席台下方的位置，陈列着美术和摄影作品的展板，记录和彰显着铁园师院二十年来与时俱进的巨大成就。

天已大亮，洒水车开进操场，喷出的水花飘洒如雨，干燥的场地变得潮气袅袅，湿润清新了。各个班级的位置前已是人头攒动，都在谋划着即将开始的各项比赛。中文77级1班的柳老师早已来到本班所在的位置，后面跟着章诗逸、二毛子、单晓慧，以及该班的其他几位同学。

柳老师红润光洁的脸上荡漾着兴奋之色，但依然为本班的竞赛成绩忧心忡忡。章诗逸不断为她宽心劝导："老师，我们只有扬长避短了。拿不到竞赛成绩的团体名次，我们就把中文77级1班高昂的精神面貌展现给大会。可惜我天生与体育无缘，跑步如龟，跳跃如猪。但我也有别人没有的长处，我保证每天给大会投十篇以上的稿件，锯响就有末，让赛场上天天播放着中文77级1班的宣传稿件。我相信，中文77级1班捧回一个精神文明的奖杯没有问题。"柳老师并不开心地笑了一下说："可我就想要精神文明和竞赛成绩的双丰收哇。"说完之后，她就独自走了。

这时候，但见400米跑道上一个敦敦实实的身影在跑着，如水中的小舟驰波跳沫，优雅轻盈。二毛子指着那跑者问："各位看，那小子是不是有点儿像咱班的高闯？"众人应道："像！"章诗逸听后眼睛一亮，招手将二毛子叫到跟前小声说："那小子不是像高闯，他就是高闯！食品箱里有面包香肠，一会儿拿给他充充饥，再送他套运动服，之后的话我就不说了。"二毛子嘿嘿一笑："你不说我也明白。那小子不就是想跑嘛，我让他在这个操场上跑断肠！"

二毛子的家在黑龙江省牡丹江市。他父亲是中国人，母亲是苏联人，因此他有了"二毛子"的绰号。他是班委会的体育委员，运动会即将开幕的火爆气氛，早已将他心底的激情点燃了。

跑者是郝运峰，他昨晚在主席台上睡得很沉，直至天色大亮时还未醒来。蒙眬中就觉得有人推搡他，睁眼一看，竟是一个五十多岁、头发蓬乱的男人。此人是总务处的勤杂工，一大早便来到主席台打扫卫生，见一人死狗般地躺在座椅上酣睡，气就不打一处来。他将郝运峰推醒后大骂："你真是活腻歪了，也不看看这是什么地方！"站起后的郝运峰自觉理亏也不争辩，一声不响地走下台来。他万未想到找爷爷的路竟是这般结局，心里不免生了浪迹天涯的凄凉之感。他要待离开这个并不欢迎他的大学校园时，却看清了盛装之下大操场的真实景象，一切表明：一场龙争虎斗、声势浩大的运动会即将在这里举行。

中学期间，郝运峰连续三年代表学校参加县中学生运动会，拿到初中组1500米、3000米和5000米的冠军，三纸奖状至今还挂在家里的墙上。奶奶逢人便夸："我孙子血管里淌的是他军长爷爷的血哟，还能跑得不像只豹子？"辍学以后，就再没有机会展示他猎豹一般的雄风了。可是就在昨天，他又找到了猎豹奔跑的速度和耐力，竟然在十几里路追逐军车之后，准确无误地找到了爷爷的部队大院。他看着操场上椭圆形的跑道，心想不如在这个让他心冷的地方跑热了再离开这里。他在心里大喊一声："宁可在这里跑死，也不能在这里等死！"然后摘下肩上的挎包藏到主席台下展板的后面，一个箭步蹿上了跑道……

跑至第二圈时，二毛子拦住了他，拉着他坐在中文77级1班的座位上，拿出面包、香肠等食品摆在桌子上，而后关怀备至地说："弟弟跑累了吧？吃点儿东西垫补垫补。"郝运峰实不敢相信此时的这一幕竟是真的，摆着手回绝了。"怎么？"二毛子问，"怕我下药哇？"郝运峰摇摇头说："我这种没用的人，值不了一服药的价钱。我的意思是，不能白吃别人的东西。"二毛子说："吃吧吃吧……"郝运峰不为所动："大哥，你先告诉我，你需要我做什么？如果我能做就吃，做不了一粒面包渣我都不会动的。"二毛子一弯腰，从一个纸箱里摸出一套连外衣带裤衩和背心的运动服，以及一双白色的回力球鞋，啪的一声扔到桌子上。郝运峰鼓着一双疑惑的眼睛问："这是……干什么？"二毛子说："送你的。从现在起，你就是铁园师院中文77级1班的学生了，名字叫高闯！"

受宠若惊的郝运峰站起身来说："大哥，我只是个初中生，喝过的墨水没有你撒的一泡尿多。别说你送我套运动服，你就是给我戴上顶博士帽我也只是个初中生，帮不上你们大学生什么忙，也当不了高闯。"二毛子狠狠揍了他一拳说："你能帮上我们中文77级1班的忙，中长跑的项目你全包了。"郝运峰后退一步指着自己的鼻子问："你是让我假扮高闯，替你们中文77级1班参加跑赛？"二毛子点了点头。郝运峰万未想到，自己被撵下主席台后憋着气的愤然一跑，竟然还跑出名堂了，但还是不无担忧地问："如果，有人发现……我不是高闯，怎么办？"二毛子哈哈大笑："什么怎么办？你和高闯长得就像一个模子刻出来的，全院师生没人能认出你的。"

但见郝运峰眉毛一拧，眼睛一瞪，浑身被激发出"士为知己者死"的斗志，与之前已是判若两人了。片刻工夫，饥肠辘辘的他，已将桌上的所有食品一扫而光。之后，又跑到主席台的展板后面取了他那个珍贵无比的挎包，再次跑回来时，他就是中文77级1班的高闯了。正好前两天高闯家里有事告假了，他白天顶着高闯的名参加运动会，晚上就睡在他的床上，就连自己的住宿问题都解决了。

运动会开幕的那一刻，太阳忽地冲开了一直混沌不开的云层，天地间瞬间就光辉灿烂起来了。操场上空飘浮着无数个色彩艳丽的彩球，彩球坠下的彩带上，书写着各种气冲霄汉的标语。随着运动员进行曲的奏响，各班的方块队列精神饱满地迈着整齐的步伐，喊着高昂的口号从主席台前走过。主席台上所有的领导争先站起，挥手向队伍致敬。方块队列逐一走过主席台时，大喇叭便极尽溢美之词将各个班级的不同特点作以渲染。郝运峰走在中文77级1班的队伍中，慷慨激昂，豪情万丈，心里说："我是一名大学生了，名字叫高闯！"

从主席台前走过后，各个班级的队伍有序地在操场中央排列开来。每个举着班级牌子的女生，一样的身材窈窕，一样的赏心悦目。几百只白鸽刹那间呼啸而起，一时间几乎将太阳遮尽，一时间又向着太阳飞去了。操场上完全静下来后，常院长拍了两下麦克风后开始讲话。他将学院前二十年的辉煌，以及对未来的展望都讲到了极致，既像一位以史为鉴的历史学家，又像一位绘制美好蓝图的预言家。常院长讲话之后，各项竞技比赛便拉开序幕了。

上午的比赛，中文77级1班的成绩中规中矩。单晓慧的100米和200米，以及二毛子的400米和800米都顺利通过预赛，进入了复赛，其他项目乏善可陈。下午的比赛，中文77级1班有了风生水起的势头。先是在用球拍托球跑的表演项目中，八名进入决赛的女生走向起跑线，其中就有最不被人看好的于小萱。发令枪响后，于小萱以其沉稳的平衡度，随着球的旋转而不断地在拍内反复而耐心地调整。而其他七名先于她的选手，在争抢撞线的慌乱中，那球早已失手从拍中掉下去了，比赛成绩被全部取消，于小萱意外地拿到了冠军。

之后，单晓慧在女子100米和200米的复赛后进入决赛，二毛子在男子400米和800米的复赛后也进入了决赛。王强在跳远中进入决赛。拔河比赛中，中文77级1班先后战胜其他两个班级的对手，排名前四，进入半决赛。最令人欢欣鼓舞的是郝运峰，他在3000米比赛中力压群雄，将第二名甩出十几米开外，为中文77级1班拿到了竞赛项目的第一枚冠军奖牌。这一天，中文77级1班的宣传稿件屡屡在大喇叭中播出，这些稿件全部来自章诗逸之手。打油诗风趣幽默，小短文甘之如饴，随想镂月裁云，杂记言简意赅。稿件既多且精。挂在操场上的数个大喇叭，几乎成了中文77级1班的喉舌。

第二天的比赛，中文77级1班仍然延续着头一天下午的良好势头。单晓慧在决赛中拿到了100米的冠军和200米的亚军，二毛子在决赛中拿到了400米的亚军和800米的第三名，王强拿到了跳远的冠军。

拔河的半决赛中，中文77级1班战胜对手，昂首挺进决赛。全班同学群情激昂，为本班争冠的拔河队伍呐喊助威。队员紧握绳索，严阵以待。郝运峰站在队伍的最后边，把绳索在腰间绕了三匝后，将绳索端头的大疙瘩垂在腹下，一副人绳同存亡的决战姿态，郝运峰在此起到了定海神针般的作用。

　　一声哨响后，比赛开始了。伯仲难分的实力，使绳索平直于两队之间，绳索坠下的红布条纹丝不动。僵持了一段时间后，对方开始发力，红布条迅速向对方移去，只剩下两拳头的距离对方就可大获全胜了。中文77级1班的阵脚大乱，急得场外指挥的柳老师和章诗逸同时大喊："同学们闷住，闷住！闷——住哇！"握住绳索最后端的郝运峰努力平抑着晃动不止的队伍，嘴里大口地呼着气，又死死地闷住气，脸憋得通红发紫，脚下的土地已被他脚后跟蹬出了坑。中文77级1班随着指挥的号令，一起抱团死守，在不发力中队伍渐渐地稳定下来了。而对方对他们的抱团死守不屑一顾，只想一鼓作气拿下比赛，发力的节奏一阵比一阵快。怎奈中文77级1班坚若磐石的防守阵营已经形成，一点儿一点儿地蚕食着对方所剩无几的激情和亢奋。待对方耗尽所有的能量和信心后，中文77级1班突然爆发排山倒海、雷霆万钧般的攻势。对方队伍骤然大乱，乱了节奏也乱了方寸。绳索中央的红布条迅速向中文77级1班的方向移去，直至那红布条移到象征着胜利的位置后，对方的队伍已是人仰马翻、溃不成军了。中文77级1班在斗智斗勇中化险为夷，获得了集体项目中含金量最高的拔河比赛冠军！章诗逸冲向队伍中，使劲捣了郝运峰一拳说："多亏你这根定海神针了！"郝运峰抹着满脸大汗说："不，你和柳老师才是中文77级1班的定海神针。"

　　当同学们簇拥着郝运峰走回看台时，大喇叭传来了5000米检录的通知，郝运峰再次出征。他不负众望，轻松获胜，为中文77级1班再次捧得一枚金牌。之后，中文77级1班又获得了女子200米接力赛的金牌，以及男子400米接力赛的银牌。

　　下午10000米的比赛，是本届运动会的收官之战。发令枪一响，十几名运动员向前跑去。郝运峰收敛锋芒，前十圈他只是随着队伍奔跑。第十圈之后，他渐次提速，不觉间已进入仅有四五个人的第一方阵中。又过十圈，他已和第一名脚前脚后，几乎是并驾齐驱了。第一名是体育系的学生，按照规定，他的成绩不计入其他班级的比赛结果。也就是说，郝运峰获得第二名也就是冠军了。但这时的他已拼红了眼，哪里还管对方是猴子还是悟空。跟了几圈之后，他已不耐烦了，之前蓄势待发的能量得以全面爆发。只见他突然两脚生风，将第一名轻松地甩在了身后。他回头含笑地扫了那名体育系的学生一眼，潇洒而优雅地撞线了。郝运峰为中文77级1班捧得了一枚含金量更高的万米金牌。但是，他获得的这枚金牌也为1班酿下了大祸。

当郝运峰稳居第二名时，柳老师已是兴奋不已，知道自己班级囊中又要有一块金牌了。手中的统计资料表明，中文77级1班的竞赛成绩可以稳稳地占据团体总分第一名。她看了章诗逸一眼，章诗逸也在偷偷地看着她。相逢的两道目光像一条无形的绳索拴紧了他们的心，也同时传递着他们此时共同的心声，中文77级1班赢了！在这个具有历史意义的大会上，他们将是唯一精神文明和体育竞赛双丰收的班级。班级荣耀地载入史册，不会没有柳春月老师的一笔。柳老师十分清楚，假如没有章诗逸对郝运峰狸猫换太子的"引入"，没有章诗逸挥斥方遒的激扬文字，中文77级1班想要精神文明和竞技比赛的双丰收谈何容易？

比赛最后出现的戏剧性变化，完全来自郝运峰超越体育系学生的那一刻。就是那一刻，引来了体育教研室主任关注的目光。那位体育系的学生是主任的得意弟子，他的长跑成绩在市里是挂号的，可是却被中文77级1班某个名不见经传的学生超越了。主任如获至宝地来到检录处打探此人的姓名，才得知该学生叫高闯。"高闯？"主任心里打了个结。他给中文77级1班上过很长一段时间体育课，知道高闯是个大脑发达、四肢不勤的异类，跑跳投掷科科不及格。他曾不无揶揄地对高闯说："闯啊，你真是白瞎了你爹给你取下的这个名字。"他愤然离开检录处时大喊一声："大会出李鬼了！"然后一路小跑地来到了主席台⋯⋯

10000米的比赛刚一结束，柳老师便被"请"上了主席台。在竞赛委员会众人的诘问下，柳老师面带愧色地说："李鬼事件的全部责任在我，一切都冲我说吧。"原本摆在主席台上准备向中文77级1班颁发的"体育道德风尚奖""团体总分第一名""拔河比赛第一名"的三块奖牌，全部被拿掉了。

柳老师被"请"上主席台后，二毛子已感到事态有变，急忙将郝运峰招至面前说："从现在起你不是高闯了。你原来叫啥名还叫啥名，快走吧。"说完，掏出五元钱塞到郝运峰手里。郝运峰显然也知道替跑事件已经败露，更清楚自己该是走为上策了，否则会牵扯更多的人。

郝运峰脱掉身上的运动服，包括脚上那双雪白的回力球鞋后，换上了自己的蓝布衣裤，肩膀又挎上了那个绿色挎包，便恢复到他原来的那个样子了。他将运动服、回力鞋，以及攥在手心里的五元钱一并还给二毛子后，向中文77级1班的全体同学依依不舍地鞠了一躬。同学们哗的一声齐刷刷地站了起来，回之以热烈而感激的掌声，之后他就一溜烟地跑了。那个如猎豹一般的身影，自此以后在铁园师院，在这座城市中彻底消失了⋯⋯

体育教研室主任赶到时，掌声刚刚停下。他看着中文77级1班的全体学生捶胸顿足："谁让你们把那个'高闯'放走的？全省的大学生运动会就要召开了，我是来向你们借他的⋯⋯唉！"

第十七章

黄圆圆赴德认母后，刘天刚便陷入极度的忐忑之中，这完全是因为自己给领导开小车早出晚归。他非但不能服侍两位老人，反而倒像不进厨房只上桌吃饭的客人了。过去他与圆圆同为黄家蝶的儿女时，他可以若即若离、无拘无束地释放一个干儿子的情怀。而如今随着圆圆的突然离去，他不仅找不到做姑爷的感觉，就连做干儿子的感觉也找不到了。

终有一天，他趁着干爸心情不错时说出了自己的想法："爸，我想将拖拉机厂分给的那套房子装修一下，然后……"黄家蝶说："还然后啥子呀，装修好就搬去住吧。那房子马厂长领我去看过了，离拖拉机厂不远，住在那里更方便服务领导嘛。"

晚饭后，刘天刚来到那个久置未用的房子。打开房门，潮霉之气扑鼻而来。他将所有的窗户打开，遍布在窗上墙角处的蜘蛛网一起扶摇飘动。地面到处堆放着杂乱的建筑垃圾，脚一落地便是尘烟四起。他一步一步走遍了这个两居室房子的每一个地方——卧室、厨房、卫生间一应俱全。在这个几十平方米的房子中，他找到了家的感觉。过去日升月落没有亲人没有家的日子，虽然在与圆圆成家后彻底结束了，他却又在一步登天中品尝到了高处不胜寒的味道。那只是一个空中飘浮的气球，随时都有飘走的可能，随时又有爆裂的隐忧。这才是家，一个属于自己的家。即便家徒四壁、萧然冷落，心里依然暖若春风。他豪壮地在屋里走了几圈后，才想起刚才从厂子来时，看见收发室的桌子上放着毛小毛的来信，便顺手揣进衣兜来到了这里。

这是毛小毛的第五封来信了，之前的四封信他全部压在箱底一封没回。他匆忙将信展开，足有六七页，但内容并不复杂。老生常谈般地讲了她对他的思念之情，也反反复复追问他不回信的原因，潦草的字迹表明了她的心绪纷乱而迷茫。

信中说，老崔已提任坦克团团长了。有一天老崔特意去她家看过她，见到她后便开起了玩笑："天刚因为啥还没来娶你？这小子要是变心了，你告诉我。我指挥着一个团的坦克车开进铁园，非把他押回来不可！"信的结尾，毛丫毛的字迹不再潦草，一笔一画中有锋芒也有柔情："天刚，假如你在外边有女人了，我就全身而退！你要是心里还有我，我就等你。只要大青山不倒，老鹰沟还在，我就等你到天荒地老……"他看着信，心里酸楚不已，欲哭无泪。

对于这个两居室住房装修的规划，刘天刚已在心里完全盘算清楚。鉴于财力精力及时间的有限程度，严格讲，这难以被称为装修，最终达到能主人的条件就足矣了。目标一经定下，成袋的水泥、沙子和白灰运进屋后，他捋胳膊挽袖子，抄起瓦刀和泥抹子就干了起来。一周后，四壁的白墙已勾勒出轮廓，上下水管道得以疏通，短路及断路的电线全部接通，裂纹和破碎的玻璃被彻底换掉。他的自信心空前高涨，只觉得这样一支由自己"指挥"的装修队伍颇有战斗力。

这天一早，刘天刚提了车去接马厂长。车刚刚停在马厂长的楼下，马厂长就从楼口走了出来。刘天刚热情而勤快地为马厂长打开车门时，他却一把抓住刘天刚的手大笑着说："我以前只见过新姑爷指甲缝里全是面垢，说明他在家是和面蒸馒头的好伙夫、好丈夫、好姑爷。我可是头一次看见新姑爷指缝里全是水泥块，黄部长家吃水泥吗？"刘天刚缩回手不好意思地说："厂长，这两天……我正在收拾您给我的那套房子。"马厂长点点头问："是不是在黄部长家住腻啦？"刘天刚笑了笑没有回答。马厂长上车后说："送我去飞机场，我去南方出趟差。我不在家的这些日子你就收拾房子吧。你可是全厂唯一的部队高干家庭的姑爷，好好整着，别给我老马丢脸。"

刘天刚获得了马厂长的特许后，就一门心思地投入房子的装修之中。这时他才发现，房子是收拾好了，空着的房子里却什么家具都没有。光有马，不能没有鞍哪。他将买水泥、沙子等物剩余的钱全部翻出来一清点，也就百八十块钱，购置家具谈何容易。好在入伍前，他专门学过木匠手艺，一招一式自是稔熟于心。

他用那些钱从木材厂买了些废旧的木方和板子，打了一个饭桌及四把椅子，又打了一个碗架柜和一个脸盆架，还对对付付地打了两个沙发，沙发里面填满了稻草和破布，坐上去也是软软和和的。开始打床的时候他心里犯难了，是打一张双人床还是单人床？双人床意味着这个房子是为他和黄圆圆准备的，但圆圆能看上这简陋的房子和寒酸的家具吗？再说了，她去了德国还能再回来吗？单人床则表明了这房子只是自己独处的地方。但不管是双人床还是单人床，都要做得精美大方、舒适宜人，因为人一辈子三分之一的时间都是在床上度过的。

正犹豫间，他从干爸那里得到了一个确切消息，圆圆要从德国回来了……他突然慌乱起来，即刻意识到这个工程必须在圆圆回来前竣工。而且，再不能在单人床和双人床的问题上徘徊不定了，这里不是你刘天刚逍遥自在的港湾，而是你和圆圆春风骀荡的温柔之乡。

他已顾不上深度策划床的精美和舒适了，将卧室两墙间的长度测量完后，就用打完那些家具剩余的木方和板子，从墙的这一端到墙的那一端，用二寸长的钉子钉了一个没有床头也没有床尾的大床。之后，他将招待所自己的被褥，以及胡管赠送的一套被褥都搬了过来。两套被褥全部铺到床上后，总算将粗糙的床板和床沿全部覆盖住了。当他把必备的生活用品买回来时，才发现脸盆底部鸳鸯戏水的图案栩栩如生，洁白的桌布上也绣着两只偎依在一起的鸳鸯，就连暖壶的外壳也是一对亲昵的鸳鸯，窗帘是藕荷色的。从不照镜子的他还买了一面椭圆形的镜子挂在墙上。

一切就绪后，刘天刚觉得该是燎锅底庆乔迁的时候了，于是给郝援朝和章诗逸打了电话。下午，他用在招待所历练出来的烹调手艺，做了一桌子的菜，又买了白酒和啤酒，等待着二位战友的到来。

傍晚，二人一路说笑地走进屋后，他们不约而同地睁大了眼睛。郝援朝倒背着手在屋里踱了一遭后，指着大床，以及桌布、脸盆、镜子等物品问："天刚，我怎么感觉这屋里的摆设好像在哪儿见过？"章诗逸在一旁迎合道："此话极是，我有同感。"郝援朝猛地拍了一下大腿说："想起来了，这屋与老崔在坦克一连给你和毛小毛准备的洞房太像了。一样的大通铺，一样随处可见的鸳鸯，还有椭圆形的镜子，窗帘也是藕荷色的。"章诗逸惊呼："对呀！如出一辙，妙不可言。"

刘天刚暗暗审视了一下自己不经意打造出来的这个小窝，心里也诧异不已："咋整啊，本人的手艺有限，只能建下这么个丑陋的小窝了。"郝援朝摇着头说："这跟手艺一毛钱的关系都没有，关键是你心里的小窝住进了谁。且将新房试新酒，诗酒趁年华。哥们儿，上酒！"

开席以后，三人谈话的主题依然没有离开这所房子。喝下一杯酒，郝援朝问："天刚，我可听说圆圆要回来了，这房，是不是为她准备的？"刘天刚摇摇头说："没那想法，我怕她看不上这房子。"章诗逸笑道："实在讲，你这房子装修得确实不咋的。但也有迷人的地方，比方说，那些鸳鸯的什物还是花了不少心血也花了不少钱。"刘天刚一叹："该省的省该花的花。咱们不谈这个话题了好不好？喝酒！"三人将酒喝下。郝援朝放下酒杯问："天刚，你可是有一说一有二说二的憨种儿。到现在，你也没说明白这个新房是不是为你和圆圆准备的。"章诗逸点头而哂："我也是这问题。但我想天刚一定能接圆圆来，久别胜新婚嘛。"

刘天刚将酒杯砰的一声蹾在桌子上说："还什么久别胜新婚，我和圆圆就没干过那事。她裤衩是啥颜色的我都不知道。"文雅的章诗逸也不再文雅了:"爱情的发展都是自上而下的,先是嘴对嘴,后是枪对靶。嘴对嘴,你和圆圆已经完成了,婚礼那天你们咬苹果不成,把自己的嘴咬进对方的嘴里了。但是你的那杆钢枪究竟是没找到准星,还是硬度不够?假如是后者,那你就是阳痿了!"刘天刚说:"放屁,你才阳痿了,我只是觉得圆圆不该是我的。""谁该是你的,是不是毛小毛?"刘天刚没有说话。章诗逸继续说:"天刚啊,你可要弄明白,黄圆圆可不是弃你而去德国的。她去德国是为了认她的亲生母亲,既然又回来了,我想她是来接你一块去德国的。你该认真权衡这件事了,圆圆是你明媒正娶的妻子,你可不能心猿意马的。"

郝援朝摇摇头却说:"我感觉天刚与圆圆有缘没分。我倒怕圆圆回来是跟天刚告别的。"刘天刚点着头说:"真要是那样,我也就解脱了。"章诗逸摆了摆手:"别,圆圆真的跟你告别你也不能应。你就是给她下跪,也要让她回心转意。"刘天刚说:"我这人腿不会打弯,从来不给别人下跪。"章诗逸一笑:"不对吧,老弟。我听说当年黄部长认你为他的干儿子时,你就跪下了。""我那叫拜不叫跪。"章诗逸大笑:"没错,拜干爹跪在地上,跪媳妇得跪在搓衣板上。""你才给袁雪梅跪搓衣板呢!"刘天刚问,"你们家的搓衣板跪坏几个了?"章诗逸拍着没有一根头发的光头说:"我现在没媳妇了,想跪都没地方跪了。"

直到半夜,酒喝尽了,菜吃光了,心里的话也倒完了。三人一起甩掉鞋子上了大铺,神安梦稳,响亮而欢快的鼾声此起彼伏地响彻于整个房间……

第二天一早,郝援朝和章诗逸起床时,刘天刚已做好早餐。三人吃罢饭,郝援朝和章诗逸就急急忙忙地回学院上学去了。

经过十几个小时的飞行,飞机降落在德国波恩的机场上。黄圆圆和约瑟夫来到出站口时,便见一辆加长的豪华黑色奔驰车已候在那里。约瑟夫小心翼翼地为黄圆圆打开了车门,用一只手挡在车子的顶篷。二人坐进车里,车子沿着一条林荫大道向市内驶去。

这是当地的上午时间,天空蔚蓝,深邃阔远。路边的景色如一幅美妙绝伦的水墨丹青——草木葱茏,杨柳堆烟,一条白色巨蟒般的河流蜿蜒而去。坐在黄圆圆身边的约瑟夫特意介绍了这条河:它是著名的莱茵河,旷古荒茫的两千多年前,人们以摆渡和捕鱼为生居住于此,莱茵河不仅滋养了波恩这座城市,还哺育出了举世闻名的音乐家贝多芬。车子已进入市区,沿街居民楼的阳台、窗边摆满了鲜花,还有那些带有屋顶花园的建筑群,从而营造出了这座优雅而浪漫的花园式城市。

他们下车后驻足观看，便见不远处以水泥瓦片堆砌成的贝多芬头像。从远处的正面看，是贝多芬桀骜不驯的经典面孔，转到塑像的侧面再看，则是贝多芬忧郁孤独的脸庞。走近时，它仅仅是一堆杂乱不堪的瓦片。

　　车子驶出市区后，向东南方向的河谷地带驶去。半小时后，便见一片芳草萋萋的绿地，延伸到山根底下，车子最终在一片郁郁葱葱的林木中停了下来。掩映在院子里的一座建筑物完全呈现在眼前，这是一栋四层楼的哥特式单体别墅，金鸡独立，尖顶高耸。屋外的草坪上，多个自动喷水器旋转着喷头将水均匀地洒向天空，但见迷人的彩虹随风飘荡。两名女佣打开了院子的大门，恭敬地将黄圆圆和约瑟夫迎进别墅。一楼大厅阔绰豪华，一部电梯直通四楼。巨大的水晶吊灯由二楼顶棚坠下，银光闪烁，正面墙上壁炉的每一处细节，都显现着巧妙构思，它的对面摆着考究的布艺沙发。

　　黄圆圆坐到沙发上后，约瑟夫便上了楼。不一会儿，约瑟夫推着一部轮椅从电梯下来了。轮椅上坐着一位老妇人，头发微黄，面容白皙，鼻梁上架着一副茶色眼镜，身上穿着色泽淡雅的圆领长款布衫，膝上盖着一方洁净的薄毯，脚上一双绣花的布鞋。

　　她，就是杨梦洁女士。

　　此时的杨梦洁，颤抖着双手将那支朴实无华的胎毛笔托在掌中。黄圆圆早已迎至轮椅前，垂着晶莹的泪珠，孩子一般地喊了一声"妈——"后，接下胎毛笔的同时扑进了母亲的怀中。母女俩凄凄不绝地哭成了一团……

　　黄圆圆到达波恩的前一天，杨梦洁特意让保姆在她的卧室另外设下一张床。晚间，母女俩各自躺在自己的床上，在柔和的灯光下侧头看着对方，以泪洗面地长谈到深夜。母亲每每摘掉那个茶色眼镜时，圆圆才得以看清她的整个面容。并没有想象的那么美好，岁月已经蚀尽了那张脸上曾经有过的善睐明眸，如今那脸上已是中国妇女到了这个年龄该有的衰容，但又隐隐地显现那是一张有着诸多故事的脸。母亲一直用一方洁白的手帕擦拭着左眼，与一个老太太坐在路边去擦迎风泪的动作并无二致。细心的黄圆圆终于发现，母亲的左眼并没睁开，无法看到那只眼睛里会放射怎样的一种光芒。

　　她轻轻走下自己的床又轻轻爬上母亲的床，宛若一个孩子投入母亲怀抱中最原始最本能的动作。圆圆仰头看着母亲仍然以手帕擦拭的左眼说："妈，我替你擦擦眼睛。"母亲挡住她伸来的手说道："别擦，这眼什么都看不见了。"圆圆惊讶地问："没有看过医生吗？"母亲说："世界上再好的医生也看不了这眼病，这眼是因为你爸的去世，哭瞎的呀。"说完之后，她揭开被子拍着干瘪的右腿继续说："妈的这条腿也残了，被部队的军车……撞了。"

杨梦洁通过宋好将女儿送到部队大院黄家蝶的家后，就每日每日地驻足于大院门岗警戒线以外的某个地方。她不知道这样做是为了能看到黄家蝶的家，还是除了固有的卫兵外，又多了一个她这样的卫兵来守护着自己的女儿。当她明白这一切都是徒劳的时候，却有了一个意外的收获。过去所有卫兵对她警惕的目光，再不那么挑剔和犀利了，像是他们身边只是长出了一棵树，一棵他们已经看习惯了的树。她之前早已麻木的心开始活泛起来，便生出走进大院的想法。

这一日，她趁卫兵稍有疏忽之时，径直向大门走去。卫兵反身将她拦住，一种对蒙混过关行为的不满和阻止，导致卫兵没有把握好手上的力度，稍一用力，她就四脚朝天地倒在地上了。正此时，一辆军用吉普车由马路急速向大门驶来。一声尖厉刺耳的刹车声中，路面冒起了青烟，空气里飘散着胶皮烧焦的味道。吉普车虽然将刹车距离控制在最短的范围内，但车头还是撞在杨梦洁的腿上了……

车上迅速走下一名小个子军官。他小心翼翼地俯下身来去搀扶她，她却痛苦地抱着那条伤腿站不起来了。军官猛地转过身踹了身后的卫兵一脚骂道："狗日的，你就是个锤子！没看见人家只是个手无寸铁的妇女？"趔趄中的卫兵立正说："报告黄副师长……这位女同志擅自闯门岗了。""放屁！"黄副师长说，'就算她闯门岗了，你长了个嘴就是出气的，不会好言相劝吗？"杨梦洁听说扶她的小个子军官是黄副师长，那此人一定就是黄家蝶了。她摇晃着身体站了起来，黄副师长急忙扶住她，并将她交给身边的小车司机，命令道："你马上将这位女同志送到医院去，啥子结果回来向我报告！"说完之后，就气哼哼地走进大院参加一个紧急会议去了。

司机将杨梦洁扶上车后，车子便一路疾驶来到一家医院。司机打开车门，她却没有下车，却拍着那条伤腿说："这腿没事了，不需要看医生。我只有一个心愿，想见见黄副师长。"司机一听，即刻警觉起来了，生怕她就自己被撞之事，找黄副师长讨个说法，低着头没有说话。杨梦洁再次表示要见黄副师长时，司机说："大姨呀，黄副师长正在开会，不可能见您。""那好，不见也罢。"她缓了一口气说，"我就问你一句话，黄副师长是不是领养了一个女孩儿，给那女孩起名叫黄圆圆？"司机点了点头。她激动地说："这腿今天撞得值，我终于见到黄家蝶了。你回去告诉他，就说我谢谢他。"司机显然是听糊涂了，摇着头问 "大姨，是首长的车撞了您，您反倒谢谢他？我不明白。"她笑了笑说："这不需要谁明白，我自己明白就行了。你送我回家吧。"司机无奈地摇摇头，只好将她送回家了。

回到家后，杨梦洁突然感到右腿的膝关节疼痛起来。她拖着那条伤腿，费了一番周折才联系上她那个老实巴交的丈夫。及时赶到的丈夫，用自行车把她载到铁路医院，拍片检查后医生确诊——右腿髌骨粉碎性骨折。作为一个重症患者，她被安排在铁路医院住院了。

杨梦洁的右腿做了手术，在医院足足躺了一个月后出院了。手术只能起到正骨的作用，却无法促进骨头的生长。她明白啃骨头喝骨头汤是最直接最有效补钙生骨的饮食疗法，可那个年代花多少钱也买不到这种"奢侈品"。没有骨头的生长便也无法实现软组织的连接，她的腿伤并没有得到根本性的治疗。

出院后她时常感到伤口持续疼痛，肌肉也渐渐地萎缩了。她极力掩饰着不平衡的步伐走进单位时，没有人发现她的异常。她的工作依然努力，业绩也依然突出，动力完全来自她卑微的地位和被人不齿的出身。与此相反的结果是，她来到德国继承了父母的遗产，成为一个在家有人伺候出门有专车接送的富婆后，她的伤腿反而撑不住身体，从外出坐轿车，到最后变成在家也需要坐轮椅了……

这时，黄圆圆抚触着母亲干瘪而发凉的伤腿抹着眼泪说："可爸爸到现在也不知道他的车撞过你呀。"母亲摇了摇头说："他知道。那年他的车子送我去医院前，他可跟司机交代过，要司机回去后向他报告送我去医院检查的结果。"说完后，停了停又说，"这个世界上，我最想再见到的男人，就是你那个黄爸爸了。都说他是个能打仗，能骂人，好喝酒，好抽烟，娶了一个妓女的男人。"黄圆圆摇着头不满地说："妈呀，不许你说我的养母沈非烟是妓女，她那也是生活所迫呀。她没有自己的亲生女儿，却把所有的母爱都给了我……至于老黄同志，绝不是你说的那样，他是这个世界上最好的男人，也是最好的爸爸。"母亲苦苦地笑了一下说："女儿，其实这个世界上最好的男人是你的亲生父亲哪。不抽烟不喝酒，不骂人不打人，更不拈花惹草，什么不良嗜好也没有。可惜他走得太早了，在一场事故中连一句话都没来得及说，就走了……"未及说完，偎在她怀中的圆圆却睡着了。

第二天一早，保姆将早餐送到卧室，母女俩刚刚吃完饭，约瑟夫敲门走了进来问安。杨梦洁说："我这两天陪圆圆到处走走，来了客人你替我接待一下。"约瑟夫应了一声便告辞而去了。黄圆圆十分小心地将母亲扶上轮椅，又在她的腿上盖上薄毯，然后推着母亲走出门来……

这栋建筑面积四千多平方米的四层别墅共有十二间卧室，除一楼三个简易卧室供用人、司机居住外，其他九间卧室堪称豪华，分布在二至四楼，每层三个。卧室的房间都很宽大，有起居室，也有考究的卫生间。卧室中的床多为传统意义的方床，也有造型独特的圆形床，还有挂帐幔的古式床，更有做工精细的镀金床。设下如此之多的豪华卧室，是杨梦洁父母的创意。他们原本以为这个家庭将人丁兴旺，子孙满堂，枝繁叶茂，却不想事与愿违。母亲生下杨梦洁后患了严重的糖尿病，再不敢生育了。而杨梦洁的境况无须赘述，生下的唯一女儿黄圆圆都送了人，之后便断了再生育的想法。改革开放到来之时，她的丈夫又因一场事故去世了，这个家庭也就形成了女儿单传的局面。杨梦洁接手这栋别墅后，对原来楼内的所有布局未做丝毫改动，表达出对父母生前所有安排的尊重。

除了豪华的卧室外，楼内还有会客室、阅览室、台球室和健身房等。一楼之下有一个地下车库，停放着六台小车。别墅的后院有一个游泳池，水色湛蓝，一眼见底。离游泳池不远处则是人工建造的湖泊，浅塘疏桐，游鸭戏水，鸟儿翻飞。秋季傍晚的景色更加迷人。这里不单是一幢别墅小楼，其实是一个富丽奢华、美轮美奂的大庄园。

然而母亲不只拥有豪宅名车，名下还有五家公司和一个五星级大酒店，财富无比巨大。当年她继承了她的父母给她留下的遗产后，就将其整合为一个公司，取名"蓝海（集团）有限责任公司"，五星级酒店为"蓝海"旗下的子公司，取名"云帆大酒店"。母亲出任蓝海（集团）有限责任公司的董事长，每天都在自己的办公室里接待络绎不绝的生意伙伴、商贾大亨和达官贵人。以后的日子，母亲又领圆圆参观了她的云帆大酒店，以及经营着机械、服装、啤酒等产品的五家公司。

转眼间圆圆的签证就要到期了。这天晚间，圆圆手里握着那支旧毛笔，与母亲躺在一张床上。母女俩说了一阵闲话后，母亲摩挲着圆圆秀美漆黑的头发问道："你觉得约瑟夫这个人怎么样？"圆圆说："挺好的呀，很有素养。""那我就不瞒着你了，"母亲说，"妈准备把他介绍给你。"圆圆"扑哧"一声笑了："妈呀，我都成家了。"母亲怔怔地看着她问："可你怎么一个字也没提起过？"

圆圆便将与刘天刚结婚的经过说了。母亲叹了一口气说："这就是你的好爸爸黄家蝶，又可爱又可气。他是不是为了不让你来德国认我，便成就了你们这桩荒唐的婚姻？我问你，你爱不爱那个刘天刚？"圆圆没有说话。"刘天刚爱不爱你？"圆圆仍然没有说话。"你和刘天刚到什么程度啦？"圆圆低着头说："谈不上到什么程度了。没有无话不说，没有柴米油盐，没有共同财产，也没有丝恩发怨，甚至没有……同过床。"母亲劝道："那你就离开他吧。"停停又说，"按理这种事情，只有劝合不劝离的。可是你们这种婚姻与旧时的包办婚姻有什么区别？听妈的，约瑟夫更适合你，他是你今后掌管这个家业最忠诚最得力的助手……你回去之后就把军装脱掉吧，否则是没有办法获得德国永居证的。部队大院不是你的，祖上留下的这个大院才是你的。妈希望你把它管起来，管理好。妈需要你，真的需要你呀。"

圆圆的眼前，由远至近地浮现伴她长大的那个部队大院……那里除了军人及军营外，还有果树园林，还有医院、幼儿园、军人服务社、大礼堂、大操场、游泳池，更有大操场中的那个露天电影院。每逢周末，雪白的银幕挂在两个木杆之间后，大院随即就热闹起来了。她在人头攒动中，常常与一群男孩子跑到银幕背面，看方向和动作完全相反的电影，从而弥补了小孩儿与大人一同看电影，因为个头矮小而形成的劣势。那种乐趣和感受，在她的心中留下了永不磨灭的印记。部队大院，已是她的生命之舟了。

就在这一刻，她又抚弄起了那支胎毛笔。这些天来，每当捧起那支笔，她就觉得仿佛周身的汗毛孔中淌出的不是汗液，而是母亲的眼泪；每每捋过垂在脸颊两侧的头发，就像触到了母亲的脸庞、鬓角，直至灵魂。她又想到了母亲瞎了的眼和瘸了的腿。母亲有些凄凉又有些无助更有些期盼她回归的眼神，如涓涓细流淌过她的每一根神经，每一块骨节和每一缕毛发……她心灵的天平开始向母亲倾斜了。

她抬起头深情地看着母亲，那种归向母亲的示意和表达，母亲早已心领神会。母亲沉静地从床头柜拿出一张支票递给她说："这个是送给你黄爸爸的，五十万马克。"圆圆扑棱一声坐了起来，涨红着脸说："不行，妈，绝对不行。这不等于是你拿钱把我赎回来的吗？我要是把它带回去，爸爸会把我骂死的，再不会认我这个女儿了。妈呀，你要真想报答黄爸爸对我的养育之恩，只有一个办法——等他退休了，我把他带到你的面前。"母亲一把抱住圆圆已是喜极而泣了："妈妈就想见到你那个黄爸爸呀，跟他坐在一起，说上三天三夜的话。但是妈错了，原本以为只有用钱……才能报答他对你的养育之恩哪。"

黄圆圆回到铁园的那天，天上飘起了雪花。她依依不舍地在部队大院转了两圈，第三圈走了一半时一拐弯走进了办公大楼，向组织正式提交了转业的申请报告。

她与刘天刚的见面短暂而平静，二人一拍即合，随后去了民政部门。像当初去登记结婚的一对新人那样，腼腆而又和和气气地在离婚协议书上签了字。

黄圆圆站在黄爸爸面前时，竟然没有了直视他的勇气，低着头说："爸……我跟天刚离婚了。还有，我想请你退休后去德国，和我的亲生母亲杨梦洁见个面。"黄家蝶说："你不请爸爸，爸爸也要去的，看看你妈的那条伤腿现在啥子样了。"圆圆惊道："爸，你真知道你的车撞了我妈的腿？"他点点头说："爸爸晓得。那年司机把你妈送到家后回来说，你妈要见我，并打听我领养的女孩儿是不是叫黄圆圆。我就晓得她是你的亲生母亲了。自此以后，我没让司机与她联系，也没让司机拉着我去她家看看。爸爸自私，就怕你妈把你要回去……圆圆哪，你也晓得爸爸让你和天刚的结合是为了啥子。爸爸对不住你，也对不住天刚……爸爸向你们道歉了。"

黄圆圆忽地扑进黄家蝶的怀中放声大哭："爸……爸爸呀……"

第十八章

中文77级1班因为运动会上的替跑事件，受到了学院的通报批评。柳老师漂亮动人的脸蛋上即刻蒙上了一层如霜如雾的混沌之色。真正为柳老师感到惋惜的是章诗逸。招假高闯替跑的始作俑者是他，柳老师顶天了也就是事后知道了没有制止而已。而她却把全部责任揽于己身，这让章诗逸的内心深感不安。

这天傍晚，柳老师在校园里一条石砌的小道上独自散步，章诗逸像是无意间与她走在了一起。他们默默地走了一段路后，章诗逸说："老师，假高闯事件是我策划的，你不该替我背黑锅。"柳老师笑了笑说："谁让我是你的老师呢！""老师！"章诗逸说，"你为我背锅不值，我只是个普普通通的学生，跌倒后，站起来还能抓把土。"柳老师说："你可要明白你就要毕业了，跌倒在你站的这块土地上，就永远别想在这儿站起来了。想站起来抓把土，回你家的炕头上去抓吧。""老师，你这话什么意思？""没有意思，没事的时候多想想你毕业的事吧。"柳老师说完后，甩掉章诗逸快步走了。

寒假到来的这天，天上飘起了雪花。章诗逸孤寂地坐在教室里，望着窗外凌乱不堪的雪花，心里也乱了。袁雪梅回家后没有来信，他也同样没给她去信。

这时候，柳老师推门走了进来。他们的目光交织在一起时，柳老师问："你不回家啦？"章诗逸望着窗外飘忽不定的雪花却说："我在想一个问题，雪化以后是什么？"柳老师不屑地说："雪花以后还能是什么？一摊污水。"章诗逸摇了摇头："不，雪化以后是春天。春天对我来说有着特别的意义，1968年的春天我去塞北当兵，1978年的春天，我来到铁园上大学。再一个雪化春来时，我想请老师同我一起登上龙爪山去迎接夏天的到来。夏季是我的毕业季，我将踏上回家的路了。所以，这个寒假我就不回家了，等到毕业后一块回吧。""夏天我可以陪你去爬龙爪山。"柳老师说,"但我有一个条件,这个寒假你必须伴着雪花回家去见雪梅。"

章诗逸回到家乡的那天,云翳蔽日,天空中纷纷扬扬地飘着与铁园一模一样的雪花。他来到那个他异常熟悉的小院时,但见院子里堆放着很多零乱不堪的杂物。

这个乡下的小院和房子是袁冰祖上留下的,离县城只有四五里地的路程。当年袁冰的父母就生活在这里。袁冰成年后娶下了邻村李裁缝的二女儿,婚后不到一年,袁冰就当兵走了。袁冰媳妇此后生下了袁雪梅,她一边抚养着雪梅,一边又承担起赡养公公、婆婆的责任和义务。新中国成立之初,公公和婆婆突发一场恶病作古,小院只剩了母亲和袁雪梅。十多年后,章诗逸走进了这个小院并与袁雪梅结为夫妻,但是之后他也当兵走了。次年,也是这样一个天寒地冻之时,尖厉的哭声中小迷糊来到了这个家中。于是这个寂静的小院,有了欢声笑语,有了勃勃生机,也有了希望和憧憬。

章诗逸从部队退伍后就住在这个院落中。每天用自行车,载着双手搂着他后腰的袁雪梅去城里的话剧团上班。一路风景伴着一路说笑,还伴着二人哼哼呀呀的《夫妻双双把家还》的歌声,那是他们一生中最为美好的时光。二人双双考上大学后,母亲说:"你们轻装上阵,小迷糊我带。"袁雪梅笑道:"老娘啊,你岁数大了,身体又不好。小迷糊由我们带走,你只管在家好好养老吧。"就这样,一家三口奔了铁园,小院再度冷落下来,冷落到只剩下老太太自己了。袁雪梅父母双双离世后,这里便是她和章诗逸的家了。随着章显的出生,小院再次续上香火,又有了生机也有了憧憬。然而,袁雪梅和章诗逸分隔两地后,那生机和憧憬已黯淡褪色了……

章诗逸这时才看清了院里堆放的那些杂物,有锈迹斑斑的铁锅、钢筋头、铁犁头、炉箅子、铁管,还有废旧的玻璃瓶和塑料瓶等物。那上面覆盖着落下的雪花,融化之后淌着又黑又黄的污水。他看着这破败景象,心里唏嘘不已。

呀的一声响,传来了开门声。袁雪梅从屋里走了出来,她身上穿着一套翠绿色的棉军装,是章诗逸退伍后带回家的那套旧军装。章诗逸打了一个敬礼诙谐地说:"向女军人致敬!"袁雪梅苦苦一笑问:"放寒假啦?"章诗逸点点头。她拍了拍身上的军装说:"不是我穿了它,就是军人了,而是我穿了它就是个捡破烂的人了。当初,我捡破烂时只觉得穿着破衣烂衫才与这个行当配套,没有人正眼看我。后来我穿上了这套军装就有人问我,你为什么穿着一身军装捡破烂?我说因为我是袁冰的女儿。之后,袁冰烈士女儿捡破烂的不幸遭遇就在整个县城传开了。很多人将攒下来的废旧物品主动给我送来,甚至有的人连钱都不要就走了。

就连县委、县政府的办公大楼我也成了常客，他们把旧报纸旧书刊都留给了我。"

章诗逸万未想到，昔日妻子的命运如此不堪，竟然靠捡破烂儿为生了。这个世界再也见不到这样一位聪慧好学、前途无量的女大学生了，却多了一个穿着旧军装，满街捡破烂儿的女拾荒者。他压抑着欲哭无泪的忧伤仰天长叹："苍天哪，何薄于雪中的一枝梅！"

袁雪梅一把将他拽进屋里说："这不是大学校园，任你抒情感慨，任你尽泄悲鸣。苍天不给我圣洁我就不要了，追它撵它，我会穷死饿死病死。我今天没死，是因为苍天还眷顾我，赠我别人不要的东西，给我别人遗弃的破烂儿。老天爷饿不死瞎家雀儿，我从此就是一只寻食啄米的家雀儿，再也不是从前的袁雪梅了！"章诗逸说："雪梅呀，凭你的学识和才华，你该找一份体面的工作。""有人要吗？"袁雪梅说，"我是一个全县闻名的超生女人，人们可以凭着袁冰的英名可怜我同情我，施舍我些破烂儿，可哪个单位敢施舍我一份工作？""我就要毕业了。"章诗逸说，"毕了业就回来跟你一起捡破烂儿。""免了吧。"袁雪梅不屑地说。"可大学的分配原则是哪来回哪去，"章诗逸叹道，"我没有别的路可走，只有回家一条路了。"

袁雪梅再不说话，转身去了另一个房间。不一会儿又返了回来，手里捧着一个布袋。她将布袋打开，哗啦啦地倒在桌子上一大堆纸币和钢镚儿，有一毛两毛的，也有一元两元的。章诗逸沉下脸问："你这是干什么？"袁雪梅说："这些都是我捡破烂儿挣来的钱。你拿这钱回去买些烟酒给常院长送礼，让他批准你留校吧。柳老师给我来信了，她说你有可能留校任教！"

章诗逸终于明白了，柳老师揽下"高闯"替跑事件的责任和过错，是用自己的身体去堵枪眼，是怕他倒在子弹之下而不能留校哇。他捂着光头许久才说："我决不留校，必须回到你的身边。""不行！"袁雪梅说，"我不接受你。这跟我们一起被开除了有什么两样？我当初甘愿被铁园师院开除，就是为了保住你不被开除，更是为了我们两个孩子的未来。有一天孩子们都长大了，别人问起他们，你们的父母是干什么的，难道让他们告诉全天下的人，自己的父母是捡破烂儿的？章诗逸我告诉你，留校任教是你唯一的选择！"

章诗逸将桌子上的所有钱币收进布袋推给她说："雪梅，你刚才的话我听明白了，但这钱我不能要。我回家没给你拿一分钱，你却拿钱给我……至于给常院长送礼的事我会办，我也拿得起这钱。即便这一切都是徒劳而不能留校，我也不回来了，就留在铁园学你捡破烂儿。但是……小迷糊和章显都姓章。分一个给我。"

"你要哪一个？"

"哪个都行。"

"哪个都不行！"袁雪梅说，"小迷糊就要念小学四年级了。他已明确跟我表态，小学毕业就不往下念了，回家跟我捡破烂儿换钱供章显念书。而章显，才两岁多，你带得了吗？"

章诗逸的那颗光头彻底低了下去。

袁雪梅拍拍他的肩膀说："为了捡破烂儿，章显一直寄养在我表姐家。一会儿你去我表姐家抱他回来，我有话跟你说。"

午后，章诗逸抱着章显回来了。进屋后顺势将章显送进袁雪梅的怀里说："章显我抱回来了……"话音未落，小迷糊突然从门后蹿了出来，抱住他问："爸，你回来再不走啦？"章诗逸蹲下来捏了一把他的鼻子说："爸回来接你去铁园读书。"小迷糊的头摇得如拨浪鼓一般："读书有用吗？妈都读到大学了，不照样回家捡破烂儿……我现在每天放学回家的路上都捡破烂儿，天天都能换回钱。爸，我长大了就当破烂王！"

晚间，袁雪梅和两个孩子住在正房，章诗逸住在厢房。估摸着两个孩子都睡着了，他来到了正房。但见袁雪梅在昏暗的灯光下，正一针一线地缝补着小迷糊补丁摞补丁的衣服。章诗逸坐下后说："章显我抱来了，你有什么话就说吧。"

袁雪梅一边往头发里蹭着细针，一边说："这样吧，我把章显带到高中毕业，小学中学的课程我辅导得了他，靠捡破烂儿我也能养得了这孩子。如果章显将来能考上大学，就让他考铁园师范学院，算作章显把我没念完的大学补全了，也算我把他送给你了。从此以后，章显就是你的儿子了！"章诗逸突地站起来说："雪梅，那就辛苦你了……"袁雪梅示意他坐下后继续说："当然，这也是你能留校才有的机会。否则，你在铁园跟我一样也是个捡破烂儿的粗人，章显仍然是一个父母身处两地捡破烂儿的后代。我绝不会把他送给你！"章诗逸叹道："看来我的今后，只有留在铁园师院一条路了。"

袁雪梅手中的针线活这时已经做完。她用嘴咬断最后一条线头后不疾不徐地说："诗逸呀，我们之间的关系就像我刚才咬断的那条线一样，再难接上了。就是接上了也是一个疙瘩，疙疙瘩瘩的就不如不接了。我的世界里今后就是三个人，我和两个儿子，多一个人都容不下了。你的今后也不能就你一个人，那样就失去了你才子的意义了，世上才子佳人配，只羡鸳鸯不羡仙。我感谢你放弃了自己更好的路，伴我去铁园走上了第七条路……我还希望你与第七条路上的另一个人相伴，帮她找到她的父亲。"

章诗逸心里一惊，问道："此人是谁？"

袁雪梅说："是柳春月老师。其实她也是一名军人之后，父亲是一名抗美援朝的老兵，但他们联系不上了。这事你知道吧？"

章诗逸点点头说："我知道柳老师随身总带着一个花边小圆镜。那小镜的背面镶嵌着她与军人父亲的合影照，但她从来没有跟我讲过小花镜的故事。"

袁雪梅叹了一口气说："柳老师也没跟我讲过小花镜的故事，只是在我超生的处理结果还没有张榜公布时，她把我找到她的寝室谈了一次话。她说她也在找联系不上的父亲，之后便拿出了那个花边小圆镜。我看着小花镜背面他们父女俩的合影照，一再追问那其中的故事，可她对我也是三缄其口哇。我感谢她曾经对我的好，以及对你曾经的好。在研究你我超生的处理意见时，她硬是将超生转到超假上了。她对我的好是出于同情我，对你的好则是出于仰慕你的才华呀。"

章诗逸捂着光头忧伤地说："看来，我们之间只剩下'曾经'了。"

"是呀"，袁雪梅说，"假如你我之间还有'曾经'，我会像你在邹圦那样，打着闹着什么脸面也不要了，非把你拽回家不可。诗逸呀，我们就把这出离婚的假戏，假戏真做地演到底吧！人生若只如初见多好。可我们之间还有当初吗？……我知足了，已经缠你半辈子了，把你的心都快掏空了。我只希望你的下半辈子，像当年知道了我在找父亲后成为同路人那样，伴柳老师在第七条路走下去，将她那个花边小圆镜的故事拉开序幕吧……"

青翠欲滴的绿色包住龙爪山时，夏天来了。铁园师院的校园里也随之显现了夏天该有的旺盛和蓬勃，大树下晨起的诵读声与小鸟的欢闹声争鸣不已。黄昏也不似一天的结束反倒像一天的开始，依然可见夕阳下捧书而读的热烈场面。毕业年级却显得活力不足，他们已不再热衷于课程的进度和内容。而是为自己毕业后能够留在铁园，挖空心思找关系、送礼物，以突破那个"哪儿来回哪儿云"的分配原则。章诗逸也开始行动了，他买了两条中华烟和两瓶茅台酒，便是送给常院长的礼物了。

当他将这些礼物送回宿舍时，却被赵处长找了去。赵处长递给他一份学院的文件，要求他召开学生会全委会学习贯彻。文件内容简明扼要：首届恢复高考后的大学生经过四年的学习生活，即将毕业也即将走上工作岗位了。这是一个收获的季节，但不能刮起收礼送礼的歪风。各级领导和老师应该做到施恩莫念，却金暮夜，两袖清风，所有学生不得请客送礼。凡此种种拉关系走后门、请客送礼、蝇营狗苟等不正之风，一经查实，无论老师还是学生，严惩不贷！

章诗逸看完文件后，光亮的脑袋已是汗水涔涔了。赵处长问："你热呀？"章诗逸说："文件里的话说到我心坎里了，心里热。"那一滴滴沿额而下的汗珠，蒸腾着章诗逸内心的后怕及庆幸。既后怕自己若是给常院长的礼送了出去，那可就是撞到枪口上了,也庆幸自己占据着学生会主席这个有利位置,捷足先登地获得了文件精神。

失晨之鸡,思补更鸣。章诗逸迅即召开了学生会全委扩大会议,各毕业班的班长和团支部书记列席会议。会上,他传达了学院的文件,并要求各班立即宣传贯彻。晚间,他独自在教室里写了一份倡议书:号召全体毕业生,从我做起,从现在做起,自觉抵制各种歪风邪气,不送礼不拉关系不走后门,为营造校园内风清气正的良好氛围起到表率作用。

一大早,那倡议书张贴在图书馆的大门处。随之引来了众多师生的关注和围观,人们从那弘丽隽永和遒劲有力的字体中,早已判定此文出自章诗逸之手。学院大门口的宣传橱窗也更新了内容,八个大字异常醒目——"慎终追远,感恩母校"。之下的内容有学院文件、学生会贯彻落实学院文件的决议,以及相关的文章。其中还有章诗逸本人写的一篇决心书,其中写道:"好好毕业好好走,影子不歪路自宽"。一时间,以学生会为主导的树正气刹歪风的宣传阵势,席卷了整个校园。

章诗逸做完这一切后,心里虚得一点儿底气都没有了。礼没送出,保住了气节、声誉和品位,但也意味着留校的可能性荡然无存了。他甚至做好了如袁雪梅一样,毕业后穿上一套旧军装去铁园的马路上捡破烂儿……

就在这天下午,学院召开了全体教职员工大会。常院长走上主席台后,开门见山地说道:"各位老师们哪,你们发现没有,学生们贯彻学院的文件精神已经走到我们前面了,他们的宣传阵地完全跟上了学院的步伐。有一位叫章诗逸的同学,决心书写得好,其中的一句话我都背下来了,'好好毕业好好走,影子不歪路自宽'。有味道,有境界,有思想。赵处长,章诗逸是不是那个学生会主席?"赵处长点了点头。常院长又问:"那份倡议书是不是也是他写的?"赵处长说:"是他写的。"

"看看,这是一名多么好的学生,多么好的共产党员,"常院长说,"前些日子,有人向我推荐说,章诗逸同学学业优异,应该留校任教。但我也听到了很多反对的意见,有人说,他爱人袁雪梅休学超假,章诗逸有着不可推卸的责任……噢,现在这件事也不必瞒着了,其实袁雪梅被勒令退学的真正原因是她超生了。说起这件事,我心里至今都无法平静。我知道,袁雪梅的父亲袁冰是战争英烈,也知道袁雪梅是位品学兼优的好学生,还知道袁雪梅是哭着离开这座校园的,哭她死去的父亲,哭她刚出生的儿子,也哭她自己的未来。……说点儿个人意见,没跟几位副院长商量,半数以上的人不同意我就收回。章诗逸同学——我同意留校任教!"说完之后,他的右臂举向半空,既像举手投票的动作,又像一锤定音的鼓槌儿，其他几位副院长也都爽快地举起了手。寂静的会场上，骤然间爆发热烈的掌声。坐在会场一角的柳老师，也为章诗逸能够留校而忘情地鼓掌，白皙的脸上，已无法控制地潮红了……

毕业典礼后，毕业生的去向全部浮出水面，只有三人留在铁园，其他人都"哪儿来回哪儿去"了。郝援朝本就是铁园考生，留在铁园分配到铁园报社当了记者。章诗逸留校任教，不再赘述。唯有于小萱留在铁园分到十七中任教，这让所有人大跌眼镜，就连郝援朝也丈二和尚摸不着头脑了。在校园里一个不起眼的角落，郝援朝拦住她问："如实招来，你有什么背景能留在铁园？"于小萱笑着转过身回头问："援朝，我身后你看见什么啦？"郝援朝说："屁股！"于小萱娇嗔："没正行。我只有背影没有背景啊。"

四年的同学之情，让毕业生将难舍难分之情寄托于饭菜之中了。一时间，师院门前的饭馆人满为患，人声鼎沸。也有难以统计的数对情侣避开喧嚣，双手相扣，成双成对地隐没于山林绿水之间。他们可谓收获颇丰，四年间收获了一纸文凭、一份爱情和一个即将组成的家庭。并非所有的青衫白裙都有着去对山水讲故事的耐心，二毛子和单晓慧在毕业典礼之后，突然海誓山盟地成了校园里的最后一对情侣。那天，他们刚刚走到学院大门口，就饥渴难挨地拥抱在一起了。门卫室的老李头捂着眼睛好言相劝："加点儿小心，别让来往的汽车撞了屁股。"

一番热闹之后，同学们挥手洒泪各奔东西，校园里也随之沉寂下来了。

章诗逸的心并不沉寂，留校的感奋激昂与柳老师的春心荡漾一经融合，迅即产生了两情相悦的化学反应，他们毫无顾忌地登上了龙爪山。人们依稀看到，那袭红裙和那件青衫如同两只不同颜色的蝴蝶，飘飘欲仙地向山上飞去，飞进了一片绿林之中……

一棵小树下，章诗逸和柳老师面对面地站在了一起。柳老师看着章诗逸的光头说："你的头发长出来了。"章诗逸叹道："世界上最动情的眼睛，不是能看到鹊桥上的牛郎织女，而是能看到对面那个人的每一根毛发。"说完，便从地上采下一朵鲜艳的小花，单腿一屈半跪了下来，他将小花举过头顶说："春月，请允许我今后不再叫你柳老师了。今天，龙爪山的每一株小树和每一棵小草，每一只山雀和每一条青蛇为我们做证，我正式向柳春月女士求婚了。虽然我时下囊空如洗，一文不名，不能送你戒指、耳环、金表等，只能送你我正在生长的一脑袋头发，但是请你相信，凭着这颗脑袋，我今后会送给你所要的一切！"柳春月眼含热泪将他扶起。

章诗逸顺势将柳春月紧紧搂于怀中了……

黄圆圆递交了转业申请后，又回到军医院继续上班，等待着一年一度军官转业时刻的到来。又一个春季来临时，军队干部转业工作开始了，黄圆圆获准转业，随后远赴德国波恩，与生母杨梦洁长久地生活在一起了。

刘天刚也在这之后启动了自己的行动计划。他向马厂长告了假，坐了两天一夜的火车，又坐了两个小时的汽车，来到了当年曾经当兵的坦克一连驻地——老鹰沟。卫兵拦住了他，他说自己是一连的老兵，又点出坦克一连诸多老战友的姓名。卫兵摇了摇头，仍然没有放他进去的意思，显然那些人也都不在这里了。正当他进退两难之时，站在院子里正在说话的几名军官，听到了他与哨兵的对话。其中一人大步流星朝这里走来，边走边问："是一连的哪个老兵回来啦？"

刘天刚一看此人，便甩开卫兵向那人奔去，由于过分激动和兴奋，没收住脚步，将那名军官撞了一个趔趄。那军官捂着腰闷声骂道："也不长个眼睛！"刘天刚站稳后打了个敬礼："报告老崔……不，崔团长。我是刘天刚！"老崔一拳捣在他的胸脯上就笑了："你小子终于回来了，我等你整整五年了。你再晚来几天，哥们儿也离开老鹰沟了。"三天前，军区下令，老崔擢升为某守备师副师长。他这几天正在逐一向各个连队告别，今天首先来到了他的老连队坦克一连。

老崔向一连的几名军官摆摆手，大家散去。他问过刘天刚分别后的情况，以及郝援朝和章诗逸的近况，就领着他向胡杨林走去，边走边问："知道我领你去什么地方吗？"刘天刚说："知道。去看老连长。"他们走进胡杨林，来到孙竟男连长墓前。老崔掏出手帕将墓碑上的尘埃浮土擦去，石碑便有了光亮，也有了一丝生气。二人脱帽站在孙连长的碑前。老崔说："老连长，我，还有天刚来看你了。同时我也是来向你告别的，从今以后，我就彻底离开老鹰沟了。受你在天之灵的保佑，我们哥儿四个现在干得都不错。援朝和诗逸考上了大学，天刚在铁园有了工作。我呢，也要去守备师任副师长了。放心吧老连长，我们四兄弟一定为你争光，决不辜负你对我们的期望！"说完之后，二人双脚一磕，向孙连长行了一个军礼，庄重而又肃穆。

之后，他们走出胡杨林，在一片还没有泛绿的草地上站住了。老崔问："你来老鹰沟做什么？"刘天刚说："我只是想看看当年你给我和毛小毛准备的那个……洞房。""那个洞房还值得你看吗？""值！"刘天刚说，"那个洞房我一辈子也忘不了，更忘不了你对我的一片苦心。"老崔说："我的苦心不重要，我只想知道你还有没有良心。五年了，你才想起回来看那个洞房。我问你，你在外边是不是另有女人啦？"刘天刚抓耳挠腮地半天没有说出一句话。老崔指着胡杨林中孙连长的墓碑继续说："今天当着老连长的面，你把话讲清楚。"刘天刚支支吾吾：

"这些年，我一直忙于找工作，找了工作又不敢请假。所以一直到现在……才来接毛小毛去铁园结……婚。"老崔问："你说的都是实话？"刘天刚的头像锤子捣蒜般地点着。

老崔拍了拍他的肩膀说："你既然对过去的洞房念念不忘，那就在老鹰沟把婚结了吧。"刘天刚一愣："老鹰沟……结婚？""怎么，不行吗？"老崔说，"是呀，老鹰沟比不了铁园市。但是这条世人看不到的山沟里，藏着你和毛小毛没有用上的洞房，一连官兵送你们的结婚礼品，以及婚宴菜单，这些东西，当年我当连长时都锁进了库房，现在终于派上用场了。要说有一点儿与当年不同的，就是不用什么飞鸽、永久牌的自行车接新娘了，用我那辆吉普车，虽然旧了些，但也是四个轱辘的。"

刘天刚敬了个军礼激动地说："崔副师长，真是劳你大驾，谢谢了……""听我把话说完，"老崔说，"当年的主持人和证婚人也藏在这里。藏了五年也等了五年，这回该露面了，他就是我——老崔！"刘天刚更加激动了："谢——谢……"老崔一挥手打断了他的话："你还会说点儿别的不了，我做这些就是为了让你谢我？听好刘天刚，三天以后我就去守备师报到了。你马上去找毛小毛领结婚证，婚礼定在后天。"刘天刚频频点着头说："明白，明白。""明白了还不快去办。"老崔说，"我不过是先用那个结婚证给你钉死。怕你小子嘴上说领毛小毛去铁园结婚，到时候变卦给人家卖了，说不定她还帮着你数钱呢！"

刘天刚一路小跑奔向敖村，来到了毛小毛的家。她家的院子里一如往昔，西边堆放着木柴，东边马厩里那匹当年去沙河镇拉木料，跌倒在路中央站不起来的枣红马永远也站不起来了，趴在地上满嘴白沫有滋有味地咀嚼着草料。他偷偷趴在毛小毛住的那间屋子的窗户往里一瞅，但见她背对着门坐在桌前正在看书。头发一改以往的羊角辫，所有柔顺繁杂的头发收拢在一起，拦腰用一根橡皮筋扎紧，像那匹枣红马的尾巴一样率性地甩在脑后。

他轻轻推开门，蹑手蹑脚走到毛小毛身后，突然用两手捂住了她的眼睛。毛小毛误以为是父亲毛老汉的恶作剧，怨道："爸呀，你要给女儿的眼睛捂瞎了，可就没人给你养老了。"刘天刚只觉得这下可捡了个大便宜，还当上小毛的爹了。忍不住"扑哧"一下笑出了声，也就松了手。毛小毛回头一看是刘天刚，满脸乍红地站起来问："你是谁？"刘天刚涎脸笑道："我是天刚，是你毛小毛的刘天刚啊。"毛小毛用力推着他斥道："你走你走，你走哇。你爱是谁就是谁，我才不稀罕呢。"刘天刚顺势抱起她就往门外走，已双脚离地的毛小毛用拳头捶着他的肩膀上气不接下气地说："放开……放开我！"刘天刚说："不放开，决不放开。我就这么抱着你去领结婚证！"毛小毛对着他的脖子狠狠咬了一口，刘天刚一疼，捂着脖子将毛小毛放了下来。

毛小毛用手捋着脑后有些蓬乱的马尾辫问："你不是第一次抱着姑娘去领结婚证吧？"刘天刚摊开那双厚实的大手笑着说："你看我这手像是抱着姑娘去领结婚证的手吗？结婚证就是满大街撒的传单也撒不到我手里。"毛小毛冷着脸又问："你说好有了工作就来接我，为什么才来？为什么我一连写了五封信你一封都不回？"刘天刚依然笑着说："五封信没回，是因为我一直忙于装修新房，就等你去入洞房了。"毛小毛眼前一亮问道："你在铁园有房子啦？"刘天刚扬扬自得地点了点头。"要是那样，"毛小毛说，"你在这儿领什么结婚证？该去铁园领，该去铁园入洞房。"刘天刚挺挺胸脯说："在这儿领结婚证，在坦克一连操办婚礼才更有意义。老崔做我们的证婚人，还亲自主持我们的婚礼。他现在是副师长了，相当于铁园市副市长那么大的官。我们去铁园结婚，能有那么大的官主持我们的婚礼吗？"毛小毛惊讶地问："真的，崔大哥当上副师长啦？"刘天刚拉起她的手说："这还能有假吗，结婚的日子就定在后天。咱俩现在最重要的事，就是马上去领结婚证！"毛小毛挣开他的手就羞红着脸笑了："等等，我去换件衣服。"

趁毛小毛去别的房间换衣服的当儿，刘天刚翻开她桌上的书本，竟然都是高考复习资料。毛小毛换完衣服返回来时，刘天刚一把抱住她问："你想考大学？"毛小毛眨着眼睛说："不行吗？你来信说诗逸和援朝哥都考上大学了，我怎么就不能考。我再不学点儿文化，进城连个工作都找不着。"刘天刚附在她的耳边轻声说："小毛哇，你就是我的小猫，我养你。"毛小毛说："我不是猫，不用人养。"

第三天，刘天刚和毛小毛的婚礼如期举行。老崔坐着吉普车来到坦克一连，下了车径直走进炊事班宿舍。整个房间已是焕然一新了，窗玻璃上贴了红色的纸花，桌布、脸盆及暖壶上都有鸳鸯戏水的图案，藕荷色的窗帘垂在窗户两边。老崔拍着大扁脑袋开心地笑了："当年的那个洞房，今天终于'失而复得'了。"转身间，看到刘天刚立正站在他的面前，便指示刘天刚坐着他的吉普车去接新娘毛小毛，以及她的父亲毛老汉。

婚宴就设在食堂，食堂外面已拥来了一连的官兵。接新娘的吉普车这时缓缓地开进一连的院里，然后停在了食堂门口。大家排列整齐地站在食堂的两侧，以热烈的掌声，欢迎新郎新娘的到来。

但见新娘上身穿着大红的绣花棉袄，下身是蓝色的制服裤子，集扎在蝴蝶结中的马尾辫高扬于脑后，眉清目秀，笑靥灿然，很有一番清纯率真的味道。在她身边的新郎官高大魁梧，穿着一套不大合身的深色中山装。他们的手紧紧地挽在一起，相依相伴地走了过来。在他们之后，是抗战老兵毛老汉。他穿着一身洗得干干净净的八路军时期的军服，挺着只有当过兵才能挺出的那种胸膛，他腿部有伤，但步伐并不迟缓乏力，而是欢快激昂。

　　老崔这时向欢迎的官兵摆了一下手，掌声便停下来了。他将刘天刚拉到一边，用手捏着他中山装的下摆说："新郎官儿啊，我怎么瞅着你这身衣服这么别扭？换套军装吧。"随即对一连连长说："你去找套大码的军装给他换上，一水没洗过的。"刘天刚跟着连长刚刚走出几步，老崔又说，"别忘了，给新郎官把领章帽徽也戴上。"不一会儿，刘天刚从连部走了出来，军衣青翠淌绿，领章帽徽鲜红如血，完全是一名英姿飒爽的解放军战士了。他走到老崔面前啪地敬了一个军礼，之后又向着一连的全体官兵也敬了一个军礼。老崔笑声朗朗地说："这才是我要的新郎官儿啊！"随后，老崔及一连的全体官兵，簇拥着新郎、新娘及毛老汉，一起走进食堂。

　　婚礼以刘天刚的敬礼开始，也以他的敬礼结束，完全复原了五年前那个半路夭折的婚礼现场。所不同的是，毛老汉和毛小毛都哭了。毛老汉抹着眼泪说："那年，我和小毛去沙河镇拉木料，为的是打下一套家具作为嫁妆送给她和天刚。如果不是孙连长指挥着坦克车开进坑里了，自己不幸牺牲而保住了我和我女儿的性命，哪有今天这个场面哟。"毛小毛更是哭得不能自已，偎在刘天刚的怀中，从衣兜里掏出一元钱的纸币说："这是当年孙连长让天刚送给我的……没有它，也就没有我和天刚的今天了……"

　　待他们讲完话后，老崔走了过来，让刘天刚和毛小毛并排站在一起，大声宣布道："我以副师长的名义，为刘天刚和毛小毛证婚。愿他们白头偕老，早生贵子！"

　　这个甜蜜而温馨的场面，在老崔退下后，早已被老崔特意安排的宣传干事捕捉到了。他迅即按下了照相机的快门，一张刘天刚与毛小毛的结婚照，就这样完美无瑕地形成了……

第十九章

　　这年秋天,"秋老虎"持续的时间比往年要长。悬在天上炽热如火的太阳,点燃了三个男人的痴情之火,他们不约而同地娶下各自的女人。
　　三位新娘堪称人间四月天,但花开三朵,各有千秋。她们的父辈都是抗日战争或抗美援朝的老兵,她们也是另一种军人子弟。几乎在相同的时间内,三个男人在不同的地方迎娶新娘。他们间只默默为对方祝福,互不邀约,有两个男人却是二燃花烛……

　　这第一对新婚夫妻是章诗逸与柳春月。他们的婚礼在铁园师范学院举办。
　　章诗逸与温恭朝夕的袁雪梅离异后,二入青庐,娶下柳春月。铁园师院分配给这对大学教师一套两室一厅的住宅。在这个房子中,章诗逸开始了对未来生活的憧憬与规划。佼佼不群、出人头地是他的梦想,生下一个儿子更是他的梦想。尽管袁雪梅答应章显考上铁园师院后就将儿子送给他,但那毕竟是二十年以后的事了。期盼柳春月为他生下另一个儿子,与对事业有成的渴望,难分轩轾地在他的心中久久荡漾。
　　二人入得洞房后,章诗逸就瘫在椅子上问:"春月,你知道婚礼上,一只乌鸦站在一只喜鹊身边是什么滋味?"柳春月摇摇头笑了:"我不知道。我只知道你丑得正好,丑到了我喜欢的样子。你再丑一分我照样可以接受,但是你再俊一分,我就不喜欢了。"章诗逸说:"美人之惑,一则以色,一则以韵。色易弛,而韵芳远。你是色韵俱佳。"柳春月从手包里拿出那个花边小圆镜照着自己的脸问:"我真的那么有韵味吗?"章诗逸点点头,却从小花镜背面再次看到了她幼年时与一身军装的父亲的合影照,一伸手将小镜子抢过来说:"我也照照我这张丑脸。"

他略略照过自己的脸后，却翻过小花镜的背面问："我还是想知道这其中的故事。"这是他第二次向柳春月提出这个问题，也是代袁雪梅提出的。因为只有小花镜的故事拉开了序幕，才能看到柳春月寻父的足迹。

万没想到，刚才有说有笑的柳春月竟然捂着脸哭了。惶惑中的章奇逸说："也许……在这个美好的时刻，我不该提出这个问题。"柳春月抹着眼泪说："夫妻间没有秘密可言，这个小花镜真的有故事呀……"

柳春月的家，在省城的繁华地段。

小学三年级寒假的一个早晨，她起床后发现邻屋的母亲还在蒙着被子熟睡。往日的这个时候，母亲早已为她做好了早餐。她轻轻揭开被头，却发现母亲脸毫无血色，胸脯也没有随着呼吸的起伏了。

惊慌失措的她敲响了邻居家的门，邻居阿姨是一名内科医生。她听到柳春月对母亲现状的叙述后，急忙来到柳春月的家。她用左手的食指和中指轻触在柳春月母亲的鼻翼处，对方已没有呼吸了。她摇了摇头，心情沉重地说："小春月呀，你妈去世了。"柳春月哇的一声大哭起来。她将柳春月搂于怀中安慰说："你先别哭。阿姨问你，你妈生前有什么病吗？"柳春月抹着眼泪说："我妈有肚子疼的病。前些日子住院了，医生给她做了手术，第二天，妈妈就出院了。"她又问："你妈住的是哪家医院？哪个科室？"柳春月说："我妈住的是……新华医院的妇科。因为妈妈住院的时候，我经常去医院看她呀。"她点着头说："噢，阿姨明白了，你妈患的是妇科病。"她说完后望着窗外的远方又说，"小春月呀，阿姨知道你爸是一名军人，一直跟你妈、跟你分居两地。咱们现在必须通知你爸，让他以最快的速度回家，弄清楚你妈去世的原因哪！"

她领着柳春月来到了邮电局，按照柳春月提供的其父的姓名——柳万年，以及部队的驻地和番号，发了一份十万火急的加急电报。

第二天中午，时任基建工程兵驻山海关的团长柳万年，坐着部队的吉普车，风风火火地回到了省城。当他走进家门，看见床上蒙在白布单之下，已经僵硬的爱妻的遗体时，再也控制不住内心的悲伤之情，蹲在地上捂着头呜呜地哭了。懂事的小春月用手帕擦拭着父亲脸颊上滚滚而下的泪水。

许久，柳团长止住哭后站了起来，拉着小春月坐在沙发上。邻居阿姨这时也坐在了他们的身旁。她低着头思忖了一会儿说："柳团长，我听小春月说，她的母亲生前去新华医院妇科住院了，而且还做了手术，手术回到家的第二天就去世了。您爱人真的患有妇科病？"柳团长点着头说："她确实患有妇科病，子宫肌瘤多年了，最大的肌瘤已超过五厘米了。原来我俩商定，待我休假回家时带她去医院手术。谁知她没等我回来就自己去医院了，可能是太难受了吧。"她点了点头说："看来您爱人的去世真的与手术有关系……但是，子宫肌瘤的手术并不复杂，不至于要了人命啊。"

柳团长忽地站了起来，挥着手说："我这就去新华医院，找那个给我爱人手术的医生说道说道。"邻居阿姨说："柳团长，我支持您去医院讨个说法，但是我和您女儿就不能陪您去了。毕竟我也是个医生，同行不揭短，小春月还是个孩子，去那种场合会受到刺激的。我把小春月领到我家去，您抓紧时间去医院吧。"说完，她就领着柳春月走了。

身着军装的柳团长走进新华医院，说明来意后，自是受到了院方热情而慎重的接待。医务科很快查实了给柳团长爱人实施手术医生的姓名——梁宏正，并且调阅了梁宏正在手术过程中所有的记录，均符合相关的规范和标准。唯一的问题，就是他批准了患者提前出院的请求。按照有关规定，子宫肌瘤手术的患者，术后应该继续留院治疗和观察一周的时间。患者请求提前出院的理由是：身边的女儿正在读小学，需要她的照顾，而丈夫是一名军人，远在山海关，无法及时回到家中分担妻子住院的护理及柳春月上学的接送。

医务科立即安排车辆将患者遗体拉回医院，并对患者的遗体进行了鉴定，结果发现患者的下体出现了大出血的症状，显然，患者是因为大出血而去世的。鉴定医生特别指出：患者最大的肌瘤已超过五厘米，绝不是一个小手术，更不允许术后的第二天就让患者出院了。这起事件中，梁宏正负有主要责任。他明知提前出院会对患者造成无法避免的严重后果，却在患者提出提前出院时没有告知对方。而患者本人负有次要责任，是她首先提出第二天出院的主张。但是，如果梁宏正能及早告知对方提前出院会危及生命的话，也许患者就不会坚持自己的主张了。

三天后，医院领导班子决定：给予梁宏正同志行政记大过处分，并调离妇科工作岗位，去儿科工作。一纸公告张贴地医院的大门处。

柳团长对院方的处理决定没有异议，第二天就将妻子的后事处理完了。之后，他领着小春月来到了市郊，将无法带到部队照料的女儿送给了市郊农村的弟弟。弟弟是大队党支部书记，便将侄女小春月安排在当地的一所小学入学了。

暑假期间，一身戎装的柳万年又来到了弟弟家，这是小春月自懂事后第三次见到父亲。第一次是她刚上幼儿园那年，第二次是母亲去世的时候，如果说前两次父亲来去太过匆忙，那么这次来，父亲倒显得从容了许多。

第二天，父亲领着小春月去了省城。出出进进地在商店给她买了漂亮的裙子、塑料凉鞋、小白袜，还有书包及各种学习用品。之后，他们走进了这座城市最好的一家照相馆。她高兴而骄傲地依偎在父亲的身旁，任摄影师反反复复地调整好姿势后，拍下了这张难能可贵的父女照。照完相，父亲又领她去公园玩，沿路给她买冰棍又买汽水。公园只逛了一半，她的肚子就绞着劲地疼了起来，捂着肚子蹲在路边了。

父亲背起她去不远处的新华医院看儿科急诊。急诊医生是个矮胖的男人，白口罩几乎遮住了他的整个脸。那医生对柳春月检查过后，转过身问柳万年："同志，你是这位小患者的父亲？"柳万年点点头。医生果断地说："这孩子得了急性阑尾炎，必须马上手术！你签字吧。"柳万年在患者亲属签字栏中，签下了自己的名字——柳万年。

手术一周后，柳春月出院了，柳万年又将她送回了她叔叔农村的家。临走时，他将那张合影照，以及特意买的一个花边小圆镜送给女儿说："小春月哟，爸爸这次来看你，就是要跟你照一张父女照。爸爸很快就要离开山海关去大西北工作了，我们今后很难见面了。你把爸爸跟你的合影照镶到小花镜里，每天早上洗完脸照镜子的时候，你就看见爸爸了。"说完，他俯下身深情地吻了柳春月红润的小脸蛋之后，依依不舍地走了。

当天下午，柳春月将那张合影照小心翼翼地镶嵌到小花镜的背面。相当长的一段时间内，她再也没有见到父亲，能见到的就是小花镜背面照片上的父亲了。就连母亲去世的真正原因，柳春月也是从叔叔口中得知的。

停课"闹革命"的几年后，叔叔到省城为柳春月办理了知青下乡的手续，下乡在叔叔的生产大队。又是几年过去了，大学开始招收工农兵学员，身为村支书的叔叔三番五次地游说公社领导。说他的侄女是一名军人子弟，父亲是解放军的一名团长，母亲又不在了，应该给予照顾，获得了公社领导的同情。之后，以公社和生产大队两级组织的名义推荐她上大学，让她走进了铁园师范学院的大门，成为一名工农兵学员。她离开村子那天，抱着叔叔痛哭不止："叔哇，我还是想见爸爸。我想到大西北去找他。"叔叔摆着手说："春月哟，你不要去找你爸，他已经与世隔绝了。"

听完泪水涟涟的柳春月讲完她那段往事后，章诗逸怆然涕下："春月，我要像找雪梅父亲袁冰一样，陪着你找到你的父亲柳万年！"柳春月哽噎着说："我是和袁雪梅一样，也在找父亲。可是我还不如她呀，她可以按照袁冰的脚印去北京找、去昆明找、去麻栗坡找，我却不能。柳万年根本就没有留给我去找他的脚印哪。"然而，这个花边小圆镜的故事远未就此画上句号，注定为这对儿大学讲师组成的美好家庭，埋下了更为不幸的伏笔……

这第二对新婚夫妻便是刘天刚与毛小毛了。

与章诗逸娶下柳春月一样，刘天刚也是二燃花烛。刘天刚与家境不凡的黄圆圆分手后，旧梦重圆地娶下旧恋毛小毛，成就了一个忠贞不贰的爱情故事，不再赘述。他在回到拖拉机厂的第一天，却做出了一个惊人之举。

这天早上，刘天刚一如既往地开车将马厂长送到他的办公室后，就将一纸辞职报告郑重地交给了他。马厂长展开那纸一看就开起了玩笑："是不是二婚烧的，回家伺候媳妇去？"刘天刚低着头说："毛小毛是我原来的对象，与黄圆圆的结合只是一场误会……"马厂长大手一挥打断了他的话："不说这段了。我知道你们离婚了，就说你辞职的原因。"刘天刚说："毛小毛是个农民，没有工作。马厂长，我知道全厂的工人指标和定员都是劳动局批的，多一个都不行。我想把我的工作让给她，这样指标就不超了。"马厂长嘘了一口气问："那你呢？""反正国家也让单干了，"刘天刚说，"我想出去闯一闯。"

马厂长拍着他的肩膀说："小子，还是你理解我老马哟。这个厂子确实是姓'国'不姓'马'，进一个人也得劳动局批指标。实话讲，我真舍不得你走，因为你能跟上我的步伐，但跟上媳妇的步伐更重要。好吧，就让毛小毛接你的班。你现在就把她领来我看看。"刘天刚点点头转身要走，马厂长摆了一下手说："算了，我没时间等她，你身上有没有她的照片？"

刘天刚顺手从衣兜掏出他与毛小毛在老鹰沟的结婚照，递给马厂长说："这是我和毛小毛的结婚照。"马厂长接过那照片，嘴里"啧啧"了两声后夸道："这个毛小毛面相不俗，额头滚圆滚圆的。古人讲，女子额圆为九善之首。我问你，她什么文化？""初中毕业。"刘天刚说，"但是她爱学习。"马厂长沉吟片刻后说："我就喜欢爱学习的年轻人。这样吧，既然你是从厂办辞职的，那么毛小毛来了呢，就顶你的指标，还安排在厂办。"刘天刚问："毛小毛……到厂办干啥？"马厂长说："厂办的文件，以及公章，还有收收发发的工作，不都是老石太太管着嘛。她岁数大了，身体也不好，再有一年多也该退休了。毛小毛来了呢，就帮她一起管这些事。"刘天刚提醒道："可老石太太……是干部。""毛小毛先按工人进来，"马厂长说，"她帮老石太太那段时间就叫'以工代干'。"

刘天刚双脚一磕，敬了一个军礼说："厂长，我代表毛小毛谢谢您了。但是给您开车的司机，并没解决呀？"马厂长不以为意地说："还让原来给我开车的张安东回来吧。他的在籍关系已到车间了，算厂办借调上来的，不占厂办的定员。将来毛小毛能拿得起老石太太的工作，待老石太太退休后，她就办转干手续，干部定员也就不超了。你呢，再回厂办给我开车。张安东再回车间去，工人的定员也不超了。"刘天刚极力掩饰着内心的喜悦，却一脸担忧地说："厂长，我在给您开车的那段时间，发现车里总放着张安东用于炸鱼的炸药。他再回来给您开车，千万别让他把炸药放车里了，那就是颗定时炸弹！"马厂长哈哈大笑："这事我知道。你放心吧，我是地上的马，不是河里的鱼。"

刘天刚起身告辞。马厂长拦住他说："你那张结婚照别总捂在自己的衣兜里了。那是你和毛小毛共同的照片，你该给它放大后挂在家里的墙上才带劲嘛。"刘天刚点点头说："厂长，我这两天，就办这件事！"

无独有偶，刘天刚辞职的第三天，瘦狗也拿着辞职报告来找马厂长了。马厂长一边看着那页辞职报告一边问："你有对象啦？"瘦狗一愣："老马啊，人家都是当着和尚不说秃子，你偏偏揭我的短。我就是一条狗，谁家把姑娘往狗窝送？"马厂长说："刘天刚早你三天辞职了，原因很简单，把自己的工作让给二婚的媳妇了。"瘦狗哭丧着脸说："跟刘天刚比我就得死。人家短短两个月换了两茬媳妇……"

马厂长一摆手打断了他的话："咱不说人家的事了，就说你辞职的原因。"瘦狗说："我辞职完全是受到了刘天刚的启发。我也准备走上找爹的路了。""怎么，"马厂长问，"你台湾的父亲有信儿了？"瘦狗的嘴一撇说："毛信儿都没有。老马我问你个问题，将来大陆与台湾能不能互相来往？"马厂长说："我认为能，现在大陆不是提出来要和台湾搞'三通'了嘛。""对，老马。是'三通'，"瘦狗说，"既然双方可以通邮、通航、通商了，我想到台湾找爹去。"马厂长摇了摇头："没那么简单吧，'三通'可不是说你想去台湾就去了。""罢！"瘦狗说，"我去不了台湾就去福建厦门。'三通'一旦通起来了，说不定哪天我爹从台湾回来了，我就在厦门迎接他，总比在铁园傻等强。""你去找父亲的想法我理解，"马厂长问，"但是你这一走怎么算呢？"瘦狗说："爱怎么算就怎么算！""这样吧，"马厂长说，"我算你停薪留职。什么概念呢？就是说你还是拖拉机厂的人，但是工资我不给你开了。有一天你回来了我还接收你，毕竟你和刘天刚不一样，他那牵扯到毛小毛，来一个就得走一个。你呢，不牵扯别人，也不牵扯厂子的指标和定员。看在你是拖拉机厂老员工的分上，就给你留条后路吧。"

瘦狗双手一拱说："谢了，老马。我走了。"马厂长摆摆手将他拦住了："你走前我可是有几句丑话撂到桌面上，这叫先小人后君子，可别怪我没说。一、你这次出去只是找爹，可不是去找媳妇。如果我发现你的目的是后者，你就滚犊子别再回来了。但是你搂草打兔子找了个女人，那叫你们有缘。你回来后愿意把工作让给那女人，你就步刘天刚的后尘辞职，你与拖拉机厂，从此以后就再也没有任何关系了。二、不管你能不能找到爹，希望你尽快回来。最后一点，出了这个门你就封好自己的嘴，一个字也不许跟别人说。听明白没有？"瘦狗点着头应道：

"明白！"

第二天下午，瘦狗背着一个简易双肩背包，踽踽独行地走进火车站。一抬头，刘天刚竟然站在了他的面前。怔愣中的瘦狗问："你小子跑这儿来干什么？"刘天刚说："刚才我去站前照相馆想洗张照片。见你走进车站，就买了张站台票跟着你进来了。师父，你干啥去？"瘦狗捂着嘴小声说："我去厦门找爹。此事只你一人知道就算了，万不能跟任何人讲。"刘天刚啪地敬了个军礼说："师父，我是军人出身，懂得何时张嘴，何事无语。"瘦狗呵呵一笑："你别一口一口地叫我师父了，其实你才是我的师父呢。刘师父，你该教我如何才能认下一个当官的爹，如何才能把他的女儿哄上床。告诉你个秘密，你与圆圆结婚那天，老黄头要认我为他的干儿子，我没干。切，他又没有第二个女儿，我光当个干儿子有个屁用！"说完后仰天大笑，惹得站台上的人，都将好奇的目光向他们投来。

刘天刚拉着瘦狗来到一个大柱子后面问："师父，你看我能为你找爹帮上啥忙？"瘦狗摇摇头说："没人能帮上我的忙。我找爹不是爱而是恨！我妈因为他病死了，我为他背了半辈子黑锅。如果我能找到活着的他，就冲他喊一声'爹'，之后我们的父子关系就算彻底结束了。如果他死了……"

刘天刚打断了他的话："师父，你还没走出去呢，不兴说这背兴的话。"瘦狗冷着脸说："这就是一个地下工作者必须面对的现实。很多打入台湾的地下工作者到头来都被国民党发现而秘密杀害了。假如我爸也死了，我就把他的骨灰捧回来让他落叶归根，了了我妈一份与他合葬的心愿。我妈的骨灰还放在我的工具箱里呢，到时你帮个忙，我俩给他们葬在一起。"刘天刚劈了一掌说："我相信你一定能找到活着的爹！"

这时，火车进站了。刘天刚从衣兜掏出一个信封塞到瘦狗手里说："这是我刚才去拖拉机厂领到的最后一次工资，三十八块六，你带着。"瘦狗瞪起了眼睛："滚开！你他妈还不如我呢，我是停薪留职，还端着个空饭碗。你是辞职，连饭碗都没了。我能要你的钱吗？"刘天刚推着他上车的同时，凭着自己大于他的力气，还是将那钱塞进了他的口袋里。

送走瘦狗后，刘天刚便去站前照相馆将那张结婚照放大到一尺洗了。回到家后就镶进他昨天才做好的镜框里，挂在家中一进门最显眼的位置。在这之后，他又做了同样大小的四个镜框，决意在今后与毛小毛再照四张幸福时刻的合影。四幅合影与这幅结婚照挂在一起就是五幅了，以弥补之前没有回复毛小毛五封来信的遗憾。

然而他这个简单而朴实的愿望没有实现，永远也没有实现。最终，这幅结婚照随着毛小毛的离去，也从墙上拿下来了……

三对新婚夫妻中，唯独郝援朝和于小萱是初婚。婚礼在金海市举办。

婚礼就设在郝援朝父母的家中，其规模秉承了父亲郝忠玉深藏若虚、和光同尘的风格。母亲出面约了干休所的领导和几位邻居，父亲未通知H军任何下属和同级，郝援朝同样没有告知铁园的所有朋友及同学。北京工作的妹妹郝和平因工作原因，未能到金海为哥哥嫂子贺喜。而于小萱的父亲于生单腿难行，只能坐在炕头为远在金海的娇女和东床快婿祈福，没有实现与亲家相见的绝佳机缘。但是在他和郝忠玉的心中，早已实现了"度尽劫波兄弟在，相逢一笑泯恩仇"的美好愿望。

婚宴只置办了几桌酒席。小鸟依人的于小萱跟在郝援朝身后，举着酒杯，拿着香烟火柴，逐一向来宾及长辈局促不安地敬酒点烟。二人在金海如胶似漆地欢度完蜜月后，匆匆赶回铁园分别去报社和十七中报到。他们住进了军招所三楼的一个房间，这是二人暂栖的爱巢和小窝，是三对新人中唯一没有自己房子的一对。

于小萱怀着一颗敬畏的心走进了铁园市第十七中学。该校是省级重点高中，每年金榜题名的考生人数始终在全省名列前茅，因而誉满全国。于小萱到教导处报到后才发现，她是应届大学毕业生中唯一分配到该校的教师，该校对入职教师的严格标准可见一斑。

接待她的是教导处主任。这是一位五十多岁的女同志，面色灰黄，秃鹰一般的眼光不断地上下打量完她后，就开始了巨细靡遗的询问。恨不得问到她上三辈的祖宗，也恨不得问到夫妻床笫间的缠绵，直问得于小萱心里发毛。主任问完后就走了，不一会儿又返回来说："新来的小于老师，许琴校长要亲自见你。"

于小萱按照主任说的楼层和房间走进校长室时，许校长正在接电话。她捂着话筒说："噢，小萱到了，你稍等一会儿。"于小萱点点头，随即感到自己待在这里的不便，指指门口想回避一下。许校长说："你坐吧，不碍事的。"

于小萱坐下后，许校长继续与电话那头的人通话。听得出对方是通过某种关系找到了她，想走后门，将自己的孩子送进十七中。许校长极有耐心地向对方做着解释，但是对方仍然喋喋不休地说着车轱辘话。听得累了，许校长就将话筒吊在手上，那话筒便像一个钟摆悠悠晃晃地摆来摆去。

许校长手吊电话的动作应该不会轻松，但是那姿态优雅不俗。她五十多岁了，个子不高，满头银发。那张圆脸如玉盘一般清澈明亮，并不见这个年龄该有的一丝皱纹。任何一个初次见到她的年轻人，或许都会在这张可亲可敬的脸上感受到母亲般的温厚和慈善。许校长再次把话筒放到耳畔时，对方不再重复那些毫无意义的絮叨了。这种此时无声胜有声的方式，终于耗尽了对方的所有信心。

　　许校长放下电话，就走过来坐在了于小萱的身边。她用手抚摸着她肩上斜下的黄色军用挎包微笑着说："我刚才见到你背着这个挎包走进屋时，就想起了当年的我。那时我也像你一样，梳着个五号头，背着这么个黄挎包走进了这所学校。"

　　于小萱心里咯噔了一下，才想起早上走得急，竟背着郝援朝的军用挎包来学校了，不好意思地笑了一下。许校长问："是个军人子弟吧？"显然是这个挎包引发了她的联想。于小萱说："我也不知道自己算不算军人子弟。反正我爸也是个抗战老兵，后来有伤在身，就回老家荣退了。"许校长叹道："一个伤兵的后代，怎么能不算军人子弟呢？说真的，我喜欢军人子弟，见到他们就有一种无以名状的亲热感。"于小萱的内心有了一种含混的猜想，许校长……或许与部队有些渊源？许校长继续说："小萱哪，其实我们并不陌生，你半年前在十七中实习过。我记得，你那时讲课的班级应该是高一（1）班。你就去高一（1）班，任班主任吧。"

　　于小萱走上高一（1）班的讲台时，经历了稍许的紧张后，很快就找到了镇定自若的感觉。大四实习时，她确实在这个教室里讲了一个月的语文课。那时的学生现在都已升入高二了，这两天有学生跟她打招呼，她才想起她给他们讲过课。她环视着讲台下，台下有几十双不同的眼光打量着她。她能感觉到那些眼睛中流溢出的专注、好奇，以至惊异……

　　早上起床后，她用热水洗了头。紧接着打开吹风机，梳理蓬松而柔顺的黑发，发型依然按五号头定型。嘴唇涂了口红，淡淡的唇色丝毫不显人为的痕迹。尽管天气已有了凉意，她还是从衣柜里找出了从未上身的两件套秋裙。这套裙，是郝援朝在金海为她买的，墨绿色的裙装配上白色短上衣，很有些韵味。衣服上身后，于小萱就含着笑，款步姗姗地在屋里走来走去。郝援朝瞪她一眼说："行了行了，别臭美了，第一次走上讲台最好穿套教师职业装。"于小萱摇摇头笑了："不，我偏要穿裙装，三绺头发两截衣。我要晃晃我的学生们，让他们感到老师不只是皓首穷经、不苟言笑的尊容。老师不老，还可以当他们的姐姐呢。"

　　不觉间，下课铃响了。于小萱突然发现自己要讲的课没有讲完，但还是干脆地说："下课。"于是，同学们一窝蜂地跑出教室了。

　　她走下讲台，扫视着课桌上同学们没有收起的课堂笔记。有的蝇头小字密密麻麻地写了多半页，有的则是惜墨如金地只写了几行字。竟然有一位同学画了一幅素描画，笔法很有些功力，几笔下来，虚实相间中把一位裙装淑女勾勒得栩栩如生。笔记本的封面上写着他的名字：王宝奇，显然是位男同学。还有一个笔记本上只写了八个字——"蝤首蛾眉，齿若编贝"。这也应该是位男同学，叫齐天，对美女的赞叹中显现着他的词汇水平。一幅画，八个字，送给谁呢？于小萱摇摇头，笑了。

时间一久，同学们对于老师已由最初的好奇和拘谨变得熟不拘礼了。几名相邻的女生上课时，就像麻雀一般叽叽喳喳说个不停。于老师给她们调了座，把不爱说话、如一块面团般揉搓摔打都不成形的"画家"王宝奇掺于其中，喜说者自是找不到说话的对象了。原来一向守时的大个子齐天，最近总是迟到，同学们封他为"迟到大王"。于老师也给他调了座，由最后一排调到第一排了。第一排的位置，显然是送给惯常迟到者的最好"礼物"。

几日后，于老师拟下一个作文题，走上讲台后就写在黑板上了。题目极其简单也极其普遍——《我的一天》，要求字数不少于六百字。谁都有记忆深刻的一天，这绝对是一篇信手拈来的作文。下课铃响起时，同学们齐刷刷地交了卷。

按照惯例，这天是作文讲评课。于老师走上讲台时，突然看见许校长捧着一个大本子坐在了教室的最后面。她心里即刻有些紧张也有些慌乱，下意识地吹了一下脸庞上飘下的头发。许校长冲她摆了一下手，示意她不要紧张，正常授课。她心里异常清楚，这是许校长单独来观摩自己的课了。

她努力平抑着有些紧张的心情说道："同学们，这节课我想就上次的作文做个讲评。有一篇作文我先给大家念一遍，与同学们共享。"

她打开手里捧着的作文本念道："……这一天，我又迟到了。小萱姐姐很生气，给我调了座位，从最后一排调到了第一排。我是个一米八二的大块头，这种调法，显然是对我的一种惩罚。我没有理由不接受这种惩罚，谁让我总迟到呢。可谁又知道我的苦衷啊，我爸爸是一名解放军战士，他在1969年的春天牺牲了。3月25日那天，我爸和他的战友们击毁了两辆敌军的坦克。可是之后，他就被另一辆敌人的坦克炸死了，那年他才二十二岁，我来到这个世界才一年。听妈妈说，我与爸爸只见过一面，是我出生的那天。他从医院把我抱回家，亲了我两口就又返回部队了。"

"爸爸牺牲以后，妈妈就得了哮喘病，总躲在屋里哭。妈妈的心里从此就只有我了，她希望我考上大学，成为对国家有用的人才。妈妈的哮喘病总也治不好，越来越重，天气一凉就白天黑夜地咳嗽。前些日子，她住院了。晚上我就去医院护理她，早上起来为她打水打饭，所以就总迟到。后来妈妈听说我被调了座，病没好就出院了。小萱姐姐，从此以后，我再也不迟到了……"

于小萱念完这篇作文后，动情地说："同学们，我想这篇作文是谁写的，大家一定知道了，他是齐天同学。"说完之后，她走到齐天的座位前鞠了一躬："齐天同学，老师给你道歉了。"齐天扭动着高大的身材站起来说："小萱姐姐，不，于老师。听妈妈说，你去看过她了，还给她买了吃的。"于小萱摆摆手，让他坐了下来。这时，她看见坐在教室后面的许校长低着头揉眼睛。未及下课铃响，她就匆匆地走了。

"小萱姐姐"的称号自此在校园里不胫而走。各年级各班的同学都争相目睹这位年轻貌美、气质不凡的于老师……

期末，于小萱担任了高一语文教研组的组长。原组长因体弱多病，取消了坐班制。第二学期期中考试过后，教导处主任退休，于小萱又接任了教导处主任的职务。当许校长单独找她谈话时，她惊得后退了两步，红着脸说："许校长，我还年轻……当不了领导。"许校长微笑着说："年轻不是当领导的瓶颈。有为才有位嘛。"

这天下班回到军招所那个所谓的"家"后，于小萱系上围裙走进厨房认认真真地炒了四个菜，又将珍藏的一瓶好酒摆在桌上，等着郝援朝回来与自己共享她这美好的一天。

晚上七点钟了，援朝还没回家。她想他也许又在报社加班写稿，就去楼下招待所值班室给他办公室打电话，没人接。她悻悻地回到家中继续等，八点、九点、十点，直至十一点钟了，援朝仍然没有回来。原本火热的期待之情已降至冰点，桌上的所有饭菜也全部凉透。她嚼了几块饼干，喝了一杯白开水就上床睡了。

闭了灯，却翻来覆去地睡不着，援朝近来的应酬已见多了。一个记者，不可能在社会上没几个朋友。下班以后，几个人聚在一起喝点儿小酒，天南海北地胡侃一气也是释放写稿压力的一剂良药。通常情况下，他八点钟左右也就回家了。今天他是怎么啦？她想起他一提起报社的女记者、女编辑们就津津乐道："她们个个风韵天成，笔下生花，交际甚广，都是人间精品。"莫非他……她索性开了灯，拿起床头上的一本书胡乱地翻着……

时钟沉闷地敲响了十二下之后，只听房门咣当一声响，紧接着便是扑通一声。小萱只着短裤背心跑了出来，却见援朝死狗一般躺在了地上。

小萱扶他坐在沙发上，沏下一杯热茶递过去问："什么人值得你喝成这样？""还有谁？"援朝呷着茶水说，"报社那帮人。"小萱一叹："那帮人间精品？"援朝说："一帮大老爷们儿，一个长头发的都没有。"小萱猜道："是不是报社要给你提个一官半职啦？"援朝笑了笑说："我对当官没兴趣……报社，给我分房子了。"

小萱眼睛一亮，问道："什么样的房子，多大面积？"援朝说："房子是报社新盖的住宅楼。面积嘛……两室一厅……不知夫人是否满意？"小萱双手一合笑道："我敢说不满意吗？咱们现在只要有个自己的小窝就行了，住在部队的招待所终究不是那么回事。"

援朝叹道："是呀，我爸堂堂一个军长。从铁园走了什么也没给我留下，留个房子还是借的……报社也许是可怜我，我才来就分给了我一套房子……你说我能不请领导们喝酒吗？""援朝哇，"小萱说，"郝忠玉军长的大名就是一块金字招牌。他的高大形象永远留在了铁园，你借光了。"援朝点点头，却使劲搜着自己的头发说："他再高大，我也得自己长个儿……"

H军借给郝援朝的房子，是招待所三楼最里面的房间。郝军长夫妇刚去金海时，郝援朝一人住在这里，胡管时常过来嘘寒问暖，热情不减。小两口金海结婚回来后，这里就是他们的"家"了。胡管再无往日的热情，招待所的其他工作人员见到他们也很少打招呼，如同路人一般，甚至一度传出一种声音："招待所成住家了，今后怎么管理？"

郝援朝和于小萱住在这里，早已感到不合适了。今天他们有了自己的房子，无疑是一件天大的喜事。

援朝上床后打起了呼噜，小萱推他不醒就泄了气。她一直想锦上添花地告诉他，自己当上教导处主任了，可是一直没得机会。翻了一个身，她也渐渐睡去了。黎明，床晃了一下，她醒了，觉得援朝已不打呼噜，也像是醒了。她附在他的耳边小声说："酒劲过去了吧？我也告诉你一个好消息，我提教导处主任了。"援朝忽地坐起来说："什么，你提主任啦？今天是个什么日子呀？你官袍加身，我屋宇在手，可谓好事成双，双喜临门！来，我们共同……庆祝一下。"说着，就猛地扑在小萱的身上了。

小萱被压得透不过气来，终是东挪西挪地有了喘息的机会。她纤细的手指戳在援朝的脑门上说："本主任奉劝你一句话，生活有三忌：晨酒、晚茶、黎明色。你该懂得。"援朝哈哈大笑："懂，懂，我当然懂啦。早上不能喝酒，晚上不能喝茶，黎明色嘛……黎明不能干啥？"

小萱咯咯地笑了："你呀你，真是喝多了，黎明不能色呗……"

第二十章

　　这一日，刘天刚坐在自己家的楼口发呆，突地看见干爸一身便装走了过来，匆忙迎上前去说："干爸来了啊。"黄部长沉下脸说："你当我是来看你的？我是来看我儿媳妇的！"刘天刚愣怔了半天没理出头绪，提着心小声问："您……儿媳妇？"黄部长一挥手说："我是来看毛小毛的！"刘天刚红着脸说："小毛她……上班去了。"黄部长问："礼拜天也上班？"刘天刚解释说："厂子加班……"黄部长不再往下听，背着手向屋内走去。

　　黄部长进了屋，就止不住地哈哈大笑："我说干儿子呀，你这屋是婚房还是营房？那个大通铺能睡半个班的人喽。"刘天刚没有说话，只顾让座倒茶。黄部长坐下后拿出一块德国金表和一瓶德国香水放到桌子上说："送你和毛小毛的。表是你的，香水是毛小毛的。"刘天刚将表和香水推回去说："爸，我和小毛都是粗人，用上这两个洋货可就是猪鼻子插葱——装象（相）了。"黄部长眼睛一瞪："装象总比装孙子强，我一辈子只装过象没装过孙子。这两样东西可不是我送你的，是圆圆从德国邮来的。那其中有圆圆与约瑟夫的结婚照，还有一封信。信中说，你们在一起的时候，她无意间看到过毛小毛给你的来信。所以在她与约瑟夫结婚后，就送你和毛小毛一份新婚礼物，一块手表和一瓶香水。"说完后，他将黄圆圆与约瑟夫的结婚照，还有黄圆圆的信也放到桌子上了。

　　刘天刚看过冰清玉洁的黄圆圆与冷魅俊朗的约瑟夫的结婚照，以及黄圆圆的信后说："爸，就算是圆圆送我和小毛的新婚礼物，我也不能收。您想过没有，小毛并不知道我和圆圆结过婚，这东西要露出去可咋整？"黄部长一拍大腿说："还亏得毛小毛不在家。这四样东西，我怎么拿来的还怎么拿回去？你要觉得合适，我就拿回去。"刘天刚挠着头说："爸，社会上有一种说法不知您听说过没有,新婚礼物不能送钟表,谐音'送终'。"黄部长呵呵一笑:"圆圆可没你有心眼,她就是个大大咧咧、没心没肺的傻丫头。爸爸代圆圆做个更正,圆圆的那封信,还有她和约瑟夫的结婚照,原来就不是送给你的,我不过拿出来让你看看罢了,这两样东西我收了。而表和香水是妹妹送给哥哥和嫂子的普通礼物,不是结婚礼物。这样总可以了吧?"刘天刚无奈,自是收下了金表和香水。

已至中午,刘天刚做了四道菜摆在桌子上。酒过三巡,刘天刚有些伤感地说:"爸,我当时为了小毛,脑袋一热就把工作辞掉了,这叫木匠戴木枷——自作自受。这些日子我一直闷在家里,不知道下一步干点儿啥好。想来想去,我会两样手艺,一是做饭,二是开车。您看我是开个饭店好,还是跑运输好?"

黄部长点了一支烟不紧不慢地问:"你还会啥子手艺?"刘天刚摇摇头说:"再不会啥了。""不对,"黄部长拍拍饭桌又拍拍椅子说,"我看这桌椅板凳打得不错,严丝合缝的,连个钉子都没有。做过木匠活?"刘天刚说:"我田妈家的邻居是个干了一辈子的老木匠。十三岁那年,田妈就把我介绍给他当了徒弟,我跟他学了整整五年,后来也能打立柜、炕琴还有沙发什么的。当兵后多年不干了,木匠手艺差不多都就饭吃了。"黄部长一拍桌子惊道:"都就饭吃了,还能把活儿干成这个样子?"说着就举起了酒杯,刘天刚也赶紧举起杯子,二人又喝下一杯酒。

黄部长放下杯子说:"儿子哟,开饭店、跑运输,爸帮不上你,干木匠活,爸可以助你一臂之力。你只要舍得辛苦,H军上上下下的所有营房用具,每年都需要维修。这活儿全都给你,能拿得起来吧?"刘天刚霍地站了起来,抖着双手举起酒杯说:"爸,我能拿得起来,这杯酒我干了。"说完后一仰脖将酒喝下。黄部长摆摆手让他坐下后叹道:"别说酒话了,这些活儿累死你也干不过来,部队也无法对你个人。你只有雇几个人办个木器社,才有资格走进部队大院。铁园市工商局张副局长是我的老部下,是咱H军的团职转业干部。今晚回家我给他打个电话,你明天一早,就去找他问问办理营业执照的事吧。"

第二天一早,刘天刚来到了市工商局大楼,走进了张副局长的办公室。张副局长满脸浅浅的麻子,鼻头很大,眼睛很小。他指了指沙发,示意刘天刚有什么事坐下说。落座后,刘天刚就将此行之目的说清了。

张副局长点点头说:"你本人的基本情况,黄部长昨晚在电话里都跟我说过了,说你已经辞去了拖拉机厂的工作,现在就想办个木器社。"说完后,他打开抽屉,取出一份企业注册登记表继续说:"这张表你回家填一下。其中三个问题一定要写清楚:经营场所、企业名称,还有注册资金。"

刘天刚毕恭毕敬地接过那表看过后问:"经营场所就在我家行不行?"张局长

点点头。"企业名称嘛……"刘天刚咧起了嘴,"叫'刘毛木器社'咋样?"张局长捂着肚子笑岔了气:"什么名……牛毛?嗯嗯,比叫猪毛还好听点儿。"刘天刚没笑,耐心地解释道:"是刘毛,不是牛毛。姓刘的刘,姓毛的毛。我是取我和我媳妇的姓……"张局长摆摆手打断了他的话:"别往下说了。这两个姓合在一起,很容易引起对牛毛的联想。换个名吧,起个既有意义又顺耳的名字,对你的木器社也会吉利些。"

刘天刚拿起那份登记表就要走。张副局长拦住说:"三个问题你才答了两个,还有注册资金的问题。""注册资金是啥意思?"张副局长说:"办厂子总要有钱吧,没有钱怎么办厂子?最少这个数。"说着举起一个手指头。刘天刚问:"一百块钱?"张副局长摇摇头说:"一千。"刘天刚听完就觉得脑袋"嗡"的一声响,鼻尖冒出了汗。他心里再清楚不过了,家里就有二百元钱的存折,便叹了一口气问:"张局,我跟你讲讲价,就交工商局二百块钱咋样?"张副局长说:"你没弄懂,注册资金不是你交给工商局的,它还是你的钱。你办个厂子总要有启动资金,也要有流动资金吧。不多说了,我给你三天的时间,给木器社重新起个有意义的名字,把一千块钱凑够。三天后还是这里,我立马就把营业执照发到你手里。不然的话,我可就帮不上你喽。"

刘天刚回到家后翻箱倒柜地忙活起来,或许在哪个角落里藏着自己的私房钱。忽然间,他从床底下翻出一个布包,打开一看竟是圆圆托干爸带给他的礼物——金表和香水,心里且惊且喜。原本担心此物就是个祸害,这回倒是因祸得福了,他决定把它卖掉。想来想去想到了郝援朝,便骑了自行车来到报社。

郝援朝正坐在办公室写稿,忽然看见刘天刚风风火火地推门走了进来。便拉着他来到会客室。刘天刚进屋后将金表和香水往桌上一扔说道:"这两样东西你帮我把它卖了。"郝援朝将那金表拿起来细细地看了一番,又贴在耳边听过后,脸上就泛起一丝惊喜,之后看了香水一眼问:"这两个洋货,你是从哪儿弄来的?"刘天刚毫不隐讳:"是圆圆从德国买的,送给我和毛小毛的礼物。"郝援朝将桌子上的手表和香水推回去说:"这事我管不了,你找别人去吧。"刘天刚问:"为啥?"郝援朝说:"圆圆送你和毛小毛的礼物,最终到我手里了算怎么回事?圆圆知道了不仅骂你,还得骂我!"刘天刚灰着脸说:"圆圆的心意我领了,可这两样东西放在我身边就是个祸害。小毛一旦知道了还不得闹翻天?你也知道我现在连个饭碗都没了,一分钱收入都没有,我需要钱办个厂子!"郝援朝笑了:"噢,是这么回事。说吧,这两样东西你卖多少钱?"刘天刚说:"一千。""我买了,给你两千。""别别,你给我一千就够了。""那你另找主儿吧,看他给你多少钱?"刘天刚忙说:"得得得,成交!你有钱愿意拿两千活该,我可没砸你。""这叫周瑜打黄盖——一个愿打，一个愿挨。"郝援朝说："你等等，我去给小萱打个电话，她是我家的财政部部长。"刘天刚看着他走出门的背影狠狠一句："妻管严！"

片刻工夫，郝援朝回来了，把桌上的表和香水往兜里一揣说："去吧，你去找小萱，她给你付钱。记住，这事跟谁也别说。"刘天刚起身边走边说："你也记住，这件事不许让毛小毛知道！"

刘天刚骑着自行车来到十七中。他走进教导处主任办公室时，于小萱笑容可掬地将一个厚厚的纸袋送到他手中说："两千，你点一下。"刘天刚抖抖纸袋："不用点了……"

正此时，许校长推门走了进来，见状便停在门口问："小萱，你有客人？"于小萱挽住许校长的手，指着刘天刚说："他是我爱人的部队战友，不碍事的。"随之又将许校长介绍给了刘天刚。刘天刚打了个立正，庄重地向许校长敬了一个军礼。许校长微笑着说："这礼敬得好标准哪，当过兵的人素质就是不一样，你坐吧。"刘天刚摆摆手说："不啦许校长，你们谈工作，我走了。"说完后就推门而去了。许校长看着刘天刚离去的背影感慨地说："当年我当兵的时候也跟这个小伙子一样，见了谁都敬礼，好像不敬礼就不是当兵的人了。"于小萱心里一惊，看来自己之前的判断丝毫不差，许校长真的当过兵啊！

刘天刚走出十七中校门，就将两千元钱存入路边的储蓄所。回到家，便将那份放在桌子上的企业注册登记表展开了。他需要给自己的木器社重新起名，绝不能再弄出"刘毛"那种极易引发"牛毛"联想的名字了。他的思路并没有跳出姓名的组合，但是不再局限于他与毛小毛的组合了。

突然间就想到了郝援朝，是他花了两千元钱将表和香水买了去，从而成就了木器社的注册资金。他从自己的名字中取下一个"天"字，之后又从郝援朝的名字中取了一个"朝"字。这两个字一经组合，他惊得跳了起来，心里大喊一声："天朝哇！"之后拿起笔，在那份登记表的企业名称一栏里写下了"铁园市天朝木器社"八个大字，又在经营场所和注册资金的栏目中，分别写下了自己的家庭住址及两千元钱的金额。

第二天一早，刘天刚再次来到工商局见张副局长。他双手捧着那份登记表，以及两千元钱的银行存款证明，郑重地送到张副局长面前。

张副局长捏了一把粗糙而硕大的鼻头，接过那表和存款证明一看，眯着的眼睛即刻放射出了耀人的光芒。他用手指一下一下弹着登记表问："刘天刚同志，这个'天朝'的名字是请哪位高人起的？"刘天刚挺起胸脯说："我自己起的！"张副局长拍着他的肩膀朗声大笑："刘天刚啊刘天刚，你昨天还'牛毛'呢，今天就'天朝'了。昨天还跟我讨价还价地拿出两百元钱就要注册一个厂子，今天一出手就是两千元钱。来，我这就给你写营业执照。"刘天刚万没想到，一纸神圣无比的"企业法人营业执照"，竟然还是手写的。张副局长凝眉聚目，很快就写好了执照，之后在营业执照的右下方，庄重地盖上了"铁园市工商行政管理局"的大钢印。

张副局长双手捧着营业执照，像一名将军将一面战旗送到旗手的手中一般，在一副向下属委以重任的严肃而神圣的表情中，一字一句地说："刘天刚同志，你是铁园市第一位放弃国企铁饭碗，走上自己创业之路的志士。我希望你不要只把自己看成一个贩夫走卒、引车卖浆的小商小贩，而要成为一名诚挚守信、合法经营、用户至上、勤劳致富的企业家，成为我们铁园市的一个楷模、一面旗帜……"没等张副局长说完，刘天刚啪的一声，早已做完了一个敬军礼的全部动作。

刘天刚回到家后，就将那个营业执照挂在墙上与结婚照并排的位置上，然后乐呵呵地去厨房做饭。

毛小毛下班走进家门，便看到墙上的那个营业执照了，招着手将刘天刚叫到自己面前问："我记得咱家的木器社起名叫'刘毛'，现在怎么又叫'天朝'了？"刘天刚大笑："你呀你毛小毛，你当营业执照是农村自留地的证明，写谁的名字就是谁的，不写谁的名字就不是谁的？'天朝'的名字起得多好，就连工商局张副局长都佩服得五体投地。""好吧，就算咱俩走进天朝了，"毛小毛继续问，"可咱家就二百块钱，那上边注册资金却写着两千元钱，你哪来的那么多钱交给工商局？"刘天刚不慌不忙地解释说："首先，纠正你个错误说法，那两千元钱不是交给工商局的，还是咱'天朝'自己的，是用于自己经营的钱。再有，这两千元钱，不是偷的抢的骗的，也不是赌的蒙的。总之，你就别再问了。"毛小毛说："那就是借的！""借的也不是，"刘天刚说，"好啦，别磨叽了。天朝木器社下一步要做的事，就是马上招工！"

二人吃过晚饭，毛小毛就趴在桌子上一页一页地写招工启事。刘天刚进到厨房，用白面和开水搅了一小桶糨糊。之后，刘天刚拎起还冒着热气的小桶，毛小毛拿着招工启事，一前一后地走出了家门。淡淡的月光下，一男一女两个身影走走停停，将一份又一份招工启事张贴在路边的大树、电线杆，以及公交车站牌的立柱上……

郝运峰生平第一次以一个"大学生"的身份参加了铁园师院的运动会后，那段美好的时光皆为过去了。但是，当二毛子将"高闯"这个名字强加给他时，他就喜欢上这个名字了。尤其是那个"闯"字，让他在大学的校园里闯下一片天地，闯出三块金牌，得到了那么多大学生的尊重、认可和欢呼。于是，他决定自己今后就叫"高闯"了。

从铁园师院的大操场落荒而逃后，他的脚步没有停歇，生怕有人追他撵他，闷着头一气跑下去。跑了一个多小时后抬头一看，他愣住了，怎么跑到火车站来啦？他站在火车站的广场上，想起了他追着一队军车，找到爷爷所在的军营。然而他在那里碰了壁，爷爷已不在那座军营，也不在这座城市了。这时他才意识到，自己这两天在运动会的鼓噪下，完全被一种好奇心和好胜心所激励和鼓舞，早已忘记了找爷爷的初心。他狠狠拍了一下自己的脑袋，找到一个没有人的角落，蹲在地上打开了那个绿色挎包，一件一件地清点着送给爷爷的礼物：奶奶送给爷爷的一双布鞋和一包家乡的土，父亲送给爷爷的三穗玉米，还有，他送给爷爷的一条烟。一切都在，一切都完好如初。

他在车站广场绕了一大圈后，便沿着一条小路迷茫地走着。突然间看到不远处有一个巨大的工地，塔吊林立，车辆穿梭，一派热火朝天、争分夺秒的蒸腾景象。他向那工地走去，一个木制大牌子上的几个字赫然而现——"火车站西货场改造工程"。工地上每一顶安全帽下露出的黝黑且赤红的脸，都让他感到亲切而熟悉。在家乡的那段日子里，表哥南下广州时他没有跟了去，便跑到县城大大小小的工地，背砖头瓦块当力工。

他走进一个挂着"项目部"牌子的工棚里，提出要当力工。经过三天的试用后，他被录用了。别人搬砖的方式是将十块八块砖捧在胸前，他却是将二十块砖用一根绳拦住后，背在脊背上。别人只扛一袋水泥送到搅拌机前，他却将两袋水泥往左右腋窝里一夹，一路小跑地送到搅拌机前。

他很快得到了一个大他十多岁的大工匠的赏识，被那个大工匠招至身边当了小工。由力工变成小工，他依然干得很出色，扔出的每一勺水泥砂浆，一粒不落地甩进大工匠手中的大铲上，把那个倔强而喜欢谈女人、整个工地都叫他"骚驴子"的大工匠伺候得连声叫好。后来，骚驴子忙不过来的时候，就给了他一把大铲和抹子抹头遍灰。虽然他抹不出笔直的线条和棱角，但也还算平整，为大工匠抹二遍灰打下了良好的基础。骚驴子搞着他的胸脯说："好好伺候老子，再有两年我把你带成像我一样的大工！"

正当他干得欢实而一发不可收时，一场大雪铺天盖地地罩了下来，整个铁园变成雪原了，工地就此沉寂下来。领到工钱的那一天，他数也没数就将钱揣进衣兜里了，没有兴奋也没有激动，神情中却暗掩着一丝惆怅和郁闷。不管怎么说，工地上的劳作虽然栉风沐雨，起早贪黑，唯一能放松的时刻就是夜里钻进被窝后，听一段骚驴子用三个手指头在灯光下比画着，讲了一百遍的嫖客、妓女和老板三者之间很骚很骚的故事。但是，这里得天独厚的优势就是不必担心吃住的问题，吃的如猪食也好，睡的如狗窝也罢，毕竟寝食无忧。然而一旦离开这里，对于无家可归的他可就是日愁三餐，夜愁一宿了。

工地上的所有人兴高采烈地领了工钱，手指从嘴里抹出一缕唾沫，一遍一遍地用那粗糙而裂着血口的手将钱点过后，就打起铺盖卷，或坐火车或坐汽车，回家与老婆孩子团聚了。而他，却失魂落魄地为这个夜晚的住宿四处奔波。他终于选定了一家小旅店走了进去，要了一天宿费只五元钱的六人间住了下来。

半夜，他被那个尖嘴猴腮的旅店老板叫了起来。他跟在旅店老板的身后来到房子后面的锅炉房，老板说："我看你有久住的意思，我们可以做笔交易。你给我烧锅炉，我免你全部宿费并供你一日三餐，我们吃啥你就吃啥。"他毫不犹豫地应承下来，竟然没花一分钱，在那家旅店度过了一个寒冷的冬天。

春暖花开的时候，锅炉停了下来。火车站西货场工地的塔吊上挂了一串很长很长的麻雷子。骚驴子点着一支烟，抽了两口后就将麻雷子点着了。火光闪闪的轰鸣声中，工程又复工了。

再次来到工地后，他已成了多面手。力工缺了，他就背砖背瓦背水泥；小工人手不够了，他就将水泥砂浆往大工手里送；大工忙不过来了，他就登高爬下地抹头遍灰。从不计较活重活轻，也不计较钱多钱少，无人不夸这个名叫高闯的山东小伙子。"十一"前夕，这个向国庆节献礼的工程正式竣工。工地上的人一哄而散，他又踽踽独行在铁园的马路上了……

住旅馆烧锅炉的美差显然是没有了，因为这会儿还没到冬季。他茫然而毫无目的地低头走着，嘭的一声撞在一根电线杆上。他揉着撞昏的脑袋绕开电线杆刚走出几步，想起看见电线杆上张贴着像是告示之类的宣传单，便又返了回来看。竟是一纸招聘木匠的招工启事，落款是"铁园市天朝木器社"。

他按照启事上的地址寻去，最终看见临街那栋楼一楼的楼口钉着一块破木板，木板上用黑墨汁歪歪扭扭地写着八个大字——"铁园市天朝木器社"。他走进楼口，墙上画着一个箭头，标明左边的住宅就是木器社了。他轻叩了几下门，刘天刚开了门。他挺挺胸脯说："老板，我来应聘木匠。"刘天刚招招手让他进了屋。

一进门的前厅摆着一个平整的木工台，台面上钉着八字形和鱼尾形的顶铁，除此之外，台面上还摆放着刨子、锯子、锤子、凿子、木锉和角尺等木匠工具。

刘天刚指着那两块顶铁问："小伙子，知道这两样东西是干啥的不?"他不假思索地说："那个八字形的顶铁是刨条状木料的，鱼尾形的顶铁是刨板子的。"刘天刚点点头，便从地上捡起根木方，又递过一把锯子说："你把它锯成两截。"他拿起锯子举在眼前瞄了瞄，便将锯子顶在台面上，掰着锯条调起来，最终调整到四十五度角后才算满意。他拉过一个木凳将那木方放上去后用左脚踩牢，右手握住的锯子顺畅而欢快地扯了几下，木方就被锯断了。木方上的锯口平滑，且不见明显的锯痕。

刘天刚暗自点了一下头，又递过去刨子让他把锯断的木方刨平。他掂着刨子，用左手大拇指的指甲在刨刀上轻轻划了两下，便有指甲上的白末留在刀刃上了，证明刨刀很锋利。他把木方的端头顶在八字形的顶铁处，双手握紧刨子，推出去的刨子有力且不抖不颤，更不跳动，但见薄薄的刨花如雪花一般飞扬飘落。不一会儿，木方的四面都刨平了，不起皮也没有毛刺。木方上的疤结本是瑕疵，在他的刨刀下走过后，却宛若造型各异的花朵。

刘天刚拿起刨完的木方左看右看，又拿到窗下对着照射进来的阳光瞄来瞄去，心里自是几分悦意，尤其是这小伙子拿起锯子和刨子时，不经意表现出的调锯片、试刨刀的动作细致而认真，这可是一个合格木匠所应具备的良好素质。犹如老兵和新兵都能把枪放响一样，老兵放枪前总会自觉不自觉地拉拉枪栓，瞄瞄准星，有备无患地检查一番。而新兵似乎就缺乏这种意识，装进子弹就将扳机扣响了。

刘天刚拍着他的肩膀说："小伙子，你被录用了！"他起身向刘天刚深深地鞠了一躬说："谢谢老板。"刘天刚示意他坐下后问道："你叫什么名字？"他说："我叫高闯。"刘天刚又问："听口音，你不是本地人吧？""老板，我是山东人。""那你，跑铁园干啥来了？""找爷爷。"刘天刚再问："你爷爷是干啥的？"他为难了，生怕在H军大门前因为说找军长爷爷，而被质问以至遭到驱赶的那一幕重演，顿了一下说："我爷爷是个农民。""农民该在农村，你为啥跑到城里找爷爷来啦？"

是呀，这位老板问得一点儿都没错呀……他心里打着小鼓，真的不知道该怎样回答他的问题了。忽然间，他想起家乡的老辈人经常绘声绘色地谈起当年闯关东的经历，便松了一口气说："老板，我爷爷之所以跑到城里来，是因为新中国成立前他闯关东闯到了铁园。从那之后，爷爷就再也没回到山东老家了。不信，你看……"他说着便打开了挎包，将奶奶和父亲送给爷爷的布鞋、家乡的土，以及三穗玉米统统摆到桌子上后继续说："这三样东西都是我奶奶和父亲送给我爷爷的礼物。"显然，这些饱含着浓浓乡土气息的礼物，足以让刘天刚对"高闯"来铁园找农民爷爷的目的深信不疑了。

刘天刚握住他的手，大笑着说："高闯，我是从黑龙江跑到铁园来找爹妈的，你呢，是从山东跑到铁园来找爷爷的。过去咱俩从没见过面，今天倒是一见如故了。听说过那两句诗吧——同是天边失落人，相遇何必曾见过！""高闯"怯怯地纠正道："老板，那两句诗应该是——同是天涯沦落人，相逢何必曾相识。"

刘天刚一挥手说："甩什么臭词，一个意思！"

第二十一章

　　于小萱提任教导处主任后，踌躇满志中却生出了对讲台的由衷渴望，也生出了想再次听学生们叫她"小萱姐姐"的热切期盼。

　　这天，她向许校长汇报完工作后，说出了自己的想法，想把高二（1）班的语文课继续讲下去，一直讲到这些学生走进高考考场为止。许校长微笑着问："你能忙过来？"于小萱说："我可以用业余时间备课批作业，只一个班级，我想应该没问题。"许校长又问："小萱哪，你知道你怎么来到十七中的吗？"于小萱摇了摇头。许校长说："那年你来十七中实习，我和其他老师一起听过你的课。你那节课讲的是《谁是最可爱的人》，你眼含热泪、情真意切的样子，深深地打动了我。我生平第一次找了师院的常怀礼院长，我说我要于小萱。他很为难，说这批学生的分配原则是从哪儿来回哪儿去，于小萱不是本地人。我跟他说，你要是为难，我找市委领导跟你说话？他说你可别惊动领导，我给你办就是了。"她说完后顿了一下，特别强调："小萱哪，我说这话可没别的意思，不是要你感谢我，而是想告诉你，我选你选对了。"于小萱终于在恍然大悟中，知道自己能走进十七中的根本原因了。

　　自上任教导处主任一职后，于小萱对十七中历史的沿革有了全面的了解和认识。这个始建于1953年的中学，后来以其高考考生金榜题名的数量，睥睨群雄，绘制出了铁园市第十七中学面向全国的一块金字招牌。不得不说，是许琴校长一柱擎天的作用啊……

　　抗美援朝战争结束后，刚刚成立的十七中急需扩大师资队伍，一批有知识有文化有理想有抱负的年轻人走进了这所中学，其中就有许琴和常怀礼。二人时年都是二十多岁，都有着大学本科学历。尽管许琴是医学院毕业，却跨界当上了一名语文教师，就如鲁迅先生也是学医的，但最终让他成名的却是文学。不多时日，许琴和常怀礼就成了教师队伍的中坚力量，许琴教语文，常怀礼延续着他大学所学的数学专业教数学。

常怀礼初次见到珠圆玉润、温婉可人的许琴后，就萌发了倾慕之情，屡屡向她倾诉衷肠，却遭到了许琴的婉拒。常怀礼立下誓言，非要干出一番事业，以此来博取许琴的青睐和欢心。几年后，他擢升十七中校长，依然没有停下追求许琴的步伐。许琴依然故我，不为所动。再后来，常怀礼提任市教育局局长，许琴接了他的班，履新十七中校长一职。自此之后，二人再难见面，常怀礼便鸿雁传书于许琴，信中写道："我是一名数学老师，就是毕其一生，也计算不出我与你之间的距离究竟有多远。"许琴没有回信，心素如简，泰然处之。

一直到常怀礼晋升铁园师范学院院长时，他才在教师队伍中娶下一女为妻，有了家室。而许琴，仍然独自一人，最终将自己"嫁"给十七中了……

这时，于小萱看着一直默默无语的许校长问："您看我代课的事可以吗？"许校长点着头说："你这个想法很好，我支持你。小萱哪，其实我们肚子里的那点儿墨水，都是给学生的。说得好听一点儿，教师是天底下最光辉的职业。说不好听的，我们就是个教书匠而已。"于小萱点了点头。许校长又说："给那个父亲在战争中牺牲的学生……"于小萱说："他叫齐天。"许校长说："对，齐天。你给他吃点儿小灶，圆了他的大学梦。"于小萱再次点了点头。许校长最后深深地叹了一口气说："我何尝不想走上讲台，再给学生们讲一堂《谁是最可爱的人》哪。可是我老了，该退休了……"

一年以后，高二（1）班升为高三（1）班并迎来了全国的高考，三分之一的学生考上了大学。齐天考上了东北工学院，王宝奇考上了鲁迅美术学院……那天，于小萱去火车站送齐天。他拉着于小萱的手只说了一句话："小萱姐姐，昨晚我梦见爸爸了……"说完，就哭着上了火车……

新学期到来之际，十七中召开了全校教职员工大会，教育局吴局长亲临会场。吴局长走上主席台后，习惯性地扶了扶眼镜，然后展开手中的文件一字一句地说道："经教育局党组研究决定：于小萱同志任铁园市第十七中学校长，许琴同志不再担任校长职务，离职休养。下边请许琴同志讲话。"会场立时有些骚动。大家似乎不大在乎谁来接任十七中校长一职，却关注许琴校长该如何离开她辛苦耕耘数十载的桃李园。

许琴泰然自若地走上主席台，轻轻捋了捋鬓角的银发说："各位老师，同志们，我真的感谢这个会议给了我总结和回顾一生的机会。一生中，我从事和兼任过两个截然不同的职业，当兵和当教师。走上讲台时，我最愿意给同学们讲的一堂课，就是魏巍的那篇通讯《谁是最可爱的人》了。朝鲜战场上惨烈而血腥的场面，一幕一幕地在我眼前浮现。我看到了那时的自己——中国人民志愿军的一名女军医，或许我也称得上一名'最可爱的人'了。在这场战争中，我没有打死过一个敌人，也没有被敌人打死，但不等于我没有失去什么……我当过兵，当过教师，平生足矣！"她的话音刚落，全体与会者齐刷刷地站了起来为她鼓掌。

吴局长走上主席台摆摆手，大家才坐了下来。吴局长说："同志们，其实许校长刚才就讲了一件事，她当过教师也当过兵。过去我们只看到她是个恪尽职守的好教师，好校长。却不知道，朝鲜战场上的另一个许琴……"

抗美援朝战争爆发后，随着战事的深入发展，前方将士伤亡人数与日俱增，医护人员十分紧缺。解放军驻铁园野战医院一对医科大学毕业的年轻军医夫妇，在1952年初春刚刚生下一个男孩，也加入医护人员请战的行列中，但院长拒绝了他们的请求。

秋季的一天，这对军医找到院长，再次提出奔赴朝鲜战场的请求。院长批准了男军医的请求，却对一旁的女军医说："你就在家带孩子吧。对于当前的你而言，这才是最重要的！""不，"女军医说，"对于军人来说，当前最重要的是祖国的安危。皮之不存，毛将焉附？院长，我在家只能带一个孩子。而现在战场上伤员无数，我去了那里，就能多救活几个人，几十个人，甚至更多的人。你就让我和我爱人一块上去吧，我们也算是个伴儿。"院长说："这个伴儿可不好搭呀，战场上可是要死人的。"女军医指着身边的丈夫说："从我和他领了结婚证的那天起，我们就生生死死地伴在一起了。结婚证是前言，烈士证是后记。假如他在战场上死了，我给他写后记，我死了他给我写后记。"院长摇摇头问："假如你们都回不来了，谁又给你们写后记？"女军医说："如果我们都回不来了，就让以后长大成人的儿子给我们写后记。我们已经找好了收养他的人家……"

在此之前，这对军医夫妻已将儿子托付给了一对黑龙江的夫妇。早些年，他们从黑龙江老家辗转来到铁园的钢铁厂打工。小两口因为婚后一直没有孩子，曾找女军医看过病，之后两家就认识了。这对军医夫妻决意奔赴朝鲜战场后，不仅将儿子托付给了小两口，而且也将自己的房子让给他们住了。女军医和丈夫分别暂住于营房里的男、女宿舍中，只待受命奔赴战场。当女军医将这一切告知院长时，院长万未想到，他们为了走向战场竟是如此决绝，连自己的后路都断了。院长叹了口气,在女军医的请战书上签了字。

三天后,这对军医夫妇随着大部队雄赳赳气昂昂地跨过了鸭绿江。酣战中的朝鲜大地满目疮痍,空气中弥漫着金达莱的芳香与战火硝烟的气味。夫妇二人被分配到第十五军下属部队。男军医任卫生队长,女军医是他的助手,从前沿阵地不断被送回来的伤员便是命令。他们以与死神赛跑的速度,将遍体鳞伤及濒临死亡的伤员,一个接一个地从死神手里抢了回来。医好的伤员重返战场时,不忘向夫妇二人致谢告别。女军医即兴赋诗:"半岛河山碎如筈,鸭绿江畔起狼烟。志愿大军挥戈去,不破美帝誓不还。"后来这首小诗登在了战地快报上。之后,女军医便被上级的文艺宣传队抽去,夫妇二人就很少见面了。

10月中旬,震撼世界的上甘岭战役打响了。十五军奉志愿军总部之命,在上甘岭阻击应战,摧锋于正锐,挽澜于极危。此战之惨烈程度令人毛骨悚然,双方血拼到最后,山头被削低两米!

男军医所在的卫生队就设在山下的掩体内。这天,他刚处置完一个伤员,正待歇口气,一名战士从山上飞奔而下,拉住他就爬上了山顶。满脸尘灰的营长指着一名躺在地上的战士说:"这小子才十七岁,救救他吧。"男军医将半张脸埋在土里的战士翻过来后,土渣和沙粒从那战士的脸上滚落下来,七窍流出的红色血汁已经凝固。他冲营长摇了摇头。营长嗷的一声大哭起来:"这小子真傻,炸弹爆炸时怎么能趴在地上?他是活活被震死的哟!"

这时候,一架敌机在天空中盘旋。营长挥着手对男军医说:"敌人又要大举进攻了,你手里没枪,快下山吧!"男军医抓起小战士的那杆枪咬着牙说:"与其让我拿着手术刀给弟兄们做手术,不如让我拿起他的枪打死几个美国鬼子痛快。"几名老兵走了过来,脸上露出了战场上少有的那种"宁见老兵哭,莫见老兵笑"的悲壮而诡异的笑。他们拍着男军医的肩膀大笑着说:"你咬什么牙,你该笑起来,跟我们一起笑到最后吧!"

须臾,十多架敌机压黑了半个天空,敌军地面部队的火炮万弹齐发,配合天上的敌机,再次向山上发起猛烈攻击。这场战斗打得火光冲天,惨不忍睹。战斗结束后,尸山血海、死伤枕藉中摇摇晃晃地只站起三个人,营长和其他两名战士。几名老兵体姿各异地倒在血泊之中,那名男军医倒在离他们不远的地方,已经是身首分离了,脑袋甩进草丛里,白花花的脑浆还冒着热气。他一只手攥着烧焦的黑土,另一只手紧紧握着那杆也许一发子弹也没打出去的步枪……

两名战士搀扶着女军医走上山来。她扑在丈夫支离破碎的遗体上放声大哭,凄婉的哭声在大山深处久久回荡……她垂着眼泪从随身携带的针线包里拿出针线,一针一线地将丈夫的头部缝合到他的身体上了。青山处处埋忠骨,可须马革裹尸还。男军医及所有阵亡的官兵，都葬在异乡他国的土地上了……

抗美援朝战争结束后，志愿军将士陆陆续续返回祖国。这天，女军医在鸭绿江大桥的桥头看见了院长。院长悲怆地说："我知道你爱人牺牲了……我是特意来接你的。"女军医望着远处的天空，眼泪泅湿了衣襟，干裂的嘴唇上布满了斑斑血迹，面无表情，没有说话。院长劝道："咱们医院即将解散，人员将分到其他部队了。我建议你随十五军走吧，他们在朝鲜战场上立了大功，就要去南方了。"女军医捂着脸哭得肝肠寸断："我丈夫是在战场上死去的。我何尝不想留在部队给他报仇，为他写后记呀……可是我的儿子……还在铁园哪……"

这天，她回到铁园，走进自己的家。屋内却是一片狼藉，桌子上放着两个奶瓶，显然是那对以前不能生育的夫妇已有了自己的孩子，但他们已不知去向了。她一下子瘫在人去楼空的屋子里，到处翻着儿子一件又一件的小衣服，哭得死去活来。

战场上失去了丈夫，大后方的儿子又没了踪影，她强忍着内心的凄苦和悲绝，回到那个即将解散的野战医院办理了转业手续。之后，她走遍了铁园市大大小小的旅店，问遍了她认识的所有人以及邻居，将寻人启事贴到了铁园市的每一条街道、每一个角落，儿子的去向依然是音信皆无。去市人事局报到那天，工作人员征求她的工作意向。她说："有孩子的地方就行，最好是幼儿园。"那位工作人员翻过资料后说："全市的幼儿园都不缺教师，现在最缺的是中学教师。我看过你的档案，你是大学本科毕业，教中学生最合适。"她点点头说："那就去中学吧。"就这样，她被分配到了十七中。

到了十七中成为一名语文教师后，她就把自己心里的凄苦全部掩饰起来，从不向任何人说起。人们看到她柔美忧戚的面容，形只影单的背影，只以为那是少女怀春的别致景象。热心人不断为她牵线搭桥介绍对象，也不乏求爱者，抛来的橄榄枝，但她都一一回绝了。她的灵魂和情愫始终坚守在她逝去的丈夫及不知去向的儿子那里，这份遗憾和空白任谁也无法填补哇……

吴局长最后说道："故事讲到这里，大家应该知道那位女军医是谁了，她就是许琴校长。那位在上甘岭战役中牺牲的男军医，就是她的丈夫。他们的儿子究竟在哪里？现在仍然是个谜。同志们，许琴同志在我们十七中的建设和发展中可谓居功至伟。但是在党中央提出干部队伍革命化、年轻化、知识化、专业化的'四化'方针后，自己主动提出离休，把领导岗位让给年轻同志，表现出了一个共产党员的高风亮节。她那'春蚕到死丝方尽，蜡炬成灰泪始干'的精神风范，是我们十七中乃至铁园市教育系统的宝贵财富。让我们永远记住抗美援朝战场上的一位志愿军女军官，社会主义建设时期的一位女校长——许琴同志吧。"

会场上再次响起雷鸣般的掌声。人们深切慨叹着她的不幸遭遇，如梦初醒般地明白了她弃医从教的根本原因，痛惜着她至今还没有找到儿子的悲京命运，以及婉言拒绝常院长求爱的真实缘由……

会议最后一项是新任校长于小萱讲话。她走上主席台后，吹了一下拂在脸颊上的头发说："我永远是许校长的……一名学生……"说到这儿，她已是泣不成声，哽咽着再也说不下去了，会议就此结束。

吴局长走过来与许琴握着手耳语了一阵，又转身与于小萱打了招呼更走了。于小萱跟在吴局长身后要送他，吴局长摆着手挡住她的脚步说："去陪陪许校长吧，你们顺便也把工作交接一下。她很快就要离开铁园，回自己的老家了。"

这时候，大家已陆陆续续走出会场，会议室里只剩下许校长和于小萱了。她们坐了下来，许校长将学校当前的工作和今后发展的想法有详有略地做了交代。于小萱频频点着头，将老校长的每一句话深深地铭记于心。许校长最后说："小萱哪，我今天就要离开铁园，回我的老家鲅鱼圈了。"于小萱问："这么急吗？咱学校总该搞个欢送会，我安排。"许校长摇摇头说："不行。局里要搞，我已经回绝吴局长了，咱学校就更没必要搞了。我一生喜欢清静，不喜欢热闹。我早点儿走，你也早点儿进入一个校长该有的状态。非说送，你傍晚就去火车站送我吧。"

傍晚的火车站月台上，于小萱来送许校长。许校长望着遥远而灰暗的天空只说了一句话："小萱哪，余下的日子，我只想完成一件事——去找我的儿子。"说完，她就登上了远去的火车……

晚上回到家，于小萱郁郁寡欢地躺在了沙发上。郝援朝走过来坐在她的身边，扶着她的头枕在自己的大腿上，然后又将一条薄毯盖在她的身上问："你不吃饭啦？"于小萱叹了口气说："我吃不下……谁知许校长命那么苦，主动要求去了朝鲜战场，丈夫没了，儿子也找不着了。"之后，抹着眼泪将吴局长在会上讲的故事说了一遍。

郝援朝猛地将她拽了起来。坐起后的于小萱揉着脖子不满地问："我把你高贵的腿压麻啦？"郝援朝说："我腿没麻，是你的脑袋抽筋了。那个许校长现在在哪儿？你马上领我去见她。"于小萱沉着脸说："你是谁呀？想见人家，人家就等着你见？她走了，回老家了。"

郝援朝搓着手惋惜地说："小萱哪小萱，你不该让许校长走。她应该是刘天刚要找的妈妈，那个牺牲在战场上的男军医，该是天刚的爸爸呀……"

第二十二章

　　刘天刚将自己在拖拉机厂的工作让给毛小毛后，毛小毛便是拖拉机厂的一名职工了。这天，当她高扬着脑后的马尾辫走进厂办辛主任的办公室时，白面书生般的辛主任热情地接待了她，随后便从隔壁将老石太太叫了过来。他指着身边的毛小毛介绍说："这是天刚媳妇，今后她就协助你的工作了。"老石太太淡然一笑："辛主任，我在厂办工作三十年了，第一次听说我的工作还要人来协助。不知我的工作是更加重要了，还是我老啦？"辛主任没有说话。

　　老石太太是厂办的元老，自有厂办就有了她。弱冠之年的辛主任刚到拖拉机厂报到时，是老石太太接待了他。辛主任凡事让她三分也是自然……

　　"天刚媳妇，"老石太太瞥了毛小毛一眼问，"你叫什么名字？"她微红着脸说："我叫毛小毛。"老石太太不屑地笑了："这叫什么名字呀，一根毛就够小的了——还是小毛。得，我还是叫你天刚媳妇吧。"

　　厂办一共七个人。除辛主任和老石太太外，有专门写文字材料的"笔杆子"，有专门负责接待的接待员，还有一名打字员和两名小车司机。除打字员和司机是工人外，其他人都是干部。辛主任有自己的办公室，另外六个人则挤在另一间较大的办公室里。

　　老石太太扭着肉墩墩的身体一摇三晃地走进屋后，就将身边的毛小毛向大家做了介绍："这位是天刚媳妇，是来协助我工作的。"毛小毛谦恭地冲大家笑了笑什么也没说，似乎对"天刚媳妇"的称呼已经欣然接受了，这只能说明丈夫的大名在拖拉机厂叫得响。身为"天刚媳妇"的她，已由衷地感受到了夫贵妻荣的一丝悦意。

　　给马厂长出完车刚刚走进屋的张安东，嘿嘿一笑问道："老太太，天刚媳妇能不能协助我的工作?"老石太太脸一沉说:"张安东,我刚才的话你听差了吧,天刚媳妇是来协助我工作的。你给马厂长开小车,谁人能协助你?"毛小毛接过她的话茬说:"我能协助张师父的工作。"老石太太回头瞪了她一眼:"你真是见骆驼不说马大。你会开车?"毛小毛摇摇头说:"我不会开车,但是我可以帮他洗车擦车,清理车内的卫生。"

来厂子报到的头天晚上,刘天刚像军人一般严肃而郑重地向她交代了一项任务:"小毛,你到厂办上班后,替我看好张安东。别让那小子把炸鱼的炸药总放在马厂长的车里,那炸药要是炸了,可就出大事了。"毛小毛也像军人一般郑重承诺:"没有马厂长,你刘天刚开不上小车。没有马厂长,我毛小毛也进不了厂办。知恩图报我懂,我会看住张安东的,绝不让他把炸药放在车里。真要有一天没看住他,炸药爆炸了,我会第一个冲上去的……"

张安东盯住毛小毛大笑着说:"天刚媳妇,你真了解我,我就不爱擦车。走哇,你还愣着干什么?协助我擦车去!"毛小毛向老石太太请示道:"那我跟张师父去啦?"老石太太摆摆手说:"去吧去吧,马厂长是个爱干净的人。"

毛小毛出门便拎了一桶水来到小车旁,挽起袖子擦起车来。张安东也不闲着,和她一起干了起来。二人默默无语地干过一阵后,张安东凑到她跟前小声说:"天刚媳妇,我让你协助我擦车是假,想跟你唠两句嗑是真。"毛小毛说:"好哇,我们唠什么?"张安东问:"我听说刘天刚到铁园来是找他父母的,这是真的?"毛小毛微笑着反问:"张哥,你和天刚在拖拉机厂的时间比我长,你没问过他吗?"张安东摇摇头说:"没问过。说来我俩认识的时间不算短了,可他在车间时我在厂办给马厂长开小车。他上来给马厂长开小车我又下了车间,等他辞职走了,我又回了厂办。看来我跟天刚有缘无分,阴错阳差中总是擦肩而过,连一句话都没说过。"毛小毛说:"张哥,天刚来铁园,真的是找他抗美援朝战争中失散的父母哇。""找着没有?"张安东问。毛小毛摇了摇头。张安东一笑:"巧了,我也在找抗美援朝失散的父母。算了,不说这事了。"

不一会儿,二人便把车擦完了。张安东不失风度地向毛小毛道了谢。毛小毛笑道:"张哥,其实我协助你擦车也是假,想问问你车上有没有炸药才是真。"张安东大笑一声问:"你真是咸盐吃多了,这闲事也管?"说着,便从后备箱拿出一块砖头大小的牛皮纸包就要塞到她的手里。毛小毛问:"这是什么?"张安东甩给她一个优雅的笑:"这就是你所说的炸药!"毛小毛吓得后退两步摆着手说:"别,别别……可别炸了。"张安东使劲拍了拍那纸包说:"炸不了哇,要是那么容易炸，早把我和马厂长炸死了。"毛小毛劝道："车里最好还是别放炸药。""实话跟你说了吧，"张安东的话里已流露十足的豪气，"这包炸药只炸小人不炸君子，它不但炸不着马厂长，还是马厂长的保护神。"毛小毛苦口婆心地再次劝道："炸药可是不长眼睛的，还是别放在车里为好。"张安东将手里的纸包使劲拍了两下说："好吧，天刚媳妇。看在你帮我擦车的分上我给你个面子，我平时就把它放进车库里。但是哪天我要开车拉马厂长出远门，这包炸药还是要放车里的。我不放马厂长都不干！"

毛小毛的到来，显然对老石太太产生了巨大的刺激作用。她翻了日历，精确地计算出了她的退休时间，还有一年零两个月。她的脑袋麻木了一阵后就清晰地理出了思路，绝不能让这最后一年零两个月的时间，在毛小毛的协助下淡化和抹杀了自己一生勤奋工作的光辉形象。她从毛小毛主动协助张安东擦车的举动中受到了启发，也颠覆了辛主任对毛小毛的安排只是协助她工作的初衷……

这一天，她将办公室的所有人员叫到面前大声宣布道："各位各位，从今天起，天刚媳妇不再协助我的工作了，而是协助在座的每一位。谁有干不过来的活儿，直接找她就是了，大可不必请示我。"她大度而慷慨地把毛小毛协助的对象推向办公室各个岗位及任何个人，唯独自己负责的工作不需要一丝一毫的协助。从那天起，她早来晚走，也不再随意不来。她那突然间焕发的久违了的工作热情中，更保留着一份自己的尊严和孤傲的颜面。

毛小毛一时懵懂在被晒干的窘态中，后来发现辛主任对老石太太的做法视而不见，也就渐渐适应了。由最初等着别人招呼她时才去协助别人，到后来主动去协助每一个人，再后来，她倒喜欢上这种"万金油"式的工作状态了。外边来了客人，她就主动协助接待员迎来送往，客套寒暄，端茶倒水。久而久之，接待的套路也就知道个七七八八了。"笔杆子"写完工作总结、厂长报告、新闻稿件等材料，她就主动协助他誊清一遍，把自己本来歪歪扭扭的字体竟然练得横平竖直、美观大方了。闲下来的时候，她就去协助打字员打字，指法由最初的僵硬滞呆，后来也变得飞扬跳荡了。当然，协助张安东洗车擦车的事几乎成了常态。

一年以后，除了司机的开车工作她无法协助外，厂办其他的工作她样样能干，事事皆通。原本设防和排斥她的老石太太，对她的看法也渐渐发生了逆转。她从毛小毛虚心勤勉、圆融各方的工作态度中，看到了自己当年的影子。那时厂办只有两个人，除了她还有一名小车司机，她就是这样手一份嘴一份地撑起了厂办的大部分工作。"厂办副主任"的称呼也被大家叫了十多年，可如今仍然是一名文书。她开始将文书档案、文件收发等工作逐渐交给了毛小毛，唯独党委和行政的两枚大红印章还留在自己手里。

毛小毛协助他人工作的事迹迅速传遍全厂。这一日，她为"笔杆子"誊写完一篇材料后天已黑了，刚刚走到大门口，打更的老高头喊住了她。老高头努着嘴干笑了两声问："天刚二媳妇，我家有点儿急事，今晚你能不能协助我看大门？"毛小毛爽快地答道："能，你走吧高师父。"老高头走了以后，毛小毛心里"咯噔"了一下：他刚才叫我什么？天刚二媳妇？想着想着，心里就笑了，许是高师父上了岁数口齿不清罢了。

第二天，保卫科长早早来到厂子，看见毛小毛从门卫室走了出来，惊讶中问怎么回事。她说："高师父昨晚家里有点儿急事回家了，我协助了他一晚上。"保卫科长一听就火了："真是人老奸、马老滑，兔子老了鹰难拿。这个老高头抓乎人竟然抓乎到女人头上了，天下的工厂哪有女人打更的！"毛小毛劝道："高师父那么大岁数了，也不容易。我年轻又没孩子，回家也没啥事，能协助他一把就协助一把吧。你千万别批评他。"保卫科长忍不住笑了："你以后别叫毛小三，就叫毛协助吧。说实话，我正不想用他呢，你就天天晚上来协助他打更怎么样？"毛小毛低着头也笑了："科长你说话自相矛盾哪，刚才还说女人不能打更，现在又让我来协助打更。干脆我给你推荐个人吧，保证让你满意。"科长说："必须是男的。""当然是男的啦，还是个小伙……"未及她说完，科长一挥手说："你马上领来让我看看，我要是看好了，今晚就让他上岗。"

打更的岗位是临时工岗位，不占厂子的用工指标和定员，用不着劳动局审批。用谁不用谁，全由保卫科长说了算。不一会儿，毛小毛将人领来了，是"高闯"。保卫科长一眼就看中了。当天晚上，老高头彻底回家了，"高闯"接替了他的工作。

天朝木器社自招来"高闯"后又招进三名木工，他们都是本市人。当天去刘天刚家上班，晚上自是回家睡觉休息。唯独"高闯"晚上无家可归，只好暂栖于刘天刚家里的一个房间。日子久了，"高闯"自觉不便。不承想，毛小毛在协助他人的工作中碰上了这么个茬口，解了"高闯"久积心中的郁结。刘天刚也是心中暗喜，省得每天夜里，急得抓心挠肝地想与床上的毛小毛干那事时，还生怕弄出点儿动静……

可是毛小毛高兴了没有几日，又听到背后有人叫自己"天刚二媳妇"，仍没在意，不过如老高头一样，口齿不清所致罢了。后来这种叫法越来越清晰地聒噪于耳畔时，她就不安起来了……

老石太太退休那天，厂办为她开了欢送会，大家在一起吃了饭。饭后，老石太太拉着毛小毛来到办公室，将党委和行政的两枚红印章郑重地交给她说："天刚媳妇，你是一名合格的办公室工作人员了。"毛小毛颤抖着双手，接过象征着拖拉机厂最高权力的两枚红印章后激动地说:"石师父,谢谢您对我的信任。"老石太太摇了摇头说:"天刚媳妇,不是我对你的信任,是组织。告诉你个好消息,领导已开会研究同意,你被正式批准为干部了。"毛小毛流下了喜悦的眼泪。

许久,她抹净眼泪问:"石师父,在您临走之际,我想向您请教一个问题。最近我总听别人叫我天刚二媳妇,是不是我协助别人没协助到点子上,总犯'二'呀?"老石太太笑了:"你协助别人的那股傻劲真的有点儿'二',看不到你自身的价值了。但无用方为大用,成全了别人的同时更成全了自己。其实你呀,一点都不'二'!"毛小毛摇着头说:"不,石师父,我真的'二'。到现在也没听明白您对我一会儿'二',一会儿不'二'的评价了。"老石太太叹了一口气问:"难道你真的不知道那个'二'的意思吗?天刚跟你结婚前没说过什么?"毛小毛说:"我俩是在他塞北老部队的营房里结的婚,他什么也没说。""天刚能从铁园跑到塞北去找你,"老石太太说,"表明他对你还是一往情深哪。""可我还是不明白,这跟'二'又有什么关系呢?"

老石太太沉吟了良久才说:"本来我是不想告诉你的,可我就要走了,省得以后你还蒙在鼓里。'天刚二媳妇'这个叫法没错,你真的就是刘天刚的第二个媳妇!"

毛小毛只觉得脑袋嗡的一声响,眼前一片空白,随后又天旋地转,不能自已。她终于稳住神说:"石师父……我能挺住。您往下说吧。"老石太太问道:"天刚干爸你知道是谁吧?"毛小毛说:"我知道,是部队的黄部长。""天刚第一个媳妇是黄部长的女儿黄圆圆。"老石太太说,"他们结婚那天,厂子里很多人都去了。但是这段婚姻只维持了两个月,黄圆圆就去德国了。"

毛小毛捂着眼睛伤心地哭了:"可天刚……为什么不告诉我呀?"老石太太安慰道:"天刚没告诉你,只能说明他愧疚于你。男人的心都是花的,花过之后,才明白了哪个女人最适合自己。天刚几千里外去娶你,说明他终于明白了,你二人才是天下最合适的一对。"看着仍然泪流不止的毛小毛,老石太太最后说:"这事怨我了,从认识你之后,我就一直叫你天刚媳妇。没错,你是天刚媳妇,但你更是毛小毛。在我们分别之际,让我第一次也是最后一次叫你一声毛——小——毛。小毛哇,能烧死的鸟叫鸟,烧不死的鸟叫凤凰。你就是天刚八媳妇,他的心也在你这里,因为你是凤凰!"

老石太太说完后就走了,毛小毛却怔在了那里。这时候门开了,马厂长走了进来。毛小毛刚要站起来,马厂长冲她摆摆手示意她别动,自己拉了把椅子坐在了她的面前。他无心去看她异常的脸色,只瓮声瓮气地问道:"你跟老石太太的工作交接完啦?"毛小毛点点头。马厂长看看手表说:"离下班还有一个小时的时间，你就早点儿回家吧。回家跟天刚讲，我老马让他回来，继续给我开小车！"

毛小毛回到家时，屋里弥漫着饭菜的香味，一桌子的菜肴悠悠地冒着热气。刘天刚拉着她的手坐下后，便倒下三杯酒，两杯分别放在毛小毛和"高闯"的面前，另一杯放在了自己面前。"高闯"几乎也算这个家庭的一员了，白天干在这里吃在这里，晚上就去拖拉机厂打更。

刘天刚这时举起酒杯说："我知道小毛今天当上干部了，咱们共同举杯祝贺她。还有，"他指着墙上的那幅结婚照继续说，"小毛，明天我们去拖拉机厂门前照一张合影，上面写上'纪念毛小毛同志当上干部'的话。然后就挂在那幅结婚照的旁边。"说完后一饮而尽。

但见毛小毛和"高闯"都没举杯。"高闯"做了解释："晚上打更不能喝酒。"刘天刚一拍桌子说："那你就以水代酒。""高闯"举起一杯水，兴奋不已地说："祝贺老板娘当上干部了。"毛小毛瞪了他一眼："以后别管我叫老板娘，叫姨。""姨——我还谢你，是你让我走进拖拉机厂打更了。""高闯"说完后喝尽杯里的水。毛小毛并未举杯。刘天刚盯着她问："咋啦，你也有不喝酒的理由？"毛小毛冷冷地说："我就等着你问这句话呢，我有不跟你喝酒的理由。"说完后却向"高闯"举起了杯子："冲着你管我叫姨了，这酒我喝。"之后，一饮而尽。

刘天刚不免失意，给毛小毛的空杯倒满酒后说："这回该轮到咱俩干一个了，请教你不跟我喝酒的理由？"毛小毛轻蔑地看了他一眼说："那我就告诉你吧，为了当上这个干部，我付出的是'二'的代价！"刘天刚哈哈大笑："'二'咋啦？不就是干活不偷奸耍滑嘛。我在厂子上班时，大家就说我'二'。来，咱们为'二'干一杯。"毛小毛刚刚举起杯子却又狠劲将杯子蹾在桌子上说："别人都管我叫天刚'二'……"她本欲说"天刚二媳妇"，却想起"高闯"在场，便没往下说。刘天刚又大笑起来："咋样咋样，我没瞎扯吧，别人是不是说天刚'二'了。明天咱俩照的合影不写你当上干部的话了，就写两个字——'俩二'！"

毛小毛一扬手说："你自己去照吧，把你那副嘴脸彻彻底底地照出来。你可真够得上拖拉机厂的风流人物了！好啦不说这个了，马厂长让我给你带话，让你回拖拉机厂继续给他开小车。""高闯"腾地站起来抱住刘天刚的胳膊说："老板，千万别回拖拉机厂。咱们'天朝'干得红红火火、蒸蒸日上的，你走了'天朝'就黄了。我们几个弟兄不都得去蹲马路牙子了。"刘天刚拍拍他的手说："放心，好马不吃回头草！"

一个本是庆祝毛小毛当上干部的热热闹闹的家宴，就此不欢而散。"高闯"推开门向拖拉机厂走去，隐约间觉得有人跟在身后，回头一看是刘天刚。刘天刚摆摆手说:"我想再看一眼拖拉机厂。"他们一边走一边说着闲话来到厂子。刘天刚看着"高闯"走进厂子大门后,身子一转,便沿着院墙向西边走去,最终停在了院墙处镶嵌着两扇大门的地方。门里面是一栋简易的平房,有五六百平方米的面积。当年这是厂子的备件库,门口直冲马路,这么整完全是为了进厂的备件无须走厂大门就可直接进入库房。后来随着生产规模的不断扩大,厂子又在东南角建了一栋一千多平方米的大库房,这个库房便废弃不用了。

刘天刚在这里久久徘徊,心里已升腾出一个宏大而壮观的远景蓝图。他要租下这栋房子,在里面整齐地摆放上各种锃光瓦亮的设备,门口再亮亮堂堂地挂上"铁园市天朝木器社"的大牌子。这样,才能叫个厂子叫个企业,才能像模像样地施展拳脚、大展宏图。天朝木器社通过一年多的运作,良好的经营势头初见端倪。但是家庭作坊式的生产场地和经营模式,却严重制约着这一良好势头的发展前景。此时此刻,他已清醒地意识到这个问题了。

回到家里,灯已全部熄灭,毛小毛已上床睡了。他蹑手蹑脚走进卧室,摸着黑脱尽衣服,一丝不挂的像个猫似的钻进了被窝。他温柔有加地搂着并没有脱去内衣,但依然散发着温热的异性气息的毛小毛说:"媳妇哇,这是一万块钱存折,是我今年赚到的所有钱。你把它收好,我们是万元户了!"说完,就将存折拍在毛小毛的胸脯上了。

毛小毛一扬手将存折打落在地,然后猛地转过身体用后背冲着他,整个大铺都在颤动之中。刘天刚用双手扳住她的肩膀,只一转动,就将她的身体摊平了,然后猛地扑在她的身上诧异地问:"钱都不要了,是不是想滚大铺?"毛小毛脚蹬手挡地将他从身上推下去骂道:"滚大铺滚大铺,你就知道滚大铺,纯粹是个畜生!"刘天刚再次扑上去时咬着牙说:"我就是个只会滚大铺的畜生了!"毛小毛的脸已气得扭曲痉挛:"你果然滚过大铺。我问你,那个被你滚过的女人是不是叫黄圆圆?"

刘天刚"扑腾"一声坐了起来。他那一丝不挂的身体未及坐稳,早已被毛小毛一脚踹到床下去了。他捂着脑袋一声哀号:"我真是白天当老板,晚上跪地板了……"

那年秋天,他们生下一个儿子,取名刘小兵。

第二十三章

  大年三十那天下午，刘天刚抱着出生才四个月的儿子刘小兵，身后跟着媳妇毛小毛，一家三口来到了干爸黄部长的家。
  过去每年的这个时候，他都会买下烟酒及各种礼品来看望干爸。按农历算，这天也是干爸的生日。即便毛小毛来到铁园的第一个春节，年三十那天他也假借某种事由，只身一人偷偷走进部队大院来到干爸的家，给他提前拜年。而今天，他可以堂堂正正地抱着儿子领着媳妇，来给干爸拜年了，也来为干爸六十六岁的大寿庆生。
  那天夜里，他被毛小毛从床上踹下去之后，便迎来了她的大哭大闹，逼他交代是否与黄圆圆滚过大铺。他慌乱地从床上扯过一条枕巾捂住下身跪在搓衣板上说："我要是和圆圆滚过大铺，就天打五雷轰！"毛小毛满腹狐疑地盯着也不住地摇头，但是这已丝毫不影响她陪着丈夫一起去拜见干爸了。走进黄部长家的那一刻，毛小毛心里甚至泛起一丝莫名的喜悦：我才是声名显赫的老红军黄家蝶不可替代的儿媳妇；而黄圆圆，只能回归到黄家蝶养女的身份。我们完全可以平起平坐，平分秋色了。
  见得干儿子一家三口的到来，黄家蝶喜得童心未泯。他一步跨到刘天刚面前抱起了刘小兵，一种含饴弄孙的喜悦让他癫狂起来。身后的沈非烟劝道："家蝶呀，孩子可经不住你抱炸药包的手。"黄家蝶剜她一眼说："圆圆也是我这双老手抱大的，扎着她了吗？"沈非烟终是抢下孩子还给了刘天刚。
  刘天刚顺手将孩子递给毛小毛，然后从随身携带的提包中掏出一个塑料袋。那塑料袋里装着一条尺把长的五花猪肉，甚为鲜嫩。他指着毛小毛说："爸呀，这是您儿媳妇割下的一刀肉，孝敬您的。"
  俗话说：六十六，不死也要掉块肉。于是民间有了一个不成文的传统习俗，老人六十六岁那年，一定要吃女儿的一刀肉。如果女儿不在，儿媳妇也可代替女儿尽此义务。这一刀肉当然不是她们身上的肉，而是肉铺掌柜割下的猪肉。那肉不论多肥多瘦，多重多轻，不添不减，不跟阎王爷较劲。那肉买回去要包六十六个饺子，一直让老人吃到初六才算还清了阎王爷的债。从此以后老人无病无灾，健康长寿。

沈非烟拿起那条肉说："天刚啊，我明白你的意思。圆圆远在国外不能回来，这个任务你就交给毛小毛了。你真是你爸的好儿子。走，我们这就去给老寿星剁肉、包饺子去。"

年夜饭就设在宽敞的客厅里。刘天刚举起酒杯深情地说："爸，今天是您六十六岁的生日，我们大家为您祝寿了。"黄家蝶眯着眼睛，满目温情地端起酒杯与他及每一个人都碰了杯。正待他仰起头要一饮而尽时，沈非烟劝住了他："慢着慢着，你先别喝酒。来，先吃一个六六大顺的饺子。"黄家蝶放下酒杯，顺从地张开了嘴。沈非烟轻轻吹着饺子冒出的热气，像喂孩子一般将饺子放进他的嘴里。他闭着双眼，鼓动着腮帮子认真品尝饺子的本能动作，博得了大家欢畅的笑声和掌声。

除夕之时，电话铃声大作。沈非烟接着电话已是乐不可支了，这是黄圆圆打来的祝贺爸爸生日愉快的越洋电话。母女俩絮絮叨叨地聊了许久后，她才将电话交给黄家蝶。半醉的他接过电话朗声大笑："宝贝女儿啊，爸爸这个生日要吃六十六个饺子嘞，你馋不馋？"父女俩笑闹了一阵后，就撂了电话。黄家蝶这时看着刘天刚说："电话里圆圆问你好。"却见毛小毛眼色一暗，黄家蝶自觉此话不该当着她说，便用手暗自扇了一下自己的嘴。一旁的沈非烟早已察觉，及时招呼怀中抱着儿子的毛小毛说："走，咱们上楼睡觉去，让他们爷儿俩慢慢聊吧。"自黄圆圆与刘天刚离婚后，黄家蝶和沈非烟又重新搬到楼上住了。沈非烟走至门口又返了回来，将二人杯里的酒全部倒掉，拿过茶杯沏下两杯茶放在桌子上说："天刚，你爸老了，不能再喝酒了，你看好他。"刘天刚点点头。

沈非烟和毛小毛上得楼后，黄家蝶拿起酒杯又要倒酒。刘天刚夺过酒杯说："爸，您以茶代酒吧。"说完，将一杯茶递了过去。黄家蝶接过茶杯呷了一口后说："你们都不让我喝酒，看来我是真的老了。自古美人叹迟暮，就怕英雄见白头哟。"刘天刚说："爸，您的头发没白，您也没老，您在我心中永远都是英雄！"黄家蝶摇了摇头："英雄算个啥子，英雄与普通人一样，终归要老哟。也许组织看我是个老红军，就把我当成个老古董留了下来，其实我这个老瓜瓢子真的该退下来了。"刘天刚说："爸，您退了，我养您。"黄家蝶摆摆手说："退了我就去省城的部队干休所，部队养我。"说完后，他点了一支烟继续说："后勤部长的牌位我就要交出去了，不管谁接下，我都会安排个机会让你们见个面。你至少可以跟这位新部长混个脸熟，爸希望你把握好这个机会哟。"

刘天刚点着头，只觉得一股巨大的热浪鼓荡在胸中。他心里异常清楚，天朝木器社若是没有干爸给自己的活儿，以及从不欠钱的诚信，是决然不会有今天的。他从提包里拿出一个厚厚的纸袋放到桌子上说："爸，这是孝敬您的。"黄家蝶看着那纸袋问："是钱吧？"他点了点头。黄家蝶的脸冷得结出了霜："收起来吧龟儿子，你还是没把老爸当英雄哟！"

正月的最后一天，刘天刚接到了干爸的电话，要他马上去他的办公室。他骑上自行车急匆匆来到军部大院，走进干爸办公室时，黄家蝶指着坐在沙发上的一位中年军官介绍道："这位是新来的后勤部长。"随后又将刘天刚介绍给了那位军官，同时重重地缀上一句："也是我的干儿子！"那军官刚一站起来，刘天刚忽地冲上去抱住了他。也许他意识到自己兴奋中失了上下尊卑之分，慌忙后退两步，脚跟一磕敬了一个军礼喊道："崔副……师长。"对方还了他一个军礼后，沉稳而不失风度地说："天刚，你还是叫我老崔吧。"

黄家蝶万未想到他们认识，拍拍二人的肩膀说："坐下慢慢聊。"坐定后，刘天刚说："崔副师长是我的老班长……"黄家蝶打断了他的话："干儿子哟，当过兵的人都晓得，千错万错不能把对方的军阶叫小了，你犯了大忌。对面的人是崔部长而不是崔副师长，崔部长是正师级，从守备师调来接我后勤部长的班喽。"惊喜中的刘天刚点点头纠正道："对对，是崔部长……崔部长曾经是我下放到炊事班时的老班长。"

老崔笑了笑也谈起他和刘天刚之间的关系："老首长，您听我举个列子就知道我和天刚多铁了。他的婚礼是我主持的，我也是他们的证婚人。他媳妇长得蛮漂亮的。"黄家蝶问："是那个毛小毛？"老崔点点头。黄家蝶沉着脸说："毛小毛长得漂亮不假，可这事你办得不漂亮。天刚原来是我姑爷，让你棒打鸳鸯了！"老崔使劲拍了一下大扁脑袋深感委屈："老首长，我真的不知道天刚是您的姑爷，也没棒打他。是天刚自己跑回老鹰沟去娶毛小毛的。"刘天刚已是满脸张红，脑门子冒出大颗的汗珠。黄家蝶大笑着说："开个玩笑，开个玩笑。婚姻就像脚上的鞋，挤不挤脚只有自己晓得。"

"天刚，"老崔转了个话题问，"你领着毛小毛来铁园后，工作安排在哪个单位了？"刘天刚说："我的工作让给小毛了，她在拖拉机厂上班。我嘛，办了个木器社，这两年就在H军干了些木器的活。"老崔点点头说："我知道你木匠手艺不错。当年，孙连长将老阴沟改为老鹰沟后，安排你做个木牌子立在沟口。就是那次立牌子，成就了你与毛小毛的今天。我还知道，盖房子、装修的活儿，你也干得不错。"

刘天刚一愣，很快就镇定下来了："论盖房子嘛，我干过，咱坦克一连的猪圈是我砌的，崔部长知道。讲装修嘛，我也干过，我和毛小毛的新房是我装的，干爸见过。"黄家蝶顿时笑得前仰后合："你装的那新房我是见过，想不想听爸的一句真话？那就是个猪圈！"老崔的笑声不亚于黄家蝶，抹着笑出的眼泪说："天刚当年到炊事班后，我分配他喂猪。闲不住的他，将原来的猪圈扒掉后砌了个新的，虽然歪七扭八的，但结实得像个坦克。"博得两位领导的大笑是刘天刚的本意，便以自己的傻笑烘托着这美好而和谐的气氛。

老崔这时敬重地看着黄家蝶说道："老首长啊，我自打走进军部大院就有一种感觉，这院里的营房有些旧了，某种程度上，还赶不上我待过的守备师大院。我有个建议，这大院的营房是不是也该收拾一下了？""没错！"黄家蝶说，"这个大院的营房确实老旧了，很多都是新中国成立之初建的，是该收拾收拾喽！""天刚，"老崔问，"你能不能像当年接下这大院的木器活儿一样，把大院土建和装修的活儿也接下来？"刘天刚脚跟一磕，敬了个军礼答道："我能接下土建和装修的活！"

这之后，老崔又问了郝援朝和章诗逸的近况，刘天刚一一说过，深知下一步该是两位领导交接工作的时间了，他起身向两位首长敬了军礼，便告辞而去了。

他首先骑着自行车来到报社，见到郝援朝后就将老崔接任干爸后勤部部长的事说了。郝援朝叹道："老崔终于修成正果了。"二人随之定下了欢迎老崔来到铁园，以及四战友齐聚铁园的大宴。刘天刚早已想定，成竹在胸地说："为了不给老崔带来什么影响，这个宴会对外讲是四战友的家庭聚会。你、我、诗逸，还有老崔都带上自己媳妇赴宴。老崔媳妇是谁？咱们没见过，正好让她露露脸。此事由本人张罗，也由本人办。"说完，就奔铁园师院找章诗逸去了。

章诗逸听过刘天刚说完老崔到H军任职后勤部部长，以及四战友带媳妇聚会的安排后，显得异常兴奋。但之后却摇着头说："很遗憾，春月不能去了……"

两天后，刘天刚在铁园市一家较大的饭店安排了一个包房。铁园三战友与昔日的老战友老崔在"浮云一别后，流水十年间"的相逢中，自是捶胸捣背，热闹非凡。他们各自带的媳妇，也随着丈夫的嬉闹而欢愉在其中。

酒宴开始了，刘天刚举起酒杯说："今天是四战友齐聚铁园的日子，握十次手不如喝一顿酒。这第一杯酒我敬各位，之后是老爷们儿介绍自己家的媳妇。"桌上响起了清脆的碰杯声。毛小毛显然无须介绍了，大家都认识。唯独老崔媳妇没见过她，但不等于没听说过。刘天刚指着毛小毛怀中的儿子扬扬自得地说："我只介绍我和媳妇的战果吧，这是我儿子刘小兵。各位老战友哇，你们该向我看齐，我都有儿子了！"随后郝援朝看了于小萱一眼介绍道："这是我那口子。"

老崔夸道："一个男人的品位如何，看他身边的女人就知道了。"刘天刚一笑："你算说对了，人家小萱可是十七中校长啊。"

老崔的媳妇叫杜昆，是坦克团杜团长的女儿，正营职军医。在老崔提任坦克一连连长的第二年，杜团长就将当时在军区医院任护士的女儿许配给了他。老崔介绍完后大家才发现，杜昆酷似其父，矮小的个子，黑里透红的圆脸和一双大大的眼睛。刘天刚叹道："这回我们四战友的媳妇里，总算有一个正牌的军人子弟了。"杜昆忽闪着大眼睛笑了："刘天刚，其实十年前我就听说过你的大名了。有一天我爸回家说，他在松树林里捉了一对穿绿衣服和穿花衣服的鸳鸯，是不是你和毛小毛？"刘天刚拍着桌子大笑："见到你爸，一定代我向他问好。没有他，我哪能退伍，哪能来铁园，哪能有今天的我和毛小毛？来，我敬杜军医一杯，也算敬杜团长的。"杜昆微笑着说："我酒量有限，就抿一口吧。"刘天刚摆摆手说："随意随意，我干了。"

这时桌上所有人的目光都聚向章诗逸了。老崔看着一言未发的章诗逸问："怎么就你一人来了，雪梅呢？"一句话问过，整个包间立时静了下来。许久，章诗逸说："老崔，可能就你不知道，我和雪梅分手了。"坐在老崔身边的郝援朝在他耳边嘀咕了一阵后，老崔笑着又问："诗逸，新换的媳妇柳春月老师怕见生人？"章诗逸摇着头说："她出门了，去了很远很远的地方。"

短暂的沉闷后，郝援朝从容地喝下一杯酒说："没有六十度的白酒讲不了我们四位战友的故事。借着酒劲，我总结一下我们哥儿四个喝酒的规律吧。有道是：酒桌上才气高的作诗，见识广的唠嗑，有心的认亲，无心的死磕。我们哥儿四个是四类人，诗逸是第一类人，作诗；老崔是第二类人，唠嗑；天刚是第三类人，认亲；我呢，是第四类人，死磕！酒品见人品。今天遗憾的是诗逸没有诗兴，不知是何缘故？"

章诗逸无奈地举起酒杯说："今天这个酒局是我扫了大家的兴，一人向隅，满座不欢。我自罚一杯。"老崔摆了一下手，给自己的杯子倒满酒后说："我陪你喝下这杯酒，但我陪你的这杯酒里却装满了梦想。我梦想去铁园师院进修弄个大专文凭，也梦想成为像你一样有文化的人……"话音未落，但见毛小毛把怀里的小兵往刘天刚手里一送也站了起来，将自己的杯子倒满酒后兴冲冲地说："我也陪诗逸哥喝一杯酒，也是那些梦想。"只听三只酒杯嘭的一声响，已是杯清见底了。

酒宴结束了，老崔反客为主地举杯提议大家共尽一杯酒后说："诗逸媳妇柳春月老师今天没到场有些遗憾，但也给了我一次机会。待柳老师出门回来后，我做东。还是在座的各位，咱们后会有期，再话梦想！"

但是这个令人期待的"后会有期"，却是"后会无期"了……

第二十四章

　　章诗逸留校后主讲中国古代文学，凭着他的文学功底，以及讲课时引经据典，古今穿越，东西贯通的独特风格，学生爱听他的课已到了如痴如醉的地步。在学生们的一致要求下，第二学年一开学，学院安排章诗逸在东教学楼的阶梯式大教室里做一次讲座。海报一经贴出，即刻引发全院师生的关注。

　　这天，章诗逸穿着黑色的立领中山装，挺直了身板往台上一站，主重儒雅，器宇轩昂，台下即刻安静下来。听课者多为中文系的学生，也不乏外系的文学爱好者，还有学院领导及不同学科的老师。在最后一排，他竟然看见了柳春月熠熠闪光的眼睛。

　　章诗逸道出了这节课的主旨——"诗词与人生"。他的声音比平时更加雄浑也更加富有磁性，引用了苏轼的一句词为开场白："竹杖芒鞋轻胜马，谁怕？一蓑烟雨任平生。"随后，主题展开了。他讲到了王国维的《人间词话》，更讲到了这位美学大师对人生三境界的精辟论述。这第一境界是"昨夜西风凋碧树，独上高楼，望尽天涯路"，第二境界是"衣带渐宽终不悔，为伊消得人憔悴"，第三境界便是人生的最高境界了——"众里寻他千百度。蓦然回首，那人却在，灯火阑珊处。"

　　章诗逸对三句诗词的本意做了注解，列举了古今中外成大事者，无一例外地走过了人生最初的迷惘彷徨，继起的执着追求，以至最终的顿开茅塞。他的整个讲座旁征博引，妙语连珠，语不重叠，词不二用，甚见机杼中一气呵成。结束语仍然引用了苏轼的词："回首向来萧瑟处，归去，也无风雨也无晴。"他没有对这句词做具体解释，而是振臂一呼："让我们都来热爱中国的古诗词吧，在生活中爱诗，在爱诗中生活。"偌大的阶梯式教室中顿时爆发震耳欲聋的掌声，章诗逸的首次讲座，获得了巨大的成功。

是夜，同衾共枕的章诗逸和柳春月久久没有入睡。柳春月红润的小嘴贴在章诗逸的耳边娇声说："章老师，我还想听你讲……"章诗逸打断她的话问："你把被窝当讲坛啦？"柳春月笑得柔媚："被窝是咱俩的，我爱当什么就当什么。我问你，王国维的人生三境界，是不是也可以理解为爱情三部曲？"章诗逸说："诗无达诂，可以那么理解。""诗逸，"柳春月深情地说，"你是我众里寻他千百度的那个人。"章诗逸完全是同样的口吻："春月，你也是我蓦然回首，灯火阑珊处的那轮月。"柳春月眨着通亮的眼睛问："我们间的感情，是不是已进入爱情的第三境界啦？"章诗逸说："不是。我们还没有爱情的结晶，我们的儿子。"鬓云飞洒、胸雪横舒的柳春月，一件一件地脱去了内衣。章诗逸猛地翻过身来将她压在自己的身下了……云雨过后，章诗逸气喘吁吁地说："我的决心没变，只想要个儿子。"

两年后，年事已高的中文系老主任退休，章诗逸履新中文系主任一职，成为铁园师院有史以来最年轻的系主任。不少人向他祝贺："章主任，你已走到人生的第三境界了。"章诗逸淡淡一笑："我只想研究学问。"

章诗逸除了更加热衷于研究自己术业专攻的古诗词外，也开始研究如何让柳春月怀上一个儿子的学问了。然而几年过去了，柳春月并没有"挺身而出"地怀下孩子，这让他有些不安也有些惶惑。他翻阅了大量医学和生育方面的书籍，也按照有关易生男孩的只可意会、不可言传的各种方式去做，均是徒劳无功。别说他们想生下一个男孩儿已成为奢望，就连想生下一个女孩儿也成为空想了。

夫妇二人没有相互埋怨也没有相互推诿，而是琴瑟相谐地手拉着手一同走进了医院。检查结果很快出来了，章诗逸没有任何问题，而柳春月已不能怀孕。柳春月惊诧不已，立刻提出质疑。医院又做了进一步检查。再一次的检查结果，惊得她面红耳赤，她指着医生的鼻子说："你再说一遍那个狗屁结果。"医生不卑不亢地说："你两侧的输卵管，全部被人切除了。"说完之后将透视片放在阅片灯下，以手指点在了那被切除的位置上。柳春月霍地跳起来大喊："这不可能，绝对不可能……"章诗逸抱住她安慰道："春月，你冷静冷静，医院的检查结果一定有科学依据。我们回家吧。"

回到家后，柳春月放声大哭："是谁……动了我的输卵管？"待她哭声渐息后，章诗逸问："春月，你以前做过妇科方面的手术吗？"她抹着眼泪说："我从来没有患过妇科方面的病，怎么能做那种手术？"章诗逸指着她的肚子继续说："可我知道你肚子上有个刀口。"柳春月说："我跟你说过，那是我上小学时，在省城的新华医院做的阑尾炎手术。阑尾与输卵管可是风马牛不相及呀……"章诗逸沉思良久后说："再过几天就要放暑假了，到那时，我陪你去省城的新华医院，找给你做阑尾炎手术的医生，弄清楚是不是他切除了你的输卵管？因为你的肚皮只有一个刀口，致使我有了这种猜测……"柳春风摇了摇头打断了他的话："暑假你不用陪我去省城，你就在家好好休息吧。我自己去省城的新华医院找那位医生，一定把这件事搞个水落石出！"

放暑假的第二天，柳春月来到了省城。她通过在卫生局工作的小学同学，找到了新华医院的病历室主任。主任亲自调档查阅后，发现了二十多年前她阑尾切除手术的日志；但病历及手术记录全部没有找到。在日志的最后一页，则是当年给柳春月做阑尾炎手术的医生和护士的名字。当柳春月看到主刀医生是梁宏正时，她想起就是这个人给母亲做了子宫肌瘤的手术，也是这个人给自己做了阑尾炎的手术。她表明要见梁宏正。主任说："梁大夫两年前就辞职了，谁也不知道他去了哪里。至于手术过程中的问题，你可以去找当年给你做手术时的器械护士王霞。她在市中心医院住院，得了绝症。"

柳春月买了一束鲜花、一包水果，来到中心医院。她向病榻上的王霞说明来意后，王霞用毫无生气的眼睛审视完她后，又闭上了眼睛。许久，两行浑浊的老泪沿着她布满皱纹的眼角淌了下来。她重新睁开眼睛时已显现出"人之将死，其言也善"的光晕。她嘘出一口气说："小春月呀，你的名字从你手术那天起就一直折磨着我。二十多年过去了，你终于来了……我们都是女人，都有一份生育的权利，可你……却没了。梁宏正他，禽兽不如哇……"

二十多年前的这天下午，梁宏正在新华医院儿科急诊室坐诊，无意间碰上一名军官领着一名幼小的女孩儿来看病。当他确认了这名女孩儿叫柳春月，军官是她的父亲柳万年后，在明知孩子是胃肠受凉导致腹痛，吃两粒药就可痊愈的情况下，却编造出了急性阑尾炎的病因而急需手术的谎言，而且让柳万年签上了自己的名字。就在那一刻，一个阴险毒辣的复仇计划旋即在他的脑子里酝酿成熟。你柳万年因媳妇去世的事到新华医院羞我辱我，致使我挨了个行政记大过的处分，彻底毁了我的后半生。不承想冤家路窄，你女儿今日落到我手里了，我要羞她辱她终生。你以为你柳万年在部队是个团长，从今往后，我让你在家里就是个光杆司令，永远没有第三代！

手术台上，做了半年多梁宏正手术器械护士的王霞，发现他手起刀落间，突然切除了女孩儿双侧的输卵管后瞠目结舌，终于稳住神后小声问："这孩子不是……阑尾炎手术吗？"梁宏正摆摆手让她不要说话。

手术完后正是下班时间，梁宏正约了王霞来到一个小酒馆喝酒。三杯酒下肚，他道出了与柳万年结下怨仇的始末，以及以柳万年的女儿为牺牲品而报复柳万年的做法，要求王霞对此事严加保密，并处理掉与手术相关的所有文字资料。慑于梁宏正在新华医院是一名老医生的身份，以及相互间合作的感情，她答应了梁宏正的要求。第二天，王霞将手术记录及病历全部销毁掉了，却将日志留了下来。小小年纪的柳春月在手术台上毫无知觉地被梁宏正切除输卵管的那一幕，深深地刺痛了她的心。她冥冥之中意识到，总有一天柳春月会找上门来，那个日志便是见证她良心底线的最后一个物证了……

  王霞痛哭流涕地讲到最后时已是有气无力了："春月呀，姨对不起你。姨死前还能见到你，还有机会把事情的真相告诉你，姨死也可以瞑目了。"柳春月咬着牙问："梁宏正如今在什么地方？"王霞微闭着双眼说："他回老家了，在老家的县城办了一所名为'宏正'的医院，那个县城离省城并不远……"

  柳春月起身向王霞告辞后，连夜去了叔叔的村子。她知道叔叔前两年已经过世了，便敲响了堂兄柳阳的家门。睡眼惺忪的柳阳听她讲完梁宏正的所作所为后，眼睛瞪得如探照灯一般。

  第二天傍晚，兄妹俩来到那个县城的"宏正医院"。柳春月候在医院外的一棵大树下，柳阳径直走进医院。当他走进院长办公室时，一名穿着白大褂的医生正在看报纸。他确认此人就是梁宏正后，谎称自己是附近的村民，家中有一老人患重病急需抢救，随后又塞过去五十元钱，梁宏正便背着急救包与他一同走了出来。柳阳冲大树下的柳春月使个眼色，示意她在此等候，便领着梁宏正向西走去。

  走到一个黑暗处，柳阳忽地回身一记重拳，将梁宏正击倒在地。梁宏正打着滚大声呼救，柳阳骑在他身上又狠狠地冲他头部猛击两拳，梁宏正便像死猪般一声不吭了。柳阳从他的急救包里翻出一把手术刀，扒掉他的裤子，胡乱地将他的命根割了下来。夜色中，几只游荡的野狗闻到了血腥气，猖猖狂吠着向这里聚来。柳阳将那一堆血淋淋的杂碎扔了过去，饥饿难耐的那群狗争相夺抢，尘土飞扬中血肉飞溅。柳阳飞身向原路跑去，拉着还在大树下等他的柳春月，一溜烟地消失在夜色之中了……

  可是二人没跑出去多远，就被一辆呼啸而至的警车追上了，他们被押至公安局刑警大队。柳阳以梁宏正切掉了他堂妹柳春月输卵管的相同方式，切卓了梁宏正的命根，自信此举不会殃及对方性命，只为羞辱对方而已。然而梁宏正由于失血过多，还是一命呜呼了。警方在连夜审讯中认定：作案者动机明确，而且手段极其残忍和恶劣。柳阳反复陈述，妹妹柳春月没有参与本案，并未触碰梁宏正的一根毛发。拍案而起的审讯警官吼道："柳春月为主谋，与作案者同罪。必须从重从快从严处理！"兄妹二人同时被处以极刑，就地执行。

由于某种情况，二人没有同时被押赴刑场。宣判的第二天，柳春月和柳阳脊背上插着高高立起的纸牌，纸牌上写着"杀人犯"的字样，被押上了一辆解放牌大卡车。在县城的主要街道上游完街后，柳阳被押赴刑场执行枪决，柳春月又被送回监狱了。

按照惯例，临刑时兄妹俩与家人见了面，就是这次见面，让柳春月得以延缓了三天执行极刑的时间。

暑假中的这天早上，章诗逸突然接到公安部门打来的一个电话。对方的问话深沉而急迫："你是铁园师范学院的章诗逸老师？""我是。"章诗逸应道。对方又问："柳春月是你的妻子？""是呀。"对方简要地介绍完柳春月被判极刑的原因及经过后说："请你本人以及柳春月的直系亲属，三日内到监狱与她见面。三日后，柳春月死刑的刑罚就要执行了。"随后道明了监狱的具体地址，便挂断了电话。

放下电话，章诗逸埋头痛哭。他万未想到仅仅两天时间，柳春月竟然走到生命的尽头了。哭过一阵之后，他抹净了眼泪，意识到当下最要紧的事是三天之内必须找到岳父，因为春月的直系亲属中除了他之外，就是她的父亲柳万年了。经过一番思考后，他理出了头绪，要想在三天之内找到岳父，唯一的办法就是去山海关找到他所在的部队，然后通过部队之间快捷而独有的联系方式，与已去大西北执行特殊任务的柳万年取得联系，以实现父女二人最后见面的机会。他知道岳父所在山海关部队的番号，因为春月告诉过他的。

吃罢午饭，他换了套衣服，在衣服左胸上方戴上了"铁园师范学院"的红色校徽。之后，登上了去山海关的火车。

傍晚时分，他来到了岳父所在部队大院的门前，向门岗卫兵说明了此行是为了联系柳万年的。那卫兵问："你与柳副师长什么关系？"他怔了一下反问："你所说的柳副师长叫什么名字？"卫兵一字一顿地说："柳——万——年。""噢，"他说，"我是柳万年的女婿。"卫兵反身走进院内的值班室打了一个电话，一名年轻的军官从院内跑了出来。卫兵将他介绍给那位军官后，他就跟着军官走进了大院。走过一段路后，章诗逸问："军官同志，我们这是去什么地方？"军官说："去柳副师长办公室。"章诗逸心里一惊，又问："我岳父不是去大西北了吗？还有，他是团职干部，不是副师长。"军官笑了笑说："你岳父已经完成了大西北的特殊任务，于两个月前回到了山海关，而且，职务已由团职晋升为副师级了。"

二人走进柳副师长办公室后，军官退去。

柳万年热情地拉着章诗逸的手，并排坐在沙发上后问："听门岗卫兵说，你是我女婿?"章诗逸点着头说:"我爱人是柳春月,我确实是您女婿。我叫章诗逸。"柳万年看着章诗逸衣服左胸上的"铁园师范学院"的红色校徽又问:"你是大学讲师?""爸,"章诗逸说,"我是大学讲师,春月也是大学讲师,我和她都在铁园师院中文系任教。"柳万年叹了口气说:"自春月懂事后,我们父女只见过三次面。第一次是她上幼儿园那年,第二次是她妈去世的时候,第三次是我领着她拍了一张父女照的那个夏天。之后我们就再没见着面了,算来也有二十年了。"章诗逸说:"爸,春月成为铁园师范学院的工农兵大学生后,曾跟她叔叔说,她想去大西北找您,她叔叔没让她去,说您已经与世隔绝了。"柳万年频频点着头说:"是嘞,是嘞,这二十年来我确实与世隔绝了,因为我参建的那个项目是防核武的地下工程,在大山深处,属于绝密级的战备工程,外人不得进入施工现场,参建官兵不得走出大山半步哟。"

"爸",章诗逸说,"这就是春月最不幸的地方,甚至比那些寻找战争年代失散父辈的后人们还不幸。那些后人们还能循着父辈在战争年代战斗过的地方,以及他们留在路上的脚印去找他们,而您却藏于大山深处,不留任何痕迹地与世隔绝了。您,您送给春月的父女照和那个花边小圆镜,其实就是您给女儿下达的不能去找父亲的禁令啊!"

柳万年点着头表示赞同,却转了个话题问道:"诗逸哟,为什么春月没有同你一道来我这里?" 章诗逸摇了摇头,抹着眼泪说:"春月来不了了,她已经被公安部门刑拘,走到生命的尽头了。"随后将公安部门告知他有关春月与她的堂兄失手打死梁宏正的经过。柳万年失声痛哭:"小春月哟,爸爸对不住你,也对不住你妈了……其实二十年前,爸爸就办妥了你和你妈随军家属的手续,可就是那时,爸爸接到了去大西北的紧急命令,便无法接你们娘俩儿到山海关定居了。如果没有那纸命令,爸爸一定会把你们娘俩儿接到山海关,住进部队大院中,之后的生活绝不会是现在这个结果……但是,作为一名军人,从来就没有'如果'这两个字哟……"

第二天一早,章诗逸坐着岳父柳万年的军用吉普车,于下午来到了关押着柳春月的那所监狱。

一名工作人员引导着二人走进一间屋子里,但见戴着手铐脚镣的柳春月坐在一个椅子上,身后站着一名腰间挎着手枪的年轻警察。她的上身穿着囚服,脸色蜡黄,头发蓬乱,眼光中充满了凄凉和绝望。当她突然间看到章诗逸陪着柳万年走进房间时,先是一愣,之后竟然站起来了。她身旁的那个警察用手压住她的肩膀,让她坐了下去。坐下后的她久久看着柳万年,两行眼泪顺着脸颊扑簌而下。她惊异无比而又饱含深情地问道:"您……是我的爸爸吗?"柳万年涕泗滂沱地说:"小春月呀,我是你的爸爸……我们分别的二十年间,爸爸没有一天不想见到你……可是不承想……我们在这儿见面了……"他说着说着,硕大的身体"扑通"一声倒在地上晕厥过去了。监狱的医生及时赶到,抬着担架将他送进了急诊室。

房间里只剩了柳春月和章诗逸。柳春月毫无表情地说:"我走了以后,你就跟袁雪梅联系吧。你曾经跟我说过,将来章显考上了铁园师范学院,雪梅就把章显送给你了,也算是她送给了你一个儿子。"章诗逸低着头说:"雪梅确实答应过我,但那毕竟是很多年以后的事了。三岁看大,七岁看老。章显打小,我就没看出他有着他哥哥小迷糊的聪明劲儿。他能否考上铁园师院?我对他……不抱任何期望……"柳春月摆了一下手打断了他的话:"那等我死了以后,你就再找一个比我更好更完整的女人,让那个女人给你生下一个……你想要的儿子吧。"章诗逸浑身颤抖得再也站不住了,瘫在柳春月的脚下,用双手拍着地放声大哭:"曾经沧海。"

章诗逸为柳春月立起了一块青灰色的小石碑,上面写道:"军人子弟——柳春月之墓"。多少年后,荒草之中不易被人察觉的小石碑旁边,长出了一棵小柳树。

春夏之交,白色的柳絮纷纷扬扬地飘洒,白了天,也白了地……

第二十五章

料理完柳春月的后事，章诗逸回到了铁园师院。第二天，常院长把他叫到自己的办公室问道："柳春月的后事处理完啦？"他点点头。"有关她的处理结果，公安部门已通知我和书记了。"常院长说："既然他们都处理完了，我和书记也就没有跟其他人说起的必要了。但是，你必须与柳春月彻底划清界限！"

当年，袁雪梅因"超生"被学院除名了，章诗逸以离婚与她划清了界限。今天，他与柳春月都阴阳两隔了，难道这世界上还有比这更远的距离，更彻底的界限吗？想到这里，他低着头用手指默默地刮着眼里涌出的眼泪。常院长递过纸巾说："屋里没人，你就放开声音哭吧，哭完了我有话跟你说。"他抽泣着收住了哭，用纸巾擦净了脸上所有的眼泪，一脸期待地看着常院长。

常院长说："我所说的划清界限没有别的意思，只是希望你尽快从这件事解脱出来，学院的成人教育已经提上日程了。虽然这项工作不是我院职责范围内的事情，但是市委党校还在重组过程中，市委已责成我校将这项工作抓起来。我和书记研究过了，准备成立一个成人教育班，你来筹备和主抓此项工作。当然了，你仍然还是中文系主任。"

章诗逸接手这项工作后，才真正明白了这个特殊时期的成人教育与干部的四化建设息息相关，迫在眉睫。高考制度恢复后，能够考入大学的人毕竟凤毛麟角。一大批基层干部虽有着丰富的工作经验，但"四化"中的"知识化"成为阻碍他们获得提拔重用的瓶颈。他们中不乏当年屡试不第的"大学漏"，也不乏"文革"前的"老三届"，于是最初的成人教育班就这样应运而生了。叫它中青年干部学习班或后备干部补习班也不为过，它与之后普及式的成人教育大相径庭。章诗逸厘清了这层关系后，深感责任重大，很快就进入了角色。

经过三个多月的筹备工作，铁园师院的成教班开始招生了。招生简章见诸《铁园日报》后，即刻受到社会的热捧，魅力大概来自招生简章中的那三个字："保学历"。但是要想获得那三个字并非易事，招生简章明确规定了报考者的标准和条件：应招新生必须由本单位党委推荐，且为本单位的优秀中青年干部（原则上为副科级以上的干部）方可报名。然而有人群的地方就不乏优秀者，也不乏什么级别的干部，更不乏有志之士满怀"东隅已逝，桑榆未晚"的抱负。只三天工夫，报名者已有三百多人了。

这天，老崔在看过报纸后，给章诗逸打去电话问："你看我够不够报考条件？"章诗逸说："你凑的哪门子热闹？你该去报考部队的军事院校。"老崔叹道："老弟呀，战友聚会酒桌上我说过的话你忘了？我就想弄个铁园师院的文凭。这其中的原因我想你应该明白，部队才给我提了个正师级干部，我就要考部队院校去外地脱产学习。那我可就是人家往我嘴里送糖，我又想喝蜜了。去师院成教班学习，既不用去外地，又不脱产，还不占用工作时间，我何乐而不为呢！"章诗逸问："铁园师范学院的文凭，部队也认可？"老崔哈哈大笑："中国的饺子有老百姓和军人之分吗？文凭就是饺子，谁吃到嘴里谁香！"

放下电话，章诗逸忽地想起了毛小毛，因为在那次战友聚会的酒宴上，她也说过想弄个铁园师院的文凭。他随后拨通了毛小毛办公室的电话。毛小毛接着电话已是忧心忡忡了："章哥，我看到报纸上的招生简章了，报考者的条件是副科级以上的干部哇。"章诗逸沉稳地说："你报吧。倘若不行，我找你们领导。"

第二天，毛小毛将那份登着招生简章的报纸呈送给马厂长，哆嗦着嘴唇说出了报考师院成教班的想法。马厂长看着报纸说："你哆嗦什么？去考吧，不都是业余时间嘛。考上了，学费自己先垫着，拿了文凭厂子给你报。拿不了，钱就自己掏。"毛小毛又哆嗦起来了："可我……不是副科级以上的干部哇。"马厂长不耐烦地说："没错，那招生简章是写了副科级以上的干部才能报考。但括号里有注解，是'原则'不是'必须'。你原则上也是个副科级干部，办公室的活儿都让你干遍了！"

考试那天，三百多名考生齐聚师院的若干个教室。考毕，六十分以上的及格者还不足三分之一。章诗逸翻着试卷，发现老崔刚刚及格。他又找到了毛小毛的试卷，毛小毛竟然考出了八十一分的高分，这成绩可算名列前茅。三百多人参加的考试，最终只录取了九十人。

九十名学员齐刷刷地坐在会议室里后，章诗逸开始点名。当他点到"潘跃进"这个名字时，心想此人一定是个男同志。然而一名女同志应声而起。她大概三十岁的年纪，个头儿不高不矮，一双眼睛灵动而有生气。点完名后，他将九十人分成两个班，每班四十五人，要求各班选出一名班长。会议室里立刻分坐出两拨人。

一班选举顺利，因为有人介绍了潘跃进的身份——市政府办公厅接待处副处长，大家异口同声地选举她为班长。二班则不同了，相互之间都不认识，闷了很长时间有人提议：各自报一下入学的考试成绩吧，谁分数高谁当班长。报完了，毛小毛的成绩最高。有人提议毛小毛当班长。她憋红了脸说："咱们该按一班的选举方法，谁职务高谁当班长。我只是个一般干部哇。"有人即刻反驳：我们是二班，就以考试成绩为准。众口一词中，成教班唯一的一般干部毛小毛当选为二班班长。复会后，章诗逸宣布道："经过充分酝酿和民主选举，潘跃进同志当选一班班长，毛小毛同志当选二班班长。"大家报以热烈的掌声。

老崔也在一班。一班选举班长时，是他介绍了潘跃进的身份，大家才一哄而起地选了她为班长。

老崔与潘跃进是在八一建军节前夕的军地联谊会上认识的。那天，市委和市政府的主要领导带着慰问品来到军部大院看望广大官兵，潘跃进作为政府方面的工作人员一同前往。午间，部队领导设宴款待地方领导。市委周书记问："怎么没见到黄家蝶部长？"军政委指指老崔介绍道："黄部长离休了，本军的后勤部长现在是崔部长。"老崔站起来给周书记敬了个军礼说："叫我老崔好了。"周书记笑道："崔部长，在座的军地双方领导算起来可能顶属你年轻了。如果按年龄称呼的话，也只能叫你小崔。"老崔一笑："书记你有所不知，我自小就长了一张老成的脸。十八岁当兵时，团长就管我叫老崔。二十八岁当连长时，孙殿堂军长去我们坦克一连时也管我叫老崔。"满桌子的人都笑了。

酒席即将结束时，潘跃进从工作人员的那张桌子走来向老崔敬酒："崔部长，在座的部队领导都认识我，唯独您不认识。本人叫潘跃进，市政府办公厅接待处副处长，小潘向崔部长敬酒了。"老崔晃着大扁脑袋说："酒还是你自己喝了吧，这桌上没有崔部长，只有老崔。"潘跃进无奈，只好笑着说："小潘向老崔敬酒了……"

新学员报到那天，潘跃进突然看见一身便装的老崔，便远远地喊："崔部长……"老崔回头见是潘跃进，忙把她拉到一边问："你也考上成教班了？"潘跃进点了点头。老崔说："今后我们就是同学了。有件事拜托你了，千万别跟同学们说我是部队的，更别叫我部长，叫老崔。"潘跃进问："是军事秘密？"老崔摇摇头笑了："我听惯别人叫我老崔了。"

成教班的课程有七八门之多，有哲学、政治经济学、党史、时事政治、语文、写作、初中数学等。一周只上一天课，为周日全天，两个班合在一起上。讨论时各班分开，其余的时间就是自学了。

　　第一节课，章诗逸登台亮相，当仁不让地对所有课程来了个总括，像前言又像引子。除了数学略显生疏，几句话带过后，就把其他所有的课程，既提纲挈领地点出各门知识的要点，又合纵连横地将它们糅合在一起了。讲得生动形象，如说书一般。不觉间一上午就过去了。

　　下午是讨论时间，众人不依，一致请求他下午再讲两小时。身为一班班长的潘跃进，竟然站起来十分恳切地说："章老师，朝闻道，夕死可矣。只要能听你讲课，文凭不要了都值呀！"他笑了笑，算是同意了。

　　下午，章诗逸依然延续着他上午讲课时的风采，古今贯通，深入浅出，足见其博观约取、厚积薄发的底蕴。正当大家听得入迷时，一名年轻女教师走进教室与他耳语了几句。他收了教案本说："因为有事，我不能再往下讲了，剩下的时间两个班分开讨论吧。"说完后就急匆匆地离去了。

　　章诗逸随着那名女教师走出教室下得楼来，便见一位身材高大的老军人站在操场的一角。他走近那位老军人后心里一惊，此人是自己昔日的岳父柳万年。他紧紧握住柳万年的手问道："爸……您怎么来啦？"柳万年有些激动地说："我总算找到这里了，也看到春月曾经工作过的地方了。"章诗逸挽着他的手就往家属院走，边走边说："爸，到家里坐会儿吧。"柳万年挣开他的手说："不去了。见到春月的东西我心里难受……我只想要一样东西，一个镶着我和春月合影照的花边小圆镜。"停停又说，"也不急，你晚上给我送去就行了。我就住在H军招待所。"

　　傍晚，章诗逸来到军招所，将那个花边小圆镜送给了昔日的岳父。柳万年接过小镜子，便翻过背面看到了他与女儿的合影。他的眼角湿润了，将小花镜擦拭干净后，小心翼翼地揣进了衣兜。章诗逸说："爸，您来铁园一趟也不容易，就多住几天。我领您到处看看，也散散心。"柳万年摇了摇头说："铁园我哪儿也不去。除了这件事外，我还想明天去卧龙村看一位抗美援朝时的老战友。"章诗逸点点头说："也好。明天我陪您去。"

　　章诗逸与他告辞后下得楼来，便见老崔与几个人从食堂走了出来，显然是刚刚应酬完一个酒局。老崔送走那几个人后，回头喊住了章诗逸。章诗逸便将柳春月父亲来铁园想与老战友会面的事说过，并介绍了柳万年基建工程兵驻山海关某师副师长的身份。老崔猛地搥了他一拳说："你老丈人是个副师长，来铁园还住在我的招待所。为什么不告诉哥们儿一声？这样吧，你们明天晚上回来后我做东，宴请这位部队的老前辈。记住，把他的老战友也请来。"

第二天，章诗逸陪柳万年坐着他的小车，来到了十几里地外的卧龙村。柳万年按照热心村民的指点，走进一处只有两间屋的院落。院落里走出一位面色灰黄、十分精瘦的老者。他举起只有三个手指头的右手遮在眼前问："你们……找谁？"柳万年紧紧握住他那个只有三个指头的手反问："老同志，你是不是叫潘立亭？"老者点了点头。柳万年一声长啸："立亭，我是柳万年哪！"两位三十多年来未见面的老战友，像孩子一般忘情而热烈地抱在一起时，都落泪了……

抗美援朝战争中，柳万年与潘立亭同在一个团，也同在一个连队，潘立亭任连长，柳万年任指导员。一次战斗中，潘立亭被美军的炮弹炸掉了右手的拇指和食指，被送回国内治疗。抗美援朝取得全面胜利后，潘立亭却退役了，原因是他的伤手已无法操枪射击，不适合再留在部队了。这之后，他便脱掉军装回到了铁园老家卧龙村。

潘立亭去部队办理退役手续时，却没有见到情同手足的老战友柳万年。有人告诉他，柳万年已调到别的部队去了，驻扎在山海关。随后递给他一张字条说，这上面是柳万年所在部队的地址，你可以试着给他写封信，如果联系上了更好，联系不上也别遗憾。回到老家后的潘立亭，头几年在失落的心境中，根本无心与柳万年联系。但是几年后发生的一件事，让他突然想起了柳万年，迫不及待地拿起了笔……

那年冬天，潘立亭在家门口发现了一个走失的男孩儿。那孩子七八岁的年纪，头发蓬乱，脸蛋冻得红里透紫。潘立亭问："你叫什么名字，跟谁出来的？到这里干什么来了？"孩子说："我叫小东子，是跟干妈还有表弟出来的，来铁园找爸妈。"潘立亭又问："你爸妈是干什么的？"孩子说："他们从前去朝鲜打仗，后来我就跟他们失去联系了。"潘立亭再问："你怎么找到我这儿啦？"孩子说："我和他们走散后，就哭着到处找干妈和表弟。后来碰见一位叔叔，他问了我的情况后就把我领到这儿了。叔叔说，这家里的男人曾经去朝鲜打过仗，让我在门口等，也许他能帮上我的忙。"

潘立亭拉着小东子的手走进家后，又详细询问他如何认下干妈的，干妈的家在什么地方。小东子只说干妈的家在黑龙江，干妈领着他和他表弟坐了一天一夜的火车来到这里，其他就说不清了。

小东子的到来，勾起了潘立亭对抗美援朝战场的深切回忆。他常常把自己的孩子和小东子叫到一起讲朝鲜战场上打仗的故事，一直讲了三年多。反反复复就讲了一个故事：一次肉搏战中，他用刺刀连着挑死三个美国鬼子，刺刀都像一根淌着血的麻花了……他除了给孩子们讲打仗的故事外，也一直四处打听过去的老战友，问他们有没有在抗美援朝战争时期与孩子失散的，无果而终。这时候他想到了柳万年，就试着按照那人提供的地址给柳万年去了一封信，问他是否听说过部队中谁在寻找失散的孩子。柳万年很快回信了，尽管他的来信没有给出任何对寻找小东子父母有价值的信息，但是这对老战友从那之后，便有书信的联系了……

及至中午，潘立亭老伴炒了几个菜，又拿出家里久存的老酒。大家围桌而坐，三杯酒下肚，柳万年问起那个小东子现在是否找到父母了。潘立亭摇了摇头内疚地说："没有。我把小东子，送到福利院了……"

小东子来到潘立亭家后的当年，正逢国民经济困难时期。潘立亭和老伴共生下三个孩子，两男一女。一家五口人面对饥馑，本已食不果腹了，苦苦熬过一年后，潘立亭决意把小东子送到铁园市福利院去。这天傍晚，他拉着小东子只说去城里玩，却哄着他走进了福利院。当小东子意识到自己被送到福利院后，死死拽着潘立亭的手号啕大哭，竟然喊出他一生中从未喊出的那个"爸"字。"爸——我再也不找爸妈了，你就是我的……亲爸呀……"

潘立亭说到这里已是泣不成声了。柳万年劝住他后问道："后来呢？"潘立亭抹着眼泪说："没有后来。我女儿跃进在市政府办公厅工作，我让她去福利院找小东子，她也专门去了福利院找过他。可是小东子，早就离开福利院了……"

章诗逸忽地站起来打断了他的话问道："潘老，您说的跃进是不是叫潘跃进，市政府办公厅接待处副处长？"潘立亭点点头说："是呀。怎么，你们认识？"柳万年这时才想起光顾着与老战友说话了，从一进门就没来得及介绍昔日姑爷的身份。他指着章诗逸介绍道："我姑爷，铁园师院中文系主任，叫章诗逸。"章诗逸冲潘立亭点点头笑着说："我与潘处长确实认识，她是师院成教一班的班长。二老的酒就喝到这吧，留点儿量，晚上我的老战友崔部长还要请你们喝酒。"

黄昏，三个人坐着柳万年的小车又返回了H军招待所，老崔已候在门前。章诗逸将柳万年和潘立亭的身份分别做了介绍后，特意说明潘老是潘跃进的父亲。老崔竖起大拇指对潘立亭夸道："老前辈，你可养了个好女儿。她是成教班我的班长。"随即安排司机去市政府接潘跃进。

老崔引导着他们走进小餐厅坐下后，餐桌上的酒菜也上齐了。这时候，潘跃进走了进来。她与老崔和章老师打过招呼后，一眼看到父亲就愣住了："爸，今天什么活动？"潘立亭摆着手让她坐下后说："什么活动听崔部长的。"老崔微笑着举杯站起来说："祝贺两位老前辈三十多年后的相聚，就这个活动！"大家都举起杯时，他又说，"且慢，我还忘了给跃进介绍这张桌上最尊贵的客人柳副师长，他是章老师的老丈人。"潘跃进慌忙站起身来，热情地握住柳万年的手说："老首长，能够与您同桌共饮，我太荣幸了。"

大家将酒喝下，潘立亭却舞着三个手指头怨道："崔部长，我给你提个意见。你能单独用车把我女儿跃进接来，也该把章老师的媳妇也接来。章老师在，他老丈人也在，落一屯不能落一人哟。"老崔拍着大扁脑袋自责起来："老前辈，你的意见提得好。诗逸媳妇叫柳春月，是铁园师院的大学讲师。上次我们战友家庭聚会时他就没带柳老师，今天正好是个补上的机会。诗逸你告诉我，柳老师现在是不是在家？我马上安排车去师院接她。"

但见章诗逸和柳万年都低了头，只怔怔地看着眼前的酒杯，表情凄冷而悲凉。许久，柳万年拿出那个花边小圆镜放到桌子上说："春月……已不在了。"之后，便淌着眼泪断断续续地讲完了他女儿去世的整个经过。在场的人全都哭了，潘跃进哭得尤为悲切，她万未想到她所敬仰的章老师失了爱妻……

第二天上午，柳万年启程回山海关，大家都来到军招所为他送行。柳万年握住老崔的手说："谢谢你的盛情款待。"老崔摇摇头说："客气了，人民解放军是一家人嘛。"柳万年又握着潘立亭的手说："老战友哇，不知为什么，一提起我女儿春月，我就想起了小东子。你一定要找到他！"潘立亭说："老柳你放心，这件事我交代给跃进了，她就是头拱地也得给我找到小东子！"之后，柳万年又握住章诗逸的手小声说："你也不能总是一个人这样下去，有合适的就再找一个吧。"章诗逸摇了摇头没有说话。

最后，柳万年拉着老崔走到潘跃进面前对二人说："诗逸续弦的事就拜托你二人了。潘处长在政府办公厅工作，认识的女同志多，有合适的你就给你们章老师牵个线搭个桥。怎么样？"潘跃进低眉浅笑地点了点头。"崔部长，"柳万年继续说，"潘处长选人，你把关。诗逸毕竟是个大学讲师，又是中文系主任，也许平庸的女人他看不上。你的眼睛最毒！"老崔笑道："老前辈说得对，我的眼睛唯有给别人选对象时最毒。但这事最终还要看跃进了，就凭她有着一个催人上进的名字——'跃进'，我相信她一定能为诗逸'跃进'出一个才貌双全的美女。到时我一定把好关，绝不漏网！"

潘跃进的名字确实催人上进，也很男性化。但真实的意义，完全是因为她出生在"大跃进"的时代。

她在卧龙老家念完小学后，就只身一人来到城里念初中。初中毕业后，由于家境贫寒就没再往下念，十七岁便在城里找了一份工作。先是在市饮食服务公司当了一名工人，后来市政府办公厅接待处招聘一批女接待员，要求家庭出身为"红五类"，符合相貌姣好、端庄大方等条件。她报了名，在应聘表上家庭出身一栏，写上了"革命军人"四个字，组织也进行了审查。虽然她的父亲如今是个农民了，但是参加过抗美援朝战争，曾经是志愿军的一名连长，后来因伤回到农村老家。尽管有些异议，但组织还是认定了她"红五类"的出身。至于"相貌姣好、端庄大方"的面试要求，她不经任何修饰，一身布衣，素面朝天地往那里一站，不经意间显现出的艳冠群芳，征服了所有考官。她如愿以偿地当上了接待员。

潘跃进凭着自己甜美的相貌及极高的情商，渐渐受到了领导的赏识，几年后便被调到接待处任办事员，成为一名国家干部了。办事员的工作，她依然干得有条不紊，得心应手，深得领导信任。又是几年过去了，她顺风顺水地提任为接待处副处长……

倏忽间，三个学年的成教班就剩下最后半个学期了，课程已进入总复习阶段。

这天放学后，教室里只剩下老崔和潘跃进了。老崔问："跃进，章老师原来的老丈人柳副师长临走时，给咱俩交代的任务不知你完成得怎么样了？"潘跃进掩嘴一笑："很遗憾，没完成。""不行！"老崔说，"必须完成。这样吧，咱俩换换角色，我选人，你把关怎么样？"潘跃进说："好哇，你选的是谁？"老崔的大扁脑袋转了两圈后，眼睛盯住她说："我选的这个人远在天边，近在眼前。行与不行，就听你这把关人的意见了。"潘跃进的脸腾地红了，低了头用手搓着衣角。老崔说："是不是自己的刀削不了自己的把，没法把关啦？那好，我就一马双跨，我选人我把关，此事就这么定了。我这就去见章老师。"潘跃进急得跺着脚厉声喝道："回来！"老崔返了回来，潘跃进咬着嘴唇说："我怕……配不上章老师。"老崔摇摇头笑道："你说反了，我怕章老师配不上你。你没结过婚，他已结过两次婚了。"看着老崔离去的背影，潘跃进用十个纤细的手指捧着滚烫的脸，偷偷地笑了……

老崔来到章诗逸的办公室时，他正在备课，慌忙站起身来让座倒茶。老崔坐定后说："柳副师长交给我的任务完成了。"章诗逸的心思还没完全从书本中抽出来，怔愣着问："什么……任务？"老崔说："你的对象选完了，我把关也通过了。她的名字叫潘——跃——进！"

章诗逸霍地站起来，摆着手说："不行。潘跃进年轻漂亮，又是国家干部，还是位姑娘。我配不上她。"

"谁说你配不上她？你是大学讲师，她是国家干部，你们非常匹配。我把你们的婚期都定了，毕业典礼的第二天。主持人嘛……是我老崔！"

章诗逸忍不住笑了："老崔，我劝你以后别当部队的那个后勤部长了，到妇联谋个职位吧。"

老崔摇着头说："那倒不敢想，但如果有一天部队不要我了，我就在铁园办个婚介所。叹人间真男女难为知己，愿天下有情人终成眷属。"

毕业考试临近之时，学员们的学习劲头完全被激发了。大家憋足劲开始做最后的冲刺，能不能拿到大专毕业证书的红本子就在此一搏了。老崔却忙里偷闲地开始筹备章诗逸与潘跃进的婚礼。婚礼就安排在军招所，这里谈不上排场豪华，但安静封闭。章诗逸没有提出异议，只说："此事动静越小越好，别惊动了天上的春月。也别惊动了春月的父亲，我曾经的岳丈人柳万年。他虽然让我再找一个女人，可是他真的看到那个场面，心里该是多么难受哇。"

毕业考试的成绩让人欢欣鼓舞，所有学员都拿到了大专毕业证书。两位班长更是好事成双，还接到了单位党组织的红头文件。一班班长潘跃进由接待处副处长升为处长，二班班长毛小毛升为拖拉机厂办公室副主任。

毕业典礼的第二天，章诗逸和潘跃进的婚礼在军招所正式举行，全部费用老崔担了。章诗逸坚决不依，争着去服务台交钱。老崔拦住说："别争了，钱我已经交完了，算我送你和跃进的贺礼吧。"

婚宴只摆了三桌。潘跃进一方的亲属、领导和好友占了两桌。另一桌是章诗逸的领导、同事和朋友，有常院长、郝援朝、于小萱、刘天刚和毛小毛，以及中文系的几位教师。他们之前都通过不同渠道知道柳春月已经不在人世了，自是为她悲戚不已，也为章诗逸的再次择偶而庆幸，毕竟天地无终极，人命若朝霜。该来的人都到齐了，唯有于小萱一直未到。郝援朝对老崔说："小萱临时有个事，不用等她了。"

婚礼按时举行，所有仪式全部省略。主持人老崔做完开场白后，又庄重地为章诗逸和潘跃进证了婚。大家共同举杯为这对情侣祝福。

这时于小萱走了进来，悄悄地坐在郝援朝身边。早已看到她的老崔笑道："于校长终于大驾光临了，大家鼓掌欢迎。"常院长打着手势止住大家的掌声说："小萱，你把晚来的原因交代清楚。"于小萱一看是毕业后再未见过面的常院长，更何况从许校长口中知道了是常院长破例将她留在铁园的，慌忙起身走过去与他握着手谦逊地说："老院长，刚才没看见您，有所不敬了。"

常院长与她握过手后说："你先回到座位上去，跟大家说清楚晚来的原因。"于小萱坐下后说："学校有点儿事没处理完，所以来晚了。"常院长摇着头说：

"不对吧，你没说实话。要不我替你说？但我说了，你得自罚一杯。"于小萱无奈，只好说了实话："刚才市委组织部部长找我谈话……"后边的话却戛然而止了。常院长说："往下讲嘛。"于小萱的声音像是从嗓子眼挤出来的："部长说……让我当……局长。"刘天刚喊了起来："什么长？"常院长说："于小萱同志提任铁园市教育局局长了。因为我也是教育系统的人，总比在座的各位消息灵通些。"酒桌上立时气氛更加热烈，大家纷纷举杯向她祝贺，婚宴的主题完全被冲淡了。

婚宴已近尾声，老崔让常院长做收杯讲话。常院长谦让一番，最后还是举杯站起来说道："那我就说两句吧。今天在座的嘉宾中有六位是师院的学生，两男一女是恢复高考后的本科大学生，毕业这些年，他们的成长和进步让我刮目相看。小萱已是教育局局长，听说援朝已是报社记者部主任了，诗逸在师院身兼二职，中文系主任和成教处处长。另外两女一男是成教班的大专生，刚刚毕业，潘跃进和毛小毛就收到了组织的履新任命。这里我特别要提到的是崔部长，说起他，我不得不检讨两句了。我知道他是H军的后勤部部长，但是我从来没关照过他，也没给他任何的特殊待遇，只把他当作一名普通的学生。他是我们师院有史以来级别最高的学生……学习之余，崔部长还促成了章诗逸和潘跃进的终身大事，他是好人。六位同学，你们遇到了改革开放的好时代，愿你们百尺竿头更进一步。"

所有人鼓起掌。掌声过后，常院长将手中的酒杯沿着三个桌子画了一个圈后说："请大家共同举杯。我提议：为章诗逸和潘跃进这对新人——喜结连理，幸福美满，比翼双飞，早生贵子——干杯！"一个简单而低调的婚礼就此结束了。

大家起身握手告别之时，刘天刚拽着毛小毛早已走了。他们来到铁园师院的大门口，刘天刚拿出一个海鸥牌照相机说："这相机是我昨天才买的。一会儿，让援朝给咱俩照一张你毕业的合影照。"毛小毛摇摇头说："显摆什么呀，不照！"说完，就拉着刘天刚走了。

于小萱这时已回到十七中，她刚走进办公室，电话铃响了。她顺手拿起了话筒，电话那头的声音沉稳而柔和："是小萱吗？"她突地兴奋起来了："您是……许琴校长？"对方的笑声格外清朗："小萱哪，你还没忘我这个老太婆。我听人说你当局长了，特意打个电话向你祝贺。"于小萱已显现出要见到许校长的急不可待了："许校长，我想您了，您多会儿回铁园哪？"

电话那头的许琴却没有回答，过了很长时间才说："小萱哪，我离开铁园这么些年只干了一件事，找儿子。我去了黑龙江，想找当年我把儿子托付给他们的那对小两口，可是有关他俩的音讯一点儿都没有哇……我有一种直觉，我失散的儿子就在铁园。好了，不说这事啦，你忙吧。"说完，便把电话挂了。电话的忙音搅动着于小萱的心。是呀，许校长走了这么些年一直在找儿子，而自己忙了这么些年，却早已将她找儿子的事忘得一干二净了。她失散的儿子，恰如她的直觉一样，真的就在铁园，就是近在咫尺的刘天刚啊。

　　第二天，于小萱正式走马上任教育局局长。听汇报，下基层，开办公会，开座谈会，总算忙出些头绪后，便坐车来到H军大院。她知道刘天刚在这里干活。刘天刚看见她后飞快地跑了过来，立正敬礼："欢迎于局长视察工作。"

　　于小萱打掉他敬礼的手，将他拉到一个无人处后说："天刚，我找到你妈了，她是我的老校长许琴哪。你曾经在我办公室见过她，想起来没有？"刘天刚愣了一下点着头说："想起来了。可……许校长说过她是我妈吗？"于小萱说："那倒没有。"之后，就将她就任十七中校长时，吴局长在大会上讲过的故事细细地说了一遍。她还将那故事中许校长的爱人，已经牺牲在朝鲜战场上的事实粗略地讲过。

　　万未想到，刘天刚冷漠地摇了摇头说："我真的不想再提这件事了。我有爸了，是黄部长，不是亲爸但比亲爸还亲。我也有妈了，是把我从小养大的田妈，不是亲妈但比亲妈还亲。我已经把田妈接到铁园来了……"

第二十六章

　　这天下午，刘天刚挽着从黑龙江接来的田妈走进家时，毛小毛已做好饭菜。"高闯"将一盆热水放在田妈的面前，嘘寒问暖地招呼着她洗漱，也像这个家庭的主人一般。

　　大家坐下来吃饭。刘天刚将三个空杯斟满酒，分别送到田妈和毛小毛的面前，一杯留给了自己，他举起杯子刚要说话。田妈摆着手让他放下杯子却看着"高闯"问："小伙儿，你不喝酒？""高闯"说明了自己不能喝酒的原因，因为一会儿要去打更。刘天刚向田妈介绍了"高闯"是天朝公司的员工后，拿过一只空杯将酒斟满递给他说："你田奶问你的意思，就是想跟你喝杯酒。你就破个例，跟老人家弄一杯？""高闯"没接那杯酒，看看田妈，又看看刘天刚说："老板，其实我真想敬田奶一杯酒，但是打更就是上班，上班不能喝酒这是规矩。就像我给您干活不能喝酒一样……"刘天刚将那杯酒放到桌子上，颇为不悦地说："你不喝就算了。小毛，咱俩敬田妈一杯酒。"

　　三人将杯中的酒喝尽后，田妈看着"高闯"问："听口音，你不是本地人吧？""高闯"说："我是山东人。"田妈的眼睛泛起了亮光："东北这地方可是个宝地呀，新中国成立之前关里的人都往东北跑，叫闯关东。你的名带个'闯'字，是不是来铁园也要闯一闯？""高闯"摇摇头说："奶，我来铁园是找爷爷的。"田妈下颏一收说："我知道你爷是干什么的，是个当兵的！""高闯"惊得睁大了眼睛："奶……您怎么知道的？"田妈说："你爷要是个农民，只能炕头走到炕梢，用你出来找吗？"

　　刘天刚这时插话说："田妈，高闯来铁园找的爷爷真是农民。他爷爷才是新中国成立前闯关东闯到铁园来的。"田妈摇着头说："我不信。高闯，你自己说，你爷爷是不是个当兵的?""高闯"低着头没有说话。刘天刚瞥了"高闯"一眼说:"田妈,你看他这个样子像军人的孙子吗?"田妈摆摆手:"军人的孙子脸上还能贴个标签?高闯啊,奶跟你说句实话,奶收养过好几个找军人父母的孩子。奶有一种感觉,你爷肯定是当兵的!""高闯"低着头仍然没有说话。

  刘天刚一转身去了"高闯"住的房间,拿了他的绿色挎包返回来后,就将那物扔到桌子上说:"高闯,你把包里的东西都翻出来给你田奶看看,那些土得都掉渣的玩意儿,能不能说明你爷是当兵的。""高闯"拿起挎包往身上一挎站起来说:"我从来就没说过我爷是当兵的。我走了,到厂子打更去了。"毛小毛拦住他说:"高闯,你这是干什么,连一口菜都没吃就走啦?"

  酒桌上的气氛变得有些紧张和僵滞了。但见刘天刚拍了一下桌子说:"小毛,你别拦他,他愿意走就让他走吧。高闯,你听好,我田妈来这的第一顿饭她老人家就没吃好。从今天起,你、我,还有小毛,谁也不许再提找爹找娘找爷爷的事了,谁再提我就跟谁急!"

  "高闯"嘘了一口气回应道:"老板,你可以说今后再不找爹妈的话。可我不能说,因为我真的要找到爷爷。"之后,便从挎包里拿出一双布鞋继续说,"我找爷爷不为别的,就是为了把奶奶做的这双土得都掉渣的布鞋穿在他的脚上。不给爷爷穿上这双鞋子,绝不说不找爷爷了!"说完后,他将那双布鞋往挎包里一插,就推门而去了。那布鞋从挎包边上露出的白色鞋底,在他身后一跳一跳。田妈剜了刘天刚一眼说:"看来今天是我多嘴了,给人家气跑了吧。"刘天刚指着门口说:"他跑就跑吧,有本事就别回来!"

  果然,"高闯"从这天去打更以后就再也没有回来。这对过去亲若叔侄的老板和员工,因为一语不合,从此分道扬镳了……

  打更这个工作似乎孤守长夜,寂寞难熬,实则不然。对于一个"三班倒"二十四小时都在生产的企业来说,黑夜不过是白昼的延续而已。半夜十二点钟,第三班的工人来上班了,第二班的工人则下班了,厂子大门口便有了数量对等的人员流动。有时候,来上班的女工手里还领着一个几岁的孩子,可能是老公出门了,无奈之下,孩子就揉着惺忪的睡眼,跟着母亲像不愿去幼儿园一样地来到了厂子,有女工就试图把孩子托付给打更的"高闯"照看。过去的更夫坚决拒收,只一句话:既看厂子又看孩子,谁给我开两份工资?

  "高闯"却颠覆了以往的常规,不管是谁送来孩子,都收了。一张单人床上,头脚颠倒的可以睡下两个孩子,两个长条凳子拼在一起又能睡下两个孩子,靠墙边的桌子上也能对付着躺下两个孩子。最多的时候,一晚能有六七个孩子睡在这里。"高闯"自是没有休息的地方了，便有人捧着几件肮脏油腻的劳动服扔给他说，反正你也没地方休息了，就把这几张皮也带着搓巴搓巴，明天哥们儿还得穿。"高闯"二话不说，就收了洗了，晾在自己在两棵小树间拉起的绳子上。日复一日中，地面上滴落的水珠，滴水穿石般在地上刻出了一条沟印，印在人们的心里了。

　　这天半夜，"高闯"坐在小板凳上搓洗着别人送来的一大盆劳动服，突然听见大门外传来紧迫而尖厉的呼救声。他没顾上擦干手上的水珠就向大门外冲去。路边一位姑娘正顿足捶胸地大喊："有人抢我包了，有人抢我包了……""高闯"跑过去问："谁抢你包啦？"姑娘向路灯下一个窜去的黑影一指。"高闯"甩开矫健有力的双腿就向那黑影追去。凭着他在师院运动会上豪取3000、5000、10000米冠军的奔跑速度和耐力，不一会儿就迫近了黑影，那个黑影已不是黑影了。他手里抢来的那个手包清晰可见，跑着的身体已开始东摇西晃。

　　那人感觉到身后追他的人已迫近自己时，一转身跑进一个小区里，在一栋楼房的黑暗处停了脚步。猛然间转过身时，便现了凶相。他一手摇着手包，一手晃着寒光凛冽的匕首说："识相点儿小子，你可别逼我，不然我就不客气了。""高闯"说："我不逼你，只要你把包留下，咱们各走各的，谁也不认识谁。"那人冷笑着说："要包可以，你问问这刀答应不！"这时姑娘已从后边气喘吁吁地赶到，挽着"高闯"的胳膊说："包我不要了，咱俩走吧。"

　　这当儿，那人忽地向一条小道跑去。"高闯"心里说，我不怕你跑就怕你站，站下你手里的刀是刀，跑起来你手里的刀不过是块铁片。他飞快地追到那人的一侧，一伸脚设个腿绊，那人一个狗啃屎栽倒在地上，手中的匕首也不知飞到哪里去了。"高闯"一把夺过手包，照着那人的屁股狠狠踹了一脚后喝道："滚，以后别让我再看见你！"望着那人落荒而去的背影，他英雄般地将手包交给那位姑娘后问："你住哪儿？我送你回家。"姑娘抿着嘴笑了："小更夫，我就是拖拉机厂的职工啊。"姑娘叫魏思凡，是电气车间的一名工人。刚才她是来上夜班的，正走到厂大门口，便遭遇了这突如其来的抢劫……

　　与世上所有英雄救美后好得不能再好的结果一样，"高闯"收获了魏思凡送给他的一份芳心可可的大礼。

　　最先知道魏思凡有了意中人的当然是她的父母。他们都在拖拉机厂上班，父亲是生产科科长，母亲是技术科的一名工程师。他们万万没想到，虽谈不上美艳若花，但也端庄大方、气质高雅的女儿，竟然爱上了"高闯"这等临时聘来的更夫！

　　母亲明白女儿对"高闯"已是王八吃秤砣——铁了心，但是她决不赞成女儿对"高闯"的选择，便跟父亲商量。父亲没说话，却在这天晚上拉着她来到两棵小树间拉起的晾衣绳处，指着地上的水沟印说："小更夫给别人洗衣服滴下的水，把土地都淌成沟了。"之后又拉着她来到门卫室的窗下，指着屋里横七竖八躺在床上、桌上、椅子上睡觉的孩子们说："这个小更夫带的孩子快够一个班了。"母亲问："你领我看这些什么意思？"父亲说："这个高闯又能洗衣服又能带孩子，将来待咱那娇生惯养的女儿还能差吗？"显然，父亲对"高闯"进行了一番考察后，心悦诚服地同意了女儿对"高闯"的选择。母亲依然忧心不减地说："再怎么着，那个小更夫也改变不了农民进城的临时工身份哪。"父亲一挥手说："临时工可以变正式工，这个我办！"

父亲在拖拉机厂是个元老派人物，有了这个厂子就有了他。他找了年轻的劳资科长，说变速箱车间缺个钳工，得赶紧配上，再不配就要影响生产了。劳资科长不敢怠慢，查了该车间工人岗位的指标和定员后，发现确实有空额，就同意了。魏科长说，就把那个小更夫招进来派去变速箱车间吧。劳资科长对"高闯"印象极好，欣然应允。第二天他去劳动局办了相关手续，即刻通知魏科长让那个"高闯"去劳资科报到。魏科长将此事告知女儿后，魏思凡抱着父亲亲了一口说："老爸万岁！"

等到这天晚上"高闯"来上班时，魏思凡将这一喜讯告诉了他。第二天，"高闯"毅然决然地离开了天朝公司，也离开了因一语而不合的刘天刚，到劳资科办完手续后就去变速箱车间上班了。

晚上，他又习惯性地去打更。保卫科长没阻止他，反而说，你就再顶些日子吧，等找着合适的人选再换你。"高闯"自是同意。保卫科长临走时再三叮嘱："晚上别忙着看孩子、洗衣服，得空睡一会儿，不然白天顶不住的。""高闯"笑了笑说："我已经习惯了，晚上对付着眯三四个小时也就够了。"

这天一上班，马厂长在办公室接到了一个电话。对方说话的声音很小，微弱而含混不清。他耐着性子听来听去听清楚了，是瘦狗。瘦狗说："老马，快救救我吧……我已经走投无路……就要死了。"马厂长镇定地问："你现在在什么地方？"瘦狗说："我在……武汉。"马厂长又问："怎么在武汉，你不是去厦门了吗？"瘦狗的声音已似苟延残喘了："不说那么多啦，你快让刘天刚来接我……我在武汉的汉正街。别忘了，让他带三万块钱……快，快……"随后又说明了他所在汉正街的具体地址。

马厂长撂下电话便拨通了刘天刚的电话，要他马上到他的办公室来。刘天刚奉命而至。马厂长问："你现在忙不忙？"刘天刚说："忙。但马厂长有什么事尽管盼咐。""你马上飞一趟武汉,"马厂长说,"虽然你不是拖拉机厂的人了,但瘦狗特意点名要你去接他。我也只好把这件事交给你办了。"刘天刚惊讶地问:"怎么,我师父出事啦?"马厂长摇摇头说:"不太清楚,你就抓紧时间走吧。"说完,他从抽屉里拿出一个纸包递给刘天刚特别叮嘱道:"这里边有三万块钱,有飞武汉的机票,还有瘦狗的具体地址。我现在就让张安东送你去飞机场。"刘天刚敬着军礼说:"是!"

刘天刚下了飞机已是午后,打了辆出租车来到武汉的汉正街。他听说过汉正街,知道此街是中国小商品市场的第一街。来到这里才身临其境地感受到了它的繁华和活力。沿街的商铺鳞次栉比,各种小商品琳琅满目。生意人操着各地的方言土语抻长了脖子拼命吆喝,粤语、闽声、秦腔、川韵、东北话交织在一起。

按照马厂长提供的地址,他来到汉正街的万安巷,远远地看到了形销骨立的瘦狗。他比从前更瘦了,干枯的头发似乎多日没有打理,打着绺垂在肩上;手里拄着根拐棍,显然是一条腿有伤了。他身边站着一位年轻貌美的女子,六神无主的眼光显露着不可名状的恐惧和焦虑。

他二人被一群人团团围住。这些人个个手持棍棒,凶神恶煞的面孔令人生畏。一个矮墩墩、脖子上坠着大金项链的男人指着瘦狗大声斥道:"你小子不是说,你台湾的狗爹来给你送钱吗?我们可等你一个月了。"另一个人高马大的光头恶狠狠地吼道:"你今天再不把钱送来,我们就摘了你的胳膊卸了你的大腿。"瘦狗满脸大汗,打躬作揖地哀求:"我没找到爹,不指望他了。一会儿我哥们儿就给我送钱来了。各位大爷,你们耐下心来等等,天黑之前你们再拿不到钱……也别费劲摘胳膊卸腿的,一刀子捅死我得了。"

刘天刚看到这场面也就知道是怎么回事了,瘦狗一定是欠了人家的钱,被债主逼上了绝路。他拨开人群大步流星地走到瘦狗面前。瘦狗"嗷"的一声干号起来:"我的小祖宗,你终于来了,钱呢?"刘天刚将纸包递给了他。瘦狗挺起胸脯对着那些人说:"欠你们的三万块钱都在这了。谁多少,你们自己分吧。"趁那几人分钱之时,刘天刚拽住拄着拐棍一瘸一拐的瘦狗,瘦狗又紧紧挽着那名女子的手。一辆出租车早已候在路边,这是刘天刚事先安排好的。三人上了车,一路绝尘地向火车站奔去。

列车启动时,瘦狗如苦瓜一般抽紧的脸才慢慢舒展开来,讲起了他这些年的经历……

坐了三天三夜的火车,瘦狗来到了厦门,日复一日地跑到海边去看海那边的大小金门岛。不禁想起小时候,母亲谈起大陆对金门炮击时那泪水涟涟的双眼。

三个月后的一天，一位当地渔民问他，你天天坐在海边看什么？他说："我看海那边的金门岛，那边的船什么时候能过来？"渔民说，那边的船吃豹子胆了，还敢往这边开？瘦狗问："不说海峡两岸通航了吗？两边的船就可以互相往来了。"渔民笑道，别说现在还没有实现真正的"三通"，就是通航了，也不可能在海上直通。要不绕道香港、澳门，要不绕道韩国、日本，没有直接就坐船由金门到厦门的。

瘦狗的脑袋嗡的一声就晕了。晕的不是父亲可以在这里返回大陆的美好愿望彻底破灭，而是兜里瘪得连买火车票回铁园的钱都没有了。山高路迥中，他感到了一筹莫展的绝望。好在旅店里和他同住一个房间的一位外地人，这时急需往武汉送货，那人看中了他的机敏和能说会道，二人一拍即合。瘦狗承担了送货的差事后，每次可以获得二三十元钱的报酬，总算解决温饱了。久而久之，他终于明白了，送的这些货都是水货，一出一进，一卖一买间的价差竟有几倍几十倍甚至更高的利润，于是自己干起来。先是小打小闹，后来手头有了钱，就越干越大了。

他在武汉汉正街的万安巷租下一个店铺，挂起的招牌别具一格——"瘦狗商行"，主营业务有家用电器及其他商品等。开张后，这个自虐性的招牌非但没有影响他的生意，反倒引来无数人的围观。人们纷纷拥来看看这个瘦狗是个什么人物。他撩开上衣，拍着嶙峋干瘪的胸脯说："本人瘦狗也。我的货就如我的肋骨，每根每条清晰可辨。如有假，你们就豁开我的肚囊取我的肋骨，煲狗肉排骨汤喝！"凭着他风趣幽默和真诚坦荡的承诺，一时间"瘦狗商行"顾客盈门，络绎不绝。他一人又进货又卖货显然是忙不过来了，就扯起嗓门儿满大街地喊："本店招人了，本店招人了。"一女子应声而至，他便将那女子收了下来，那女子相伴相随一直跟在他的身边，直至今日。

这女子名叫阿鸽，武汉当地人，小瘦狗十岁。虽个头儿不高，但姿色出众，妩媚而性感。二人自此以后有了明确的分工，瘦狗进货，阿鸽卖货，配合得相当默契。

这天收摊时天已黑了，一天的收入还算不错。心情颇好的瘦狗领着阿鸽来到一个小酒馆用餐，二人不免推杯换盏地喝了不少酒。瘦狗将阿鸽送至她的房间后，回身关紧了房门，猛地就将她摁倒在床上了。不知所措的阿鸽问道："哥，你这是干什么呀？"瘦狗说："哥今晚喝多了，就想要你！"意乱心慌的阿鸽说："哥，哥耶，我的好哥哥，我知道你喜欢我……你若把我喜欢成姘子的样子，我绝不做你的姘子！你若把我喜欢成老婆的样子，我就是你的老婆了。"瘦狗问："你说我把你喜欢成什么样子啦？""喜欢成姘子的样子了。""不对。我把你喜欢成老婆的样子了。"

阿鸽莞尔一笑，默默地解开了衣服上一个接一个的纽扣，那雪白而颤悠悠的乳房，也渐渐地显露出来了……一旁的瘦狗却不耐烦了："别脱了！"阿鸽说："为什么耶？我都是你的老婆了。"那日起，他们同居了。

几年间，瘦狗赚得盆满钵满，日进斗金，声名鹊起。以往从厦门拿货时都是一手钱一手货。后来，钱不凑手时他就打下欠条，还款时日一到，他就将钱打到货主手中，从不拖欠。再有犹豫的，他就拍着干瘪的胸脯撂下话来："我老爹就在台湾，如果我真的有个一差二错的，老爷子也会子债父还的。"货主都以为他爹是台湾的阔佬，对他更是信任有加了。可是正当他踌躇满志地准备开"瘦狗商行"二部时，他的商铺却被工商局查封了。货物全部被拉走，商铺大门贴上了封条，账户也被冻结了，原因是他的货物涉嫌走私。好在这些物品并非他直接走私入关，且数额有限，否则的话他就得吃牢饭了。

一夜间，瘦狗变成了穷光蛋，他对外欠下的十多万元钱已无力偿还。债主们纷纷登门讨债，他的一条腿也被债主生生地打断了。卧床半年后，他终于能够拄着拐棍站起来，这完全得益于阿鸽的四处求医讨药和精心呵护。万般无奈之下，他才给马厂长打了电话……这三万元钱虽然还清了武汉当地债主的债，但是还有八万元钱没还上福建的债主。好在刘天刚及时拉着他和阿鸽上了火车，终于从那条让他赢得风光无限，也让他输得一败涂地的汉正街逃了出来……

瘦狗讲完这一切后，就捂着脸"呜呜"地哭了。刘天刚拍着他的肩膀说："师父，这就是你非要走上第七条路的后果。"瘦狗抬起泪眼问："……第七条路？"刘天刚说："找从前战争中失散爹妈的路，就是第七条路！"

回到铁园后，刘天刚将瘦狗还有他的女人阿鸽送到他的家中，扔下五百元钱说："师父，昨天的事就翻篇儿吧。钱是什么？钱是王八蛋，没了再去赚！"瘦狗拍着伤腿说："我不想再折腾了，只想回拖拉机厂上班，老马答应过我的。"

第二天傍晚，瘦狗拄着拐棍领着阿鸽来到马厂长的办公室。机关各个科室都已经下班了，他知道马厂长的工作习惯，每天有事没事都是七点钟以后才回家。

马厂长见到二人后，冷着脸问瘦狗："三万元钱终算把你买回来了，腿怎么瘸啦？"瘦狗用拐棍捣着地说："自己作的，这回算是花钱买乖了。""你爹呢？"马厂长继续问，"找着没有？"瘦狗便将去厦门找爹无果后，只好到武汉开公司所经历的事说了一遍。"你当初从铁园是一个人走的，现在怎么两个人回来啦？"马厂长问过后，眼光就在阿鸽脸上打旋儿，直看得阿鸽心里惶惶的。瘦狗说："是呀，是两个人回来的，我是老板她是员工。""既然如此，你还来找我干啥？"马厂长说，"老板领着员工开公司就是了，跟拖拉机厂没有任何关系了。"瘦狗堆下笑来解释道："我在厦门找爹没找着，钱包瘪得连回铁园的路费都没了。为了糊口吃饭，才到武汉弄了个商行，结果赔得底朝天，还拉了一屁股饥荒。现在嘛，我们是对象关系。"马厂长呵呵一笑："咱们可是有言在先，你出去若只是为了找女人，就滚犊子别来找我了。""可你还有那句话：如果我是搂草打兔子找的对象，那叫我们有缘，你还接收我。"瘦狗说，"我真是没找着爹才认识的阿鸽，不信你问她？"阿鸽笑了一下，点了点头。马厂长一挥手说："那好，阿鸽明天来上班。她长了一张能挣钱的脸，养得起你。你呢，就跟刘天刚把工作让给毛小毛一样，以后就不是拖拉机厂的人了。"

　　瘦狗"扑通"一声跪在地上，一把鼻涕一把泪地说："阿鸽不是毛小毛。拖拉机厂任何一样活儿她都干不了……你还是让我上班吧。我虽然瘸了一条腿，但还能干些轻活，更重要的是我还欠你三万块钱，我上班你不用给我开饷，用逐月扣下的钱把那三万块还上。换作阿鸽，你还得真金白银地给她开支，人家跟你没账。你就帮人帮到底，送佛送到西吧。"马厂长一把将他拽起来说："站稳了听好，看在阿鸽的面子，我就再帮你一次。可你这一瘸一拐的还能干啥？去打更吧！"

　　第二天傍晚，瘦狗拄着拐棍来到拖拉机厂接替了"高闯"的班，成为一名更夫了。

　　这是瘦狗再熟悉不过的厂子，每一个车间每一间办公室每一台设备每一条路，甚至每一张面孔，都深深镌刻在他的脑海里了。他是上山下乡第一批返城的知识青年，在这个厂子也称得上老员工了。他从一名学徒干起，后买当了班长，再后来又当上了工段长，工段长可以说是工人堆里最高的头儿。但是这一切，并不能表明他在拖拉机厂的地位。他创下了两个"唯一"的纪录，才是无人比拟的标志。他是唯一敢管马厂长叫"老马"的，还是唯一离开厂子多年，照样堂堂正正回到厂子来上班的。这一切似乎只有一种解释，他是拖拉机厂的一个人物，更是一根"棍"，没有谁能撅得了！而今晚，这根"棍"已是形在神不在了，不过是根抹屎棍罢了！神寒形销、目光呆滞的他，坐在门卫室的这间屋里，犹如被一名雕刻家买回的朽木，被一刀一刀地雕刻成了一个落魄者的形象。

　　其实瘦狗比谁都清楚，这位雕刻家就是老马。老马花了三万元重金，买回来一条铩羽而归的瘦狗，放在门卫室羞辱他呀！

第二十七章

　　一个月后的一天晚上，瘦狗来到厂子上班时，发现整个厂区空无一人，漆黑一片。他走到宣传橱窗前打开手电筒，便见一纸公告张贴于其中——"因生产任务不足，从即日起取消'三班倒'，只上白班。望周知。"他心里窃喜，这以后再也不用担心被人当抹屎棍看了。九点一过，他关了厂子的大门，又在院里巡查一番后，就回到屋里准备休息了。

　　这时听见有人敲大门的声音，他开了大门上的小门，张安东笑眯眯地走了进来。这是瘦狗自打回到拖拉机厂后第一次见到他。几年不见，张安东比以前胖了，脸色红润，头发油黑，精致的小分头打了发蜡。张安东和瘦狗几乎是脚前脚后来到这个厂子的，二人私交不错。在张安东被马厂长下放到组装车间钳工工段的那段日子里，瘦狗对他关照有加，没有给他安排什么活儿，他大部分时间都跟在瘦狗身边处理些无关紧要的事情。

　　张安东进得屋后，就从怀里掏出一瓶溪水大曲和一包花生米，以及从街上买来的几样凉拌小菜放到桌子上，说："整两口，算是哥们儿欢迎你又回到拖拉机厂了。"瘦狗摆摆手说："我正在上班，不能喝酒。""你不知道厂子已取消'三班倒'了吗？"张安东说，"马厂长这两天出门去南方了。厂子生产形势不好，他出去揽活了。"

　　一杯酒下肚，张安东眯瞪着眼睛问："听说你出去这些年没找着爹，倒领回个南方小女子，你给人家睡啦？""睡了。"瘦狗说，"有句话说得好，树怕三摇，妹怕三撩。那妹子是被我撩上床的，因为我把她当媳妇一样地喜欢她了。"张安东长出一口气说："看来是我没把媳妇喜欢成媳妇的样子，那婊子跟人跑了……"

张安东的媳妇是歌厅的驻唱歌手，风姿绰约，歌喉如莺。那女子是几年前经人介绍认识张安东的，她看中了张安东的长相，也看中了他小车司机的身份。只三个月，二人就订下终身了。歌厅里的顾客不乏阔佬，有人看中的不是她的歌喉而是她的姿色，便出手阔绰地专门点她的歌，一路将她捧得红透了半个铁园市。名利双收的她再难把持住自己，便跟那阔佬跑了……

瘦狗喝下一口酒慢腾腾地说："不是你没有把媳妇喜欢成媳妇的样子，而是你媳妇没有把你喜欢成老公的样子了，看开点儿吧。"

一瓶酒喝完，瘦狗从床下摸出一瓶枝江大曲，将两个空杯倒满后说："这是我从武汉带回来的，整掉它。法国作家小仲马有一句名言——吃是为了肉体，喝是为了灵魂。今晚我们就把灵魂喝醉！"张安东的酒量原本在瘦狗之下，可今晚喝得又快又猛。他"咕咚"一声喝下一杯酒说："不谈女人了，谈起女人都是眼泪。从明天起，我要认真地做一件事，找爹妈！"瘦狗摇了摇头："你从一入厂就说你在找抗美援朝的爹妈，谁信？连老马都不信。"张安东呷着嘴问："我就弄不明白了，马厂长能信刘天刚在找爹妈，怎么就不信我也在找？""这是秘密，"瘦狗说，"我听到过一个小道消息，说黄部长曾经问过马厂长，你原来的小车司机在找抗美援朝失散的爹妈，我介绍给你的刘天刚也在找抗美援朝失散的爹妈。你们拖拉机厂是战争遗孤的收容所吗？"

张安东拍着桌子说："我现在才要找爹妈，就是为了堵那个黄部长的乌鸦嘴！"瘦狗劝道："算了算了，你跟黄部长较什么劲？有本事你像黄圆圆那样找个资本家的妈，那你才是这个时代的爷！"张安东叹道："这个世界，我算是来错了。""不！"瘦狗说，"你没来错，我也没来错。你知道那个只会傻乎乎敬军礼的刘天刚，把我们这些人归到什么路上了吗？——第七条路。第七条路上的人不是找爹，就是找妈。我在这条路上虽然没找到爹，但是我找到家了。"

张安东点点头说："没错，你确实在第七条路上找到家了，家里有个女人阿鸽。但我过去也有个家，家里也有个女人，她是我的干妈。可是我自打来到铁园后就与干妈走散了，再也没有见到她，也没有家了。"瘦狗问："你真有个干妈？"张安东说："有。我就是跟干妈来铁园找亲爹亲妈的，后来……""后来怎么啦？"张安东想了一会儿说："后来有个人家收养了我……再后来我就被那个人家送到福利院了。"瘦狗一拍大腿："那你就按照这条路找回去，去找福利院！"瘦狗叹道，"这顿酒喝得真值，把我的灵魂彻底喝醉了。"

在张安东的记忆中，福利院的孩子有几十人之多，来到这里的渠道各不相同。有从马路上以及火车站捡来的,有沿街乞讨被收容来的,有裹在襁褓中被扔到福利院门口的,有因顽癣痼疾难以治愈而被父母丢在医院而被医院转来的,也有像他这样因走失而被人送来的。张安东在这群孩子中是为数不多的几个生理和心理都很健康者中的一个。他们几个人与那些有着各种生理或心理疾病的孩子被分开照顾,福利院对那些孩子更加偏重疾病的治疗和心理的疏导,对他们则偏重于文化和品质的教育。一名姓姚的女老师既讲语文又讲算术,还讲品德。

他刚到福利院时,姚老师问他叫什么名字。他说他叫小东子。姚老师说:"我是问你的大名。"不识字的他就翻出小时候的一件格子衬衫让姚老师看。姚老师看到那件格子衫的衣领上用线缝着"张安东"三个字后说:"小东子,你的大名叫张安东,这回记住啦?"他说记住了。姚老师又问:"这名字是谁给你起下的?"他说不知道。姚老师再问:"那又是谁把这名字缝到你衣领上的?"他说是干妈。之后就断断续续地说出了干妈领着他和他的表弟,到铁园来寻找他的父母,以至走失的经过。姚老师听完后,眼含热泪地蹲下来将他搂进怀里说:"张安东的名字该是你爸你妈给你起下的。新中国成立之初,丹东市叫安东市……你爸你妈应该是跨过当年安东市的鸭绿江大桥,去朝鲜打美国鬼子的中国人民志愿军哪!"

姚老师讲完小学课程后,又粗略地讲了两年初中课程就被提拔为福利院院长了,大家都管她叫姚院长。多少年后,市汽车技校招收学员,给了福利院一个名额。姚院长跟谁也没商量,就将这个名额给了已长到十八岁堪称帅小伙的张安东了。一年下来,他学成了,被分配到铁园市拖拉机厂。离开福利院那天,他去看姚院长。姚院长动情地说:"安东,你终于走出福利院了,老师为你高兴。老师对你只有一个愿望,有一天,你开车拉着老师,咱们去看看当年的安东市,如今的丹东市,看看志愿军当年跨过的鸭绿江大桥。"他抱住姚院长已是潸然泪下:"老师,谢谢你送我去技校学会了开车……我一定带你去看那个安东市,还有鸭绿江大桥。"可是这么多年过去了,他并没有兑现对姚院长的承诺。

与瘦狗喝完酒,第二天,张安东来到福利院找姚院长。机关的工作人员说,姚院长已经退休了。

按照他们告诉的地址,张安东来到了姚院长的家。姚院长戴上老花镜看了他许久后笑了:"这不是小东子嘛,是不是要开车拉老师去看安东市的鸭绿江大桥?"张安东低着头,半天没有说出话来。他万没想到姚院长直到今天还有去看鸭绿江大桥的愿望,自己却早已把这件事忘了。姚院长顿了一下后继续说道:"张安东啊,不知为什么见了你,老师就想到了安东市,准确讲应该是丹东市。

其实我知道你工作忙，但心里一定还想着这件事，是这样吧？"张安东羞红着脸说："老师……"姚院长摆摆手打断了他的话："没关系没关系，不用往下说了，只要你想着这事，老师就心安了。你今天找我，是有别的事吧？"张安东便说了此行之目的。姚院长点着头说："走，咱们去福利院。"

他们来到福利院。姚院长让文书查找张安东来到福利院的相关资料。毕竟那是二十多年前的事了，竟然没有找到他当年来到福利院的任何资料。姚院长拍着额头在屋里来来回回地走着，突然想起自己退休那天，有位女同志曾经来找过小东子。因为自己已是退休的人了，就没有过问之后的结果……

她又让文书找来了"来访登记簿"，伏在桌子上认真地看起来，手指划过每一位来访者的姓名，眼光缜密而细致。她终于找到了那名女同志的姓名和工作单位：潘跃进，市政府办公厅工作人员。大喜过望的姚院长拿给张安东看，他看到"潘跃进"三个字时眼睛都直了。他想起了卧龙村，想起了那个破败的农家院，还想起了那个他整天领着满村去玩的小跃跃……他紧紧握住姚院长的手说："老师，我要再忘了开车拉你去看鸭绿江大桥，就撒泡尿把自己浸死得了！"

告别姚院长后，张安东来到了市政府办公厅，有人领着他走进接待处的处长办公室。那人向他介绍了潘跃进是"潘处长"时，他简直无法把她与当年那个满嘴豁牙的小跃跃做任何比照了。待那人退去后，他指着自己的鼻子说："跃跃，我是小东子！还记得我小时候领着你满村子玩的时候吗？"潘跃进猛地站起来，半信半疑地看着他。她对自己被小东子领着玩的那段经历只有模模糊糊的记忆了，因为那时她才三岁多。然而记忆犹新的却是，父亲待她长大成人后，总跟她后悔不迭地谈起小东子被他送到福利院的往事……

她又惊又喜地大声问："小东子，我去福利院找过你。你这是从哪儿蹦出来的？"张安东便将自己从福利院去汽车技校学习，之后被分配到拖拉机厂当上司机的经历说过。潘跃进又问："你还能想起来右手只有三个手指头的潘叔吗？"张安东点着头说："想起来了，是潘叔把我送到福利院的。跃跃，潘叔还讲打死三个美国鬼子的故事不啦？"潘跃进抹着眼泪说："小东子呀，自你被送到福利院后，你潘叔再也不讲那个故事了。他觉得对不起你呀……"

潘跃进拉着张安东坐到沙发上，二人像久别重逢的亲兄妹一般无拘无束地聊了起来。潘跃进问："小东子，你后来找到你干妈和表弟没有？"张安东摇摇头说："我怎么可能找到他们。只有找到你和潘叔了，我才能找到他们哪。"潘跃进又问："你干妈是不是姓田？"张安东说："那时我只叫她干妈，至于是不是姓田，我记不清了。""那你表弟呢，他叫什么名字？"张安东拍着脑门儿想了一会儿，却摇了摇头。潘跃进说："我有种感觉，那个领你来铁园的干妈应该姓田，与你同来的表弟，应该是刘天刚啊。"

显然，这勾起了张安东儿时的回忆。在他的印象中，干妈身边有四个孩子，除了他之外还有一个男孩儿和两个女孩儿。男孩儿比他小两个月，就是他的弟弟了。两个女孩儿一个比他大一岁，他管她叫姐，另一个比他小一岁，他管她叫妹。兄弟姐妹四人四个姓，他姓张，弟弟姓刘，姐姐姓赵，妹妹姓付。很小的时候，他们管干妈都叫妈。几个孩子长大懂事后就问："妈，我们四个人为什么四个姓啊？"妈说："因为你们几个人来自四面八方，你们都有各自的亲爹亲妈，你们之间就算表兄弟表姐妹的关系吧。其实你们还有个表哥，妈已经领他去南京找到他的亲爹了。等你们再长大些，妈就领着你们，找你们失散的爹妈去。"她说完就指着身后墙上一面红艳艳的锦旗继续说："这面锦旗，就是你们表哥父亲的部队送给妈的。妈相信，等我领着你们都找到亲爹亲妈后，妈家里的墙上就挂满了红锦旗。"他们四个人都不知道那面锦旗上写着什么，但他们明白，那面锦旗就是至高无上的荣誉，比鲜花还美，比红旗还红。妈最后说："从今往后，你们愿意还管我叫妈就继续叫，愿意叫姨就叫姨。这样吧，为了和你们的亲妈有个区别，你们以后都管我叫干妈吧。"这之后，大家都管她叫干妈了。

干妈对他们四个人不偏不向，一视同仁。大家都在一个锅里吃饭，都穿同样的衣服，同样的颜色，同样的款式，甚至也不分什么男女了。那衣服都是干妈一剪子一剪子裁剪下的，一针一线缝就的。每月固定的时间，干妈就让他们换洗衣服，脱下的脏衣服干妈统一给他们洗，给他们晾晒。最终她才发现，大小相同的四套衣服，却分不清哪套是谁的了，就给每人衣服的领子上缝下了各自的姓名。但是四个孩子都不识字，平时干妈也不叫他们的大名，只叫小名，他们对自己的姓名完全是陌生的。分衣服时，干妈就看着衣领上不同的姓名，喊着他们各自的小名，分发到每一个人手里了……

张安东这时想，照此推理，田妈或许就是他的干妈，刘天刚也或许是他当年的表弟。因为他的表弟也姓刘，干妈那时总叫他刚蛋，没有叫过他的大名，就如干妈从来就叫他小东子一样，最后知道他叫张安东时，还是凭着姚老师认出格子衫上的那三个字，他才知道自己叫"张安东"了。

昔日的刚蛋就是今天的刘天刚吗？对于那时的刚蛋，他只有模模糊糊的印象，又瘦又小，见了生人就哭。而如今的刘天刚身高体大，无所畏惧，在他身上看不出刚蛋一丝一毫的影子了。

这时，潘跃进问道："刘天刚过去是拖拉机厂的司机，后来自己创业了，你们认识吧?"张安东点点头。"小东子,"潘跃进说,"你该去看看天刚接来的田妈。只要她是你的干妈,刘天刚自然也就是你的表弟了。"张安东说:"跃跃,我就是要找到我的干妈呀。只有找到了她,我才能找到我的亲妈和亲爸。可那已是三十年前的事了,我与田妈即便见了面,谁又能认出谁呢?"潘跃进沉吟片刻问:"你手上,有没有你干妈留下的什么物件?"张安东说出了那件领子上缝有"张安东"三个字的格子衫。当年他拿给姚院长看过后,细心的她就将那件格子衫留了下来。直到他离开福利院时,姚院长完璧归赵地还给了他。

"太好了。"潘跃进站起来说,"小东子,你把那件格子衫保存好。过几天,你拿着它,我约上刘天刚和田妈,大家见个面。刘天刚是不是你的表弟,田妈是不是你的干妈,也就一清二楚了。"

第二十八章

　　与潘跃进婚后的第三年，师院给章诗逸调了房，由两室一厅变成三室一厅了。两口子搬进新居一切就绪后，潘跃进便将父母接到了家中。当天晚上，她就告诉父母，她找到小东子了。潘立亭"腾"地跳了起来，挥着三个指头的右手说："你快把他领来哟！"潘跃进微笑着说："爸，等人家把话说完嘛。小东子的干妈和表弟有可能也在铁园。我准备在家摆一桌酒席，把他们都请来聚一聚。"潘立亭不耐烦地说："跃跃，你明天就办这事！不然我就回乡下老家了。"

　　第二天一早，潘跃进来到拖拉机厂，看见张安东在院里刷车，便告诉他晚上去她家吃饭，并特别嘱咐："别忘了带上那件有你名字的格子衬衫。"张安东问道："田妈，还有刘天刚也去？"潘跃进点点头说："何止田妈和刘天刚，我爸妈也在我家。假如田妈是你干妈，刘天刚是你表弟，咱们就皆大欢喜。假如不是也不要紧，总算让我爸妈见着你了，也让老爷子去了块心病。"张安东兴奋地说："太好了，其实我最想见到的就是潘叔！"

　　潘跃进告别张安东后，转身去找毛小毛，正好在一条小路上碰见了她。两个当年成教班的班长自毕业后再没见过面，见面后自是亲热无比，站在那里叽叽喳喳地唠个没完。唠过一阵后，潘跃进便将请田妈、刘天刚和张安东去家里坐一坐的想法粗略地说了一遍。毛小毛叹了一口气说："太不凑巧了，天刚随市里的一个考察团，去南方学习民营企业的经验了……但是不要紧，他不在就不管他了，我领田妈去就是了。"

　　毛小毛下班后就急急忙忙回到家，田妈也刚刚接了小兵走进家门。毛小毛便说领她去串个门，田妈自是乐得，到城里这些年闷在家里没个去处，都快憋疯了。毛小毛将小兵寄放到邻居家后，就挽着田妈坐了公交车来到铁园师院的家属院。

她们敲过门走进屋来，章诗逸和潘跃进，以及潘跃进的父亲潘立亭和母亲都迎在客厅。毛小毛在潘跃进和章诗逸的婚礼上见过两位老人。她与四个人打过招呼后，便向他们介绍了身边的田妈。潘跃进同时也向田妈介绍了屋里的三个人，自己的父母及章诗逸。相互认识后，田妈已显现喜欢热闹也不认生的性情，看着餐桌上的美味佳肴问："我就是个乡下人，摆下这么大个阵势干啥？"潘跃进说："田妈，也没请您去饭店，只在家里吃个便饭，为您解个闷。"

这时又有人敲门，走进来的是张安东。随在他身边的是一位老妇人。张安东显然为这个聚会做了精心的准备，深色西装勾勒出他挺拔的身姿，头发打了发蜡。他挽着身边那位老妇人的手向大家介绍道："这位是我在福利院时的姚院长，是她老人家帮我找到了小跃跃呀。"惊喜不已的潘跃进走到姚院长面前鞠了一躬，然后握住她的手说："姚院长，我代表我的父母及我爱人章诗逸谢谢您了。没有您，我们也许永远也找不到小东子了。"其他人也逐一走来与姚院长握手，以示敬意。姚院长微笑着说："这是我该做的，不足挂齿呀。"

握手之际，潘跃进又向父母、章诗逸及田妈特意介绍了张安东。刚刚与姚院长握过手的潘立亭，转身看着张安东一声长啸："小东子，我是你潘叔哟……"张安东通过对方举起的三个手指头的右手也认出了潘立亭，二人相拥而泣，犹如一对久别重逢的父子。潘跃进终于劝住二人，一手拉着田妈，一手拉着张安东来到餐桌前，大家也都围桌而坐了。

潘跃进给每个人斟满酒后，左手的两个指尖托住杯底，右手的大拇指、食指和中指轻抚着杯体，小指翘在半空，满杯的酒正好举在颏下，映照出她笑容可掬的面容。她用极富感染力的目光环视过大家后说："本来，这个聚会刘天刚是最该来的，可是他出门了。好在他的夫人毛小毛来了，她是拖拉机厂的工办副主任。这第一杯酒我敬大家，不管在座的以前认识还是不认识，坐在一起举起酒杯就是朋友了。各位能喝多少喝多少，喝好为止。"

潘跃进抿下一口酒后，看着已将一杯酒一饮而尽的父亲说："爸，张安东的故事你给大家讲讲吧。"潘立亭叹了一口气，便将三十年前，张安东走失后来到他家的那段往事道来。

田妈的脸一会儿红了，一会儿又变白了。像是那故事的真实可信感染了她，又像是那故事只是个天方夜谭，与她毫无关系。看得出，她此时的心情极为复杂，眼睛已溢出了泪水。将一切都看在眼里的潘跃进，适时地递过一方纸巾说："田妈，您哭了。"田妈揉着眼睛说："我也不知道眼前的小东子……是不是我带过的张安东……那可是三十年前的事了。"

这时，张安东从随身携带的一个纸袋里，拿出了那件缝有他名字的格子衫递向田妈，并且特意翻开了领口，便清晰地显现出了"张安东"三个字。浑身颤抖的田妈一把抢过格子衫说："张安东那三个字是我缝上去的……小东子，我是你干妈哟。"

张安东起身走去坐在田妈身边问："干妈，那年是你领我和刘天刚一块儿来到铁园的吗？"田妈愣了一下，点着头说："噢，是嘞……后来你走失了。我就领着刚蛋满铁园找，找了三天三夜呀……干妈对不住你了。"这时，潘立亭和姚院长也走过来坐在了他们的旁边。潘立亭刚要说话，田妈却握住他的手说："老潘，你什么也别说了。如果不是你收下了小东子，他就有可能冻死饿死在铁园的街头。我代表小东子谢谢你了。"潘立亭摇摇头说："可是最后……我还是把他送到福利院去了。要说谢，应该谢谢姚院长哟。"

张安东站起身来满怀深情地说："田妈、潘叔，还有姚院长，你们都是我的恩人。如果田妈不领我来到铁园，我仍然是那片黑土地上的一棵小草；如果潘叔不送我去福利院，我今天不过是长在卧龙村的一棵小树；如果姚院长不送我去技校学会了开车，我根本不可能自食其力。我谢谢你们了。"说完，他后退一步，向他们深深地鞠了一躬。

毛小毛这时才明白了这个饭局的主旨。她万未想到，张安东和刘天刚竟然是田妈窠巢下的一对表兄弟。刘天刚二十多岁才从部队退伍后来到铁园走上了找父母的路，而张安东七八岁时就颠沛流离地从黑龙江来到铁园找父母了，比刘天刚来铁园早了十多年哪。想到这里，她已是唏嘘不已了。

章诗逸也为张安东与刘天刚极其相似的命运慨叹不已，腹中早已酿成一首《如梦令》。他站起来举着酒杯说："我敬各位一杯酒，之后，以一首词献给张安东。"大家举杯共饮后，章诗逸朗声念道：

　　铁园寻父寻母，
　　迷失卧龙深处。
　　路尽望天涯，
　　飘来青云白雾。
　　上路，上路，
　　驾我飞到日暮。

酒尽人散。章诗逸却夜不能寐，伏案疾书中将刚才的见闻和感受尽洒纸上。突觉潘跃进穿着薄若蝉翼的短衣短裤坐在桌子的一角，昏黄的台灯下一双闪亮的眼睛看着自己。他摆了摆手说:"快去睡吧。"潘跃进抿嘴一笑:"你知道男人什么时候最迷人?就是他专心写作的时候。你知道女人什么时候最容易神魂颠倒?就是读了那男人妙笔生花的文章。"章诗逸头也不抬地说:"我没有妙笔,也写不出花来。听话,别在这儿耗着了。"不一会儿,章诗逸就将那篇文章写完了,《如梦令》缀在文后。他从前往后通读了一遍,又润色一番,竟然是一篇大号的通讯报道!再看潘跃进,她已趴在桌子上睡着了。他轻轻抱起她上了床……

第二天上午,章诗逸处理完手头的工作后便去了报社,将那篇文稿交给了郝援朝。郝援朝细细读过后夸道:"真是一篇笔酣墨饱、感人至深的好文章啊。文中的主人公该是刘天刚吧,你是不是隐去了他的真名?"章诗逸摇摇头说:"张安东可不是刘天刚,他也在拖拉机厂上班,是厂长的小车司机。"停停又说:"此文我没给它拟名,你帮我拟一个。"郝援朝瞄着他问:"你能生下孩子却起不下名,让我关公面前耍大刀?"章诗逸说:"我这人只会写文章,就是起不好名,连儿子的名都没起好。最后被大家叫成小迷糊了,只好求你帮个忙。"郝援朝瞪了他一眼:"你把报社当作起名占卜的地方了。好吧,兄弟我给你起一个。"他想了片刻后说,"就用'第七条路'吧,这是袁雪梅总结出来的。"章诗逸点点头:"好!再加个副标题。"

郝援朝拍着脑袋在屋里踱了一圈后说:"算起来,张安东到铁园找父母已有三十多年了,黑龙江离咱铁园也有两千多里路。就取'三十余载寻父母,两千里路云和雾'为副标题如何?"章诗逸击节赞叹:"这副标题让我想起了岳飞的名句'三十功名尘与土,八千里路云和月'。就是它了。此文有你一半的功劳,把你的名也挂上。"郝援朝摇头一笑:"我可不占你的便宜,还用你章诗逸自己的大名吧。""不!"章诗逸说,"我原本也只打算用个笔名。这回有了,取我一个'诗'字,再取你一个'朝'字,就'诗朝'了。"郝援朝大笑着说:"没想到我成'混儿'了。刘天刚的天朝公司用了我一个'朝'字,你的笔名'诗朝'又用了我一个'朝'字,我是不是有点儿……潮?"

第三天,在《第七条路》的大标题下,副标题为《三十余载寻父母,两千里路云和雾》的长篇通讯在《铁园日报》刊出,作者笔名"诗朝"。

文中的主人公是拖拉机厂人所共知的张安东。于是,全厂上上下下争相阅读。一个科室一个车间只一份报纸,显然满足不了人们热读的需求。就连马厂长桌上的报纸也不翼而飞了,气得他大骂:"平时报纸都进厕所擦屁股了,今天的报纸登谁啦?"闻声而至的毛小毛轻声说:"马厂长,今天的报纸登张安东了。"马厂长大感不解地问:"这小子还能上报纸?是娶媳妇了还是炸鱼啦?"毛小毛说:"都不是。要不我给您简单汇报一下……"马厂长一拍桌子说:"你赶紧找一份报纸来，我自己看。"

毛小毛到机关各科室及各车间划拉一圈，连毛都没找着，就赶紧去邮局自费买了十份报纸。她刚刚走进厂大门，就被一群人围住抢了起来。她好不容易保住一份报纸，来到马厂长的办公室送给了他。马厂长看完后嘘出一口气说："看来张安东真是个《第七条路》上的人哪。毛主任，你把这份报纸赶紧张贴到宣传橱窗去，让全厂人都看看。你手里还有没有报纸啦？"毛小毛摇了摇头。马厂长说："你想办法再弄一份，回家也让天刚看看。"

瘦狗晚上打更时，打着手电筒看完了橱窗里的那张报纸。第二天，他找到张安东问："'诗朝'是谁？"张安东说："不知道。"瘦狗又问："那没有人采访过你？"张安东的头摇得拨浪鼓一般："真没人采访过我，其实这份报纸到现在我还没看着呢。"瘦狗叹道："这个'诗朝'可不是一般人物。那首《如梦令》我都背下来了——铁园寻父寻母，迷失卧龙深处。路尽望天涯，飘来青云白雾。上路，上路，驾我飞到日暮。"张安东顿然明白了，这是潘跃进爱人章诗逸写的，因为他在酒桌上念过。便说："这首词是章诗逸写的，他是铁园师院中文系主任。"瘦狗点了点头："怪不得呢，不是中文系主任也整不出这等诗词来。"过了一会儿，张安东问："这首词乱七八糟的，又是云又是雾，到底是啥意思？"瘦狗说："这你都不懂？老天被你感动了，派来云雾当你的坐骑帮你找爹妈。兄弟，这篇文章不仅打了黄部长的脸，你在老马心中的位置也不是从前了。你，与刘天刚完全可以并驾齐驱了……"

这句话传到马厂长的耳朵里时，他淡淡一笑。确实，当他从黄部长那里得知刘天刚也在找抗美援朝失散的父母后，就对张安东生了疑心。然而今天张安东的大名见报了，他坚信张安东确实在找战争中失散的父母。但是，这并不意味着张安东就可以与刘天刚并驾齐驱了。刘天刚的价值并不在此，而在于他离开拖拉机厂后已成为不一样的刘天刚了。某种意义上讲，他心里的天平还是偏重于刘天刚。尽管刘天刚早已不是拖拉机厂的人了，但是他的影响远比他在拖拉机厂时还要大。

近一年来，拖拉机厂的经营状况遇到了前所未有的困境。它像一艘巨轮，在浩渺辽阔的大海中渐渐下沉，过去劈风斩浪勇往直前的势头渐次消失，马厂长急得手足无措。拖拉机厂的入不敷出和持续亏损，已让他难以支付两千多人的工资了。

垂头丧气的马厂长来到主管领导机械局局长的办公室，一声哀号："拖拉机厂要完蛋了！"局长镇定地说："拖拉机厂没完蛋，是你的脑袋完蛋了。现在已是市场经济了,你的脑袋还停留在计划经济的时代。以后别再找我了,我把拖拉机厂承包给你了。"

马厂长承包了拖拉机厂后,如打了兴奋剂一般焕发了重整旗鼓的斗志。合同的条款重新定义了厂长的权利,在利益分配和人员使用上有了自主权。第二年,拖拉机厂扭亏为盈。大家除了拿到全额工资外,还拿到了奖金。

年终总结大会上,马厂长公布了数额不等的奖金分配方案。有人披红挂绿成为劳动模范,昂首挺胸地站在了台上;也有人灰头土脸地下岗,退出了拖拉机厂的历史舞台。马厂长对不能胜任工作的下岗职工,既未看轻也不贬斥,而是在大会上说道:"拖拉机厂是一条船,人太多超载了可能就会翻船。为了大家别死在一条船上,早点儿下船另谋生计才是最好的出路。比如说,早些年离开拖拉机厂的刘天刚,那才是早知三年事,幸福一万年的主儿。他现在已经拥有两家公司,手里拿着大哥大,屁股坐上了小汽车,全家人住上大房子喽!"

这就是刘天刚的价值所在,也是张安东无法与刘天刚在马厂长心目的天平上占有同等分量的根本原因。刘天刚已经成为所有面临下岗职工的楷模了。而张安东,仍然是个普普通通的小车司机而已。

刘天刚成功的事迹,自此之后在拖拉机厂经久不息地传颂着。他租下的拖拉机厂废弃不用的库房,大门的左右两侧各挂上了一个大牌子——"铁园市天朝木器加工有限公司"和"铁园市天朝建筑装修工程有限公司"。两个大牌子的高度和宽度,与"铁园市拖拉机厂"的大牌子等同。两个公司的法定代表人都是刘天刚,雏形是他原来的那个"天朝木器社"。田妈来到铁园不长的时间,刘天刚就一掷千金地在市内最繁华的地段,买下了一百六十平方米三室两厅两卫的大房子。一番精心装修,又购置了高档的家具后,一家四口人便搬进了新居。

那次大会之后不长的时间,也是毛小毛上任厂办副主任刚满三年之日。辛主任也在这一天提任为副厂级调研员,这对年岁已大的他,绝对是一种精神和职务上的抚慰。在众多可以接任办公室主任的优秀科级干部中,马厂长却一言九鼎地将毛小毛扶正为厂办主任。刘天刚深知,这是马厂长把他当作全厂下岗职工的典范而送给他的大礼。他拉着毛小毛去厂子的大门口,拿出那个海鸥牌照相机要照一个合影,却被毛小毛拒绝了:"我都忙死了,不照!"

马厂长承包拖拉机厂之后,经济效益确实有所改观。可是近一年来,不错的经济效益,却不断地转化到马厂长办公室的装修和购置豪华小轿车中去了。他原来的那辆伏尔加轿车彻底淘汰,一辆奔驰600成为他的专车,据说花了一百多万元。马厂长坐着那车,不断出入豪华酒店、歌厅、舞厅以及洗浴中心,一掷千金,挥霍无度。工人的奖金却不断减少,下岗人员却不断增加。

有人说，老马变了。原来不谈女色的他声色犬马了，原来朴实敦厚的他油滑世故了，原来只愿听别人叫自己厂长的他，现在愿听别人叫自己老板了。

有人叹道：道不同不相为谋。这样的马厂长，刘天刚绝不会与他相处下去了。也有人说："刘天刚真正想离开的是张安东，因为张安东上报纸了他却没有，他没脸见人了。"与此同时，刘天刚又将他租下的那个库房补齐了往年的租金后，完璧归赵地还给了马厂长。有人赞道："够爷们儿！"还有人说："刘天刚翅膀硬了，这回是真的要彻底离开马厂长和拖拉机厂了！"

刘天刚彻底离开马厂长和拖拉机厂的重要标志，是他花重金买下了卧龙村的一片土地，大约十几亩。当站在这片土地上的时候，他已是雄心如风、壮志如虹了。之后，这里开进了大汽车，车上卸下水泥钢筋、砖头瓦块，工人在这里盖起了房子。第二年，这片土地的四周砌起了围墙，形成了一个独立的厂区。钢制的大门气派非凡，正对大门的是办公区，盖起了一栋两层的办公楼；右侧是生产区，一个大厂房和三个库房；左侧是生活区，一栋平房中有食堂、浴池和工人休息室等。

初夏的一天，微风和煦，满目青绿，刘天刚的两个公司搬进了新基地。大厂房摆满了排列有序的木器加工设备，一间库房堆满了木材原料，另一间库房整齐地摆放着成品，还有一间装的是土建所用的各种设备和工器具。公司各部门搬进了办公楼，刘天刚的办公室在二楼，门楣上一个金属标牌，上面写着"总经理办公室"。屋里摆上了考究的沙发茶几，以及一个硕大的黄梨木写字台。

在搬家的人群中，刘天刚忽然看见一个身影，却是"高闯"。他走过去从背后拍了一下他的肩膀。"高闯"回过头来憨厚地笑了："老板，我来帮你搬家了。"刘天刚热情地拉着他走进自己的办公室后问道："高闯，叔多会儿能吃上你的喜糖？""高闯"支支吾吾地红了脸。

"高闯"被拖拉机厂录用为正式职工的第二天，毛小毛特意去变速箱车间看他。在一个无人的角落，她轻轻抱了他一下说："你走了以后，姨难受了好几天。这下好了，我们又可以天天见面了。"后来，毛小毛听说"高闯""闯"进了魏思凡的心里，再见面时就与他开起了玩笑："姨多会儿能吃上你的喜糖啊？""高闯"低头笑着语焉不详。这一切，毛小毛都告诉了刘天刚。刘天刚此时的问话，只是重复了毛小毛的那句话，但却变动了一个字，由"姨"改成"叔"了。看着"高闯"一脸的尴尬，刘天刚顿了一下又说："如果你还生叔的气，叔就不再问了。""高闯"连忙说："叔哇，我和思凡的婚期还没有定。我一直住在她父母家……总不能把那儿当作我和思凡的新房啊。"刘天刚拍着他的肩膀豪壮地说："没事，叔给你准备新房，过两天就送给你！"

时隔不久，毛小毛领着"高闯"来到了她和刘天刚原来的住宅。室内已装饰一新，墙壁雪白，地面镶嵌了木制地板。刘天刚已候在屋里，将一把钥匙郑重地交给"高闯"说："这套房子，你原来与我们一起住过，就做你和思凡的新房吧。""高闯"一下子愣在了那里，半天没有说出一句话。刘天刚继续说："我和你姨在铁园一个亲人也没有，房子空着也是空着，你就收下吧。""高闯"扑进他的怀里哭了："是我不懂事，顶撞了叔。叔还这样待我……叔哇，还有姨，如果你们不嫌弃我……我明天就回天朝。"刘天刚拍着他的肩膀说："欢迎你的回归，我们又是一家人了。"就这样，"高闯"离开了自己曾经引以为豪的拖拉机厂，重新回到天朝公司了。

"高闯"与魏思凡的婚礼，是刘天刚一手操办的，他还是主持人，也是他们二人的证婚人。席间，马厂长特意与刘天刚单独干了一杯酒，客客气气地说："刘老板，祝贺你有自己的新基地了。"

瘦狗和张安东也来到了婚礼现场，为"高闯"和魏思凡助兴。瘦狗看着魏思凡调侃道："我本将心向明月，奈何明月照沟渠。但你仍是我和安东的偶像，原来是，今后还是，永远都是。"魏思凡抿嘴一笑："可我现在最关心的，却是何时才能喝上你和阿鸽的喜酒哇？"瘦狗干瘪的胸脯一挺："等东北杀猪大菜给她喂肥了，我再领她走上红地毯。不然我俩一个比一个瘦，像是要举办一个忆苦思甜的大会。"魏思凡叹道："等到你俩都吃胖了，恐怕要到猴年马月了。"说完后又看着张安东问："你呢，多会儿能喝上你的喜酒？"张安东却见马厂长冲他招手，便小声对魏思凡说："马厂长要回厂子了，我得去送他。"他刚走出两步，又返回来趴在瘦狗的耳边说："我马上就回来，等我。"

张安东将马厂长送到厂子返回来时，婚宴已经散席了。他看见瘦狗挂着拐棍正和一群人说话，便拉着他就走。瘦狗问："干啥去？"张安东小声说："炸鱼。"

炸鱼是张安东唯一的业余爱好。工作之余，他不进酒店不去舞厅不洗桑拿也不泡妞，而是一个人开着小车默默地来到河边，将一罐一罐的炸药扔进河里。沉进水里的炸药突然爆响之后，翻转飞腾的水柱竟也美妙绝伦，飘逸壮观。如果在晚上，配上动听的音乐和旖旎的灯光，不得不说，也是一个音乐喷泉的"完美景观"了。但张安东并不关心这些，也不关心水柱落下后的水面是否有被炸死的鱼，而是将又一罐炸药再次扔进水中。

有人说他的爱好也算独树一帜，只是以涂炭生灵作为代价有些残忍，而且违法；也有人说，他在如战火纷飞的水柱爆起中，看到了当年朝鲜战场上父母的影子；还有人说，他这么炸来炸去，早晚有一天会把马厂长像鱼一样炸死。马厂长听后大笑着说："张安东的炸药非但不会炸死我，还能保护我……"

刘天刚还未到拖拉机厂的那个冬天，张安东开车拉着马厂长去省城办事。车子行驶到一个萧疏之处，但见一个男人浑身抽搐，痛苦不堪地躺在路的中央，挡住了行车的路线。张安东只好停下车，去看看那人究竟是怎么回事。不承想，路边的树丛中突然蹿出两个彪形大汉冲进车里。一人用短刀逼在马厂长的胸前，另一人扭住了马厂长的臂膀。躺在地上的那人此时飞身而起，将一把雪亮的匕首顶在张安东的腰眼处，逼他回到车里。用短刀逼住马厂长的那人长得斜眼吊梢，他恶狠狠地对马厂长说："我知道你是铁园拖拉机厂的厂长。知趣的话，赶紧给我们哥儿几个弄点儿钱。否则，我一刀子剜出你的心！"马厂长如筛糠一般，战战兢兢地说："车里……没带钱……要不你们跟我……回市里去取？"斜眼吊梢怪笑着说："开玩笑了吧，你是想把我们拉到公安局去？"说着，就用刀尖将马厂长的上衣挑开一个洞。

一边的张安东这时镇定地说："马厂长，你忘了车里正好有钱，就放在后备箱。"斜眼吊梢冲逼住张安东的那人摆了一下头，那人就扭住张安东来到车后打开了后备箱。张安东捧出一个方方正正的牛皮纸包，同那人重新回到车里时，嘭的一声将车门关死后吼道："你们几个狗日的听好，我只要扯断纸包上的雷管，这包炸药就送我们一起上西天。如果你们想活命，赶紧像狗一样从车里爬出去！"斜眼吊梢已慌作一团，摆着瑟瑟发抖的手说："别，别别……我们这就下车……"几个人连滚带爬地下车后，张安东一踩油门，车子像脱缰的野马般狂奔而去了……

瘦狗深知张安东炸鱼从来都是独往独来，神秘莫测。今日能约他同来，除了几分意外就是好奇。到了河边，张安东坐在沙滩上讲起了用炸药包威震歹徒的故事。瘦狗惊道："没想到你小子还有这般英雄事迹。"张安东说："这就是马厂长到头来还得用我的道理！"

这时，张安东从车子的后备箱取出那个牛皮纸包。打开后，用手指捏出几撮黑色的炸药装进一个铁皮罐头盒里，又插进一根导火索。他让瘦狗点燃了一支香烟递给自己。他用那燃红的烟头点燃了导火索，而后手一扬，就将罐头盒抛进河里了。张安东拉着瘦狗刚刚躲到一个土包后面，炸药就在水中翻江倒海般炸了。瘦狗捂住耳朵问："这玩意儿真能炸死人？"张安东拍着手中的炸药包大笑着说："它要一响，三头老牛都能崩上天！"瘦狗叹道："它可是一把双刃剑哟，能保护老马也能炸死老马！"张安东说："所以平时这炸药包就躺在车库里睡觉，只有拉着马厂长出远门时，我才把它放到车的后备箱里。"之后，从衣兜掏出一把钥匙递给瘦狗继续说:"拿着,你晚上打更时帮我看着点儿它。"

瘦狗没接,嘴一撇:"闹半天你让我来炸鱼是假,帮你看炸药包才是真。敢情那天晚上你来喝酒不是欢迎我回拖拉机厂的,是来欢迎我看炸药包的?"张安东点点头说:"有那个意思,毕竟炸药包放在厂区内有安全隐患。但是我不可能天天晚上都来看炸药包。我知道,门卫室离小车库太远了。大哥辛苦辛苦,全当屋里待久了出来走动走动透个气,再到车库看看炸药包。小弟我定当重谢。"瘦狗一笑:"怎么谢我?"张安东双手一拱说:"我每月的工资拿出十块钱给你。"瘦狗"呸"了一口说:"你把我当成讨肉吃的狗啦?你今天让我放两炮过过瘾,我就接了车库钥匙。"张安东看看手表说:"今天不行了。马厂长一会儿要去市里开会,我得开车去送他。这样,等有时间了还是这个地方,我一定让你放个够!"

瘦狗一掌劈在张安东的胸脯上说:"君子一言,驷马难追。你小子说话可得算数,钥匙给我吧。"

第二十九章

  这天，刘天刚一脚跨进办公室时，但见"高闯"和魏思凡跟在他的身后走了进来。"高闯"红着脸小声说："老板，我想领思凡回老家看看……"未及他说完，刘天刚笑了："什么叫回老家看看？这叫度蜜月，是你和思凡该享受的婚假。"

  这时，一对中年男女也走了进来，刘天刚认出，是在他与黄圆圆婚礼上仅见过一面的陆成林和郝和平。

  看着不期而至的夫妇二人，刘天刚心里一惊问道："是什么风把你二位吹来啦？"郝和平说："是你前妻黄圆圆刮起的风把我们吹来了。"刘天刚心里更是一惊："她……还能想起我？"郝和平从随身的包里取出一部德国徕卡相机、一个德国博朗剃须刀和一台德国电子血压计说："这些东西都是圆圆给她的黄爸爸和沈妈妈买的。她特意嘱咐我，让你把这些东西给他们送去。"显然，她和陆成林才从德国来到铁园。

  站在一旁的"高闯"走向前来对刘天刚说："老板，你太忙了，我正好休婚假，抽空代你送去吧。"刘天刚一把将他推开说："傻小子，你哪有这个资格？"继而又拍着脑门说："我忘了给你们四个人做个介绍了。"他指着"高闯"和魏思凡说："这小伙是我的员工，叫高闯。他身边的那位是他的新婚媳妇魏思凡。"之后，又将郝和平夫妇向"高闯"夫妇也做了介绍："这位阿姨叫郝和平，父亲是H军曾经的郝军长，身边的那位叔叔是她的爱人陆成林。""高闯"的眼睛忽地睁大了，怔愣地看着郝和平问："姨……郝军长是不是叫……郝忠玉？"郝和平大惊失色："你怎么知道郝军长叫郝忠玉的？"刘天刚瞪起了眼睛："说呀傻小子，你怎么知道郝军长叫郝忠玉的？""高闯"摇着头没有作答，突然一转身，拉着魏思凡的手匆匆离去了。

郝和平大惑不解地说："这个高闯怎么没回答我的问题就走啦？天刚，你快去把他喊回来我问个究竟。"刘天刚摇摇头不以为然地说："他走就走了吧，只能说明郝军长在铁园的名气太大了。""不对，"郝和平说，"这个高闯是山东人，口音特像我爸，他也许跟我爸有……什么关系？"刘天刚笑道："郝军长姓郝，高闯姓高！"他接过郝和平手中的三件德国货继续说："我明天一早就去省城，亲自将这三样东西送到二老的手中。我还会隔三岔五地去看他们。"

一直看着他们说话的陆成林，这时已显现对刘天刚的另一番兴趣，指着窗外问："天刚，你这天朝公司够气派的，不给领导开小车啦？"刘天刚大笑着说："那是老皇历了，我早就自己干了。"陆成林竖起大拇指称赞道："有魄力。父母现在找得有何进展？"刘天刚一叹气："没有进展。"陆成林说："是呀，这本身就是一条难有进展的路。但我也想走上这条路了。"

"你脑袋让驴踢啦？"刘天刚问，"你明白这是第几条路？第七条路，走在上面的人不是缺爹就是少娘。你有爹有娘，为啥非要往这条路挤？"陆成林笑了笑说："没错，我有爹有娘，确实没必要走这条路了。但你也知道，我爹是从部队开小差回到家乡的。我不能眼看着他在自责和落寞中一天天老去，我早晚有一天要脱下军装回到他的身边，陪他种地。天刚你说，我走的这条路是第几条路？"刘天刚哼了一声说："回头路！"陆成林点点头说："对，是回头路。难道第七条路不是回头路吗？……"郝和平摆着手打断了他们的对话："别往下说了。再说下去就回到旧社会了。"陆成林用力握住刘天刚的手说："后会有期。我跟和平还要去H军农场看看。"说完，就拉着郝和平走了。

卧龙村西边靠山坡的一块地就是H军的农场，当年这块土地批给H军是用来做靶场用的。后来部队考虑春秋两季，村民常常三三两两结帮成伙地上山挖野菜采榛子，存有严重的安全隐患，便改为农场了。

军机关承担了农场的种地任务。那时还是副军长的郝忠玉自告奋勇地领导了这项工作。他将司令部、政治部、后勤部各部门和军直属单位，排出顺序分好组。保证每个周末那天，部门或单位的领导，不管你是团干还是师干，一律率部下到农场劳动。

司令部和通信营的劳动时间分在了同一组。这样，身在司令部的陆成林和身在通信营的郝和平便有了接触和认识的机会。稔熟农活的陆成林自是在劳动中大显身手，下地干活时一声不吭，顺着垄沟铲地已到了地那头，而地这头的很多人才铲了一半。于是陆成林返回来默默地帮助那些落在后面的男兵。男兵象是受到了莫大的污辱，一起喊着让他去帮女兵。陆成林找到最后边的一名女兵，就闷起头飞扬着锄头帮她铲起来。

那名女兵就是郝和平。郝和平也想上手跟他一起干，却无法跟上他的速度和节奏，只剩下跟在后边看的份儿了。到了地那头后，陆成林便不作一声地走掉了，连郝和平想说声"谢谢"的机会都不给。一次一次之后，她心里就泛起了一种自己都说不清的情愫。

有一段时间，陆成林没来参加劳动。郝和平就像丢了魂似的四处打听，后来听说他回老家探亲去了。半月后的周末在农场劳动时才再见到他时，她的脸就红得无法控制了，一整天的劳动中，二人一句话也没说。

第二天是周日，她在寂寞难耐中去了司令部，心想在那里也许能碰见陆成林。不管能不能说上话，哪怕能见到他也就知足了。此行她未能如愿，却碰见了陆成林的同事。那人也是精得很，一搭话便猜出她来此的目的了。那人说，陆参谋去农场了，他要利用礼拜天休息的时间，将探家没有劳动的损失补回来。郝和平很快结束了他们的谈话，坐着公交车来到了农场。

烈日下，陆成林穿着背心舞着锄头正在铲地。郝和平抄起一把锄头跟在他后边也铲了起来。陆成林听到响声回头一看是郝和平，惊诧不已地问："你怎么来啦？"郝和平的脸上泛起红晕，反问："你能来，我为什么不能来？"陆成林说："好几次劳动没参加上，我把它补回来。"郝和平的脸更加红了："好几次劳动没见着你，我也想……把它补回来。"

那天傍晚收工后，二人坐在农场边上的一棵小树下，直到火红的太阳落下，灰黄的月亮升起。后来数个周日，他们都相约在农场。人们远远地看到两个军人在铲地干活，小树下那段美妙动人的时光就没人看得到了。于是，一件利用休息日去农场干活的好人好事，沸沸扬扬地在军部大院中广泛传颂开来。

郝副军长听说此事后，就抽出一个周日坐着小车去了农场，想亲眼看一看是谁在做好事。陆成林和郝和平正在弯腰铲地。郝和平看见父亲来了，小嘴一噘怨道："爸，你来干什么呀？"郝副军长沉下脸说："你说我来干什么？我不过是想看看……这里出现的好人——还有好事。"这话里有话的回答，让郝和平和陆成林都红着脸低了头。郝副军长笑着继续说："这件好人好事我就不在机关大会上表扬了，你们俩就做个无名英雄吧。我希望你们这对好人把好事做到底。大道至简，实干为要。劳动创造了一切！"说完之后，他挥挥手走了。

望着远去的小车，郝和平扑进陆成林的怀里娇昵地说："我怎么有一种当上俘虏的感觉啦？"

这是一个迟来的春天，冬雨和阴霾笼罩着德国波恩的天空。直到五月份，赫尔斯特拉伯大街上的樱花才开始绽放，马路上已是游人如织。人群中，一对中国的中年男女已完全被这花红如霞的街道所震撼所倾倒。他们被逶迤前行的人群裹挟着观花，男人已是情绪激昂，侃侃而谈了："其实樱花的产地就在我们中国的喜马拉雅山区，后来传往日本，成为日本的国花。绝没想到这花在德国也开得如此茂盛和漂亮，竟然红了波恩，也红了德国。其实这花的根在我们中国呀！"他飞扬的神采和浑厚的声音感染着周围的行人。但是他们谁也听不懂中国话，不知他在说什么。

这一男一女就是陆成林和郝和平。他们昨晚就来到了波恩，住进了云帆大酒店。第二天早饭后，见到酒店的住客纷纷涌上街去，随之前往，便目睹和领略了全世界赫赫有名的赫尔斯特拉伯樱花大街的风采。当然，他们此行之目的是看黄圆圆的……

郝和平与黄圆圆是闺密好友。同在部队大院长大，一位是军长的千金，一位是后勤部长的闺秀。相同的部队情结和家庭背景，使得二人同一年穿上了军装，同在H军服役。当兵后，二人分在两个单位。黄圆圆在本军医院提干后成为一名护士。郝和平在本军通信营提干后成为一名技师，之后与陆成林一同考入军江外语学院。二人从军江外语学院毕业去家乡完婚后回到铁园，刚一走进军部大院，就被黄圆圆拉去参加了她与刘天刚的婚礼。万未想到，黄圆圆与刘天刚的姻缘，像一颗气球刚刚升空就破灭了。黄圆圆去了德国，二人之间也就再没联系了。

时隔不久，郝和平接到了黄圆圆从德国打来的电话，邀请她去德国。郝和平毫不客气地问："圆圆，你拿婚姻当跑路玩啦？"黄圆圆笑道："这里面有故事，你到德国来，我给你讲。"郝和平负气地说："我不去。我早就料到你和刘天刚的婚姻长不了。"黄圆圆说："你不来，我就和你绝交。念了个破军江外语学院有什么了不起的，我都请不动你啦……"

军江外语学院是部队的一所外语学院。"文革"时期，它同所有的大专院校一样，生源均来自基层组织的推荐。陆成林和郝和平赶上了工农兵学员招生的最后一班车。H军共推荐八人参加考试，只他二人考上了。根据未来战争的需要，他们入校后都被分配到小语种专业，陆成林学习德语，郝和平学习俄语。二人的学习成绩都很优秀。毕业前，校方已经找陆成林单独谈话，留校任教。郝和平在本专业中也名列前茅，工作分配到了北京，在部队的一个涉外部门任翻译。

不同小语种的难易程度天差地别。有种说法：三小时的朝鲜语，三天的法语，三个月的日语，三年的德语，三十年的阿拉伯语。由此可见除了阿拉伯语，德语是最难学的。陆成林能够留校，足见其刻苦学习和积极向上的钻研精神。三年的寒暑假中，他没回过一次家，闷在校园里早起晚睡，对着成片的小树林放声而忘情地朗读着德语。

陆成林留校任教两年下来，已成为德语系一名翘楚不凡的讲师。他的德语发音纯正而地道，渐渐地，他对以日耳曼民族为主的这个国家产生了浓厚的兴趣，很想去德国看看。但由于德中之间没有军事上的交流和往来，他没有被公派出国考察和进修的机会，于是便有了利用夫妻分居两地的探亲假，自费去德国旅行一次的想法。电话打给了北京的郝和平。郝和平说："我陪你去，但我们去德国不是去研究它，而是去见圆圆，再不去她就要跟我绝交了。"这样，经上级批准后，陆成林来到了北京。几天后，他们乘坐国际航班飞到了波恩……

他们之前并没有告知黄圆圆，只想突如其来地给黄圆圆一个惊喜。下了飞机，一辆的士将他们送到了云帆大酒店。他们不知道这家酒店是蓝海集团公司的子公司，更不知道酒店总经理约瑟夫是黄圆圆的丈夫。二人刚刚安顿下来，一位身材妙曼的德国女郎敲过门后走了进来。她微笑地操着德语对陆成林说："陆先生，我刚才在大厅听见你与服务生说话用的是德语，十分地道，我们可以用德语交流吗？"陆成林点点头。她自我介绍道："我叫娜塔莎，是大堂经理。陆先生偕夫人入住我们云帆大酒店，不胜荣幸。您和尊夫人的夜宵已安排好了，酒店总经理约瑟夫先生希望陪你们共进晚餐。"

陆成林和郝和平换过衣服后，就随着娜塔莎来到三楼小餐厅。餐桌上摆着每人一份的西餐：一盘菲力牛排、一盘果菜沙拉、一盘面包片、一盘坚果和一杯红酒。在约瑟夫的提议下，四人举起酒杯。约瑟夫操着中国话说："自本人上任酒店总经理以来，你二位是首次入住本酒店的中国人。我喜欢中国，也有中国情结，愿我们今后成为朋友。"顿然间，陆成林和郝和平就觉得与能讲一口流利中国话的约瑟夫在心理上的距离拉近了。大家将酒喝下后就各自用餐。约瑟夫显然已吃过晚饭，将面前的盘子轻轻推了一下。娜塔莎深为体恤地为他倒下一杯温水，捏着夹子往杯子里放入两片柠檬。她的眉宇间洋溢着娇若春花、媚如秋月的迷离之色。

约瑟夫喝着柠檬水问道："陆先生，你和夫人这次来德国有何打算？"陆成林说："我们没有什么具体的打算，只想随便走走，看看德国的花草。""你喜欢花？"约瑟夫问。陆成林点了点头。约瑟夫指着郝和平开起玩笑："夫人，你可要当心了，喜欢花草的男人都喜欢女人。中国不有那句成语嘛，拈——花——惹——草。"陆成林笑着回应道："约瑟夫先生，你正好说反了。不喜花草的男人，才喜欢去女人那里以涉艳猎奇作为补充。"

谈笑间已过去半个小时。约瑟夫适时地说道："你们坐了一天的飞机了，早点儿休息吧。"大家起身握别，一同走出餐厅。拐弯处，却见娜塔莎亲昵地挽着约瑟夫的手，犹如一对缠绵不休的情侣走进了他的办公室……

陆成林和郝和平终于从飞红滴翠的赫尔斯特拉伯樱花大街收住神时，才想起该与黄圆圆见面了。他们按照黄圆圆电话里说的地址，来到了那个豪华庄园的门前。按响门铃，一位女佣从门洞处问明他们的身份后，又关上了门洞。稍许，大门一侧的小门打开了，女佣引着二人走进院来。他们刚刚走进别墅的前厅，躲在门后的黄圆圆一把抱住郝和平大笑着说："你个土老帽终于来了。"郝和平回身抱住黄圆圆也笑了："你也不用给我讲为什么离开刘天刚的故事了，这里的一切都讲清楚了。"闹过之后，二人就叽叽喳喳地坐在沙发上聊了起来。陆成林并不觉得被冷落，独自来到屋外，看着一派花草扶疏中的阜盛景象，心里生发了无限的感慨……

及至中午，女佣来叫他，他随着她来到三楼小餐厅。杨梦洁也来了。听说女儿来了客人，便安排厨房做了饭菜，来为女儿的客人接风洗尘。她是在保姆的搀扶下走来的。自从黄圆圆与她朝朝暮暮地生活在一起后，她过去空虚的精神世界有了寄托，孱弱的身体开始硬朗起来了。

大家落座后，黄圆圆向母亲介绍了两位客人的身份——郝和平是郝忠玉军长的女儿，陆成林是她的丈夫，都是现役军人。杨梦洁看着郝和平说："那个壁垒森严的部队大院，我总想进去，看看圆圆，可一辈子也没进去过。我听说过郝军长，大家都说他是个好官，威望很高。"她又将目光转向陆成林问道："你也该是军人子弟吧，父亲是干什么的？"陆成林答道："农民。"杨梦洁不由得对这个自称为农民子弟的军人细细打量起来。这是一张极为普通的国字形脸盘。鼻梁挺直，深凹于双眉之下的眼睛，蕴含着志存高远的光晕。杨梦洁对陆成林说："能娶到军长的女儿，你一定有非凡之处。"陆成林摇了摇头，没有说话。黄圆圆微笑着做了解释："其实成林也算军人子弟。他爸曾是一名抗战老兵，与郝叔是老战友，不过二人走的路不同罢了。"

正此时，约瑟夫也走了进来，是黄圆圆打电话让他来的，一起为她的战友郝和平和夫君接风洗尘，共进午餐。黄圆圆刚要做以介绍，郝和平笑着说："我们认识。"便将下了飞机就有的士送他们去云帆大酒店，以及约瑟夫请她和陆成林吃夜宵的事说了一遍。

杨梦洁点了点头，心里暗叹约瑟夫的经营才能。的士司机定是被他收买了，他会为每一个给他拉客的司机小费，能热情地请陆成林与郝和平吃夜宵，不外乎招徕更多的中国人去他那里住店。她淡淡地笑了一下说："约瑟夫，你的网撒得够大，把圆圆的客人都捞到你那儿去了。但美中不足的是，你没搞清他二人来波恩的目的。""妈，"约瑟夫说，"其实我问过陆先生了，他说他们来波恩的目的就是看德国的花草。我想他们一定很喜欢花。我准备明天领他们到处走走，赏花看草。"郝和平却噘起了小嘴："约瑟夫先生，喜欢花草的只是陆成林，别把我扯进去。你知道我喜欢什么吗？"黄圆圆拉着她的手说："我知道。咱不跟他们搅和，明天我领你去逛商店。"酒宴的气氛和谐而温馨。

第二天早饭后，黄圆圆开着红色的兰博基尼跑车停在了云帆大酒店的门前，郝和平上了车，车子呼啸而去。头天晚上的饭桌上，陆成林与紧挨着他坐的约瑟夫已悄声达成协议。约瑟夫没有必要拨冗陪他看德国花草，他凭着一口流利的德语足以走遍德国的任何地方。

这时，陆成林已独自走出酒店，徜徉在波恩的大街小巷中。路边的矢车菊竞相绽放，犹如漂浮的海水弥漫着整个波恩，然而它却是德国的国花。他不由得想起，当年自己就是被母亲生在路边的野菊花中。回家与郝和平结婚时，再次看到那些盛开的野菊花，便有了对生命起源的感悟和联想，也成为他忆起家乡时最不可或缺和最为深刻的心灵景色。莫非这就是自己痴迷于花草的根本原因？

几天下来，陆成林在晨风夕月、阶柳庭花的游览中，深切地感受到德国人每时每刻都离不开花的抚慰和滋养，有一种常在花中走能益寿延年的执着。他们的生命，已完全融化在鲜花之中了。

签证期限已到，陆成林和郝和平就要返回中国了。黄圆圆到机场送行，她将与郝和平一同逛街时买的三件德国货递给郝和平，并说明是送给养父养母的，要求刘天刚必须送到二老手中。郝和平收好那些东西后，却趴在她的耳边说："有个情况我不能瞒你，约瑟夫与那个大堂经理娜塔莎关系不正常！"黄圆圆不以为意地笑了："约瑟夫不过是笼络娜塔莎为他卖命工作而已。"郝和平摇了摇头说："真要是那样，算我多嘴了。"黄圆圆一摆手说："快上飞机吧。有事没事打个电话，下次再来时提前告诉我一声。"

就这样，郝和平与陆成林回国后，第一站就来到了铁园市。他们走进了刘天刚的办公室，将黄圆圆送给养父养母的三件德国货交给了刘天刚，同时，重游了那个孕育出他们像花一般恋情的部队农场……

第三十章

离开铁园后,郝和平返回了北京,陆成林则回到了军江外语学院。此时的他已是心游万仞,德国的花草给他留下了深刻的印象。此时他意识到这才是自己要走的路,一条已经将刘天刚所说的第七条路升华到了另一种境界的第七条路。随即,他打电话告知郝和平,他将脱掉军装,辞去军江外语学院的教官的职位而去德国了。电话那头的郝和平久久没有说话,之后一声叹息:"陆成林哪陆成林,你以后别叫陆成林了,就叫陆成花吧。我送你去德国。"

陆成林向军江外语学院提出了转业申请。尽管学院领导苦苦挽留,但他还是去意已决。与上次一样,他与郝和平来到波恩后没有惊动黄圆圆,直接住进了云帆大酒店。二人住进酒店后,就有意避开约瑟夫。但郝和平却似犯了偷窥症一般,时时窥探着约瑟夫的行踪。约瑟夫的身边依然少不了那个娜塔莎,他们依然亲昵无比,勾肩搭背,像一对热恋中的情人。郝和平来时特意带了照相机,就将他们耳鬓厮磨的镜头偷偷地拍了下来,甚至还偷拍了几天夜里,二人搂抱着一同走进三楼最里面一间客房彻夜未出的镜头。

当她把镜头拍摄下的全部内容洗成照片展现在陆成林面前时,陆成林问:"你什么意思?"郝和平不紧不慢地说:"这些照片就作为一种警示留给你吧。"陆成林淡然一笑:"我不是约瑟夫。你把那些照片送给圆圆才更有意义。"在郝和平制订的来德国送陆成林的计划中,没有去惊动圆圆的打算,完成了上述任务后,她就可以静静地来静静地走了。听陆成林如此说,她觉得有些道理。临回国的前一天,她和陆成林一同去见了黄圆圆。

黄圆圆在她的豪宅见到二人后嗔怨道:"你俩第一次来,不打招呼,第二次又故技重演,怕我玷污了你们革命军人的形象?"郝和平说:"圆圆你想哪儿去了，我们想巴结都巴结不上你呢，只是怕你见了我们烦。"之后，便将陆成林已经从部队转业，以及要到国外发展的想法说了一遍。黄圆圆盯住陆成林问："你真的要换一种活法啦？"陆成林不大自然地点了点头。黄圆圆一挥手说："陆成林，我支持你！中国已经改革开放了，有着外语基础的你，走出国门也是一个很好的选择。"停停又说，"你让我想起了昔日的刘天刚，他也换了一种活法，自己创业了。可惜他文化有限，只能在铁园市瞎扑腾。但你有文化，一定能干出大事业！"

临别时，郝和平送给黄圆圆一个信封，里边装着约瑟夫与娜塔莎在一起的照片。郝和平神秘一笑："等我走了之后，你再慢慢看吧。"黄圆圆接过信封问："和平，怕不是你来德国就是为了送这个给我？"郝和平颔首道："但愿你能那么理解。"第二天，她便独自回国了。

陆成林以其深厚的德语基础，顺利考取了波恩一所农业大学，专攻种植专业硕士学位。两年之后，他完成了全部学业，被留校任教，并未从事他所学的种植专业，却教中文。自此以后，他有了正式的工作和固定的收入。但是矢志研究农业种植的信念，并未因此改变和放弃。

这一日，他来到庄园见黄圆圆，专门向她请教欧洲种植业最发达的国家和地区等他所关心的问题。黄圆圆直言快语地说："我不懂种植业，但我知道荷兰的种植业特别发达，尤以莱顿小镇最出名。就如中国最上档次的茅台酒，只能在茅台小镇才可生产出来一样。"陆成林其实早已听说过莱顿的大名，莱顿也早已成为他心之向往的地方。但是，他还是宁愿在黄圆圆面前摆出虚心求教的姿态，点点头问道："那么，莱顿离阿姆斯特丹多远？"黄圆圆盯着他问："成林，你去荷兰是寻花还是去寻美女？"陆成林笑了笑说："当然是寻花了。"黄圆圆又问："寻花为什么非要打听阿姆斯特丹？"陆成林说："因为它是荷兰的首都。""也是性都，更是男人的天堂。"黄圆圆冷冷地说，"成林，和平单独对我交代过，让我看好你。你少去阿姆斯特丹那种地方。"

黄圆圆如灭火器一般的劝诫反倒像喷出的汽油，一下子点燃了陆成林内心的猎奇之焰。这个周末的晚上，他从德国的波恩来到了荷兰的阿姆斯特丹，不疾不徐地走进了红灯区。

红灯区的街道并不宽敞，由旧教堂一直延绵到中央火车站的运河边。街道两旁建筑物的落地窗硕大无朋，白天以幔帐遮掩，夜晚来临时幔帐全部打开。红灯散发的光晕温柔似水，氤氲如云。瘦燕肥环、笑靥如花的妙龄女郎浸润其中。马路上各路男人趋之若鹜，像是赶赴一个无比宏大的盛筵。平生第一次见到这些的陆成林，自是咋舌不已。

他觉得此处不可久留，便加快脚步想走出这条眠花藉柳的街道。却忽觉背后有人拍了一下自己的肩膀，回头一看竟是自己在大学读硕时的同学范德尼。范德尼身材高挑，眼睛碧蓝，鼻梁挺立，柔软波状的金发浓密而飘逸。二人读研时是好朋友，范德尼一直跟着他学汉语，毕业时也可以与中国人对话了。

此时他操着中国话笑眯眯地说："陆，这个周末见到你很高兴。看好橱窗里的哪个啦，胖的还是瘦的？你若不便出头，我去跟她们谈。"陆成林笑道："不，我是去莱顿的，只是路过这里。"范德尼问："去莱顿看花？"陆成林点点头。"喜欢花？"陆成林又点点头。范德尼说："花如女人，女人如花。没错吧？"陆成林摊开双手耸耸肩，未置可否。"陆"，范德尼说，"我知道你太太不在身边，一定很寂寞的。荷兰的女人很宽容，太太从不阻拦先生外出有性侣伴，甚至还给他们的旅行包里装了安全套。"陆成林说："可我是中国人。"范德尼摆摆手："No, No, 中国男人不是人吗？陆，你们中国已经改革开放了。"陆成林摇摇头："但我们的开放不是那个意义的开放。"范德尼说："好了，不谈这个啦。陆，我跟你讲，我就是莱顿人，我的公司就做花卉生意。今夜咱们尽兴玩，明天我领你去莱顿。"陆成林的眼睛忽地亮起来，一把抓住范德尼的手说："走，我请你喝酒去。"

第二天上午，陆成林坐着范德尼的车来到了莱顿。这里的花草不仅是美丽漂亮的尤物，更有着它不可小觑的商业价值。土地上盘踞着庞大的产业集群，也辐射出四通八达的销售通道。既像一个纷红骇绿、琪花瑶草的大庄院，又像一个奇葩异卉、以花会友的大市场。

陆成林随在范德尼的身后走进了他的办公室。办公室墙上挂着世界地图，标记着公司的销售网络，纵横交错中几乎覆盖了所有的欧美国家。二人坐下后，一壶咖啡已经煮沸，淡淡的咖啡香袅绕于整个房间。陆成林喝下一口苦中带甜的咖啡问："范德尼，贵公司一年的销售收入有多少？""三亿美元。"陆成林生怕是听错了，惊讶中又问："多少？"范德尼重复道："三个亿。"陆成林万没想到，这样一个不大的公司竟有如此高的收入，难耐激动地说："范德尼，我想把尔的花带到中国去。""送给谁？""送给我爸！"范德尼摇摇头说："你该送给情人，送给富人。富人养花，穷人铲草。现在的中国人一天天富起来了，产生广泛的审美需求是一个趋势。如果中国每人每年多消费一枝花，就是十多亿枝，多消费两枝呢，就是二十多亿枝。中国的市场太大了。"

陆成林兴奋地站起来说："范德尼，我想与你合作。"范德尼摇了摇头。陆成林有些惶然，心想是不是因为阿姆斯特丹的晚上没有陪他尽兴？于是说道："请原谅昨天晚上的事……"范德尼打断他的话问："你舍得走下大学讲坛？"陆成林说："人生的选择没有好坏对错之分，只要干自己喜欢的事就是对的。"范德尼起身紧紧握住他的手说："至于昨晚的事，我是考验你。我有几个中国朋友，他们到荷兰好像都是奔着女人来的。但你不是，我同意与你合作！"陆成林兴奋不已，久久没有说话。

　　一番运作之后，陆成林的公司诞生了，取名"盛世中华花卉有限公司"。公司成立之初，资金极度匮乏。他忐忑不安地见了黄圆圆，提出要借十万美元。黄圆圆捏着小拇指说："瞧你那屁大点儿的胆量吧。就'盛世中华'这四个字，每一个也值五万美元，我借你二十万！"范德尼也念他们同学一回，人又稳重厚道，供他的货也无须马上付款，待他卖出后再还钱。陆成林靠着这好风凭借力的势头，开始穿梭于中荷之间了。

　　他将第一个目标锁定于北京。在市内繁华处租下一个门市房，门脸上挂上了"盛世中华花卉有限公司"的大牌子。屋里摆满了人们闻所未闻见所未见的奇花异葩，红肥绿瘦中芳香四溢；同时还专设了演示厅、体验馆、洽谈室等。这之后，他又在天津、石家庄、保定、邯郸等地如火如荼地开设了"盛世中华"的分公司，手下员工已逾百人，生意顺风顺水，如日中天。

　　两年以后，他还清了黄圆圆二十万美元的借款，也付清了范德尼的全部货款。同时，还获得了荷兰的绿卡。郝和平夫唱妇随地也从部队转业了，带着六岁的女儿陆雨霏随陆成林来到荷兰莱顿小镇定居。当然，他们还是不忘先去德国波恩看望黄圆圆。

　　黄圆圆见到他们甚为高兴，随即吩咐保姆安排房间，挽留他们在家多住几日，然后再赴莱顿。郝和平说："我们真想在波恩多逗留几天，成林也想去波恩的那所农业大学看看他的恩师。但是雨霏这孩子太淘，就不在你家住了，我们还是去住云帆大酒店吧。"黄圆圆眼神一暗说："'云帆'休业整顿了……"

　　那年，郝和平两口子刚走，黄圆圆就打开了郝和平留给她的那个信封——约瑟夫和娜塔莎如胶似漆的照片全部展现在她的眼前。约瑟夫得意放荡的眼神，娜塔莎依阿取容的媚态，让她感到震惊，更让她感到失望和伤心。她怎么也没想到，自己全身心爱着的约瑟夫，竟然在外边衔月偷星了。

　　当她把这些照片摊在母亲的办公桌上时，杨梦洁原本憔悴的面容已变得灰暗而苍白，每一条深深的皱纹都在隐隐地颤抖，停留在照片上的目光呆滞而茫然。黄圆圆的心里也隐隐作痛，其实郝和平早已向她言明约瑟夫和娜塔莎之间轻佻浮滑的关系。而她将她的忠告，只当作过时而无味的生活调料哂笑而过了。母亲这时倒宽慰起女儿："这些照片也许说明不了什么，只把它当作对我们的一种警示罢了。石榴裙下无君子，以后我们该对约瑟夫严加防范了。"黄圆圆摇摇头说："妈，不是防范那么简单哪，约瑟夫恐怕是财色双收了！"

第二天，黄圆圆派专人去云帆大酒店将摄像头近期拍下的所有镜头，以及这几年的财务账和客人住店的登记簿全部调了上来。摄像头记录下了约瑟夫和娜塔莎每晚一同走进三楼那个房间的全部镜头，会计凭证与住店客人的登记造册严重不符，约有一百二十万马克的缺口。黄圆圆急召酒店财务总监，那总监看到黄圆圆威严而冷漠的面孔后已是失魂落魄，便一五一十招出约瑟夫这些年将客户交付的现金私留了一部分而不入账，总计一百二十点四万马克。

黄圆圆将所有问题向母亲做了汇报。母亲沉吟良久后问："此事你准备怎么处理？"黄圆圆冷冷地说："先将约瑟夫、娜塔莎和那个财务总监全部除名，之后我与约瑟夫离婚！"过了一会儿，母亲又问："那笔一百二十万元的损失呢？"黄圆圆无奈地摇着头说："我原本想通过法律程序起诉约瑟夫。但细一想，那是个两败俱伤的结果，至少公司有偷漏税的嫌疑，以及审计监管不力的漏洞……再想想我们夫妻一场，尽管缘分已尽，但也不能把脸全撕破了，那些钱只当我送给他了。"母亲点点头："不管怎么说，约瑟夫这些年对酒店还有些贡献，放过他吧。""那我这就去办了。"黄圆圆说着就往外走。

杨梦洁喊住她问："还有最后一个问题你想过没有？你与约瑟夫离婚后，他可以分得你和他共同财产的一半。"黄圆圆毫不在意地说："我和他没有什么共同财产，他也没有蓝海公司的股份。我送他一百二十万马克了，他还不满足吗？"母亲摇了摇头说："不对，你有股份就等于他也有。你可别忘了约瑟夫是个律师，他会昔着深谙法律的条款而狡辩。"说完后，她不慌不忙地从抽屉里拿出一份公证书，放在桌子上继续说，"好在你们结婚前，我与约瑟夫做了财产公证。"黄圆圆竖起大拇指夸道："妈，姜还是老的辣。""这还要感谢你那个黄爸爸呀。"杨梦洁说："我听你不止一次地说过，你黄爸爸一直管约瑟夫叫好色夫。我虽然只当笑话听了，但心里还是生了些防范，留了这一手。"黄圆圆已是喜形于色了："这就是老黄同志。虽然他好骂人，但他骂的都不是好人。"母亲叹道："圆圆哪，从对约瑟夫的处理来看，你可以拿事了。"

陆成林一家三口在德国波恩逗留两天后，就去了荷兰莱顿小镇。在这里，陆成林买下一栋二手的别墅。房子虽然老旧些，但住起来也算宽敞舒适，房前屋后有草坪有树木也有花园，一派田园风光。一切安顿好，陆成林从范德尼那里进了一批设备和花籽，而后即刻返回了北京。之后又去天津等地的几个分公司看了看，一切如常，生意显然进入了一个持续稳定增长的阶段。他松了一口气，心想该是回河南老家看看父母的时候了。

刚一走进村里，他就听见背后有人喊："快看快看，陆成林从外国回来了。"于是屁股后面乱哄哄地跟了一大群人，这些人他几乎都不认识了。

远远地，他看见了生他养他的那个家。那熟悉的一缕炊烟在风中飘荡，破败的院墙依然如故；那扇木制的从来没刷过油漆的大门，在风中呀呀地颤抖着。当年，父亲就是从这扇大门将他推出去当兵的。

他已看见父亲和母亲了。他们并排而立，站在院子里手搭凉棚向他张望。他三步并作两步跑进院里，母亲抱住他，老泪纵横，瘪着嘴一句话也说不出来。父亲与他隔着一步远的距离，握住他的手使劲摇了两下，如同久别重逢的战友相聚一般，也是什么话也没说。

地锅生起了火，草灰随烟飘起。母亲向锅里倒了自榨的花生油，又将一大盆焯过水的鸡块倒进锅里，母亲知道他最爱吃她炖的鸡肉。开锅的汤水哗哗作响，母亲最后往锅里撒进切好的藿香。片刻，鸡肉便从锅里捞出来了。大家围桌吃饭，除了姐姐姐夫他认识外，其他的远房亲戚他都不认识了。父亲当年从战场上开小差回家，就是为了这个刚刚出生的他姐姐，姐姐成年后嫁给了本村的一位村民。之后，父亲和母亲又生下一男一女两个孩子，先后死于战争之中，唯独保住了新中国成立后出生的他。

父亲还是那么能喝酒，三杯酒下肚，话匣子就打开了："龟儿子哟，俺以为你在部队又立了功，回来光宗耀祖了。没想到你却跑到外国去了。真是有什么爹就有什么儿子。俺从部队开了小差，你也从部队开了小差。"

第二天，他牵着家里的那匹老马随父亲下地，路边的野菊花竞相绽放，与德国的国花矢车菊一模一样。拿破仑对战争的总结就是：钱，钱，钱！而拓荒者对种植业的总结就是：地，地，地！"地呀！"——他从心里爆发一声深情的呼唤后，紧紧握住父亲的手说："爸，我想回家投资建一个现代化的农业基地。""放屁！"陆二柱大骂一声后说，"你真是狗吃青草长了个驴心思，俺怕你那些洋玩意儿臭了这片土地！"

三天后，陆成林走了。临走时他给父母留了钱，要他们将房子翻修一番。他知道父亲误会他了，但是他的信念依然坚定，他就是要把那些洋玩意儿栽到中国的土地上！

他回到了北京，北京地价昂贵，不敢奢望。天津同理，他根本就没去。他又去了河北一带的分公司，一路上，一幅宏伟壮观的蓝图，在他心里由混沌模糊开始变得清晰可辨了。一片广袤的土地上，淌青流翠的蔬菜蔓延而去……

他真的成为刘天刚第二了，昂首阔步地走在了第七条路上。这条路，别人认为是痛苦之路，迷茫之路，无望之路，他则认为是希望之路，充满了机遇，也充满了憧憬……

第三十一章

　　那年，刘天刚在卧龙那片土地上建好新厂房后，就悄无声息地开始生产了，没有任何形式的开业庆典活动。生产和经营转入正常后，他走了。

　　公司的人都知道他到山西看木料去了。没错，他确实去了山西晋中，也确实是看一种木料。那木料叫作崖柏，生长在太行山上的悬崖峭壁之中，其木质油亮光滑，纹理清晰，散发着一种清幽绵长的香气。当地人把它取来制作成佛珠一类的文玩手串之物，价值堪比黄金。

　　在部队时，章诗逸就有一个崖柏手串，偶尔在节假日才戴在手腕上。阳光下，他举起手腕上暗放幽光的手串骄傲而自豪地说："你们可别小瞧了这个宝贝，它是我家乡晋中太行山上的崖柏做成的，举世无双。"后来，那手串丢了，直到退伍时也没找到，气得他嘟嘟囔囔地骂了三天："乌鸦戴上它也是黑，成不了凤凰！"

　　刘天刚的新基地虽然没有大张旗鼓地搞庆典仪式，但他却以一种低调的方式加以补充，打算给每位关心和帮助过他的人，以及亲朋好友每人送一副崖柏手串。他知道自己去的地方是章诗逸的老家晋中，但没告诉他。

　　刘天刚来到晋中县城后，便发现不少商店都摆着包装精美的崖柏手串，价格不一。当地人说，真正的崖柏手串一般是不摆在柜台上的。为了一睹崖柏，他爬上了太行山，才知道这是个遥不可及的奢望！崖柏全部生长在数百米、上千米的断崖绝壁之中，只有鼯鼠和苍鹰才能达到那个高地。山上老农告诉他，为取崖柏，年年都有人死于非命。刘天刚越发感到崖柏的奇缺和珍贵了，一时倒有了难以辨别真假优劣的担忧。

　　这一日，他在马路上转悠，忽然听到背后一个女人的声音喊道："刘天刚！"

他回头一看，竟然是穿着一身旧军装的袁雪梅。十多年没见了，她还是原来的那个老样子，老大姐式的微笑依然仁厚朴实，一头短发还是那么简洁明快。

刘天刚绝没想到在县城的繁华处碰见了她。他曾经听章诗逸说过，袁雪梅的家在乡下。他转过身啪的一声向袁雪梅敬了一个军礼。袁雪梅一巴掌打掉他的手就笑了："我就不爱看你敬礼，像个熊瞎子似的。"说完，拉着他来到路边问："什么风把你吹来啦？"刘天刚便将他和黄圆圆离婚又与毛小毛结婚，之后将工作让给毛小毛，自己辞职创业，此次来到晋中专买崖柏手串作为礼物送给朋友的事说了一遍。

袁雪梅点了点头说："黄圆圆本来就不是你手里的沙，扬了就扬了吧……天刚啊，这回咱俩除了'第七条路'外，又是同路人了。我也干了个小买卖。"刘天刚问："嫂子，你做什么买卖？"袁雪梅苦涩地一笑："丢死人了，我那买卖是捡破烂儿。"正此时，一辆满载着废铜烂铁的大汽车停到了马路边，司机探出头向袁雪梅鸣笛示意。她向司机摆了摆手后问刘天刚："你住哪个酒店？"刘天刚说过所住的酒店。袁雪梅便向大汽车风风火火地跑去，边跑边回头叮嘱："晚上我为你接风洗尘，到时有人来接你。还有，手串别急着买，回头我带你去买真货。"

黄昏，一位身材不高、眉清目秀、穿着夹克衫的二十多岁的小伙子，敲响了刘天刚的房门。进得屋后，他热情地说："刘叔，我来接您了。"刘天刚怔了一下问道："你是？"小伙子笑了笑说："我是小迷糊！"刘天刚一把拉过他，又惊又喜地大笑起来："小迷糊？你长得可真出息了，像《英雄儿女》里的王成。""不，"小迷糊摇了摇头说，"我不过是个捡破烂儿的粗人。"二人一同走出酒店。门前，一辆黑色小轿车停在那里。小迷糊打开车门，刘天刚上了车，车子向城里的繁华处驶去。十几分钟后，车子停在一栋居民楼下。小迷糊没有急于领着刘天刚上楼，却拉着他的手说："刘叔，先去看看我家的破烂儿场吧。"

他们向不远处一个四面围墙的院子走去，大门的一侧挂着白底黑字的大牌子——"晋中小迷糊物资回收有限公司"。进得大门，便见各种废旧物资堆满了整个院子。一群工人正在一辆大汽车旁卸货，分门别类地将各种废旧物资堆放在不同的位置上。刘天刚问："这些破烂儿都是怎么处理的？"小迷糊说："废钢铁占了一多半，卖给钢铁厂，剩下的就卖给各类物品的生产厂家了。"他们走着看着，刘天刚又问："你还写不写诗啦？""写。"小迷糊说，"但是我念完小学就回家了，能写出什么像样的诗。"说着便指向前面的墙。那墙上用红油漆写了四行大字：

　　做人迷糊点
　　做事清醒点

平湖微雨中

方可见山川

刘天刚问："这诗是啥意思？"小迷糊说："这诗是写给我妈的。妈妈与我爸分手后，仍然能做到为人如平湖细雨，处事胜高山大川。"刘天刚叹道："小迷糊哇，你要不是念完小学就回家了，可能也早就成为一名大诗人了。"小迷糊坏坏地笑了："其实我早就大学毕业了，毕业于美国嘉里敦（家里蹲）大学。"

他们走出大院，又来到车子停靠的那栋居民楼。上到三楼后，小迷糊打开了右侧的房门，这便是袁雪梅母子三人的家了。小迷糊却握住刘天刚的手说："刘叔，晚上我有个酒局。宴请一位外地钢铁公司的废钢处处长，就不能陪您了。"刘天刚点点头："咱们都是生意人，我理解。"小迷糊说完后就下楼走了。

已候在屋里的袁雪梅，招呼着刘天刚走进了她的家中。这是一套三室一厅的住宅。墙壁贴了壁纸，顶棚坠下的吊灯飘飘欲仙，地面镶嵌了实木地板，各种家具及家电一应俱全。客厅正面的墙上挂着一个黑色镜框，镜框中镶嵌着一名军人的照片。那军人戴着一副眼镜，俊朗的脸上挂着苦涩的笑，身着新中国成立初期的解放军军装，一条宽宽的棕色皮带紧紧地扎在他的腰间，整个人像是被那条腰带拽起来似的。袁雪梅眼睛一暗介绍道："这是我爸袁冰……"刘天刚正正衣襟走向前去，右手颤抖着向袁冰的遗像敬了一个庄重的军礼。袁雪梅陪着他向照片中的父亲鞠了一躬，之后拉着他，来到餐桌前坐了下来。

桌上摆了六道菜，都是袁雪梅做的。二人也不寒暄礼让，举杯便喝。袁雪梅的话题，自然没有离开与她相依为命的小迷糊……

当年小迷糊随她回到老家，念完小学后就辍学回家了。一个十几岁的孩子整天跟在她的身后走街串巷地捡破烂儿，人们都叫他"小叫花子"。小迷糊二十岁那年，袁雪梅便将自己创建的捡破烂儿生意全部交给了他，自己退至幕后只为他做些辅助性的工作。

小迷糊接手捡破烂儿的生意后，风里来雨里去，执着坚定的身影引来了诸多记者和文人的关注。一经总结和挖掘，他们却发现袁冰烈士外孙子的做法，深深烙印着改革开放时代所需要的创业精神。于是他的事迹被记者搬上了报纸和电台，小迷糊也被县政府授予"创业标兵""青年楷模"等称号。全城上下不再叫他"小叫花子"了，而叫他"破烂儿王"。提起"破烂儿王"，可谓家喻户晓，妇孺皆知。袁雪梅原本只想捡破烂儿挣点儿钱养家糊口，将来再供章显念大学。谁知小迷糊接手后，却是越干越大，成立了自己的公司，在城里买了房子，也买了车，全家人从乡下搬进了城里，窘迫的生活状况得到了彻底的改观……

袁雪梅最后说："天刚，我今天可以自信地告诉你，小迷糊没给我，也没给他的姥爷袁冰丢脸！"

三杯酒下肚，刘天刚问："嫂子，我怎么没见到章显？""章显在学校上晚自习。"袁雪梅说着已是笑逐颜开了，"这孩子从小学到初中，以至高中都是学校的尖子生，明年就准备考大学啦。""你准备让章显报考哪所大学？""你说巧不巧，"袁雪梅说，"班主任老师推荐他考北京大学。你也知道，当年他爸的高考成绩就达到了北大的录取分数线。但是这孩子已经长大了，自从知道自己是个超生的孩子后，就觉得比别人矮了半头，根本没有他爸那时面对高考的自信和洒脱……"

不料刘天刚话题一转提醒道："嫂子，诗逸可跟我说过。他说你让章显将来报考铁园师范学院。之后，你就把章显送给他了！""没错！"袁雪梅说，"这话我是说过。但是十多年过去了，诗逸没给我来过一封信，我不挑礼，毕竟我们已是陌路之人了。诗逸和柳老师……是不是已经有他们自己的儿子啦？"

刘天刚摇了摇头说："柳老师……已经不在了。"之后便将柳春月去世的因由说过。袁雪梅捂着脸失声痛哭："柳老师你不该呀……你为诗逸生不下儿子，就来信告诉我……我就把章显给诗逸送去。柳老师呀，我原以为你能陪得了诗逸，可你也陪不了他呀……"刘天刚揉着眼睛，也落泪了。袁雪梅的哭声渐息后问："诗逸现在……是不是又找女人啦？"刘天刚点了点头说："她叫潘跃进，是铁园市委办公厅的接待处处长。"袁雪梅叹道："如此这般，我就更不能将章显送给他了。"

这时门开了，一个背着厚厚大书包的男青年走了进来。袁雪梅匆忙将眼角残留的泪水拭净，站起身来拉过那青年向刘天刚介绍道："这就是我的小儿子章显。"刘天刚细细看去，但见章显身材细高，戴着一副白边眼镜，肤色白皙，文静脱俗；与性格外向、活跃无比的哥哥小迷糊判若两人。袁雪梅又将刘天刚介绍给了章显。章显说："刘叔好。"刘天刚握住他的手笑道："你好你好，希望你将来比你爸还有出息。"袁雪梅将专为章显留出的饭菜在锅里熥热后，放到桌子上说："快吃吧儿子。"章显点点头坐了下来，只五分钟就吃完了。他向母亲和刘天刚告辞后，就拎着那个大书包回自己房间了。袁雪梅心疼地喊了一句："别学得太晚哪。"章显回应的语气已不耐烦了："知道了呀——妈！"

第二天，袁雪梅领着刘天刚到她所认识的一家专营崖柏手串的老板那里，买了十副货真价实的手串。

下午，刘天刚就要返回铁园了，袁雪梅来到火车站为他送行。站台上，刘天刚挺直腰板，双脚一磕，啪的一声给袁雪梅敬了一个军礼说："嫂子再见！"袁雪梅将他敬礼的手打掉后问："别光知道敬礼，我还有件事忘了问你。你找到爹妈没有？"刘天刚低着头说："没找到。我不想找了。""为什么？""因为我看见墙上挂着袁冰叔叔的遗像……就难受。"袁雪梅叹了一口气说："其实，第七条路的尽头就是那么两种结果。我们要找的爹妈还活着，表明他们的光芒还笼罩着我们；他们死了，我们也只能在心里点燃一盏灯火照亮自己了。如果你现在就说不找你失散的父母了，今后，你就别管我叫嫂子了！"

刘天刚再次举手敬礼道："嫂子放心，就算找到的父母挂在墙上了，我也要找下去……因为第七路是你总结出来的。"袁雪梅苦笑着说："是呀，第七条路是我总结出来的。所以我们必须在这条路上找下去，就是去乱坟岗子找也要找个遍，撬开棺材板子找也要撬到底，哭干了眼泪爬着找，也要爬到头。我们不找，我们的下一代还会找。手放下吧，别再敬礼了，我都替你累。"刘天刚继续挺着胸脯敬礼说："有件事不知我当问不当问，你答复了我就再不敬礼了。"袁雪梅点了点头。刘天刚问："嫂子已决定不让章显考铁园师院，也不打算把他送给诗逸了。我回铁园后，能不能告诉他？""人生最读不懂的是人心。"袁雪梅说，"告不告诉他，由你了。""明白！"刘天刚说完后就将敬礼的手放下了。袁雪梅瞪他一眼说："你不是不嫌累吗？那你就再敬一会儿礼，我还有话说。"

刘天刚第三次的敬礼，就比之前所敬的礼更加神圣和庄重了。袁雪梅说："诗逸跟那个叫作潘跃进的女人有了孩子后，你立马打电话告诉我。从此，我就再不欠诗逸什么了。""是！"刘天刚大喊一声后，将举得发麻的手，放了下来……

回到铁园的当天晚上，刘天刚就带着崖柏手串首先来到了老崔的家。老崔打开盒盖看过那个崭新的手串没有说话，却进了卧室。不一会儿他走了出来，手里也拿着一个手串放在刘天刚送来的手串旁边。这是一个很旧的手串，与那新手串相比虽然黯然失色了，但它依然油亮而纹理清晰，有一种历久弥新的感觉。这便是章诗逸在部队遗失的那个手串。

章诗逸退伍离队那天，有人从他的床底下捡到了这个手串，交给了时任连长的老崔。老崔曾与章诗逸家乡的有关部门联系过，但对方说，他考上大学去外地了，仅有的线索就此中断。直至来到铁园H军当上后勤部部长后，也早已将这个手串忘得一干二净了。

老崔讲完这个手串的来历后说："物归原主，你代我还给诗逸吧。"刘天刚收下那旧手串后又拿出一个新手串说："加上桌上的那个一共是两个，你和嫂子一人一个。"老崔一摆手说："我不戴。"刘天刚笑道："你不戴就丢把它放进床头柜里。"

第二天，刘天刚走进章诗逸的办公室，将那个旧手串啪的一声扔到桌子上什么话也没说。章诗逸拿起那手串惊诧不已："这是我的，你从哪儿弄来的？"刘天刚就将老崔得到这个手串的来历讲了一遍，而后从衣兜里掏出两副崭新包装的手串放到桌上继续说："我用两个换你一个。一个戴你手上，另一个戴跃进手上。"说完，拿起那个旧手串就要走。

章诗逸喊住了他，指着那两副新手串问："这是纯正的崖柏手串，你去我家乡啦？"刘天刚说："去了。""那你……"章诗逸继续问，"见到雪梅啦？"刘天刚扬起脸说："当然见到了。""就这些？"章诗逸拍着桌子说，"你能不能一下子把话说完，别跟我挤牙膏！"刘天刚不紧不慢地说："章显再有一年就考大学了。嫂子说不准备让他考铁园师院，也不打算把他送给你了。"章诗逸霍地站起来问："为什么？"刘天刚把他按在椅子上说："问你自己吧。这些年你给嫂子去过信没有，是不是没有？所以你也别怨人家反悔了。"他将两副新手串中的一副给章诗逸戴在手腕上后继续说："这个我给你戴上，那个你给跃进戴上，这是一对鸳鸯串，包你俩能生下自己的后代。从此以后你别再想章显了，靠你和潘跃进生下你们自己的儿子，才是硬道理！"说完，便推门而去了。

这之后，他又将余下的手串分别送给了在省城干休所的干爸和沈非烟阿姨，以及马厂长和他的老伴。最后两副，便是送给郝援朝和于小萱夫妇二人的了。

这天，他来到郝援朝的办公室，将两副手串放到桌子上后说明了来意。郝援朝摆着手说："无功不受禄，我不要。"刘天刚笑道："哟哟，你说什么，无功？你的功劳大去了。天朝公司的'朝'是你郝援朝的'朝'，没有'朝'只有天，财都跑天上去了，有了'朝'才能拢住财。还有，你不买下那手表和香水，我连公司的注册资金都没有，怎么可能有今天的'天朝'？收了吧，哥们儿的一点儿心意。"郝援朝不屑地问："这几个破珠子有什么作用？"刘天刚说："你戴上它写作灵感来得快，能把麻雀写成凤凰，不信你闻闻它的味道。"郝援朝拿起手串闻了一下，那清幽绵长的香气让他醉了。"行，我收了。"郝援朝说："但我有两个条件。第一，你送给小萱的手串她不能要，什么原因我就不说了。"刘天刚点点头："我明白，小萱不就是官当大了吗？不要拉倒，拿回去给我媳妇戴。说第二个条件。"郝援朝说："第二个条件也简单，你既然说戴上那珠子能把麻雀写成凤凰，你就得让我写你这只凤凰。"

郝援朝要写刘天刚的想法由来已久，之前章诗逸写张安东的那篇报道触发了他的灵感。张安东和刘天刚同样都在找父母，张安东除了找就是找。而刘天刚一边找父母，一边又找到了自己的路。由最初的迷茫彷徨，以至走向了今天的成功辉煌，由麻雀变成了凤凰，确有昭示世人、激人奋进的典范作用。

他看着刘天刚问："张安东的报道你看过吧？"刘天刚的眼睛忽闪了一下说："看过，报纸出来的当天小毛就拿给我看了。"郝援朝有些歉疚地说："按理，该是写你的报道先于张安东才对劲。一来，你通过第七条路走上了创业之路，与时代的发展非常合拍。二来，我俩是从老鹰沟一同走出来的多年战友。我有责任让你尽快见报！"刘天刚站起来摆着手说："哥们儿，你把我刘天刚看成什么人了？我从不与人抢风头。因为张安东的见报，我都与拖拉机厂一刀两断了。"郝援朝指着桌上的手串说："不跟你废话了。你要是给我一次写你的机会，我就收了它；不给，你就把它拿走吧。"

刘天刚显然是被叫住了，怔怔地看着那手串发呆，过了好一会儿才说："是这样援朝，我不是不让你写我，而是会写的不如会看的。你不能总写找抗美援朝失散父母的故事吧，好像它就是我和张安东的专利了。"郝援朝问："什么意思？"刘天刚说："你刚才的话我听明白了。你为我做宣传是因为我创业了，但你不领着我来铁园找爹妈，我创个狗屁业哟。你倒不如写另一个人，这个人才是真正自谋职业了。他孤身一人两眼一抹黑地来到铁园，找当年闯关东失散的农民爷爷，虽然连爷爷的影子都没找到，但他却闯下了一片天地。有了工作，还英雄救美地娶了一位铁园的姑娘，他比我强百倍。这个人叫高闯，是天朝公司的一名员工。"之后，便将"高闯"来铁园找爷爷的所有经历细细地说了一遍。

郝援朝听后眼前一亮："明天我就采访高闯。"刘天刚笑眯眯地将桌上的手串推到他面前说："你采访他时别忘了戴上这个。"

但是郝援朝未能如愿，"高闯"带着新婚媳妇魏思凡回山东老家度蜜月去了……

"奶奶，我回来了。"院子里传出这一喊声后，铁园的"高闯"便回归到老家的郝运峰了。奶奶急急忙忙从屋里走出来，便看到了多年没有见面的大孙子。他的身体更加壮实了，脸膛红润，双目放光，一笑露出的两颗小虎牙依然保留着他原本的纯朴和憨厚。奶奶指着他身边的魏思凡问："运峰，这位姑娘是谁哟？"郝运峰朗声说道："奶，她是你的孙媳妇魏思凡哪。"奶奶又惊又喜地拉住魏思凡的手喊了起来："这姑娘长得多喜庆哟，我的大孙子有媳妇了。"郝运峰的父母郝荣君和李金环听到喊声后，一前一后地从另一间屋跑了出来，欢快的笑声在这个院子里久久回荡。

大家坐定后，父亲郝荣君沉着脸问："运峰，你娶媳妇这么大的事，为什么不跟奶奶、爹妈言语一声？"未及郝运峰说话，奶奶瘪着嘴笑了："别说别说，奶奶猜到了，是运峰要给我们一个惊喜哟。"她看着低眉浅笑有些腼腆的魏思凡问："姑娘，你是城里人？"魏思凡点点头。奶奶转过头又问郝运峰："媳妇是爷爷给你找的？"郝运峰顿了一下，点着头说："是呀奶奶。"奶奶笑着又问："你来信说过，你是拖拉机厂的工人了。工作，也是爷爷给安排的？"郝运峰再次点点头。"还有，"奶奶问，"新房也是爷爷解决的？"郝运峰又点点头。奶奶高兴得全身颤悠起来了，笑得格外开心："运峰啊，你爷爷不愧是军长，什么事都能办哟。爷爷的身体还好？"郝运峰说："好着呢。""你跟爷爷拉呱了没有？""拉呱了。""你是不是一边拉呱一边给爷爷穿上那双布鞋的？""是呀。""那布鞋穿在你爷爷的脚上，合不合脚？""合着呢。"

一旁的魏思凡却是百感交集了，这时她才知道"高闯"仅仅是郝运峰的假名而已。他的真实身份竟然是军长的孙子，她惊异的眼光一直在他的身上打转。奶奶看着她问："孙媳妇哇，你怎么总瞅着运峰，他是不是没说实话？"魏思凡绯红着脸说："奶呀，运峰……说的都是实话呀。"

父母忙不迭地去厨房做饭炒菜，饭菜的香味已飘进屋来。这时，郝运峰的弟弟妹妹也回家了，除了他的二弟到济南打工去了，大妹妹嫁给一个外地的煤矿工人之外，其他的四位弟弟妹妹都到齐了。他们刚刚忙完地里的活儿，一进门看见找爷爷的哥哥回来了，大家都高兴得不得了。全家人坐在一起喝酒吃饭，都还没结婚的小叔子们也不忘逗逗城里来的嫂子，十分热闹也十分温馨。

酒过三巡，父亲看着郝运峰问："那年我让你带的三穗玉米，送给你爷爷没有？"郝运峰心里骤然紧张起来，不是因为他压根儿就没有将玉米送给爷爷，而是那三穗玉米早已干枯，玉米粒全都脱落，只剩下光秃秃的三根玉米棒了。但是他灵机一动，很快就镇定下来了："爹呀，那三穗玉米我送给爷爷了，爷爷当时就种到他家后院的地里了。我来时爷爷交给了我一个任务，让我再带几穗家乡的玉米回铁园。来年，他还要把那玉米种到地里去呀。"父亲点点头说："你回铁园时，我给你再拿上三穗玉米带给你爷爷。你爷爷就喜欢家乡的玉米哟。"

晚间，奶奶去孙子们的房间休息了，将自己腾空的房间，让给郝运峰和魏思凡住了下来。二人躺下后，魏思凡捏着郝运峰的两片嘴唇说："这是天底下最能说谎的一张嘴。"郝运峰呜噜呜噜地说："可我，不说谎……不行啊。"魏思凡松开捏住他嘴的手说："你所有的谎言我都能原谅，就是不能原谅你瞒了自己的真名郝运峰。我问你，你爷爷真是军长？"郝运峰捂着脑袋，没有回答。魏思凡使劲推了他一下："我想起来了。有一天在刘天刚的办公室，你叫过郝军长的名字郝忠玉。他是你爷爷？"郝运峰点了点头。魏思凡忽地坐了起来："郝忠玉军长的大名在铁园市可是如雷贯耳啊。但我不明白，你为什么一直说你爷爷是个农民？"

郝运峰也坐了起来，眼睛蓄满了眼泪，之后，便将来到铁园找爷爷，被H军军部大门的卫兵驱赶，在铁园师院运动会上顶着"高闯"的名字替跑，以及爷爷早年参加八路军走向抗日战场，新中国成立后与奶奶再也无法走到一起的事情说了一遍。他最后说："其实我也想光明正大地像所有人一样讲真话。可是谁能相信我是军长的孙子？为了能在找爷爷的路走下去，我不仅骗了你，还骗了天刚叔和小毛姨，骗了铁园师范学院，骗了拖拉机厂，骗了你和你的父母，还骗了很多很多的人……包括奶奶，我不骗她说我根本就没找到爷爷，没给爷爷穿上她一针一线纳下的布鞋，她该多伤心哪。她还能活多久？我见她一次就少一次了……"

一周后，郝运峰和魏思凡要返回铁园了，父亲和母亲来到火车站为他们送行。父亲拿着三穗新鲜而嫩绿的玉米说："运峰，你爷爷岁数大了，你亲自把这三穗玉米送到他家吧。"郝运峰接过玉米点了点头，便上了火车。火车开动了，看着车窗外远去的田野和村庄，魏思凡的眼圈红了："想想你对奶奶的谎言，我心里就难受。"郝运峰叹了一口气说："铁园只有高闯，再也没有郝运峰了。"

"高闯"回到铁园的当天下午，就来到刘天刚的办公室销了假。刘天刚问过他回家乡的情况后，告诉他近期将接受报社记者的采访。

晚上回到家，"高闯"便把此事说给了魏思凡。魏思凡双手一合笑道："太好了，你一旦上了报纸，就有可能找到爷爷了！""高闯"说："好什么好，我一旦上了报纸，也就把铁园市的所有人都骗了。""这回咱谁也不骗了，"魏思凡说，"你就告诉记者，你叫郝运峰，是郝忠玉军长的孙子。""高闯"摆了一下手："我爷爷早就不在铁园了，更何况，我听天刚叔说，是他请记者来采访我在找爷爷的路上自谋职业的事。我却跟人家谈我的身份，这是要打天刚叔的脸，还是让记者的采访变成'我是农民孙子，还是军长孙子'的调查？""都是，"魏思凡说，"你既自谋职业了，你也是郝军长的孙子。要不我陪你一块儿去接受采访？""高闯"沉着脸说："回来的火车上我怎么跟你说的？铁园只有高闯，再也没有郝运峰了！"

第二天，郝援朝终于与"高闯"坐到一起了。他看着对面这个举止拘谨、朴实憨厚、不善言辞的年轻人，确信他的爷爷是个农民，也不怀疑他来到铁园是找当年闯关东的爷爷。这之前，刘天刚先入为主的相关介绍，足以让他对"高闯"找农民爷爷的目的深信不疑。一番寒暄后，采访的内容就按照郝援朝的设计和引导进入了主题，沿着这条脉络，"高闯"自觉不自觉地谈到他来到铁园后所经历的一切……

回到报社，郝援朝连夜赶稿，生怕有所遗漏。第三天，文章更见诸报端了。主标题还是《第七条路》，副标题《孙子找爷十年梦，以梦为马闯天下》。笔名仍是"诗朝"。

经过章诗逸写了张安东找父母，自己写了"高闯"找爷爷后，郝援朝决意把《第七条路》办成一个专栏。利用报纸得天独厚的优势，为那些正在寻找战争中失散亲人的所有人，搭建一个媒体平台。

因为《第七条路》，第一个打来电话的是章诗逸。他问"高闯"是不是师院运动会上为中文77级1班替跑的那个"高闯"。郝援朝没有参加那届运动会，自是不知。同样的问题，也被当天晚上已睡下的于小萱问起。郝援朝捏着她的鼻子笑道："你忘了，你跑得比乌龟还慢，却弄了个托球跑的冠军，这也是事后我才听说的。我那时，送老爸老妈到金海养老去了。"

因为《第七条路》，第一个走进报社的是瘦狗。他拄着拐棍走进报社大楼后就大声嚷着要见"诗朝"。斯文的记者和编辑都把他当作挑事的人躲着他，终有一人稳住他后，将他领到了郝援朝的办公室。瘦狗对着郝援朝劈胸就是一掌："日，闹了半天诗朝是你？"郝援朝笑道："诗朝不单是我，还有章诗逸。"瘦狗点点头说："明白了。'诗'是章诗逸，铁园师院的中文系主任；'朝'是你郝援朝。我说，你们能写张安东，能写高闯，怎么就不能写写我？"

郝援朝拉着他坐下后，沏下一杯茶递过去笑着问："你让我写你什么？"瘦狗呷了一口茶："写我找爹呀。"郝援朝说："天刚跟我提起过你，他说你父亲是共产党打入台湾国民党军队的情报人员，但是，你父亲的身份……""我明白你要说啥，"瘦狗说，"我爹的身份不宜公开也难以上报纸。你说我摊上这么个爹冤不冤？连上一次报纸的机会都没有了。""要不，"郝援朝说，"我只写你寻找战争中失散父亲的经历，不写别的……"瘦狗嘘了一口气打断了他的话："你可别写我找爹的经历，上了报纸让人笑话。我非但没找到爹，还拉了一屁股饥荒。你还不如写我的女人阿鸽！"

郝援朝心头一动，倒暗暗赞叹起瘦狗。虽说此人有些浑，但思路确实与众不同。他是想通过写阿鸽反衬出他寻父的坎坷和曲折，以及在这条路上找到了自己真爱的经历。郝援朝说："行，就写阿鸽。你让阿鸽来见我，我想单独与她谈谈。"

瘦狗却说："哥们儿，其实你还真写不了阿鸽，因为你不懂她。"郝援朝点了点头："我承认这个世界最懂阿鸽的是你，但你……能把阿鸽搬到报纸上去吗？""对，因为我不是记者，"瘦狗说，"但是不等于我没有记者的水平。不瞒你说，恢复高考的1977年，我也报考铁园师范学院中文系了，结果在政审环节就被刷了下来，否则，就凭我把家里书柜的书都读了个遍，一百个人考不上我也能考上。说不定我跟你一样，也早就是报社的记者了。还用我现在热脸贴了个冷屁股,求你让阿鸽上报纸!"郝援朝笑了:"你想让我这个记者失业?""没那个意思。"瘦狗说,"要不咱俩共同写?就像你和章诗逸弄了个'诗朝'的笔名,就把张安东搬到报纸上一样……咱俩还真合不到一块儿去,总不能整出个'狗朝'吧?"郝援朝笑得前仰后合:"狗肉上不了筵席,你还是把阿鸽让给我写。你想写她今后还有机会,报社正在招聘记者,我推荐你应聘。你一旦考上记者了,再给她写个续篇吧。"

"什么?"瘦狗指着自己的鼻子问,"你让我考记者?你这是真话,还是拿我寻开心?""真话。"郝援朝说,"我这个记者部主任正好管这件事。"瘦狗拄着拐棍蹒跚地走到郝援朝面前继续说:"你可看清了你面前的这个人,一条腿瘸了,年过四十了,一个看大门的更夫,走进报社,人们都把他当成挑事的了。就这狗德行,你敢推荐他考记者?"郝援朝点着头说:"实话讲,你确实不够考记者的资格了。但是招聘简章中有一条规定,凡是有一定文字水平,在省级以上报刊上发表过文章且有影响的,可以破格录取。你在省级报纸上发表过一篇散文《金门岛,你掀起的浪是思乡的血》,我认真拜读了。有一句话你写得情真意切——'拍打在金门岛上的海水,不是水而是血,汩汩流淌在海峡两岸人们的血脉之中了'……"

瘦狗确实写过这篇散文。他在厦门的时候,特意租船从海上看了金门岛,因为该岛以"固若金汤,雄镇海门"之意而称金门。当他从船夫的口中知道了"金门岛"之名的来源后,便有了动笔的冲动。但那时因忙于找父亲未得试笔而搁浅了。回到铁园拖拉机厂打更的某一天夜里,便写了这篇散文,并寄给了一家省级报社。不久,这篇散文就发表了。他拿着那份报纸给阿鸽看过后,阿鸽猛地抱住他亲了一口说:"老公,你的文采绝不是浪得虚名耶。"

郝援朝听过瘦狗写下那篇散文的缘由后,紧接着也讲了一个真实的故事:这个故事的主人公叫张骥良,也是个身体残缺的人。他的视力只有零点一,看字时要把纸紧紧贴在鼻子上。他下岗后被北京一家报社聘去当了记者,后来采访过许多名人。郝援朝最后说:"假如你考上记者了,瘸着腿不便于采访,就坐在办公室当编辑。帮我办《第七条路》的专栏,因为你本身就是第七条路上的人嘛。"说着,他打开抽屉拿出一份应聘表递给瘦狗继续说:"你把这份表儿填了吧。记住,一个月后的今天就是考试时间。"

瘦狗将那份应聘表上所有的栏目填好后,才在"姓名"一栏写上了自己的大名——"杨海望"。他将那表儿拍在桌子上哈哈大笑:"我考记者不为别的,就是让'杨海望'三个字见报。让铁园市所有的人都知道,我不是一条狗,是人。我叫——杨海望!"

因为《第七条路》，继张安东见报之后引起的轰动在拖拉机厂再次重现，大家都抢着看当天的报纸。

马厂长看完报纸后，一个电话将毛小毛招至自己的办公室问："毛主任，这高闯没在拖拉机干多长时间，为啥大家都抢着看他的报道？"毛小毛微笑着说："因为他在拖拉机厂的人缘好，更重要的是他找到了自己的路。"马厂长一拍桌子说："你真是一名合格的办公室主任了。高闯与刘天刚，一个在找爷爷的路上自谋职业了，一个在找爹妈的路上自主创业了。你马上通知下午召开全厂职工大会，你把这篇文章在会上念一遍。"毛小毛小心翼翼地提醒道："厂长……高闯已不是拖拉机厂的人了。"马厂长眼睛一瞪："正因为高闯原来是拖拉机厂的人，现在自谋职业了，才具有宣传的价值。两千多人的拖拉机厂，必须减员增效。其他人怎么办？高闯就是榜样，就是楷模！"

下午的大会，毛小毛首先将《铁园日报》上那篇《孙子找爷十年梦，以梦为马闯天下》的报道念了一遍。之后，马厂长便宣布了拖拉机厂大幅减员的方案。所有与会者的脸上，不同程度地呈现迷茫、无奈、彷徨和失落的表情。好在会议刚一结束，魏思凡起身走到马厂长面前，郑重地向他递交了离职申请，也去刘天刚的天朝公司就职了。马厂长举起那张纸，冲着正在散场的与会者大笑着说："同志们，我们的大会有了立竿见影的效果哟！"

下班后，马厂长没用张安东开车送自己回家。而是溜溜达达地走了半小时后，来到一家叫作"在水一方"的洗浴中心。他在惝恍迷惘或是意满志得之时，都愿意来到这里泡个热水澡，再找个小姐陪陪。当然，这里的条件和环境不是最吸引他的，而是一位名叫莎莎的小姐。

马厂长洗完澡后，穿着灰黄色的浴衣来到了休息大厅。他在柔软的沙发上刚刚躺下，莎莎已柔若轻风般坐在了他的身边，为他沏茶，为他拭汗。他们小声说笑着，之后，便离开休息大厅来到了一个灯光昏暗的按摩间……

莎莎不是别人，正是瘦狗的女人——阿鸽！

第三十二章

这天，一辆黑色的小轿车驶进天朝公司的大院，门卫未敢贸然拦阻，通过电话及时向刘天刚做了报告。刘天刚匆忙下楼，便见小轿车已经停在办公楼的门前了。

后车门打开，于小萱从车上走了下来。刘天刚急忙走上前去，脚跟一磕，在一个标准的军礼之中喊道："欢迎于局长莅临本公司。""莅临"两字在他的嘴中一经道出，已有了信手拈来的自如。这些年来，常有领导及嘉宾来此视察，不同客套热情的用语，已被他在生搬硬套中变得圆滑而动听了。与此同时，副驾驶的车门也打开了，走下一名年轻男子，像是秘书身份的人。他笑了笑纠正道："是于副市长……"

一个月前的一天，于小萱刚刚走进办公室，就接到了市委组织部的电话，要她立即去市委会议室，有重要领导找她谈话。会议室里端坐着市委周书记、王市长、市委副书记和组织部部长。另外还有一人她不认识，周书记做了介绍——此人是省委常委、省委组织部韩部长。

韩部长五十多岁的年纪，穿着大干部们常穿的那种深蓝色的夹克衫，不苟言笑的脸上显现着与他身份极其匹配的庄重和深沉。周书记介绍完后，韩部长便展开手中的一纸红头文件，字字如金地宣布道："市人大常委会决定任命于小萱同志任铁园市人民政府副市长。"这二十个字，便是本次谈话的主题了。

周书记说："小萱同志，韩部长刚才宣读的文件分量有多重，我想你心里清楚。希望你不辜负组织对你的信任，尽快进入角色，把副市长的工作做好。是农村长大的吧？"毫无思想准备的于小萱，有些慌乱地点了点头。"我和王市长研究过了，你上来后主抓农业工作。"周书记说，"过去张副市长主管这项工作，他已到点退休了，你接替他。另外，市里的招商工作过去一直没有明确的分工，这次明确了，也由你主抓。"

之后的程序，便是于小萱做表态发言了。她不缺乏在这种场合表态的经验。尽管讲话中，表露出对分管农业工作有些生疏，特别对招商工作可以说更没底，但最后她还是坚定地说："请领导放心，我会努力将自己分管的工作做好，不辜负组织的期望。"短暂的集体谈话结束后，各位领导起身而去。周书记摆摆手，将于小萱留了下来。他起身走到窗前，看着楼下马路上车水马龙的景象，头也没回地问："小萱同志，我们说点儿谈话之外的事。我知道你与许琴校长关系很好，最近你和她有没有过联系？"

于小萱说："书记，在我刚任教育局局长时，许校长给我打过电话，自那以后我们就再没联系了。"

"我是许校长的学生。"周书记转过身来说，"三十多年前我考上十七中时，那时这所学校还有初中部，许琴是我初中时的班主任。初中毕业的那年，我经她介绍加入了党组织，成为初中毕业生中唯一的中国共产党党员。许校长有一个儿子至今还没找到，这事你知道吧？"

"书记，我知道。"

"那么你，什么时候才知道许校长有一个没找着的儿子？"

于小萱便将自己就任十七中校长时，吴局长在会上讲的那个故事说过。

周书记说："你有所不知，其实，吴局长就是许琴同志当年在铁园野战医院时的院长。我也是从老吴那里，知道了许校长一直在找她失散的儿子。依你的判断，许校长失散的儿子到底能在什么地方？"

于小萱这时才知道吴局长是一位转业军人，曾经是许校长在部队时的领导，怨不得他对许校长走上朝鲜战场的前前后后，了解得那么多呀。

她吹了一下落在脸颊上的头发说："书记，我感觉她的儿子应该就在铁园。为了找儿子，退休后的许校长去黑龙江找她当年把儿子托付给的那对夫妻，无果而终。她说凭直觉，她的儿子就在铁园市。"

周书记手一劈说："对。我也有这种感觉，她的儿子如果不在黑龙江，也绝不会在铁园市以外的其他任何地方！可是……有关这方面的线索，我这里一点儿也没有哇。"

于小萱缓了一口气说："书记，我有一条线索。"之后，便将刘天刚一直在寻找朝鲜战场上失散父母的经历说过。

周书记的眼前一亮问道："是不是天朝公司的那个刘天刚？"

于小萱说:"是他。我曾经跟他提起过许校长,他说不找了,永远也不找了。"

"不行,"周书记说,"他刘天刚是不是当老板有钱了,就忘了自己从哪儿来的?连亲生母亲都不认了。"

于小萱顿了一下解释说:"天刚已经把他的养母田妈,接到铁园来了。"

周书记说:"他就是把田妈接到铁园了也要认他的亲妈。许校长已是近七十岁的人了,莫非我们就眼睁睁地看着她在寻找儿子的孤寂中了此一生?小萱同志,你明天就走马上任副市长一职了,之后抓紧熟悉你分管的工作。一切就绪后你抽个时间去趟'天朝',亲自跟刘天刚谈认母的事,能谈通吧?"

"我想能,"于小萱说,"但考虑刘天刚对许校长热情不高的缘故,我不想挑明他们母子相认的事。只说许校长要回铁园故地重游,请他接待一下。"

周书记点点头说:"好主意。你们谈好了,我安排车去鲅鱼圈接许校长来铁园。我要亲自见证他们母子二人的相认,也算我这个学生,对昔日老师所尽的一份责任和义务。届时你要组织一个座谈会,他们相认的地点就安排在天朝公司吧。你爱人郝援朝不是在《铁园日报》办了个《第七条路》的栏目嘛,此事要作为铁园市的重大新闻见报。如果许校长与刘天刚不是母子关系也不要紧,就让许校长在铁园长期住下来。我要号召全市的各级组织竭尽全力,找到许校长失散的儿子。"

于小萱走进刘天刚的办公室后,刘天刚急忙让座沏茶,笑道:"于副市长大驾光临,有什么事尽管吩咐。"于小萱摇摇头说:"这屋里没有副市长,还是叫我小萱吧。"随后提到了许校长,说明近期她要回到工作了几十年的铁园看看,需要天朝公司接待。

刘天刚问:"许校长是我那年在你办公室见到的那个人?"于小萱说:"没错。我再跟你多说一句话,市委周书记可是许校长的学生。"刘天刚的眼睛忽闪了几下后,即刻悟出了此话的三层含义。一是于副市长此番来是为许校长故地重游打前站的,因为许校长是她的老领导。二是整个接待工作由天朝公司负责,"天朝"显然成为铁园市对外的一张名片了。三是周书记将以许校长昔日学生的身份,陪同她一起到来。

于小萱这时问:"你还有没有大点儿的房间?"刘天刚说:"有,就在隔壁。"说完便领着于小萱来到会客室。于小萱显然对会客室的面积及摆设还算满意,只习惯性地叮嘱道:"那天要开个座谈会,市委主要领导将亲临会场。你把会客室的卫生,好好搞一下。"

刘天刚为自己准确的判断兴奋不已:"那是必须的。你看天朝公司都什么人参加会议?"

于小萱说："你们公司的任何人都没必要参会，但你必须参加。你家里人嘛，让毛小毛还有田妈也参加吧。"

瘦狗自从去报社见到郝援朝，并促成阿鸽见报，以及准备考记者后，往日积淤在心里的晦气已是云消雾散了。

他将这一切告诉阿鸽时，阿鸽嘻嘻地笑了："多不好意思耶，你都没见报，却让我上报纸了。"瘦狗说："其实你就是个托儿。用你的嘴讲我，不用我教你吧？"阿鸽点点头："在武汉跟你办'瘦狗商行'时，别的没学会，就学会做托儿了。你说吧，我什么时候去见郝记者？""一个月以后，"瘦狗说，"这些日子，我要利用晚上打更的时间看些书和资料，为考试做好准备。你呢，没事的时候也翻翻字典。人家郝记者是文化人，你该学着文化人的样子去接受采访，时不时地给他捅两个词。"阿鸽叹道："你睡觉时说的梦话都是成语连篇，我随意记下三个五个的，也足够应付郝记者了。"

倏忽间一个月过去了。这天晚饭的餐桌上，瘦狗给自己倒下一杯酒对阿鸽说："今晚去打更不同往日，我要破例喝杯酒。郝记者已通知我明天参加记者招聘的考试了。明天我们一起去报社，我去考记者，你去接受郝记者的采访。待你见报了，我就是砸锅卖铁，也要娶你为妻！"

吃罢晚饭，瘦狗走进拖拉机厂时，却见门卫室亮着灯，一位七十多岁的老者坐在屋里抽烟。他推开门问道："老同志，你贵姓啊？是不是走错门啦？"那老者瞅了他一眼说："我姓马，是马厂长的爹，叫我老马头好了。我在工作——打更。"瘦狗只觉得脑袋嗡的一声，随后就怔在那里了，过了好一会儿才问："看来是我走错地方啦？"老马头招着手说："你是瘦狗吧，来来来，进来坐一会儿，咱们唠两句。"瘦狗倚着门框摆手说："不啦不啦，你就告诉我，打更这活儿是不是不是我的啦？"老马头将瘦狗的一摞书和资料送到他的手中，指着宣传橱窗后面的那面墙说："你去看看墙上的那几片纸，就知道你该去什么地方了。这些资料，你只有换个地方看了。"

瘦狗接过书和资料，拄着拐棍一步一步向宣传橱窗走去。这是他的习惯，每天晚间他都要打着手电去看它。今天的橱窗里却是空空如也，一片纸也没有。而在它后面的墙上张贴着三张大开纸张，上面的内容显然不是一个宣传橱窗所能容纳下的。他已经失去打更者必须拥有一支手电筒的待遇了，便啪的一声点着了打火机，借着跳荡的火苗，完全看清了在晚风中哗哗作响的纸面上的全部内容。第一片白纸的上方显现六个冰冷的大字——"下岗职工名单"。他认真而仔细地看着一个接一个的名字，终于在第二片纸上密密麻麻的人名中找到了自己的名字，那个不是人名的名字——"瘦狗"！

他苦笑了一下，转过身来在院子里踽踽独行。空气中弥漫着柴油和钢铁混合在一起的味道，这是拖拉机厂的味道，也是他最为熟悉且感到亲切的味道。然而从这个夜晚的这个味道中，他已经嗅到了酸楚和苦涩。转过一圈后，他才发现自己又回到门卫室的门前了。突地想起那不是他该去的地方，他该去的地方在那哗哗作响的白纸上。他不由自主地来到了小车库，此处才是他仅有的一席之地，而且也就剩下这最后的一个夜晚了。

他打开车库门上的那把大锁，摸着黑走了进去。他没有开灯，借着月光看到了墙角处的那个炸药包，那个张安东用来炸鱼的炸药包，也是他俩昼夜共同监管的被视为极度不安全的危险品。他一屁股坐在它的上面了。往日每夜，他来到这里只是远远地看看它没有什么异常后，心里默默地跟它说声"再见"就走了。而今夜，他自己也没搞清楚，为什么就这样泰然自若地坐在它的上面了。他点燃一支烟抽了起来，忽地脑盖麻酥起来，坐在炸药包上抽烟这不是作死嘛，人不作死就不能死。他迅即掐掉了手中的烟⋯⋯

继而又点着了。他挪开屁股坐在一个小板凳上，有意将烟灰弹在炸药包的上面，竟然把炸药包当烟灰缸了！刚才看到大白纸上列出的下岗名单，其中大部分人他都认识，几天前他们都知道自己下岗了，劳资科都跟他们谈了话。那时他还为自己没有下岗而庆幸，怀着幸免于难的轻松去欢送他们。

而今晚，有人通知他下岗了，不是劳资科而是马厂长的爹！这个糟老头子一脸不屑地将他打发到那三片纸的面前了，那么一份严肃且严谨的下岗职工名单中，竟然出现了一条"瘦狗"！就是一纸判人死罪的判决书，也不能以绰号诋毁那人本该享有的姓名属性和尊严哪。一名在这里工作了二十多年的老职工，昔日的工段长，到头来，连获得一次正式的谈话和一个自己姓名的待遇都没有了。

他一支接一支地一口气吸下五支烟，烟灰在炸药包上堆成了小山。吸尽第五支烟时，他把烟蒂狠狠摁在了炸药包上。然而那炸药包没有发火也没有暴怒，看来它不想与他亲近也不想与他拥抱。是呀，他不该与它拥抱和亲热，因为他还有阿鸽，那个终日守在家中等候着他的女人。

他回到家中，家中却是一片漆黑。他没有开灯，压抑着难得与阿鸽在夜色中销魂的冲动，蹑手蹑脚地向卧室走去⋯⋯然后脱尽衣服钻进那温暖的被窝，看她醒来后迷离的双眼和妩媚的笑靥；还有她如白雪一般的酥胸上，那个被刺上去的繁体的"潔"（洁）字。

在武汉，他与阿鸽同居的第二天一早，便领她去文身。按照他的意愿，刺青师父用带墨的针，在她双乳上方平坦的皮肉处刺下了那个如指甲盖大小的"洁"字。阿鸽原本以为他会为她刺下一朵婀娜娇柔的花朵，或是一轮朦胧含羞的圆月。当她照着镜子看清是这样一个字时，她哭了，哭得是那样伤心："你还是把我喜欢成妌子的样子了……"

然而床上空空荡荡，阿鸽并没在家。他给她打了手机，却处于关机状态。打更的这些年，他和阿鸽床笫之欢的生物钟完全颠倒，二人只有白天才能干那种事。阳光之下干那种事就像做贼，就像情火燃烧出的丑陋和龌龊大白于天下一般。今夜，他是带着一种按捺不住的雄性荷尔蒙引发的强烈亢奋，要与阿鸽在床上尽情地撒欢，直至让那张年久失修的木床在撒欢中散架，以至轰然倒塌才好。然后他倚在那张倒塌的床上搂着阿鸽告诉她，他虽然像倒塌的破床一样下岗了，但是明天他就带着她去报社参加应聘记者的考试，完全可以东山再起。

他料想阿鸽今夜不能回来了。关好家门下了楼，拄着拐棍在大街上迷茫而毫无目的地走着，一抬头竟然来到了一家名叫"在水一方"的洗浴中心。一脚迈进大门时，心里骂了一句："我他妈金屋藏娇有女人，怎么跑到这种地方来了！"

他泡了澡，搓了身，蒸了桑拿便来到休息大厅，几个小姐过来搭讪。猛然间，他的眼睛睁大了，看见不远处那个袒胸露背穿着超短裙的小姐，竟然是阿鸽。此时，她用那细嫩的手臂钩着马厂长的后腰，有说有笑地向一间灯光幽暗的按摩室走去。他指着阿鸽的背影问其他小姐："那妞叫啥？"大家说："她叫莎莎。"说完后，一个小姐问："先生，您需要莎莎服务吗？"他点点头。那个小姐说："您别犯傻啦，她只为老马服务。"他不耐烦地一挥手将那些小姐都撵走了，眼睛却死死盯着那间按摩室门扇上102号的门牌号。他在等他们出来的那一刻。他要用拐棍去抢他们，抢这对狗男女，抢这对野鸳鸯。

一小时后，他们出来了，眉宇间洋溢着还没有退去的温情和兴奋。他却平静下来了，一边是他的女人，一边是他的厂长，他怎么下手，下手的结果又会怎样？他迅即起身去了更衣室，穿好衣服回家了。

他回到家后没有开灯，在黑暗中和衣躺在了床上。这张普通的木床，让他和阿鸽度过了多少美好而销魂的时光。而今夜，他从武汉千里迢迢带回的这个女人却成了"在水一方"的小姐，老马身下的尤物了。他怀疑是生活的拮据，让阿鸽走出了这一步。

上班以后，瘦狗与劳资科长达成协议，每月的工资直接由劳资科扣下来抵顶马厂长为了救他拿出的三万元钱，月收入在工资表上体现的是个"零"字。于是，他卖掉了在武汉生意最辉煌时给自己买下的金吊坠、金手链、金戒指等首饰。他用这些钱的零头为自己买了一部手机，剩余的全部交给了阿鸽。但那些钱又能左支右绌地维持多长时间？几年下来，也该是入不敷出了。但近些日子，他发现阿鸽却开始粉妆玉琢，修眉绛唇，涂指染发，打扮得完全像一个阔太太的模样了。他曾经颇为疑惑地问："阿鸽，你哪来的钱买这些东西？"阿鸽嫣然一笑："这些钱都是麻将桌上我赢来的耶。"他知道阿鸽酷爱麻将，技艺超群。也知道她晚饭后时常约上几个麻友鏖战不止。还知道，她早已从南方的玩法中转换到东北的博弈中来了。此时此刻他终于明白了，她的锦衣粉面绝不是麻将桌上的战果，而是她出卖了自己肉体的酬劳。

想着想着他睡去了，天已放亮时阿鸽回来了。她摇醒瘦狗问道："老公，你今天怎么回来这么早耶？"坐起后的瘦狗拍着床板吼道："我等你一宿了！你昨晚干什么去啦？"阿鸽笑道："搓麻将去了。""搓麻将去了？"瘦狗瞪着眼睛问："去给男人搓大腿了吧？"阿鸽说："老公，你这话好难听，我怎能给男人搓大腿？再说啦，铁园市有哪个男人的大腿值得我搓耶？""老马的大腿值得你搓！"阿鸽陡地一惊："你这话什么意思？"瘦狗咬着牙说："去问'在水一方'的102号按摩间！"阿鸽的脸由红变白，两片薄薄的嘴唇打着战，支支吾吾地一句话也说不出来了。

怒火中烧的瘦狗突地站起来，一拐棍将阿鸽打翻在地。那飞扬的拐棍猛烈地抽打在她的脸上、头上、胸脯上以至屁股上，直打得她满地翻滚。最后，阿鸽瘫在屋子的一角，道出了她成为马厂长身下尤物的来龙去脉……

两年前的一天深夜，酣睡中的阿鸽听见有人敲门，以为是瘦狗回来了。她只着紧身的内衣内裤来到门前小声问："谁耶？"对方说："我是拖拉机厂的老马，你开一下门。"自马厂长用三万元钱将瘦狗解救于危难，且又给他在拖拉机厂安排了工作后，阿鸽已将马厂长奉为神明了。她匆忙穿好衣服，像迎接自己的父亲到来一般打开了房门。

满嘴酒气的马厂长进得屋后，阿鸽开了灯。马厂长顺手将灯闭掉了，拉着她的手坐下说："别开灯。给我沏杯茶吧，全当我喝多了来你这儿解解酒。"她沏下一杯热茶递给马厂长。马厂长呷着茶水，那双酸溜溜的眼睛，却在她丰满的胸脯上睃来睃去。一杯茶喝完，阿鸽起身欲为马厂长续水时，却不料身后的马厂长一把将她抱住了。她在他的怀里拼命挣脱，拼命反抗甚至喊出了声。马厂长用他有力的大手捂住了她的嘴，而后就把她抱进了卧室……

事毕，马厂长扔下钱得意地说："我一生就喜欢江南小女子，今夜总算得到了，以后我会常来。"阿鸽扑通一声跪在地上流着眼泪央求道："马厂长，求求你别再来了。瘦狗要是知道了，他会杀了我。"马厂长沉吟片刻后说："这样吧，我给你找份工作，要不一分钱没有的瘦狗也养不起你。你以后去'在水一方'上班,那儿的老板是我朋友,今后我们在那儿见面。"这之后,阿鸽就成了"在水一方"的小姐,艺名"莎莎"。她接客的方式与其他小姐有所不同,不管来客是谁,来自何方,她一律视而不见,只服侍马厂长一人。当然,马厂长也投桃报李般地给了她丰厚的回报……

瘦狗并没有因此而宽恕阿鸽。他点燃了一支香烟,狠命地吸了两口,火苗完全旺盛起来时,猛地就将烟头摁在了阿鸽乳房上方的那个"洁"字上。阿鸽撕心裂肺地叫了几声后,便昏厥过去了。她醒来后,低头看着乳房上那个被烧焦的"洁"字说:"从今往后我没有'洁'了,你也管不着我了……"

这时,瘦狗的手机响了,是郝援朝打来的。电话里的他语气十分急切:"我再提醒你一句,招聘记者的考试就在今天上午八点钟,考场在二楼的小会议室。现在已经七点半了。"瘦狗吼道:"我下岗了,不去了!"电话那头的郝援朝,对着话筒冷冷地说:"我之所以推荐你考记者,就是料定你早晚有下岗的一天……"未及郝援朝说完,瘦狗又吼了起来:"别往下说了,老子去!"他回头看了一眼蜷缩在墙角处还在饮泣的阿鸽,头也没回地下了楼。在楼下拦下一辆出租车,驶向报社……

只有三页纸的试卷内容包罗万象,涉及新闻、法律、历史、时事、政治、经济等诸多方面的知识。最后一道题是写一篇不限体裁题材的文章,题目就一个字——"人"。

那篇文章他写得既像议论文又像散文,写了自己,也写了母亲,还写了从未见过面的父亲。最后一段写道:"'人'字是汉字结构中极为简单的一个字,仅靠一撇一捺就将它支撑起来了。依我所见,那一撇是亲情,那一捺是爱情。如果一个人落到了已无父母在高堂,亦无爱情在梦乡的境地,将是哀莫大于心死了……"当他将试卷全部答完,又从头至尾地检查一遍后,才在试卷上方"姓名"一栏中,写上了自己的名字"杨海望"三个字。他走出考场时,郝援朝从一侧走过来问:"没考煳吧?"瘦狗点了点头。郝援朝又问:"你可说过考试之时带阿鸽来见我,她人呢?"瘦狗粗声粗气地说:"她死了!"之后,就匆匆忙忙地回家了。

瘦狗走进家时,屋里空无一人。但见他那个破旧的书桌上,放着一个敞着口的信封,打开后,是一页纸及五百元钱。那页纸上是阿鸽歪歪扭扭的字迹:"我走了,坐上午的飞机回武汉老家了。你好自为之吧。"

下午,瘦狗拄着拐棍走进马厂长办公室,虎着脸问:"老马,你把我女人睡啦?"马厂长毫不在意地反问:"你女人不叫阿鸽吗?"瘦狗鼻子哼了一声说:"没错。她还叫莎莎,'在水一方'的按摩女郎!"马厂长瓮声瓮气地笑了:"这就是你的不对了。你怎么能让阿鸽去那种地方?那种地方的女人不就是让男人睡的嘛。"他说完后咧开大嘴,指着上牙床上一颗残缺不全的牙齿继续说:"我老马走到哪里都是一条汉子,怎么能睡那种女人?可是不行哟,我不依,她把我的半颗牙都咬掉了。"瘦狗压抑着心中的愤懑说:"对,你老马是条汉子!也怨我没管好自己的女人,我能管住她的白天但管不了她的黑夜。我真的感谢你给我安排了打更的好活儿。"马厂长摇摇头说:"这以后你再也不用打更,有的是时间管阿鸽了。"

瘦狗指着马厂长,嘴唇剧烈地抖动着却没有说出一句话。马厂长拉着他坐下后说:"看来你已经知道自己下岗了。你来得正好,我想跟你唠两句……"瘦狗一挥手说:"甭唠了,你爹跟我都唠过了。"马厂长说:"也罢,那我就唠唠咱俩的私交吧。你来拖拉机厂这么些年,我老马待你咋样?你一口一口地叫着我老马,我由着你了。你说你去厦门找爹,我还由着你了,而且你回来后仍是拖拉机厂的一名职工。你在武汉欠了人家的钱就要被打死了,是不是我老马自己掏腰包拿了三万块钱去救你?不错,你回来上班后主动用你的工资抵顶那钱,顶够了吗?没有。会计跟我说了,你连一万块钱也没顶够,剩下的两万块钱我不要了。我们是不是就算两清啦?"

"清不了。"瘦狗说,"你以为用两万块钱,就能给我戴绿帽子?老马,你该懂那句话,朋友妻不可欺!"马厂长呵呵一笑:"朋友妻不可欺这话没错,我们是朋友也没错,但阿鸽是你妻子吗?你们领证结婚了吗?她不过就是陪你睡觉的女人。她能陪你睡觉就能陪别人睡,她不过就是你人生中的一个过客而已。""放屁!"瘦狗吼道,"我对阿鸽是认真的,阿鸽对我也是认真的。我就要娶她为妻了……可她回武汉老家,永远不回来了!"

这时,瘦狗的手机响了。他冲马厂长挥了一下手后,便接听电话。电话那头的人操着闽南口音问:"是杨海望先生吗?"他好歹在厦门混过,自是能听懂福建话。他应道:"是我。"对方说:"我想去铁园看看你。""你是哪一位?"对方说:"见面你就知道我是谁了。"他已不耐烦了:"你到底是谁?有什么事电话说!"对方说:"电话里说不清,我们一定要见面的。"

瘦狗突地意识到来电话的人是谁了。武汉汉正街上的逃离,他仅仅丢清了武汉人的三万元钱,但还没有还上福建人的八万元欠款。那个福建人他没见过,他与那人赊货欠钱的具体手续,都是由对方的手下人与他办理的。但是那个福建人会就此了结,善罢甘休吗?

阿鸽的离去已经为此人的到来埋下了伏笔。他后悔那天对她下手太狠,用烟头烧焦了她胸脯上那个被她用肉体玷污了的"洁"字，也烧尽了她心灵中或许还保留着的一寸净土。阿鸽回到武汉后，一定是联系上了那个对他握有债权的福建人，向对方提供了他所在的城市和工作单位，以及他的手机号，以那个福建人对他的追债，来报复他对她的绝情和残忍，用那个福建人的手活活打死他这条榨不出一点儿油水的瘦狗，绝不会重蹈覆辙的像武汉债权人打断他的腿而就此了事。他绝望了，阿鸽走时只给他留了五百元钱，这点儿钱绝不够他为躲债而亡命天涯的费用。他对着电话那头的福建人说："我……不想见你。"对方的语气坚定而沉稳："你见不见我，我也一定会去铁园找你，无论如何我们都是要见面的……"他挂断了电话，一缕汗水沿额而下。

一旁的马厂长，显然听明白了瘦狗所接电话的全部内容，问道："你是不是又欠下别人的钱啦？"瘦狗低着头没有说话。马厂长叹了一口气说："这回我老马可是爱莫能助了，因为你已经不是拖拉机厂的人了，不过我还是想帮你一把。这样吧，你打个电话让阿鸽回来继续去'在水一方'上班，继续当我的莎莎。八万块钱，我替你还了！"

瘦狗猛地站起来冷着脸问："老鳖犊子，你这是要跟我做笔交易？""对哟，"马厂长说，"是笔交易，你出人我出钱……"瘦狗一挥手打断了他的话："这笔交易可以做，只改一个字，你出命，我出人！"说着，一拐棍向马厂长抡去。马厂长闪身躲过他抡来的拐棍，站起身来说："真是可怜之人必有可恨之处。你想揿死我？可惜了，你出的这个人还是人吗？不过是一条瘦狗瘸狗而已。你没那能耐喽！"瘦狗的眼睛里掠过一丝凶光，咬着牙说："我是没能耐揿死你，可我有能耐拖着你一起去见阎王爷！"马厂长指着他那条瘸腿轻蔑地说："凭它拖？怕是连你自己都拖不动啊。真是一斗米养个恩人，一石米养个仇人！"瘦狗浑身颤抖着再没说话，一转身推门而去。

他刚一走出厂长室，就被迎面走来的张安东拉着去了小车库。张安东指着炸药包上如小山一般的烟灰和烟蒂问："你在这儿抽烟啦？"瘦狗说："抽啦。"张安东狠狠地搗了他一拳："你真是活腻歪了，不怕被炸死？"瘦狗用拐棍搗着地吼道："老子就是活腻歪了，就想被它炸死。这叫'宁鸣而死，不默而生！'"

这时，瘦狗的手机又响了，他看清了电话号码仍然是那个福建人时，非但没接，干脆关机了。张安东问谁来的电话，他摇了摇头没有回答，蹲下身来将炸药包上的烟灰和烟蒂收拾干净后，嘘出一口气说："张师父，我们可是有言在先，只要我替你看炸药包了，你就领我去炸鱼。"张安东说："此一时彼一时，我现在不能领你去炸鱼了。马厂长单独跟我交代过，现在是国企转制的非常时期，不让我去河里炸鱼，以免节外生枝。他说再发现我炸鱼，就让我滚犊子下岗！"瘦狗大笑一声说:"我真是猪油蒙眼看错了人。我才下岗,咱俩的哥们儿感情却早就下岗了。"没想到张安东嘴一撇豪横地说:"炸,这个周日就去炸。马厂长没发现算我捡着,发现了大不了我和你做伴一起下岗,也绝不让咱哥俩儿的感情下岗!"

周日的天气很好,四月的春风中,泛绿的小草显露着勃勃生机,欢快的河水奔腾向前。张安东开着奔驰轿车拉着瘦狗,来到了他们上次炸鱼的那个地方。他将车子停在一个隐蔽处,便从车中取了炸药包和几个空罐头盒,与瘦狗一同来到岸边。

张安东蹲在地上打开炸药包,用手捏着黑色的炸药装进一个罐头盒里,然后将一根导火索嵌进雷管的开口处,并固定好,最后将它们放入罐头盒中的炸药中。这些动作,他一边做着一边教给了瘦狗。一切完毕后,便让瘦狗点燃一支烟,他用那烟点燃了导火索,一扬手就将咝咝冒着火星的罐头盒向河中抛去。那物在空中画出一道优美的抛物线后,就扎进河里了。

张安东拉着瘦狗躲在一个土包后面,静等着河水掀翻游鱼毙命时刻的到来。可是许久,河水依然欢唱,大地依然平静。二人探出头来,但见那物扎进水中泛起的涟漪,就像送给了张安东一个笑,一个恨其不能、怒其不争的笑。瘦狗脱掉衣服就要下河看个究竟。张安东一把拽住他厉声喝道:"你不要狗命了!"瘦狗问:"那该怎么办?"张安东沉稳地说:"不管它就是了,让它陪着鱼玩去吧。"他又将炸药装进另一个罐头盒递给瘦狗说:"你来第二炮。"瘦狗按照张安东刚才的做法装好炸药,点着一支烟引燃了导火索,便将那物扔进河里了。二人刚刚躲到土包后面,就听到河水扑通一声闷响,一道水柱冲天而起,之后便有翻白的小鱼在水中漂荡。

他们无心去光顾那些死鱼。张安东接着又将一个点燃的罐头盒扔进河中,仍然是沉进水里了无声息了。而瘦狗的第二炮依然爆响,依然水柱冲天。张安东的第三炮换了电雷管,他拽响后扔进河里又哑火了。瘦狗的第三炮,张安东也送给他一个电雷管,他却没有用,将其揣进衣兜里。他继续沿用烟头点燃导火索的方式,将那罐头盒扔进河里后,那物依然延续着之前的威猛势头,将河水炸得翻汤倒肚。

张安东一屁股坐在地上,捂着脑袋沮丧地说:"今天真是犯邪了,一河的水我叫不醒,来了条狗却兴奋得狂舞。"瘦狗却在一旁大笑不止:"过瘾,真过瘾。今天我才真正看到了水火不相容的拼争,不是河水压死了炸药,就是炸药捣毁了龙宫。"张安东包好剩余的炸药悻悻地向奔驰车走去,边走边说:"真是教会了徒弟饿死了师父,炸鱼这个行业我下岗了。我他妈再炸鱼就是个王八蛋!"

站在岸边的瘦狗,却看着奔流不息的河水一声狂啸:"我要干一件震惊铁园的大事!"

第三十三章

　　这天，天朝公司的大院热闹起来了，铁园市党政军的有关领导纷至沓来。
　　首先是市委周书记的小车驶进院里，车门开处周书记走下车来。紧随其后的是于小萱副市长的小车，她陪着昔日的许琴校长和原教育局吴局长同车来到了天朝公司。
　　须臾，一辆草绿色的军用吉普车也停在院内。肩膀上扛着少将军衔的老崔从容镇定地下了车，步履稳健地向楼内走去。一年前，他已晋升为H军副军长，军衔也由大校晋升为少将了。
　　再之后，一辆漆黑闪亮的小轿车徐徐而至。车停处，便见神采奕奕、风度翩翩的章诗逸走下车来。他现在是铁园师范学院副院长，担任这一职务的准确时间，比于小萱提任副市长的时间还要早两个月。崔副军长和章副院长都是接到了于小萱副市长代表周书记向他们发出了正式的邀请后，以刘天刚昔日战友的身份来参加他与母亲相认的座谈会。
　　又一辆小车驶进院子后走下三人，这三人是潘跃进及她的父母。潘跃进比之前来到此处的所有人的职务要低，但也是独当一面的要职——铁园市招商局局长。
　　于小萱走马上任副市长分管农业和招商工作后，就招商工作及组织机构的想法分别向周书记和王市长做了汇报。她提出了组建招商局的方案，并推荐潘跃进任局长。后经市委常委会研究决定，潘跃进三天前由一名处级干部晋升为局级干部了。
　　昨天晚间全家吃饭时，章诗逸说起次日将参加刘天刚认母的座谈会。岳父潘立亭把筷子往桌子上一扔说："我也去。"潘跃进说："爸——这件事可是市委周书记亲自策划和参加的，我都没资格去……"潘立亭沉着脸打断了她的舌："正是因为周书记去了我才要去。他能帮刘天刚找到妈，我问问他能不能帮张安东也找到妈？"母亲紧跟着也说："女儿，我也去问问周书记……"潘跃进拍了一下桌子说："二老哇，你们要这么说话，谁都不许去！"章诗逸摆着双手压住了双方进一步争论的态势，居中调停说："我非常理解二老的心情。但是我希望你们去了可不要说话，那无异于去质问周书记了。如果你们能做到这一点，我可以请示于小萱副市长。"潘立亭说："三年学说话，一生学闭嘴。咱年轻时没学好说话，老了老了还学不会闭嘴吗？"

饭后，章诗逸给于小萱打了电话，于小萱又请示了周书记。鉴于张安东寻亲的经历与刘天刚极其相似，其经历通过章诗逸写的通讯报道，在《铁园日报》的《第七条路》栏目刊载过，而且潘立亭一家还曾收养过张安东等因素，潘跃进及她的父母获得了本次座谈会的旁听代表资格。

这时，又有两辆面包车驶进院子里。一辆是铁园电视台的新闻采访车，车上走下两位扛着摄像机的记者；另一辆是铁园日报社的新闻采访车，也走下两位记者，其中一位是记者部主任郝援朝。他对此次采访充满了期待，因为于小萱已将周书记的指示带给了他，一旦母子相认成功，必须在《第七条路》的栏目中作为重大新闻及时见报。

唯一步行来到会场的是毛小毛和田妈。毛小毛特意穿了她提任拖拉机厂办公室主任那天，刘天刚给她买的浅灰色紧腰风衣，还有扎在脖子上的金色丝巾，以及脚上的咖啡色皮鞋。当她挽着田妈走进会场时，标志着该来的领导和嘉宾都到齐了。

会客室已经坐满了来宾——于小萱副市长、原教育局吴局长，还有潘跃进及其父母，以及郝援朝和报社、电视台的记者。于小萱与大家打过招呼的同时，便对所有人的基本情况和关系都做了介绍。

在刘天刚的办公室则坐着更为重要的领导和嘉宾，他们是周书记、崔副军长、章副院长和许校长。笑容可掬的周书记挽着许校长坐在沙发上，谈论着他们分别后的工作和生活。一问一答中，显现着这对昔日师生的感情是那样的诚挚，又是那样的纯洁。

一直没有坐下来的是刘天刚，始终穿梭于会客室和自己的办公室之间，殷勤有加地安排着所有领导和来宾。尽管参会的人员中，除了他和毛小毛以及田妈外，都知道这次会议的主旨是什么，而他直到现在也不甚了了。只为自己的"天朝"能成为许校长故地重游的落脚地，进而引来了如此之多的领导和嘉宾而感到自豪和振奋不已。当他再次走进自己办公室时，周书记看看手表对他说："你问问于副市长,人都到齐没有?若齐了就开会吧。"刘天刚迅即来到会客室向于小萱汇报了周书记的指示。于小萱点了点头说:"你告诉周书记,参会的人都到齐了,可以开会了。"

当周书记挽着许校长的手,崔副军长和章副院长陪在两侧,一行四个人走进会客室时,所有人都站起来鼓掌欢迎许校长的到来。许校长依然穿着当年常穿的那件灰色短风衣,脚上还是那双黑色的皮鞋,满头银发不再茂密,原本圆润的脸上已有了深浅不一的皱纹。她微笑着频频点头,以示对大家的谢意。而后,她特意走到吴局长面前,给昔日野战医院的老院长敬了一个庄重的军礼。吴局长点着头,给她还了一个同样庄重的军礼,他们的手紧紧地握在了一起……

这时,院子里又驶来一辆黑色奔驰轿车,有人认出那是拖拉机厂马厂长的座驾。然而,马厂长并未在车里。司机张安东从车里跳了下来,一路小跑地进了办公楼。来到会客室,他看见正在给许校长倒茶的毛小毛,便紧走两步附在她的耳边小声说了几句话。毛小毛的脸色骤变,手中的茶壶颤抖不已,茶水沿着抖动的壶嘴,一缕一缕地淌在杯子之外了。潘立亭和老伴以及田妈都围了过来,张安东只对他们摆了摆手,就拉着毛小毛一刻不停地下了楼坐进车里,奔驰车飞驰而去了……

在张安东和毛小毛快步走出会客室时,许校长望着他们的背影问:"小萱,刚才进来的那个男孩儿是谁?"于小萱笑了一下,心里却说:许校长竟然管与毛小毛一同走的那人叫男孩儿?那人的年龄也该四十多岁了。许校长老了,真的老了,连孩子与成年人都分不清了。她看过报纸上有关张安东寻找抗美援朝失散父母的报道,却不知道眼前的这个人就是张安东,便向潘跃进招了一下手。潘跃进连忙走了过来,于小萱说:"潘局长,刚才来找毛小毛的那人是谁?你给许校长介绍一下吧。"潘跃进蹲在许校长面前说:"许老,那人是拖拉机厂的小车司机。"许校长问:"他们干什么去啦?"潘跃进摇摇头说:"不太清楚,可能是厂子工作的事吧。"许校长又问:"潘局长,他们一会儿还能回来吗?"潘跃进凭着经验判断,十分肯定地说:"能回来。工作上的事处理完了,他们一定会回来的。"

潘跃进重新回到自己的座位后,于小萱却向刘天刚使了一个眼色。刘天刚匆匆来到了她的面前,于小萱说:"刚才毛小毛没给许校长倒完茶水就走了,你把她没有完成的事做完吧。"刘天刚拿起茶杯的那一刻,许校长站起来握住他的手微笑着说:"不麻烦你了,我自己来吧……"所有与会者都暗暗赞叹于小萱巧妙而不动声色地让二人的手握在一起了,也深知母子相认的座谈会就此拉开了序幕。

大家不约而同地站了起来。周书记的眼光已经从许校长和刘天刚身上移开了，低着头努力压抑着内心涌动的波澜。吴局长将双手举在胸前，像是为下一刻做好了鼓掌的准备。潘跃进不知什么时候来到了丈夫章诗逸的身边，纤细的手指扣在他的指间，十指紧扣的双手在微微地抖动。崔副军长挺直腰板直视二人，像是给他们行最为敬重的注目礼。潘立亭与老伴紧紧地偎依在一起，共司相拥的合力像是为他们二人加油，也像是为刚才见到的张安东加油，期盼着也也能有与母亲相认的时刻。于小萱寸步不离地站在许校长的身后，生怕她因过于激动而失去身体的平衡。田妈站在墙的一角，目光有些茫然也有些游移。电视台的记者已架起摄像机，头趴在机器上调整着焦距和光圈；郝援朝也掏出小本和笔，们都在准备记录下即将到来的那激动人心的一刻……

就在这时，一辆红蓝灯交替闪烁的警车疾驶而来，也停在了院子里，这该是今天最后一辆到来的小车了。身材高大魁梧的公安局局长下车后，大步沉星地走进楼里。他来到会客室门口时，早已听到警车呼啸声的周书记，快步走出会场盯住他问："你来干什么？"公安局局长以手掩嘴小声地向周书记汇报着什么，但见周书记指了一下秘书，秘书深悟其意，早已跑下楼去让司机将车发动着了。待周书记和公安局局长各自坐进车后，两辆小车风驰电掣般地向市内驶去。

周书记的突然离去，不啻为母子相认相聚的会场蒙上了一层阴影。许校长松开了握杯子的手，刘天刚不忘将杯子斟满茶水后放在茶几上。他看着还没有坐下的所有人，突然间就悟出了这个会议绝不是迎接许校长来铁园故地重游那么简单……

于小萱摆摆手，大家坐了下来。她什么也没说，但所有人都清楚她的意思，之后的流程，只有等周书记回来后再继续进行了。郝援朝收起了笔和纸，电视台的记者扣上了摄像机的镜头盖，大家在面面相觑中默不作声。唯有潘立亭耐不住这熬人的寂寞，自言自语地咕哝了一句："铁园市一定出大事了！"一旁的潘跃进怨道："爸，你还是没有学会闭嘴呀。"潘立亭咂巴了两下嘴，就再不吱声了。

这时，于小萱的手机响了，是周书记的秘书打来的，他的语气颇为急切："于副市长，奉书记指示：请您马上通知刘天刚到拖拉机厂来。"于小萱不敢怠慢，立即向刘天刚转达了周书记的指示。刘天刚一下子跳了起来，眼光中有一丝惊异之色，更有一缕喜悦之光，带着第一次受到周书记指派的感奋兴冲冲下了楼，开着自己的大吉普呼啸而去了。

过了一会儿，于小萱的手机又响了，这回是周书记亲自打来的。周书记说："于副市长，你跟大家解释一下，母子相认的事择日再办，特别代我向崔副军长和章副院长致歉。还有，你亲自送许校长回宾馆，之后到我办公室来。"于小萱向大家转达了周书记的意思，又代表周书记单独向崔副军长和章副院长表达了歉意，二人自是理解，客套一番。

之后，崔副军长特意走去与潘立亭及他的老伴握手告别。接着又走到田妈面前指着自己的鼻子问："您老还认识我吗？"田妈看着他摇了摇头，继而脸上却泛起了一丝笑意："你……是老鹰沟坦克一连的老崔同志吧？"一旁的潘立亭说："他现在可不是当年的老崔了，是副军长。"崔副军长看着田妈说："我给您敬个礼吧。"说完，后撤一步双脚一磕，就给田妈敬了一个庄重的军礼。惊喜中的田妈，不明白崔副军长为什么在这个场合这个时候给自己敬礼。礼毕后的崔副军长紧紧握住她的手说："在我心里，您是部队后代找不到爹妈的母亲，也是刘天刚永远的干妈！"田妈嘘出一口气，低着头笑了。这之后，大家便陆陆续续地走出会客室各自归去。

"小萱，"许校长突然问，"刘天刚有妈啊？"于小萱微笑着说："崔副军长的话您听差了——田妈是刘天刚永远的干妈。"

人都走尽后，于小萱一手拉着许校长，一手拉着吴局长进了自己的车，车子向市里驶去。天朝公司顿然间平静下来，院子里连个车影都没有了。

车子先将吴局长送回家，接着又送许校长来到宾馆。走进房间后，许校长挽住于小萱的手问："小萱哪，我还是想问你，那位小车司机和跟他一块儿走的女同志是什么关系？"于小萱说："许校长，那位女同志是刘天刚的妻子，叫毛小毛。"许校长点点头："哦，是这么回事。那刘天刚怎么没跟她一块儿去呢？"于小萱答道："毛小毛是拖拉机厂的办公室主任，她回去可能是处理厂子工作上的事，跟刘天刚没有关系。"许校长又说："但我还是感觉那位司机和毛小毛以及周书记的走，是一回事，包括刘天刚后来走了也是那件事情。一会儿，你是不是要去周书记那里？"于小萱点点头。许校长说："你见到周书记后跟他讲，我想单独见见那位司机。噢，还有……他叫什么名字？"于小萱拍了一下额头自责地说："您看我多官僚，到现在我也不知道他的名字。不过不要紧，事后我保证把那位司机送到您面前，到时候也就知道他叫什么名字了。"许校长欣慰地笑了……

于小萱告别许校长后即刻去了市委办公大楼，走进周书记办公室时，但见他独自一人坐在办公桌前。他摆摆手让于小萱坐下后，语气沉重地说："就在我们组织许校长母子相认的同时，拖拉机厂却发生了一起……惨不忍睹的血案哪……"

这天一早，张安东一如既往地将奔驰车停在了马厂长家的楼下。八点钟，睡眼惺忪的马厂长打着哈欠，才从楼里走了出来。

昨天晚上他请市里有关部门的领导喝酒，专门研究拖拉机厂的改制问题。他对自己的想法和意愿毫不隐讳，如今的拖拉机厂已经千疮百孔，资不抵债，成为一个烂摊子了。之后由他来收拾和拯救这个烂摊子，从而在资产重组的过程中，变国有为私有，变姓"国"为姓"马"。

马厂长坐进车里后，奔驰车向城南的云山会馆驶去。张安东深知马厂长的习惯，每当他感到身心疲惫时，第二天上班前一定要到那里喝茶解乏。当然，今日所来之人并非只他自己，还有昨夜的全班人马。他要与他们在品茗消遣中继续研究昨晚的未尽事宜。

一位穿着大红旗袍的迎宾小姐为马厂长开了车门，并小声告诉他：您的那些客人都在里边候着呢。他点点头便下了车，刚走出两步又转过身对张安东说："不用来接我了，会馆有车送我回厂子。"

张安东回到厂子将奔驰车停在车库的门前，随后习惯性地走进了车库，突然间发现，平时放在墙角处的炸药包不在了。他仔细查看了大门和锁头，并没有被撬的痕迹。车库的钥匙唯他和瘦狗各执一把，莫非瘦狗去炸鱼啦？他关好车库大门，开着车向他们上次炸鱼的地方驶去。

岸边三三两两垂钓的人都认识他。他摇下车窗说明了来意，所有人都说没见过有人来炸鱼。猛然间，他想起瘦狗曾在这里愤愤然地冒出一句话："我要干一件震惊铁园的大事。"只觉得脊梁骨冒着冷汗，头皮也酥酥发麻，他掉转车头急速返回了拖拉机厂，逢人就问谁见到过瘦狗，众人都说："他都下岗不是拖拉机厂的人了，你该去他家找！"他嗷的一声骂道："我他妈也快变成狗了，浑身上下就剩下一根筋了。"

他心急如焚地驱车来到瘦狗家所在楼的楼下，一口气爬到瘦狗家的门前，震耳欲聋的敲门声惊动了左邻右舍。门缝里闪现的形态不一的半张脸共同说，从昨晚到今天就没见到瘦狗回家。他急忙赶往天朝公司，向他的顶头上司毛主任做了汇报。毛小毛一听此事，比他还紧张，连跟其他人包括刘天刚说句自己去向的话都没有，就拉着他上了车向拖拉机厂疾驶而去。

他们走进拖拉机厂时，便见厂机关那栋平房的外边有人不断地走动，更有一些人趴在马厂长办公室的窗户上往里张望。其实他们什么都看不到，马厂长办公室的窗户全部是磨砂玻璃而且封闭性极好。毛小毛和张安东来到他们中间后同时问道："马厂长办公室出现什么情况了？"有人说："瘦狗跟厂长干上了！"张安东心里一惊，心想这下可要出大事了。马厂长从云山会馆回到厂子后，一定是被瘦狗堵在办公室了。

人们都知道瘦狗是马厂长办公室的常客，吵吵闹闹已是家常便饭。特别是不久前，二人为阿鸽吵得不可开交之时，就引来了不少人在窗外窃听。为了争夺一个美女的对骂声，要多精彩有多精彩，要多刺激有多刺激。隐隐约约听到过那场对骂的人，今日寻声而来时，身后自是跟来了更多看热闹不怕乱子大的人。他们不约而同地聚在马厂长办公室的窗下了……

毛小毛和张安东离开那群人后，迅速来到马厂长办公室的门前同时推门，门却推不开。好在身为厂办主任的毛小毛有马厂长办公室暗锁的钥匙，她用钥匙打开房门后，一个极端恐怖、惊心动魄的场面让他们大为惊骇，不寒而栗！

但见瘦狗横眉怒目，脸色铁青。他干瘪的胸脯上，用麻绳缠绑着张安东用来炸鱼的炸药包。从炸药包一角垂下一根电雷管。张安东一眼就认出了那支电雷管，那本是他送给瘦狗用来炸鱼的，却不想他偷偷留了下来，显然是为这次行动早已做好了准备。他的身边放着一个手提汽油桶，桶上的盖已被打开，汽油浓烈刺鼻的味道弥漫了整个房间。

瘦狗此时一只手握着雷管，另一只手舞着拐棍将面如土色、抖若筛糠的马厂长逼在屋子最里面的那个墙角处。见毛小毛和张安东进得屋来，他用拐棍捣着地吼道："你们干什么来啦？滚出去！"毛小毛平静地笑了一下说："哥呀，你腿脚不好，有什么事咱们坐下说好不好？"说着便拉过一把椅子放在了他的身边。瘦狗一拐棍将椅子击倒后怒道："毛小毛，你是想让老子坐下后把我按住？你想错了，我随时都会拉响炸药包。我就是炸药包！"毛小毛重新扶起椅子说："我的好哥哥呀，妹是看你腿脚不好，想让你坐下来休息休息。我，包括安东哥都不会碰你一指头的，你自己坐吧。"瘦狗将二人让到自己的视线范围内后，才一屁股坐了下来。

毛小毛冲张安东使个眼色，便转身去桌子上的暖壶倒下一杯开水送给瘦狗说："哥呀，妹看你口干舌燥的，喝杯水润润嗓子吧。"张安东心领神会，趁毛小毛递水挡住瘦狗视线的一瞬间，将那个汽油桶拿到瘦狗身后看不见的地方了。他们异常清楚，这个汽油桶一旦被爆炸的炸药包引燃，汽油将会更加猛烈地迅速燃烧，厂机关的那栋平房，瞬间就会陷入一片火海之中了。

墙角处的马厂长，这时挪动着硕大的身体想离开原地。瘦狗一拐棍劈在他的腰间厉声喝道："狗日的老马，你要再动弹一下，我立马就拉响炸药包！"马厂长摆着手说："别……别别，我一直憋着一泡尿，只是想出去……上趟厕所。"瘦狗一声狂笑："你他妈真是老马识途，想从尿道跑啦？你的裤裆就是尿盆，尿吧！"马厂长原本是没有尿的，不知怎么还真的内急了，一泡黄澄澄的尿液顺着他的裤腿淌了下来。

瘦狗轻蔑地看了马厂长一眼后继续说："毛小毛，安东，我告诉你们我为什么要炸死这个老鳖犊子，他把我的女人阿鸽睡了！"毛小毛摆着手说："哥，哥呀，这事确实是马厂长的不对，你可以去举报他甚至诉诸法律。但你千万别炸死他，你也不该自杀。我听说你都参加招聘记者的考试了，你还有未来呀！"瘦狗呸了一口说："我有个狗屁未来。阿鸽就要领着福建的债主来铁园讨我欠的八万块钱了。我今天不死，明天也得被那些人打死。"他说着拍了拍那条伤腿，眼睛死死盯住马厂长又说："你这个老鳖犊子不是说我这条伤腿拖不走你吗？就凭你这句话我也要把你拖走。总比明天被讨债的打死要好，至少我现在可以抓一个垫背的，还能让你想得到的这个拖拉机厂在一片火海中化为灰烬！"他说完后，用拐棍指着门口对二人继续说："我的话说完了，你俩赶紧滚出去！"

张安东不疾不徐地说："我不出去，你还给我炸药包。"瘦狗拉着胸脯上的炸药包冷冷一笑："不怕死就自己来取！"张安东走近他后说："我取之前有个条件，让马厂长和毛主任都出去。"瘦狗瞪着眼睛说："你他妈的真要跟我玩，连死都不怕啦？"张安东镇定地说："我不怕死，从玩上炸药的那一天起我就不怕死了，我现在最后悔的就是教会了你怎么玩它。还是那句话，让马厂长和毛主任都出去，我和你玩到底。"瘦狗举起拐棍指着毛小毛说："你出去，但那个老鳖犊子不能走，他得陪着我俩玩。你出去以后就别再回来了！"

毛小毛早已明白了张安东的用意，不卑不亢地看着瘦狗说：'好，我走。我出去的目的是把那些趴窗户的人都撵走，不让他们看咱们的笑话。我跟两位哥哥就说一句话，我走了以后，你们可以扯起嗓子对骂，骂八辈祖宗，但谁都不许动手，不许动炸药包，这叫君子动口不动手。等你们骂累了嗓子冒烟了，我回来给你们倒水喝。"她说完后，便见张安东搬过一把椅子坐在了瘦狗的对面。她借着张安东挡住瘦狗视线的刹那，迅即拿起地上的汽油桶推门而去了。

她首先一路小跑来到保卫科。她奇怪为什么这个危急时刻不见他们的踪影，却见门上贴着一个字条，上面写道："本科所有人员，今日参加市里培训。"她推开一扇窗户，用一块破布将汽油桶的桶口封好，放在靠窗户的桌子上。同时，又拿出手机向公安局打了报警电话。

而后，她来到马厂长办公室窗下围观的人群中。这些人完全不知道屋里已经出现了极端情况，只在那里嬉笑不止。她站定后，大声宣布了心里早已拟定好的马厂长的虚假指示："各位工友们，我现在传达马厂长的指示，'从现在起全厂放假，工资照发不误'。你们愿意去哪儿玩就去哪儿玩，但谁也不许在厂子玩，这儿是干活的地方！"人群中欢腾不已，有说要去喝酒的，有说要去打麻将的，甚至还有说要去泡妞的。她一挥手说："你们爱干什么就干什么去，就是别干违法的事。都走吧！"顷刻间人都散尽了。他们刚走，又一伙人拢了过来。她再次传达了马厂长的指示，这些人打打闹闹地也散去了。

脚印

291

她这时才意识到走了悟空又来了猴子——终不是办法，就来到属她管辖的厂广播室，通过大喇叭传达了全厂放假的通知。便见一拨又一拨的人走出了厂子的大门。她随后到各科室和各车间检查了一遍，看到所有的人都走了，心里总算踏实下来，心想即便瘦狗身上的炸药真的引爆了，也不会伤及无辜。

毛小毛佯作轻松地又回到马厂长办公室，拿起暖壶为瘦狗和张安东各倒下一杯水。张安东接过了水杯，瘦狗没接，却冲着毛小毛大骂："你他妈的真贱，让你走了就别再回来了，你怎么又回来啦？"毛小毛殷殷一笑："哥呀，妹还举着水杯呢，你倒是接下呀。"瘦狗接过水杯似乎消了气，继而又瞪起眼睛看着马厂长说："姓马的，该你说话的时候了。"马厂长哆嗦着嘴唇问："让我……说什么？"瘦狗说："给屋里这二位也放假，让他们回家去！"马厂长绝望地说："毛主任、安东，全厂都放假了……你俩……也走吧。"

这时，警车尖厉的鸣笛声由远及近地传进了厂子。转瞬之间，三辆黑色防爆警车呼啸而至，排成一列停在院子里。车上跳下若干名戴着钢盔荷枪实弹的警察，厂子的大门口和相关地段拉上了警戒线。

瘦狗将手中的水杯狠狠摔在地上，瞪着充血的眼睛盯住毛小毛问："你报警啦？"毛小毛反问："我报警了还会再回来吗？"瘦狗这时从椅子上站起来四处查看，猛地一把揪住她的头发问："我的汽油桶呢，是不是你刚才拿走啦？"毛小毛面无惧色地没有回答。瘦狗已是暴跳如雷了："毛小毛，你他妈真想给我和老马殉葬了。"他说着就做出了要拉响炸药包的架势，但是摇了摇头又将手放开了，一把将她推开后咬着牙说："看在你是天刚媳妇的分上，我放你一马。还有安东，你们赶快滚出去！"

这时，窗户的玻璃被砸碎了，一支乌黑的枪管伸了进来，那枪管端端地瞄向了瘦狗。毛小毛大喊："警察同志别开枪，他身上有炸药！"枪管的威逼让瘦狗愤怒至极，再次冲毛小毛和张安东吼道："你俩快滚！"他的眼睛已放射出恶狼一般殊死而战的凶残之光，手里紧紧攥着炸药包的雷管，一步一步向墙角的马厂长逼去。

毛小毛突然推开马厂长，向瘦狗扑去，像是解救马厂长，又像是为瘦狗去挡警察飞来的子弹。因为她清楚，子弹打在瘦狗的身上，无疑会点燃威力无比的炸药包。张安东伸手想去拦她，不承想自己被浑身充满了力量的毛小毛带了过去，二人的身体重重地撞倒了瘦狗。倒在地上的瘦狗拼命挣扎着，终是腾出一只手，拉响了炸药包……

一声巨响后，屋子的顶棚被炸漏，砖石瓦块滚落下来，窗玻璃如冰雹一般飞向半空，硝烟弥漫了整个房间，空气中充斥着浓烈的血腥气。警察已冲进屋内，不借助任何工具，用手扒开砖石瓦块寻找废墟下的四个人。结果毛小毛、张安东以及瘦狗都没有了生命体征。唯有躺在墙角的马厂长一息尚存，他被及时赶到的救护车上的医护人员抬上车后，车子向医院飞驰而去……

在马厂长的办公室里，有一台当时很少见的、只有他独享的进口电子监控设备，本来是便于他了解办公室内外的信息，却清晰且全面地记录下了这起血案的始末……

周书记讲述这起震惊了整个铁园市的血案时，几乎没有坐下来，在办公室的地板上踱来踱去。他的身材并不高大，但体内却似储备了巨大的能量，有着指点江山的气度和风范。可是他今天谈起此事时，时而扼腕叹息，时而如鲠在喉，时而潸然泪下。他最后说："血的教训哪。国企改制中，一些企业的领导干部一边有意将国企搞垮破产，一边又摆出救世主的姿态搞起了资产重组，以实现将国有资产归已有的目的。他们为所欲为，欺男霸女，最终导致了这起惨案……只可惜毛小毛和张安东同志为此献出了他们宝贵的又年轻的生命。他们临危不惧，机敏地疏散了全厂职工，又成功地将汽油桶转移出现场，确保了每一名职工的生命安全，还避免了拖拉机厂的重大损失。他们的精神，永远值得铁园市人民尊重和铭记……"

爆炸案中三具遗体的认领工作随之展开。原本以为受到周书记钦点执行什么特殊任务的刘天刚，来到拖拉机厂时就惊呆了。整个厂子空无一人，只有荷枪实弹的警察在厂内巡逻。他刚走进厂子大门，周书记走过来紧紧握住他的手悲怆地说："毛小毛是位好同志……"刘天刚只觉得两腿发软，脸上冒出了冷汗。毛小毛从天朝公司走时他不知道，事后有人告诉他，她是被张安东找走的，也没在意，更不知道她来到了拖拉机厂。

刘天刚走进马厂长的办公室，便见地上停放着盖上了白布单的三具遗体。他一眼就看到了一条白布单下露出的咖啡色皮鞋，不禁整个身体抽搐和痉挛起来。他一步一步走到那具遗体前，蹲下来轻轻揭开了布单，毛小毛的遗体全部呈现在他的眼前了。她的头发全部烧焦，脸上的皮肉已烧成焦块，掺和着干涸的血痂，已辨不清五官了。脖子上的金色丝巾烧成灰烬，浅灰色的风衣只剩了袖子和下摆，前胸完全被炸烂了。他抱着毛小毛的遗体撕心裂肺地放声大哭，大颗的泪珠一滴一滴地滚落在毛小毛焦煳的脸上，被泪水洗刷的焦灰和血汁，沿着她的脸颊淌了下来……

毛小毛的遗体虽然残缺不全了，但走得体面而有尊严。延绵的送葬车队逶迤前行，有上百辆之多。灵车的车头挂着毛小毛的遗像，那照片是从她与刘天刚的结婚照上剪裁下来的。除了这张相片，她一生中再没照过相，哪怕是自己的单人照。刘天刚曾经想与她再照四张合影，以弥补她连写了五封信他都未回信的遗憾，但一次又一次地都被毛小毛拒绝了，那空着的四个镜框至今还放在床底下。

马路两边站满了送葬的人群，他们都不认识毛小毛，但是毛小毛临危不惧大义凛然的事迹感染着他们。人群中拉起了横幅——"毛小毛，一路走好""毛小毛是铁园人民的好女儿"等等。中共铁园市委、铁园市人民政府向她敬献了花圈。周书记、王市长、崔副军长、于副市长、章副院长，以及郝援朝等各级领导都参加了她的追悼会。一位普通的塞北农民来到铁园后，凭着她的质朴、正直、善良和勤奋，走完了自己短暂的一生，受到了铁园市人民和领导的尊重和痛悼，真的可以含笑九泉了。

郝援朝替刘天刚代笔，写下了悼念毛小毛的文章，刊登在《铁园日报》的第三版。章诗逸为毛小毛写下两句诗缀在结尾处，为整篇文章增色不少。后来，这两句诗镌刻在了毛小毛的墓碑上——

　　生不修眉染红唇
　　死以青冢化作云

张安东和瘦狗由于没有亲属而无人认领，二人的遗体同时被送往殡仪馆，暂存于冰柜内。但是三天后，有人来认领张安东了，是潘跃进和章诗逸，以及潘跃进的父亲潘立亭和母亲。之后又有一人闻讯赶来，是福利院退休多年的姚院长。他们为张安东在铁园近郊的沙包岭公墓买下一块墓地，立了墓碑。墓碑的正面——"张安东之墓"，背面则是郝援朝为章诗逸那篇张安东寻找父母的通讯报道拟下的篇名——

　　三十余载寻父母
　　两千里路云和雾

瘦狗的遗体一直无人认领，仍然暂存于殡仪馆的冰柜内。

一息尚存的马厂长经过医院的及时抢救，脱离了生命危险。虽然爆炸的炸药没有直接炸到他，但是顶棚上塌落下来的砖石瓦块，使他的头部和腰部受到了重创，他成了植物人……

逝者的善后工作进行完后，周书记找来于小萱，研究许校长认子的后续事宜。于小萱坐下后忧心忡忡地说："书记，许校长让我告诉您，她想单独见张安东。"周书记异常惊讶："许校长为什么要单独见张安东？"于小萱说："《铁园日报》的《第七条路》栏目中，也确实登载了张安东寻找抗美援朝失散父母的文章。""但是，"周书记问，"张安东已经不在了。我们该如何回复她想见张安东的要求？"

二人都陷入了沉思。许久，于小萱说："书记，我有个想法不知当说不当说。"周书记点点头。于小萱说："我建议对许校长、刘天刚做一个亲子鉴定。如果鉴定结果认定许校长与刘天刚是母子关系，许校长也许就不会再提出要见张安东了。"

周书记以他的沉稳和缜密，做了进一步的补充和完善："我完全同意你的建议。趁着这个机会，把张安东也带上吧。但是，我们对张安东做亲子鉴定，绝不仅是为了证明张安东与许校长有没有血缘关系，而是为了让这个母子相认的过程，更全面客观，更具有科学依据，更符合法律程序。因此，鉴定的全过程我们一定把握好三个环节：一、保密，绝不能让被鉴定人知道；二、鉴定的过程我们不过问，不参与、不干涉，一切交给医院办；三、座谈会还是召集上次来的那些人，去天朝公司由医院当场宣布鉴定结果！"

第二天，于小萱找来卫生局局长商讨此事。取得张安东的检材不是问题，从他家中就可以获得相关的检材。取得许校长的检材也不难，委托宾馆的卫生清扫人员在她不知情的情况下，获得她床上的毛发等物应该是轻而易举的事情。唯独取得刘天刚的检材而又不让他知晓确有难度。卫生局局长想出了办法，安排刘天刚所在的街道卫生院对田妈及刘小兵做一次免费体检，因为田妈已是铁园的常住人口，刘小兵自小未接受过街道的体检，所以街道要对二人进行一次身体的全面检查。当然，也就带着刘天刚一同参加体检就是了，其检材也可在顺手牵羊中获得。

因是卫生局长亲自督办，街道卫生院高度重视。在体检过程中，不仅取得了刘天刚的检材，也同时取得了田妈和刘小兵的检材，一并送给了指定医院。指定医院不敢怠慢，迅即将刘天刚、田妈和刘小兵的检材都做了亲子鉴定……

许校长原本回铁园认子的行程，因拖拉机厂突发的血案而耽搁，又因这起不该发生的血案，而变得由简至繁，扑朔迷离了……

第三十四章

　　两周后，亲子鉴定的结论出来了。上次来到天朝公司的人全都到了，只是少了周书记。他的日程安排原本也是要参加母子相认座谈会的，但是省里主要领导恰恰安排这一天来铁园调研，所以他必须全程陪同领导调研。

　　尽管除去周书记外，但到会的总人数与上次相比还是多了三个人。一是姚院长。她以张安东昔日福利院院长的身份参与了他的安葬仪式后，受到于小萱副市长的特别邀请，因为张安东是亲子鉴定的对象。二是黄家蝶。他也是受于副市长特别邀请而来的，因为他是刘天刚的干爸。干爸目睹干儿子认下亲妈，对其而言当然是一件大事。三是柳万年。张安东英勇献身的事迹，潘立亭通过电话告知了他。他异常悲痛，终日坐卧不安，便于两天前来到了铁园市。章诗逸向于小萱特意说明了自己昔日的岳父，一名部队的副师级干部因张安东来铁园了。于副市长当即拍板，诚请柳万年为会议的特邀嘉宾。

　　卫生局局长带着两名医生走进会客室时，母子相认的会议再次拉开序幕。显然，这次会议不再像上次那样悄无声息地进行了，完全恢复了一个会议该有的程序。

　　会议主持人仍是于小萱副市长。她穿了一套黑色的小翻领西装，表示出对毛小毛和张安东的悼念之意。她的开场白言简意赅："各位领导和嘉宾，本次会议，我们将依据亲子鉴定的方法来确定母子的关系。听起来这种方法有些冰冷，但是，它可以为许校长与儿子相认相识提供最科学的依据，也是快速见证这一时刻到来的唯一捷径！"

　　于小萱讲完话后便退了下去。一位中年男医生站到了她刚才所站的位置，电视台记者将摄像头对准了他，郝援朝也掏出了小本和笔。会场静得即使有一只蝴蝶在空中盘旋，人们也能听到它翅膀扇动的声音。

那医生镇定地环视过所有的与会者后，一字一句地说道："本次参加鉴定的人数总计五个人，共有三份鉴定结论需要公布。第一份鉴定报告的结论是：刘天刚与刘小兵为父子关系！"会场嘘声四起，显然这个鉴定结果跑题了。这不是大家所要的结果，也偏离了本次会议的主旨。人群中的刘天刚有些迷茫也有些不安，不是因为鉴定的结果跑题了，而是他明白了这个结果的取得，完全是来自街道卫生院对他们全家人的那次体检。

面对大家的嘘声，医生面有难色地宣布了第二份鉴定结论，而且一口气念了三遍：

"许琴与张安东是母子关系！

"许琴与张安东是母子关系！

"许琴与张安东是母子关系！"

会场即刻掀起轩然大波，这个结论完全出乎所有人的意料。潘立亭猛地站起来说："小东子终于找到他妈了！"但很快他的脸色又暗了下去，不住地摇头也不住地叹气，许校长认下的是一个已不在世的亲生儿子呀！这间屋里，除了许校长之外，所有到场的人无一例外地都知道张安东已不在这个世界的事实。逝者已矣，生者情何以堪？

许校长已经木然，像是根本就没有听到这个鉴定结论。她的眼睛一动不动地看着窗外，去看一片云，还是去看一缕风？漫长的认子过程早已让她身心疲惫了，那是一种等待也是一种煎熬。这座城市给了她太多的温暖，太多的荣誉，也给了她太多的失落，太多的遗憾。她在这里生下了儿子，又在这里丢失了儿子。她在这里得到了一切，又在这里失去了一切……此时此刻的她，真的是百感交集，五味杂陈哪。

所有人都认为这次母子相认的会议，该是尘埃落定的时候了。尽管结局意外，但细想想，也是意料之外情理之中的事情，毕竟张安东也在苦苦寻找他的志愿军父母。

崔副军长起身走到窗前，用水壶为窗台上几盆几近干枯的小花默默地浇水，似乎想要以此来平复他极为复杂的心情。黄家蝶走出会客室去走廊抽烟，那飘忽不定的烟雾似乎正好代表了他此时大惑不解的心境。也许他们都在思考一个共同的问题，那么刘天刚要找的父母又该是谁？他们在什么地方？郝援朝收起了笔，他为如何来写这篇报道惆怅而茫然。电视台的记者也盖上了摄像机的镜头盖，估计此时的心情与郝援朝别无二致。更多的人在窸窸窣窣中收拾着东西准备退场了。

于小萱与所有人的感受是一致的，也认为本次母子相认的会议至此可以落下帷幕了。大家没有起身就走，完全是因为在等她对本次会议做一个最后的总结。她在苦思冥想着：用怎样一种合适的方式和恰当的语言，为这个会议画上句号？但是真正让她慨叹不止的却是，许校长自从见到张安东的第一眼后，就将自己所有的注意力都转移到他的身上了，早已显现她认子的指向有了最原始最本能的端倪。她没有做过母亲，无法体会到母亲对辨认儿子的第六感竟然是那样的坚定不移和准确无误。同时，也暗暗钦佩周书记的老到和敏锐，是他提出让张安东也做亲子鉴定的。

她来到那位医生所站的位置后，正要对会议做个总结时，那医生却小声说："于副市长，还有最后一份鉴定结论需要宣布。"她怔了一下，随即向大家摆摆手，自己也退了下去。所有人，包括刚才已走出会场的黄家蝶和离开座位的崔副军长，都重新回到各自的座位上了。

那医生长出一口气，大声宣布道："最后一份亲子鉴定的结论是：田茂盛（田妈）与刘天刚为母子关系！"

这个结论应该与刘天刚和刘小兵为父子关系的结论是一样的——跑题了。但是这个跑题的结论，却把所有人都惊呆了。会场格外的冷寂，没有嘘声，也没有窃窃私语，更没有喧嚣和哗然。大家都在瞠目结舌中面面相觑，就连于小萱也呆若木鸡般愣在那里。不管是刘天刚在部队的战友老崔、郝援朝和章诗逸，还是他来到铁园后认识的新朋友，都知道田妈是他的干妈，都盛赞他把田妈接到铁园来赡养的义举，却不承想，田妈本来就是他的亲妈呀！

这个看起来憨厚老实、没念过几天书、声称自己无爹无娘的"孤儿"，竟然与他的亲妈在一唱一和中瞒天过海地编造出了一个寻找失散军人父母的故事。甚至，就连他的媳妇毛小毛也不知道田妈就是刘天刚的亲妈，就是她的亲婆婆呀。无数双疑窦难消的目光投向了刘天刚。他抹着满脸的大汗，低下了头……

是许校长打破了这陡然而现的尴尬局面。之前亲子鉴定的结论确定她与张安东是母子关系时，她没有说话，但绝不是无话可说。她心里异常清楚，自己一旦开口就难以抑制住内心的无限感慨，必然会影响会议的正常进行。还有，细心的她早就听清了医生对这次被鉴定者共计五人，且有三份鉴定报告需要宣布的开场白。五位被鉴定者的亲子关系结论全部浮出水面后，才是她说话的时候。

这时，许校长晃动着老迈的身体站起来问："小萱，张安东是不是拖拉机厂的那个小车司机？"于小萱点点头。她又问："张安东的'安东'是哪两个字？"于小萱说："'安'是安全的安，'东'是东方的东。"许校长摇了摇头说："你的理解只在字面上，并不知道其中的含义。"继而转过身来面向大家问："谁知道'安东'这两个字的含义？"

姚院长站起来说："我知道。因为我曾经是铁园市福利院的院长，带过张安东。那时他只知道自己叫小东子，后来我通过他童年时一件衬衫领子上缝着的'张安东'三个字，便知道其中的含义了。如今的丹东市，新中国成立之初叫安东市。这孩子的父母，一定是跨过那时的安东市鸭绿江大桥，赴朝作战的志愿军哪……"

未及她说完，许校长走过去紧紧握住她的手说："丹东市的原名确实叫安东市。早在一千多年前的唐代，这座城市叫安东都护府，那其中饱含着'东方平安'的希冀。但是美国人发动侵朝战争后，那里就不平安了。从'安东'这两个字，你能联想到我儿子是志愿军的后代，我谢谢你了。"姚院长附在许校长耳边说："其实，你该谢老潘一家，是他们收养了街头走失的张安东。"

姚院长随即拉起坐在她身边的潘立亭夫妻以及潘跃进，将他们介绍给许校长。许校长说："老潘，谢谢你们一家了，我想听听安东走失后到你家的故事。"潘立亭示意潘跃进讲，潘跃进便将那段辛酸的往事说过。

许校长叹道："我没想到有这么多好心人帮助过安东，也没想到，他小小的年纪就来铁园找我了。"停了停，她看着潘跃进却转了话题："潘局长，那天张安东来到这屋离去后，我就问小萱他是谁。小萱把你找来问，你为什么不告诉我他叫张安东？不然的话，那时我就认定他是我儿子了。张安东这名字，是我给他起下的呀！"

之后，她又来到于小萱面前问："你可答应过我，亲自带张安东来见我。你为什么说话不算数，是不是工作忙，把这事忘啦？"于小萱轻轻地说：'许校长，这事我一直记着呢。等会议结束后我单独向您汇报……"许校长一摆手打断了她的话："会议这不已经结束了嘛。什么叫单独汇报，不能当着大家的面说吗？于副市长，请你告诉我，我到铁园干什么来啦？你们花费这么多时间和精力陪着我又是为了什么？不就是为了见证我和儿子相认的这一刻嘛！这一刻来了 为什么偏偏张安东没来，是你工作忙还是他工作忙？如果他忙，你可以告诉我他在哪儿。不用任何人陪，我自己去见他！"于小萱说："许校长，会议最后还有一个小结。待我把小结讲完后，我……陪您去见……张安东。"许校长摇摇头正没说话，重新回到自己的座位上了。

于小萱再次站到会场中央后，面带愧色地说："会议到此就结束了。结果令人意外，怨我这个会议主持人组织不力，判断失误，耽误大家的时间了。我深感对不住许校长，以及与会的各位领导和各位嘉宾。"她向许校长，以及大家深深地鞠了一个躬后，继续说，"其实这个会议不需要我总结了。如果大家没有意见的话，就请刘天刚和田妈代我总结吧。"

刘天刚和田妈红着脸同时站了起来。田妈一把将刘天刚按在椅子上说："妈来说吧。"她一步一步走到许校长面前，扑通一声跪在她面前泪流满面地说，"许校长……我对不住你了……"许校长慌忙将她扶起，拉着她坐在自己身边说："老田，你这是干什么？有什么话坐着说吧。"田妈坐下后，垂着混浊的眼泪，讲起了她和亲生儿子刘天刚的前尘往事……

田妈叫田茂盛，是一位朴朴实实的黑龙江克山县农民。她的丈夫二十五岁那年患了当地的地方病——"克山病"，全身浮肿，口吐黄水，半年后就撒手人寰了。这之后，她抱着出生不久的刘天刚回到了几十里之外的娘家。娘家只剩了几个远房亲戚，她的父母早已过世。亲戚们帮她收拾干净了那间空置了很多年的房子，她和儿子刘天刚便在这里长久地住下来了。

刘天刚两周岁那天，家里来了个女人，手里领着一个六七岁的男孩儿。女人说她去村东头的集市买点儿东西，烦她帮忙看一会儿孩子，结果那女人走了以后就再没回来。她打开了那个同男孩儿一起留下的包裹，里边有孩子的衣服和奶粉，还有一张字条。字条上写明了孩子的姓名，也写明了孩子父亲是一名解放军军官，同时还有他所在部队的番号和驻地，田茂盛将这孩子留了下来。

一年后，田茂盛将刘天刚交给亲戚照看，便领着那男孩儿，按照字条上孩子父亲的部队番号和驻地找了去。她最终在南京找到了那支部队，也找到了孩子的军官父亲。那军官是一名团长，被大家称为"鬼脸团长"。他那张"破相"的脸，已不能称为脸了——鼻梁塌陷，脸颊凝结着凹凸不平的块状，一只耳朵如枯叶一般残缺不全了。当年攻打南京的渡江战役中，他是一名连长。一次战斗中，被敌军的火焰喷射器喷出的一缕火舌，烧毁了他那张原本清朗俊逸的脸……

"鬼脸团长"看到田茂盛送来的孩子，以及那张字条时，短暂的欣喜若狂后就是放声大哭……他在涕泪横流中讲述了这孩子丢失的原因。前些年他回家探亲时就发现媳妇有些异常，对他没有往日的温情也没有往日的唠叨。他回到部队后，接到了媳妇的来信。信中说，她不想再过那种"与鬼做伴"的日子了。她已将与"鬼脸"生下的孩子送了人，她也走了。那位团长向部队请了假回老家寻媳妇和孩子，无果而终。他绝不在乎媳妇的与人私奔，却在乎孩子的下落，几年过去了，孩子仍是音信杳然。正此时，风尘仆仆的田茂盛将他的孩子送到了他的面前。他及整个部队对田茂盛的真诚和执着大为动容，送锦旗一面。上面写道："赠田茂盛同志：军民情深，唇齿相依"。

田茂盛收养战争中与父母失散的孩子，并通过她的努力而实现了孩子与家人团聚的事迹，迅速在当地传播开来。张安东以及另外两个女孩儿，都是在这之后来到她家的。

第二年，张安东便来到了这个家。送他来的是一对三十岁左右的夫妇，听口音也是黑龙江人。女人抱着一个不满周岁的孩子，男人领着三岁的张安东走进院子后就把他留了下来，之后就一去不返了。他们留下一个小包裹，里面除了衣物和食品外，还有一张字条，上面清清楚楚地写着孩子的名字"张安东"三个字，以及其父母所在部队的番号和驻地——解放军驻铁园市野战医院，另有张安东母亲的姓名"许琴"。

与此同时，又有两个女孩儿相继被送来，一个大刘天刚和张安东一岁，另一个小他二人一岁。两个女孩儿的命运几近相同，她们的父母都是解放军军官，因部队成建制调往成都和乌鲁木齐，只好将孩子托付给田妈了。两个孩子的包裹中，分别留下了标有孩子姓名和父母所在部队番号和驻地的字条。这些孩子的到来，让田茂盛的家开始热闹起来。几年以后，孩子们都长到该上小学的年龄了，她就向他们讲起自己领着第一个男孩儿找到父亲的经历和成功。

她首先领着张安东去铁园寻父母，并带了刘天刚一同前往。然而那个野战医院早已解散，她也就无法得到关于许琴的任何信息了。第二天，张安东便在熙熙攘攘的人群中走失了。她带着刘天刚在铁园街头找了三天无果后，便怀着沮丧和自责的心情回到了老家。

第二年，她领着那个年龄稍大的女孩儿去成都寻找她的军人父母。这回她没带刘天刚，完全接受了上次张安东走失的教训，照看两个孩子必然会分散精力。她在成都很快找到了那支部队，人们也认识这个女孩儿的父母。但是他们在1959年的西藏平叛战斗中，双双牺牲了。一位被大家称为副司令员的军官把这个女孩儿留了下来，他说他家养了八只虎（八个儿子），就缺一只凤凰（女孩儿），便认下这位烈士的后代为他的女儿了。

又一年，她领着那个年龄稍小的女孩儿去乌鲁木齐找她的军人父母。但是字条上女孩儿父母所在部队的番号更改了，那支部队不知去了哪里。她悻悻地回到家后，就等着这女孩儿的父母来认领她。但是十多年过去了，女孩儿的父母却没有来接她，其中原因不得而知。这时的女孩儿，已出落成一个亭亭玉立的大姑娘了，竟被一个素昧平生的男青年相中并娶走了。那青年说他穷，没钱娶媳妇，就到这儿领个找不到父母的女孩儿吧。没有想到，那个男青年后来当上了县长。昔日的穷小子不忘领着他的妻子，带着丰厚的礼物来看田茂盛。

星移斗转中，她收养的那个男孩儿和两个女孩儿都走了。除了那男孩儿找到了父亲，还让她获得了部队的一面锦旗外，两个女孩虽未找到她们的父母，但都有了很不错的归宿，唯独遗憾的是，张安东走失了。

一切归于平静后，她才发现，过去热热闹闹的小屋里只剩下她和儿子刘天刚了。为了其他孩子，她花尽了自己的所有积蓄，已是囊空如洗了。结果到头来，自己的儿子还窝在这穷乡僻壤之中。这时，她又想起了张安东。她想他虽然走失了，但也许会因祸得福，像她送走或被别人领走的孩子一样，早已成为另外一个家庭的成员，也早已不在铁园市了。一个大胆的想法瞬间在她的脑子里形成，我何不将张安东的经历复制到刘天刚身上，也让他从这荒茫的黑土地上走出去，假借去寻找朝鲜战争失散的父母，进而受到人们的同情和怜悯，获得一个光明而美好的前程。

那年部队来征兵，她领着刘天刚来到了征兵办。谎称刘天刚是她收养的军人后代，其正在寻找抗美援朝战争中失散的父母，从而获得了征兵办以及接收新兵部队领导的认可和同情。

刘天刚穿上军装后她非常高兴，她希望刘天刚在部队长期干下去，然而，"松树林事件"之后，刘天刚被下放到炊事班，就等着退伍回家了。田妈从刘天刚的来信中得知这个消息后，感到十分遗憾……但是她很快就镇定下来了，又为刘天刚设计下了另一条路——将部队当作一块跳板，让退伍后的刘天刚直奔铁园，寻找并投靠抗美援朝战争中失散的"父母"……

说到这里，田妈再一次跪倒在许校长面前，淌着眼泪说："许校长……没有你儿子张安东走失的昨天……就没有我儿子刘天刚的今天。你就受我一拜吧。"在她身后，刘天刚也走来跪在了地上。许校长将他俩扶起后，紧紧握住田妈的手说："老田，说到底我得感谢你。要不是你收养了安东，也许那对收养安东的夫妻就把他扔了，不是饿死冻死在路边，就是被狼叼走了。至于你把安东的经历安在了刘天刚身上，无妨的，真的无妨。这件事对安东其实没有什么影响啊。"

潘立亭这时走了过来，站在他们母子中间举着只有三个指头的右手说："谁说刘天刚的谎言对张安东没有影响？自从刘天刚去了拖拉机厂，就没人再相信安东是个战争中与父母失散的孤儿，是个一直在寻找父母的可怜孩子了。是姚院长后来帮助安东找到了跃进和我们全家，是我姑爷章诗逸为他写了篇文章登在报纸上了，大家才对安东有了改变。最后证明，安东是个好样的，是个见义勇为的英雄！"

他的话音刚落，柳万年也走过来说："亲情是人性中最质朴和最纯洁的感情，不知你们这对亲母子装了几十年假，心里是什么滋味？"待他俩说完后，潘立亭回头拽上老伴，三人便一同走了。

吴局长紧接着也走了过来，看着田茂盛嘘出一口气说："我曾经也是一名军人，与许琴同志同在铁园驻军的野战医院，那时她是一名军医，我是院长。是我决定让她上了朝鲜战场，也是因为我的这个决定让她丢失了自己的儿子。为这个决定我后悔了一辈子，难道你从来就没有为自己狸猫换太子的做法懊悔过吗？"说完之后，他摇着头也走了。

黄家蝶来到刘天刚面前后，眯着眼睛与他开起了玩笑："好在你没编出一个我是你亲生父亲的故事。那样的话，你就是一名老红军的儿子喽。"他边说边走，刘天刚跟在他的身后要送他。他摆摆手说："送我做啥子？二万五千里长征我都走下来了。"

姚院长站在田妈的对面时，紧紧盯着她泪迹未干的眼睛说：'田茂盛同志，我们都是母亲，母亲的本分是什么？我想你知道。怎样成就自己的孩子，我想你也不会不清楚。"她摇着头走出会场时，仍是叹息不止。

电视台记者扛着摄像机来到他们面前时，特意从摄像机中取出了录像带。那记者将录像带交给田妈说："这带子我拿回去也不能上电视了，留给你们母子二人，回到家慢慢看吧。"之后，扛着摄像机默默地走了。

那位宣布亲子鉴定结果的医生来到他们面前时，田妈和刘天刚的眼光都不敢与他直视。他摇了摇头欲言又止，便跟着卫生局局长就要离开，却被于小萱拦住了。她对卫生局局长小声说："把这位医生留给我吧。"卫生局局长深悟其意，因为那医生随身带了急救包。

这时于小萱也来到了田妈和刘天刚的中间。她其实有很多话要说，但话到嘴边却只剩了一句："天刚，你领田妈回家吧。这里没你们的事了。"刘天刚点了点头，就领着田妈走出了会客室。不一会儿他又返了回来，刚才所有的人都对他和田妈送了"赠言"，唯独他的三位战友却一言不发，这让他很是忐忑和惶惑。

他首先握住了郝援朝的手。郝援朝直言不讳地说："天刚，你明知道这是一场张冠李戴的找，你却找到了你想要的结果。然而，你竟把自己找丢了。"

他又握住了章诗逸的手。章诗逸叹了一口气说道："没有任何一条路可以通向真诚，但真诚可以通向所有的路。第七条路本是最干净最真诚的路，没想到你却留下了最不干净，也最不真诚的脚印。"

最后，他握住老崔的手，老崔的语气中不失将军的风度："就你我二人而言，我们仍是一对推心置腹的好朋友。但我今天仍是一名军人，军人的眼睛只能盯着敌人，不可能总盯着朋友。朋友只有苍天替我看着，希望你今后无愧于苍天！"

待刘天刚走后，屋里除了于小萱外，只剩下他的三位战友和潘跃进以及那位医生了。许校长这时站起来问："于副市长，这回忙完了吧，是不是该领我去见张安东啦？"于小萱点了点头，转身对郝援朝说："你陪崔副军长和章副院长也走吧。跃进别走，还有那位医生，随我一起陪许校长去见……张安东。"郝援朝摇摇头说："我和老崔、诗逸都不走，陪你们一块儿去。"

正待大家要往外走时，许校长突然拉住于小萱的手问："刚才老潘说，张安东见义勇为了，还是英雄，真有这回事吗？"于小萱的眼泪唰地就淌了下来，张安东与许校长阴阳两隔的事再也瞒不住了。她抱着许校长失声痛哭，断断续续讲完了那场爆炸案的始末。

许校长瘫在椅子上，已是老泪纵横，憔悴沧桑的脸不断地抽搐，以至痉挛了。她颤抖着发紫的嘴唇问："小萱……你为什么不早点儿告诉我，那名司机就是张安东啊？"潘跃进附在她的耳边说："于副市长以前不认识安东，直到他去世后才知道他叫张安东的。"许校长一把抓住她的手说："那我就怨你了。你知道他叫张安东……为什么那天不告诉我……你要说了，我就陪着安东一起去拖拉机厂，不用毛小毛去。我去给那个要炸死别人的人跪下……像他的母亲一样劝他。他就是铁石心肠也能听得进去呀……哪怕他听不进去拉响了炸药包，我也可以跟安东死在一起了。我抱着他，他抱着我……哪像现在，我连抱他一下的机会都没有了呀……"

三辆小车来到了沙包岭公墓。下车后，于小萱和潘跃进搀着许校长一步一步地来到张安东的墓碑前。许校长死命地掐着于小萱的手哭得撕心裂肺："小萱，你又错了……你为什么早早就把安东埋了……连活要见人，死要见尸的机会都不给我了。你还我儿子，还我儿子呀……"一旁的潘跃进劝阻着许校长。于小萱冲她摆摆手，任许校长将自己的手掐得发紫发青，声泪俱下地说："许校长，您见到张安东会伤心的，他的遗体……已经支离破碎了。"

许校长突然推开左右搀着她的于小萱和潘跃进，瘫软地跪倒在儿子的墓碑前。她用手一下一下地抓着墓碑上的"张安东"那三个字，恨不得把它抓进自己的肉里、骨子里和心里。她那雪白的指甲盖，已被抓裂抓碎。青灰色的墓碑上左一道右一道，全都是她指甲缝里淌出的血汁儿啊！她垂着眼泪喃喃地说："安东啊，妈来看你了……四十多年前，你爸在鸭绿江那头的朝鲜战场上也走了，妈见到他了……他也支离破碎了，身体和头部都分离了……是妈，一针一线地给你爸的头缝在他的身体上了。假如你的身体，真的支离破碎得不成样子了……妈也会一块骨头一块肉地给你缝到一起去，还你一个完整的身体。可他们没有给妈这个机会……安东啊，你记住你爸的名字，他叫张——玉——书哇……"

她说着说着就倒在于小萱的怀里晕死过去了，医生及时做了抢救。她苏醒后看着墓碑说："那碑上少了四个字——军人子弟……全称应该是'军人子弟——张安东之墓'……"于小萱点着头说："许校长，请您放心。回头我马上安排人将那四个字补上。"许校长垂着眼泪继续说："三十余载寻父母，两千里路云和雾……这两句话是谁写的？这才是安东的一生啊……不过细算起来……不是三十余载，而是四十多年前我们母子就失散了。他幼小的心灵中……就落满了找我的脚印哪……"未及说完，她再次晕死过去。医生再次紧急抢救，而后将许校长一刻不停地送往医院。

三天后，许校长出院了。于小萱要将她接回宾馆，许校长摆着手说："把房间退掉吧，我哪儿也不去，还住我原来在铁园的房子……铁园才是我离安东最近的地方。在这里，我的心再也不漂泊了……"

第三十五章

瘦狗的遗体一直无人认领，已经三个月了，到了遗体存放时间的极限。殡仪馆曾经与拖拉机厂取得了联系，拖拉机厂只提供了瘦狗的本名——"杨海望"，以及他在铁园市并无亲人的信息。无奈之下的殡仪馆，在报纸上发出了最后通告：杨海望的遗体三日内若再无人认领，将按无主尸火化，骨灰予以销毁。

身在报社的郝援朝先于众人看到这则通告后，心里很不是滋味。他知道杨海望在这个世界上只剩下一位亲人了，就是身在台湾的父亲。他的父亲无论如何是看不到这则通告的。假如有一天，其父从台湾回来了，谁来告知他的儿子已不在人世啦？还有，他的夫人，杨海望母亲的遗骨又在哪里？一名为了党的事业，几十年来打入国民党军方的共产党情报人员，最终连死去的妻子和儿子的任何信息都得不到，这会让他多么失望和寒心。他的心一横，决定以杨海望昔日朋友的身份去认领他的遗体，便一个电话找来了刘天刚，将自己的想法说了。刘天刚手一劈说："杨海望是我师父。我愿意陪你一起去殡仪馆认领他的遗体！"

郝援朝坐着刘天刚的吉普车，来到了殡仪馆。他们说明来意后，工作人员不疾不徐地拿出一本遗体认领登记簿，指着上面认领人的姓名说："杨海望的遗体，昨天已被这一男一女领走了。"二人拿过登记簿一看，那上面女人的名字竟然是阿鸽，联系方式是她的手机号。那男人的名字叫陆见。郝援朝心里一沉——坏了，这个陆见显然是手握瘦狗八万元欠条的债权人，阿鸽这是领着此人来找瘦狗讨要八万元钱了。钱没得到，竟然把尸体领走了？

他感到大惑不解，走出殡仪馆后叫住刘天刚问："这阿鸽和那个叫陆见的男人演的是哪一出？"刘天刚冷笑着说："这还用说吗？他们演的是挟尸索款的大戏！"郝援朝摇了摇头："瘦狗又没有亲属，他们向谁索款？""向我索！"刘天刚指着自己的鼻子说,"当年,是我把师父和阿鸽从武汉接回铁园的。阿鸽知道我与师父关系最好,手里又有两个钱。她这次来,本是领着陆见来找我师父讨债的,却发现我师父死了,便将计就计地把他的遗体领走了。之后他们肯定会给我打电话。要么让我拿出八万元钱换师父的遗体,要么把师父的遗体暴尸野外。援朝,我绝不能让师父的遗体受到侮辱!"说完,一个箭步跳进他的吉普车里。郝援朝拍着车门问:"你干什么去?"刘天刚说:"你等一会儿,我马上就回来。"

十几分钟后,刘天刚回来了。他把车停在郝援朝身边,摇下窗玻璃将一个布包晃了晃说:"这里边装了八万元现金,等着阿鸽来电话挟尸索款吧。"果不其然,阿鸽真的来电话了:"刚哥,我是阿鸽。我已回到铁园了,不知您是否有时间?"刘天刚啐了一口说:"我有的是时间,你什么事?"阿鸽说:"我现在在沙包岭公墓,劳驾您过来一下好吗?""好!"刘天刚说完后就跳进车里,拉着郝援朝来到了沙包岭公墓。

他们下了车,却看见在张安东墓地的旁边立起了一块墓碑,一男一女在碑前培土。走近后,便见那个比张安东墓碑矮小了许多的墓碑上,一个字也没有,是个无字碑。刘天刚认出那女人是阿鸽,阿鸽也认出他了。刘天刚将郝援朝介绍给阿鸽后,阿鸽热情地握住郝援朝的手说:"郝记者,我知道你曾经想采访我。今天我们终于见面了。"之后转过身指着那个一个字也没有的墓碑继续说:"这是杨海望的墓碑。"

郝援朝愣住了,他万未想到阿鸽竟能为瘦狗立碑。刘天刚则显得异常镇定,迈着大步走上前去,将那个布包狠狠地塞进阿鸽的怀里说:"这里边有八万块钱。这碑和墓地我买下了,算我给师父立的碑!"阿鸽将布袋还给他后摇摇头说:"刚哥,别说你没资格给海望立碑,就是我也没有。这碑是陆见先生为海望立下的呀。"说完之后,她将身边的那位男人让到郝援朝和刘天刚面前介绍道:"这位就是陆见先生。我是专程从武汉陪他来到铁园的。"

但见陆见三十多岁的年龄,身材瘦高,头发乌黑飘逸,一套笔挺的西装穿在他身上,显得格外优雅和潇洒。他就是操着闽南话给生前的瘦狗打电话的那个人。

多少年来,他一直在找瘦狗。在瘦狗刚去福建时,他的电话就打到了铁园市拖拉机厂,对方说,瘦狗去福建厦门了。他追到了厦门,通过他在当地的一位朋友,找到了瘦狗曾住过的那家旅店。旅店老板说,瘦狗去武汉汉正街的万安巷开商行了。他便来到了武汉汉正街的万安巷。有人告诉他,瘦狗带着当地的一名女人阿鸽走了,不知去了什么地方。这之后,他便把目标锁定万安巷了,他相信阿鸽总有回武汉老家的时候。阿鸽弃瘦狗回到武汉的那天,他在万安巷见到了阿鸽。阿鸽向他透露了瘦狗在铁园的消息,并把瘦狗的手机号告诉了他。陆见随即给瘦狗打了电话,却把瘦狗吓得魂不附体,如惊弓之鸟一般……

陆见非但不是追债者,还替瘦狗还清了欠那个福建人的八万元钱。他在武汉见到阿鸽时,那个讨债的福建人恰好也站在阿鸽面前,出示了瘦狗签名的欠条。陆见便领着那人,去银行取了八万元现金还给了那人,并且将瘦狗写下的欠条收了回来。这次来,是他说通了阿鸽而一起来到铁园的。他们来到拖拉机厂说要找瘦狗时,才听说了那起震惊整个铁园市的爆炸案,同时看到了报纸上招领遗体的公告。之后,他们便急不可耐地领取了瘦狗的遗体……

这时候,阿鸽手里拿着瘦狗的那纸欠条说:"郝记者,天刚哥,陆见先生早已将杨海望的八万元欠款还清了。他,是杨海望的表弟呀……"

陆见真的可以称为杨海望的表弟,他是杨海望的亲生父亲杨天陆收养的义子。

解放战争期间,杨天陆与部队战友——陆见的生父陆浩然,按照组织的安排,改换身份一同潜入国民党军队,成为中共情报人员。1949年春天,他俩随着逃往台湾的国民党军队来到了台北市。二人收锋敛芒,在一个军事机构中供职,多次成功地向大陆提供和传递了颇有价值的军事情报。陆浩然在大陆没有成家,来到台湾多年后,才娶了台北当地的一名女子为妻,妻子为他生下一个儿子。儿子出世后不久,陆妻因羊水栓塞辞世。他又当爹又当娘,辛辛苦苦地用奶粉将儿子喂养到一岁半时,却在一次传递情报的过程中,被叛徒出卖而被捕了。一周后,宪兵将陆浩然押往台北的马场町刑场执行枪决。临刑时,他将儿子交给了杨天陆。

杨天陆将孩子抱回家后,才想起陆浩然匆忙之中将孩子交给他时,并未交代孩子的名字。或许,他根本就没来得及给孩子起下一个像模像样的名字。经过反复思考,他按照这孩子父亲的"陆"姓,给孩子起下了只有他自己心里清楚其中含义的名字——"陆见"!

几年之后,杨天陆被国民党当局逐出军队系统,或许是因为他收养了共产党情报人员的儿子。落寞中的他,领着幼小的陆见离开台北来到高雄。在这里,他谋下一份出租车司机的工作,靠着微薄的收入,一直供陆见念到大学毕业。

陆见大学毕业那年,风烛残年的杨天陆却病倒了。那天,气息奄奄的他,在病榻上向陆见道明了其生父陆浩然是一名共产党员的真实身份,且为自己的战友,以及他为此而收养了他的原因。陆见抱着养父,恸哭不止。杨天陆拍着他的肩膀说:"孩子,你能成为我的义子,我能成为你的养父,这是我们的缘分……

但是爸爸在大陆还有一个亲生儿子,他叫杨海望。你该叫他哥哥……爸只希望你能去大陆找到他。爸给你起下陆见的名字,自有其中的含义。你们兄弟二人,哥哥叫'海望',弟弟叫'陆见'……组合在一起就是——隔海相望,大陆相见哪。"

随后,他从枕头底下吃力地摸出一个纸袋继续说:"这个袋子里装了三万元美金,你代我送给你哥哥海望……聊表我未能对他尽责的歉意。"陆见点着头郑重地接过了那个纸袋。杨天陆吁着渐息的余气最后说:"陆见哪,爸爸就要走了。你去看你哥哥时……带上我的骨灰,让我落叶归根,回到我的家乡铁园,将我与我老伴葬在一起吧。她叫方欣,也是一名共产党员。我知道,她已经病逝了。就让我二人,生难同床死同眠吧……"

陆见这时从随身携带的包里捧出一个长方形的乌木盒,那里边装着养父杨天陆的骨灰。他指着墓地内右前方已经形成的一个墓穴说:"按照养父生前的遗言,我将他的骨灰带回铁园了,我也为他准备好了墓穴。但我不知道哥哥杨海望的母亲方欣葬在了什么地方。如果他们能……"没等陆见的话说完,刘天刚一步跨到他面前说:"你哥的母亲一直没有下葬,她的骨灰就锁在你哥的工具箱里。我这就到拖拉机厂去取。"说完后,他跳进车里飞驰而去……

刘天刚走后,陆见叹了一口气说:"郝记者,其实我的出身与哥哥是一样的,我们各自的亲生父亲都是共产党员,都是为了祖国统一大业而去台湾的……这次来铁园唯一让我感到遗憾的是,我找到哥哥了,他却走了。说起哥哥的死,我为他感到悲哀也感到失望。他毁了自己也毁了别人,他的罪孽太深重了。"说到这里,他抹起了眼泪。过了一会儿又说:"我知道他身上的炸药不仅炸死了自己,还炸死了张安东和毛小毛;我也知道毛小毛是刘天刚的夫人,却不知道她葬在什么地方了,但我听拖拉机厂的人说,张安东的墓地在沙包岭公墓,便把哥哥葬在了张安东的身边。就让这块连半个字都无法刻上去的墓碑,以及埋在这碑下的我哥,永远向张安东赔罪吧。"

郝援朝点了点头没有说话,却从衣兜里拿出一个红本子。他将那个红本子递给阿鸽说:"海望生前在报社招聘记者的考试中,获得了第一名的优异成绩,从而被报社聘为记者。这个记者聘书在海望生前就颁发下来了,一直在我手里。但那个爆炸案发生后,我就没有办法给他了,只好送给你留作纪念吧。"阿鸽接过那聘书哽噎着说:"其实海望,比任何人都渴望活得更体面和儒雅一些呀……"

这时,刘天刚捧着杨海望的工具箱回来了,那里边是杨海望母亲方欣的骨灰。四个人共同为杨天陆、方欣二人入土合葬的同时,沙包岭公墓的几名工人用手推车送来一块石碑，那上面刻着杨天陆和方欣的名字。工人们将石碑立起来离去后，陆见突然跪倒在刘天刚面前，双手捧着一个皮包悲楚地说："天刚哥，我知道你的夫人毛小毛在那起爆炸案中也走了。这包里有三万元美金，本是我带给哥哥的，但他已经不在了。你就收了它吧，算是我和哥哥海望的一点儿心意，也算哥哥海望向你和你的夫人谢罪了。"

刘天刚没接那钱，一把将陆见拉起来说："听哥一句话，如果那件事发生在我身上，哥也会像师父一样拎着炸药包去炸人。这件事已经过去，就不要再提它了。至于这钱，你还是送给阿鸽吧，毕竟她和我师父一起风风雨雨地生活这么些年了。"阿鸽抹着眼泪说："我对不起海望……没有资格要。"陆见摇了摇头说："你们都不要，我也不能再把这钱带回去了。我想以哥哥杨海望的名义，捐赠给铁园市慈善总会。"

当天下午，在郝援朝、刘天刚，以及阿鸽的陪同下，陆见来到了铁园市慈善总会。将这笔善款，以杨海望的名义捐给了铁园市……

许校长离开宾馆后便住进了她原来在铁园的家。她家的那栋楼是一栋老楼，当地人称为"筒子楼"。这栋楼当年是日本人建造的，日本人投降后被人民军队全面接管。她当兵时，部队分给她及她丈夫的这套房子，也就成为她的家了。张安东就是在这个四十几平方米的房子里出生的。她当上十七中校长后，教育局分配给她一套三室一厅的大房子，她坚决不要。退休前的三十多年间，她一直生活在这个房子里。

许校长住的"筒子楼"与于小萱住的报社住宅楼只隔了一条小路。每天早晨上班前，于小萱就把做好的早餐送到许校长家中，中午和晚上又接许校长到她家用餐。周日，便陪着许校长去沙包岭公墓去看张安东，这是一周必需的日程。许校长刚开始来到墓地时，还喃喃不止地与张安东小声说话："儿子呀，按辈分，按年龄论，妈总该死在你的前边哪……那时妈就想，我死了，你给妈还有你爸写个后记。可不想……你却死在妈的前边了。妈给你……给你写后记，写你见义勇为了……"日子久了，她再去那里时，从早到晚一句话也没有，一坐就是一天。

这天晚饭后，于小萱照例送许校长回家。正待她起身告辞时，许校长拉住她的手说："小萱哪，前两天，我自己去沙包岭公墓看安东了。却看见你爱人郝援朝和刘天刚，与另外一男一女两个人在安东的墓地旁边又立了碑。他们并没有看见我。但我却看到他们将杨海望及其父母一家人……合葬于一块墓地上了。杨海望，是不是……炸死安东那个叫作瘦狗的人？"于小萱点了点头。

许校长哀婉地说："我知道安东和海望，是一对寻找战争中失散亲人的难兄难弟……海望虽然生前没有找到他的父亲，可他们一家三口人，终是在沙包岭公墓团聚了。可另一边，却是安东那座孤零零的墓碑。安东父亲张玉书的遗骨，至今还埋在朝鲜的土地之下……永远，也不可能回来与我们团聚了……"

　　第二天一早，于小萱来到许校长家里送早餐。她走进卧室，但见许校长躺在床上，双手的拇指和食指捏着一张二寸的黑白照片，搭在胸前。那是张安东遗物中仅有的一张照片——他站在拖拉机厂的大门前，身上穿着不知从哪儿弄来的六五式绿色军装，一双活力四射的眼睛中，充满了激情和向往。

　　许校长是闭着眼睛去看那照片的。那张有些模糊不清的照片，已经完整而清晰地融化在她的灵魂中了，化为永恒。

　　许校长走了，随云霭雾障而飘飞，伴日月星辰而隐现，去找她的儿子张安东了……

第三十六章

几年后秋季的一天，一辆吉普车由北京而来，径直向铁园市内驶去。车上坐着陆成林，以及他的三名助手。

自从那次回家乡看过父母后，陆成林就一直奔走于大江南北，为的是找一块任他种菜养花的土地。但是未能如愿，一是因为当地政府疑虑重重，优柔寡断。二是随着大工业和高科技的迅猛发展，再无人看重种地这个行业了。

这一日，他的手机响了。夫人郝和平打来电话说，于小萱现在是铁园市副市长，而且主管招商工作。他拍着额头自言自语地说："我怎么像个无头苍蝇到处乱闯，铁园才是我心驰神往的地方啊！"

在市政府宾馆，铁园市招商局局长潘跃进与陆成林举行了首轮招商引资的会谈。椭圆形会议桌的一面坐着潘局长及两名工作人员，另一面坐着陆成林及三名助手。潘跃进将铁园的优势娓娓道来：土地肥沃，河流纵横，山清水秀，花木斑斓。这里是投资者的乐园，也是创业者的孵化器……

陆成林凝神屏气地听完潘跃进的介绍之后，微笑着说："铁园是我的第二故乡。我永远记着岳父郝忠玉曾经说过的话——'大道至简，实干为要。劳动创造了一切'。我是沿着像寻亲一样的第七条路寻来的，来故乡劳动，来故乡种地。"潘跃进站起来双手相合，鼓着掌说："我代表铁园市的父老乡亲，欢迎我们的姑爷回家啦！"这寥寥数语，似春风一般轻拂在每一个人的脸上，谈判的气氛已由矜持严肃变得轻松活泛了。

陆成林随后谈起了他的项目及规划。在铁园，他要建设一个集种植、旅游观光、餐饮娱乐、创新研发为一体的多功能全方位的农业基地。用地面积：一期两千亩，二期一千亩，投资总额五亿元人民币。潘跃进万没想到，这个貌不惊人的男人竟有如此之大的胆魄，不禁伸出大拇指朗声夸道："大手笔！那么陆先生，我们将如何合作？"陆成林一笑："拿我有的，换我要的！"潘跃进问："拿你兜里的钱，换铁园的地？"陆成林点点头。"那么陆先生"，潘跃进又问，"你看好哪片土地啦？"陆成林说："卧龙村是我和夫人情窦初开的地方，我看好那片土地了。"

潘跃进抿嘴笑道："怎么这样巧哇，我就出生在卧龙村，也在那里长大，看来我们缘分匪浅。我相信那片土地既然能为你播下爱情的种子，必然也会让你建下的农业基地百花竞放，风情万种。愿我们合作成功！"她的手与陆成林的手紧紧地握在了一起……

中午，潘跃进走进于小萱副市长的办公室，向她汇报了与陆成林首次会谈的结果。于小萱问："你知道那个陆成林和我是什么关系吗？"潘跃进想了一会儿说："知道了，陆成林是郝忠玉军长的女婿，夫人是郝和平。他就是援朝的妹夫，这么论，他该问你叫嫂子。于副市长，你该出面见见他了。"于小萱脸一沉又问："你什么时候请陆成林吃饭？"潘跃进说："我下午领他看完卧龙村的那块土地后，晚间宴请他，为他接风洗尘。"于小萱欣然一笑拍着肚子说："我肚子最近没有油水，就想饱餐一顿。晚间的酒宴我参加，与那个从来没见过面的妹夫吃顿饭。之后嘛……我和陆成林要连夜赶到金海市。"潘跃进问："什么事让你这么着急，连夜就和陆成林去金海？"于小萱叹了一口气说："家里的一件私事，我以后告诉你。"

工作的事一经谈完，在潘跃进眼里，于小萱再不是副市长而是她的姐姐了。她俯下身看着于小萱的肚子惊异地问："咦，姐的肚子大了，是不是有喜啦？"于小萱的脸唰地红了，推开她嗔道："你真是闲心十足。快走快走，赶紧干你的活去吧。"潘跃进做了个鬼脸，刚刚走到门口，于小萱压着嗓子喊道："回来！"潘跃进返了回来问："领导还有什么指示？"于小萱瞄着她的肚子说："你的腰怎么越来越细了，不准备要孩子啦？"潘跃进附在她的耳边嘻嘻一笑："要不了啦。"于小萱双眉一紧："怎么回事？"潘跃进灰着脸说："不争气的盆腔总发炎，造成输卵管粘连了。医生说，这种症状再难怀孕了。"于小萱又问："诗逸怎么说？""他还能怎么说。他说他就这命了……"

相传很多很多年以前，卧龙这个地方叫东泊子村，十年九涝，五谷不收。这日中午，太阳高悬，光芒四射。天空中突然掉下一条黑色的巨龙，吓得百姓魂飞魄散，四处逃散。但见那黑龙在炎炎烈日下翻滚不已，几近被热死烤焦。好心的百姓又聚了回来，大家用草苫树枝遮住太阳，挑着水桶往黑龙身上洒水驱暑。七七四十九天后，黑龙的元气得以恢复，一声长啸后冲天而起，身下的土地随之裂开,形成了一条深不可测的沟壑。它在半空中打了个旋儿,一头扎进沟里便踪影皆无了。从此以后,这地方风调雨顺,再没有水患,东泊子村,也就此改名为"卧龙村"了。

这天下午,潘跃进陪着陆成林来到卧龙村,刚进村她就讲了这个故事。陆成林叹道:"龙图腾啊!"他显然对这地方十分熟悉,不觉间已走在潘跃进的前边,来到了H军的农场。秋日下农场的土地上,各种秋菜滴翠淌绿,长势良好。呈现着工不枉使、地不亏人的喜人景象。陆成林难掩喜悦之色:"潘局长,当年我就看上这片土地了。那时想,如果有一天它是我的该多好。可是今天看来,它太小了,就像农民家里房前屋后的自留地了。"他转过身,指着身后的大片土地感慨地说:"潘局长,我想拿下这里的所有土地!"潘跃进微笑着说:"没有问题。只是H军的农场,地方政府说了不算。"

晚间,为陆成林接风洗尘的晚宴在市政府宾馆举行。于小萱带着建委、外经委、农委、国土局等有关部门的领导来到宾馆。陆成林紧紧握住于小萱的手说:"您好,于副市长。"于小萱回应道:"您好,陆先生,欢迎来到您的第二故乡铁园市投资。"没有人看出他们之间有什么特殊关系。

餐桌上全部是铁园本地的菜肴和禽鱼肉蛋。本地的大鲤鱼、虹鳟鱼,本地的黑毛猪、溜达鸡和笨鸡蛋,本地的松蘑、榛蘑和黑木耳,以及本地的山野菜——刺嫩芽、大叶芹、蕨菜、刺五加、猫爪……或炒或烹或炖或拌,摆了满满一桌子,还有本地的白酒、啤酒。

于小萱的欢迎词热情洋溢,拳拳衷肠,语润声柔。之后大家举杯推盏,品酒用菜,气氛融洽而和谐。酒过三巡,于小萱拍拍陆成林的肩膀,二人来到餐厅外的走廊。她将他们需要急赴金海的事由说了一遍,陆成林问道:"那我们……什么时候走?"于小萱看看表说:"咱们坚持到八点吧,之后我坐你的车一块儿去金海。"

郝忠玉自那年主动辞去军长职务,已在金海的部队干休所生活十多年了。这是一所门槛为军级干部的干休所,总共有六十户人家。被称为"将军楼"的两户一栋的联排别墅共计三十栋,错落有致地排列在东西两个大院内。院内有俱乐部、会议室、卫生所、餐厅、活动室、小车队等,还有专门为老干部服务的办公机构和工作人员,可谓一应俱全。

离休老干部陆陆续续从全国各地来到干休所后,组建了老干部党总支。郝忠玉担任了党总支书记,不是委任的,是大家选举产生的。他把大家的信任当作自己的一份责任，从六十多岁干起，到如今已是八十岁了。初时的党总支是庞大的，召集老干部学习开会时可以坐满一大屋子人。后来就有一些老病号来不了了，再后来就不断地有人过世了。十多年之后的今天，六十位老干部仅剩下不足二十人了。

这天晚饭后，郝忠玉像往日一样，手里捧着个收音机走出了家门，来到干休所的院子里悠闲地散步。收音机里播放着他最爱听的京剧《苏三起解》，他眯着眼睛已完全沉醉于那声情并茂的韵律中了。万未料到，他脚下一滑却摔倒了。他的右脚撞在了路边的一堆钢管上，钢管截面的棱角深深地扎进了他有伤的脚踝之中……

第二天，他的伤脚开始肿胀起来。他并没当回事，每日让梅子琳用热手巾敷伤。一个月过去了，伤势不见丝毫好转，脚踝的部位肿得像馒头一般，且红且紫且黑。干休所不敢怠慢，便将他送往部队医院。经过医院全面细致地检查后，医生果断地说："郝军长，你的脚踝已经有坏死的迹象了，必须截肢。"郝忠玉摇着头说："我都八十岁的人了，不想卸胳膊卸腿的了。"医生十分恳切地说："不截肢将会有更严重的后果呀！"

郝忠玉的截肢引起了儿女们的不安和恐慌。郝援朝第一时间赶到了金海，随后通过电话分别告知了于小萱和身在国外的郝和平。于小萱带着陆成林连夜赶赴金海市，就是为了这件事……

一大早，于小萱和陆成林来到了金海市，径直走进郝忠玉所住的部队医院病房。但见倚在床头的老爷子已苍老了许多，脸上叠落着褐色的老年斑。梅子琳坐在他的身后，郝援朝与昨天夜里从荷兰赶到的郝和平坐在床的两边。见二人进来，郝忠玉笑呵呵地说："我们的市长和大商人来了。援朝，和平，你们给让让座。"郝援朝与郝和平同时站了起来，分别拉着于小萱和陆成林坐在了床的两边，他们则站在二人的身后。于小萱和陆成林对老爷子的问候中，不免多了几分担忧和不安，病房里平添了些许的愁楚和悲凉。

郝忠玉拍了拍那条即将被锯掉的伤腿说："上过战场的人都知道一条定律，冲锋时不能回头看，英雄挨的子弹都是从正面打来的，狗熊才挨背后射来的子弹。我这只脚挨的弹片就是从背后揳进去的，我其实是个狗熊哟。"看着几个晚辈不解的眼光，他自嘲道："这件事我从来没跟外人讲过，今天这里都是家里人，爸爸就实话实说吧。当年那场战斗发起冲锋的时候，我就想回头看一眼我的梦中情人。转过身来找她的那一刻，就被背后飞来的弹片揳进脚里了……那位梦中情人，就是你们几个晚辈的妈妈哟。"大家都笑了。

已近中午，护士走进病房为郝忠玉做手术前的准备工作，量血压、测体温、换衣服等等。待护士离去后，郝忠玉拍着那条伤腿郑重地说："过一会儿我的半条腿就截掉了，但是过后它还活着。医院答应我了，把那半条腿放冰箱里冻起来。等有一天我去毛主席那里报到的时候，你们就把那半条冻腿塞进我的裤腿里。我见了毛主席，好给他老人家打立正、敬军礼哟。"

下午，全家人与护士一起将郝忠玉送进手术室。由于他已年届八旬，又是一位曾经的军长，主刀医生格外小心谨慎，器械护士也悉心配合。直到后半夜，他右腿膝盖以下的半条腿才被截掉，护士推着平板车将他送回了病房。

第二天拂晓，郝忠玉渐渐苏醒过来，摆着手让梅子琳回家休息了。他喝了几口水后，就呜噜呜噜说起话来。刚开始谁也没听清他说的是什么，后来听清了，他说他上了手术台就睡着了，梦见他的大孙子郝运峰到铁园来找他了。他冲郝援朝招了一下手，郝援朝俯下身问："爸，你有话？"郝忠玉说："我那年到金海后，交代过你一件事……想起来没有？"郝援朝说："想起来了，你让我注意郝运峰是不是来铁园了。"郝忠玉点点头问："对哟，但是你见着他没有？"郝援朝摇了摇头。郝忠玉失望地闭上眼，嘘着气再不说话了。

郝和平这时捂着嘴附在郝援朝耳边小声说："刘天刚的天朝公司，竟然有个工人能叫出咱爸郝忠玉的名字。"郝援朝回头问："哪个工人？"郝和平说"好像叫高闯。"郝援朝心里一惊，他采访过"高闯"，而且还让他上了报纸。这时，于小萱也参与到他们的谈话中了："援朝，你还记得咱们念大学时，班里有个叫高闯的同学吗？""我当然记得，"郝援朝说，"但我一直以为这个高闯与珀珢那个高闯是重名。"于小萱又问："你采访的那个找爷爷的高闯是不是个头儿不高，一笑就露出了小虎牙？"郝援朝点了点头。于小萱说："如果是他，他的本名肯定不叫高闯。我记得当时是诗逸授意二毛子，让他假扮高闯代表咱们中文77级一班参加了学院的运动会，还拿了三块中长跑的金牌。"

郝忠玉这时睁开眼问："那你们就去问问这个找爷爷的高闯，他的真名叫什么？"他显然一直默默地听着儿女的对话。郝援朝拍着胸脯说："军长同志，本士兵一定把这件事搞清楚！"郝忠玉瞪了他一眼："你到今天才跟我说搞清楚。要是在战场上，老子早就把你毙了。"他说完后再不理郝援朝，却看着于小萱和陆成林说："你们俩明天就回铁园吧，这里有援朝跟和平照顾我就行了。"

一个月后的一天傍晚，郝忠玉出院了。接他的小车刚刚驶进干休所的大门，郝忠玉就摆着手让车子停了下来。他下了车，不让儿女搀扶，双手拄着拐杖向家中走去。余晖如剪子一般剪裁出他老迈而颤动的背影，以及那半条随风飘起的空裤腿。左邻右舍，前栋后栋的人都走出来迎接他，人群中只有寥寥无几的老干部，剩下的全都是老干部的遗孀。他们的眼光中有感同身受的怜惜，也有发自肺腑的祝福。凡是从干休所进了医院而又能返回来的人，就如同上了战场还能回到后方一般，都会受到所有人没有喧嚣和欢呼，没有鲜花和掌声的默默迎接。

在这里，大家相互间的称呼，仍然保留着每个人在人生巅峰时的职务——司令、军长、政委比比皆是。过去，他们的对手是战场上形形色色的敌人；而如今，他们只剩下一个对手了，那就是病魔！郝忠玉就是带着这种尽管被截掉了半条腿，但是依然有着浩气英风的气度回家了。

回到家，郝忠玉坐在客厅的沙发上闷闷地抽烟，突然高喊："援朝，你过来。"郝援朝应声而至："爸，你有事？"郝忠玉指着右腿之下的地面说："这儿，摆只鞋。"郝援朝问："拖鞋？"郝忠玉说："布鞋！"郝援朝急忙找来父亲平时常穿的一只圆口布鞋，摆在了他右脚下方的位置说："爸，我明白了。只要有只鞋摆在那里，你就觉得自己的脚还在。可以安心地抽烟了，而且还是跷着二郎腿抽烟。"郝忠玉一扬手冲他虚挥一掌斥道："少给我耍贫嘴！"继而话题一转问道："你妈呢？"郝援朝说："她跟和平在厨房做饭呢。""叫她来！"

梅子琳急忙来到客厅后，郝忠玉问："我的那半条腿，医院冻上没有？"梅子琳赔着笑应道："老土哇，这大事我能忘了吗？冻上了。"郝忠玉点点头说："这我就放心了。"

第二天中午吃饭时，郝忠玉刚刚坐下来就冲着郝援朝喊道："鞋！"郝援朝慌忙将客厅的那只布鞋拿来放在他的空裤腿之下，说："爸，我长记性了。今后不管你是抽烟、看书、看电视还是吃饭，我保证做到人到鞋到，再不劳你喊'鞋'了。"郝忠玉摇摇头说："不全。记清了，还有下地的时候。"梅子琳"啧啧"两声后说："咱家后院还能称得上'地'？免了吧老土，你可别一不小心栽倒在地里了。"郝忠玉拖长了声音说："老——太——婆，我再不下地还能去哪儿？你让我整天闷在屋子里，那可就憋死我喽。"郝援朝站在了父亲的一边："行，爸，我扶你下地，可鞋摆哪儿？"郝忠玉不耐烦地说："地头！"梅子琳凑到郝援朝耳边小声说："儿子呀，我看铁园你是回不去了，整天陪着你爸摆鞋玩吧。"

午饭后，郝忠玉在沙发上小憩了一个小时，醒来后就拄着双拐要下地了。郝援朝及时打开通向后院的门，又拎着那只做摆设的鞋，随父亲一同走进后院。后院菜畦地里各种蔬菜的叶子虽已泛黄，但却是果实累累，绕蔓坠枝中一派大自然回馈耕耘者的慷慨气度。郝忠玉拄着双拐试探着一步跨进地里时，一个趔趄中差点儿摔倒。郝援朝慌忙扶住他说："爸，你这是何苦呢？你要摘西红柿，还是黄瓜、豆角、茄子，只管吱一声，我去摘就是了。"郝忠玉用拐杖捣着地说："儿子呀，你还是不懂爸的心思，也不懂一个农民的心思。农民什么时候最开心？就是走进地里收获的那一刻哟。"

然而父子俩在地里忙活了一大气,却是颗粒无收。双手拄拐的郝忠玉无法腾出手来采摘,一只手拎着篮子、另一只手用力扶着他的郝援朝也无暇去干别的,二人只得从菜畦地里走了出来。郝援朝扶着父亲坐在后院的椅子上,父亲刚刚坐下就瞪起了眼睛:"我的鞋呢?"郝援朝慌忙将摆在地头的那只鞋拎来放在他的脚下说:"看好了,鞋放地上了。爸,你就凉凉快快地跷着二郎腿抽烟。一会儿我沏壶茶,再拿来今天的报纸,你喝茶看报,我下地摘菜。"

这天下午,他们都很开心,真正体会到了像农家父子那般不闻不问天下大事,只关心自家自留地里的菜蔬果实,那种纯粹得不能再纯粹的父子之情。

第三天早饭一上桌,郝忠玉突然问:"援朝,你怎么还没走?"郝援朝怔愣着反问:"去哪儿?""回铁园,去找那个高闯哟。"郝援朝哭笑不得地说:"老农民哪,我走了以后谁给你摆鞋?谁又陪你下地?"梅子琳冷着脸说:"援朝,不许管你爸叫老农民。"郝忠玉朗声大笑:"我现在不就是个老农民嘛。"梅子琳苦笑一声:"你要是个老农民倒好了,至少还有两条完整的腿。"郝援朝看着父亲说:"得,我还是叫你老干部吧。我走了以后谁给老干部摆鞋?"郝忠玉说:"你妈摆。"梅子琳负气地说:"我摆不了,给你摆一只鞋比做一双鞋还费劲。过不了三天,我就累得趴在地上让你当鞋穿了。"

郝援朝摇了摇头说:"我看了,给老爸摆鞋的活儿其实谁都干不了。这样吧,我出钱给老爸雇个专职摆鞋的保姆。"梅子琳说:"我和你爸离休的工资还雇得起保姆。一会儿吃完饭,你去路边的家政公司,找个岁数不要太大,干净利落的保姆来给你爸专门摆鞋吧。"郝援朝找来的保姆五十多岁,人也干净,随身还带着健康证,获得了母亲的认可。

中午,郝援朝登上了返回铁园的火车。火车刚一开动,他就拨通了刘天刚的手机,要"高闯"晚上为他接风洗尘。电话那头的刘天刚叹道:"我到了这种没人信的地步,连给你接风的份儿都排不上号了。"郝援朝说:"少废话。你跟高闯说一声,让他炒几个菜,买瓶好酒,我要跟他好好喝两杯。"

郝援朝的心,这时才完全平静下来。他想起了父亲,父亲再不是从前的那个父亲了。手术前的父亲是那般豁达大度,幽默诙谐。而半条腿被截掉回到家后,却变得喜怒无常,锱铢必较了。他在八十岁高龄被截去了半条腿,似乎与战争有关,又似乎与战争无关。

暮色降临,华灯初上,火车在铁园站停下了。郝援朝走出站台,便见刘天刚已候在出站口了。他拉着郝援朝上了自己的车,一路向"高闯"家驶去。

"高闯"和魏思凡诚诚惶惶地将二人迎进屋来,屋里已是菜肴满桌,酒香飘逸。四个人坐定后,"高闯"举杯说道:"能为郝记者接风洗尘,刚叔作陪,不胜荣幸,我敬两位贵人一杯。""高闯"将酒喝下,郝援朝和刘天刚也将酒干尽。郝援朝看着魏思凡问:"夫唱妇随,你怎么没举杯?"未及魏思凡作答,"高闯"挠着头不好意思地说:"思凡怀孕了。"

"高闯"再次举起酒杯说:"郝记者,我单敬您一杯,谢谢您让我上报纸了。"他将酒喝下,郝援朝非但没举杯,反而将自己的那杯酒推到"高闯"面前说:"见了报还没找到你爷爷真是个遗憾,这个酒桌上,我继续帮你找爷爷!""高闯"眼前一亮问道:"怎么找?"郝援朝说:"你把我这杯酒也干了,我告诉你怎么找。"

"高闯"爽快地又喝下一杯酒后,郝援朝说:"我只问你三个问题。你只要如实回答,爷爷就找到了。""高闯"笑道:"郝记者,那您就快问吧。"郝援朝不紧不慢地说:"我问你的三个问题你可听好了,你如果不如实回答,不但找不着爷爷还得罚你酒,说一句假话罚一杯。""高闯"挺起胸脯说:"酒桌上我不会划拳,不会猜谜,不会行酒令,不会借酒赋诗,说实话还不会吗?"

郝援朝举起一个手指头问:"某年秋季的一天,你是否参加过铁园师院的运动会?""高闯"翻弄了两下眼皮说:"参加过。"郝援朝点点头说:"我相信你说了真话。第二个问题:你是否替一个叫作高闯的大学生参加中长跑的比赛了?""高闯"指着自己已经冒汗的鼻尖提醒道:"郝记者,我就叫高闯啊。""好,这个问题你回答得有水平,像是我问错了。"郝援朝继续问:"第三个问题:你爷爷,是不是农民?""高闯"低头看着自己不断挪动的双脚,没有回答。郝援朝拿过两只空杯倒满酒后说:"第二个问题你说了假话,因为你鼻头上的汗珠出卖了你。第三个问题你拒绝回答,与说假话同罪,这两杯酒你都喝掉吧。"魏思凡满脸涨红地摆手说:"郝记者,高闯没有酒量,喝完这两杯酒他就得钻桌子底下去了。"

郝援朝笑道:"为了不让高闯钻桌子底下去,我只好放宽一步,这两个问题只要他回答是与不是就行了。""高闯"松了一口气说:"我是替高闯跑赛了。我爷爷不是农民,完了……不过郝记者,我替人跑赛的事可不光彩,求求你千万别让我再上报纸了。"郝援朝摇摇头说:"报纸没有版面评论你替人跑赛对与不对。我只知道一点,有人让你替跑说明你有那本事,怎么没人让我替跑呢?""高闯"低着头羞愧地笑了:"我那时……只是想混两个面包吃。"

"好吧,"郝援朝说,"后面的话我说。说对了,你拿起酒杯咱俩碰一杯。说错了,我就自罚一杯。"魏思凡突然挺着微凸的肚子站起来抢过"高闯"的酒杯说:"郝记者,这杯酒我喝。之后,我告诉你……这个假高闯的真名。""高闯"扶她坐下后说:"你想把肚子里的孩子灌醉呀?听郝记者说话。"郝援朝盯住"高闯"一字一句地说："你的真名叫郝运峰，高闯是你的假名。你爷爷叫郝忠玉，他是军长不是农民！""高闯"一激灵站起来举着酒杯说："您不愧为记者，真是消息灵通。这杯酒我敬您。"郝援朝端起酒杯迎了过去。二人一仰脖，两杯酒已是杯清见底了。

　　刘天刚再也坐不住了，站起身来倒下两杯酒。举起一杯对郝援朝说："这事怨我了，这孩子在天朝公司干十多年了，我却没整明白他的真实姓名和身份。兄弟我有责任，自罚一杯。"说完，一仰脖将酒倒进嘴里了。刘天刚又举起一杯酒对"高闯"说："郝——运——峰，叔从今晚起，就管你叫这个名字了。因为你爷爷的身份问题，叔错怪了你，弄得你一度离叔而去，叔向你赔不是了。"郝运峰慌忙自斟一杯酒，站起来，面带愧色地说："老板，其实是我先欺骗了您，撒谎说自己是高闯。可是撒谎容易圆谎难哪。这下好了，从此以后，我总算可以做回真正的自己了。"二人将杯中的酒喝尽，刘天刚嘘出一口气问："运峰，你知道坐在你对面的这位郝记者跟你是啥关系不？他是郝忠玉军长的儿子呀，你该问他叫啥？"

　　已经转过神的郝运峰一步一步向郝援朝走去，跟在他身后的是魏思凡。他忽然抱住郝援朝憋憋屈屈地哭了："叔，叔哇……"

　　那年冬天，铁园市人民政府与荷兰"盛世中华花卉有限公司"正式签订了招商引资的项目协议。

　　陆成林为这个项目起了一个美妙而动听的名字——"盛世之花"……

第三十七章

次年,也就是20世纪最后一年的那个春天,"盛世之花"的奠基仪式在铁园市天朝公司旁边的空地上隆重举行。

主席台用平整光亮的红松板搭就,空气中弥漫着松脂香气。横跨主席台上空的彩虹门在乍暖还寒的春风中徐徐飘荡,上面写道——"花为媒,比翼双飞;花为容,春意正浓"。四门礼炮分列在奠基石两侧,一条红地毯由此延伸到主席台下。身材窈窕、红唇柳眉,千娇百媚的礼仪小姐,列队站在主席台的两侧。

会议就要开始时,共襄盛举的领导及嘉宾走上主席台。他们中有省委书记、省长,以及铁园市五大班子的主要领导,还有特邀嘉宾崔副军长、章副院长等驻铁园单位和驻军的领导。

会议由于小萱副市长主持,她穿着肥大的呢子外套,以掩饰高高隆起的孕肚。她本是最怕腆着大肚子主持会议的,可今天,偏偏就得以这种暂时无法改变的形体站在主席台上了。

大学毕业走上工作岗位后,郝援朝和于小萱就热盼着孩子的到来。可是不久于小萱就当上教导主任了,一度的热盼冷落下来。等到这个热盼再次被点燃时,于小萱又当上了校长,在校长的位置干了几年后,两口子决定要孩子时,于小萱又晋升为教育局局长。三年之后,局长的工作完全驾轻就熟时,于小萱怀孕了。随着肚子的渐渐隆起,她却后悔了,拍着肚子对郝援朝说:"我现在刚晋升就怀孕了,太影响工作了……"

于小萱走到麦克风前,庄重地宣布大会开始的那一刻,会场立时安静下来了。之后,按照大会的流程,她一次又一次地来到麦克风前,宣读着一项接一项的会议流程。

大会第一项是王市长致欢迎词，他以声如洪钟的嗓音和倒屣相迎的诚意，感染着整个会场。

大会第二项为陆成林讲话。他迈着轻盈的步伐走上台来，即兴说道："女士们，先生们：二十多年前，我父亲从老家来到了铁园市。他只是一个普通的农民，却受到了H军各级领导的热情接待。那天，从他在军部大礼堂的讲话中，我才知道他开小差离开战场回到了老家。这是我的家丑，家丑不可外扬。但是铁园是我的第二故乡，我就不怕亮自己的家丑了，就像父母从来不会因为自己的儿女长得丑陋而将其遗弃一样。我在为父亲感到难过的同时，又深深地感谢父亲把我带到了这个世界。我的一生只有一个梦，为我的第二故乡铁园市，建起一个'掬水月在手，弄花香满衣'的现代化农业基地！"台下传来雷鸣般的掌声。

大会第三项是周书记讲话。他挥着手里的讲稿，根本没看，只把秘书点灯熬油写下的讲稿当作自己即兴发挥的工具了："同志们，陆成林先生刚才的讲演很谦谨，持谦谨者成大器，怀天下者立远功。工程开工后，我要求：凡是与工程相关的主管部门及各单位，对陆先生提出的想法和要求，解决起来必须做到立竿见影，立见成效……"

周书记讲话之后便是剪彩仪式了。五位礼仪小姐捧着红缎带和放着剪子的托盘来到主席台上，当红缎带被领导们剪断并落入礼仪小姐手中的托盘时，会场骤然间沸腾了。

于小萱突觉腹痛难忍，两手轻抚着肚子踱了几步，稍感缓解后，又紧忙来到麦克风前大声宣布道："大会最后一项，请省市领导和嘉宾为工程奠基！"四门礼炮同时鸣响，彩弹甩着火舌在天空中跳荡，更在阳光下炸裂。领导和嘉宾相互礼让着走下主席台，向奠基石走去。于小萱再次感到了腹痛，并且在不断加剧中出现了周而复始的紧缩和松弛。这之后，便有一股温热的液体不受控制地从她下身涌出来了……

她清醒地意识到，热闹的会场和礼炮的轰鸣声已导致自己体内的羊水破了。好在会场所有的人都在关注领导和嘉宾挥锹填土的奠基，几乎没有人注意到她的异常。她双手捂着肚子，倚在主席台一侧的柱子上了……

正在为会议做采访的报社记者部主任郝援朝，深知妻子临盆在即，在会场一角一直盯着她的一举一动，见此情景便拨开混乱的人群向主席台跑去。他一步跨上主席台后扶住浑身抽搐、脸色苍白的妻子问："是不是要生啦？"于小萱轻轻地点了点头。主席台一侧，有专为大会准备的救护车，郝援朝急促地向救护车招手示意。车子及时驶来停在主席台下，两名护士从车内推出担架车，将于小萱抬上担架车后推进车内。救护车发出刺耳紧迫的鸣笛声，风驰电掣般地向医院驶去……

躺在产床上的于小萱已是大汗淋漓、疲惫不堪了，煎熬在"生个孩子三桶血"的恐惧和慌乱之中。医生引导着郝援朝走进产房陪在妻子的身边，于小萱渗满汗水的一只手紧紧握住了丈夫的手，也由此获得了些许的慰藉和鼓舞。

医生的手，此时已探进她的腹腔内，摸到了胎儿的位置，真正的生产从这一刻开始了。医生已发出常规性的指令："放松，再放松，不要向上用力。好，就这样。向下，向下用力。对，手拉脚蹬，向下用力。"

于小萱大张着嘴，喉咙里翻滚着含混不清的震颤声。女人一生中最伟大的壮举，让她感到痛苦不堪，也让她感到憧憬和向往……尽管医生对这位已逾四十岁的高龄产妇做出了诸多不利因素的预判，但是整个生产过程还算顺利，只在她产道上做了一个小小的侧切，也就"瓜熟蒂落"了。当助产士倒提着婴儿的小腿抖了两下后，产房里传来了一声洪亮而有力的啼哭声。郝援朝压抑着内心的激动，附在她的耳畔小声说："是个带把的。"于小萱看着那个被助产士提起的伸胳膊蹬腿的小家伙嗔笑着说："太丑了，像个扒了皮的兔子。"

于小萱转到病房后，之前紧张的身心已经完全松弛下来，躺在床上渐渐睡去了。她枕边白布中裹着的那只"兔子"，更是睡得香甜无比。

郝援朝拎起暖壶去打开水，在走廊却碰见低头走来的郝运峰和魏思凡。郝运峰怀里抱着襁褓中的婴儿，他身边的魏思凡捂得严严实实——一个产妇该有的形象。郝援朝即刻意识到运峰的孩子也出生了，便喊住了只顾低头走路的二人。郝运峰抬起头笑了："叔……你怎么也在这里？"郝援朝没有回答，却指着他怀里的婴儿问："丫头还是小子？""小子！"郝援朝轻轻扒开襁褓，看了看正在熟睡的婴儿后笑着问："这孩子怎么跟他叔长得有点儿像？"郝运峰眨巴着眼完全蒙住了，不知此话从何道来。郝援朝脸一沉说："他叔也出生了。"郝运峰这时才悟出自己怀里孩子的叔是谁了，问道："他叔在哪儿？"

郝援朝领着二人来到病房。郝运峰抱着儿子与于小萱枕边的那孩子反反复复地比照起来。身边的魏思凡笑得前仰后合："叔侄二人长得还真有点儿像，眼睛都没睁开呢。"郝援朝一本正经地说："像就对了，他们的根是郝忠玉。这位老同志的眼睛一辈子也睁不大。"

他们的说话声吵醒了于小萱，她欠起身坐了起来。郝运峰和魏思凡已明白眼前的这位就是他们的婶婶了。而且，郝运峰已想起她就是铁园师院中文77级1班的于小萱，运动会时她还拿了一块金牌。魏思凡也在电视上看到过她，知道她是铁园市副市长。

于小萱这时看着郝运峰说："虽然过去快二十年了，但我还是认出你就是在当年师院运动会上大显身手的高闯。"郝运峰红着脸不好意思地说："婶，我……叫郝运峰。"于小萱说："运峰啊，你的真实身份，你叔已经跟我说过了。你还能想起当年运动会上的于小萱吗？"郝运峰点着头说："中文77级1班我就记住了两个人，一个是二毛子，再一个就是您了。您得了个托球跑的冠军。"他说完后拉过身边的魏思凡向于小萱介绍道："婶，这是我媳妇魏思凡。"魏思凡鞠了一躬："婶婶好。"于小萱微笑着说："思凡哪，等到这对叔侄周岁之后，我们两家六口人就到金海去见运峰的爷爷。"郝运峰回过头问郝援朝："叔，这是真的吗？"郝援朝笑道："于副市长说的话还能假吗？"

奠基仪式之后，"盛世之花"的工程正式启动了。翻斗车、混凝土搅拌车、大吊车等大型设备呼啸而至。工地上尘土飞扬，犹如遮天蔽日的战场一般。

陆成林和三名助手，由宾馆直接搬进了工地临时搭建的工棚里。刘天刚送来了"及时雨"，将天朝公司的办公楼腾空后，交与陆成林做"盛世之花"的工程指挥部。

这天，陆成林走进宽敞的办公楼说道："天刚，帅不离位，我不能搬这来。"刘天刚摇了摇头："我只是天朝公司的帅，但你是这片土地的帅。一只鳄鱼在的地方可以养活一群小鸟，小鸟靠鳄鱼牙缝里的食物就能填饱肚子了。陆总，搬过来吧，我也跟着你借一把光。"陆成林点点头："好吧，我搬，咱两家一家一层。"刘天刚指着楼外的库房说："那里被隔成了三个房间，我和所有人都搬过去了。这楼全给你用。""租金怎么算？""白用，"刘天刚说，"直到你的'帅府'建成为止。"陆成林笑道："天下哪有白用的地方。我观察到你的公司既能干木器，又能干土建，你要乐意的话就跟着我干吧。"刘天刚啪的一声敬了个军礼说："陆总，从今天起我就是你的一个兵了，你指哪儿我打哪儿！"

陆成林搬进天朝公司的办公楼后，才真正找到了"盛世之花"工程总指挥部的感觉。他的办公室在二楼，就是刘天刚原来的办公室；一楼是工程部、采购部、预算部和财务部；在食堂一侧，还隔出了一个小餐厅。

二楼的会客室，改为了展示厅。一个偌大的五颜六色的沙盘上，浓缩着"盛世之花"的南北两大区域。两个区域错落有致地形成了三个板块——农业园区、博览中心及配套设施。女人十月怀胎一朝分娩，而"盛世之花"则是三十月怀胎一朝分娩，即从1999年的春天开工，至2001年的秋季竣工，这里将建成一个一百三十万平方米的现代化农业基地。陆成林渴望那一天的到来，却又感到了隐隐的缺憾和忧虑，沙盘上这片土地的北面是部队的农场。他听说H军准备用它来建军官住宅楼了。

高耸的大楼建成后，必将遮住投向农业园区部分区域的阳光，严重影响和限制着蔬菜所需要的日照时间。那个缔结了他与郝和平美好姻缘的部队农场，在他心里永远都是完美无瑕的。然而今天，他对它却有了一丝哀怨。蓦地，他的眼前一亮，你部队能在种菜的土地上建起大楼，我为什么不能在种菜的农业园区里也建起大楼？这些年来，他在国内走南闯北，看到了房地产业方兴未艾、利润颇丰的现实。建在同样土地上的住宅楼较之种菜栽花产生的经济效益，判若云泥……与其临渊羡鱼，不如退而结网。与其针锋相对，不如携手共进。

这一日，他来到市招商局潘跃进局长的办公室坐定后说道："潘局长，我想请你和崔副军长在百忙之中抽个空坐一坐，还望你赏脸。"潘跃进递过一杯热茶说："不必客气，你有什么事尽管讲。"陆成林说："我知道部队的农场准备用来建军官宿舍楼了，崔副军长正好主管后勤工作。我还听说崔副军长是你与章诗逸的媒人，更听说你还是在铁园师院成教班时崔副军长的班长。"潘跃进笑了："这便是你……找我和崔副军长坐一坐的原因？"陆成林顺手从自己的黑色皮兜里拿出"盛世之花"的规划图摊在桌子上说："你看，我的农业园区有一部分区域几乎被部队将要建起的大楼挡死，那里也因此永无天日了。我想跟部队搭个伴，也建楼。""以其人之道，还治其人之身？"潘跃进问。陆成林摆摆手说："不敢不敢，我只想与他们合作。""合作？"潘跃进问，"你与部队如何合作？"

陆成林便将自己的想法和盘托出："我听说部队要建五栋住宅楼，我与他们邻近的那片土地准备建三十栋。我建的楼完全采用他们的设计图纸，甚至连外墙涂料都是同一种材质和颜色。除此之外，我还要建十栋别墅。我与部队共建楼群的名字都起好了，叫作'军民大厦'。""好名啊！"潘跃进叹了一口气却说，"陆总，你想过没有？你的农业园区建了那么多住宅楼，'盛世之花'的路可就跑偏了。这件事我需要与土地局和建委商量。"陆成林摇摇头，不以为然地说："这其实只是一件小事，你没有必要惊动他们。周书记在奠基大会上说过，解决工程的问题要立竿见影，立见成效。我怕你们一商量起来就没个头，那可就影响我的工期了。"潘跃进沉吟片刻后说："晚上不去酒店，那地方招眼。我请崔副军长去你府上坐坐吧。"

暮色四合之时，潘跃进陪着一身便装的崔副军长来到了天朝公司。陆成林迎在小餐厅门口恭敬地问候："您好，崔副军长。"二人握手之际，一旁的潘跃进笑吟吟地说："在我们的圈子里，大家都问崔副军长叫老崔。"陆成林即刻改口："老崔好。"崔副军长自嘲地笑了："本人长得太着急，五十多岁的人像七老八十了，就落下了这么个绰号。"

三个人走进小餐厅，桌上摆着村酒野蔬，还有不同品牌的茶叶。席间，陆成林开诚布公地将自己打算与部队合作建楼的意图讲过，最后说道："为了表达'盛世之花'的诚意，我准备拿出两套别墅送给部队。"老崔摇了摇头说"这种合作我不同意。"陆成林心里一沉问道："为什么？"崔副军长说："你想过没有，你送的别墅给谁住？给军首长吗？首长们现在住的已经是别墅了。我们建房的宗旨是面向基层军官，他们不容易，家属随了队却没房子住。"

陆成林沉着脸没有说话。须臾，他的脸色又放晴了："您的意思我明白。别墅我不送了，只送十套一百平方米的普通住宅给部队，以解决基层军官住房难的问题，并以此求得我们联袂建起的楼群，挂上'军民大厦'的大牌子。"崔副军长的脸上泛起一丝笑意，稍稍点了一下头。潘跃进给三个酒杯都斟满酒后，面若朗月地说："终于谈到一块了，我代表招商局预祝你们合作成功！"

酒尽之后，陆成林沏下武夷山大红袍岩茶，三个人又品茗消酒。崔副军长说："陆总，我跟你说句实话，我们那个农场之所以'种楼'而不种菜了，就是因为农场只能收获几把菜。而'种楼'却能实现安得广厦千万间，大庇天下寒士俱欢颜哪！但是，我们建下的那几栋楼，真的不够H军基层军官刚需和改善的数量，你送的十套住宅确实为我们解了燃眉之急。"

散席后，崔副军长因为还要赶赴另一个酒局告辞而去，屋里只剩了潘跃进和陆成林。潘跃进说："陆总，你该去看看你嫂子于副市长。她生了，生了个大胖小子。"陆成林拍着额头说："这事我知道，真是忙晕了。"潘跃进继续说："还有一个好消息，一件好事，你哥郝援朝提任铁园报社总编辑了，昨天下午市委才下的文。他们一家真可谓双喜临门哪。"陆成林叹道："我是该去看看他们了。"

第二天傍晚，陆成林拎着奶粉、水果等物来到于小萱和郝援朝的家。走进屋内，他暗自吃了一惊，嫂子于副市长的家只有几十平方米的面积，家具也极其一般。看着陆成林惊异的眼光，郝援朝调侃道："你嫂子从小在农村长大，没住过大房子，说怕住了大房子招来鬼。不瞒你说，这房子也不是她的，是报社分给我的。"陆成林点了点头却问："哥，我听说你提任报社总编辑了？"郝援朝说："没错，我是当上总编辑了。但我上任的第一件事，就是想给你写一篇文章。""写我什么？"郝援朝说："写你走上第七条路，来到铁园投资建农业基地了。可又一想我们的亲戚关系，就作罢了。你没啥想法吧？"陆成林说："我没有想法。我来铁园，只想为我的第二故乡默默地做些实事，不需要任何宣传。"

说完之后，他将于小萱怀里的孩子抱过来在屋里踱起了步，边踱边问："嫂子，我小侄儿叫什么名？""小名兔子，"于小萱说，"因为他属兔。大名嘛，叫郝仁，来自他爷爷仁慈宽厚的品格。"这时郝仁在陆成林的怀里哭了起来，于小萱摊开双手说："成林，把兔子给我吧，他要吃奶了。"陆成林到另一间屋作以回避，顺手从衣兜里掏出一张现金支票，在名称一栏写上了"兔子"的名字郝仁。

这时，于小萱已给兔子喂完奶了。她一手轻拍着兔子的后背，一手托着他的小屁股在屋里走来走去。陆成林来到她面前挠着头说："嫂子，我有个贷款申请，报给铁园商业银行一个月了。他们的人也去我公司考察过，对还贷能力也做了评估，后来就没动静了。我想请嫂子过问一下。"于小萱问："贷多大的额度？"陆成林说："三千万元，主要是弥补一下开工后流动资金的不足。"于小萱笑了笑说："这些日子我一直在家休产假，外面也有些风言风语，说什么骡马上不了阵……唉，不说这些啦。我这就给铁园商行行长打个电话。"说完后，她去了另一个房间。不一会儿，她从那房间走出来说道："我刚才问了。关于'盛世之花'贷款未批的原因，行长说，这个项目他已经审查过了，符合放贷的所有条件。之所以一直没有放款，是因为最近申请贷款的企业太多了。他说他马上就办这件事……成林哪，记住那句话，好借好还，再借不难。三千万元可不是个小数目哇。"

陆成林赔下笑来："那是，那是。"这时于小萱怀里的兔子咯咯地笑了起来，一个劲儿往陆成林怀里扑。郝援朝大笑："这小兔崽子也知道谁有钱，成林你快抱抱他吧，让他沾点儿财气。"陆成林抱过兔子后，趁于小萱和郝援朝不注意时，将那张支票塞进了兔子的襁褓之中。不一会儿，兔子在他怀里睡着了。陆成林就此告辞："哥，嫂子，我走了。"说完，便将兔子送到于小萱的怀中。

那一瞬间，从"兔子"的襁褓中忽忽悠悠飘下一张支票。郝援朝蹦了个高喊道："兔子真的发财了，身上还下起了支票雨！"但他从地上捡起支票看过后，脸就沉下来了，"这小萱还没住上大房子呢，鬼就来了。"陆成林顿了一下说："哥，我可不是鬼。你看好了，这支票不是给你的，也不是给嫂子的。那上边有名，是给郝仁的。"于小萱摆了摆手："成林，这张支票你必须收回。不然的话，你贷款的事我可就不管了。"

半个月后，"盛世之花"与部队的合作协议正式签订。陆成林心里窃喜，与部队建房的合作协议一经签订，他的房地产项目就可以在"盛世之花"中顺理成章地漫延开来。这叫军民共建，军地合作。

与此同时，三千万元贷款也打到"盛世之花"的账面上了，然而嫂子于副市长却拒收了他送去的现金支票，那支票上金额一栏是空着的，任由她填上多大的额度都可以……莫非她需要的不是这个，而是急需改善那套与她身份极不匹配的房子？

但不管怎么说，与部队的合作及银行的贷款他都得到了。恺撒的归恺撒，上帝的归上帝！

工程开工后第二年秋天的一个傍晚，陆成林送走一批接一批到此采访的记者后，便开着他的大吉普到工地视察。

尽管太阳就要落山了，工地上仍然呈现着一派繁忙景象，头戴安全帽的工人如蚂蚁一般穿梭不已，来来往往。园区内的主要建筑物已经封顶，从楼顶垂下红红绿绿的彩带——"新基鼎定，华屋生辉。""地福人杰，金玉满堂。"不一而足。来到标志性建筑"博览中心"的楼前时，这里已是烟花升天，人声鼎沸了。

车子越过博览中心后便停了下来，陆成林走下车来回眸而望，"盛世之花"的整个框架已经一览无余地显露了。它像一具盘踞在这片土地上的龙骨，巍峨挺拔，璞玉浑金，豪壮雄大，气度恢宏……

第三十八章

　　这个国庆节，郝援朝一家三口及郝运峰一家三口登上了南去金海市的火车，去见郝运峰朝思暮想的爷爷。因为忙于工程，陆成林没有同往。郝援朝与郝运峰叔侄俩的孩子都长到一岁半了，可以走路也可以说些简单的话。尽管走路还需要大人护着，说话的字数也极其有限，但毕竟不是完全抱在妈妈怀里的孩子了。

　　两家六口人，坐在车厢里两排相对的座位上。郝援朝看着郝运峰一直捂在怀中的那个绿色挎包问道："你那包里是什么宝贝？给叔打开看看。"郝运峰腼腆地说："是奶奶，还有我爸和我，送给爷爷的礼物。"之后便将包里的四样东西逐一摆放到靠窗的桌子上——一双布鞋、一个包着家乡土的小布包、一条香烟，以及三穗玉米。这三穗玉米，是他那年领着魏思凡回老家度蜜月时父亲交给他的，用以替代经年累月后只剩下光秃秃的三根玉米棒的"玉米"。郝援朝拿过四样东西一一看过，心里唏嘘不已：郝运峰是那年师院运动会来到铁园的，他在寻找爷爷的路上走了二十年。二十年哪，人生能有几个二十年？他将这四样东西还给郝运峰时，内疚得一句话也没说出来。

　　火车飞驰在广袤的原野上。两个孩子已由最初上车时的好奇、兴奋，以及相互间的嬉笑打闹，转化为对车内封闭环境的厌倦了。渐渐地，他们在兴趣索然中各自在母亲的怀中睡去。于小萱拍拍魏思凡怀里孩子通红的小脸蛋问："这孩子叫什么名字？"魏思凡笑道："婶儿啊，他叫郝民。是运峰给他起的，意思是希望这孩子将来能成为像他太爷一样济世安民的人物。"于小萱赞道："好伟大的名字。郝民有没有小名？"魏思凡说："因为属兔，小名兔子。"郝援朝哈哈大笑："我们两家六口人，竟然蹦出两只兔子。"魏思凡看着于小萱怀里的孩子问："婶儿啊，他也叫兔子？"于小萱微笑着说："小名兔子，大名郝仁。"

下午两点钟，两家人来到金海市。走进干休所大院时，便远远地看见郝和平与女儿陆雨霏已迎在家门口。郝和平听说郝运峰要到金海来认爷爷了，于前天带着女儿陆雨霏特意从荷兰飞到了金海。她一步跨向前去，堵住走来的郝运峰问："你还认识我不？"郝运峰不知是紧张，还是由于郝和平那身过分华丽的服装及那张修饰过的脸，怔怔地看了她半天，最后摇起了头。郝和平笑着提醒道："某年某月的某一天，你在刘天刚的办公室，叫过郝忠玉的名字……"没等她说完，郝运峰的脸红了："姑哇……那时我不跑掉就好了，说不定早就找到爷爷了。"

大家进得屋来，郝援朝指着站在屋里迎接他们到来的母亲梅子琳，向郝运峰介绍道："这是你二奶。"郝运峰深深地鞠了一个躬说："二奶好。"梅子琳微笑着说："你好你好，快去见你爷爷吧，他在客厅等着你呢。"梅子琳招呼着大家到另一个房间去休息时，郝运峰背着挎包独自走进了客厅。

但见爷爷戴着老花镜坐在沙发上看报纸，那报纸的纸面有些泛黄了，显然是一份过时的旧报纸。他定睛看去，竟然是一份《铁园日报》。报纸上的大标题异常醒目——《第七条路》，之下的副标题是《孙子找爷十年梦，以梦为马闯天下》。这份报纸，显然是叔叔从铁园特意带给爷爷的。此时的爷爷，正用手指比在文字之下，一个字一个字地认真读着，与二十多年前他在老家见到的爷爷已是判若两人了。那时的爷爷老当益壮，精神矍铄，步履稳健，双目有神。而眼前蜷坐在沙发上的爷爷慵懒无力，脸上布满了一块又一块的老年斑，眯着的眼睛已经暗淡无光了。

倏忽间，他发现爷爷只有一条腿落在地上，另一条腿的一半却是空空荡荡，空裤腿落在地上的位置还摆着一只黑色的圆口布鞋。郝运峰轻轻喊了一声："爷爷。"郝忠玉放下手中的报纸，摘下老花镜看着他开心地笑了："哦哦……这是运峰吧，快过来，让爷爷好好看看你。"郝忠玉拉着他的手，让他坐在自己身边说："你长高了，也长成大人了。换个地方，爷爷是万不能认出你的。"郝运峰的眼睛已溢满了泪花："爷爷，您的……那条腿……"郝忠玉抖了抖空裤腿不以为意地说："一条老伤腿，截掉了。"说完，指着郝运峰肩上标有"中国邮政"的绿色挎包问："你怎么背了个邮递员的挎包？"郝运峰说："是奶奶送给我的，她让我当个邮差给您送礼物来了。"说着，便从挎包里拿出那四样东西摆在茶几上继续说："是奶奶给您做的一双布鞋，还有一包家乡的土；父亲给您的三穗玉米；我给您买的一条烟……可那鞋……您，只能穿上一只了。"

郝忠玉下颏一收："谁说只能穿上一只？两只鞋爷爷都能穿上。来，给爷爷把鞋穿上。"郝运峰一转身，去卫生间端来一盆热水放在爷爷的脚下。他脱掉爷爷左脚的鞋和袜子，但见脚后跟的老皮极其粗糙，包在老皮之中的树叶和草皮依

脚印

329

稀可辨。心里不免叹道：这哪里是军长的脚，就是老农民的脚哇。他给爷爷洗完左脚穿上鞋后，郝忠玉用力蹬了两下后连声说道："还是这鞋合脚舒服。那只呢？"郝运峰从茶几上拿过右脚的鞋。郝忠玉指着地上的那只布鞋说："把它拿走，把你奶奶做的那只鞋摆在它的位置上。"郝运峰拿走旧鞋，蹲下来将那只新鞋摆放好。郝忠玉小心翼翼地提起空裤腿，将它半虚半掩地落在鞋面上后问："怎么样？你奶奶做的一双新布鞋，爷爷是不是都穿上啦？"

蹲在地上的郝运峰"哇"的一声大哭起来。郝忠玉拉起他坐下说："军人的家里可没有盛眼泪的地方啊。"郝运峰抹着眼泪问："爷爷，奶奶说她做的布鞋……在战场上救过您的命？"郝忠玉说："是哟，没有你奶奶做的布鞋，爷爷也早就死在战场上喽！"

郝运峰点了点头，便将三穗玉米送到他的手中说："爷爷，这是我爸送给您的礼物。"郝忠玉翻过来掉过去看过后说："这玉米已经干枯了，我也不能把它栽到地里了。这样吧，你把它挂到一进屋的大门上，爷爷看见它就看见家乡了。"

郝运峰将三穗玉米挂在门楣上返回来后，便拿起那条烟拆开后取出一包，从中抽出一支说："爷爷，我给您点支烟吧。"郝忠玉接过那支放了二十年之久已经发黄的烟卷，放在手里捏了又捏，用舌头的唾液转着烟卷舔过一遍后，烟卷的表面便有了潮气。郝运峰用火柴点燃了那烟，那烟什么味道只有郝忠玉自己知道。但他还是把那支烟，一口一口地吸下去了。

这时郝运峰已将那布包打开，双手捧在爷爷的面前说："爷爷，这是最后一件礼物了，是奶奶从咱家院里抓起的一把土。奶奶说，你最喜欢家乡的土。"郝忠玉用两个手指捏起布包中的黄土放在鼻子下闻了闻说："是哟，爷爷就喜欢闻那土里散发出的家乡味。"说完，他拿起空裤腿下面的那只新布鞋，将家乡的土一把一把地涂抹在鞋底上，白色的鞋底完全被家乡的黄土覆盖住了。他举着那鞋开起了玩笑："运峰啊，你要早点儿把这土和这鞋送给爷爷，爷爷今天就是站着迎接你喽。爷爷的伤腿是因为撞到钢管上而被截掉的。如果当时我穿着这双沾满了家乡土的鞋，爷爷的伤腿就是撞在刀刃上，那刀也会卷刃的哟。"

说完后，他将茶几上那份登载着《第七条路》的《铁园日报》在手里抖了两下又说："运峰啊，你上报纸了。"郝运峰点着头应道："是呀爷爷，这报纸是叔写的，他把我写得太好了。"郝忠玉沉着脸说："什么叫把你写得太好了？从头到尾我只看到了'高闯'这个名字，根本没有'郝运峰'三个字。我非让你叔叔重写一篇不可，给你正名。"郝运峰摇了摇头："别让叔叔再写了……"郝忠玉打断了他的话："不行，必须重写。不然的话，就太委屈你了。""爷爷呀，"郝运峰说，"其实最委屈的是奶奶，她说她想陪着我来找您，但又说，找您的路太窄了，没有她落脚的地方……"没等他说完，郝忠玉一把搂住他伤感地说："大孙子，爷爷这辈子最对不住的人……就是你奶奶了。"

这时候，郝援朝、于小萱、魏思凡还有两个孩子一起拥进屋来。郝忠玉惊喜地笑了："哟哟，大大小小的来了这么多人。援朝，凡是我没见过的，你都给我介绍一下。"

郝援朝首先拉过魏思凡说："我介绍的第一位是您孙媳妇、我侄儿媳妇，也是运峰媳妇，名字叫魏思凡。"魏思凡向前一步，得体而礼貌地鞠了一躬说："爷爷好。"郝忠玉点着头说："你好你好，家是铁园的吧？"魏思凡微笑着点了点头。郝援朝在一旁补充道："思凡生在铁园长在铁园，是个地地道道的城市姑娘。运峰去铁园找爷爷一无所获，却俘获了一位漂亮姑娘的心。"郝忠玉点着头说："这叫'有心栽花花不开，无心插柳柳成荫'嘛。"

之后，郝援朝拉过两个孩子站在自己两旁继续介绍道："这是两只兔子。站在我右手的是大兔子，叫郝仁，是我和小萱的。站在我左手的是小兔子，叫郝民，是运峰和思凡的。"郝忠玉笑了笑问："援朝、运峰，你们给儿子起名时是不是商量过啦？"二人摇了摇头。他继续说："那你俩可真是心有灵犀一点通了，郝仁郝民合在一起就是'好人民'哟。"大家都为老人家的想象力和睿智鼓起掌来。

郝援朝俯下身对两个孩子说："好人民哪，你们先给老人家鞠个躬，然后我教给你们怎么称呼他。"

两个孩子相互看了一眼，似乎觉得很好玩，又似乎要比试谁能把这个动作做得更到位更完美。他们憋红了脸，把腰弯到不能再弯的程度后，就向前扛起了趔趄。郝援朝抱住两个孩子，表扬了他们这一躬鞠得比任何一个大人都好都认真都标准后，弯下腰对郝仁说："大兔子，你管这位老人家叫爷爷。"郝仁吃力地喊道："呀——呀——"郝援朝耐心地纠正道："不是呀呀，是爷爷，再来一遍。"郝仁浑身使着劲，两只小手在半空乱舞，好不容易才吐出两个字：'爷——呀——"郝援朝拍着他的小脑袋笑道："吃奶的劲都使出来了，总算整出个'爷'字了。"

而后，他又弯下腰对郝民说："你，小兔子，叫老人家太爷。"郝民愣愣地看着他，嘴里吱吱呀呀地不知说些什么。最后大家终于明白了，他像是在努力表达：凭什么大兔子叫爷爷，我小兔子叫太爷？郝忠玉冲郝援朝摆摆手说"别难为小兔子了，也让他叫我爷爷吧。"郝援朝摇了摇头："那可不行，也该问我叫爷爷，让他问你叫爷爷，咱俩就成平辈了。听话，小兔子，叫老人家太爷。"郝民也使出了吃奶的劲："太——呀——"在大家的哄笑声中，郝援朝说："你和大兔子一样，只要弄出一个字就算过关了。"

这之后，两个孩子已是哈欠连连，一路上火车的颠簸，让他们已无法抵御住突然而至的困意了。郝援朝抱起两个孩子与魏思凡一同上了楼，安排两个孩子睡下后，便下楼回到客厅。他附在父亲耳边说："爸，你哪儿也别去，只管在客厅休息，一会儿就吃团圆饭了。"郝忠玉点点头说："忙你的去吧。"

厨房里的梅子琳显然对这顿团圆饭异常重视。尽管缺了陆成林，还称不上真正意义的全家团圆饭，但她也知足了。昨天晚上，她给久未休息的保姆放了一天假，让她回家看看。她相信为这一大家子人的回归忙活一顿饭是没有问题的，其乐融融地做饭其实比吃饭本身还惬意还高兴还热闹。郝运峰自告奋勇地要求掌勺，梅子琳深信他能出色地完成这项任务，"穷人的孩子早当家"是一条颠扑不破的真理。洗菜、切菜、改刀的活儿自然是和平和小萱的了。郝援朝自小对做饭炒菜就没上过手，她安排他去采购，买酒买菜买饮料买水果等等。陆雨霏嚷着也要去，郝援朝一招手就领着外甥女出门走了。两只"兔子"睡着后，魏思凡也走下楼来请求"参战"，梅子琳安排她给郝运峰打下手。一个团圆饭的准备工作，就这样热热闹闹地展开了。

一下子静下来的郝忠玉却有些无所适从了。他依然沉浸在四世同堂的欣慰和兴奋之中，内心怎么也静不下来。他想去厨房，却觉得挂着双拐站在那里倒像个监工的了。他又想上楼去看看他的孙子大兔子和重孙子小兔子，可又怕挂着拐杖上楼的砰砰声惊扰了他们的梦乡，最后想定去后院的菜畦地。尽管援朝已去买菜了，但他还是想采摘下自己种的菜蔬果实让大家尝尝鲜，毕竟绿色环保，没有打农药也没有施化肥。这些菜，都是在他与梅子琳和保姆的合作中种下的。他有时指挥她俩干，有时也在她俩的搀扶下亲自干，从而使这片土地没有因为他少了半条腿而凋敝以至荒芜。

于是，他捡起地上运峰带来的那只新布鞋，挂着双拐来到了后院。他将那鞋摆在地头后，就一歪一斜地走进菜畦地了……

郝援朝领着陆雨霏买完东西回家走进客厅时，却未看到父亲，便问母亲。梅子琳在厨房忙得不可开交并未在意，只说楼上楼下找找，他自己无聊在书房看书也未可知。郝援朝首先去了书房，未见到父亲，之后又上了楼，但见两只兔子搂在一起睡得正酣。他将楼上楼下所有的房间都找了一遍，依然未见到父亲。他告知母亲后，梅子琳一惊："坏了，老土是不是自己去后院啦？"

母子俩急忙来到后院，但见一只崭新的布鞋摆在地头。郝忠玉已扑倒在菜畦地里了，豆角架、黄瓜架，以及连带在架子上的藤枝蔓叶全部倾覆在他的身上。右手的拐杖压在他的身子底下，隐约从腋窝处看到了拐杖的横头，左手的拐杖半立半倒地斜插在土里，空着的菜篮子摔出去很远很远，那条只有半条腿的空裤腿上面落满了尘灰。他的脸已扎进土里,灰白而稀疏的头发在微风中一飘一飘,头部右侧太阳穴的位置淤积着黑紫色的血斑。菜畦地的四周,斜插着一块接一块的红砖,地表面露出的排列有序的三角形砖尖,象征着菜畦地与小路的分界线。显然,在他跌倒的那一瞬间,头部撞在砖尖上了……

郝援朝疯了一般跑过去抱起父亲。然而父亲的头,毫无支撑力搭在了他的胸前,嘴角、鼻腔、耳畔涌出了黑红色的血汁儿。他撕心裂肺地哭喊:"爸……爸……爸爸呀……"母亲淌着眼泪,双手捧起郝忠玉的脸,泣不可抑地呼唤:"老土……醒醒……醒醒啊……"郝忠玉再也没有醒来,他的生命定格在共和国的生日之时,也陨落在他一生都热爱的土地之中了。

厨房中的郝和平、于小萱、郝运峰、魏思凡听到哭喊声后,便寻着那悲戚不绝的声音,一起向后院跑来,他们有的还系着围裙,有的则是满手菜叶,全都围在郝忠玉的遗体周围哭成了一片。郝运峰抱着渐渐僵硬的爷爷号啕大哭:'爷爷,这让我……怎么告诉奶奶呀……"

第二天一早,一纸讣告张贴在干休所的大门处。仅剩的老干部和众多的老干部遗孀看着讣告默默垂泪。

当郝忠玉去世的噩耗传至家乡时,张萌当即晕倒在地。她醒来后垂着眼泪对郝荣君说:"你爹走了,可运峰为什么不来信……言语一声啊?"一年后,母子俩几乎在同一时间相继去世了。

郝忠玉的遗体告别仪式在金海市殡仪馆举行。泰山其颓,生荣殁哀。吊唁者纷至沓来,络绎不绝。他的面容如生前一样,凝重而安详,内敛而镇静。他的身上覆盖着中国共产党党旗,凄美的鲜花和松枝柏叶簇拥在他的两旁。

他是穿着张萌给他纳下的那双千层底布鞋走的。左脚穿着的那只立起的鞋十分明显,鞋底沾满了他家后院菜畦地的黑色泥土。而右腿被截掉的那半条腿,因为在医院冰箱里冷冻的时日过久,超出有效时限而腐烂了。右脚的那只鞋,塞进了他空着的裤腿里,以替代已不复存在的那半条腿。那只无法立起的白色鞋底上,完全被家乡黄色的土覆盖住了。两只鞋底上黑、黄两种不同颜色的泥土,便是郝忠玉从农民走向军长的路面!

文能提笔安人心,武能策马杀四方的郝忠玉军长的骨灰被安葬在背靠大山面向大海的公墓。按照他生前的遗愿,墓碑上只镌刻下五个字:

    郝忠玉　属羊

第三十九章

又一年秋天来临之际,"盛世之花"的博览中心落成。陆成林随即将暂栖的办公楼退还给刘天刚,搬进了自己的博览中心——其中的一层楼作为工程指挥部,工作时间他在这里忙碌公司事务,休息时间则居住在已建好的一栋别墅内。与此同时,他特意回到老家将父亲陆二柱和母亲接到铁园来了,安排老两口住进了那栋别墅中。

这天,艳阳高照,秋风徐徐。他又开着那辆吉普车由南向北巡视工地,新建成的中央大道笔直平坦,车子毫无颠簸之感。然而车内不再只是他自己了,车的后座多了两个人,他的父亲陆二柱和母亲。

工地上已明显现出了南区和北区迥异不同的中西风格。

南区浓缩着西方的胜境美域,尽显正在建设中的各类奢华场所,以及几十栋排列有序的西式别墅。尽管这些工程还没有完全交工,但楼体已披红挂绿,楼下音乐袅袅,呈现着热闹非凡的欢庆景象。离别墅不远处,耸立着一座已完成主体工程正在进行室内装修的五星级酒店——"和平大酒店",这是陆成林以妻子"郝和平"之名建造的酒店。

北区则是另外一番景致,别墅全部为中国建筑的风格。青石厚瓦,脊正檐飞,高阁依云,锦楼傍日。一侧分布着已建好的几十栋高层住宅楼,均在二十层以上。另一侧则是面积狭小的农业园区,显现着那种被高楼大厦鸠占鹊巢的无奈。

工地上再没有去年热火朝天只争朝夕的紧迫感。不见塔吊的旋转,也不见运送物资和材料的大汽车来来往往,更不见如蚂蚁一般的工人身影。但见一栋大楼的顶层垂下一条长约十几米的白布条幅,上面的大字猩红而刺眼——"陆老板,还我血汗钱!"

陆二柱冷着脸说:"成林,你把车停一下,俺有话跟你说。"车子随之停了下来。陆二柱问:"刚才路过的是什么地方?"陆成林答道:"我的农业基地。""农业基地?"陆二柱拽着那只瞎了眼的眼皮说,"俺虽然只剩下一只眼了,也能看清楚那不是个农业基地。它就是个房地产工地!"陆成林笑道:"爸,这你就不懂了,当今世界是个多元化的世界。一个项目也是如此,一业为主,多业并举。我这个农业基地就是以种植业为龙头,龙头一摆,什么旅游、餐饮,还有房地产业就都动起来了。只有这样,'盛世之花'才能常开不败。"陆二柱一挥手说:"胡说八道,你这个'盛世之花'的龙头是种植业?住宅楼才是龙头!俺问你,你口袋里到底有多少钱?"陆成林说:"我口袋里有些钱,但……都花在建楼上了……""对,"陆二柱打断了他的话,"你说得没错,你的钱都花在建住宅楼上了。所以你口袋里有多少钱也不够用,就开始欠别人的钱了。""没错呀爸,"陆成林说,"我是欠工程队的钱,但是不要紧,我可以从银行借到钱。"陆二柱问:"从银行借的钱你不还吗?"陆成林的手指沿着"盛世之花"的全境画了一个圈后说:"等这些楼盘都建成了,这个地方至少值五亿。银行那点儿钱,我会连本带息一分钱不少地全部还给他们。爸,全世界都知道中国人富了,腰包里有钱了……"

"呸!"陆二柱打断了他的话,"你真是在外国待久了。中国人没那么富,中国农民更谈不上富,如果他们真的富了,也得被你们这些人给折腾穷了。说吧,你欠那些工人多少钱?俺家里还有三万块钱,看看够不够?"陆成林扑哧一声笑了:"一百个三万块钱也不够哇。没事爸。你不用操心也不用拿钱,我借银行的钱已还给银行,续贷的钱很快就有眉目了,到时欠别人的钱我会一分钱不少地还给他们。"

那年的三千万元贷款,陆成林确实按期还给了银行,紧接着又提出了续贷申请,但是银行一直没有放款。他急得如热锅上的蚂蚁,多次去见行长,行长只是摇头不语,最后才交了实底——"领导有话,暂缓。"

精明的陆成林很快就悟出了其中的含义。首次三千万元贷款是于小萱副市长同意的,别的领导是不会干预和插手这件事的。他的心里一惊且又一喜,自信嫂子会给他面子的。

这一日,陆成林极有耐心地候在于小萱办公室的门外。当于小萱刚刚开完一个会回到办公室时,他就随在她的身后走进了办公室。刚刚坐下,陆成林就诉起苦来——三千万元的贷款他已按照合同的约定还给银行了。他确实是按照嫂子

"好借好还，再借不难"的要求去做的。但是银行没有给他办续贷和放款，造成他欠下了本应支付建筑工程公司的工程款，致使原本大好的工程无法往下进行了。所以只好来求助嫂子，解铃还须系铃人，云云。他说完后，便从皮兜里拿出"盛世之花"的图纸，详细说明了工程的主要楼盘已经基本完工，所差的就是内部装修了。只要续贷的款项全部到位，所有工程保证按期竣工，为铁园市人民交出一个丰盛的菜篮子，为铁园市政府提供一个新的经济增长点……

于小萱听得很认真，也看得很认真，不时插话问了一些具体情况。陆成林深感她已听进去了，便指着图纸上那片西式别墅说："嫂子，我在这些别墅里特意给您留了最好的一套，院落很大，还有花园和鱼塘。"于小萱笑道："谢谢你的好意，可惜我买不起。"陆成林说："这房子是送给您的，不要钱。"于小萱依然在笑："不知你是否还能想起援朝说过的一句话，我怕住大房子，怕招来鬼。"陆成林说："嫂子，这房子招不来鬼，你知我知天知地知，没有第三个人知道。房子我不会马上落到您的名下，只是给您留着。等过几年风平浪静了，您再去住。"

"成林，不瞒你说，"于小萱收了笑，"市里早就分给我一套一百八十平方米的房子了，我没要。行政处长说，你不要我也给你留着。我说你留着我也不要，你们分给那些退下来的老干部吧。今天你也给我留套房子，你愿意留就留着吧，我不会要的。""要不这样，"陆成林说，"市里分的房子您去住。我留给您的那套房子，您怕招眼的话，到时我把它卖了，钱归您。"于小萱摇着头说："成林哪，你把我看成什么人了？如果我只想着房子想着钱，我什么都可以得到。但是我一想起我们的父亲心里就发酸。他革命了一辈子，官至军长，盖棺论定时只在自己的墓碑上写下五个字——'郝忠玉　属羊'。老爷子一生无所求，只求自己像一只羊，像一只领头羊那样，领着群羊觅草寻食，不断前行就知足了。"

她看着低头不语的陆成林最后说："确实是我让银行不给你放款的，其中原因我想你应该明白。你借着部队在农场建军官住宅楼的机会，跟人家搞起了合作。你以为那片楼群挂上'军民大厦'的牌子，就能鱼目混珠地把你以农业用地搞房地产的招数掩盖得天衣无缝？你违背了自己与铁园政府的契约，用买下的农业用地搞起了房地产，以至造成了资金的巨大缺口。别说给你贷三千万，即使三亿也是杯水车薪。成林哪，我们之间的关系无论怎样说都要比别人更进一层。我不想拿了你的房子再怂恿你去做不合法的事情，到时大楼盖起来了，可我俩都倒下了，更不想因为这一切玷污了我们父亲郝忠玉的一世英名，请你理解我。"

陆成林悻悻地回到"盛世之花"的工地转了一圈后，便回到了自己的别墅，但见父母正在收拾行囊。他惊异地问："爸妈，你们这是要去什么地方？"陆二柱说："回家！"陆成林说："这就是你们的家呀！"陆二柱的嘴一撇："这个家俺们住不踏实。俺怕有一天来讨债的人，把俺和你娘都打死了。""这怎么可能呢，"陆成林说，"工程上我欠钱，但这栋别墅，是我在工程之外花自己的钱建的，你们就踏踏实实地住着吧。我接你们来铁园，就是为了让你们在我身边养老，让我的心得到宁静和慰藉。这是我走向第七条路的最终结果。"陆二柱叹道："龟儿子哟，你就是走出一百条路俺也不会在这儿住了。这个长满了大楼的地方俺住不惯，俺怕你也住不长，俺不想看到那一天。你马上开车送俺和你娘回老家。"陆成林百般挽留，父母百般不依。无奈之下，他忙完一天的工作后，驾车拉着父母向两千多里地外的老家驶去……

陆成林从天朝公司搬出去后，刘天刚及公司机关的人员又搬回了天朝公司的办公楼。

这日午后，他刚走进办公室，一位翠围珠绕的中年女士也走了进来，但见她，臂弯处挎着爱马仕铂金包，手腕垂着百达翡丽金表，雍容华丽的香奈儿套装，鼻梁上的茶色水晶眼镜给人一种深不可测的感觉。刘天刚问道："这位女士，你找谁？"那女士气定神闲地摘去眼镜后，刘天刚失声喊道："圆圆！"便急忙让座沏茶。黄圆圆摆摆手，示意他不必客套，站在那里却问："陆成林呢？"刘天刚说："陆总送他的父母回河南老家去了。"黄圆圆又问："'盛世之花'的工程你参与了没有？""参与了。""那好，"黄圆圆看着窗外连绵起伏的高楼说，"你现在就领我去工地转转。"

刘天刚驾车拉着黄圆圆驶向中央大道。路两边的高楼雄伟壮观，然而楼上垂下的讨债标语，却似凄凄惨惨地淌下的成串眼泪。坐在副驾驶位置上的黄圆圆叹了一口气说："'盛世之花'，顾名思义就是搞种植业，可陆成林为什么建了这么多豪华别墅和住宅楼？完了，这个工程彻底跑偏了，非翻车不可！"刘天刚劝道："圆圆，陆总敢于如此大手笔做事，一定有他的道理。"黄圆圆不屑地说："有个狗屁道理！拿着铁园的土地当试验田，用着铁园市政府开出的优惠政策偷梁换柱。我问你，陆成林欠了你多少钱？"刘天刚顿了一下说："没仔细算过，三五百万的应该有了。"

车子来到H军原来的农场时，黄圆圆摆摆手，车子停了下来，二人走下车来。黄圆圆看着鳞次栉比的高楼大厦语带几分感慨地说："我当兵时无数次来这里劳动，印象最深的是陆成林和郝和平借着一棵小树，成就了他们浪漫的爱情故事。可如今，这里也变成一个大工地了。"

这时，一辆军用吉普车驶了过来，嘎的一声停在他们面前，崔副军长走下车来。刘天刚迎上去问道："老崔，你怎么也往工地跑？"老崔说："我怎么不能往工地跑？我是这个工地的总指挥嘛。"说完，就将刘天刚拉到一边小声问："那位女士是？"刘天刚笑了笑说："她是我前妻黄圆圆，也是黄部长的千金。"说完，他将黄圆圆引到老崔面前介绍道："圆圆，这位是崔副军长，咱们父亲从后勤部长的位置上退下来后，是他接的班。"黄圆圆微笑着说："幸会。我爸电话里多次提起过你，今天能见到你真是太巧了。"老崔点点头："这就是缘分。圆圆，我这个人说话从不拐弯，第一次见面就想问你个问题，不介意吧？"黄圆圆不以为意地说："这有什么可介意的。"老崔问："我听你爸说，你跟那个老外分手了。你这次回来是特意看天刚的？"黄圆圆不屑地说："他有什么可看的，臭土豪一个。"

这时，黄圆圆的手机响了。电话接通后，她的脸色骤变，眼睛噙满了泪花。电话是她的养母沈非烟打来的。她匆匆向老崔告辞后，拉着刘天刚上了他的车，车子一路向省城疾驶而去……

黄圆圆此次回国，首先去省城干休所看望了养父养母。黄家蝶见到她后笑得眼睛眯成了一条缝："圆圆哪，你回来是看我和你妈的，还是去铁园看'盛世之花'的？"黄圆圆笑道："爸呀，当然是看你和我妈的。"黄家蝶用手遮着耳朵问："你说啥子？"黄圆圆放大了声音又重复了一遍，黄家蝶摇了摇头，还是没有听明白。黄圆圆随手拿出一个精美的德国西门子助听器给他戴到耳朵后，拉长了声音再次重复着刚才的话："我当然是——看你和我妈的呀。"这助听器是她特意从德国带给养父的礼物。老爷子离休前耳朵就背了，医生说，是黄部长战争年代扛着炸药包炸敌人碉堡震坏了耳膜，留下了后遗症。黄家蝶捂着耳朵上的助听器开心地笑了："晓得了晓得了，你是来看我和你妈的哟。这下好了，你妈以后再说我的坏话，我就能听着了。"

有了助听器，父女间的沟通就变得极为顺畅了。黄圆圆问："爸，你最近身体还好吧？"黄家蝶拍着胸脯说："好，好着呢，没啥子大毛病。爸晓得铁园的'盛世之花'是陆成林搞的，你拿了不少钱，该去看看就去吧。""爸呀！"黄圆圆紧紧握住他的手情不自禁地说，"女儿从铁园回来后，就领你去德国见我妈杨梦洁。"黄家蝶点着头说："我就是想见到她呀。"

黄圆圆第二天就去了铁园。临走时，沈非烟拉着她的手说："其实你爸最近身体并不好，动不动就晕倒。医生说，这也是他年轻时总摆弄炸药搞爆破坐下的病。你去铁园那边办完事就赶紧回来。"黄圆圆点点头："妈，你放心，我去铁园只待一天马上就返回来。"

这天下午，午睡醒来的黄家蝶起床时，脚刚一落地就晕倒了。沈非烟慌忙把他扶到床上躺下，过了很长时间他才睁开眼睛骂道："奶奶的，阎王爷叫我了。咱家的茅台酒呢？"沈非烟暗暗抹去眼角涌下的眼泪说："家蝶，你可不能去见阎王爷。你走了，我连个吵架的人都没了。"黄家蝶问道："你的耳朵也背啦？我问你，咱家的茅——台——酒呢？"沈非烟款声细语地劝道："家蝶，尔都三年不动酒了……"黄家蝶打断了她的话："三年没动酒，是因为你把酒都藏起来了。""是医生，"沈非烟说，"不让你喝酒哇。""听医生的……老子十年前就去阎王爷那儿报到了。拿酒去……要'飞天'的。"

沈非烟转身去了厨房，在厨房最不起眼的一个小柜里，摸出一瓶20世纪80年代的"飞天茅台酒"。这酒她一直藏着，已有十几年的光景了。她捧着那酒走进卧室时，但见躺在床上的黄家蝶，微闭着双眼似乎睡着了。她停下脚步正想退去时，并没睁开眼的黄家蝶说："我听见你的脚步声了，拿过来……把酒打开。"沈非烟来到床前打开酒瓶后，那酒的醇香刹那弥漫了整个房间。黄家蝶深深地吸了一口气睁眼说："非烟哪，你怎么光拿酒瓶……没拿酒杯？拿两只。"沈非烟慌忙应道："我这就去拿。"

她将拿来的两只酒杯放在床头柜上后，便抱着黄家蝶将他扶起坐稳，然后斟下半杯酒送至他的手中。坐起后的黄家蝶，已显现生命来到尽头的颓势，有气无力地将手中的酒杯还给了沈非烟："你怎么就倒下一杯？两杯……两杯都倒满。"无奈中的沈非烟，将两只维结着二人最终情缘的杯子斟满酒后，便将其中一杯送到黄家蝶手中。他接过酒杯说："你也拿起杯子。我们一辈子……没有碰过一次杯……今天，干一个。"沈非烟刚刚举起酒杯，黄家蝶嘴里捯着气又说："我最后交代你一件事，让圆圆和天刚……重归于好吧。"

两只酒杯碰到一起时，黄家蝶已是嘴唇发紫，老泪纵横了。他垂着眼泪满怀深情地说："非烟哪，我敬你一杯……且乐生前一杯酒，何须身后千载名。"之后，他一仰脖将杯中的酒向嘴里倒去。那酒顺着他的嘴角全部溢了出来，湿了他的衣服，也湿了被子和褥子。就在那一刻，他的瞳孔突然间放大，而后就直挺挺地仰倒在床上了……

黄圆圆和刘天刚回到家时，他们的父亲黄家蝶已经咽气了。家里的客厅已变成灵堂，正面墙上，挂着黄家蝶身着解放战争时期军装的照片。照片中的他，手里捧着一个灰色的炸药包，脸上显露着纯朴率真而豪放不羁的笑容。黄圆圆和刘天刚双双跪在了黄家蝶的灵前，先是暗自啜泣，不知什么时候，二人抱在一起失声痛哭。

那天夜里，黄圆圆与沈非烟已经休息了。刘天刚又悄悄来到黄家蝶的灵前久跪不起，泪流满面地小声说："爸，自您知道儿子找父母的事是假的后，您就再不理儿子了。我打电话要来看您，您说您在外面玩；我说我给您送酒去，您说您戒酒了，之后就再也不接我的电话了……爸，儿子对不起您了。从今以后我要像您一样，坦坦荡荡做人，光明磊落做事……"

按照黄家蝶的遗愿，他的骨灰送回了铁园市，安葬在龙爪山下，就是当年他一跃而起，抱着炸药包冲向敌人在铁园最后一个碉堡的位置。这里早些年建下一个公墓，取名"龙爪山公墓"。毛小毛去世后，刘天刚就将她葬在了这里。因为这里是他干爸黄家蝶彪炳史册，惊天地、泣鬼神的地方！

黄家蝶的墓地离毛小毛的墓地并不远，偌大的墓碑上只有寥寥两个字——"剧终"！

第四十章

  时间来到2002年的春天,"盛世之花"并没有实现2001年秋季交工的计划。工地冷冷清清,只有少数工人如水里的鱼般游来荡去地应景干活。面对此种惨状,陆成林已是一筹莫展了。

  这天深夜,一辆闪着红蓝灯的警车悄然来到"盛世之花",两名警察走进陆成林的别墅,将他带走了……

  自此以后,"盛世之花"凋零了。大门处立起铁丝网,上面的警示牌上写着"闲人不得入内"。建筑物窗户上的玻璃多处破碎,地上残留着玻璃的碎片。中央大道两旁堆满了建筑垃圾,污水横流,野狗乱窜。西式别墅区内杂草丛生,灌木丛中挂满了废旧的塑料袋和碎纸片。博览中心大门紧锁,已被贴上封条。楼内的一角摆放着一台钢琴,上面布满了灰尘。陆成林曾在这台钢琴上,独自弹奏过激昂炽烈的乐章,缠绵悱恻的旋律,以及失意悲伤的曲调……

  铁园市检察院对陆成林提起公诉。起诉书指控其涉嫌犯有合同诈骗罪、非法占用农用土地罪、行贿罪等等。在此之后的不久,招商局局长潘跃进也出事了……

  去年中秋节的那个夜晚,月洒光晕,云载清风。章诗逸在家里的餐桌上摆满了他亲手做的数道菜肴,四只煮熟的阳澄湖大闸蟹摆在桌子中央。桌子一角的小碟子里放着两块豆沙月饼,小碟的旁边立着一瓶铁刹山白酒和一瓶红酒。桌上不同位置上的五只酒杯里燃放着蜡烛,烘托着动人而温馨的场景。

  潘跃进的父母前些日子已回乡下了。尽管潘跃进竭力挽留,但还是没能留住他们离去的脚步。潘立亭临走时说:"跃跃呀,当初我和你妈来这里,是因为找到了小东子。还想着你会很快给我和你妈生下个外孙子或外孙女，到时我们帮你和诗逸看孩子。如今小东子走了，你们也没生下个孩子。我们总住在这儿也不方便，我和你妈还是回乡下老家吧……"

此时的章诗逸看着一桌子的酒菜发呆。他期待着潘跃进回家，与她一同把酒向天，对月寓怀，度过一个浪漫的中秋之夜。然而早已过了下班的时间，潘跃进并没有回家。他数次给她打电话，她的手机却关机了。潘跃进下班后不能正点回家是常事，完全源于招商局局长的工作性质，每当因工作脱不开身时，她都会提前打电话告诉他。然而偏偏在这个中秋之夜，她却关掉手机销声匿迹了。

浑圆红透的月亮在夜空中婀娜翩跹，轻舞霓裳。无奈的章诗逸已是兴致全无，只好对月独酌。喝下半杯酒吃了一块月饼后，就似睡非睡地趴在桌子上了。

半夜，潘跃进回来了。她摇醒了章诗逸，醒来后的章诗逸自是不悦："你干什么去啦？"潘跃进抿嘴一笑："喝酒去了。"章诗逸拍着桌子喝道："今天是什么日子？你倒有心跟别人喝酒？"潘跃进慌忙拿起一只空酒杯倒下半杯红酒说："我甘愿受罚。"说完一饮而尽。见章诗逸怨气未消，她索性脱掉全部外衣，只着内衣坐进他的怀里撒起娇来："我还不知道今天是花好月圆的八月十五嘛。现在正是满月当空的时刻，这才是我和最心爱的人共度良宵的绝佳时刻。""我问你，"章诗逸半推半就地搂着她问，"你跟谁喝酒去啦？"

潘跃进说："是这样，下班的时候，老崔给我打了个电话。说今晚他请陆成林吃饭，每逢佳节倍思亲，人家孤零零的一个人在铁园一定想家了，我们伴他过个中秋节吧。于是我就跟他去了，就这么个情况。"章诗逸说："你该给我打个电话，省得我忙活半天弄下这么一大桌子菜却空等一场。"潘跃进低着头说："我怕你不同意我去。""你真是以小人之心，度君子之腹，我还怕你跟陆成林跑了不成？不行了，你把我腿压麻了。"说着，章诗逸拉过椅子让她坐下，又拿来一件衣服披在她的身上说，"这个中秋咱俩过得不自私，你先人后己。这回该轮到咱俩'明月几时有，把酒问青天'了。"

潘跃进给两个空杯斟满红酒，章诗逸抿下一口，潘跃进又是一饮而尽。她在"人生得意须尽欢，莫使金樽空对月"的那种得意中说："诗逸，这回咱家有钱了，还有一栋别墅。"说着，就将一张银行卡和一纸房屋入住的手续放到桌子上。

章诗逸心里一惊，问道："是陆成林给的？"潘跃进点点头。"跃跃，这钱和别墅咱不能要！""钱和别墅都不能打动你，是不是你只对女人感兴趣？"章诗逸叹道："是呀，我不仅喜欢女人，对钱和别墅也不反感。但是脏钱我不要，不干净的女人我也不碰。其实你跟我共同生活这么些年了，应该知道我对生活的要求不高,一个屋里两个人,一日三餐四季天。跃跃,这钱和别墅必须还给陆成林,否则后患无穷!"潘跃进摇了摇头:"陆成林不说,没有任何人知道的。""要想人不知,除非己莫为。"章诗逸坚定地说,"明天,你必须把这两样东西退给陆成林!"那夜,潘跃进上床后仍是亢奋不已,在她不尽的细语呢喃中,章诗逸与她已缠绵于其中了……

但是,潘跃进对章诗逸的话只听进去了一半,另一半只作未闻。第二天,她将别墅的入住手续还给了陆成林。她明白,是她代表铁园市政府接待并引进陆成林的,最终自己却住上了"盛世之花"的别墅,必将遭到众人的质疑。而一张银行卡,没有人会发现的。怀着这种侥幸心理,她将银行卡锁进了办公桌的抽屉里。

之后不久,潘跃进被铁园市纪委调查了……

"盛世之花"的崩盘,以及陆成林被警方带走和潘跃进被调查的消息不胫而走后,在铁园市掀起轩然大波。不少好奇的人跑到卧龙村去看那个凋敝的"盛世之花",长吁短叹中深为这个半路夭折的项目而遗憾。有人说,以权谋私中饱私囊的绝对不止潘跃进一人,而是"潘跃进们"。更有人说,牵牛的没抓住,拔橛子的倒被带走了。潘跃进不过是个拔橛子的小虾米而已,更大的鱼肯定漏网了!街头巷尾都在盛传陆成林与于小萱的亲戚关系,陆成林能送给潘跃进一条鱼就能送给于小萱一船鱼。然而就在这些议论还是人们茶余饭后的谈资时,于小萱已向铁园市委正式递交了辞职报告……

这一日,周书记将于小萱叫到办公室,手里举着她的辞职报告劈头就问:"你想溜啦?"于小萱平静地说:"书记,'盛世之花'的败局我脱不了干系,应该解职。"周书记指着自己的鼻子说:"引进陆成林是我和王市长决定的,不是你于小萱。明天我和王市长也向省委递交辞职报告得了,让别人收拾这烂摊子吧。""可我和陆成林的关系……"周书记打断了她的话:"我知道你和陆成林的关系。你是郝忠玉军长的儿媳妇,陆成林是他的姑爷,这又怎么啦?这能说明陆成林出了问题,你也跟着出问题?""可我听到背后有人议论,说我收了陆成林的好处。""你收了还是没收?"于小萱说:"我……收了。"周书记一惊:"你收什么了,钱还是房子?""我生下'兔子'后,"于小萱说,"陆成林去我家看过我,给我送了奶粉,还有一些食品。""就这些?"于小萱点点头。

周书记笑了:"如果就这些东西,收了就收了吧,纯属正常的人情往来……小萱同志,你身为铁园市的副市长,现在还住着几十平方米的房子。我还知道,陆成林的续贷申请是你不让银行放款的,否则就会出更大的乱子。明末清初的钱谦益有一句话说得好：'事到抽身悔已迟，每于败局算残棋。''盛世之花'这盘残棋只有你能收拾了，你有没有信心把它完成好？"于小萱点了点头。

周书记继续说："陆成林之所以东窗事发，是因为他欠了工程公司的钱，有人将他告到省里了。省里下来人专门调查此事，却发现他改农业用地为房地产用地等问题。据检察院给我提供的资料表明，陆成林欠施工单位的工程款大概一千多万元，农民的土地出让金六百万元。当年，出于对陆成林就像铁园故乡的亲人一般，我和王市长共同为他担保，向被征地的农民承诺，待'盛世之花'建成后一并付款，现在看来我和王市长都被他骗了。另外，陆成林还涉嫌偷漏税的问题，大概一百多万元。这还没算上将农业用地改变为房地产用地的罚没款，如果加上这一项，怎么也得两千多万元了。除此之外，那些烂尾楼怎么办？那些已经完成主体建设的楼盘、温室，又怎么办？这其中不仅牵扯到施工单位的利益，还牵扯到农民的利益。政府得管，谁来管？只有你于小萱了……"

陆成林被警方带走的第三天傍晚，身着一身便装的老崔来到章诗逸的家，将一瓶茅台酒放到桌子上说："我今天就想和你整两口。"章诗逸急忙将书桌上的一大堆资料收拾起来，摊开两手说："家里一片菜叶也没有，我请你去饭店吧。"老崔走过来看着书桌上的资料问："你在忙什么？"章诗逸说："铁园市的三所高校要合并为一所大学了，上级领导要我负责这项工作，成天就忙活这些事。"老崔从衣兜里掏出一盒午餐肉罐头和一包咸菜说："看来家里没有女人真是不行啊。咱俩就像当年袁雪梅去老鹰沟探亲看你那样，就着从大缸里捞出来的带冰碴的萝卜咸菜，把这瓶酒整掉！"

二人喝下一杯酒，老崔说："老战友哇，我这次来这没别的意思，只是怕你一个人寂寞，想和你借着这酒唠几句嗑儿。没影响你那高校合并的大事吧？""不影响不影响，"章诗逸说，"我也正想歇一会儿。"老崔问："'盛世之花'败落了，我为陆成林惋惜，不知你怎么看这个人？"章诗逸摇了摇头："我不为他惋惜，他把跃进坑了。"老崔说："正是他坑了别人也坑了自己，我才想替他总结一下。为什么他走上第七条路来铁园投资建农业基地，却落得个鸡飞蛋打？"

章诗逸似乎对这个问题早已想透，不疾不徐地说："陆成林算哪路人？他却自诩是第七条路上的人，像寻亲一样寻到他的第二故乡铁园建农业基地，从而得到了铁园市委和市政府对他的同情和支持，于是他就得寸进尺地变种地为'种楼'了。然而，第七条路上根本就没有高楼大厦呀！"老崔挑起大拇指说："真是听君一席话，胜读十年书！"

二人又喝下一杯酒，老崔问："也不知道跃进怎么样了，有没有她的消息？"

章诗逸摇摇头说:"跃进的情况不好,已被开除党籍开除公职,移交检察院了……你看跃进这种情况能判多少年?"老崔问:"也不知道跃进拿了陆成林什么好处?""我只知道陆成林送给她一套别墅和一张银行卡,"章诗逸说,"我让她把这些东西退还给成林,她退了别墅却留了银行卡,偷着将卡锁进办公桌里,最终还是被查到了。"老崔叹了一口气:"最后量刑的标准就要看那卡里的金额了。"

又一杯酒下肚,老崔问:"我一直想问你一个问题,不知你有没有兴趣回答?"章诗逸点了点头。老崔说:"战友中你可谓艳福匪浅,娶过三房女人,个个都是女中翘楚。我想问,你最喜欢她们中的哪一位?"章诗逸摇了摇头,没有回答。老崔一脸尴尬:"看来我的问题触及了你的隐私,算哥们儿没问。"

"不!"章诗逸说,"其实……这个问题我也在心里无数遍地问过自己,我究竟最喜欢她们中的哪一位?雪梅曾经是我初中、高中,以至大学的同学,也是雪中的一枝俏梅,为了保住我,折梅与我分手弃学回家了。春月是我念大学时的老师,堪称春夜里的一轮明月,因为没有为我生下一个儿子,宁可沉凡以求报复,却被冤死了。跃进是我的学生,她有着不断改变自己的进取心,也有着很高的情商。她们每一个人对我的爱是那么真诚、纯洁,不掺杂念。正因如此,我才有了人们常夸我的才气。"

老崔点点头,继而又摇着头问:"我还是没听懂,你究竟最喜欢哪一位?"章诗逸的眼睛湿润了:"只要她们三位中有一位再回到我的身边,我就绝不会再找别的女人了!"老崔摆了摆手却说:"潘跃进就在你的身边嘛,她并没有离开你。要说离开你的,一个是柳春月老师,因为无法为你生下一个孩子而走了,永远不可能再回到你的身边了。另一个就是袁雪梅,因为超生了一个孩子而离开了你,但她根本就没有超生啊。我听说《人口与计划生育条例》中有一项规定:烈士的独生子女可以生二胎。袁雪梅的父亲袁冰是战争英烈,他只有一个女儿袁雪梅,雪梅完全可以再生一个孩子!"章诗逸问:"真有这个规定?"老崔点点头说:"真有,可惜这个规定来得太晚了。"

一瓶酒喝完,老崔起身告辞。他紧紧握住章诗逸的手说:"老战友哇,其实我最怀念的是老鹰沟那段时光。那时我不懂女人,却见识了一位军人女儿的博大情怀……她叫袁雪梅!"

第二天,老崔却突然地消失了。他昔日的三位战友郝援朝、章诗逸和刘天刚到处打探他的消息,一无所获。另说他们难以得到老崔的任何信息,就连周书记也没能获得老崔的确切去处。

这之后，陆成林和潘跃进的案件，分别在法院开庭审判。

陆成林被指控的所有罪名成立，数罪并罚，被法院判处有期徒刑十五年。宣判之日，他穿着那夜被警方带走时的深色西装，眼圈布满了黑晕，脸上没有任何表情。他在最后的陈述中说："对于法院的判决，我不反驳也不上诉。得之我幸，失之我命。'盛世之花'是我建的，我不下地狱谁下地狱？"

陆成林被判十五年有期徒刑的消息传到家乡后，陆二柱气得咬破了舌头，喷着满嘴的血汁儿骂道："孽种……啊！"随后便从床上跌落在地，一口气没上来就咽气了。

潘跃进的受贿罪成立。陆成林送她的银行卡中有100万元人民币，金额巨大，她被法院判处有期徒刑十年。

她出庭时仍然保持着端庄的仪表和得体的风范，但是失落的眼神中已经没有活泛和温润之色了。章诗逸也旁听了对她的庭审。

在最后的陈述中，她的语调低缓而沉重："此时此刻，我深感对不起党组织对我多年的栽培和信任，更对不起我的父母。我父亲是抗美援朝时的一名连长，在战场上被敌人的炮弹炸掉了两个手指头。父亲探视我时只说了一句话：'闺女哟，爸爸当年去朝鲜打仗，不是为了到城里去住洋房，去过城里人的生活哟。'我哭了，他也哭了。天下我最对不起的人就是我的父亲，一个抗美援朝的老兵。他已经老了，我却不能为他养老送终，他反过来还要整日提着心为我担忧。"

潘跃进入狱后，章诗逸获准去监狱探监。他没用学院的小车，而是约了刘天刚，坐着他的吉普车，一同前往一百多公里外的监狱。

会见室玻璃内外的两个人见面后已是泪如雨下。章诗逸泣不成声地问："跃进……你在里边还好吗？"潘跃进没有说话，任眼泪流淌也不去擦。章诗逸通过狱警将自己带来的包裹送给潘跃进，狱警开包检查后将它交给了她。那包里有潘跃进的内衣、外衣，还有日常用品。章诗逸说："包里有手绢，你把眼泪擦了吧。"潘跃进找出手绢擦净脸上的泪水后说："下次再来，你记着给我带个小镜子……就带柳春月老师的那种，后面可以镶进去照片的。你把父亲的照片镶到那里面，每天梳头时……我就能看见爸爸了。"章诗逸点了点头。

这时，潘跃进沉静地从衣兜里掏出一页纸说："诗逸，我们离婚吧。这是我起草的离婚协议，你把字签了。"章诗逸沉稳和坚定："不签，我等你！"潘跃进劝道："别等了，十年很漫长，其间不知道要发生多少事情。何况，我永远不可能给你一个……你想要的儿子了。"章诗逸摇了摇头说："只要有你，我可以什么都不要!"然而,潘跃进却冷冷地说:"这句话,你是不是还跟另外一个女人说过?关于这个女人,你一直瞒着我,她叫袁雪梅,是你的第一任妻子。"章诗逸问:"你……什么意思?"潘跃进沉着脸只说了三个字:"我——恨——你!"狱警从屋里走出来,将那纸离婚协议递给了章诗逸。他接过离婚协议,深深地叹了一口气,在上面签上了自己的名字。

目睹了潘跃进与章诗逸离婚全过程的刘天刚,在回到铁园的当天晚上,就急忙给袁雪梅打了电话,告诉她,章诗逸与潘跃进离婚了……

这天下午,郝援朝在办公室看稿,桌上的电话响起了。他拿起话筒接听,传来一位男士的问话。"你是郝援朝同志?""我是。"他应道。对方再次问道:"你认识H集团军崔副军长吗?""认识,"郝援朝说,"我当兵时,老崔与我同在坦克一连,我们是战友。"对方说:"我先做个自我介绍,我是军区纪检委的干事。最近这些日子,崔副军长在我们这里接受组织调查……""什么?"郝援朝打断他的话问:"老崔出事了?"对方说:"崔副军长确实出事了。他在负责H集团军的后勤工作中,与'盛世之花'的外方法人代表陆成林,搞起了军地之间建住宅楼的合作,没有按照中央关于禁止军队与地方合作经营的规定去做,致使'盛世之花'改农业用地为房地产用地的问题得以蔓延。时至今日,崔副军长的问题已经调查清楚了。军区党委研究决定:免去其副军长的职务,提前退休。现已上报中央军委,就等着军委的最后批复了。"

郝援朝点着头扼腕击节,深深地叹了一口气却一句话也没说出来;许久才问道:"同志,我想跟你商量个事,在老崔等待军委批复的这段时间内,我和他的另外两位战友,去省城看看他行不行?""行!"那位干事说,"其实我打给你的这个电话,就是崔副军长的想法。他说你是铁园报社的总编,说有重要的事情,想跟你及另外两位战友商量。获得领导的同意后,我才给你打了这个电话。"郝援朝问:"你看我们什么时间去看老崔合适?"那位干事说:"你们明天就可以来……但是你们见面的时间不能超过半个小时,谈话的内容不要涉及崔副军长所犯错误的具体情节。"随后道明了崔副军长在省城的具体地址。

放下电话,郝援朝就将与军区纪检委那位干事通话的内容,告知了章诗逸和刘天刚。次日上午,刘天刚驾车拉着郝援朝和章诗逸向省城一路奔去。按照那位干事电话中告诉的地址,他们到达了那个地方,在一间极其普通的小屋里,他们见到了老崔,以及那位干事。

老崔面容憔悴,头发蓬乱,眼光惚恍而凄凉。他万没想到这么快就见到昔日的三位战友了,激动得半天没有说出一句话。过了很长时间才说:"三位弟兄,大哥给你们丢脸了。"之后，便将因与陆成林公司的违规合作，以及自己正在等待中央军委处理意见的情况说了。刘天刚安慰道："大哥，论丢脸的事，小弟早就做了。拿亲妈当干妈，我比你还丢脸。"章诗逸紧接着说："我也不怎么样，当年高考成绩出来后，我就不想去铁园念那个师范学院了……"老崔摆摆手打断了他的话："两码事，两码事。你们丢的脸不过是思想上的问题。我这脸丢得就大了。想想我的前任领导黄家蝶部长干干净净地'剧终'了，我却身背一生一世也抹不去的污点来到了这里……"

"听我说两句吧。"郝援朝说，"人嘛，长个脸是干什么用的？要我说就是为了丢的。谁如果怕丢脸，就把脸当屁股放进裤裆里捂着得啦。人这一辈子谁没干过丢脸的事？丢一次脸争一次脸，再丢一次脸再争一次脸，谁不是这样长大并成熟起来的？时间有限，检讨会到此结束。老崔，你一定有话对我们弟兄三人说吧？"

老崔抓了抓蓬乱的头发说："我真有几句话想对三位弟弟说。首先，我跟援朝说两句话。你在铁园日报办的那个《第七条路》的栏目我每期都看。我听天刚说，你写的那个找爷爷的'高闯'其实叫郝运峰，是你侄儿，是郝军长的孙子。你该重写一篇，为郝运峰正名。"郝援朝叹道："其实我爸也让我重写，但我现在的身份已回归到郝运峰的叔了。按照记者的写作规矩，不能用自己的笔把自己的亲人搬到报纸上去。"老崔说："要不换个人写？我想过，让诗逸写吧。"郝援朝拍着章诗逸的肩膀说："哥们儿，郝运峰变成了'高闯'是你的创意，这事就得按老崔的意见办了。我现在好歹也是个总编辑，到时我给你留出一个版面，任你妙笔生花。""好，"章诗逸说，"就凭老崔这句话和援朝给我留出的一个版面，我一定写出一个真实的郝运峰。洗尽铅华，字字珠玑！"老崔点着头说："我就爱看你的文章。报纸登了后，给我邮一份来。"

这时，老崔将目光投向刘天刚，继续说："老弟，黄圆圆与那个老外分手了，想必你早就知道了。黄部长生前给我打过电话，沈非烟阿姨也专门跟我谈过此事，他们希望你跟黄圆圆重归于好。这也是我对你的期望！"已不是副军长的老崔，忽然间焕发了他一生中从不缺乏的成人之美的热情……

第二年秋季的一天，铁园市东明一条街临街的一个商铺门脸上挂起了一个牌匾，上面写着五个大字——"老崔婚介所"。这是被免去副军长职务、提前退休的老崔办的。

他身着一套绿色的旧军装，大扁脑袋依然棱角分明，头发全白了，弓着腰小心翼翼地接待着每一位前来求偶的男女。在经营范围和服务宗旨中，他特意写道:"尤重于为现役和复转军人,以及寻找亲情的部队后代们牵线搭桥。"

让他万万没有想到的是,最先走进"老崔婚介所"的竟然是黄圆圆和刘天刚。老崔问:"你们怎么来啦?"黄圆圆微笑着说:"我听刘天刚说,你想让我们重归于好。我还听说他把自己的亲妈说成干妈了,说自己是第七条路上的人,把所有人都骗了。我想问你,这个骗子是不是又来骗我啦?"老崔冲刘天刚瞪起了眼睛:"你骗谁都行,就是不能骗圆圆,因为她被那个老外约瑟夫骗过!"

第四十一章

时间回到黄家蝶去世的那年……黄圆圆料理完养父黄家蝶的丧事后，便回到德国波恩的家中。她跟母亲谈起了离世的黄爸爸，晶莹清澈的泪水顺着脸颊簌簌流下。然而，杨梦洁哭得比她还伤心。她想起了罗长义——她的丈夫，圆圆的生父……

西南边疆自卫还击战的战火燃起后，一批军需物资急需从铁园运往前线。时任铁路调车员的罗长义负责该趟列车的编组、调配和挂接。那天，他发现刚刚装上车皮的一个又大又重的铁箱，在车上工人的摆放中不慎失手滚落下去。车皮下一名战士正在低头清点装车物资，全然不知那重物已向自己砸来。站在一旁的罗长义，在这危急关头飞身而起，将那名战士推开后，自己却被那铁箱砸中头部，倒在血泊之中……他殉职后，部队送来了一面大红锦旗，深表对罗长义的敬仰之情和痛悼之意，并建议追认他为烈士。车站领导并未采纳部队的建议，他们认为罗长义的行为确实值得褒扬，但是不够烈士的标准。烈士应该都是在战场上以身殉职的，而罗长义的去世，只是劳动现场突发的一个工亡事故。

听到这一结论后的杨梦洁悲痛欲绝，哭瞎了一只眼。这之后，她独自一人默默地将丈夫的骨灰葬在了龙爪山下的乱坟岗子中。她用山土堆起一个土包，就算罗长义的坟墓了。土包的前面立起一块粗糙的山石，她花钱雇了一位石匠，在山石的上面刻下五个大字——"罗长义之墓"。

黄圆圆初到德国波恩的那个夜晚，母女二人躺在一张床上时，杨梦洁就想将罗长义离开这个世界的经历讲给女儿听。然而，她刚刚提起圆圆的生父非命于一场事故时，圆圆已是意兴阑珊，困不可支地在她怀里睡着了……

在谈到黄家蝶对自己后事的安排时，黄圆圆苦笑着说："妈呀，没想到老黄同志最后留下遗言，将自己的骨灰葬在铁园的龙爪山下了，葬在了他抱起炸药包冲向敌人碉堡的那个地方。更没想到这个很少看书的坏爸爸，竟然用'剧终'两个字，给自己幽默地盖棺论定了。"

杨梦洁一直陪着女儿痛彻心扉地哭着。而圆圆，只当是母亲在为黄家蝶落泪……

"盛世之花"的崩盘，以及陆成林锒铛入狱的消息，通过刘天刚的电话，传到黄圆圆的耳朵后，她崩溃了。一连几夜都没睡好觉，一闭眼就是"盛世之花"那气度非凡的高楼大厦，歌舞升平的娱乐场所和奢侈浮华的别墅。

然而它们已经价值全无，完全成为一堆僵死的钢筋混凝土了。那里边有她的四千万美元，她的心血、她的期待，以及对陆成林莫大的信任，可是现在都付之东流了。她万没想到一向沉稳谨慎的陆成林，竟然变得如此轻浮狂妄和欲壑难填。

当黄圆圆将此事告知母亲时，杨梦洁整个身体颤抖了几下就再也站不住了，瘫坐在椅子上问："下一步，你准备怎么办？"黄圆圆无奈地说："钱是没处要了，剩下的就是一个烂摊子。"杨梦洁说："那你就再回一趟铁园吧，看看那个烂摊子烂到什么程度了。"黄圆圆点了点头。"还有，"杨梦洁说，"你抽空去看看你的亲生父亲罗长义，他的墓地也在龙爪山下，估计离你黄爸爸的墓地不会太远……也许，陆成林给你亲生父亲罗长义重新立碑了……"

那年，陆成林与铁园市政府签订"盛世之花"的协议后，径直飞回了荷兰。第二天，他与郝和平一同来到德国波恩杨梦洁的家中。

落座后，陆成林说："杨阿姨、圆圆，我是来向你们告别的，我要回铁园市种地去了。"黄圆圆问："有话就直说吧，是不是又来借钱啦？"陆成林挠着头一副难言之状，一旁的郝和平笑了笑说："成林就是这么个人，一到这时候就抹不开面子张嘴了。我替他说了吧，这个'盛世之花'他计划投资人民币五个亿。他把国内所有的公司卖掉后，只变现了两个亿现金，不管怎么折腾怎么算计，远远不够五个亿，只好来求助你了。""想借多少钱？"黄圆圆问。郝和平举起两个手指头说："两千万美元。"黄圆圆却摇摇头说："两千万美元兑换成人民币再加上你们的两个亿，也凑不够五个亿呀。这样，翻一番，我借给你们四千万美元。"说完后，她与母亲做了一个目光交流，杨梦洁点了点头。

喜不自禁的陆成林说："多谢黄总，我给你百分之十五的利息。"黄圆圆叹道:"我不要你的利息,算我入股了。"陆成林说:"这样最好,我们共赢。但是黄总,四千万美元折合成人民币计算,你投资的份额比我大,你是大股东。你控股。""无所谓谁是大股东谁控股,谁让我也看好这个项目呢。"黄圆圆说:"成林,我可事先给你讲清楚,我只出钱,别的事一概不管。不参与项目建设,也不参与投产后的经营管理,只希望你把'盛世之花'建设好经营好。到时候你根据每年的利润和我出资的比例,给我分红就是了。"陆成林应道:"那是一定!"

待黄圆圆起身去筹措四千万美元的款项时,杨梦洁却紧紧握住陆成林的手说:"你去铁园后,代我给圆圆的生父罗长义献束鲜花。"之后就抹着眼泪将罗长义死于那次事故的经过说了一遍。陆成林霍地站起来说:"杨阿姨,罗叔叔是为运送军需物资而牺牲的,这哪里是什么事故?罗叔叔是烈士,是为了保护一名战士的安全而牺牲的烈士!您告诉我,罗叔叔的墓地在什么地方?"杨梦洁说:"他的墓地就在龙爪山下的一个乱坟岗子中,应该离黄家蝶所在的公墓不太远。"陆成林点点头说:"既然罗叔叔的墓地在龙爪山下,我就一定能找到它。我不仅要给罗叔叔献花,还要给他重新立碑!"

次日,黄圆圆乘飞机再次飞到铁园,通过刘天刚找到了部队大院一起长大的郝援朝。因为她听刘天刚说过,郝援朝的夫人于小萱是铁园市副市长,并主管"盛世之花"项目。

傍晚,郝援朝偕于小萱,以及刘天刚,在报社附近的一家咖啡馆为黄圆圆接风洗尘。落座后,郝援朝为黄圆圆和于小萱相互间做了介绍。两位韶华已逝,风韵犹存的女人,一位是商人,一位是领导干部。虽是初次见面,却一见如故。喝着咖啡,黄圆圆也不绕弯子,话题直接转到了"盛世之花"上,并且说明,自己在这个工程中有四千万美元的股份。

于小萱万没想到这个项目中还有黄圆圆如此之大的份额,理所当然地将"盛世之花"的现状和遗留的问题细细道来。黄圆圆一听心里就凉了半截,那两千多万元的欠款让她对"盛世之花"的未来感到失望而茫然。于小萱看着久久没有说话的黄圆圆问道:"黄女士,你这次回来是为了追讨那四千万美元的?"黄圆圆说:"没那个意思,我知道那钱打水漂了,权当我花了四千万买个教训吧。""是教训哪,"于小萱说,"不仅对你,对铁园市政府也是个教训。但是你想过没有,只要你和我们铁园市政府拧成一股绳,把死马当活马医,一定会让这个凋敝的'盛世之花'重新绽放。不知道黄女士是否有兴趣接手这个项目?"黄圆圆摇了摇头:"没兴趣。这是我个人的事,认栽了,与铁园市政府毫无关系。于副市长,这个话题就到此为止吧,我想跟援朝谈点儿私事。"

郝援朝笑着点了点头。黄圆圆说："援朝，我想打听两个人，一位是瘦狗，我同学。另一位是中心医院的宋好阿姨，当年是她把我抱给我的养父黄家蝶的。"

郝援朝的脸色暗了下来，一缕悲情掠过他的脸庞。他谈了已经死去的瘦狗，也谈了毛小毛因阻止瘦狗的冲动而遇难了。黄圆圆抹起了眼泪："只可惜我从来没见过毛小毛。"

之后，郝援朝又谈到了宋好。他原本是不认识她的，但是前些日子《铁园日报》《第七条路》的栏目收到了两万美元和十万元人民币，以及一套两居室住房的捐赠，署名"一名军人子弟"。

身为报社总编辑，也是《第七条路》主办者的郝援朝按照那套住房的地址，找到了这个两居室的住房。一进门正面的墙壁上，挂着一个镜框，镜框中镶嵌着三枚军功章，那是宋好父亲宋日华的勋章。

一位老妇人在屋里接待了他。她说这房子是宋好的住宅，她是宋好的表妹。宋好捐钱和房子之前，就知道自己得了绝症将不久于人世了。两万美元是黄圆圆的生母杨梦洁女士很多年前赠予她的，可她一分钱未花，一直留在身边，同时又将自己一生的积蓄十万元人民币和这套房子，一并捐给了《第七条路》栏目。老妇人将房子钥匙交给郝援朝后说："我已将表姐宋好葬在沙包岭公墓了。她一辈子接生的孩子可以组成一个学校了，但那些孩子中没有一个是她自己的。尽管追她的男人不计其数，可是她都拒绝了，孤寂而悲凉地度过了自己的一生。她捐出的款项和住房是她自己的全部财产，以此来资助第七条路上的人所需要的路费，以及让这条路上的人能有一处遮风挡雨的住处……"

第二天，郝援朝含泪撰写了宋好为《第七条路》捐款捐房的事迹，登在了《铁园日报》《第七条路》的栏目中。生前寂寂无名的宋好，死后却名扬铁园了。沙包岭公墓宋好的墓碑前，摆满了不知名的人送来的花圈。那其中也有刘天刚以黄圆圆的名义，献上的一个素雅的花篮。

黄圆圆听完后失声痛哭："宋好阿姨呀，我这次回铁园，妈妈特意向我做了交代……让我带你去德国陪她养老。可是您……"郝援朝为黄圆圆接风洗尘的晚宴，再也进行不下去了。

第二天上午，刘天刚驱车带着黄圆圆来到沙包岭公墓宋好的墓地。她的墓碑前还摆放着刘天刚为她献的花篮，虽还完整，但花叶早已风干。刘天刚将它清理掉后，黄圆圆将一束白色的马蹄莲鲜花献于碑前，垂着眼泪说："宋好阿姨呀，是您从我生母的肚子里将我接生下来的，又是您将我抱给了黄爸爸，最后还是您，把我还给了我的生母杨梦洁。可是您在病重的时候，为什么不告诉我，也不告诉我妈？为什么不用我妈给您的钱治病？为什么把自己一生的积蓄和仅有的一套房子都捐出去了？第七条路上，根本没有您的脚印哪……"

之后，他们一路驱车来到龙爪山公墓拜谒他们的父亲黄家蝶。车子停在龙爪山下，他们沿着一条小径走进半山坡的公墓。蓦然间看到，在黄家蝶的墓地旁边，立起了一块墓碑。那墓碑上镌刻着七个血红的大字"罗长义烈士之墓"，落款是"女儿黄圆圆敬叩"。黄圆圆惊愕不已，那年她与刘天刚为黄爸爸下葬立碑时，周围还是一片空地。而如今是谁为罗长义立了碑，是谁知道罗长义是自己的生父，又是谁将敬叩人写为自己？她和刘天刚一同向那墓地走去……

这碑是陆成林为罗长义立下的。他在深感自己的末日即将来临时，觉得该是抓紧时间向杨梦洁阿姨兑现承诺，为罗长义立碑的时候了。

这天，他独自一人来到龙爪山下，看见荒草中立着一块木牌，上面写着一则迁坟通告："由于公墓扩建，此处已被征用。请在此下葬的各位亲属尽快与我们联系迁坟事宜，若半年之内没有回应，我们将按无主坟处理。"落款是"铁园市龙爪山公墓"。

这里显然是杨梦洁给丈夫下葬的乱坟岗子，满目荒凉，野草丛生，随处可见动物的粪便。他走了进去，在一个接一个如馒头状的坟包中细心查看，终于发现一个坟包前，立着一方粗糙的青石，上面刻着"罗长义之墓"五个字。

他迅即找到了龙爪山公墓的负责人，说明自己受托于罗长义的亲属，专程从国外前来办理迁坟事宜。之后道明了自己的想法："我要将罗长义的坟迁到龙爪山公墓，但有一个条件：他的墓地必须紧挨着黄家蝶的墓地，并在碑上刻下'罗长义烈士之墓'七个大字，落款是'女儿黄圆圆敬叩'。"

黄圆圆和刘天刚走近罗长义的墓地时，却见碑前摆放着鲜花和供品，一位军官弯着腰，正在清理墓地上的草屑及杂物。黄圆圆问："同志，罗长义是你什么人？"军官起身说道："罗长义是我的救命恩人。"之后，便将那年在火车站运送军用物资时，罗长义为救一名战士而牺牲的经过说了一遍。军官眼含热泪地说："罗长义当年救下的那名战士就是我。没有他，我早已不在人世了。所以每年的这个时候，我都去乱坟岗子给他扫墓。这两年，我发现他的墓碑迁到龙爪山公墓后，便来到这里了。"

黄圆圆已是泪如雨下了。她后悔自己从来就没有认真听过母亲谈起她的生父，以及生父死于那场"事故"的故事。今天，她才真正从这名被生父救下的军人嘴里听到了生父是怎么走的——入了拂衣去，浑藏身与名！

这时，那名军官指着墓碑问："这位女士，此碑是你给罗长义同志立下的？立得好，罗长义就是一名烈士！你是他的……？"黄圆圆没有回答，却一步一步向墓碑走去。在碑前一米的地方，她跪了下去，泪流满面地对着墓碑说："爸，我的亲爸呀……女儿来看您了。"军官指着碑上"女儿黄圆圆敬叩"那几个字惊异地问："你是……罗长义的女儿黄圆圆？"随后双脚一磕，流着泪向她敬了一个庄重而神圣的军礼，刘天刚也抹着眼泪向黄圆圆行礼致敬。微风中，黄圆圆脸上淌下的眼泪，合着军官和刘天刚的泪水，在寂静的墓地半空飘洒。

墓木已拱的罗长义，也可谓死后方生了。

这之后，黄圆圆和刘天刚又来到黄家蝶的墓前，二人跪在地上。黄圆圆哀声不绝地说："爸爸呀，我今天终于见到我的亲生父亲罗长义了，他就在你的身边。没想到你们生前从未谋面，死后却在铁园这片土地上永久地相聚了……爸呀，当年你是为了杀敌走向战场的，而我的生父罗长义是为了救一名走向战场杀敌的军人而殉职的。你们永远都是我的父亲，我也永远是你们的女儿！"

二人站起后，黄圆圆问："天刚，你夫人毛小毛的墓碑在哪个位置？"刘天刚领着她来到公墓的东南角，那里立着一块青石墓碑，上面是章诗逸的题词："生不修眉染红唇，死以青冢化作云"。黄圆圆来到碑前，从衣兜里掏出一管她自己用的口红，轻轻地放在了毛小毛的碑座上……

三天后，黄圆圆走进于小萱的办公室，毫不隐讳地说明了来意："于副市长，我决定留在铁园了。"于小萱拉着她的手坐到沙发上微笑着问："你想好啦？"黄圆圆点点头说："想好了。但是你千万别把我想得多么高尚和无私，我只是为了三个人，他们现在都埋在铁园的这片土地之下了。一位是我的养父黄家蝶，一位是我的生父罗长义，再一位是将我从我妈肚子里接生下来的宋好。他们给了我生命，给了我不一样的人生，我只想让他们在铁园的土地下睡得更安稳一些……让他们知道，其实，我离他们并不遥远，只有一滴血的距离。但是这一滴血的距离，我却走了几十年哪。"于小萱叹道："战争肢解的亲情，就是一道滴血的伤口。那一滴一滴的鲜血，连接着寻亲者的无数个脚印哪！"

之后，于小萱关好虚掩的门，抄起电话吩咐秘书，上午再不见客。她给黄圆圆沏下一杯咖啡，便将自己对双方共同拯救"盛世之花"的全盘计划娓娓道来……

鉴于铁园这个煤铁之城的地下煤炭资源已近枯竭，城市西部一些地区的地下已被采空，相当多的居民楼出现了程度不同的下沉现象。这些地区统称为"采煤沉陷区"。党和国家对此高度重视，考虑铁园曾经为国家做出过巨大贡献，决定拿出专项资金，并由省和铁园市自筹一部分资金，集中治理采煤沉陷区。为安置城西沉陷区迁出的居民，铁园市政府早有规划，在城市东部地区建设相应的住宅楼。于小萱认为：应该将治沉工程与拯救城东的"盛世之花"结合到一起，一并考虑，一并规划，一并建设。

陆成林在"盛世之花"建的商住楼盘，属违建工程，交由政府成立的"治理沉陷区办公室"处置和管理。已建好的商品楼改为迁出居民的安置楼，建到一半已成为烂尾楼的续建，全部加起来大约有五十万平方米的建筑面积，可安置八千余户东移居民。至于陆成林所欠当地农民的征地费用，由于土地功能转变为建安置楼，算政府征地，由政府掏钱，结清农民的全部欠款。陆成林所欠施工单位的工程款，治沉办可用其建好的部分商住楼，以抹账的方式予以支付，在最短的时间内完成。这样，"盛世之花"遗留的欠款问题就全部消化掉了。

陆成林所欠税款，由查封"盛世之花"的冻结资金补交。

与蔬菜有关的温室和配套设施、博览中心等建筑物属合法建筑，此外，已建成的五星级"和平大酒店"木已成舟，不宜毁掉故予保留，以上建筑物属黄圆圆和陆成林的共同资产。由于陆成林已经入狱，他的那部分资产，暂交黄圆圆，与她自己的资产一并运营，尽快将其盘活。

那片改农业用地还未建成的奢华娱乐场所，属于违建工程，政府全部收回。但考虑那片土地已无法复耕，以及已建成的商住楼改为采煤沉陷区的安置楼后，造成了投资者的重大损失，政府决定将这片土地无偿配送给黄圆圆，算作铁园市政府给予她的补偿。至于在这片土地上建什么，由黄圆圆自己决定。

黄圆圆听完于小萱对"盛世之花"善后工作的整体规划和安排后，心里暗叹：于小萱哪于小萱，我原以为你不过是个花瓶市长，却不想你还真有点儿干货。真可谓若有才华藏于心，岁月从不败女人。

她心里已经有了一个清晰的账目，自己的四千万美元没有完全打水漂，合法部分不过是物化到温室、博览中心，以及和平大酒店的固定资产之中了。至于无偿得到的那片土地如何处置，她需要与母亲商议。她当即表示同意以上方案。于小萱微笑着握住黄圆圆的手说："愿我们合作成功，等你母亲意见。"

当晚，黄圆圆与母亲通了电话。她谈到在龙爪山公墓见到了生父罗长义的墓地，陆成林已为他重新立了碑，上面的题词是"罗长义烈士之墓"，也谈到了生父救下的那名军人每年都来给他扫墓，还谈到了生父和养父的墓地紧紧地并列在一起，是陆成林特意安排的。最后，她又谈到了已经过世的宋好阿姨，在生命的最后一刻，宋好阿姨毅然决然地将杨梦洁赠予她的两万美元，以及自己的十万元存款和住宅，全部捐给了《铁园日报》的《第七条路》栏目。

黄圆圆说完这一切后，就听见电话那头的母亲，已经哭得说不出话了。待母亲止住哭后，她又将于小萱就"盛世之花"的善后方案向母亲做了汇报。母亲没有提出异议，显然是同意了。她最后提出两个问题请母亲定夺：一、"盛世之花"的滞留资产如何盘活？二、在获得的那片违建土地上，我们建什么？母亲沉吟良久后说："让我好好想一想，明天一早我给你去电话。"

第二天早上，母亲来电话了。母亲说："属于合法的滞留资产，我们全部接过来，而且要尽快启动和激活，让铁园的老百姓能够早一点儿吃上'盛世之花'的蔬菜。其利润，按陆成林出资的比例和份额，待他十五年后出狱时，我们一分钱不少地给人家。"黄圆圆点着头说："妈，我知道了。"母亲继续说："关于铁园市送给我们的那片土地，我想为铁园市建个革命战争纪念馆。"黄圆圆倒吸一口凉气说："妈，建那么个馆可要好多钱哪。再说了，它可是一点儿收益都没有。"母亲沉稳地说："你要什么收益？那片土地是铁园市的，咱们拿来为自己赚钱吗？圆圆，妈妈不是那种钻到钱眼里的人。革命战争纪念馆的收益不是用钱可以衡量的，它可以让世世代代的人们永远记住革命先烈。没有他们，就没有我们的今天，中国的今天。建馆的钱若实在不够，就把云帆大酒店卖掉！"说完，她就将电话挂了。

黄圆圆及时将母亲的意见反馈给了于小萱。于小萱又向周书记和王市长做了汇报。周书记笑着问："小萱同志，你是用什么办法把黄圆圆拽回来的？"于小萱说："是铁园这片土地。圆圆的生父罗长义和养父黄家蝶，以及把她送给黄家蝶的宋好，都埋在这片土地之下了。"之后，她又将罗长义因公殉职的事迹，以及黄圆圆母亲杨梦洁欲在铁园建革命战争纪念馆的打算和想法做了汇报。周书记脸色凝重地说："西南边疆的那场自卫还击战，已经过去二十多年了，罗长义同志是在调配军需物资的过程中，为保护军人的生命安全而献身的。铁园市委要向上级打报告，追认罗长义同志为烈士！"

他的情绪显然有些激动，又习惯性地站起来在屋里踱步。踱了一圈后他站住了，看着于小萱说："关于杨梦洁女士提出的建革命战争纪念馆的想法，我没有意见，我们铁园市应该有这么个馆。这座小小的城市，从改革开放后，连续多年被评为国家级'军民双拥模范城'。郝忠玉、孙殿堂、黄家蝶等先辈都是屡建战功的英雄。另外，许琴与她牺牲在朝鲜战场上的丈夫张玉书，杨海望的父亲杨天陆，袁雪梅的父亲袁冰，以及宋好的父亲宋日华等人，都是值得我们永远纪念的英雄。特别是那些战争中与家人失散的英雄，如果不是他们的后代在执着地找他们，也许他们的灵魂，永远也找不到安放的地方了。落其实者思其树，饮其流者怀其源。让英雄的灵魂得到归宿和安息，让英雄的精神风范得到弘扬和传承，是这个馆的价值所在。但是它只有投入没有产出，杨梦洁和黄圆圆母女俩将要付出巨大的代价哟。"

　　这之后，黄圆圆与铁园市人民政府正式签订了合作协议。与此同时，郝援朝在《铁园日报》刊载了自己撰写的黄圆圆矢志回到家乡拯救和建设"盛世之花"的事迹。不承想，黄圆圆找到他已是满口怨言了："郝记者，这篇文章你为什么不登在《第七条路》的栏目中？你是不是只记得我是富商的女儿，忘了我的生父是一名烈士，养父是一名老红军。我是踏上第七条路，一步一个脚印地来到铁园市寻找我的两位父亲哪！"

　　这一日，黄圆圆来到天朝公司，看见无所事事的刘天刚坐在办公室打盹，狠狠地推了他一把说："别睡了，我们要干活了。"之后，便将建造革命战争纪念馆的计划告诉了他。黄圆圆冷着脸说："少说废话。你现在的任务就是准备干活！"刘天刚大喊一声："是！"随后就捋起袖子向黄圆圆敬了一个军礼。

　　黄圆圆一扬手，将他敬礼的右手打掉了："你的手腕永远戴着那几个破珠子。我问你，我送你的手表呢？"怔怔中的刘天刚，半天没有说出一句话。黄圆圆说："如果你明天还不戴上那表，就立马滚蛋。这个工程，我交给别人干了！"

　　待黄圆圆走后，刘天刚慌忙开着车去了报社。走进郝援朝的办公室后，他大声问道："我当年卖给你的那块德国手表你卖给谁啦？我以三倍的价格赎回！"郝援朝不慌不忙地从抽屉里拿出装在表盒里的手表和那瓶香水说："这两样东西我根本就没卖，还在我手里。香水原物奉还，手表你出十倍价钱我也不卖。"刘天刚把那瓶香水推回去说："我只要手表，给你三十倍的价钱。"郝援朝泰然一笑："一百倍的价钱我也不卖。谁送你的表，你让那人来问我要。"

　　刘天刚哭丧着脸说："我的活祖宗哟，你明知这表是圆圆送我的礼物，我把它给卖了。你这不是让我找骂吗？哥们儿，我给你跪下了。"郝援朝将椅子上的坐垫扔到地上说："地板太硬，你垫个垫儿跪吧。"刘天刚坐在地上说："你不如扯根绳来，让哥们儿吊死在这儿得啦。""你别一会儿要下跪一会儿要上吊的，"郝援朝说，"有一个办法最简单，你领我去见圆圆。"刘天刚问："你非得看我给她下跪才过瘾？"郝援朝摆摆手说："你非但不用给她下跪，她还得热情地把表戴在你的手腕上。你现在就给圆圆打电话，看她在哪儿。"电话接通了，黄圆圆在"盛世之花"的工地。郝援朝说："见到圆圆你别说话！"刘天刚叹道："有屁我都得憋着。"

　　半小时后，郝援朝坐着刘天刚的车来到工地。郝援朝将装在表盒中的手表递给黄圆圆问："这是不是你送给天刚的？"黄圆圆打开表盒看到那块金光灿灿的手表完好如初，疑惑地问："这表怎么跑到你手里啦？"郝援朝笑了："此表太过贵重，天刚舍不得戴，怕在工地干活儿碰坏了，就存我这儿了。圆圆，你看这表是继续由我保管，还是你给他戴上，再不就物归原主，你把它收回？"黄圆圆转头瞪了刘天刚一眼："把手伸出来！"刘天刚伸出了左手。黄圆圆不动声色地说："右手。"刘天刚乖乖地摘掉了腕子上的手串。黄圆圆一边给他伸出的右手戴表，一边说："你不是爱敬礼嘛，至少是金光一道！"

　　刘天刚心里一阵酸楚，或许是因为郝援朝十多年前买下的手表只是为了替他保管，而郝援朝拿出的买表钱却成就了天朝公司的注册资金。也或许，郝援朝现在又编出了合情合理的"谎言"，换得了黄圆圆对他的信赖和认可。刘天刚低着头，内疚得一句话也说不出来。

　　刘天刚戴上金表的第二天，"盛世之花"的工地上响起了惊天动地的爆破声。那片违建的奢华娱乐场所，顷刻间化为乌有，取而代之的革命战争纪念馆正式开工了……

第四十二章

这年的深秋季节，龙爪山的枫叶如火一般燃遍了山上山下。铁园师范学院、铁园医学院、铁园财经学院，三所不同属性的高校，在这个美丽而有韵味的秋天合并为一所综合性大学——"铁园科技大学"。

万山磅礴，必有主峰。因铁园师院为一本院校，其他两所院校仅为二本。又因章诗逸是教授职称，且为研究生导师，既教过本科生，又带过研究生；而另外两所院校的主要领导，却没有相应的职称和资历。加之常怀礼院长退休后，章诗逸一直担任铁园师院"代理院长"的职务……经过上级组织对三所大学主要领导的严格考核后，章诗逸被任命为铁园科技大学的首任校长！

这天，章诗逸走进装饰一新的校长办公室，在写字台前坐了下来，翻开了当天的《铁园日报》。报纸的第一版，是他擢升为铁园科技大学首任校长的新闻，并附有他的简历和照片。他草草看过后，便翻到了第三版。第三版的整版篇幅为《第七条路》，副标题是——《孙子找爷廿年梦，以梦为马闯天下》。

这篇曾经由郝援朝撰写并在《铁园日报》上发表的"高闯"找爷爷的通讯报道，原篇名只改了一个字，由"十"改为"廿"了，这便是章诗逸答应郝援朝为郝运峰正名的通讯报道。

文章先是道明了原文中找爷爷的主人公"高闯"，其实是H军原军长郝忠玉的孙子。新增的内容，则是郝运峰寻找爷爷的梦想最终实现了。他走在第七条路上的时间不是十年，而是二十年了。他见到爷爷的那一刻，也是爷爷离他而去的那一时……文章最后写道："'四万万人齐下泪，天涯何处是神州'的战争早已远离了我们这个时代。'人言落日是天涯，望极天涯不见家'的颠沛流离，也远离了我们每一个家庭每一个人。我及我的同龄人的下一代，绝不会像我们一样走上

第七条路，寻找失散的亲人了……"

他看到这里时，却听见有人敲门，走进屋来的是身材高大的保卫处处长。他站定后请示道："章校长，有一名外地学生请求见您，不知您是否见他？"章诗逸放下报纸问："这名学生现在什么地方？"处长说："被拦在门卫室了。"章诗逸又问："他什么来头，为何非要见我？"处长摇了摇头，表示不清楚。

章诗逸的眼睛忽地睁大了，想起眼前的这位处长就是自己当年入校报到时，曾在门卫室推搡过他的那个"大块头儿"。那时他才二十多岁，是保卫处的一名工作人员。

章诗逸指着自己的鼻子问："你还能想起当年我是怎么走进这所大学的吗？"保卫处处长恨不得要钻进地缝里，低着头说："我那时年轻……真是有眼不识泰山。"章诗逸站起身来就往门外走，边走边说："就凭你这句话，我倒要去门卫室见见这名学生，看看他是五岳之首的泰山，还是铁园的龙爪山。"处长急忙拦住说："章校长，您大可不必去见他。我把他领到您办公室来就是了。"章诗逸不耐烦地推开他，径直走出了办公楼。

深秋的太阳将雄浑而厚重的光芒铺洒在校园内的每一个角落。章诗逸在这个校园度过了二十四个春秋，从一名普普通通的大学生，一步一个脚印地走上了由三所不同专业的大学整合而成的铁园科技大学首任校长的职位。他在这个校园度过了二十四个冬夏，有三位女性曾经陪伴过他，袁雪梅、柳春月、潘跃进的身影在他眼前一一闪过。她们是他的红颜知己，也是他的枕边人。但是，她们都离他而去了，谁都没有留给他一个子息。直到今天，他仍然孤衾寡宿，孑然一身。

当年，他来铁园师范学院报到时，看不懂他的那个老李头，以及保卫处的工作人员，竟然差点儿把他当作一名无理取闹的社会闲杂人员逐出校门。是自己那个达到了北京大学录取分数线的成绩，让他底气十足地高喊着要见校长……想到这里，他倒原谅了这位处长，也许他从那次事件中汲取了教训——敢于扬言要见校长的学生，一定不是凡夫俗子！

他是怀着这样一种礼贤下士的情怀，又怀着那样一种居高临下的豪迈气概，一路向门卫室走去。

把守门卫室的早已不是多年前垂垂老矣的老李头，以及像他一样的老头儿们了，而是年轻力壮的保安人员。见章校长走来，一名站在门卫室门口的保安人员，为他打开了门卫室的门扇。他步履稳健地走了进去。

但见坐在长条凳一角的那名学生站了起来。长条凳一角的那个位置，当年他也坐过，但只坐了片刻，最终还是被保卫处的工作人员推出门外了。而现在自己所站的位置，正是当年柳春月老师认领他时站过的地方。

这名学生二十多岁的年纪，身材瘦高，挺立的鼻梁上架着一副白色镜框的眼镜，一身淡蓝色的休闲运动装合体而又帅气。

章诗逸问："这位同学，是你非要见校长？"

学生说："是。可您……"

章诗逸神态自若地自我介绍道："本人就是校长，名字叫章诗逸。"

学生定定地看着他，神情中反倒有些游移和惶然了。犹豫片刻后，他说："我……想报考您的研究生。"

章诗逸问："那么你，本科毕业于哪所大学？"

学生从肩上斜挎的书包里，拿出一份红色的小册子递给了他。章诗逸略略看了一眼小册子的封面，心里陡然一惊，那小册子竟然是北京大学的毕业证书。但他并没有急于打开它，而是沉稳地问道："你毕业于北京大学哪个专业？"

学生答道："北大中文系。"

章诗逸再问："你一个北京大学的本科毕业生，为什么偏偏来到声名并不显赫的铁园科技大学考研，而且还选择了你根本不认识的我……为你的导师？"

学生摇了摇头，没有回答。

章诗逸说："从今天起，我不带研究生了。"

"为什么？"

"因为我是校长，没有时间带研究生！"

学生低下了头，显得是那样的遗憾和失望。

章诗逸生了恻隐之心，叹了一口气，说："这位同学，只要你告诉我，是谁让你来找我的，又是谁让你报考我的研究生的，我可以……破例收下你。"

学生的脸红了："是我妈。妈妈说，只要您收下我为您的研究生……就把……我送给您了。"

章诗逸甚为不悦："你母亲辛辛苦苦地供你北京大学毕业了，就是为了把你送给我？我收了你，就等于收下一个儿子而不是研究生了。你走吧！"

学生没有走，却转过头看着窗外的大门处。

章诗逸顺着他的目光看去，但见大门处站着一位女人。那女人五十多岁的年纪，一双炯炯有神的眼睛，深情地望着图书馆正面墙上镶嵌的那八个金光灿灿的大字——"学高为师，身正为范"。章诗逸突地愣住了，那女人是与他离婚二十多年的第一任妻子——袁雪梅呀！

他手里拿着的那份北京大学的毕业证书抖动不止，已经掉落到地上了。那学生小心翼翼地从地上捡起那证书，再次递给了他。

章诗逸打开毕业证书的一瞬间,看到了那个既熟悉而又陌生,既亲近而又遥远的名字。他霍地抱住那名学生,声泪俱下地失声喊道:"章显——我的儿子……"

2022年6月30日